ISBN : 978-2-9817959-0-8

Dépôt légal : 2019
Bibliothèque Nationale de France
Bibliothèque et Archives Canada
Bibliothèque et Archives nationales du Québec

Couverture : Lise Antunes Simoes
Illustration fleurs : Inna Sinano / Dreamstime
Illustration personnage : Lise Antunes Simoes

Bien avant de devenir le roman que vous tenez entre les mains, *La renaissance de Pemberley* était une petite fanfiction qui m'avait été inspirée par l'adaptation cinématographique d'*Orgueil et préjugés* sortie en 2005, et que j'avais diffusée sur le site www.fanfiction.net où elle avait connu un certain succès.

Pendant dix ans, cette fanfiction resta inachevée, reléguée au fond d'un tiroir. Le temps pour moi de faire mes premières armes en publiant deux séries de romans historiques chez un éditeur québécois. Pourtant, en dépit de la vie qui passe et vous emmène ailleurs, jamais je n'ai renoncé à reprendre un jour le fil de mon récit. C'est chose faite aujourd'hui. Il subsiste ici et là quelques éléments de la fanfiction d'origine, mais je l'ai entièrement récrite en gommant au passage ses erreurs et ses maladresses. Le temps a fait son œuvre : *La renaissance de Pemberley* a considérablement mûri, elle s'est développée et étoffée pour, je l'espère, faire honneur à cette grande dame qu'était Jane Austen.

À mes lectrices de l'époque, je redis un très grand merci. Vos encouragements me faisaient chaud au cœur.

À toutes et tous, aujourd'hui, je vous souhaite d'avoir autant de plaisir à découvrir comment Elizabeth va faire face à sa nouvelle vie de maîtresse de Pemberley que j'en ai eu, moi, à l'imaginer.

Lise

Sachez également que je partage
mes recherches historiques sur mon blog :

www.liseantunessimoes.com

Si vous vous posez des questions sur la façon dont on vivait
au temps de Jane Austen ou de la reine Victoria,
vous y trouverez sûrement des réponses !

La renaissance de

Pemberley

Lise Antunes Simoes

« Il y a en moi tant d'obstination que je refuse toujours de me laisser effrayer. Plus on essaie de m'intimider, plus mon courage augmente. »

Jane Austen, *Orgueil et préjugés*
(Livre II, chapitre 8)

CHAPITRE 1

— Ah, la barbe ! grommela Mrs. Bennet en recommençant pour la troisième fois le nœud du ruban de son chapeau. Est-il possible d'être aussi maladroite, je vous le demande ! fit-elle en s'adressant à son reflet dans le miroir.

Elizabeth passait dans le couloir à cet instant et s'arrêta pour l'aider.

— Lizzy, chérie, où sont vos sœurs ? lui demanda sa mère.

— Tout le monde attend près de la voiture. Nous pourrons partir dès l'instant que vous serez prête.

— Ah, très bien, très bien... Il faut que je parle à Hill et sa femme, d'abord.

Elizabeth termina le nœud et esquissa un sourire affectueux.

— Voilà, maman. Vous êtes ravissante.

— Ravissante ! gloussa la brave femme en levant les yeux au ciel. Ma chérie, j'ai depuis longtemps passé l'âge d'être ravissante. C'est à votre tour, désormais, de recevoir ce genre de galanterie.

Puis, reprenant le fil de ses idées, ses yeux s'agrandirent subitement.

— Mr. Hill ! s'écria-t-elle en s'empressant vers les cuisines. Mr. Hill ! Du brandy dans la sauce, vous m'entendez ? N'oubliez pas de mettre du brandy dans la sauce !

Amusée, Elizabeth sortit rejoindre Jane, Mary et Kitty, qui attendaient dehors en compagnie de leur père.

— Hé bien, où est maman ? s'enquit Jane en la voyant arriver. Je croyais qu'elle nouait son chapeau et sortait à l'instant ?

— C'était le cas, mais elle vient de repartir vers les cuisines. Une urgence à voir avec Mr. Hill, apparemment.

— Encore ! Mais pourquoi s'affole-t-elle autant ? Ce n'est pourtant pas la première fois que Mr. Bingley et Mr. Darcy viennent manger chez nous, il me semble ! Les Hill sont tout à fait capables de gérer la cuisine !

— Je suppose que maman ne cessera de chercher à impressionner nos invités que le jour où ils feront définitivement partie de la famille – encore que, même là, ce n'est pas garanti. Mais nous devrions monter en voiture : ce sera toujours autant de temps de gagné.

Les jeunes filles s'installèrent à l'intérieur, tandis que Mr. Bennet prenait la place du cocher. Avec un soupir patient, il sortit sa pipe de sa poche. Sa femme courait aux quatre coins de la maison depuis l'aube, houspillant généreusement domestiques, filles et mari pour que tout le monde se tienne prêt à l'heure, et pour une fois que chacun avait fait un effort, c'était elle, à présent, qui se faisait désirer. Si elle n'apparaissait pas bientôt, on arriverait à l'église à la dernière minute. Comme toujours.

Il tirait tout juste sa première bouffée lorsque sa femme s'extirpa enfin de la maison, courant presque, tenant son chapeau d'une main et son châle de l'autre.

— Voyons, mon ami, qu'attendez-vous ? Allons ! Allons ! s'écria-t-elle, essoufflée, en grimpant à son tour dans la voiture, où elle se fit une place parmi ses enfants.

La berline n'était pas conçue pour accueillir cinq personnes, mais depuis peu, Mrs. Bennet refusait catégoriquement que l'une des filles monte s'asseoir avec leur père, quand bien même le temps clément le permettrait. « Que diraient les gens s'ils vous voyaient, cheveux au vent, comme de vulgaires filles de ferme ? » s'était-elle exclamée. Les sœurs Bennet, qui avaient pourtant toujours voyagé sur le siège du cocher lorsque cela était nécessaire, n'avaient pas insisté. Depuis que Jane et Elizabeth étaient fiancées, leur mère redoublait d'inventivité et de prétextes – pour ne pas dire de lubies – et il était moins épuisant de la laisser faire que de chercher à argumenter.

2

— Ah, mes enfants, quel fardeau que d'avoir à gérer tant d'invitations, croyez-moi ! déclara Mrs. Bennet en s'éventant le visage de la main pour se rafraîchir. Il faut penser à tout et l'on n'a plus une minute à soi ! Et Dieu sait que je pars en étant certaine, une fois encore, d'avoir oublié quelque chose d'absolument indispensable... Et quand nous reviendrons, tout à l'heure, ces messieurs seront avec nous et il sera trop tard pour rattraper les bêtises de Hill... Ce matin, au lieu du jambon, nous aurons de la dinde. Savez-vous seulement combien coûte une dinde ? Non, bien sûr. Avant-hier, au dîner, c'était du lapin, du veau et une pintade. Et il y a cinq jours, un petit porcelet et des cailles, avec du foie de mouton. Tout cela coûte une fortune ! C'est que je n'avais pas imaginé que nous aurions à recevoir ces messieurs si souvent !

— Vous vous donnez bien du mal, maman, mais je suis certaine que Mr. Bingley, tout autant que Mr. Darcy, se contenterait volontiers d'un repas plus simple et convivial, en particulier aujourd'hui, objecta doucement Jane. Ce n'est qu'un déjeuner, après tout, pas un dîner mondain.

— « Non ut edam vivo, sed ut vivam edo », cita Mary. Les maîtres le disent depuis l'Antiquité : nous ne devrions pas vivre pour manger, mais seulement manger pour vivre.

— C'est vrai, renchérit Elizabeth, qui pour une fois était d'accord avec sa cadette, pourquoi organiser de tels festins ? Je pense comme Jane : Bingley et Darcy ne viennent pas chez nous pour les plaisirs de la table, et même au dîner ils se satisferaient amplement d'une bonne soupe et de viandes froides.

— De la soupe ! Des viandes froides ! s'écria Mrs. Bennet, scandalisée. Détrompez-vous, mon enfant ! Ces grands hommes sont habitués dès l'enfance au plus grand raffinement et ils ont l'œil pour détecter les fautes de goût. Vous deviendrez comme eux, Lizzy, bien sûr, et Jane également. Je suis persuadée qu'un jour prochain vous jetterez sur votre pauvre maman et sur votre modeste maison le même regard critique.

— Maman ! protestèrent les deux sœurs.

— Si, si, mes chéries, vous verrez !

Jane pris la main de sa mère et la serra pour la réconforter. Cela dit, Mrs. Bennet ne semblait pas le moins du monde chagrinée à l'idée que ses filles puissent un jour la regarder de haut. Il était bien plus important pour elle que ces dernières soient magnifiquement mariées et élevées dans la société : c'est là qu'elle trouvait sa jubilation maternelle.

— Vraiment, j'ai bien hâte de vous voir en ménage, toutes les deux, continua-t-elle, car mes nerfs ne supporteront pas longtemps d'être aussi sollicités. Enfin… Je suppose qu'il faut ce qu'il faut. D'ici là, je vais devoir demander aux fils Bragg de nous tirer quelques oiseaux. Que ne donnerais-je pas pour avoir un faisan ou quelques perdrix à servir à nos hôtes ! Ou un cerf ! Un cerf, imaginez-vous cela ?

Jane et Elizabeth s'échangèrent un regard et laissèrent leur mère parler. Il ne servait à rien de l'interrompre lorsqu'elle se plongeait dans ses idées.

— Ah, soupira-t-elle encore, tout serait si simple si l'on pouvait se contenter de leur servir du thé et des sandwiches. Cela ferait aussi bien l'affaire et ce serait moins coûteux…

En dépit de ses plaintes, Mrs. Bennet éprouvait une fierté évidente dans le fait de recevoir à sa table ses futurs gendres. Elle avait beau se plaindre haut et fort, elle faisait des efforts prodigieux pour étaler ses manières et montrer à quel point ses filles étaient éduquées et sa maison bien tenue. Cela contrastait tellement avec son comportement habituel que même Darcy avait haussé le sourcil plus d'une fois, surpris de constater un tel changement chez une femme envers laquelle il s'était préparé à faire preuve de beaucoup de patience. Exception faite de quelques balourdises occasionnelles, la conduite de Mrs. Bennet était jusque-là exemplaire, et elle prenait son rôle tellement à cœur que personne n'osait plus la contredire, pas même son mari. À Longbourn, les jours où l'on attendait les deux illustres invités, la maisonnée filait doux.

Par ailleurs, ces repas plus cérémonieux que nécessaire fournissaient à la brave femme un matériau précieux pour pérorer dans le voisinage, en particulier auprès de Lady Lucas, à qui elle décrivait toujours dès le lendemain, et avec moult détails, l'abondance de plats qu'on avait servis et les sujets de conversation qui les avaient accompagnés. Mrs. Bennet n'avait pas oublié la très désagréable remarque que sa voisine avait faite au sujet de Longbourn – Lady Lucas s'était ouvertement réjouie que son beau-fils, Mr. Collins, en hérite un jour – et, grâce au mariage prochain de ses deux aînées, elle savourait aujourd'hui une solide revanche.

Après tout, que valaient désormais les maigres rentes de Longbourn en comparaison de la fortune colossale d'un Mr. Darcy ?

~

Une pluie fine commençait à tomber lorsque la voiture arriva devant l'église de Meryton. Sur le parvis, parmi la foule de paroissiens qui se saluaient les uns les autres, on ne pouvait manquer de remarquer les deux élégants messieurs qui attendaient près du portique en bavardant avec Sir et Lady William Lucas.

Charles Bingley, de nature plus excitée que Darcy, fut le premier à apercevoir la berline des Bennet. Il s'élança, sourire aux lèvres, pour ouvrir la portière et aider les dames à descendre.

Le jeune homme avait découvert que, pour éviter que Mrs. Bennet ne prenne les rênes d'une conversation et ne la fasse dériver de façon inappropriée, une solution simple consistait à s'adresser à elle en premier – de cette façon, elle se concentrait sur la réponse à donner et cela limitait ses possibilités de dire des sottises. Depuis qu'il connaissait cette ruse, il en usait abondamment.

— Mrs. Bennet, c'est un plaisir de vous revoir ! déclara-t-il avec entrain. Permettez-moi de vous aider, je vous en prie. Avec cette pluie, je ne saurais trop vous conseiller de vous mettre vite à l'abri dans l'église... Je m'occuperai pour vous de notre chère Jane : vous savez qu'en ma compagnie elle ne souffrira de rien !

C'était une façon assez bien tournée de réclamer un moment d'intimité avec sa fiancée, mais son effort passa totalement inaperçu auprès de sa future belle-mère. Ravie de l'accueil, cette dernière distribua en retour beaucoup de sourires et d'aimables choses, et elle aurait continué ainsi si, par chance, elle ne s'était fait happer par Lady Lucas, qui l'entraîna vers le porche. Pas plus fine que sa voisine, cette dernière n'avait pas non plus saisi l'allusion de Bingley, en revanche elle était arrivée tôt sur le parvis et elle avait grappillé des informations croustillantes sur le voisinage qu'elle avait hâte de partager. Les deux commères s'éloignèrent donc rapidement.

Bingley, soulagé, se tourna alors vers Jane pour l'aider à descendre. Il la prit à son bras et se dépêcha de l'attirer plus loin, histoire de mettre à profit les courtes minutes dont ils disposaient avant le début du service. Darcy, moins précipité, prit le relais.

— Miss Elizabeth, salua-t-il sobrement en tendant la main vers elle.

Il n'avait jamais été aussi volubile que son ami et le fait qu'il soit désormais fiancé à Elizabeth n'avait pas le moins du monde arrangé ce trait de caractère. Mais il avait sur le visage un de ces doux sourires dont il avait le secret et qui, aux yeux de la jeune fille, le rendait magnifique.

Pendant que son fiancé, courtois, s'occupait de Mary et Kitty, Elizabeth remarqua des regards indiscrets que leur jetèrent un petit groupe de paroissiens qui passaient près d'eux. De toute évidence, le fait qu'elle soit parvenue à se faire demander en mariage par Darcy commençait à se savoir un peu partout et provoquait une curiosité assez peu délicate. Venait-on voir à quoi ressemblait ce jeune homme du Derbyshire que l'on disait si riche ? Ou bien voulait-on vérifier si les charmes de la demoiselle Bennet justifiaient pareille entente ?

Comme celle-ci ne savait pas trop comment réagir, elle se contenta de saluer avec un petit sourire malaisé.

— Lizzy ?

Darcy lui tendait son bras.

— Pardonnez-moi, j'étais distraite, répondit cette dernière en se glissant contre lui.

— C'est ce que je vois, en effet. Comment allez-vous, chère Lizzy ? demanda-t-il en baissant le ton, afin que leur conversation reste privée. Avez-vous terminé votre *Odyssée* ?

Il faisait allusion à l'œuvre d'Homère, qu'il lui avait recommandée et prêtée – il en avait trouvé un exemplaire dans la bibliothèque de Netherfield. Il savait qu'Elizabeth avait largement entamé sa lecture et il était curieux de recueillir ses impressions.

— Pas encore, mais ce n'est l'affaire que de quelques heures, répondit la jeune fille. J'aurais pu la terminer déjà si vous n'étiez pas venu me distraire en me rendant visite tout l'après-midi, hier, et avant-hier, et la veille encore. Si vous m'encouragez dans une direction, mais qu'ensuite vous m'interrompez sans cesse, ne vous étonnez pas que je ne sois pas encore rendue à destination !

— Je vous fais toutes mes excuses, Miss Elizabeth, loin de moi l'idée de vous retenir dans votre élan... Dans ce cas, il serait peut-être préférable que je rentre à Netherfield, tout à l'heure, au lieu de venir déjeuner avec votre famille ? Vous pourrez ainsi profiter de votre après-midi pour avancer dans votre lecture sans être importunée par ma présence.

Elizabeth se mordit les lèvres et serra un peu plus fort le bras de son fiancé en essayant de ne pas rire. Elle découvrait, depuis leurs fiançailles, qu'il avait – bien qu'il s'en défende – un certain talent pour répondre à ses provocations sans se démonter. C'était pour elle un plaisir sans fin que de le taquiner ouvertement et de le voir riposter sur le même ton, d'autant plus que les airs imperturbables que prenait le jeune homme dans ces moments-là étaient largement supplantés par la douceur du regard qu'il lui lançait juste après.

— Je vous en prie, surtout ne vous désistez pas de votre invitation, supplia-t-elle. Maman serait tellement déçue ! Vous ne savez pas quel drame cela déclencherait dans la maison !

— Un drame, vraiment ? répéta Darcy, amusé, imaginant une Mrs. Bennet affolée et bouleversant toute la famille par des cris et des gesticulations.

— Elle se donne beaucoup de mal pour vous recevoir, vous et Mr. Bingley, savez-vous ? Vous n'auriez pas envie que tous ces efforts n'aient servi à rien.

— Pourtant, ne venez-vous pas de me dire à l'instant que vous aviez besoin de quelques heures de temps libre ? Je ne souhaite que vous faire plaisir, Elizabeth, vous le savez... continua le jeune homme, narquois.

Cette fois, Elizabeth se mit à rire, vaincue.

— Dans ce cas, vous me feriez terriblement plaisir en venant déjeuner à la maison après le service, comme prévu. Ma lecture attendra. Après tout, ces mots ont été écrits pendant l'Antiquité : s'ils ont patienté tous ces siècles pour parvenir jusqu'à moi, ils peuvent bien patienter encore quelques jours !

Interrompus par les cloches de l'église, qui sonnaient une dernière fois pour rassembler les ouailles retardataires, les deux jeunes gens se hâtèrent de rejoindre le banc de la famille Bennet.

~

Quelques jours auparavant, lorsqu'elle avait appris l'union à venir entre Mr. Darcy et sa seconde fille, Mrs. Bennet s'était écriée :

— Il faut que vous soyez mariés par licence spéciale !

Pour la brave femme, cette licence, qui permettait de se marier dans un délai très court et qui n'était accordée qu'aux couples assez fortunés pour se l'offrir, était non seulement une façon éclatante de démontrer les richesses de Darcy, mais aussi de s'assurer que sa fille soit mariée aussitôt que possible, histoire que ledit Darcy ne s'avise pas de changer d'avis et d'annuler leurs fiançailles. En matière d'unions conjugales, Mrs. Bennet préférait se montrer prudente.

Ses espoirs furent toutefois contrariés, car il n'y eut pas de licence spéciale. Ni Darcy ni Elizabeth n'en avaient la moindre envie, précisément parce que l'étalage des richesses était pour eux aussi vulgaire que dispensable. Ils souhaitaient en outre respecter l'ordre naturel des choses et notamment le fait que Jane avait été demandée en mariage la première – cela aurait été injuste pour la jeune fille que sa cadette soit mariée avant elle sur la base d'un simple caprice. On s'était donc entendu pour respecter les trois semaines de fiançailles obligatoires, et comme les préparatifs du mariage de Jane et Bingley avaient déjà commencé et qu'une date avait même été arrêtée, Darcy avait tout naturellement suggéré qu'on double les efforts. Ce serait absurde de célébrer deux mariages à quelques jours d'intervalle, quand on pouvait n'en organiser qu'un seul. Mrs. Bennet fut donc forcée de composer avec ses angoisses quant à un éventuel désistement de la part de l'un ou l'autre de ses futurs gendres.

Toutefois, l'une des consolations de la mère anxieuse, ce jour-là, fut la première lecture officielle des bans que le révérend de Meryton fit à la fin du service. Du haut de sa chaire, il lut d'une voix forte, en articulant soigneusement, l'annonce des mariages à venir, avec les noms des futurs époux, ainsi que la date et le lieu où le double événement se tiendrait. Lorsqu'il compléta cette annonce par la phrase rituelle indiquant que toute personne souhaitant s'opposer à cette union était invitée à se manifester avant l'heure fatidique, Mrs. Bennet poussa volontairement un petit cri indigné qui résonna dans toute l'église. Elizabeth et Jane se lancèrent un regard consterné, leurs fiancés firent mine de n'avoir rien entendu et les autres paroissiens étouffèrent quelques rires. Le message était clair : il ne fallait pas s'aviser de gêner la tenue de ce double mariage sous peine de déclencher l'Armageddon maternel.

Une fois le pasteur redescendu de sa chaire, l'assemblée se leva pour une dernière bénédiction avant la fin du service. C'est alors qu'Elizabeth sentit une boule d'émotion lui serrer brusquement la poitrine. Presque étourdie, elle dut se retenir au banc face à elle.

La réalité de ses fiançailles venait de lui sauter à la figure.

Depuis qu'elle était en âge d'assister au service du dimanche, elle avait écouté, comme tout le monde, ces annonces publiques qui racontaient la vie des paroissiens de Meryton. Déclarations de naissances, de baptêmes, de fiançailles, de mariages, de décès... Le plus souvent, cela concernait des gens que la jeune fille ne connaissait que de loin – voire pas du tout – et elle n'y prêtait qu'une oreille distraite, attendant juste que les annonces s'achèvent pour pouvoir quitter les lieux et retourner à ses activités. Mais aujourd'hui, c'était d'elle qu'il s'agissait. C'étaient son nom et celui de Darcy qui avaient résonné dans l'enceinte, survolant les têtes des amis, voisins, commerçants ou habitants aux visages familiers, dans cette petite église qu'elle avait fréquentée toute sa vie. Son mariage, cette simple idée, cette promesse qui jusqu'ici n'avait pas dépassé le cadre de la famille et des intimes, était désormais connu de tous et c'était comme si la ville entière de Meryton lui confirmait que non, elle n'avait pas rêvé : elle allait bien épouser Mr. Darcy.

Tout cela était d'autant plus tangible que le jeune homme se tenait en ce moment même auprès d'elle, droit et impénétrable comme à son habitude, se préparant à faire face au déluge de félicitations qui ne tarderaient pas, tout à l'heure. Il n'avait d'ailleurs rien remarqué de l'émotion de sa fiancée, et ce n'est que lorsque les paroissiens se levèrent enfin pour quitter l'église qu'il l'aperçut en train de s'essuyer discrètement les yeux.

— Lizzy, lui chuchota-t-il, est-ce que tout va bien ?

— Bien sûr, ne vous en faites pas, répondit-elle.

Elle lui prit le bras, mais elle évita de croiser son regard et resta tête baissée, le visage caché par le rebord de sa capote, le temps de reprendre ses esprits.

~

Après le repas chez les Bennet, Bingley proposa une sortie à l'extérieur, prétextant, avec sa bonne humeur habituelle, qu'il allait avoir besoin d'un peu d'exercice pour mieux digérer l'excellent festin qu'on lui avait servi. Par chance, la pluie avait cessé et l'on pouvait espérer que les chemins ne seraient pas trop mouillés. Les parents approuvèrent aussitôt. Le grand air, selon Mrs. Bennet, avait cela de bon qu'il mettait de la couleur aux joues des demoiselles et les rendait plus jolies encore.

Kitty se proposa aussitôt pour accompagner les fiancés, alors que Mary, plus encline à se mettre à sa musique, se fit asticoter par sa mère pour sortir malgré tout et ne se joignit finalement aux autres qu'en boudant. Mr. Bennet, soulagé de ses devoirs d'hôte, disparut dans sa bibliothèque, tandis que Mrs. Bennet s'attardait sur le perron pour crier des encouragements aux jeunes gens et leur conseiller les meilleurs chemins à prendre.

Sur la route, les couples se formèrent : Bingley et Jane en avant, suivis de Kitty et Mary – dont la mauvaise grâce finit par se muer en contemplation silencieuse du paysage –, et enfin Elizabeth et Darcy, qui firent exprès de ralentir le pas pour se laisser distancer.

— J'ai quelque chose à vous montrer, Lizzy, commença le jeune homme lorsqu'ils furent tranquilles.

Il sortit un journal de sa poche, le déplia et le feuilleta un instant pour chercher la bonne page, puis replia le tout à une taille plus raisonnable et le tendit à sa compagne.

— Regardez, là, la troisième annonce, pointa-t-il. Nos bans sont affichés dans la presse depuis hier. Juste au-dessus, vous trouverez ceux de Bingley et votre sœur.

Elizabeth lut tout cela avec une mine grave. Ce n'était pas la réaction à laquelle Darcy s'attendait.

— Hé bien ? s'inquiéta-t-il. N'êtes-vous pas excitée ? Comblée, oserais-je même dire ?

— Je serai comblée lorsque nous serons mariés et installés, Mr. Darcy, répondit la jeune femme avec, pour une fois, le plus grand sérieux. Dites-moi, ce journal, est-il distribué partout en Angleterre ? Ou bien seulement en Hertfordshire ?

Darcy fronça les sourcils.

— Celui-ci couvre Londres et le sud, répondit-il, mais sachez que les bans ont également été publiés dans deux autres journaux, dont l'un est distribué dans tout le Derbyshire – si c'est cela qui vous chagrine.

— Oh non, je ne m'inquiète pas du Derbyshire.

Elle lui rendit le journal et ils marchèrent en silence pendant un petit moment. Darcy cherchait à comprendre ce qui avait bien pu déplaire à sa jeune fiancée.

— Je vous vois songeuse... Voulez-vous me partager ce qui vous tracasse ? finit-il par demander.

La jeune fille se pinça les lèvres.

— Pour tout vous dire, je redoute votre tante, soupira-t-elle. Nous ne sommes pas encore mariés et je crains que, durant nos trois semaines de fiançailles, elle ne cherche à nous nuire. Peut-être croit-elle encore que tout cela n'est que paroles sans conséquence ? Auquel cas la lecture de ce journal risque de la mettre dans tous ses états.

— Et que voulez-vous qu'elle fasse ? Me disputer comme un enfant ? répondit Darcy.

— En tant que fille de comte, je ne doute pas que Lady Catherine ait ses entrées auprès de l'archevêque. Qui sait ce qu'elle pourrait obtenir !

Perplexe, Darcy réfléchit un instant avant de reprendre :

— Lizzy, vous avez eu vingt et un ans il y a peu, je crois, n'est-ce pas ?

La jeune fille acquiesça.

— C'est une bonne chose. Cela signifie que vous êtes en âge de décider par vous-même, vous n'avez plus besoin de l'autorisation de vos parents. Quant à moi, disons simplement que je n'ai rien à me reprocher d'aucune sorte. Légalement, nous sommes donc à l'abri : personne ne peut s'opposer à notre mariage. Soyez sans crainte. Ma tante pourra tempêter tant qu'elle voudra, nous envoyer les foudres du ciel sur la tête si elle en est capable, il n'empêche qu'elle n'a aucun pouvoir sur nous. À partir du moment où ma décision est prise – et elle l'est, je vous l'assure, je ne pense pas avoir besoin de vous l'affirmer encore –, notre mariage aura bien lieu.

Elizabeth ne répondit que d'un hochement de tête, et ils continuèrent leur promenade en silence. Devant l'aplomb de son fiancé, la jeune fille sentit ses inquiétudes se dissiper un peu, mais il lui fallut respirer profondément à plusieurs reprises pour sentir ses épaules se dénouer.

— Pensez-vous qu'elle pourrait vous envoyer des visiteurs pour tenter de vous faire changer d'avis ? reprit-elle peu après.

— À qui pensez-vous ?

— À quelqu'un comme un directeur de conscience. Un Mr. Collins par exemple. Je crois que Lady Catherine lui fait une confiance absolue sur tout ce qui concerne la morale et la bonne conduite.

Darcy s'apprêtait à répondre quand il capta dans le regard d'Elizabeth la lueur de malice qui s'y était rallumée. Elle se moquait de lui.

Il se mit à rire.

~

Dans les jours qui suivirent, Jane et Elizabeth reçurent de nombreuses lettres de la part de parents éloignés et de connaissances qui, ayant appris la nouvelle, se réjouissaient de leur bonheur à venir. On leur souhaita un mariage heureux, de beaux enfants, et on ne manqua jamais de glisser ici ou là une petite allusion au fait que les deux jeunes filles seraient bientôt très avantageusement installées dans la vie et qu'elles devaient faire la fierté de leurs parents.

À l'opposé, l'une de ces missives sortit du lot, tant par son contenu que par le manque de soin avec lequel elle avait été rédigée. La jeune Lydia Wickham écrivait pour féliciter ses aînées d'avoir suivi son exemple et pour demander si elle et son époux devaient s'attendre à être invités à la cérémonie. « Comprenez-moi, si c'est le cas, il faut que je puisse m'organiser rapidement, car Wickham doit demander son congé. Quant à moi, j'ai tellement d'autres engagements que j'en perds presque la tête ! » disait-elle. L'adolescente ne s'était pas embarrassée à écrire à chacune de ses sœurs : elle avait plutôt écrit une lettre commune dans laquelle elle s'adressait tantôt à l'une, tantôt à l'autre. Elle y parlait avec enthousiasme de Newcastle, vantait ses fêtes et les gens adorables qu'elle comptait maintenant parmi ses amis, et décrivait le confort d'une vie à l'hôtel où elle n'avait à s'occuper de rien d'autre que de plaire à son cher mari. Elle terminait en disant sa hâte de revenir à Longbourn pour tout leur raconter en détail.

Malheureusement pour elle, il était hors de question qu'elle se présente au mariage de ses sœurs. Même si on était parvenu, grâce à Darcy, à maintenir tant bien que mal les apparences, ils étaient plusieurs, parmi les intimes des Bennet, à savoir que l'union du couple Wickham avait été précédée d'une honteuse fugue amoureuse et de deux semaines de vie commune. Mieux valait éviter de rappeler dans les mémoires ce fâcheux épisode, en particulier le jour où Jane et Elizabeth rachetaient par leur propre mariage une respectabilité à la famille. Ce n'était qu'avec le temps qu'on pouvait espérer recevoir à nouveau Lydia dans le comté du Hertfordshire sans avoir à en rougir.

Répondre à un tel courrier ne fut donc pas aisé. Elizabeth passa une après-midi entière à noircir des feuilles qu'elle brûlait ensuite, avant de réussir enfin à rédiger une lettre satisfaisante.

Elle commença par inviter poliment sa benjamine à son mariage et celui de Jane, tout en s'inquiétant de la longue distance qui les séparait et du fait qu'il serait inenvisageable pour la jeune Mrs. Wickham de voyager seule. En effet, Elizabeth lui rappela que Darcy et Wickham avaient un différend irréconciliable qui l'empêchait d'inviter ce dernier. Elle conclut qu'il serait sans doute bien plus sage pour Lydia de ne pas se déplacer cette fois-ci, mais de garder ses économies pour venir rendre visite au couple Darcy lorsqu'ils seraient installés à Pemberley, peut-être au printemps prochain, en sachant qu'elle y serait toujours la bienvenue – quoique, là encore, sans son époux. Elizabeth termina en exprimant ses regrets face à la mésentente entre les deux hommes – dont sa sœur ne connaissait d'ailleurs pas les vrais motifs – et dans une note d'espoir elle suggéra que, peut-être, à la longue, les choses se calmeraient entre eux. Elle n'en croyait bien sûr pas un mot, mais elle avait le souci de protéger Lydia.

La lettre envoyée, il ne resta plus qu'à prier pour que l'adolescente et son mari ne se décident pas à entreprendre le voyage malgré tout.

Sur un coup de tête, tout pouvait arriver.

~

— Que diriez-vous de ce joli satin, Jane ? lui demanda sa mère. Ou bien cette soie ! Mon Dieu, regardez-moi cette soie : quelle merveille ! C'est un taffetas, n'est-ce pas ? Regardez, comme c'est beau… Ah, on voudrait tout acheter, ici, mes enfants !

Mrs. Bennet, depuis qu'elle était entrée avec ses filles dans la boutique de la couturière, ne savait plus où donner de la tête. Il n'y avait peut-être pas autant de choix qu'à Londres, mais c'était déjà bien plus que ce que la famille pouvait se permettre d'ordinaire.

Elizabeth s'amusait beaucoup de la façon avec laquelle Darcy s'adressait sa mère. Contrairement à Bingley, il la laissait parler sans contrainte, puis il la ramenait patiemment, grâce à quelques signes de tête ou quelques mots bien placés, vers le sujet principal qu'il souhaitait aborder. En une dizaine de jours, Mrs. Bennet avait perdu avec lui un peu de sa timidité première, ne le considérait plus du tout comme hautain ou désagréable, et chantait ses louanges comme un vrai petit pinson – bien qu'elle conserve tout de même une nette préférence pour Bingley.

C'est ainsi que Darcy avait amené auprès des Bennet un sujet qu'il présenta comme une idée tout à fait spontanée : son ami et lui se proposaient d'offrir chacun une robe neuve à leurs dulcinées, à titre de cadeau de mariage. Elizabeth et Jane en avaient été abasourdies.

Comme n'importe quelles fiancées, elles avaient déjà sélectionné la meilleure de leurs robes et prévoyaient l'agrémenter de broderies ou d'un peu de dentelle, en se préoccupant plutôt d'avoir un joli bouquet ou – comble du luxe ! – une paire de souliers de satin. La perspective de profiter d'une robe neuve était donc une joie inespérée, et Elizabeth, en croisant le regard de Darcy, avait vite compris que derrière ce cadeau soi-disant spontané se cachait aussi une préoccupation du « qu'en-dira-t-on ». Impressionner les témoins du mariage par la tenue des mariées était une manière de placer les deux jeunes filles dans leur rôle de maîtresses de grandes maisons, et c'était amené avec tant de finesse qu'Elizabeth n'avait pu qu'admirer son fiancé pour son élégance. Sa mère, elle, n'y avait vu que du feu.

— Regarde, Lizzy, indiqua Jane en caressant des doigts une superbe soie bleue, je crois que je vais choisir celle-ci. Avec des manches bouffantes et ce joli galon brodé le long des découpes, qu'en dis-tu ?

Distraite à la fois par sa mère et Kitty, qui babillaient et s'extasiaient sur tout, et par la douce Jane qui commençait à imaginer sa propre robe avec un plaisir presque coupable, Elizabeth eut plus de difficulté à arrêter son choix. Elle finit par se décider pour un drap de percale d'un ton vert d'eau que la couturière, venue l'aider, proposa de compléter avec une gaze blanche et des broderies du dernier chic. Avant même qu'Elizabeth ait pu objecter que le prix allait être exorbitant, la couturière lui expliqua que ces messieurs étaient déjà venus lui donner des instructions et que rien n'y ferait obstacle, pour autant que la tenue soit de bon goût pour le mariage ainsi que pour les nombreuses autres réceptions qui ne manqueraient pas de suivre. Ces messieurs lui avaient parlé de Londres, de théâtres, de dîners et de bals dans le quartier de Mayfair, ce qui avait amplement suffi à la couturière pour comprendre qu'elle devait se surpasser.

— De la percale ? s'était étonnée Mrs. Bennet en voyant le choix de sa fille. C'est très joli, mais enfin, Lizzy, ce n'est guère que du coton ! Vous devriez prendre de la soie ! Quelle jeune fille n'a jamais rêvé de porter une robe en soie ?

De toute évidence, Elizabeth n'était pas de celles-là, car elle maintint son choix ; et sa mère, dépitée, fut bien obligée de la laisser faire. Elle se rabattit sur la toilette de Jane qui, en taffetas de soie celle-là, promettait d'être éblouissante.

De son côté, Kitty, jalouse de l'attention dont bénéficiaient ses sœurs, tournait en rond autour d'elles en se mêlant de tout. Elle ne pouvait pas taquiner Mary, restée à Longbourn ce jour-là, ni sa mère, encore moins la couturière et son assistante, aussi ne cessait-elle d'agacer ses aînées. Lorsqu'elle entendit parler de Londres, son niveau d'excitation grimpa d'un cran.

— Vas-tu aller souvent en ville, Lizzy ? demanda-t-elle. Mr. Darcy y possède une maison, je crois, non ?

— C'est exact, répondit sa sœur, mais nous n'irons à Londres que pour deux semaines, juste après le mariage. Ensuite, nous irons nous installer à Pemberley.

— Vous serez en ville pendant deux semaines ! Oh, maman, s'écria l'adolescente en se tournant vers Mrs. Bennet, est-ce que je pourrai accompagner Lizzy et Mr. Darcy à Londres, quand ils seront mariés ? Juste deux semaines ! Ils pourront me ramener à Longbourn quand ils iront à Pemberley, c'est sur leur chemin !

— Pas exactement… commença Elizabeth.

— Oh, maman, s'il vous plaît ! insista Kitty. J'aimerais tellement y aller !

— Ma foi, commença Mrs. Bennet, pourquoi pas ? Ce n'est pas une mauvaise idée.

Et alors que Kitty commençait à sauter de joie, Elizabeth se tourna vers sa mère avec un regard consterné et protesta :

— Je vous en prie ! Je n'ai pas du tout envie d'emmener Kitty avec moi !

— Hé bien, quoi ? ajouta Mrs. Bennet. Ce n'est pas si fou que cela, il me semble ! Miss Davies a fait la même chose lorsqu'elle est partie en lune de miel : elle a emmené deux de ses sœurs. Nous savons tous que Mr. Darcy n'est pas l'homme avec qui il soit le plus facile de bavarder, alors qu'allez-vous faire, Lizzy, si vous ne trouvez rien à lui dire lorsque vous serez seuls ? Vous pourriez vous trouver bien aise, vous aussi, d'avoir votre sœur pour vous distraire !

— Je suis désolée, mais non, il n'en est pas question ! s'opposa Elizabeth. Je suis parfaitement capable de converser avec Mr. Darcy et je vous assure que je n'ai pas besoin d'avoir qui que ce soit à mes côtés !

Sur quoi la jeune Kitty, comprenant que son projet se réduisait en miettes, arrêta de sautiller. Jane eut à peine le temps de se diriger vers elle pour la prendre dans ses bras que l'adolescente fondait en larmes. Elle se dégagea violemment des bras de son aînée et se mit à crier à

15

Elizabeth que ce n'était pas juste, qu'elle la détestait, qu'elle n'avait jamais droit à ce genre de plaisir, qu'elle allait s'ennuyer à mourir toute seule à Longbourn avec Mary une fois que ses sœurs seraient parties, et que sa vie ne valait pas la peine d'être vécue puisque ses sœurs avaient tout et elle rien.

Les cris et les pleurs de la petite Bennet firent fuir deux clientes qui s'étaient aventurées dans la boutique, mais comme cela ne suffisait pas, Kitty sortit à son tour en courant dans la rue, poursuivie par Mrs. Bennet qui lui intimait de se calmer, tout en s'énervant à son tour.

— Pardonnez-nous, s'excusa Elizabeth auprès de la couturière, aussi embarrassée que Jane par cette scène. Notre sœur est encore jeune et elle a toujours du mal à se contenir…

Kitty tempêta jusqu'au soir. Elle osa même entrer dans la bibliothèque afin de plaider sa cause auprès de Mr. Bennet, mais rien n'y fit : Elizabeth tint bon. Elle promit d'inviter l'adolescente plus tard pour lui faire découvrir Pemberley, mais ces deux semaines à Londres étaient sacrées.

Pour la première fois, elle pourrait enfin être seule avec son époux et elle attendait ce moment avec une telle impatience qu'elle ne voulait rien gâcher.

~

— J'ai reçu une réponse de ma sœur Georgiana ce matin, déclara Darcy. J'aurais de la difficulté à vous rendre avec exactitude les mots qu'elle m'a adressés, je crois qu'elle en manquait elle-même pour me dire à quel point elle est enchantée d'apprendre que nous allons nous marier. Vous lui avez fait une telle impression, lors de votre visite à Pemberley l'été dernier, elle vous a trouvée si passionnante qu'elle ne souhaiterait pas avoir de sœur autre que vous. Elle attend de vous revoir avec une impatience absolument terrible.

Les quatre fiancés avaient été reçus pour le thé chez l'oncle et la tante Philips, et quittaient à présent Meryton pour s'en retourner vers Longbourn. Elizabeth, qui marchait auprès de Darcy, le regarda d'un air ahuri. Pour un peu, elle lui aurait ri à la figure, éberluée qu'elle était de l'entendre tenir un discours aussi dithyrambique. Essayait-il de faire de l'humour ? Il avait pourtant l'air tout à fait sérieux.

— Vraiment ? s'étonna-t-elle. Êtes-vous certain que c'est bien de moi qu'elle parle ?

— Bien entendu, répondit le jeune homme en fronçant les sourcils. Doutez-vous de la grande affection qu'elle vous porte déjà ?

Georgiana Darcy, pour autant qu'Elizabeth s'en souvienne, était une demoiselle charmante, mais d'une extraordinaire timidité, et qui ne parlait que si on l'y invitait. Même si Elizabeth, lors de sa visite à Pemberley, s'était montrée bienveillante et avait réussi à mettre l'adolescente un peu plus à l'aise, elles avaient difficilement échangé plus de quelques mots en tête-à-tête.

Déstabilisée, la jeune fille fut sur le point de répondre une quelconque civilité, puis elle se ravisa. Elle préféra la taquinerie.

— Mon cher Mr. Darcy, déclara-t-elle sur le même ton pompeux, je vous remercie de cette délicatesse, mais vous savez bien que, quoique j'aie trouvé votre sœur tout à fait adorable, c'est à peine si nous avons eu l'occasion d'échanger autre chose que les courtoisies d'usage. Je ne doute pas qu'elle se réjouisse de ce mariage et qu'en temps voulu nous développerons, elle et moi, un attachement des plus sincères, mais peut-être est-ce un peu prématuré pour elle d'exulter à ce point de joie à l'idée que je devienne bientôt sa sœur…

Puis elle prit un air malicieux et ajouta :

— Allons, admettez avec moi que je suis encore une quasi-inconnue pour elle. N'êtes-vous pas plutôt en train d'enjoliver dramatiquement son message ?

La plaisanterie n'eut pas l'air de faire effet. Au contraire, au lieu de se dérider, son fiancé sembla se vexer tout à fait.

— Pardonnez-moi, je pensais vous faire plaisir, répondit-il sèchement. Il est possible que Georgiana ne vous connaisse pas aussi bien que je le souhaiterais en effet, mais je lui ai beaucoup parlé de vous. N'est-ce pas la même chose ?

Elizabeth réagit en lui serrant le bras avec affection.

— Je voulais juste vous faire comprendre de ne pas me parler sur un ton aussi cérémonieux, mon ami, en particulier lorsque nous sommes seuls, expliqua-t-elle avec douceur. Je respecte votre goût pour les phrases élégantes, mais réservez-les à vos lettres, où elles sont plus appropriées. Quant à moi, je ne mérite pas tant de grandiloquence : je préfère les choses simples aux ornements.

Darcy se renfrogna, mais Elizabeth le sentit se détendre un peu. Ils firent encore quelques pas, puis le jeune homme revint à la charge.

— Me laisserez-vous vous dire, au moins – sans le plus petit ornement, cette fois –, que tout Pemberley se réjouit à l'idée d'avoir bientôt une nouvelle maîtresse ? Que ma gouvernante, Mrs. Reynolds, même si elle ne vous connaît pas non plus, se souvient tout de même très bien de votre visite ?

— Ah ! Voilà qui est beaucoup mieux ! s'exclama Elizabeth en pouffant de rire.

Cela acheva de désamorcer la mauvaise humeur de son compagnon.

— Malgré tout, croyez bien que Georgiana est réellement heureuse que je vous aie choisie, vous, et pas une autre, poursuivit-il en adoptant un ton plus détendu. Vous êtes une des rares à lui avoir consacré un peu d'attention, avec gentillesse et authenticité. Elle y a été sensible.

— Et à votre tour, soyez certain que j'ai trouvé en elle une future sœur délicieuse à laquelle je n'aurai aucun mal à m'attacher. Quand je pense que Jane va hériter de Mrs. Hurst et de Miss Bingley, je vous assure que je me réjouis de mon sort…

Darcy laissa échapper un sourire narquois. Il ne se permit toutefois pas de relever cette petite raillerie et ils continuèrent à marcher sans se presser, jusqu'à ce qu'ils rejoignent Jane, justement, qui les attendait avec Bingley à un tournant du chemin.

— Voyons, Miss Elizabeth, tout le monde me dit que vous êtes la meilleure marcheuse de la famille et pourtant je vous vois encore en retard. Notre ami Darcy serait-il un poids trop lourd à tirer ? plaisanta Bingley.

Aussitôt, ce dernier envoya voler d'une pichenette le chapeau de son ami. Ce fut son unique réponse à cette provocation et cela fit rire tout le monde, à commencer par Bingley lui-même.

— Voyez-vous, continua-t-il en ramassant son chapeau qui avait roulé dans l'herbe, depuis le temps que je connais Darcy, je ne l'ai jamais vu laisser une provocation sans réponse ni une injustice sans réparation !

— Et moi je vous trouve bien fanfaron, Bingley, et je doute que vous vous seriez permis ce genre de commentaire si ces demoiselles n'avaient pas été là, répliqua Darcy du tac au tac. Je vous soupçonne de vouloir impressionner Miss Bennet.

18

— Si c'est le cas, il y parvient fort bien, répondit Jane, avec un petit rire.

— Me voilà démasqué ! Je plaide coupable ! ajouta Bingley en grimaçant.

Les jeunes gens étaient partis sans autres chaperons qu'eux-mêmes, ce qui permettait non seulement aux deux couples de s'isoler à leur guise, mais également à une dynamique de quatuor de se mettre en place. Ils plaisantaient ensemble avec de plus en plus d'aisance, même si Jane, la plus réservée de tous, ne savait pas encore toujours comment s'adresser à Darcy avec naturel.

Elizabeth s'était plusieurs fois demandé comment l'amitié pouvait perdurer entre Bingley et Darcy, tant ils étaient opposés de caractère. Bingley, qui n'avait pas vingt-cinq ans, était énergique, aimait rire et bouger, tandis que Darcy, de quelques années son aîné, était d'un calme olympien et semblait toujours prendre la vie avec un très grand sérieux. Pourtant, une fois mises ensemble, les personnalités des deux hommes se complétaient bien, et depuis peu Elizabeth s'était mise à soupçonner Darcy de s'entourer de gens vifs et stimulants – tels que Bingley ou l'agréable colonel Fitzwilliam –, susceptibles de lui apporter la légèreté qui lui manquait. Quoi qu'il en soit, elle ne pouvait que se féliciter de cette amitié, qui lui garantissait qu'elle et sa sœur continueraient à se voir souvent après le mariage.

— Lizzy, j'aimerais te parler, lui chuchota Jane en lui prenant le bras, tandis que les deux jeunes hommes continuaient de se quereller gentiment.

— Qu'y a-t-il ? demanda Elizabeth.

Jane s'éloigna encore de quelques pas, agitée d'un rire nerveux.

— Il m'a embrassée ! gloussa-t-elle.

— Qui ? Bingley ?

— Chuuut ! Pas si fort ! Bien sûr, Charles, qui d'autre, voyons !

— Mais quand ?

— Il y a un instant, pendant que nous vous attendions. Je n'ai rien vu venir, il m'a soudain prise par la taille, et… et voilà ! raconta-t-elle avant de se mettre à rire encore, autant pour masquer sa gêne que sa jubilation.

19

Elizabeth, une fois l'effet de surprise passée, se réjouit pour sa sœur, tout aussi excitée qu'elle à l'idée d'un tel rapprochement entre les amoureux. Mais alors que les quatre promeneurs reprenaient leur route vers Longbourn, la jeune fille s'interrogea.

Darcy n'avait jamais tenté le moindre geste envers elle, en dehors de quelques caresses sur le bras et de baisers appuyés lorsqu'il portait sa main à ses lèvres. Maintenant qu'ils étaient fiancés, il était pourtant probable – recommandable, même – que d'autres baisers suivent, comme celui échangé par sa sœur et Bingley. Était-ce un manque d'initiative de la part de son fiancé ? Une timidité ? Ou simplement une occasion qui tardait à se présenter ? Elizabeth n'avait pas la réponse mais, un peu jalouse de ce grand événement que sa sœur venait de vivre, elle se promit bien de chercher à tout mettre en œuvre afin d'y avoir droit, elle aussi, au plus vite.

~

Bingley, tout à son bonheur d'avoir bientôt Jane auprès de lui, s'était mis en tête de lui faire visiter la totalité du domaine de Netherfield. Il avait donc rendu aux Bennet leurs nombreuses invitations en les accueillant à son tour chez lui pour un déjeuner familial, à l'issue duquel il proposa une promenade en voiture dans les forêts du domaine.

Bien qu'octobre tirât à sa fin, la température était exceptionnellement douce et le projet se transforma quelque peu : Kitty, déjà excitée à l'idée de découvrir quelque chose de nouveau, réclama une sortie en cabriolet pour mieux profiter, dit-elle, « des si jolies feuilles d'automne, qu'on ne trouve pas aussi colorées ailleurs qu'ici ».

— En cabriolet ? Mais que ferons-nous s'il se met à pleuvoir, ma fille ? s'exclama Mrs. Bennet. Nous n'aurons rien pour nous abriter !

— Et nous risquerions d'attraper un rhume, ce qui nous obligerait à garder la chambre à Netherfield, souligna son époux, avec son sarcasme habituel.

Elizabeth lui lança un regard amusé et Jane rougit jusqu'aux oreilles, mais leur mère ne saisit pas l'allusion.

— Je ne pense pas qu'il pleuvra, madame, intervint Darcy en s'adressant à Mrs. Bennet, le ciel est dégagé. Personnellement, je trouve la suggestion de Miss Catherine très intéressante. Qu'en dites-vous, Bingley ?

— Ma foi, je n'avais pas songé aux cabriolets. Malheureusement, il n'y en a ici que deux, ce qui fait que nous ne pourrons pas tous y monter.

— Peut-être pouvons-nous nous séparer ? proposa Elizabeth. Vous pourriez faire visiter le domaine à Jane en cabriolet, maman et Kitty pourraient monter dans le second, et nous autres irions à pied. À moins que vous, papa, ne préfériez partir en voiture également ?

Mr. Bennet refusa avec énergie, prétextant qu'il ne voudrait pas priver Kitty de ce plaisir. Il faut dire que la perspective d'une promenade à pied lui paraissait bien plus alléchante que le bavardage de son intenable épouse, qui ne manquerait pas de s'extasier sur chaque caillou du chemin.

— Miss Elizabeth a raison, ajouta Darcy. Je connais assez bien les jardins pour les leur faire visiter tandis que vous serez partis, Bingley.

Cette nouvelle organisation fit l'unanimité – bien que personne ne songeât à demander son avis à Mary, qui fut d'office invitée à se joindre aux marcheurs. Pendant qu'on faisait atteler les chevaux par mesure de précaution, le majordome de Netherfield vint distribuer aux dames des châles supplémentaires. Bingley, Jane, Mrs. Bennet et Kitty montèrent ensuite dans deux élégants cabriolets français, dont on avait replié la capote. À voir le sourire et l'enthousiasme de l'adolescente, on devinait qu'elle vivait le plus beau moment de sa vie, ce qui amusa beaucoup Bingley.

Tandis que les voitures s'éloignaient au pas le long de l'allée principale, Darcy emmena le reste des invités en direction des jardins, de l'autre côté de la bâtisse. Avec Elizabeth à son bras et Mr. Bennet et Mary juste derrière eux, il se montra un hôte fort agréable, répondant avec habileté aux questions existentielles de Mary et s'inclinant très vite devant la supériorité incontestable de son futur beau-père en matière de botanique.

— Je serais bien incapable de vous décrire les fleurs et les plantes de ce jardin, Mr. Bennet. Je m'en remets totalement à vous sur ce point, avoua-t-il.

Le brave homme ne se fit pas prier, et très vite ce fut lui qui mena la marche, appréciant l'intelligence de l'agencement des plantes et affirmant qu'il donnerait cher pour posséder un tel jardin. Absorbé dans ses idées, il se mit, sans s'en rendre compte, à tenir sur Netherfield un discours aussi élogieux que ceux que débitait son épouse, quoiqu'avec plus de sincérité, ce qui amena Elizabeth à

21

échanger des regards malicieux avec Darcy. Voyant son père prendre un tel plaisir à partager ses connaissances, la jeune fille encouragea même les deux hommes à passer un peu de temps ensemble, en se faufilant vers Mary pour les laisser seuls.

— Quand crois-tu que nous allons rentrer, Lizzy ? lui demanda sa cadette en soupirant d'ennui. N'en avons-nous pas assez vu de Netherfield ? Il me semble que ce n'est pas la dernière fois que nous y viendrons, désormais, alors à quoi bon tout cela ?

— Un peu de patience, ma chérie. La vie ne se passe pas que dans les livres et la musique, il faut bien sortir, parfois… répondit Elizabeth. Mais je crois me rappeler que, d'après Jane, une des chiennes, ici, a eu des petits. Veux-tu que nous allions les voir ?

Jouer avec une portée de chiots était bien plus tentant pour la jeune Mary que l'observation des fleurs d'automne, et cela fut vite entendu avec Darcy, qui était au courant de l'événement. Il fit signe à un jardinier qui passait non loin de là.

— Cette demoiselle aimerait voir la chienne et ses petits, expliqua-t-il au domestique. Voulez-vous l'y mener ? Miss Elizabeth, ajouta-t-il en se tournant vers elle, j'avais dans l'idée de vous faire voir la grotte, mais si vous préférez, vous aussi, aller caresser les chiots…

— Une grotte ? Vous m'intriguez, Mr. Darcy, répondit la jeune fille.

— C'est au bout du jardin, après la grande fontaine. Aimeriez-vous y jeter un œil ?

Mr. Bennet se proposa alors pour accompagner sa cadette, et insista pour que les fiancés poursuivent leur promenade jusqu'à ladite grotte. Le petit groupe se sépara de nouveau.

Maintenant qu'ils étaient seuls, le jeune couple allait pouvoir de nouveau se comporter de manière plus détendue. C'est du moins ce que pensait Elizabeth, avant de réaliser que le contexte de Netherfield compliquait les choses. La visite des jardins était plus formelle qu'une promenade dans la campagne – d'autant plus qu'on pouvait facilement être surpris par quelqu'un de la maison – et Darcy ne semblait pas décidé à abandonner son air réservé.

Ils marchèrent donc un long moment en silence, côte à côte, tandis que la jeune fille cherchait un moyen de relancer la conversation.

— Je suis éblouie par vos talents, Mr. Darcy, finit-elle par déclarer. Il me semble que, depuis que nous avons quitté la maison, vous avez une idée très précise de l'endroit où vous voulez m'emmener et que vous avez fini par obtenir ce que vous souhaitiez sans jamais le demander directement. Est-ce que je me trompe ?

— Vous commencez à bien me connaître, admit ce dernier. J'avais une petite idée de ce que je souhaitais, en effet, mais mes espérances sont bien simples : je ne cherche qu'à passer un peu de temps en tête-à-tête avec vous, voilà tout.

Puis il ajouta, un petit sourire de connivence au coin des lèvres :

— C'est une quête que je poursuis depuis bien longtemps, d'ailleurs.

Elizabeth se mit à rire.

— Et Dieu sait que je ne vous ai pas rendu la tâche facile ! Pauvre Mr. Darcy... Je vous ai bien malmené, tout ce temps. Vous cherchiez ma compagnie et moi je vous fuyais ! Je suis décidément une affreuse personne ! Mais, rassurez-moi, ajouta-t-elle en s'accrochant amoureusement à son bras, ai-je assez changé d'attitude aujourd'hui pour me faire pardonner tous ces mauvais traitements ?

— Je reconnais que vous avez plutôt bien progressé.

— « Plutôt bien progressé » ? s'esclaffa la jeune fille. « Plutôt bien progressé » !

Ils ne croisèrent personne dans les jardins, et la glace étant à nouveau rompue, c'est en bavardant de choses et d'autres qu'ils parvinrent enfin à la grotte.

Au milieu d'un mur couvert de lierre, au fond d'une sorte de niche évoquant plus ou moins une caverne, se trouvait la statue de marbre blanc d'une nymphe. Dévêtue, cachant sa poitrine de son bras, elle baissait les yeux en direction d'un filet d'eau qui s'échappait de la paroi à ses pieds pour dégringoler en fontaine dans un petit bassin.

Elizabeth remarqua aussitôt que l'endroit était isolé des regards, fermé d'un côté par un rideau d'arbres dont les feuilles n'étaient pas encore tombées, et de l'autre par une alternance de buissons et d'arbustes de différentes hauteurs. L'allée qui menait à la grotte, et par laquelle ils étaient arrivés, se perdait en circonvolutions parmi les plantes du jardin, ce qui fermait toute perspective. Il fallait se trouver à proximité immédiate de la grotte pour apercevoir ce qui s'y passait, ce qui en faisait un endroit rêvé pour que deux amants s'échangent quelques caresses en toute discrétion.

La jeune fille, qui avait déjà quelques soupçons, en fut convaincue : Darcy lui avait tendu un guet-apens amoureux. À cette idée, elle se sentit soudain tout émoustillée.

Tandis qu'elle faisait semblant d'admirer la statue, elle se mit, l'air de rien, à surveiller son compagnon du coin de l'œil pour deviner l'instant où il tenterait une approche. Comme elle le sentait un peu incertain, elle amorça une manœuvre pour lui faciliter les choses : elle s'accota contre le rebord de la fontaine, tendit le bras et passa son poignet sous le filet d'eau, dans une pose qu'elle espérait pleine de grâce et des plus séduisantes. Tout gentleman qu'il était, Darcy n'avait plus qu'à s'approcher pour lui proposer son mouchoir, et, avec un peu d'encouragement, lui prendre un baiser.

En effet, alors que l'eau glacée ruisselait sur ses doigts, ce dernier s'avança. Les espoirs de la jeune fille étaient à leur apogée.

— Je vais devoir rentrer à Londres pour quelques jours, déclara-t-il. À vrai dire, je pars demain.

Pour Elizabeth, la chute fut rude. Stupéfaite, elle mit quelques secondes à trouver ses mots.

— Vous n'êtes pas sérieux ? fit-elle, d'une voix blanche.

— Je crains que si, malheureusement.

— Mais...

L'eau glacée lui brûlait la main. Elizabeth se redressa.

— Mais nous devons nous marier dans douze jours ! s'exclama-t-elle. Vous n'aviez jamais parlé de quitter Netherfield d'ici là !

— En effet, mais j'ai eu un impondérable, une affaire imprévue à régler en ville. J'en suis le premier désolé, croyez-moi.

— Quand pensez-vous rentrer ?

— L'avant-veille.

— Oh...

Oubliant la fontaine, la pose gracieuse et le mouchoir – qui, de toute évidence, ne viendrait jamais –, elle s'essuya machinalement sur sa robe. Voyant sa déception, Darcy essaya tant bien que mal de la réconforter.

— Ne vous inquiétez de rien, douce Elizabeth, dit-il en prenant sa main glacée et humide et en la portant à ses lèvres. Les préparatifs vont bon train, vous n'avez pas à vous en préoccuper. Je rentrerai bien assez tôt pour que nous puissions nous marier, sans précipitation aucune, et tout sera parfait. Et je vous écrirai, bien entendu. Ne vous inquiétez de rien, je vous assure...

Elle hocha la tête, essayant de faire bonne figure, mais l'instant avait perdu tout son charme. Le chemin du retour à travers les jardins lui sembla désolant.

~

Après cette après-midi au grand air, les Bennet furent invités à prendre le thé, que l'on servit dans le salon d'apparat. Comme le jour tombait rapidement, on alluma des chandelles, que venait compléter la lueur des feux dans les deux grandes cheminées.

Jane, assise sur un sofa, face à sa mère et ses sœurs, donnait déjà l'impression d'être la maîtresse des lieux. Bingley, debout auprès d'elle, ne la quittait pas et l'entourait de charmantes attentions. Pour Elizabeth, en revanche, l'état d'esprit était tout autre. Darcy aussi se tenait tout près d'elle, mais il discutait plutôt avec Mr. Bennet. La jeune fille avait de toute façon perdu de sa vivacité et n'était plus aussi disposée à échanger des regards et des murmures avec son fiancé – un changement d'humeur que seule Jane semblait avoir remarqué.

— Et vos sœurs, Mr. Bingley, demanda Mrs. Bennet, sont-elles toujours à Londres ?

— Tout à fait, répondit le jeune homme. Louisa et Mr. Hurst y possèdent une maison, c'est en général là que je vais moi-même avec Caroline lorsque je suis en ville. Les plus jeunes sont à Londres également, au pensionnat.

— Oh, j'avais oublié que votre famille était si nombreuse. Et vous êtes le seul garçon ! Combien de sœurs avez-vous en tout, dites-moi ?

— Cinq. Caroline est dans le monde, bien sûr, mais Louisa, qui est mon aînée, est la seule à être mariée.

— Et ont-ils des enfants, ces Mr. et Mrs. Hurst ?

— Pas encore. Je suppose que cela viendra avec le temps.

— Pourtant, cela fait déjà quelques années qu'ils sont mariés, non ? insista Mrs. Bennet.

— En effet, cela fera bientôt trois ans.

— Trois ans ! Comme c'est surprenant… Quand je pense que je me suis trouvée grosse de notre chère Jane tout juste quelques mois après mon mariage avec Mr. Bennet, à l'époque. Nous n'avons décidément jamais eu de difficulté de ce côté-là, dans la famille ! remarqua-t-elle, avec un petit rire.

Et alors que Jane rougissait jusqu'aux oreilles devant le manque de pudeur de sa mère, son fiancé, mal à l'aise, chercha un moyen d'intervenir pour rectifier le cours de la conversation.

— Je ne doute pas que vous connaîtrez rapidement le même bonheur, continua Mrs. Bennet. Les enfants, n'est-ce pas, qu'y a-t-il de plus joyeux dans une maison ?

— Caroline et Louisa seront de retour ici bientôt, ainsi que Hurst, affirma Bingley en tendant une assiette de gâteaux à Mrs. Bennet pour la distraire. J'ai hâte de les revoir. Je suis si habitué à vivre en leur compagnie qu'elles me manquent horriblement chaque fois que nous nous séparons ! Mais bientôt, avec Jane pour compléter notre petit comité, et mon bon ami Darcy que je ne manquerai pas de voir souvent aussi, je crois que la vie sera tout simplement merveilleuse…

— Quand doivent-ils arriver ? demanda Jane.

— L'avant-veille de notre mariage, ma douce, lui répondit le jeune homme. Ils rentreront tous avec Darcy, qui part demain pour aller en ville, justement.

— Demain ? Juste avant le mariage ? Je ne savais pas cela… s'étonna sa fiancée, en lançant un regard en biais à Elizabeth. N'est-ce pas un peu tard ?

— Bien sûr que non ! Que pourrait-il arriver ? Lorsque Darcy est aux commandes, les choses se déroulent toujours comme du papier à musique, vous pouvez me croire sur parole !

En écoutant cette conversation, les yeux baissés sur sa tasse de thé qu'elle remuait par automatisme, Elizabeth sentit remonter dans sa gorge les émotions qu'elle tentait de dominer depuis qu'elle avait elle-même appris la nouvelle, à peine une heure auparavant.

Voir son fiancé partir si vite, si loin et si longtemps, ravivait des peurs qu'elle pensait avoir domptées. Lui revenaient en tête la colère de Lady Catherine lors de sa visite à Longbourn, les commentaires sournois de Caroline Bingley, les allusions qu'elle avait entendues ici et là et qui remettaient en cause la solidité de cette union, et la crainte, simplement, que son fiancé une fois loin d'elle ne reprenne ses esprits et ne réalise que leur mariage était une folie. Tout cela lui traversait l'esprit dans un tumulte tel qu'elle ne parvenait plus à avoir les idées claires.

— Ma foi, ce n'est peut-être pas plus mal ainsi, déclara Mrs. Bennet en haussant les épaules. Ainsi, Elizabeth n'aura pas son fiancé dans les jambes lorsqu'elle sera occupée à boucler son trousseau et à se préparer. Car, je suis navrée de vous l'apprendre, Mr. Bingley, ajouta-t-elle avec un petit air facétieux, mais nous autres, femmes, avons tellement à faire que, parfois, être un peu soulagées de nos époux ne fait que nous rendre la vie plus facile !

— Maman, voyons ! s'exclama Jane, indignée.

Et alors que s'ensuivait un moment pénible où Mrs. Bennet se défendait d'avoir dit quoi que ce soit de condamnable, où Kitty ricanait et où Mr. Bennet se joignait maladroitement à la conversation pour se faire expliquer de quoi il retournait, Elizabeth sentit les larmes lui monter aux yeux. Tremblante, elle déposa sa tasse de thé sur une table et se leva.

— Excusez-moi, balbutia-t-elle.

Puis, sous les regards empathiques de Jane et de Bingley, elle sortit de la pièce.

~

Darcy se maudissait intérieurement de sa maladresse. Il se doutait bien qu'Elizabeth n'apprécierait pas le voir disparaître à moins de deux semaines de leur mariage. C'était de sa faute si elle était bouleversée, il n'avait pas su la préparer avec assez de douceur à cette annonce.

Occupé à deviser avec son futur beau-père, il n'avait pas suivi la scène qui s'était déroulée près de lui. Il n'avait entendu que la dernière réplique de l'impossible Mrs. Bennet et avait aussitôt compris les raisons du départ précipité d'Elizabeth. Après s'être excusé à son tour auprès de l'assemblée, il lui avait emboîté le pas.

La jeune fille s'était mise à courir, et il la vit disparaître à l'angle du couloir. Il ne parvint à la rattraper qu'un peu plus loin. À demi cachée derrière un renfoncement du mur, Elizabeth s'essuyait le visage et se préparait à lui faire face, l'air farouche.

Ils n'échangèrent pas un mot. Décontenancé par ces grands yeux noirs magnifiques qui le fixaient avec défiance, Darcy réagit par

27

instinct. Prenant la main de la jeune fille, il l'entraîna par la première porte qui se trouvait à proximité et qui donnait sur un petit salon de musique plongé dans la pénombre.

Là, il la prit dans ses bras et la serra tendrement. Il la sentit tressaillir. Les larmes reprirent.

— Doucement, ma chérie, lui murmura-t-il pour la consoler. Doucement...

Par chance, elle ne pleura pas longtemps. Ébranlé et maladroit comme il l'était, il n'aurait sans doute pas su comment se comporter si la situation avait duré.

— Pardonnez-moi, chuchota Elizabeth en reniflant plusieurs fois pour ravaler ses sanglots. Je suis juste un peu fatiguée par tout ce qui arrive. Je ne m'attendais pas à vous voir partir, mais ça va, maintenant. Je vais bien.

Pourtant, elle ne fit pas un geste pour quitter son étreinte. Au contraire, elle glissa ses bras dans son dos et se mit à le serrer elle aussi, en essuyant sa joue mouillée sur le col de sa redingote.

— Je regrette de vous causer tout ce trouble, Lizzy, lui chuchota-t-il. Je ne suis pas maître de mon emploi du temps.

— Ne vous excusez pas, je comprends, renifla-t-elle encore.

Alors, sans même y penser, et juste parce que cela lui paraissait la chose la plus naturelle à faire, Darcy prit le visage de la jeune fille dans ses mains, l'observa un instant à la faible lueur qui leur parvenait depuis la fenêtre, et l'embrassa.

Il sentit Elizabeth hoqueter sans savoir si c'était un reste de sanglot ou la surprise de ce baiser. Mais elle ne le repoussa pas. Elle ne chercha ni à se défiler en rougissant comme faisaient souvent les jeunes filles prudes, ni à pincer les lèvres en signe de défense inconsciente ou encore à se laisser faire sans réagir. Au contraire, elle lui rendit son baiser aussi bien qu'elle le put, avec, certes, un peu de maladresse, mais également beaucoup de douceur, de curiosité et – il en eut la nette impression – avec une certaine gourmandise.

Lorsqu'ils relâchèrent enfin leur étreinte, aussi troublés l'un que l'autre par cette intimité soudaine à laquelle ils n'étaient pas habitués, ils n'osèrent se regarder dans les yeux. Puis, Elizabeth sourit à nouveau et, pour dissiper leur embarras, elle murmura :

— Mon Dieu… Cherchez-vous à vous assurer que je vais bien vous attendre jusqu'au mariage, Mr. Darcy ?

Ce dernier étouffa un rire et la serra de nouveau contre lui.

CHAPITRE 2

Blottie sur son lit, bien emmitouflée dans son grand châle, Elizabeth ne parvenait pas à se concentrer sur *L'Odyssée*. Elle arrivait à la fin de sa lecture, mais son esprit était ailleurs, et son regard se reportait sans cesse sur le paysage au-dehors. Malheureusement, le temps pluvieux n'aidait pas à lui égayer les idées.

Cela faisait six longues journées que Darcy était parti et presque autant depuis qu'il avait écrit.

Autant dire une éternité.

Comme promis, Elizabeth avait reçu une lettre, au lendemain de l'arrivée de son fiancé à Londres. Il lui disait que le trajet s'était déroulé sans encombre, qu'il avait pris des arrangements avec ses domestiques pour que la maison soit prête à accueillir la jeune fille et qu'il espérait qu'elle n'y trouverait rien à redire. Il lui demandait de bien vouloir tenir ses malles prêtes pour la veille de leur mariage – jour où il comptait les faire envoyer à Londres afin que, le lendemain, ils puissent tous les deux voyager léger –, lui parlait d'un souper qui allait bientôt se tenir chez les Hurst en compagnie d'autres connaissances et d'une exposition de peinture qui faisait sensation en ville. Il concluait très civilement en disant que les plaisirs de la capitale, bien que sans comparaison avec le bon air de la campagne, avaient aussi leurs avantages et qu'il se réjouissait de pouvoir lui en faire bientôt profiter.

Tout cela était fort bien tourné, mais manquait cruellement d'émotion. Nulle part Darcy ne se permettait de dire que sa fiancée lui manquait, que Londres avait perdu de son charme puisqu'elle n'était pas à ses côtés ni qu'il rêvait du jour où il croiserait à nouveau ses beaux yeux – bref, toutes ces choses délicieuses qu'un amoureux peut se permettre de déclarer à sa belle et qu'Elizabeth aurait adoré lire.

Connaissant la personnalité réservée du jeune homme, elle ne s'en serait pas formalisée plus que ça si ce dernier avait écrit à nouveau. Mais ce ne fut pas le cas. Hier encore, elle s'était précipitée en entendant qu'on avait apporté du courrier, et pas plus tard que tout à l'heure aussi, mais elle avait été déçue. Son père ne s'était d'ailleurs pas privé pour se moquer d'elle.

— Voyons, ma fille, je vous savais férue de lecture, mais que d'impatience pour une simple lettre ! Laissez-le donc respirer, ce pauvre homme !

Elle avait rétorqué la première plaisanterie qui lui était passée par la tête pour faire bonne figure, mais au fond, elle était soucieuse. Le silence épistolaire de son fiancé la préoccupait.

À présent qu'il était loin d'elle, retourné dans son élément, entouré de toutes ces relations qu'il pouvait avoir en ville, qui sait ce qu'on allait lui dire ? Quel accueil allait-on lui réserver, lui qui s'apprêtait à commettre une telle folie ? Elizabeth n'était pas naïve. Elle savait bien que Darcy, tout respectable qu'il était du haut de sa position, serait considéré comme un insensé par ses pairs. Comment pourrait-il ne pas l'être, puisqu'il s'était choisi une épouse très en dessous de son rang, qui n'apportait ni dot ni relations mondaines et qui n'avait même pas l'obligeance d'être d'une beauté éblouissante ?

Sur son lit, la jeune fille soupira. Son état d'esprit, à cet instant, était aussi morne que le paysage du dehors. Sans le regard pénétrant de Darcy posé sur elle, elle perdait confiance en son pouvoir de séduction et commençait à se demander ce que ce dernier avait bien pu percevoir chez elle de si attrayant. Allait-il seulement revenir ? Et s'il changeait d'avis sous la pression de son entourage ? Des fiançailles se brisent... Certes, ce serait un déshonneur pour Darcy de manquer à sa parole, mais il était assez riche pour qu'on le lui pardonne.

« Ne vous inquiétez de rien », avait-il dit. La jeune fille s'inquiétait pourtant.

Elle fut tirée de ses vilaines pensées par l'arrivée de sa sœur aînée.

— Ah, tu es là ! s'exclama Jane. Les malles sont arrivées, Hill va les faire porter ici dans un instant. Les deux grandes sont pour toi, la plus petite pour moi. Comme Netherfield n'est pas très loin, je pourrai faire plusieurs voyages.

Jane ouvrit la grande armoire et commença à inspecter le linge qui y était rangé tout en bavardant.

— Je demanderai à Betty de laver les chemises que nous lui avons données la dernière fois. Ce n'est pas jour de lessive, mais il faudra bien faire une exception. Il y a aussi les souliers qui sont restés dans l'antichambre. Et puis maman a dit que nous pouvions prendre tout ce qui nous faisait envie dans la maison. J'ai toujours eu une faiblesse pour la petite bergère en porcelaine – tu sais, celle qui est dans son boudoir ? Je voulais sans cesse jouer avec quand nous étions petites, tu te souviens ? Je vais lui demander si elle accepterait que je l'emporte. Charles a dit que j'aurais mon propre boudoir, moi aussi, quand nous serons installés, alors je pourrais l'y mettre. Et toi ? Y a-t-il quelque chose en particulier qui te ferait envie ? À part des livres, bien sûr !

La jeune fille remarqua alors que sa sœur ne l'écoutait pas.

— Lizzy ? Qu'est-ce que c'est que cette petite mine ? Quelque chose ne va pas ? demanda-t-elle. Ah… C'est parce qu'il n'a toujours pas écrit, c'est ça ?

Elizabeth hocha la tête.

— Il me manque, répondit-elle d'un air abattu. Je ne supporte plus ces fiançailles. Ça n'a pas de sens les passer sans lui.

— Oh, ma chérie… murmura sa sœur en s'asseyant près d'elle pour la serrer dans ses bras.

— J'ai hâte qu'il revienne, Jane. Il y a des jours où j'ai l'impression que je ne le reverrai plus jamais, et ça me terrifie !

— Ne sois pas ridicule : tu sais bien qu'il va rentrer dans tout juste quelques jours. Le mariage est pour vendredi ! Tout cela sera très vite derrière toi, tu verras… Veux-tu commencer à remplir tes malles ? Cela t'occupera l'esprit.

Elizabeth fut sur le point d'ajouter que Darcy n'avait écrit qu'une seule fois depuis son départ et que c'était mauvais signe, qu'il s'était sans doute déjà fait ramener à la raison par ses amis de Londres, mais elle se pinça les lèvres et se tut. Il y avait des choses qu'elle n'arrivait pas à partager avec son aînée.

La belle Jane était une âme simple. Douce, aimante, vertueuse au point d'en être crédule, elle avait une confiance inébranlable en la nature humaine et en l'avenir qui la rendait inconsciente de ce qui se jouait réellement autour d'elle. Toute à la joie de son mariage à venir, elle ne se rendait pas compte que les angoisses que vivait Elizabeth aujourd'hui ressemblaient furieusement à ce qu'elle avait elle-même enduré, l'année précédente, lorsque Charles Bingley avait quitté Netherfield sans prévenir. Une distance qui avait été fatale à leur idylle naissante. Loin de Jane, les sentiments de Bingley, bien que sincères, n'avaient pas résisté à la pression de ses sœurs et de son ami Darcy, qui l'avaient convaincu d'oublier sa dulcinée. Il ne serait d'ailleurs jamais revenu auprès d'elle si Darcy n'était à nouveau intervenu pour corriger la situation.

Mais il était plus facile pour l'innocente Jane de croire à un malentendu plutôt que d'admettre que son soupirant s'était laissé persuader de renoncer à leur amour, et c'est pourquoi elle ne parvenait pas non plus à prendre au sérieux les inquiétudes de sa sœur. Puisque Darcy s'était déclaré, pourquoi redouter qu'il change d'avis ? Le mariage arrivant à grands pas, il ne pouvait certainement rien se produire de fâcheux.

Elizabeth resta donc seule avec ses inquiétudes.

~

Après la robe en soie bleue, que les habitantes de Lucas Lodge et Mrs. Philips étaient venues admirer à grand renfort de cris et de pâmoisons et dont on avait ensuite entendu parler jusque sur le marché de Meryton, on vint livrer celle d'Elizabeth.

La couturière s'était déplacée en personne jusqu'à Longbourn à plusieurs reprises pour les différents essayages – un privilège accordé aux meilleures clientes. Les filles Bennet n'étaient, bien sûr, pas habituées à un tel traitement de faveur et, chaque fois, elles n'avaient retenu ni leur émerveillement ni leur excitation, s'exclamant et battant des mains comme de petites filles. Même si la couturière s'adressait à elles avec une déférence digne des plus grandes dames, elles ne faisaient illusion auprès de personne, alors où serait le plaisir si elles devaient singer l'air blasé des Londoniennes habituées au luxe ? Elizabeth s'était assez moquée de Caroline et Louisa, avec leurs belles toilettes et leur air supérieur, pour se prendre elle-même au sérieux. Elle ne voulait pas bouder son plaisir.

Pourtant, lorsqu'elle essaya sa robe pour la dernière fois afin que la couturière puisse vérifier que rien ne manquait, la jeune fille resta étrangement muette devant son reflet dans le miroir.

Elle ne s'était jamais vue aussi belle.

La robe était cousue dans la percale vert d'eau que la jeune fille avait choisie. Elle était doublée sur le dessus d'un voile de gaze immaculé, souple et vaporeux, sur lequel on avait brodé par endroits de délicats motifs en fil d'argent. Une sage encolure carrée dégageait le cou et la nuque, les épaules étaient bouffantes et piquetées de motifs argentés, et de longues manches descendaient bien bas sur le dessus des mains – la couturière avait fait en sorte qu'on puisse les découdre facilement pour pouvoir transformer la tenue en robe de bal si on le souhaitait. Sur le devant, le corsage était fait de petits plis compliqués où la gaze et la percale jouaient de transparence, tandis que sous la poitrine, au centre, le voile brodé d'argent se fendait en deux pour révéler la robe vert pâle qui tombait bien droite, sans un pli, jusqu'au sol. Dans le dos, entre les omoplates, d'autres plis entremêlaient le voile et la percale pour donner naissance à une courte traîne. Le tout était complété par une ravissante capote de paille blanche, doublée à l'intérieur du même vert d'eau et nouée sous le menton par un long ruban, et des souliers de satin comme Elizabeth en rêvait.

La couturière, tout comme pour la robe de Jane, avait merveilleusement travaillé. Les coupes étaient soignées, parfaitement ajustées, et l'ensemble dégageait une impression de délicatesse et de sobriété, ainsi qu'un luxe évident.

Mrs. Bennet elle-même manqua de mots en voyant sa fille, tandis que Jane et Kitty battaient des mains tellement elles trouvaient le tout excitant. Mary, qui avait elle aussi poussé la porte du salon pour voir ce qui s'y passait, fut la première à réagir.

— Tu es vraiment belle, Lizzy. Tu as de la chance, reconnut-elle, avec un brin d'envie.

Elizabeth, touchée par ce commentaire si inhabituel dans la bouche de Mary, alla l'embrasser. Et quand enfin les autres se mirent à abonder en compliments de toutes sortes, elle rougit un peu.

— Mon enfant, vous êtes absolument ravissante ! s'écria sa mère. N'est-ce pas, mes chéries, que votre sœur est jolie ? Regardez-la donc ! Une vraie duchesse

Peu habituée à se faire qualifier de ravissante ou de jolie par quiconque – et encore moins par sa mère, qui réservait habituellement ces adjectifs à son aînée –, Elizabeth guetta dans le regard de Jane l'approbation sincère à laquelle elle pourrait se fier. Et, visiblement, cette dernière approuvait.

La jeune fille se regarda une nouvelle fois dans le miroir et se sourit à elle-même.

Pour une fois, en effet, elle se sentait aussi belle que Jane.

~

Le lendemain, alors que les deux sœurs rentraient ensemble de Meryton, où elles avaient déjeuné chez leur tante, elles eurent la surprise de reconnaître, parmi les enfants qui jouaient sur la pelouse devant Lucas Lodge, une silhouette familière.

— Mais c'est Charlotte !

Elles accélérèrent le pas et furent accueillies avec effusion par la jeune Mrs. Collins et sa sœur Maria.

— Mes amies, vous tombez à point nommé ! s'écria Charlotte. Je disais justement à Maria que j'allais faire un saut jusqu'à Longbourn aujourd'hui pour vous voir.

— Quand êtes-vous arrivée ? Vous n'avez même pas écrit pour nous prévenir ! s'exclama Elizabeth.

— C'est vrai. C'est parce que nous nous sommes décidés au dernier moment, Mr. Collins et moi. Nous serions probablement arrivés avant le courrier, de toute façon.

— Allez-vous rester pour le mariage ? demanda Jane.

— Bien entendu ! N'est-ce pas l'événement incontournable de l'année ? Je n'aurais pas voulu manquer cela pour tout l'or du monde !

Comme les sœurs Bennet sortaient de table et qu'elles refusèrent le thé qu'on leur offrit de prendre à l'intérieur, Maria se proposa de rester surveiller les enfants pendant que son aînée profitait de la compagnie de ses voisines. Les trois amies se dirigèrent vers le jardin, où elles pourraient bavarder au calme.

— Mr. Collins a-t-il réussi à s'absenter de sa paroisse sans difficulté ? demanda Elizabeth avec civilité. Il me semble que lorsqu'il est venu à Longbourn, la dernière fois, cela lui causait beaucoup de tracas.

— Ce pauvre William est toujours aussi anxieux de bien faire, mais le plus souvent, il se fait une montagne de pas grand-chose, expliqua Charlotte. En réalité, Lady Catherine ne s'y oppose pas, tant que les services religieux sont maintenus, et ce n'est pas si difficile pour lui de se faire remplacer à Hunsford par le pasteur de la ville – pour autant qu'il n'abuse pas de cette faveur, bien sûr. Mais je dois avouer que j'ai dû batailler un peu pour réussir à le convaincre de venir à Lucas Lodge.

— Allez-vous rester longtemps ? fit Jane.

— Trois semaines au moins. Peut-être un mois.

— Tant que ça ! La bataille a dû être terrible, en effet ! plaisanta Elizabeth.

— Pas autant que vous le pensez, Lizzy, répondit son amie. J'avais un argument de poids.

Charlotte avait volontairement laissé sa phrase en suspens, car elle se faisait un plaisir de confondre ses visiteuses.

— Que voulez-vous dire ? demanda Jane.

— Quel argument ? renchérit sa sœur.

Sans répondre tout de suite, Charlotte se dirigea vers un petit banc et les invita à s'asseoir près d'elle. Puis, sur le ton de la confidence, elle annonça enfin :

— Il faut que je vous annonce qu'il y aura bientôt un troisième Collins, à Hunsford…

Et alors qu'Elizabeth ouvrait des yeux immenses, Jane, qui ne comprenait pas, demanda avec candeur :

— Quel Collins ?

— Jane, je vais avoir un petit enfant, expliqua Charlotte, avec patience et un large sourire sur les lèvres.

— Seigneur Dieu tout puissant !

— Nous l'attendons pour le mois de mai, environ. Oh, mes amies, si vous saviez comme je suis contente ! poursuivit-elle en laissant éclater sa joie. C'est arrivé si vite ! Il y a des jours où je n'arrive pas encore à y croire tout à fait, mais cela commence à se remarquer, et bientôt plus personne ne pourra douter de ma condition en me voyant – pas même moi !

Elizabeth était moins ébahie que sa sœur par cette nouvelle. Toutes deux offrirent leurs félicitations à la future mère et, pendant un bon moment, il ne fut plus question du mariage à venir, mais plutôt de cette prochaine naissance.

— Mr. Collins est aux anges, vous vous en doutez, raconta Charlotte. Je ne l'avais encore jamais vu si joyeux ! Figurez-vous qu'il voudrait refaire la maison au grand complet, et j'ai toutes les peines du monde à lui dire qu'aménager une nurserie à l'étage est suffisant pour le moment. Il veut également embaucher une servante supplémentaire pour m'aider.

— C'est très aimable à lui de se préoccuper autant de votre bien-être, Charlotte, reconnut Elizabeth.

— C'est vrai ! Je sais bien qu'il n'est pas toujours le plus raffiné des hommes, mais il a un bon fond. Je crois que je n'aurais pas pu trouver mieux comme mari !

Elizabeth se garda bien de faire une remarque, car même sous la forme d'une plaisanterie, cela aurait été un manque de considération pour son amie.

À cet instant, Maria se précipita vers les trois jeunes femmes, tirant par la main un des garçons qui clopinait et pleurait après avoir fait une chute. En l'absence de Lady Lucas, elle se tournait vers sa sœur pour avoir de l'aide.

— Pauvre chéri ! s'exclama Jane en les apercevant la première. Non, ne bougez surtout pas, Charlotte, dans votre état il faut vous reposer. Ça n'a l'air que d'un genou égratigné, je vais m'en occuper.

La jeune Mrs. Collins remercia Jane et cria à Maria de lui montrer où se trouvaient les linges et le savon pour nettoyer l'écorchure. Puis les deux amies reprirent leur conversation.

— Bientôt, ce sera votre tour de prendre soin des petits genoux écorchés, ma chère, lui dit Elizabeth, avec un sourire bienveillant. Dois-je vous souhaiter d'avoir autant d'enfants que votre mère ?

— J'en aurai autant que le ciel voudra bien m'en donner. Mr. Collins est certainement favorable à une grande famille.

— Pour donner l'exemple, comme toujours.

Aussitôt, la jeune fille se mordit les lèvres. Le commentaire lui avait échappé, mais elle ne voulait pas se moquer et elle adressa un regard d'excuse à son amie.

— Je sais ce que vous pensez de lui, Lizzy, répondit Charlotte sans se vexer. Je sais aussi qu'il aurait probablement été un mari épouvantable pour vous – vous avez un esprit bien trop libre pour supporter quelqu'un de si docile. Mais à moi, il me convient. Je fais la part des choses : je laisse de côté les petits agacements et je me concentre sur ce qu'il m'apporte de bon.

— Voilà pourquoi vous êtes bien plus sage que moi, Charlotte. Vous l'avez toujours été, d'ailleurs. C'est une grande force que d'être capable de voir sans cesse le bon côté des choses.

— Je me satisfais de ce que le Bon Dieu m'envoie, c'est vrai. Cela dit, je vous avoue que je suis bien heureuse d'avoir bientôt un petit enfant à aimer tendrement…

Les deux jeunes femmes s'épanchèrent sur le plaisir qu'il y a à s'occuper de bambins et à recevoir leurs câlins et leurs baisers. Il était évident que Charlotte, engagée dans un mariage stable mais sans amour, allait reporter sur ses futurs enfants toute l'affection qu'elle n'obtiendrait jamais de son mari. En l'écoutant, Elizabeth eut même l'étrange intuition qu'au lieu de souder le couple Collins, l'arrivée de ces enfants allait les éloigner encore plus l'un de l'autre : Charlotte, trop sagace pour son mari, le tiendrait sans doute à l'écart afin de se consacrer, pleine et entière, à ses petits.

Une vie plutôt terne, du point de vue d'Elizabeth, mais qui, pour son amie, semblait exquise. Après tout, Charlotte avait si longtemps redouté de passer sa vie vieille fille qu'elle se réjouissait plus que jamais d'avoir échappé à ce destin. Mariée et bientôt mère : elle avait trouvé sa place.

— Comment va-t-il, d'ailleurs, votre Mr. Darcy ? demanda Charlotte.

Elizabeth tressaillit en revenant à la réalité. La conversation avait dérivé.

— Très bien, répondit-elle. Il est en ville pour le moment, pour les derniers préparatifs.

— Vous m'écriviez dans une de vos lettres que Lady Catherine s'était opposée d'une façon pour le moins catégorique à ce mariage. Vous devez être bien heureuse que votre fiancé ait passé outre ses directives.

— Oui, et j'en suis d'ailleurs encore toute surprise ! Vous savez mieux que moi qu'on ne résiste pas facilement à Lady Catherine, répondit Elizabeth avec un petit rire nerveux, en essayant de ne pas trop penser aux appréhensions qui venaient de refaire surface.

— C'est vrai... D'ailleurs, je ne vous cacherai pas que c'est une des raisons pour lesquelles j'avais très envie de revenir passer un peu de temps ici. J'aimerais autant que Mr. Collins et moi-même restions hors de sa vue jusqu'à ce que la tempête passe.

— Oh, Charlotte, je suis vraiment désolée ! s'excusa Elizabeth. J'espère que ma situation ne vous portera pas préjudice et que je pourrai tout de même revenir de temps en temps vous voir à Hunsford !

— Le temps qui passe fait de grandes choses, Lizzy. Lady Catherine finira par s'apaiser et tout rentrera dans l'ordre, j'en suis convaincue...

Elizabeth admira une fois de plus le don qu'avait son amie de tout prendre avec philosophie, sans se laisser abattre. Il faut dire que, tandis qu'elle parlait, cette dernière avait posé sa main sur son ventre, et l'on sentait que tous ses vœux, désormais, convergeaient vers son enfant à naître.

Le reste du monde pouvait bien s'écrouler autour d'elle : pour le moment, Charlotte s'apprêtait à vivre des moments de félicité qui la comblaient au plus haut point.

~

Enfin, Darcy écrivit de nouveau.

Elizabeth fut à la fois soulagée par le contenu de la lettre et profondément dépitée qu'elle ne soit pas plus longue. D'une manière pour le moins expéditive, sans s'attarder à soigner longuement ses phrases comme il le faisait d'habitude, Darcy l'informait qu'il serait de retour à Netherfield le lendemain comme prévu, qu'il ramenait avec lui Mr. et Mrs. Hurst ainsi que Caroline et le colonel Fitzwilliam, et qu'il avait prié son ami Bingley d'inviter les Bennet pour le thé afin que tout le monde puisse se retrouver. Une invitation plus formelle de Netherfield ne tarderait probablement pas à parvenir à Longbourn, si ce n'était déjà fait.

Ce fut tout. En dehors des politesses appropriées qui exprimaient la hâte qu'il avait de bientôt la revoir, il n'y avait rien d'autre.

Perplexe, la jeune fille relut plusieurs fois, cherchant entre les lignes un sens caché. Elle ne trouva rien. L'écriture de Darcy, nette, efficace, ne s'encombrait d'aucune fioriture.

Jane, en lisant la lettre que lui tendait sa sœur, n'y vit rien d'alarmant.

— Imagine donc qu'il est à Londres et qu'il doit gérer plusieurs personnes qui veulent voyager ensemble, mais qui se trouvent à des endroits différents de la ville. Le pauvre ne doit pas avoir une minute à lui, alors c'est déjà bien heureux qu'il ait prit un moment pour t'écrire !

— Crois-tu ? Je ne sais pas... Sa première lettre, en comparaison, était bien plus chaleureuse.

— Ton fiancé est quelqu'un de pragmatique, qui s'adapte en permanence au contexte dans lequel il se trouve. Il aura sûrement trouvé qu'un court message était bien suffisant puisque vous vous verrez demain et qu'il aura tout le temps de te prouver en personne à quel point il t'aime et ne pense qu'à toi, rassura Jane.

— Tu dois avoir raison...

— Charles dit que Darcy est très organisé et que, lorsqu'il décide de quelque chose, cela se passe toujours rondement.

— Ce qui n'est pas son cas à lui, s'amusa Elizabeth en mettant un peu de côté ses préoccupations. Ton Bingley n'est pas reconnu pour être le plus réfléchi des hommes !

— Et c'est parfait pour moi, puisque c'est justement sa spontanéité que j'aime en lui, rétorqua Jane sans se démonter. En attendant, il me semble que c'est toi qui devrais te montrer un peu plus organisée. N'as-tu pas encore bouclé tes malles ?

Rappelée à l'ordre, Elizabeth finit par ranger la lettre et se remit à l'ouvrage.

~

Le soir, couchées dans le lit qu'elles partageaient depuis l'enfance, les deux sœurs parlaient beaucoup et s'endormaient tard. Conscientes qu'elles vivaient là leurs derniers instants ensemble, elles se laissaient aller à une nostalgie qui leur faisait du bien. Tout y passait : leurs jeux d'enfants, les fugues nocturnes d'Elizabeth pour aller observer les renardeaux qui avaient élu domicile sous la grange, les baignades avec leurs sœurs dans l'étang, les fantômes qu'elles avaient imaginés dans la maison et qui les avaient terrorisées pendant si longtemps, leur voyage au bord de la mer, les multiples jeunes gens qui avaient tourné autour de Jane sans que celle-ci – trop candide – s'en rende compte, l'entorse qu'Elizabeth s'était donnée en courant dans un champ et qui l'avait forcée à boiter pendant un mois, l'inoubliable jour où l'on avait tiré des feux d'artifice à Meryton pour célébrer le nouveau siècle, l'impossible humour de leur père, les sottises navrantes – mais si drôles aussi, parfois ! – de leur mère, les fêtes de Noël avec leurs petits cousins…

D'autres fois, elles se tournaient vers l'avenir et parlaient de la nouvelle vie qui les attendait. Leurs préoccupations étaient similaires et se résumaient, d'une part, à s'intégrer dans un milieu plus prestigieux que celui auquel elles étaient habituées et, d'autre part, à comment aborder l'intimité qu'elles allaient bientôt partager avec leurs époux respectifs. Elles comparaient souvent les deux hommes, tant sur leur physique que sur leur caractère, expliquaient ce qu'elles aimaient de l'un ou de l'autre, et se racontaient sur le ton de la plus précieuse confidence les quelques moments amoureux qu'elles avaient pu vivre. Jane, toujours confiante, abordait tout cela avec sérénité, se reposant sur Bingley pour s'occuper de tout, tandis qu'Elizabeth se sentait bouillonner de l'intérieur et avait envie de se jeter au cou de son futur époux sans plus de manières – ce qui la faisait passer pour une folle aux yeux de sa sœur et les faisait beaucoup rire.

— Décidément, tu ne tenais pas le même discours lorsque tu parlais de ce garçon qui t'a embrassée, au bal de Meryton, il y a deux ou trois ans, rappela Jane, malicieuse.

— Ah, ne me parle pas de lui ! Quel horrible souvenir !

— Il n'était pas vilain de sa personne, pourtant, si mes souvenirs sont bons…

— Ils sont meilleurs que les miens alors, car je ne me souviens même plus de ce à quoi il ressemblait ! renchérit Elizabeth. En revanche, je me rappelle très bien qu'il sentait fort le porto et qu'il était beaucoup trop brusque dans ses manières. Quel gougeat !

— En effet ! Et après cela, tu avais jugé tous les hommes dégoûtants pour l'éternité !

Elizabeth rit de bon cœur à l'évocation de ce souvenir. Un jeune homme l'avait effectivement embrassée dans un couloir du hall de Meryton, lors d'un bal public. C'était son premier baiser, mais elle n'avait pas du tout apprécié l'expérience. Le garçon, un saisonnier venu pour les moissons avec qui elle avait dansé quelques fois et qu'elle avait trouvé charmant au début de la soirée, s'était révélé plutôt rustre après avoir un peu bu : il ne lui avait pas vraiment demandé son avis pour l'embrasser et s'était même permis de passer ses mains à des endroits où elle ne l'avait pas du tout autorisé. Il avait fallu qu'elle se débatte pour que le jeune homme la laisse enfin tranquille.

Cet épisode n'avait rien à voir avec ce qu'elle avait découvert dans les bras de Darcy, à l'abri des regards dans le petit salon de musique. Elle avait trouvé son étreinte si agréable et excitante qu'elle se demandait maintenant à quoi ressemblerait leur première nuit ensemble.

— C'est dans trois jours, Jane, tu te rends compte...

Jane, à cet instant, ne pensait pas à la nuit de noces et crut que sa sœur faisait allusion au mariage à proprement parler.

— Charles m'a dit que tout était déjà prêt, ou presque, et que demain nous ne devrons surtout pas entrer dans la salle à manger de Netherfield, sous peine de briser l'effet de surprise. Il paraît que tout a été très joliment décoré. En l'absence de ses sœurs, il se repose entièrement sur son intendante pour tenir la maison et il dit qu'elle est excellente.

Elizabeth se mit à rire.

— Heureusement que ce n'est pas Caroline qui prend les choses en main ! Elle ne voulait déjà pas d'un bal l'an dernier, alors imagine ce qu'elle aurait fait d'un mariage, surtout le nôtre !

— La pauvre... Elle aurait sans doute préféré rester à Londres plutôt que d'assister à tout cela.

— Jane ! Que dis-tu là ? Commencerais-tu à te méfier enfin un peu de ta future sœur ? se moqua Elizabeth.

Jane rougit et se défendit aussitôt :

— Caroline a toujours été aimable avec moi – tout comme Louisa, d'ailleurs. Ce serait mesquin de ma part d'en dire du mal sans raison !

— Quoi qu'il en soit, j'espère bien qu'elles se comporteront comme il faudra au mariage de leur frère et qu'elles seront toujours pour toi des sœurs exemplaires. Si ce n'est pas le cas, je t'assure que j'emploierai les moyens qu'il faudra pour les tenir à carreau ! s'exclama Elizabeth, riant et menaçant tout à la fois.

Puis, voyant que sa sœur voulait ajouter autre chose :

— Quoi ? Que voulais-tu dire ?

Jane gigota un instant sous les draps. Elle n'était jamais à son aise lorsqu'il fallait annoncer des choses susceptibles de porter préjudice à quelqu'un.

— Hé bien, Charles m'a lu une des lettres qu'elle lui a envoyées. C'était peu de temps après qu'il lui eut annoncé que vous étiez également fiancés, toi et Darcy.

Elizabeth tressaillit, les yeux soudain agrandis par la curiosité.

— Et que disait-elle ?

— Charles ne m'en a lu qu'une partie. Caroline sous-entendait que Darcy aurait pu ouvrir les yeux plus tôt et se rendre compte qu'il pouvait sans difficulté trouver la parfaite compagne dans son propre milieu et qu'il n'avait pas besoin d'aller si loin se mêler aux petites gens de la campagne.

— « Les petites gens de la campagne »... Je reconnais bien là notre chère Miss Bingley.

— Elle n'est pas aussi mauvaise que tu le penses, Lizzy. Je crois surtout qu'elle est malheureuse de voir que celui qu'elle convoitait lui a échappé.

— Que veux-tu ! Les hommes sont souvent trop nigauds pour voir la façon avec laquelle certaines femmes tentent d'attirer leur attention.

— Pardon, mais j'imagine mal ton Darcy en nigaud, objecta Jane. Au contraire, il devait être très conscient qu'avec sa fortune et son allure il attirait toutes les jeunes filles de son entourage. Tu es bien la seule à l'avoir dédaigné !

— C'est de sa faute ! se défendit Elizabeth. Il m'a méprisée le premier !

Les deux filles se mirent à rire.

— C'est vrai qu'il n'a pas été très adroit, mais toi non plus, reprit Jane, et nous remercions le ciel, à présent, que vous ayez tous les deux été assez perspicaces pour vous apercevoir de vos erreurs. Mais imagine ce que doit ressentir la pauvre Caroline d'être ainsi laissée de côté après avoir nourri tant d'espoirs...

— Malheureuse et jalouse, elle l'est assurément, mais elle n'est pourtant pas sotte, répondit Elizabeth, qui avait assez peu de compassion pour la demoiselle en question. Elle est bien dotée et elle a en plus la chance d'être très jolie. Elle devrait comprendre qu'un peu plus d'indulgence la rendrait plus séduisante encore, et qu'alors elle n'aurait que l'embarras du choix devant les demandes de partis tous plus prometteurs les uns que les autres.

Puis elle ajouta, avec un regard complice en direction de sa sœur :

— Dieu merci, elle va désormais pouvoir prendre exemple sur toi. Ta gentillesse et ta beauté avaient mis le comté entier à tes pieds, bien avant que Bingley ne tombe sous ton charme !

~

En sortant de table, ce matin-là, Mary et Kitty se chamaillèrent à propos d'un livre de musique égaré, ce qui dégénéra en cris et en jérémiades. On retourna la maison de fond en comble, pendant que Kitty se défendait d'avoir touché quoi que ce soit et que Mary jurait ses grands dieux qu'elle ne prêterait plus jamais ses affaires à sa sœur.

Ces dernières semaines, les cadettes assistaient avec une appréhension grandissante aux préparatifs de départ de leurs aînées. La perspective de se retrouver bientôt seules au domicile familial générait de plus en plus de tensions. Kitty, en particulier, accusait le coup : après avoir perdu Lydia, sa compagne de toujours, elle allait perdre Jane et Elizabeth et se trouver face à l'assommante Mary, avec qui elle ne s'entendait pas.

Il y eut donc des cris et des pleurs, des courses dans les escaliers, des objets qu'on maltraite et des portes qui claquent. Puis on finit par retrouver le livre convoité, et un calme relatif redescendit sur Longbourn.

Mr. Bennet avait disparu depuis longtemps dans sa bibliothèque, pour ne pas avoir à prendre parti pour l'une ou l'autre de ses filles dans ce conflit domestique qui l'ennuyait au plus haut point. Quant à Mrs. Bennet, après avoir amplement participé au remue-ménage, elle alla reposer ses nerfs dans sa chambre en prétextant un mal de tête. Mary se remit à sa musique et Jane, pour distraire Kitty, toujours indignée d'avoir été accusée à tort, partit avec elle chez les Lucas.

Enfin tranquille, Elizabeth s'installa dans le petit salon. L'humeur de la jeune fille était au beau fixe : c'était aujourd'hui que Darcy devait rentrer à Netherfield, et Bingley avait comme convenu invité toute la famille Bennet à se joindre à eux pour le thé, dans l'après-midi. En attendant, comme il restait plusieurs longues heures à passer, elle avait apporté son écritoire pour répondre à la dernière lettre de Mrs. Gardiner.

Depuis l'annonce des fiançailles, la tante et la nièce avaient entamé une correspondance régulière. Margaret Gardiner avait avoué qu'elle se sentait un peu à l'origine de l'idylle entre Elizabeth et Darcy, car c'était elle qui avait insisté pour visiter Lambton et Pemberley, l'été précédent, ce qui avait permis les retrouvailles des jeunes gens. Elle se réjouissait doublement de l'union à venir : avant tout parce qu'elle souhaitait le bonheur de sa nièce, qu'elle aimait beaucoup, mais aussi parce que cela serait pour elle l'occasion de revenir de temps en temps dans le Derbyshire, où elle conservait de charmants souvenirs de jeunesse.

En retour, Elizabeth assura une fois de plus que les Gardiner seraient toujours les bienvenus à Pemberley et qu'elle serait heureuse de profiter des conseils de sa tante pour découvrir la région. Elle ajouta que même si elle partait s'installer dans un endroit inconnu, très éloigné de son Hertfordshire natal et de sa famille, elle avait la chance inouïe, toujours grâce à sa tante, de disposer déjà d'une relation puisqu'une des amies de Mrs. Gardiner vivait toujours à Lambton – Elizabeth l'avait rencontrée à deux reprises lors de leur séjour là-bas. La jeune fille se promettait de retourner rendre visite à cette dame aussitôt qu'elle serait installée à Pemberley et, dans l'intervalle, elle priait sa tante de bien vouloir lui transmettre ses salutations. Enfin, elle expliqua qu'elle serait à Londres pour une quinzaine de jours et qu'elle espérait bien recevoir son oncle et sa tante au plus tôt, afin de leur rendre toutes les largesses dont ils avaient fait preuve à son égard. Elle jura qu'ensuite elle les voulait auprès d'elle, à Pemberley, pour le temps des fêtes, afin qu'ils puissent réveillonner en famille.

Elizabeth en était là de sa lettre lorsqu'elle fut interrompue par du bruit dans la maison. Jane et Kitty étaient de retour. Mais soudain, elle tendit l'oreille : parmi les intonations de ses sœurs, elle venait de reconnaître une autre voix, bien plus grave celle-là.

Aussitôt, elle bondit sur ses pieds et se précipita vers la porte du salon qu'elle ouvrit à toute volée, juste à temps pour tomber nez à nez avec Darcy. Le jeune homme, sourire aux lèvres, n'avait même pas encore enlevé son manteau et tenait son chapeau à la main. Derrière lui, Jane lança gaiement :

— Lizzy, regarde qui nous avons croisé en chemin !

— Pardonnez-moi cette intrusion, Miss Elizabeth, je sais que je n'étais pas attendu… commença Darcy en s'inclinant.

Étouffant un cri de joie, Elizabeth, qui n'en revenait pas de le voir enfin devant elle, ne pensa pas une seconde aux convenances et lui sauta au cou.

Enfin, il était de retour ! Il était là ! Il était à elle ! Pendant un instant, la jeune fille ne pensa plus à rien, elle ne fit que ressentir intensément toutes les émotions et toutes les sensations qui la traversaient. Le manteau humide, la redingote de laine en dessous, la chaleur de son cou, ses bras qui l'enlaçaient, cette odeur de pluie, de feuilles mortes et de cheval qu'il avait apportée avec lui – tout cela la faisait exulter.

Elle ne parvenait pas à trouver ses mots. Lorsqu'elle croisa à nouveau son regard, elle ne put qu'éclater d'un rire nerveux.

— C'est un bonheur de vous retrouver, Lizzy. Je vois que vous vous portez comme un charme, chuchota Darcy, visiblement séduit par la réaction de sa fiancée.

— Je me porte encore mieux depuis une minute, répondit la jeune femme, incapable de desserrer son étreinte. Vraiment, vous voilà ? Je ne pensais pas vous voir avant encore de longues heures !

— Je n'ai pas résisté à l'envie de venir vous retrouver au plus vite. En arrivant à Netherfield tout à l'heure, je ne suis resté que le temps qu'on prépare mon cheval.

À l'étage, Mrs. Bennet venait de comprendre qu'un invité inattendu s'était présenté et elle s'agitait dans sa chambre.

— Jane ? Les enfants ? Qui est arrivé ? appela-t-elle.

— Ce n'est rien, maman ! cria Jane dans l'escalier. C'est Mr. Darcy qui vient saluer Lizzy !

Dans une minute, ce serait le remue-ménage et les jeunes gens seraient contraints de rejoindre le reste de la maisonnée pour les civilités d'usage. Sentant qu'elle allait bientôt perdre la sensation réconfortante des bras de son fiancé autour de sa taille, Elizabeth fut prise d'un brusque sentiment d'urgence. Elle se haussa sur la pointe des pieds et déposa sur ses lèvres un baiser auquel celui-ci, d'abord un peu surpris, ne tarda pas à répondre.

— Oh !

C'était l'exclamation de Kitty, qui, depuis le début, observait les retrouvailles en goussant et qui fut, cette fois, abasourdie par l'audace de sa grande sœur.

— Laisse-les donc ! lui chuchota Jane en la tirant par le bras, pour l'emmener avec elle et donner un peu d'intimité aux deux amoureux.

Ils les entendirent grimper l'escalier et s'expliquer à voix basse avec Mrs. Bennet.

Darcy, qui avait toujours son chapeau à la main, ne montrait pas la moindre intention de se défaire de leur étreinte. Elizabeth baissa les yeux, troublée. Elle reprenait peu à peu ses esprits et elle trouvait soudain très étrange – et très excitant ! – d'être ainsi enlacée au milieu du couloir de la maison.

— Nous devrions sans doute aller au salon, chuchota-t-elle.

— Laissez donc à votre mère le temps de descendre, rien ne sert de la presser... répondit Darcy, avec un sourire.

Et il l'embrassa de nouveau.

Dans l'heure qui suivit, Jane se comporta pour le jeune couple comme une véritable bonne fée. Elle parvint à convaincre Mrs. Bennet de rester dans sa chambre pour soulager son mal de tête, renvoya Kitty et Mary à leurs occupations, et commanda des sandwiches et du thé pour Darcy qui n'avait pas pris le temps de manger. Tandis qu'il engloutissait à belles dents le contenu de son assiette sur le coin, vite dressé, d'une des tables du salon, elle s'occupa à lui faire la conversation.

Le jeune homme reprit très vite ses manières. Il s'enquit de la santé de toute la famille, demanda si les malles étaient prêtes, si les demoiselles avaient reçu leurs robes et si elles en étaient satisfaites. À ses côtés, Elizabeth ne faisait que balbutier quelques mots ici et là, toute occupée qu'elle était à le dévorer des yeux.

Maintenant qu'il était de retour, elle avait l'impression qu'il n'était jamais parti. Les lettres trop rares et trop impersonnelles, les journées interminables, les angoisses et les questions qui l'avaient tiraillée, tout cela s'était évanoui en un clin d'œil. Elle retrouvait avec délices sa voix, son regard, sa présence, ce doux sourire qu'il avait en la regardant. Il était là, auprès d'elle, et cela suffisait à son bonheur.

~

Le jour était tombé depuis longtemps, mais le thé se poursuivait, au grand dam de Caroline Bingley, qui avait essayé plusieurs fois – sans succès – de faire comprendre à son frère qu'il était temps de renvoyer leurs invités chez eux.

Dans le grand salon de Netherfield, les familles Bingley et Bennet se côtoyaient, mais tous ne se mélangeaient pas. Caroline et le couple Hurst cachaient mal leur dédain sous des sourires figés et des phrases de circonstance, et ils évitaient le plus souvent possible de s'adresser à l'un des Bennet – excepté Jane, la seule à trouver grâce à leurs yeux. À l'inverse, Charles faisait de gros efforts pour créer l'unité entre ses invités en répandant partout sa bonne humeur, entraînant avec lui sa fiancée, qui suivait comme toujours son exemple.

Entre les deux clans, en émissaire de la famille Darcy, se trouvait le colonel Fitzwilliam, venu assister au mariage de son cousin. Elizabeth, qui appréciait beaucoup sa compagnie, s'en était d'autant plus réjouie que le jeune homme paraissait sincèrement heureux de la revoir. À l'arrivée des Bennet, dans l'agitation générale, il n'avait pu que la saluer et la féliciter de façon formelle, et c'est un peu plus tard, une fois les invités dispersés dans le salon en petits groupes, qu'il finit par trouver l'occasion de lui parler seul à seule.

— Miss Elizabeth, permettez-moi de vous redire à quel point je suis ravi de vous savoir bientôt de la famille. Lorsque mon cousin m'a appris qu'il allait se marier, j'en suis, pour ainsi dire, tombé de ma chaise, mais lorsqu'il m'a annoncé que vous étiez l'heureuse élue, j'ai tout compris. Vous étiez sans doute la seule à pouvoir lui faire renoncer à son célibat.

— Comme vous y allez ! Vous me prêtez beaucoup trop de mérite, colonel, se défendit Elizabeth en riant, flattée malgré elle.

— Je ne crois pas, non. Je n'aurais jamais osé lui en parler, bien sûr, mais j'avais remarqué les regards qu'il vous lançait, continua le jeune homme. Je ne pense pas m'avancer trop en affirmant qu'il songeait à vous depuis bien longtemps déjà.

Caroline, qui passait près d'eux, ne put s'empêcher d'intervenir.

— Ce doit être l'air du Hertfordshire qui fait tourner la tête aux jeunes gens, fit-elle sur le ton d'une plaisanterie aigrelette. Méfiez-vous, monsieur le célibataire, ou d'ici peu vous pourriez vous trouver fiancé à l'une des demoiselles Bennet. Il en reste encore deux, je crois…

Le colonel Fitzwilliam, de toute évidence habitué aux piques de la jeune Bingley, ne répondit rien et se contenta de lui adresser un salut aimable, ce qui la força à saluer à son tour et à passer son chemin.

— Vous allez faire bien des jalouses, continua-t-il lorsqu'ils furent à nouveau tranquilles, mais les mauvaises langues se tairont vite.

— J'aimerais en être aussi sûre que vous, soupira Elizabeth. Malheureusement, je suis bien consciente que pour beaucoup ce mariage n'est pas des plus… disons… satisfaisants.

Alors que le colonel esquissait un geste de protestation, elle continua avec la plus grande franchise :

— Je vous en prie, colonel, je ne suis pas fille à me voiler la face. Mr. Darcy a beau me rassurer par tous les moyens, je sais bien que nous nous exposons tous les deux à une certaine adversité. Vous êtes d'ailleurs le seul, dans votre famille, à me témoigner de l'amitié, et je vous en suis extrêmement reconnaissante.

Fitzwilliam resta silencieux un instant.

— J'ignore ce que vous a dit mon cousin à propos de sa visite à Rosings, reprit-il ensuite plus bas, chuchotant presque, mais je suis certain qu'avec le temps les choses s'apaiseront. Il y a eu des mots, c'est certain, et Darcy n'aura d'autre choix que de présenter ses excuses, mais ma tante n'est pas si inflexible que vous pourriez le croire et je suis convaincu qu'une réconciliation sera toujours possible.

En entendant cela, Elizabeth tressaillit. Le rouge lui monta aux joues.

— Quelle visite, colonel ?

— Celle dont nous revenons tout juste, bien sûr.

Le colonel s'interrompit. Il venait de comprendre qu'il avait commis un impair.

— Pardonnez-moi, Miss Elizabeth, je pensais… j'ai cru… bafouilla-t-il, mal à l'aise. Enfin ! Darcy ne vous a donc rien dit ?

— Absolument rien. Il était à Rosings ?

— Il y a deux jours, oui. C'est d'ailleurs pour cela que je suis ici aujourd'hui, puisque j'étais moi-même à Rosings depuis plusieurs semaines et que je suis rentré en sa compagnie.

— Je vous pensais à Londres, comme les autres.

Nouveau silence. Embarrassé, le colonel cherchait comment se tirer de cette situation et il lança plusieurs coups d'œil vers son cousin qui, à l'autre bout du salon, bavardait avec Mr. Bennet et Mr. Hurst. Darcy, en croisant son regard, comprit aussitôt qu'il était démasqué.

De son côté, Elizabeth chercha à sauver les apparences. Elle prit son ton le plus rassurant et déclara :

— Ne vous inquiétez pas, cher ami, je parlerai directement à Mr. Darcy de tout cela. Et si conflit il y a eu, croyez-moi, je m'assurerai qu'il s'apaise au plus vite.

Elle lui fit une courte révérence et parvint même à lui sourire. Mais au fond d'elle-même, elle contenait difficilement le bouillonnement de colère et d'appréhension qui l'agitait. Par automatisme, elle alla s'asseoir près de sa mère, dont elle savait que le babillage allait la distraire de ses pensées. Quant à son fiancé, qui la suivait des yeux, elle l'ignora superbement.

~

La veille du mariage, les jeunes gens de Netherfield rendirent une fois de plus visite aux demoiselles de Longbourn, et la petite compagnie s'en alla par les chemins pour une ultime promenade.

Le colonel Fitzwilliam accompagnait Darcy et Bingley. Pour laisser de l'espace aux fiancés, il se fit un devoir de distraire Mary et Kitty en réclamant qu'elles lui fissent découvrir la région, qu'il ne connaissait pas. On visita donc une minuscule chapelle non loin de là, on y déposa les fleurs maigrichonnes qu'on avait cueillies sur le chemin, puis on se dirigea vers un sentier forestier qui menait en haut d'une colline.

Darcy marchait aux côtés de sa future épouse, le visage fermé. Il constatait avec une certaine amertume que la complicité qu'ils étaient parvenus à instaurer ces dernières semaines semblait suspendue. Elizabeth, bien qu'elle donnât le change en étant aussi gaie et enjouée qu'à son habitude auprès de leurs compagnons, se montrait passablement hermétique face aux petites attentions dont il faisait preuve à son égard. Elle avait adopté une froideur qu'il ne lui connaissait pas et qui le déstabilisait. Tout, dans son attitude, le mettait au défi de s'expliquer. « Hé bien ? J'attends ! » semblait-elle dire à chaque pas.

Il avait cherché à parler à la jeune fille, le soir précédent, après avoir vu le colonel Fitzwilliam blêmir et compris que son secret avait été éventé, mais celle-ci n'avait plus quitté la compagnie de sa mère. Puisqu'elle refusait obstinément de croiser son regard et que, par ailleurs, Darcy avait surpris plus d'une fois les coups d'œil inquisiteurs de Caroline et Louisa, il avait fini par s'abstenir de tout commentaire. Puis le thé avait pris fin et toute la famille Bennet était rentrée à Longbourn, sans que le jeune homme ait pu parler en privé à sa fiancée.

L'occasion se présenta enfin lorsqu'on parvint en haut de la colline pour admirer le paysage – malheureusement couvert d'une brume opaque. Les demoiselles s'assirent sur un gros tronc d'arbre effondré pour reprendre leur souffle, mais comme il n'y avait rien à admirer, le petit groupe se prépara très vite à redescendre.

— Miss Elizabeth a un peu mal à la cheville, déclara alors Darcy. Partez devant, nous vous rejoindrons.

Tout le monde – sauf peut-être Kitty – comprit que ce dernier réclamait un moment d'intimité, et on les laissa là sans demander plus d'explications.

Lorsque la dernière silhouette disparut derrière les fourrés, Darcy s'assit à son tour sur le tronc d'arbre. À ses côtés, Elizabeth, qui avait eu chaud pendant la montée, retira son chapeau avec des gestes lents qui montraient qu'elle s'attendait à une longue conversation et qu'elle était sur la défensive.

Le jeune homme se lança.

— Je vous demande pardon, Lizzy. Je n'ai cherché qu'à vous protéger en ne vous disant pas où j'allais.

— Vous étiez censé vous rendre en ville pour affaires, répliqua la jeune fille avec un grand calme, en déposant sa capote sur ses genoux.

— Et j'y suis allé, en effet, pour préparer la maison comme je vous l'ai dit. Mais je suppose que j'aurais pu faire tout cela en seulement deux ou trois jours. En réalité, je venais de recevoir une lettre de ma tante, qui me convoquait à Rosings séance tenante.

— Pour quelle raison ? N'était-elle pas au courant de nos fiançailles, déjà ?

— Bien entendu. Vous savez qu'elle a été l'une des premières personnes à qui je l'ai annoncé, et elle m'avait déjà répondu une première fois. Mais je suppose que vous aviez raison : la publication des bans a rendu les choses plus tangibles et, dans un dernier espoir de me faire changer d'avis, elle m'a ordonné de venir la rejoindre. Elle voulait me parler en personne.

Il serra les dents un instant, le temps de chasser le souvenir de la scène qui venait de lui revenir en mémoire.

— Dieu sait que je n'ai plus l'âge d'être sermonné comme un petit garçon, pourtant c'est ce qui m'attendait quand je me suis présenté, grommela-t-il, l'air sombre.

Elizabeth triturait les rubans de son chapeau.

— Le colonel me disait hier que vous avez eu des mots avec elle ? Des mots… violents ? demanda-t-elle.

Darcy soupira. Il aurait préféré que son cousin tienne sa langue à ce sujet.

— C'est vrai, admit-il. Pour vous dire toute la vérité, elle s'est montrée injurieuse et je lui ai répondu presque sur le même ton.

Et alors qu'Elizabeth ouvrait de grands yeux pleins d'effroi, il lui prit la main et la serra bien fort pour la rassurer avant de poursuivre :

— Comprenez-moi, Lizzy. En dépit de tout le respect que je porte à ma tante, je ne pouvais pas lui permettre de tenir sur vous les propos qu'elle a eus. J'ai donc quitté Rosings dans l'instant, en lui affirmant qu'elle ne serait invitée à Pemberley que lorsqu'elle vous respecterait comme mon épouse. Au jour où je vous parle, je suis décidé à ne plus prendre de ses nouvelles tant qu'elle n'aura pas accepté ma décision.

— Mais c'est terrible ! s'écria Elizabeth, mortifiée.

— Pas autant que vous le pensez, voulut tempérer le jeune homme. Il fallait bien dresser une limite quelque part, sans quoi ma tante et quelques autres seraient tentés de croire qu'ils ont tous les droits sur ma vie et sur la vôtre. Or, ce n'est pas le cas.

— Et comment a réagi Miss de Bourgh ?

— Anne ? Que voulez-vous qu'elle dise, la pauvre enfant ?

— N'était-elle pas terriblement déçue, puisqu'elle vous était destinée ?

Darcy eut un petit rire plein de sarcasme.

Anne de Bourgh avait beau avoir presque le même âge que lui, elle était si chétive qu'il la considérait toujours comme une toute jeune fille. Insipide, ne vivant que dans l'ombre de sa mère, elle était incapable de parler pour elle-même, au point que Darcy ne se souvenait pas avoir un jour entretenu avec elle une conversation digne d'intérêt. Quelle fantastique épouse elle aurait été pour lui, vraiment !

— Ce n'était pas mon idée et certainement pas la sienne non plus, répondit-il. Nos mères avaient leurs ambitions, c'est vrai, mais j'aime à croire que je suis le seul maître de mon existence.

Puis, pour détendre cette atmosphère un peu lourde et apaiser l'inquiétude qu'il lisait toujours dans les yeux d'Elizabeth, il essaya de plaisanter :

— En tout cas, j'en suis maître au moins jusqu'à ce soir, car dès demain, je serai à votre entière merci…

Il ne parvint pas à produire l'effet souhaité. Sa fiancée n'esquissa qu'une grimace en guise de sourire.

Après un silence au cours duquel elle sembla rassembler ses pensées, elle se tourna vers lui et le regarda franchement.

— Mr. Darcy, commença-t-elle, je vous ai un jour reproché d'avoir eu envers moi des mots malheureux au sujet de ma naissance. Des mots qui, sur le moment, n'avaient rien de très courtois, c'est vrai, mais qui n'en étaient pas moins justes. Je suis en effet d'une très petite extraction en comparaison de la vôtre, je ne possède ni fortune, ni relations, ni rien qui puisse servir vos intérêts ou embellir votre si belle Pemberley. Votre tante, même si elle s'est montrée insultante, ne fait qu'exprimer ce que la société tout entière va penser en me voyant à votre bras.

Darcy voulut intervenir, mais elle l'en empêcha d'un geste.

— Pas plus que vous je n'ai choisi ma naissance. Je fais ce que je peux pour limiter les dégâts consternants que peuvent causer ma mère, ma tante Philips, ou, pis encore, ma pauvre Lydia, dont le comportement est tout à fait inqualifiable. Je suis lucide en ce qui concerne notre situation, je sais bien que je vous apporte un lot d'embarras que vous n'aviez sans doute pas souhaités, encore moins mérités. Et je m'en excuse, très sincèrement. Mais je vous promets que je ferai ce qu'il faudra pour me montrer exemplaire à vos côtés, afin que vous n'ayez jamais – jamais ! – à rougir de moi.

Sa voix tremblait un peu lorsqu'elle termina sa phrase.

— Alors, je vous en prie, acheva-t-elle d'un ton suppliant, voulez-vous me promettre d'écrire à votre tante et de vous excuser ? Vous ne devriez pas être en difficulté avec votre famille à cause de moi...

Un instant, Darcy fut décontenancé. Il ne s'attendait pas à tant de franchise, et les scrupules dont Elizabeth faisait preuve la rendaient touchante. Il aurait aimé la prendre dans ses bras pour la rassurer, mais il n'osa pas. Il se contenta de lui serrer la main.

— Ne vous souciez de rien, répondit-il avec douceur. Ne vous inquiétez pas des difficultés qui nous attendent. Il y en aura peut-être, au début, c'est vrai, mais je suis là pour prendre soin de vous. Et puis, nous irons vivre à Pemberley, où nous serons en paix.

— Mais... votre tante ?

Le jeune homme se crispa. L'émotion disparut de son visage et il prit cette expression sévère qu'il avait lorsqu'on testait trop ses limites.

— Laissez-la là où elle se trouve, Lizzy, fit-il d'un ton cassant. Je ne lui parlerai de nouveau que lorsqu'elle sera disposée à vous accepter.

Elizabeth se tut. Darcy, qui voyait bien qu'elle se braquait devant son attitude à lui, se réprimanda intérieurement. Il se força à reprendre son calme et, pour mettre fin à cette conversation pénible, il se leva.

— Nous devrions redescendre. Les autres vont nous attendre.

Comme la jeune fille obtempérait en silence, il l'attira contre lui et déposa un furtif baiser sur sa tempe. Alors, seulement, elle lui adressa un sourire, et ils reprirent leur chemin.

~

À Netherfield, après que son valet l'eut quitté, Darcy était resté un long moment à tourner en rond dans sa chambre. Il s'était même mis au lit, sans parvenir à rien faire d'autre que se tourner et se retourner dans ses draps, les yeux grands ouverts. Finalement, il s'était décidé à descendre respirer un peu le calme de la maison endormie et, sans trop y songer, il avait laissé ses pas le guider vers le petit salon de musique où il avait embrassé Elizabeth pour la première fois. L'endroit lui paraissait de circonstance.

La pièce n'était pas souvent utilisée, mais ses dimensions réduites, son unique fenêtre et ses murs en bonne partie couverts de tentures faisaient qu'elle n'était pas trop glaciale en dépit du foyer sans feu. Il déposa sur une petite table sa chandelle ainsi que le verre de vin de

Madère – censé l'aider à dormir – auquel il n'avait pas encore touché, et il se laissa tomber dans le confortable sofa.

La conversation de l'après-midi lui laissait une impression douce-amère.

D'une part, il était rassuré de constater une fois de plus qu'Elizabeth n'était pas naïve, qu'elle avait les pieds bien sur terre et qu'elle s'apprêtait à faire face à la critique qui ne manquerait pas de fuser. Darcy imaginait sans difficulté certains regards désapprobateurs, à Londres, et il soupçonnait qu'en Derbyshire on ne se montrerait pas plus tendre. Il pouvait même citer des noms, convaincu qu'un jour ou l'autre ces personnes-là prononceraient de ces petites phrases assassines qui, sous des apparences insignifiantes, pouvaient blesser profondément. Elizabeth avait du caractère, c'est vrai, et elle ne se laisserait sans doute pas faire, mais elle serait bien isolée face à tous ces gens qu'elle ne connaissait pas encore, et il serait, lui, le seul rempart pour la défendre.

La vie était injustement faite. Si les choses se passaient mal, c'est Elizabeth qui serait ostracisée, repoussée en dehors du cercle. Protégé par son rang, Darcy n'avait rien à craindre pour lui-même. Tout juste lui reconnaîtrait-on une faiblesse fâcheuse – si excusable chez un homme ! – devant les charmes d'une demoiselle qui, elle, passerait pour une manipulatrice, une intrigante et une parvenue.

Et pourtant... N'avait-il pas le droit, comme tout un chacun, d'aspirer au bonheur domestique auprès d'une épouse aimante dont il chérirait la compagnie ? Était-ce nécessairement incompatible avec le statut dont il avait hérité et auquel il n'avait jamais fait défaut jusqu'à présent ?

Toute sa vie, il s'était conformé. Il n'avait rien connu d'autre. On l'avait éduqué de la façon la plus stricte, avec des principes moraux dont il était fier aujourd'hui, mais qui laissaient peu de place à la fantaisie et aux élans de liberté. Il avait bien tenté quelques fois, plus jeune, de tenir tête à ses parents, de s'émanciper un peu de ce carcan qu'on lui imposait, mais on l'avait toujours corrigé – parfois même très durement. L'honneur de la famille passait bien avant lui. Il avait donc appris à arrondir les angles et à réfréner ses passions pour satisfaire aux attentes des autres et, avec le temps, il s'était moulé à la perfection dans le rôle de gentleman aux manières impeccables qu'on avait voulu pour lui.

Si la mort de sa mère l'avait laissé dans un grand désarroi, celle de son père lui avait apporté un lot étouffant de responsabilités. Darcy s'était soudain retrouvé chef de famille et maître d'un immense domaine qui avait accaparé toute son attention, et la transition n'avait pas été aisée. Ce changement de statut avait aussi modifié les relations qu'il entretenait avec son cercle social : du jour au lendemain, de nombreuses personnes avaient cherché sans raison à s'attirer ses bonnes grâces, et il ne comptait plus le nombre de jeunes filles à marier qu'on lui avait présenté. Puisqu'il était jeune, riche, célibataire et sans parents pour surveiller sa conduite, il était devenu en peu de temps l'ami ou le fiancé idéal.

Les demoiselles, en particulier, l'avaient toujours déçu. Certaines, très belles, auraient pu lui plaire, mais tôt ou tard, il découvrait leur nature : ennuyeuses, dociles, résolues à faire tous les efforts nécessaires pour le satisfaire et cachant leurs véritables pensées. Face à tant de mollesse et d'hypocrisie, le jeune homme avait réagi en se murant derrière une froideur distante. Il s'était mis à attendre passivement que le destin décide de son sort, dans une sorte de torpeur confortable, partageant son temps entre Londres, Pemberley et des séjours ici ou là chez des amis. Pas malheureux, mais pas très heureux non plus.

Et puis il l'avait rencontrée. Si, au premier abord, Elizabeth ne se démarquait ni par sa beauté ni par sa tenue, elle n'avait en revanche aucun mal à capter l'attention des gens qui l'écoutaient parler. Fougueuse, pétillante, effrontée à ses heures, mais toujours avec esprit et sans méchanceté, elle avait un sourire mutin et de grands yeux noirs brillants d'intelligence qui avaient été pour Darcy comme une source claire au milieu du désert. Elle contrastait, dans cette société trop tiède, par une fraîcheur et une vivacité d'esprit qui auraient pu cent fois passer pour de l'insolence, mais qu'elle avait le talent de tourner en dérision, riant des autres autant que d'elle-même.

Soudain, Darcy avait eu sous les yeux l'exemple de ce qu'il aurait voulu être. Oh, bien sûr, elle l'avait interpellé, bousculé, choqué parfois. Elle avait su piquer aux endroits sensibles, et il ne doutait pas que cela se produirait encore à l'avenir. Mais il s'était rendu compte qu'elle n'avait fait que réveiller ce qui dormait en lui depuis tant d'années : un appétit de vivre qu'il pensait avoir perdu et qui s'était enflammé à nouveau en un instant.

La vie serait bien douce auprès d'une telle compagne. Il s'attendait à être souvent surpris – voire franchement déstabilisé –, et il était assez honnête pour reconnaître qu'il n'aimerait probablement pas toujours être dérangé dans ses habitudes. Mais en retour, elle lui apporterait une gaieté qu'il n'avait pas, une ouverture d'esprit des plus bénéfiques, et surtout l'amour profond et sincère dont il n'avait pas osé rêver jusque-là.

Comme ils lui semblaient loin, ce soir, les conseils paternels qui lui recommandaient de ne jamais se contenter de son rang et de toujours viser plus haut ! Car si sa mère, Lady Anne, avait espéré une union entre Pemberley et Rosings, George Darcy avait toujours souhaité pour son héritier une demoiselle de la noblesse, comme il l'avait fait lui-même.

— Vous avez bien des atouts, mon fils, lui disait-il souvent. Sachez vous en servir et peut-être serez-vous le premier de la famille à obtenir un titre !

Le titre... Ce vieil espoir entretenu longtemps par un brave homme à qui il ne manquait rien d'autre. Dans ses rêves les plus fous, le défunt Mr. Darcy ne souhaitait rien de moins qu'une place à la Chambre des Lords, l'absolue consécration qui viendrait couronner les efforts de plusieurs générations passées à se bâtir une fortune considérable. Un rêve inatteignable, bien sûr, mais qui l'avait malgré tout animé pendant la majorité de sa vie.

L'homme avait en revanche échoué à transmettre ce goût des grandeurs à son fils.

Darcy se savait faire partie d'une élite. Très jeune, on lui avait appris à se distinguer des gens en dessous de sa condition et à valoriser l'instruction qu'il avait reçue et l'esprit éclairé qui en avait découlé. Bien qu'on lui ait également appris à faire preuve de bienveillance envers les démunis, le jeune homme en avait conçu un certain dédain pour ceux qui n'avaient pas eu accès à la même éducation que lui, et il ne parvenait pas à reconnaître une grande intelligence chez les gens d'un milieu plus modeste. Exception faite d'Elizabeth, qui l'avait charmé par sa vivacité. C'est bien pour cette raison que le revirement inattendu de cette dernière, lorsqu'elle avait décliné sa première demande en mariage, lui avait été si pénible : Darcy n'avait pas compris qu'une demoiselle aussi perspicace puisse refuser de s'élever auprès de lui, que ce soit sur le plan social ou intellectuel. Non seulement elle avait osé le repousser, mais elle l'avait traité comme un simple quidam ! L'humiliation qu'il avait ressentie avait été terrible...

Forcé de se remettre en question, il s'était alors rendu compte qu'en réalité, s'il n'avait pas une très haute estime des gens en dessous de son rang, il n'en avait guère plus pour ceux de son rang ou au-dessus. Il avait tendrement aimé sa mère parce qu'elle était une femme délicieuse, pleine de discernement et d'élégance, mais cela avait peu à voir avec le fait qu'elle soit fille de comte. En comparaison, sa sœur, qui avait pourtant bénéficié de la même excellente éducation, se comportait en despote et n'était centrée que sur elle-même. Les insultes dont elle avait été capable à l'encontre d'Elizabeth montraient qu'en dépit de sa naissance une Lady Catherine poussée à bout pouvait se comporter comme la plus grossière des ménagères. Quant à leur frère, Lord Fitzwilliam, il ne valait pas tellement mieux. Darcy ne lui reconnaissait aucun éclat, pas plus qu'à ses deux premiers fils, et c'était la raison pour laquelle il fréquentait essentiellement le colonel, le seul de cette lignée à faire preuve d'une véritable distinction.

Darcy n'ambitionnait donc pas particulièrement de s'élever dans la société – il se trouvait déjà bien assez haut perché. Il n'avait souhaité trouver comme partenaire de vie qu'une jeune femme intelligente et authentique, qui partagerait les mêmes valeurs et qu'il admirerait assez pour tolérer qu'elle corrige en douceur les défauts qu'il pouvait avoir. Maintenant qu'il l'avait trouvée, tout le reste – sa naissance, sa dot inexistante et même son embarrassante famille – lui paraissait accessoire. Après tout, c'était Elizabeth qu'il épousait, pas Longbourn au grand complet.

Que les gens pensent ce qu'ils veulent de cette union : lui savait qu'il ne faisait rien d'autre que préparer son bonheur futur et il s'en remettait à Dieu.

Demain, ce serait le mariage, puis Londres et, plus tard, Pemberley.

Pour Darcy, la vie s'ouvrait vers des perspectives lumineuses.

~

C'est au petit matin que son valet de chambre le découvrit, alors que les domestiques s'affairaient à allumer les foyers et à éveiller la maisonnée. Affolé de ne pas trouver son maître dans sa chambre, il l'avait cherché dans toutes les pièces de l'étage, avant de se diriger vers le rez-de-chaussée. Après avoir visité plusieurs pièces sans succès, il avait fini par pousser la porte du petit salon de musique.

La chandelle s'était consumée depuis bien longtemps et le verre de Madère, posé sur la petite table, était encore plein. Lové dans le sofa, Darcy dormait profondément.

CHAPITRE 3

On célébra les noces un vendredi matin, au début de novembre. À Meryton, ce double événement avait fait grand bruit et, malgré la pluie glaciale, il y eut beaucoup de curieux pour se promener devant l'église à l'heure précise où les voitures de Netherfield et de Longbourn s'y arrêtaient. Mais si les indiscrets avaient espéré quelque chose de prodigieux, ils furent vite déçus, car le mariage fut célébré de manière tout à fait conventionnelle, dans l'intimité des familles. Les amis et invités de marque n'étant conviés qu'au déjeuner qui allait se tenir à Netherfield un peu plus tard, il y avait peu de monde sur le parvis de l'église et pas grand-chose à voir pour les badauds.

La cérémonie fut plus longue que d'ordinaire. Outre le fait qu'il y avait deux bénédictions à donner au lieu d'une, le révérend avait mis un soin tout particulier à son discours, et ce n'est qu'après un sermon interminable sur l'aspect sacré des liens du mariage et sur les devoirs des époux que les deux jeunes couples prononcèrent enfin leurs vœux. En entendant Bingley, puis la voix crispée par l'émotion de Jane, Elizabeth ne put s'empêcher de prendre la main de son fiancé et de la serrer très fort. Derrière eux, Mrs. Bennet se mit à pleurer, suivie de près par Louisa Hurst, touchée malgré elle de voir son frère aussi heureux.

Puis ce fut au tour de Darcy et Elizabeth, émus chacun à leur façon. La jeune fille dut se reprendre plusieurs fois pour contrôler le petit rire nerveux qui lui nouait le ventre. Quant à son tout nouvel époux, malgré les efforts qu'il faisait pour maintenir sur son visage une expression digne et solennelle, ses mains tremblaient lorsqu'il lui passa l'anneau au doigt. Ses yeux ne mentaient pas : au fond de lui, il était tout aussi ébranlé qu'elle et il poussa un soupir soulagé une fois la cérémonie terminée.

Comme on avait grassement payé le sonneur de cloches, celles-ci furent lancées à toute volée lorsque les membres de la famille quittèrent l'église. Les mariés, eux, durent encore passer dans la sacristie pour y signer le registre des mariages de la paroisse, sous le regard grave du révérend et de son clerc et en compagnie de Mr. Bennet et du colonel, qui officiaient à titre de témoins.

— … et voici pour vous, Mrs. Darcy, déclara le révérend en lui tendant une copie de l'acte de mariage.

Pour Elizabeth, ce furent deux petits chocs. Le premier était ce « Mrs. Darcy » qu'on lui avait adressé pour la toute première fois et qui lui parut aussi insolite qu'agréable. Le second était le document officiel lui-même, qui prouverait désormais qu'en ce jour de novembre elle avait épousé en justes noces Fitzwilliam Darcy, fils de George Darcy et de Lady Anne Darcy, de Pemberley en Derbyshire, et qu'elle pouvait faire valoir ce statut devant Dieu et devant les hommes.

C'était fait. Elle était mariée.

Près d'elle, Jane, tout aussi confuse, retournait entre ses mains la copie qu'elle avait également reçue de sa propre union, sans trop savoir quoi en faire. Les deux sœurs finirent par glisser leur papier dans leur petit réticule, et on prit le chemin de la sortie.

Sur le parvis, le reste de la famille attendait en bavardant gaiement, toujours au son joyeux des cloches qui n'en finissaient plus de résonner. Par chance, le temps exécrable du matin offrait une petite accalmie, et c'est sous un faible rayon de lumière et beaucoup d'applaudissements que les quatre jeunes gens firent leur entrée dans le monde en tant qu'époux.

~

À onze heures précises, le majordome de Netherfield fit ouvrir les portes de la salle à manger.

On y avait dressé une table immense et somptueuse.

Il y avait là – et en quelles quantités ! – tous les ingrédients d'un fameux déjeuner de mariage : des pains, des scones, des gâteaux fourrés et des brioches en abondance, des tartes salées, des œufs accommodés de toutes les façons, un énorme jambon à la peau luisante, de la langue et des viandes froides, des confitures aux parfums exotiques, des poudings, des tartelettes au miel... On avait présenté tout cela dans une multitude de plats d'argent ou de porcelaine tendre que complétaient de grandes coupes débordant de fruits – dont certains étaient totalement improbables en cette saison et devaient venir de loin. On avait aussi disposé çà et là des corbeilles tapissées de feuilles fraîches et remplies de délicates fleurs en sucre, ainsi que des candélabres décorés de rubans que l'on avait allumés en plein jour pour faire oublier la grisaille du dehors. Tout autour de la table s'alignaient ensuite assiettes et tasses peintes de fleurs ou d'animaux colorés, dont les rebords soulignés à la feuille d'or faisaient concurrence au clinquant des couverts en argent. À vrai dire, la table était si chargée qu'on ne voyait guère la nappe en dessous.

En arrière, sur une longue desserte flanquée d'une douzaine de valets, se trouvait le nécessaire pour les boissons, que l'on gardait bien chaudes grâce une ribambelle de chauffe-plats. On se tenait prêt à faire couler le thé et le café par litres entiers, à offrir du lait chaud épicé ou du chocolat amer, et on gardait à disposition quelques bouteilles de brandy pour corser les tasses de ceux qui le demanderaient.

Enfin, pour couronner le tout, il y avait dans un angle de la pièce, placé de manière à être admiré de tous, un énorme gâteau de mariage recouvert d'une couche de sucre comme on en avait rarement vu de si blanc.

Devant une telle quantité de victuailles, on entendit partout des « Oh ! » et des « Ah ! » ravis. Le festin promettait d'être mémorable.

On fit asseoir les mariés au centre de la tablée, sur quatre chaises décorées de rubans, après quoi la quarantaine de convives prit place à son tour et la noce débuta, rythmée par les interventions des domestiques qui veillaient au bien-être de chacun. Même Mr. Bennet, pourtant assez peu sensible à ce genre d'étalage prestigieux, fut impressionné. Assis en face de ses filles et de leurs époux, il s'apprêtait à entamer une assiette copieusement chargée lorsqu'il se pencha vers Charles Bingley, et déclara avec humour :

— Hé bien, mon gendre, je dois reconnaître que vous savez recevoir ! Quel dommage qu'on ne se marie qu'une seule fois, n'est-ce pas ?

Ce à quoi sa femme, non loin de lui, rétorqua, la bouche déjà pleine d'un gros morceau de tarte :

— Gardez votre souffle, Mr. Bennet. Vous en aurez besoin, car je vous mets au défi de goûter tous ces plats !

Les convives éclatèrent d'un grand rire. Étonnamment, Darcy, lui aussi, rit de bon cœur, ce qui eut pour effet d'ébahir sa jeune épouse.

— Voyons, Lizzy, me croyez-vous vraiment incapable d'apprécier à leur juste valeur les commentaires de votre mère ? lui glissa-t-il tout bas, les yeux pétillants. Il lui arrive parfois de placer de véritables bons mots, vous saurez, même si je doute qu'elle le fasse exprès...

Elizabeth pouffa de rire et serra amoureusement le bras de son mari. Celui-ci se permit même de lui glisser un baiser dans le cou, qui la fit rougir jusqu'aux oreilles lorsqu'elle croisa, au même moment, le regard froissé de Mr. Collins.

En peu de temps, la jeune femme sentit son agitation du matin se transformer en satisfaction replète à mesure que son ventre, auparavant noué par la nervosité, se remplissait de choses exquises et de thé bien chaud. Reine de la fête, comme sa sœur, elle trônait à l'une des places d'honneur avec à ses côtés un Darcy bien plus décontracté que d'ordinaire, et elle se sentait divinement bien.

Elle se serait bien passée des sourires affectés de Caroline Bingley, bien sûr, et plus encore des incommensurables sottises que sa tante Philips parvenait encore à dire à tout va – Dieu merci, cette dernière se tenait à une extrémité de la table, de sorte qu'Elizabeth pouvait l'ignorer sans trop de difficulté – mais, cela mis à part, elle se réjouissait de n'être entourée pour cette précieuse journée que de personnes qui lui étaient chères.

Les regards qu'elle croisait ici et là, par-delà les chandeliers décorés et les coupes de fruits trop hautes, étaient rieurs, heureux et bienveillants. Les gens assis loin d'elle et qui ne pouvaient lui parler directement lui adressaient des signes de tête et levaient leur tasse de thé ou de chocolat à sa santé, en articulant des lèvres tout le bonheur qu'ils lui souhaitaient. Sir William Lucas et le colonel Fitzwilliam étaient la bonté même, ainsi que Charlotte, qui avait sur le visage un air de contentement comme Elizabeth lui en avait rarement vu. Quant à Jane, assise aux côtés d'un Charles Bingley euphorique qui parlait et riait aussi fort que s'il avait été saoul, elle rayonnait littéralement et s'adressait à ses voisins sur un ton enflammé tout à fait à l'opposé de son caractère habituel, qui traduisait sans mal le bonheur qu'elle ressentait. Elle était belle à voir.

Il n'y avait, parmi tous ces visages réjouis illuminés par la lueur des candélabres, que quelques absents à regretter. Georgiana Darcy était restée dans le Derbyshire, son frère ayant jugé que le voyage était trop long pour un si court délai. Elizabeth aurait également aimé avoir les Gardiner à son mariage, mais elle se consolait en se disant qu'elle les verrait à Londres, dans quelques jours. Quant à Lydia et Wickham, ils ne s'étaient pas montrés, au grand soulagement de tous.

On avait fait venir un quatuor de musiciens pour divertir l'assemblée pendant le repas, mais il y avait un tel brouhaha autour de la table qu'on entendait à peine la musique. On mangeait, on se congratulait, on s'exclamait bruyamment, on riait beaucoup, on parlait avec animation de tout et de rien, et le révérend, que l'on avait invité pour prendre part à la noce qu'il avait célébrée, tournait comme une girouette sur sa chaise pour distribuer dans toutes les directions les bons mots et les bénédictions. D'un bout à l'autre de la table, on se réjouissait de cet excellent mariage et de la bonne chère que l'on y faisait.

— Lizzy ? Voulez-vous goûter le gâteau ? lui demanda Darcy en lui touchant la main pour attirer son attention.

— Pardon ? Oh ! Oui, bien entendu, je vous remercie…

Plongée dans ses pensées, Elizabeth n'avait pas remarqué le valet de pied qui attendait près de sa chaise et qui déposa devant elle une part gargantuesque du gâteau de mariage. Sous la couche de sucre immaculé, les effluves de fruits confits et de rhum achevèrent de ramener la jeune femme sur terre.

— Seigneur ! s'exclama-t-elle, épatée. Il me semble qu'il y a tellement d'alcool dans ce gâteau-là qu'il se conservera des années ! Parions qu'il en restera encore le jour où nous ferons baptiser nos enfants !

Darcy sourit, amusé.

— Je vous crois sans peine. Quoiqu'avec le nombre d'invités aujourd'hui, nous parviendrons peut-être à en manger une bonne partie.

— Vous pensez ? Regardez-les : il me semble à moi qu'ils sont tellement repus qu'aucun ne réussira à terminer son assiette.

— Votre père est au défi et, à ce que je vois, il s'emploie avec vigueur à le relever. Quant à Mr. Hurst, je crois bien qu'il s'est défié tout seul…

Elizabeth se mit à rire et se pencha pour observer le mari de Louisa, un peu plus loin. La gourmandise de Hurst n'était un secret pour personne – l'homme, sans envergure ni conversation, passait ses journées dans l'attente du prochain bon repas –, mais c'était bien la première fois qu'elle entendait Darcy se moquer aussi directement de quelqu'un de son entourage. Un effet consécutif à leur mariage, sans doute.

Elle lança à son tout nouvel époux un long regard affectueux.

— Mr. Darcy ?

— Oui, très chère ?

— Je crois que je vous aime.

Darcy, qui ne s'attendait pas le moins du monde à une telle déclaration, manqua de s'étouffer avec la bouchée de gâteau qu'il venait de prendre. Il regarda sa femme.

Elle avait sur le visage un sourire extraordinaire.

Alors, pour ne pas briser le charme de l'instant, il ne dit rien. Il avala son gâteau, s'essuya la bouche, puis, tout en lui rendant son sourire, il lui prit la main et la porta à ses lèvres pour l'embrasser le plus amoureusement du monde.

~

Après un si copieux repas, les convives furent appelés à passer dans le grand salon, où l'on avait ajouté des chaises et des fauteuils afin d'accommoder tout le monde.

Il y eut bien quelques personnes pour s'attarder à table afin de grappiller une dernière gourmandise, mais la plupart des invités furent soulagés de pouvoir se dégourdir un peu les jambes. Maintenant qu'ils avaient toute liberté de se déplacer à leur guise, les uns allèrent s'enquérir des autres et inversement, et de petits groupes se formèrent selon les affinités. Plusieurs s'assirent pour bavarder – voire somnoler –, d'autres commencèrent une partie de cartes, et quelques messieurs se réunirent dans un coin pour parler politique.

On renvoya les musiciens, car pour le moment personne n'était en état de faire quoi que ce soit d'autre que se reposer et digérer. Mais

65

on leur commanda de ne pas quitter la maison tout de suite, au cas où les jeunes gens décident un peu plus tard d'entreprendre quelques danses. En attendant, Kitty, Mary et Maria Lucas se mirent au pianoforte, après avoir reçu la consigne expresse de jouer, mais de ne pas chanter. Les domestiques, eux, poursuivirent leurs allées et venues pour servir des digestifs à ceux qui le souhaitaient.

Laissant Darcy en compagnie des hommes, Elizabeth passa un moment auprès de sa mère, qui l'avait appelée à grands cris et qui réclamait qu'elle décrive en détail à sa tante Phillips, à Lady Lucas et à d'autres dames les fastes de la demeure de Pemberley. Consciente que c'était pour sa mère l'occasion de briller auprès de ses voisines, la nouvelle épouse s'exécuta de bonne grâce et raconta ce qu'elle avait vu lorsqu'elle s'y était rendue pendant l'été. Les exclamations éblouies de son auditoire la laissèrent un peu perplexe – elle était toujours mal à l'aise à l'idée de vanter la supériorité de la maison des Darcy –, mais il y avait dans les yeux de sa mère tant de fierté qu'Elizabeth lui fit plaisir en ajoutant des anecdotes et beaucoup d'humour à son récit, et en n'oubliant rien de tout ce qui pouvait démontrer la grandeur du domaine.

Après quoi, laissant ces dames commenter librement ce qu'elle leur avait raconté, elle s'éclipsa pour aller se rafraîchir le visage et prendre un instant pour elle. Ce monde, ces rires, cette fête, tout cela était un peu étourdissant, et le calme du reste de la maison, même pour quelques minutes, lui fit du bien.

Elle revenait sur ses pas lorsqu'elle croisa Charlotte, qui la cherchait. Les deux amies ne s'étaient pas revues en tête-à-tête depuis leur entretien dans le jardin de Lucas Lodge, et elles s'attardèrent volontiers dans le couloir. Elizabeth demanda tout de suite comment se portait le bébé.

— Il va très bien, cependant je crois qu'il se plaint de ne plus avoir beaucoup de place après tout ce que j'ai mangé tout à l'heure ! lui répondit Charlotte, d'un ton joyeux. Mais il ne s'agit pas de moi aujourd'hui. Parlons de vous, Lizzy : quel effet cela vous fait-il d'être mariée, à présent ? N'est-ce pas excitant ?

— Pour tout vous dire, je ne sais pas encore... Je suis ravie de voir que la noce est réussie et que tout le monde a tant de plaisir. Je crois bien n'avoir jamais vu Mr. Darcy aussi souriant ! Quant à moi, j'ai l'impression de vivre un rêve et je ne réalise pas encore que demain ma vie entière sera changée.

— Et de belle façon, en plus ! Je ne suis pas inquiète à votre sujet, ma chère. Votre mari a de quoi sourire, en effet, car il a l'air follement amoureux de vous...

— Qui aurait cru cela il y a seulement un an ! fit Elizabeth en riant.

— C'est vrai ! Mais je vous ai observés, à table, tout à l'heure, et il n'y a pas de doute : vous êtes sans conteste faits pour vous compléter. Je ne doute pas que vous formerez toute votre vie un couple exemplaire.

— Encore pour cela faudra-t-il que notre chère Lizzy se montre à la hauteur de Pemberley, intervint Caroline Bingley, en s'approchant avec un sourire mielleux.

Flanquée, comme toujours, de sa sœur Louisa, la cadette de Charles Bingley venait de s'immiscer sans complexe dans une conversation qui ne la concernait pas. Elizabeth et Charlotte firent bonne figure et accueillirent les nouvelles venues avec une résignation polie.

— La tâche ne sera guère facile, poursuivit Caroline, car Dieu sait que la propriété est vaste. Et tellement intimidante aussi – tu es d'accord avec moi, n'est-ce pas, Louisa ? Croyez-moi, Mrs. Collins, c'est de la compassion que nous devrions avoir pour la nouvelle épousée.

— De la compassion ? répéta Charlotte. Comme vous y allez ! Vous jouez les Cassandre de mauvais augure, Miss Bingley, ce n'est pas très approprié le jour d'un mariage. Pour moi, je suis certaine que Mrs. Darcy fera une maîtresse de maison fantastique, à Pemberley comme ailleurs.

— Détrompez-vous, madame, insista Caroline. Vous ne connaissez pas, comme nous, le grand prestige de cette propriété. Ce sont des générations et des générations de Darcy qui l'ont bâtie et en ont agrandi les terres au fil des ans, voyez-vous, et je crains que notre amie ne se soit montrée quelque peu présomptueuse en pensant entrer si aisément dans cette digne famille.

Puis elle se tourna vers Elizabeth.

— Ne sous-estimez pas les embûches qui vous attendent, chère Lizzy, ajouta-t-elle avec un air faussement préoccupé. Je serais désolée de vous savoir en difficulté dans votre nouvelle vie. Il faut avoir une excellente éducation doublée d'une force de caractère peu commune pour tenir comme il convient les rênes d'une telle propriété.

— Je ne suis pas aussi convaincue que vous des inconvénients qu'il y a à diriger une grande maison, répondit cette dernière sans se troubler. Et quoi qu'il en soit, je ne crains pas ce qui m'attend, puisque j'aurai mon époux à mes côtés.

Elle hésita un instant, se demandant s'il serait judicieux d'attaquer Caroline Bingley de front, mais cette dernière était elle-même si agressive qu'Elizabeth se sentit légitime de répliquer. Alors, avant que son interlocutrice n'ait pu répondre, elle ajouta tout bas, sur le ton de la confidence :

— Croyez-moi, je comprends votre amertume, Caroline, mais sachez que je ne m'excuserai pas de vous avoir pris Mr. Darcy.

À ces mots, Charlotte et Louisa se regardèrent, effarées. Caroline, elle, resta de marbre, un sourire figé sur son visage, mais tout le monde sentit la colère monter en elle.

— Louisa, tu as entendu ça ? fit-elle, avec un petit rire sec. Qu'allez-vous imaginer là, Lizzy ? Que vous m'avez ravi le cœur de Mr. Darcy ? Mais jamais je n'ai voulu de Mr. Darcy, voyons ! Quelle plaisanterie !

Elizabeth, qui avait appris la leçon du colonel Fitzwilliam, ne répondit pas et se contenta de sourire posément, ce qui rendit son adversaire furibonde. Pendant un instant, les deux jeunes femmes se toisèrent en silence, avant que Caroline, toujours incapable de se contenir, ne poursuive d'un ton glacial :

— Je reconnais tout de même que vous êtes parvenue à envoûter un bien beau parti. Vous vous êtes assuré une place plus que confortable dans le monde, une place dont bien des jeunes filles n'auraient osé rêver. Je suis même surprise, connaissant votre famille, que vous ayez pu prétendre à une telle union ! Mais comme je le disais tout à l'heure à Louisa, je suppose qu'il est dans votre tempérament de ne jamais manquer d'audace. Je ne saurais dire s'il faut vous en féliciter…

— Ne croyez pas que j'y sois pour quelque chose, rétorqua Elizabeth. Mr. Darcy a toujours été libre de ses choix. C'est à lui seul qu'est revenue la décision de m'épouser.

— Oseriez-vous dire que vous ne l'avez pas ardemment souhaité ni tendu vos pièges pour parvenir à vos fins ? siffla Caroline, qui ne décolérait pas.

— Pas tout à fait, non. J'avoue même que j'ai mis du temps à discerner ses qualités et que ce n'est que sur le tard que j'ai commencé à trouver un réel plaisir à sa compagnie.

— Était-ce avant ou après votre visite à Pemberley, dites-nous ? fit Caroline en lançant un regard entendu à sa sœur.

— Le prestige de Pemberley n'entrait pas en considération lorsque je songeais à Mr. Darcy, répliqua Elizabeth, toujours imperturbable. Je n'ai jamais jugé la qualité d'un homme d'après ses possessions.

— Oh, cessez donc cette hypocrisie ! Vous savez comme moi qu'un tel parti ne se refuse pas !

— C'est pourtant bien ce qu'elle a fait, répondit une autre voix.

Caroline se figea, et le sang quitta son visage.

Ni les adversaires ni les témoins de cette joute verbale n'avaient remarqué que Darcy et le colonel Fitzwilliam s'étaient approchés. Le jeune marié tenait deux verres de cordial à la main. Il en tendit un à Elizabeth.

— Je vous cherchais, douce amie. Je ne vous trouvais plus dans le salon, lui dit-il avec obligeance.

Puis il se tourna vers le reste du groupe, et poursuivit avec cette froideur caractéristique qu'il adoptait la plupart du temps en société :

— Vous pouvez me prendre au mot, mesdames, si je vous dis que Mrs. Darcy, que j'ai le grand bonheur d'avoir aujourd'hui à mes côtés, fut pour moi une conquête difficile. Imaginez-vous que je lui ai demandé sa main en avril dernier et qu'elle me l'a refusée sans plus de manières. Pouvez-vous le croire ?

Caroline, Louisa et Charlotte ouvrirent toutes les trois des yeux ronds. Le colonel, en revanche, semblait dans le secret de son cousin, puisqu'il décocha à Elizabeth un petit sourire de connivence. Quant à cette dernière, charmée d'être ainsi secourue par son mari, elle se tut. Elle se délectait par avance de ce qui allait suivre.

— Elle vous a repoussé ?

La voix de Caroline trahissait un ahurissement sans bornes.

— Précisément, répondit Darcy, toujours très digne. Croyez-moi, j'en ai été plus surpris que vous encore. Mais c'est aussi, je pense, la plus belle leçon d'humilité qu'on ne m'ait jamais donnée. Voyez-vous, Miss Bingley, je ne m'attendais aucunement à être chassé. Je me suis donc avancé vers elle comme en terrain conquis et cette certitude bien vaniteuse n'a fait que rendre son refus encore plus terrible à supporter. Après un tel revers, je suis d'ailleurs resté longtemps à croire que tout était perdu pour moi. J'ai eu beaucoup de chance que la situation vire en fin de compte à mon avantage et que je puisse revenir vers elle une seconde fois, et je vous assure que j'ai, depuis, fait amende honorable.

Il se tourna alors vers Elizabeth et leva à sa santé le verre qu'il avait gardé à la main.

— Aujourd'hui, poursuivit-il à la ronde avec un sourire, je puis affirmer avec fierté que je fais partie de ces rares hommes qui ne sont pas aimés pour leur fortune, mais pour eux-mêmes.

— Bien dit, Darcy ! s'exclama le colonel Fitzwilliam en frappant des mains, pour dissiper un peu l'ambiance dramatique qui s'était abattue sur le groupe de jeunes femmes. Souhaitons que beaucoup d'autres suivent votre exemple à tous deux, mes amis !

Darcy adressa un signe de tête approbateur à son cousin, puis se tourna vers Elizabeth et lui offrit son bras.

— Que diriez-vous de retourner au salon, très chère ? Nos invités veulent vous voir, ne restez donc pas cachée dans les couloirs. N'êtes-vous pas la reine de la journée ?

Les hommes saluèrent, puis repartirent en direction des salons avec la jeune épouse, aussitôt suivis par Charlotte. Quant aux sœurs Bingley, on les laissa là, stupéfaites et confuses.

~

Elizabeth, qui s'était retenue de rire en se mordant les joues, se laissa aller quand ils entrèrent au salon.

— Mon Dieu, Mr. Darcy, quelle conduite chevaleresque ! Je crois que, dès demain, tout Meryton sera au courant que j'ai eu l'insoutenable culot de vous éconduire ! Ma réputation est faite ! s'esclaffa-t-elle.

Charlotte et le colonel riaient aussi, bien qu'un peu honteux de se moquer si ouvertement de la déconvenue de Caroline et Louisa. Darcy, lui, avait repris tout son sérieux.

— Je n'ai ni attrait ni talent pour ce genre de tirade, et d'ordinaire j'aurais laissé faire, mais il s'agit aujourd'hui de nos noces et je ne tolèrerai pas qu'on sous-entende que vous étiez intéressée, Lizzy, lorsque je sais que c'est faux, déclara-t-il posément.

— Vous vous dites sans talent, Mr. Darcy, mais ce que j'ai entendu à l'instant valait bien une pièce de théâtre ! intervint Charlotte. Et Elizabeth a raison : vous pouvez être certain que le mot va se répandre comme une traînée de poudre dans le voisinage.

— Dans ce cas, c'est une chance que nous quittions la région dès ce soir, lui répondit le jeune homme, toujours stoïque.

— Pauvre Caroline… Elle doit être folle de rage, à présent, plaisanta Elizabeth, qui n'arrivait pas à s'émouvoir de l'humiliation que cette dernière venait de subir. Avez-vous jamais remarqué à quel point elle vous dévorait du regard, Mr. Darcy ?

Celui-ci fronça les sourcils, gêné de se faire poser une telle question, surtout en face de son cousin et de Mrs. Collins.

— Je suppose, oui. Mais elle ne m'intéressait pas.

— Beaucoup de jeunes filles devaient faire de même, j'imagine, continua son épouse, mutine.

— Il faut croire qu'elles ne m'intéressaient pas non plus. Voyons, Lizzy, devons-nous vraiment parler de tout cela ? protesta-t-il.

Voyant que Darcy n'avait qu'une patience limitée envers ce genre de taquineries, Elizabeth n'insista pas.

— Vous avez raison, pardonnez-moi, conclut-elle avant de faire diversion. Charlotte, je vois Kitty et Maria qui s'ennuient à mourir, là-bas – il semblerait que Mary ait encore la mainmise sur le pianoforte. Voulez-vous que nous allions chercher les musiciens pour quelques danses ? Je suis certaine que Jane et Charles adoreraient cela. Et vous, colonel, qu'en dites-vous ? Vous sentez-vous assez léger, maintenant, pour faire tournoyer les demoiselles ?

~

Après avoir recruté le nombre de danseurs nécessaire, on rappela les musiciens pour improviser un bal dans la salle à manger. On fit repousser contre le mur l'immense table sur laquelle restaient encore quantité de victuailles, et on demanda aux domestiques de faire disparaître toutes les chaises. Les plus jeunes participèrent en nombre, sous le regard indulgent de leurs parents.

Les mariés donnèrent l'exemple. Darcy, bon joueur, fit danser sa femme trois fois et accorda même un quadrille à Jane avant de se désister, jugeant son devoir accompli. Elizabeth jubila intérieurement en le voyant faire cet effort pour elle, d'autant qu'elle se remémorait sans mal la morosité dont il avait fait preuve le soir où ils s'étaient rencontrés, au bal public de Meryton. Aujourd'hui, familier avec la majorité des gens qui l'entouraient, Darcy était bien plus détendu et cela se voyait dans toute son attitude. Elle le soupçonnait même d'avoir beaucoup plus de plaisir à danser qu'il ne voulait bien l'admettre.

Perdant le seul cavalier avec lequel elle avait envie de valser aujourd'hui, Elizabeth se détourna elle aussi du bal et revint vers le salon. En chemin, elle manqua de buter contre Mr. Collins, qui arrivait en sens inverse.

— Oh ! Mr. Collins ! s'exclama-t-elle en le saluant.

— Mrs. Darcy, répondit celui-ci en s'inclinant à son tour avec un infini respect.

— Venez-vous danser ? demanda-t-elle. Je n'ai pas vu Charlotte depuis un moment, mais si vous cherchez une partenaire, je crois que votre belle-sœur, Miss Lucas, serait enchantée de vous avoir.

— Je vous remercie, madame, mais je viens seulement profiter de la musique. Quel ravissement, n'est-ce pas ? On devrait toujours avoir une telle musique chez soi, c'est un bienfait que j'ose qualifier de divin pour le cœur et l'âme...

Un « bienfait divin pour le cœur et l'âme », ce n'étaient pas exactement les mots qu'Elizabeth aurait utilisés pour décrire la danse populaire écossaise endiablée que les musiciens avaient entamée depuis peu – et qui, à les entendre, faisait mourir de rire les danseurs qui s'empêtraient dans leurs pas en essayant de suivre la cadence –, mais elle répondit sans se moquer à cette civilité de circonstance. Mr. Collins n'avait pas perdu ce don particulier d'avoir toujours un compliment fleuri à la bouche, quitte à ce que son effet tombe à plat lorsque le contexte ne s'y prêtait pas du tout.

Mais alors qu'ils échangeaient quelques mots, Elizabeth nota que son cousin avait le regard fuyant et ne s'adressait pas à elle d'une façon naturelle. Elle n'avait pas eu l'occasion de lui parler depuis son arrivée à Lucas Lodge avec Charlotte, et cette fois elle en eut la conviction : il l'évitait.

Le jeune pasteur semblait très mal à l'aise de se trouver là. Il avait bien été le seul à ne pas profiter sans retenue de la table, et depuis qu'on était passé au salon, il n'avait pas quitté le révérend de Meryton, avec qui il avait tenté plusieurs fois – sans grand succès – de lancer un débat théologique. Tout, dans son comportement, montrait qu'il était au courant du conflit entre Darcy et sa tante, et sa présence aujourd'hui devait lui sembler une traîtrise impardonnable envers sa bienfaitrice. S'il avait pu, il aurait bien sûr pris le parti de Lady Catherine contre Elizabeth, mais c'était chose impossible, car en sa qualité d'héritier de Longbourn, il se trouvait contre son gré lié pour toujours à la famille Bennet – et donc, à Elizabeth et Darcy.

Pour une fois, la jeune femme eut sincèrement pitié de son cousin. Elle n'aurait souhaité pour rien au monde vivre pareil conflit de loyauté, surtout en connaissant le terrible caractère de la maîtresse de Rosings. Afin de mettre un terme au malaise grandissant de Collins face à elle, elle préféra aborder au plus vite cette question épineuse.

— Dites-moi, comment se porte Lady Catherine ? demanda-t-elle, avec toute l'amabilité et la candeur dont elle était capable.

— Elle se porte fort bien, répondit le jeune révérend en rougissant jusqu'aux cheveux. Elle a eu la grande bonté de m'autoriser à m'absenter pour venir passer ces quelques semaines en Hertfordshire. J'ai agi sous l'impulsion de Mrs. Collins, bien sûr, qui a fait tant d'efforts pour me convaincre, mais je dois dire que je me sens terriblement coupable d'avoir laissé ma patronne et ma paroisse sans berger. Il me tarde de rentrer bientôt pour reprendre ma charge.

— Je comprends, c'est tout naturel, le consola Elizabeth. Lady Catherine est très aimable envers vous, c'est décidément une femme exemplaire et généreuse. Voulez-vous la saluer pour moi, lorsque vous la reverrez ?

En entendant cela, Mr. Collins lui jeta un regard circonspect. Sa cousine lui adressa un sourire d'excuse.

— Pardonnez que je vous parle avec franchise, continua-t-elle, mais j'ai appris que mon époux était en conflit avec sa tante et, croyez-moi, je le regrette sincèrement. Il n'y a rien de plus sacré que la famille et je m'en voudrais toute ma vie si ce désaccord devait perdurer. Je vous serais infiniment reconnaissante si vous vouliez bien garantir à Lady Catherine que je ferai tout ce qui est en mon pouvoir pour que cet épisode soit oublié au plus vite...

Cette fois, l'expression sur le visage de Collins s'adoucit. Elizabeth avait marqué un point. En passant sous silence le fait qu'elle était elle-même l'objet du litige et en faisant preuve d'humilité face à l'autoritaire maîtresse de Rosings, elle avait plus de chances de faire de son cousin un allié pour l'aider à apaiser les tensions.

— Vous avez raison, madame, il n'est rien de plus sacré que la famille, répondit ce dernier.

À ces mots, une pensée joyeuse lui traversa l'esprit, changeant du tout au tout son attitude et sa physionomie. Cette fois, il regarda Elizabeth bien en face pour lui dire, d'un ton guilleret :

— À ce propos, je crois bien que Mrs. Collins vous a annoncé la nouvelle, n'est-ce pas ?

— Mais oui, en effet ! confirma la jeune femme. Permettez-moi de vous féliciter, cher cousin. Je vous souhaite d'avoir une belle et grande famille !

Réconforté, Collins se lança avec animation dans une longue description de tous les aménagements qu'il prévoyait faire au presbytère de Hunsford pour l'arrivée de l'enfant, et des projets qu'il avait déjà pour lui si – par chance ! – c'était un garçon.

Tandis qu'il parlait, Elizabeth ne put s'empêcher de songer que ce que son cousin lui décrivait, c'était la vie qu'ils auraient eue ensemble si elle l'avait épousé. L'espace d'un instant, elle se demanda si elle aurait pu s'en satisfaire.

Elle avait toujours été consciente de la précarité de sa situation. Faute de dot, les filles Bennet n'avaient que peu de chances de trouver un mari convenable, et Jane elle-même en était le parfait exemple : en dépit de sa grande beauté, qui attirait les hommes sans aucune difficulté, elle avait tout de même dû attendre ses vingt-trois printemps pour recevoir enfin sa seule et unique demande en mariage. Le bon sens d'Elizabeth aurait dû lui faire accepter la demande de son cousin, dont la position dans le monde était tout à fait honorable. Peut-être l'aurait-elle fait, d'ailleurs, si cette demande avait émané d'un autre homme, moins grotesque. Mais Collins lui-même ? Jamais. S'il n'était pas un mauvais bougre, son insupportable servilité envers les personnes de haut rang, sa grandiloquence et ses airs affectés faisaient de lui l'exact opposé de ce qu'Elizabeth espérait d'un compagnon.

À l'entendre décrire de façon exaltée le petit paradis que serait sa maison pour son enfant à naître, elle soupira intérieurement. Tout cela lui donnait soudain le vertige. Rejeter son cousin lui avait permis d'échanger une vie insignifiante au bras d'un tartuffe dont le discours sonnait creux au profit d'un avenir radieux auprès de Darcy, dont elle avait découvert toute la noblesse d'âme. La comparaison entre les deux hommes la fit frissonner et ne fit qu'augmenter la répulsion qu'elle avait eue à s'imaginer mariée au révérend Collins.

Alors que le monologue de ce dernier se poursuivait, la jeune femme finit par prétexter qu'on l'appelait, et s'éclipsa.

~

La lumière commençait tout juste à décliner dans le ciel, lorsque Darcy glissa à l'oreille de sa jeune épouse :

— Nous devrions songer à partir, ma douce.

Elizabeth, qui était engagée dans une conversation animée avec le colonel Fitzwilliam, sentit un frisson la traverser, fait d'excitation et d'appréhension. Le nœud qu'elle avait au ventre ce matin, et qui avait disparu pendant le repas, réapparut en un éclair.

Aussitôt, elle alla prévenir Jane et monta avec elle dans une des chambres de l'étage pour se changer. L'élégante robe de noces fut soigneusement rangée dans un petit coffre, tandis qu'elle enfilait ses vêtements de voyage, sobres, chauds et confortables.

— Oh, Lizzy, j'aurais aimé que cette journée ne finisse jamais ! déclara Jane, aux prises elle aussi avec une subite anxiété. Je ne réalise pas que tu vas partir. Tout sera tellement différent, désormais !

— N'as-tu pas hâte d'être à ce soir ? plaisanta sa sœur. Songe aux baisers de ton joli mari…

Jane ne répondit pas. Ses lèvres tremblaient.

Elizabeth, de son côté, n'était pas rassurée non plus, mais elle se maîtrisa. Elle prit sa sœur dans ses bras et l'étreignit longuement.

— C'est vrai que rien ne sera comme avant, mais tu verras : ce sera encore mieux ! fit-elle pour leur donner à toutes les deux du courage. Tu sais bien que nous avons une chance inouïe d'avoir épousé deux bons amis. Nous passerons probablement toute notre vie l'une avec l'autre !

— Mais tu vas partir pour le Derbyshire ! C'est si loin ! s'exclama Jane, dont les grands yeux de poupée se remplissaient d'eau.

— Je pars à Londres, pour commencer. Ce n'est pas le bout du monde, tu sais bien. J'irai voir notre oncle et notre tante Gardiner, je m'amuserai comme une folle et je te raconterai tout dans mes lettres. Et toi, pendant ce temps-là, tu seras ici avec ton adorable Bingley, très occupée à empêcher maman de venir te visiter trois fois par jour, et tu seras heureuse comme jamais tu n'aurais imaginé l'être.

Elle serra encore sa sœur contre elle et l'embrassa.

— Nous nous reverrons très vite, ma chérie. J'ai déjà hâte de te faire découvrir Pemberley !

Consoler les angoisses de sa sœur lui avait redonné un peu de cœur au ventre, mais Elizabeth préféra s'éclipser au plus vite pour éviter à ses propres larmes de trouver leur chemin. En bas, distraite par la foule des invités, ce serait plus facile pour elle de sourire et de faire illusion.

Elle donna à un valet croisé dans le couloir les instructions nécessaires pour qu'il ferme et descende son coffre dans la voiture qui allait l'emmener, puis elle dévala l'escalier, un peu revigorée.

En bas des marches, son père l'attendait.

— Mrs. Darcy, salua-t-il d'un air cérémonieux.

Son espièglerie ne faisant aucun doute, Elizabeth se mit à rire et l'embrassa. Puis elle prit son bras, qu'elle pressa fort, et ils firent quelques pas dans le hall, au calme.

— Vous voilà en partance pour un bien grand voyage, ma fille, commença Mr. Bennet. Dieu merci, en excellente compagnie.

— Vous y auriez veillé, papa. Je n'avais rien à craindre, répondit tendrement Elizabeth, dont la boule au ventre se manifestait une fois de plus.

— Oh, je n'en avais pas besoin, vous aviez un goût très sûr pour décider de qui pouvait bien vous mériter. Et je dois dire que celui qui, à vos yeux, s'est montré digne de vous l'est plus encore aux miens. Ce Mr. Darcy est décidément un homme surprenant...

Elizabeth jubila. Elle avait tant d'affection pour son père qu'elle souhaitait plus que tout qu'il comprenne et approuve le choix qu'elle avait fait. Le début d'estime réciproque qu'elle entrevoyait entre lui et Darcy lui faisait chaud au cœur.

— Je me réjouis que vous ayez pu passer un peu de temps ensemble, déclara-t-elle. J'ai même eu plusieurs fois l'impression que vous preniez du plaisir à sa compagnie !

Les yeux de Mr. Bennet se plissèrent et il prit un air affecté.

— Disons que je parviens à déceler en lui, parfois, un peu de sensibilité.

— « Un peu de sensibilité » !

Elizabeth se mit de nouveau à rire, imitée par son père. Mais celui-ci soupira bientôt.

— Ah, Lizzy, la maison va me paraître bien vide, sans vous... Qui donc rira de mes plaisanteries, désormais ?

— Ne sous-estimez pas Mary. Si elle apprenait à se dérider un peu de temps en temps, elle saisirait très bien la finesse de votre esprit et les profondeurs abyssales de votre sarcasme, le réconforta sa fille. Et puis, rien ne vous empêchera de venir me voir à Pemberley à la première occasion !

— La fameuse Pemberley... Il me tarde en effet de voir si cette demeure est aussi impressionnante qu'on ne cesse de me le dire. Je suppose que vous vous y rendrez très vite ?

— Pas avant deux semaines, vous savez bien. Je vous ai déjà expliqué tout cela.

— Non, je ne sais plus. Tous ces préparatifs, ce remue-ménage... Durant ces fiançailles, je vous ai sentie vous éloigner de jour en jour, et aujourd'hui j'ai l'impression de vous avoir déjà perdue.

La voix de Mr. Bennet tremblotait. Elizabeth sentit les larmes lui monter aux yeux.

— Vous ne m'avez pas perdue, papa. Je viendrai vous voir et je vous écrirai souvent, répondit-elle en l'embrassant avec tendresse. Après tout, il faudra bien que quelqu'un se charge de vous donner des nouvelles du monde, puisque vous ne quittez jamais votre bibliothèque !

~

Les adieux furent émouvants, sur le perron de Netherfield. Les Bennet savaient qu'en dépit de toutes ses promesses ils ne reverraient pas leur Elizabeth avant longtemps. Jane, qui pleurait, fut d'abord sermonnée par sa mère – « On ne pleure pas le jour de ses noces, voyons ! » –, mais bientôt ce fut au tour de Mrs. Bennet de céder à l'émotion.

Le moment où elle vit la jeune mariée monter en voiture fut le plus pénible. Toute sotte et maladroite qu'elle était, Mrs. Bennet n'en était pas moins une mère aimante qui, en cet instant, souffrait. Elle ne comprenait peut-être pas grand-chose aux subtilités du grand monde, mais elle aimait profondément ses enfants, et leur départ était pour elle une déchirure. Oubliée, la somptueuse Pemberley. Oubliée, la fierté face aux regards envieux des voisins, jaloux qu'elle soit parvenue à si bien marier sa fille. Oubliées, les dix mille livres de rente qui allaient faire d'Elizabeth une grande dame. Au moment où la portière de la voiture se referma, Mrs. Bennet n'avait que faire de la nouvelle Mrs. Darcy : tout ce qu'elle voyait, c'était sa petite Lizzy qui s'en allait vivre loin d'elle, sa fillette qui avait été si câline lorsqu'elle était enfant et qui, en grandissant, avait apporté tant de joie dans la maison. Alors, tandis que la voiture s'ébranlait, la mère fondit en larmes sur l'épaule de son mari.

On envoya des mouchoirs et des saluts, longtemps après que les chevaux eurent tourné le coin de l'allée principale. Puis, une fois tout cet émoi passé, les invités rentrèrent à l'intérieur en se félicitant encore pour ce très beau mariage dont on allait se faire un plaisir de raconter les moindres détails au voisinage dans les jours à venir, et on alla se consoler tous ensemble autour d'une tasse de thé. On entoura les parents attristés, et la bonne humeur générale finit par revenir.

Pour Elizabeth, en revanche, les premiers miles qui l'emmenaient loin de Netherfield, Meryton et Longbourn n'eurent rien de très gai. Elle avait courageusement maintenu les apparences, elle avait souri, embrassé et salué, elle avait fait mine de ne pas voir l'émotion de ses parents ni de ses sœurs, mais en regardant défiler le paysage de son enfance, elle réalisa qu'elle quittait tout cela pour de bon. Dans quelques mois, lorsqu'elle reviendrait en visite, la petite de Longbourn qui avait couru dans ces champs, arpenté ces sous-bois, flâné dans ces rues et dirigé le pas des chevaux sur ces routes et ces chemins, ne serait plus la même. Elle aurait vécu d'autres choses, appris à aimer d'autres lieux, découvert d'autres collines et d'autres paysages. Miss Elizabeth Bennet s'effaçait pour laisser place à Mrs. Darcy, et c'était un bouleversement si profond que rapidement elle ne chercha plus à lutter : lorsque les toits de Meryton disparurent derrière un bosquet d'arbres, elle se mit à pleurer à son tour, à gros sanglots.

Darcy, de son côté, ne dit rien. Conscient de ce que sa jeune épouse traversait, il respecta son chagrin et se contenta de lui prendre la main et de la caresser avec douceur. Il imaginait sans peine le déchirement que devait vivre toute jeune mariée contrainte, comme elle, de quitter du jour au lendemain le pays de son enfance alors qu'elle n'avait jamais rien connu d'autre, ou presque. Silencieux, ému chaque fois qu'il l'entendait pousser un hoquet, il se répétait en silence, comme une litanie, qu'il allait la rendre si heureuse qu'elle finirait par oublier pour toujours la douleur de ce moment.

~

Le trajet vers Londres n'aurait pas dû prendre plus de trois heures, mais il s'éternisa. La pluie du matin, qui leur avait laissé un répit pendant la journée, avait repris de plus belle. Malgré que la voiture soit plutôt légère et peu chargée en bagages, les routes devenues boueuses et la noirceur tombée plus tôt que prévu à cause des nuages avaient forcé le cocher à ralentir la cadence.

Le jeune couple s'était arrêté à mi-chemin dans une auberge pour un dîner léger, mais ni l'un ni l'autre n'avaient été capables d'avaler grand-chose. Face à face, seuls au milieu des clients inconnus de l'auberge, ils n'avaient pas eu non plus beaucoup de conversation.

À présent, épuisée par cette longue journée chargée en émotions de toutes sortes, Elizabeth s'était endormie sur l'épaule de son mari, leurs mains enlacées. Darcy somnolait lui aussi, n'ouvrant les yeux que de temps en temps pour tenter de reconnaître où l'on se trouvait et pour s'assurer que la jeune femme, contre lui, n'avait pas bougé. Il mit longtemps à réaliser que les bruits environnants avaient changé et que les lumières qui lui parvenaient du dehors étaient celles des réverbères à gaz déjà allumés. On approchait de Mayfair, le quartier élégant de la capitale.

— Lizzy ? fit-il avec douceur, en caressant la main de sa femme pour la réveiller.

Celle-ci s'agita.

— Nous sommes arrivés ? fit-elle d'une voix endormie.

— Pas encore, mais bientôt. Nous sommes en ville.

Elizabeth se redressa, s'étira un peu, puis jeta un regard au-dehors. Elle ne voyait pas grand-chose des belles façades plongées dans le noir, distinguant tout juste des grilles, quelques marches et des portes laquées parfois gardées par un domestique muni d'une lanterne, dans l'attente du retour de son maître.

En ce début de soirée, il y avait encore bon nombre de promeneurs et de voitures qui circulaient dans les rues. Les chevaux avançaient au ralenti et l'on entendait le cocher lancer des exclamations pour dégager la route devant lui.

Frissonnante, Elizabeth retira ses gants et se frotta les mains pour les ranimer. Elle avait dormi assez profondément, de sorte que la température de son corps avait chuté et qu'elle était à présent frigorifiée. Elle ne put s'empêcher de bâiller plusieurs fois.

— Pauvre chérie, vous êtes épuisée… remarqua Darcy.

Ne voulant pas être prise en défaut, Elizabeth secoua aussitôt la tête avec énergie.

— Oh non, je vais bien. Je pourrais encore danser toute la nuit, si je le voulais !

— Mais vous avez froid, au moins, dit-il en lui prenant les mains, pour les frotter un instant dans les siennes.

— Ça, oui, je le reconnais…

— Ne vous en faites pas, nous arrivons dans une minute, répéta-t-il. Vous pourrez bientôt vous réchauffer.

Darcy souriait, mais son regard se perdit aussitôt dans le vague, et il disparut dans ses pensées. Elizabeth crut y déceler un signe d'agitation. Elle remit ses gants et s'accota de nouveau contre lui, autant pour se tenir chaud que pour attirer son attention.

— Quelque chose vous ennuie, mon époux ? susurra-t-elle, d'un ton malicieux.

Darcy, ramené à la réalité, la regarda et secoua la tête à son tour.

— Non… Non, rien. C'est juste que…

La jeune femme attendit patiemment qu'il veuille bien achever sa phrase.

— Je ne sais pas trop comment vous parler de cela, Lizzy. Je veux surtout éviter d'être mal compris.

Toujours silencieuse, avec sur le visage une expression d'encouragement, Elizabeth attendit encore. Son mari poussa un profond soupir, sembla chercher péniblement ses mots, puis il poursuivit d'une voix basse :

— Ce soir, voyez-vous, c'est notre nuit de noces.

Une fois encore, il s'arrêta. Elizabeth finit par hausser un sourcil et répondit avec un demi-sourire :

— Je le sais bien. En quoi est-ce un problème ?

— Hé bien, je…

Darcy se trouvait soudain un peu ridicule. Devant la candeur de sa jeune épouse, il se demanda si les craintes qui le hantaient depuis quelques jours avaient vraiment leur raison d'être. Il résolut pourtant d'aller jusqu'au bout de son idée et s'expliqua enfin.

— Je voulais seulement vous dire que lorsque nous arriverons, vous pourrez aller dormir en paix. Je ne viendrai pas vous voir, ce soir.

Lovée contre lui, Elizabeth ne réagit pas tout de suite.

Elle ne comprenait pas. Cela faisait des semaines qu'elle et Jane imaginaient leur nuit de noces, se rassurant mutuellement, s'échangeant des conseils et partageant les rumeurs qu'elles avaient glanées çà et là dans les confidences entre femmes qu'elles avaient pu entendre. Elle se sentait aussi prête qu'on pouvait l'être, et les quelques caresses qu'elle avait échangées avec son fiancé n'avaient que renforcé sa curiosité. Elle avait bien certaines appréhensions, mais puisqu'il s'agissait de Darcy, elle se sentait en confiance.

Elle ne s'attendait pas, en revanche, à devoir affronter un époux qui la délaisse dès le premier soir. Allait-il vraiment l'abandonner le jour de leur mariage, après tout ce qu'ils savaient l'un de l'autre, après leurs vœux, leurs baisers, leurs trop courtes étreintes ?

Incapable de retenir l'inquiétude qui montait dans sa voix, elle se redressa :

— Pourquoi ? chuchota-t-elle, la gorge nouée.

Darcy, atrocement mal à l'aise, s'agita sur la banquette. Il se rendait compte qu'elle allait mal interpréter ce qu'il tentait de lui dire.

— Ce n'est pas un manque de… désir de ma part, rassurez-vous, fit-il tout bas, en bénissant la pénombre qui masquait le rouge qui lui montait aux joues. Bien au contraire. Simplement, je ne veux pas vous brusquer. Nous avons la vie devant nous et rien ne nous oblige à quoi que ce soit dès ce soir. C'est pour cette raison que si... si vous ne...

Devant le regard confus de la jeune fille, il s'interrompit, prit de nouveau le temps d'ordonner quelques mots dans sa tête et ajouta enfin, d'une voix plus claire :

— Comprenez-moi bien, Lizzy, je souhaite plus que tout vous voir partager mon lit, mais je ne veux pas que ce soit par devoir ou par respect des convenances, voilà tout. Je veux vous laisser le choix de venir à moi quand vous le souhaiterez.

Cette fois, Elizabeth perçut pleinement toute la délicatesse dont son mari tentait de faire preuve envers elle. Un sourire un peu ému fleurit sur ses lèvres.

Mais elle n'eut pas l'occasion de lui répondre. La voiture venait de s'arrêter au pied d'une volée de marches et la porte de la maison s'ouvrait pour livrer passage à un jeune valet, une lampe accrochée au bout de son bras levé.

Darcy, soulagé de pouvoir enfin se sortir de cette conversation qui l'avait mis au supplice, s'élança hors de la voiture. Pour se donner une contenance, il s'adressa à son valet.

— Bonsoir, Everett. Vous trouverez le coffre de Mrs. Darcy à l'arrière, c'est le plus petit des deux. Je vous remercierais de le monter tout de suite dans sa chambre.

— Bien, monsieur, répondit le valet avec un profond salut. Euh... Mes félicitations, monsieur.

— Merci, Everett.

Alors qu'Elizabeth, encore ébranlée par les confidences qui avaient eu lieu dans la voiture, prenait la main de son mari pour descendre à son tour, elle croisa le regard du domestique. Il semblait très curieux de voir à quoi pouvait bien ressembler la nouvelle épouse et il lui lança plusieurs coups d'œil en coin, auxquels elle répondit par un léger signe de tête.

— Venez, ma chère, c'est par ici, la guida Darcy.

~

Chalton House – du nom de son précédent propriétaire – avait été achetée par les Darcy il y a près de vingt-cinq ans, époque où George

Darcy songeait déjà à préparer l'avenir de son fils, alors tout petit garçon. C'était une belle maison de ville cossue, plus large que ses voisines mitoyennes et au moins aussi haute, avec cinq niveaux différents. Au sous-sol se trouvaient les cuisines, au rez-de-chaussée les pièces de réception auxquelles succédaient deux étages de chambres, antichambres, boudoirs et cabinets divers, et enfin, sous les combles, le logis des serviteurs. Une domesticité réduite – à peine une dizaine de personnes – était suffisante pour prendre soin de la famille.

Elizabeth, à la suite de son mari, fut accueillie à la porte par un vieux monsieur aux favoris fournis et à l'air vénérable.

— Mrs. Darcy, salua-t-il en s'inclinant très bas, au nom de tous je vous souhaite la bienvenue dans votre maison. Soyez certaine que nous sommes enchantés par votre présence. Monsieur, madame, nous vous offrons nos plus sincères félicitations.

— Merci, Hallcot, répondit Darcy. Elizabeth, je vous présente Mr. Hallcot, notre majordome. Si vous avez besoin de quoi que ce soit, vous pourrez vous adresser à lui.

— Ce sera un plaisir, madame, salua encore le vieil homme.

— C'est à mon tour de vous remercier pour votre accueil, Mr. Hallcot, répondit Elizabeth. Croyez bien que je suis également très heureuse d'être ici aujourd'hui.

Un valet s'avança pour prendre les manteaux.

— Vous rencontrerez le reste de la maison demain matin, déclara Darcy. Ce soir, il est un peu tard et nous sommes fatigués. Faites-nous porter du thé dans le petit salon, voulez-vous, Hallcot ? Je suppose que les chambres sont déjà allumées ?

— Bien entendu, monsieur, répondit le majordome avec déférence. Le feu y est depuis bientôt une heure.

— C'est parfait. Mrs. Darcy avait justement un peu froid, dans la voiture.

— Dois-je faire servir à souper ?

— C'est inutile, nous avons mangé sur la route. Du thé, seulement, ce sera très bien

Après quoi, le jeune homme se tourna vers Elizabeth.

— Venez avec moi, Lizzy, vous allez pouvoir vous réchauffer.

83

~

Le petit salon était une pièce élégante, aux murs couverts d'un papier damassé jaune pâle et crème, dont les meubles étaient presque tous orientés en direction d'une majestueuse cheminée de pierre blanche sculptée, où crépitait un feu vif. Les deux grandes fenêtres étaient masquées par d'épaisses soieries pour empêcher le froid du dehors de pénétrer, les dorures étaient en nombre suffisant pour donner de l'éclat sans être ostentatoires, et les sofas semblaient moelleux à souhait. Durant les quelques minutes que le jeune couple avait passées dans le hall, un domestique s'était empressé d'y allumer des chandelles, de sorte qu'Elizabeth, en entrant, se sentit comme enveloppée dans un petit cocon doré.

— Oh, que c'est joli ! s'exclama-t-elle.

— C'était l'endroit préféré de ma mère, expliqua Darcy, ravi de voir que son épouse appréciait. C'est le mien également. Je vous ferai visiter la maison demain, Lizzy, j'espère que le reste vous plaira tout autant.

Plus à l'aise, maintenant qu'il avait repris ses manières de maître, le jeune homme crut bon de raconter à Elizabeth l'histoire générale de la maison et quelques traits remarquables qui la distinguaient des autres demeures du voisinage. Ils furent interrompus par Hallcot, qui leur apporta un plateau de thé accompagné de fruits et de biscuits, et bavardèrent encore un peu.

Puis, il y eut un long silence, ponctué de quelques sourires étrangement timides.

Installé sur un fauteuil en face d'Elizabeth, Darcy commença à s'agiter. Prenant sa tasse de thé. La reposant. La reprenant à nouveau. Se levant un instant pour vérifier Dieu sait quoi par la fenêtre, puis se rasseyant. Jetant un coup d'œil à la petite horloge posée sur la cheminée. Vérifiant l'arrangement de sa cravate. Se levant à nouveau pour ajuster d'un coup de tison un morceau de bûche embrasé qui s'était écroulé d'une manière qu'il jugeait visiblement inesthétique.

Elizabeth n'avait aucun mal à décoder ses gestes et, dans un autre contexte, elle en aurait ri. Si son mari devenait plus nerveux à mesure que les minutes passaient, c'est parce que l'échéance approchait : tôt ou tard, il faudrait aller se coucher et l'on devrait de nouveau faire face au sujet délicat qui avait été abordé un peu plus tôt dans la voiture.

Mais la jeune femme était tout aussi embarrassée. Assise bien droite sur son sofa, elle trempait ses lèvres dans son thé, n'avalant que de minuscules gorgées, de sorte que le liquide dans la tasse refroidissait plus vite qu'il ne baissait.

Elle n'avait aucune idée de ce qu'il fallait faire en pareille circonstance.

Et le silence continua.

~

Quelqu'un avait déplié la belle robe vert tendre qu'Elizabeth avait portée toute la journée et l'avait étendue sur un fauteuil afin qu'elle se défroisse. Le feu brûlait depuis longtemps et la chambre était chaude, mais la jeune fille, assise sur le tapis face au foyer, ses pieds nus pointés vers les flammes, se sentait glacée de l'intérieur.

Darcy lui avait dit, en l'accompagnant jusqu'à sa porte, qu'elle pouvait sonner pour qu'on l'aide à se déshabiller, mais elle n'en avait rien fait. Laissée seule dans une chambre inconnue, après un chaste baiser sur la tempe qui n'avait en rien apaisé son anxiété montante, elle s'était dévêtue, décoiffée, rafraîchie à l'eau claire du broc, puis avait enfilé sa chemise de nuit et sa robe de chambre.

Ses deux grandes malles, arrivées de Longbourn la veille, étaient encore posées dans un coin de la pièce. Elles étaient vides. Des mains invisibles avaient déjà disposé les affaires d'Elizabeth dans les armoires et sur la table de toilette. Même les livres et les menus objets personnels qu'elle avait emportés étaient soigneusement alignés sur une commode. C'était là un bien maigre trousseau, mais c'était tout ce qu'elle possédait, et cela lui avait donné la sensation d'emporter un peu de son foyer avec elle. À présent, éparpillés dans cette grande chambre, tous ces objets semblaient un peu saugrenus. Pas à leur place.

Tout comme elle, finalement.

Cela ne faisait que quelques heures qu'elle avait quitté le Hertfordshire, et pourtant les souvenirs de cette extraordinaire journée semblaient déjà loin. Elle se força même à ne pas trop y penser, de peur de fondre en larmes. Elle songea à Jane, qui vivait elle aussi sa nuit de noces, de manière bien plus paisible, sûrement, puisqu'elle était restée dans le confort familier de Netherfield et qu'elle avait un époux ouvert et affectueux qui ne l'avait sûrement pas laissée seule dans une chambre. Elle se demanda ce qui se passait entre eux à ce moment précis, et sourit.

Mais son sourire se transforma bien vite en grimace. Elle poussa un gros soupir. Tout était trop nouveau, trop solennel, dans cette belle maison inconnue.

Bousculée par les événements, elle n'avait pas su réagir et s'était laissée séparer de la seule personne qu'elle n'aurait pas voulu quitter, même pour une minute. Certes, Darcy avait voulu se montrer délicat en lui expliquant qu'il ne s'imposerait pas à elle ce soir, mais il avait sans le vouloir creusé entre eux un fossé que, par la suite, ni l'un ni l'autre n'avaient réussi à franchir.

Elizabeth regarda sa tenue de mariée, étendue sur le fauteuil. Elle s'était trouvée si jolie, dans cette robe. Elle avait été convaincue qu'aujourd'hui, au moins, Darcy la trouverait si incroyablement séduisante qu'il serait incapable de résister à ses charmes.

La désillusion était amère.

~

Dans la chambre voisine, Darcy observait la nuit londonienne à travers la fenêtre, la tête pensivement appuyée contre le mur, tandis qu'il repoussait d'une main la lourde tenture qui masquait les vitres. Dehors, la pluie avait à nouveau cessé. La lune, à peine voilée de temps à autre par quelques nuages effilochés, répandait une lumière froide sur les toits mouillés des maisons et traçait un triangle blafard sur le tapis de la chambre.

Il se sentait misérable d'avoir ainsi abandonné son épouse.

Durant leurs trois semaines de fiançailles, il avait essayé de créer une atmosphère de confiance pour que leur vie de couple commence sur des bases solides et saines. Mais à vouloir trop bien faire, il s'était égaré en chemin. Et voilà qu'il se trouvait bêtement là, seul, si proche d'elle et pourtant incapable d'aller la rejoindre.

Stupide.

Maladroit.

Pathétique...

Il soupira. Son souffle laissa une fine buée sur la vitre refroidie par l'air de la nuit, mais Darcy, le regard perdu dans le vague, n'y prêta pas attention. Il tentait d'imaginer comment il pourrait sauver une situation qui avait tourné au désastre et il essayait de se convaincre que demain tout serait plus facile.

Demain, il serait en pleine possession de ses moyens.

Demain, il aurait le courage de pousser la porte de la chambre de sa femme. Juste pour voir si elle l'accepterait. Pour au moins tenter sa chance.

Il l'imaginait déjà, assise au milieu des draps, rougissante, peut-être surprise de le voir et hésitante sur la conduite à tenir. Si elle le renvoyait, il n'insisterait pas, bien sûr, mais s'il sentait, au contraire, qu'il pouvait s'avancer jusqu'au lit...

À cette idée, une vague de désir grimpa en lui, lui réchauffant le ventre. Des sensations longtemps refoulées remontaient enfin, comme si elles avaient patienté tout ce temps juste sous la surface, n'attendant que la première occasion pour fleurir à nouveau en faisant craqueler tout ce beau vernis.

Il lui était déjà arrivé de retrousser les jupes des jeunes filles, quelques années plus tôt. Oh, elles n'avaient pas été bien nombreuses, mais elles avaient su éveiller en lui le plaisir des sens là où son éducation ne lui avait appris que responsabilité et pudeur. Darcy n'avait jamais oublié non plus les avances de cette très belle femme, sophistiquée et éduquée, rencontrée un soir au théâtre. Avec le recul – et quelques regrets –, il s'était rendu compte qu'il avait été bien trop jeune à l'époque pour profiter vraiment de la qualité d'une telle compagnie. Il avait préféré se laisser tourner la tête par deux ou trois jolies domestiques entreprenantes qui n'avaient fait qu'une bouchée du jeune maître encore un peu niais qu'il était alors. L'une d'elles, en particulier, l'avait marqué. Une petite chambrière intrépide qu'il avait fréquentée régulièrement pendant tout un été, à Pemberley, avant que son père ne soupçonne quelque chose et ne renvoie brutalement la jeune fille, mettant un terme radical à leurs ébats. D'abord furieux, puis résigné, Darcy avait fini par tirer un trait sur les charmes féminins et il avait remplacé les rires étouffés des alcôves par le grand air des parties de chasse.

Ces élans de désir n'étaient réapparus qu'avec l'entrée d'Elizabeth dans sa vie. Plusieurs fois, il l'avait observée à distance, imaginant la douceur de ses cheveux sous ses doigts ou la chaleur de son souffle sur sa peau. Et lorsqu'au hasard de leurs trop rares et trop fugitifs baisers il avait pu y goûter un peu, cela n'avait fait qu'attiser encore plus ses envies.

Malgré cela, il avait eu cette idée insensée de lui laisser le choix de ne pas partager sa couche si elle ne le souhaitait pas, quand bien même le mariage lui en aurait donné tous les droits.

C'est qu'au hasard de conversations privées avec quelques amis, il s'était inquiété d'apprendre que certaines jeunes femmes, après avoir été un peu trop bousculées lors leur nuit de noces, avaient pris en grippe l'intimité conjugale et ne la considérait plus que comme une désagréable corvée, la vie durant. Or, Darcy souhaitait plus que tout faire d'Elizabeth une amoureuse dégourdie et joueuse, comme l'avaient été ses amantes fugaces d'autrefois, c'est pourquoi il avait voulu à tout prix éviter la précipitation qui aurait pu compromettre leur future vie intime.

Mais tout cela avait été bien plus simple à imaginer qu'à mettre en pratique. Lui qui s'était enorgueilli de se montrer plus habile que les autres, il se retrouvait dans un état d'esprit plutôt lamentable, confus et honteux.

Stupide.

Maladroit.

Pathétique…

— Mr. Darcy ?

Il tressaillit et lâcha le lourd rideau qui retomba en place, masquant d'un coup la lueur blanche qui venait de l'extérieur. Dans la brusque pénombre à laquelle ses yeux mirent quelques secondes à s'habituer, il distingua une silhouette, éclairée par les flammes irrégulières du foyer.

Elizabeth était là, debout à quelques mètres de lui, la mine hésitante, ses cheveux dénoués tombant en lourdes vagues sur ses épaules.

Elle portait sa robe de mariée.

Aussitôt, il voulut dire quelque chose, aller vers elle, mais ce fut comme si ses sens l'abandonnaient. Il ne dit rien, ne bougea pas. Et, sans qu'il s'en rende compte, son regard se laissa attirer par les lueurs que les flammes projetaient sur la jeune femme. Une pommette joliment dessinée, les lèvres – ah ! ces lèvres ! – un peu luisantes, le cou fin qui allait en s'évasant vers l'épaule, la courbe d'un petit sein tout rond, la dégringolade le long du bras vers le poignet et une main aux doigts nerveux, puis le tombé interminable de la robe jusqu'à un indécent orteil nu qui pointait sous le tissu.

Sous ce regard enflammé, Elizabeth rougissait délicieusement.

— Je veux ma nuit de noces, murmura-t-elle avant de se mordre les lèvres.

Au son de sa voix, Darcy reprit ses esprits. Oui, elle était bien là, elle s'offrait d'elle-même, en toute confiance. Alors, cette fois, il franchit en une seconde l'espace qui les séparait et l'embrassa avec passion, en nouant solidement ses bras autour d'elle comme pour l'empêcher de changer d'avis et de se sauver à toutes jambes.

Elizabeth, tout d'abord surprise par l'ardeur de cette réaction, comprit qu'elle avait pris la bonne décision.

Elle s'était trouvée un peu nigaude lorsque, dans le couloir, elle avait entendu des domestiques parler à voix basse, en bas. De peur d'être surprise en posture ridicule si l'un d'eux montait l'escalier, elle s'était hâtée vers la porte de la chambre de son mari et y était entrée sans même frapper, en espérant de tout cœur ne pas se tromper de pièce. Le cœur battant à tout rompre dans sa poitrine, elle avait jeté un regard effaré vers le lit, pensant qu'il devait déjà y dormir, avant de le découvrir, immobile près de la fenêtre, le visage baigné dans la lumière de la lune. Darcy ne l'avait même pas entendue approcher.

La jeune femme se détendit. Le fâcheux malentendu était corrigé et elle se trouvait enfin là où elle devait être : dans les bras de son mari.

— Je ne veux pas vous faire peur, Lizzy, chuchota-t-il tout contre son oreille, alors qu'il enfouissait son visage dans son cou.

— Je sais, répondit-elle. Je n'ai pas peur. J'ai froid, plutôt.

Ils se mirent l'un et l'autre à pouffer de rire. Et tandis qu'il sentait la tension accumulée se dissoudre peu à peu entre eux, Darcy prit le parti de reconnaître humblement ses torts.

— Je vous ai promis tout à l'heure de vous réchauffer et au lieu de cela je vous ai abandonnée, soupira-t-il en serrant sa femme contre lui. Quel piètre époux je fais, n'est-ce pas ?

— Vous ne m'avez pas abandonnée : vous m'avez donné un choix à faire, mais sans me laisser la possibilité de vous donner une réponse, le corrigea-t-elle avec un doux sourire. Et ma réponse, la voici.

Elle leva le menton et l'embrassa. Il se laissa faire sans protester.

— Il faut que vous sachiez, murmura-t-elle ensuite à son oreille, que je n'ai pas réussi à renouer ma robe...

Darcy étouffa un nouveau rire en plongeant son visage dans le cou de la jeune femme. Elizabeth, décidément, en dépit de la fatigue de la journée, parvenait encore à faire preuve d'une provocation adorable et pleine d'humour.

À vrai dire, la jeune femme n'était pas aussi innocente qu'il semblait le croire. Dans les grandes lignes, elle savait à peu près ce qui l'attendait. En revanche, elle tentait encore de faire la part des choses entre le comportement acceptable que son époux pouvait attendre d'elle – et auquel elle devrait se conformer – et les sensations fugitives incontrôlables qu'elle ressentait lorsqu'il la serrait contre lui. D'autant que le jeune homme avait quitté ses vêtements de voyage et ne portait plus qu'une simple chemise et un pantalon de toile. Elizabeth sentait la chaleur de son corps irradier à travers le tissu. Cela la captivait littéralement.

En glissant ses bras dans son dos, elle avait, sans le faire tout à fait exprès, tiré un peu sur la chemise prise dans le pantalon, comme si elle avait voulu tester à quel point l'étoffe resterait ou non en place. Cela n'avait pas échappé à Darcy. Avec un sourire un peu canaille, il se mit lui-même à tirer sur sa chemise pour la dégager, et dès que la jeune femme essaya de l'aider, il finit par la laisser faire seule. Un regard et une main encourageante à la taille suffirent pour lui indiquer qu'elle avait le champ libre.

Une fois la chemise dégagée, Elizabeth osa glisser ses mains en dessous pour passer ses doigts un peu tremblants sur les flancs de son mari. Sa peau était plus chaude encore qu'elle l'imaginait, et la jeune femme se sentit plus téméraire que jamais en osant quelques caresses. Elle se mordit les lèvres. Du coin de l'œil, elle vérifia l'effet que produisait son audace. Le baiser que Darcy lui donna en guise de réponse lui apprit que cela, au moins, était un comportement tout à fait acceptable.

En retour, les doigts du jeune homme se mirent à remonter lentement le long du dos de son épouse, effleurèrent son cou et sa nuque, et explorèrent un instant le creux de la clavicule avant de poursuivre le long de l'épaule. Elizabeth frémissait. Darcy ne fut pas long à comprendre que de petits baisers juste sous l'oreille provoquaient chez elle de délicieux frissons.

Bientôt, les doigts repartirent en excursion et remontèrent jusqu'aux lacets de la robe qu'en effet elle n'avait pu renouer seule. Darcy n'eut qu'à tirer un peu sur le vêtement pour que celui-ci s'ouvre en douceur, découvrant au passage les épaules et la naissance des seins. Aucun doute n'était possible : la jeune femme était nue sous sa robe.

Cela fit grimper d'un cran l'excitation de son mari. Soudain, il eut trop chaud et il fit passer sa chemise par-dessus sa tête, sous les yeux éberlués d'une Elizabeth qui ne réalisait pas l'effet qu'elle venait de produire.

— Venez, chuchota-t-il.

Il la prit par la main, la mena près du lit. Il y faisait un peu plus frais qu'auprès du foyer, et à cet instant précis, c'était juste ce dont il avait besoin.

Croisant le regard d'Elizabeth, Darcy se sentit soudain terriblement vulnérable. Il y avait dans ces yeux-là un désir qu'il ne pensait pas y trouver – en tout cas, pas si tôt – et, pendant une seconde, ils se dévisagèrent, lui à demi-nu, elle encore vêtue de sa robe à moitié défaite qu'elle retenait d'un bras.

C'est alors que la jeune femme, rougissante, lui asséna le coup de grâce. D'un geste, qu'elle avait peut-être voulu plein de volupté, mais qui en réalité était un peu gauche, elle laissa tomber sa robe jusqu'au sol.

Ils avaient le souffle court, tous les deux. Darcy, hypnotisé, l'attira vers lui. Pour la première fois, lorsqu'il referma ses bras autour d'elle, il put sentir la chaleur de ses seins et de son ventre pressés contre lui. Les mains du jeune homme, partout où elles passèrent, ne rencontrèrent que douceur, tiédeur et une peau granulée par la chair de poule, dont il ne savait trop si elle était provoquée par le froid ou les frissons dus à ses caresses.

Il ne résista pas bien longtemps à l'envie de la coucher sur le lit, parmi les couvertures moelleuses et les oreillers trop nombreux. Des oreillers que les deux amants ne tardèrent pas à jeter sur le sol.

Dans ce lit, ce soir, il n'y avait de place que pour eux deux.

CHAPITRE 4

Elizabeth fut réveillée par une brusque lumière dans la chambre. Une femme venait de tirer les rideaux.

En se retournant, celle-ci lui fit une révérence. Elle avait un certain âge et portait une robe gris pâle qui aurait pu passer pour une robe de demi-deuil si Elizabeth n'avait pas réalisé, au même instant, qu'il s'agissait plutôt de la tenue discrète d'une domestique.

— Bonjour, madame, répondit la femme. Je vous demande pardon de vous réveiller, c'est monsieur qui m'envoie. Je suis Mrs. Vaughan, votre femme de chambre.

Elle prit sur une commode, près de la porte, un petit plateau qu'elle avait apporté et le déposa sur la table de chevet.

— Voilà du thé, si vous le souhaitez. J'ignore si vous avez l'habitude d'en prendre dès le lever, mais j'espère que cela vous conviendra. Nous aurons tout le temps, plus tard, de nous ajuster pour que mon service vous convienne au mieux.

La dame s'inclina encore, puis se mit en devoir d'apporter un peu d'ordre dans la chambre. Elle ramassa la robe de mariée abandonnée sur le sol, qu'elle s'empressa de défroisser du bras avant de la poser proprement sur un fauteuil. Elle ramassa aussi les oreillers tombés et la chemise de Darcy qui était restée au beau milieu du tapis, devant le foyer où quelqu'un – peut-être Darcy lui-même – avait remis des bûches.

En la voyant faire, Elizabeth eut d'abord envie de se cacher sous les draps. C'étaient là les traces évidentes de sa nuit d'amour avec son mari, et elle n'était pas très à l'aise à l'idée qu'une indiscrète s'immisce dans tout cela. Elle se rassura lorsqu'elle vit que les gestes de Mrs. Vaughan étaient tout à fait professionnels, froids et distancés, et que rien dans son comportement ni dans sa physionomie ne trahissait une quelconque opinion sur ce qui s'était déroulé dans cette chambre. La prévoyante domestique avait même apporté une chemise et une robe d'intérieur pour qu'Elizabeth, nue sous les draps, puisse se couvrir au sortir du lit.

— Je vous laisse vous réveiller paisiblement, madame, fit Mrs. Vaughan, d'un ton très doux. Monsieur vous attend en bas pour le déjeuner, mais il a indiqué qu'il patienterait aussi longtemps que cela serait nécessaire. Soyez bien aise de prendre votre temps. Vous me trouverez dans votre chambre lorsque vous serez prête pour votre toilette.

Après quoi, elle se retira en refermant la porte avec délicatesse.

Elizabeth poussa un soupir. La journée commençait.

~

— Monsieur veut-il être servi ?

— Non, merci, Hallcot. J'attends Mrs. Darcy. Je prendrai juste un peu de thé.

Le majordome versa le thé brûlant qu'il venait d'apporter, reposa la théière, vérifia en un coup d'œil qu'il ne manquait rien sur la table pour le moment, puis sortit de la salle à manger comme une ombre.

Assis à sa place habituelle, Darcy repoussa le journal qu'il essayait de lire, mais sur lequel il n'arrivait pas à se concentrer. Il eut un léger sourire.

« J'attends Mrs. Darcy », avait-il dit. La formule lui était venue tout naturellement et il sourit de constater le peu d'effort que cela lui avait demandé.

Longtemps, la perspective d'une quelconque Mrs. Darcy à sa table lui avait paru assommante. Les repas étaient, selon lui, l'une des bases d'une vie conjugale harmonieuse, mais il ne s'imaginait pas endurer matin et soir la conversation creuse d'une jeune coquette qui ne lui parlerait que robes, rideaux et soupers chez leurs connaissances. Ces bavardages futiles l'agaçaient au plus haut point et, puisqu'il ne pouvait pas s'y soustraire lorsqu'il était en société, il s'était toujours promis de s'en préserver au moins dans le cadre de sa vie privée.

Mais alors qu'il attendait aujourd'hui celle qu'il avait finalement choisie, il réalisa que la compagnie de cette épouse-là à chaque repas lui serait sans doute des plus agréables.

Pour la première fois, il se mit à l'attendre véritablement. À espérer sa présence. À anticiper les sujets qu'il pourrait aborder avec elle. À se demander si elle préfèrerait être assise près de la cheminée ou bien de la fenêtre, et si elle aimait la confiture de prunes. Se soucier de quelqu'un d'autre plutôt que de lui-même, voilà qui allait bouleverser d'une jolie façon son quotidien.

Le majordome entra de nouveau.

— Mrs. Darcy, annonça-t-il de sa voix la plus solennelle, avant de s'effacer pour libérer le passage à la jeune femme.

Darcy se leva pour la saluer et, dans sa précipitation, il claqua les talons un peu fort. Il se pinça les lèvres devant le coup d'œil amusé qu'elle lui jeta, mais parvint à conserver un air très digne et se rassit juste après elle.

Comme ils n'étaient que deux, il avait ordonné qu'elle soit placée à sa droite, et non pas en face, à l'autre bout de la table. Même si Elizabeth sembla remarquer cette petite particularité, elle ne fit aucun commentaire. De toute façon, son attention se tourna bientôt vers Hallcot, qui apportait le déjeuner.

Hormis leur rapide souper de la veille à l'auberge, c'était la première fois que le jeune couple mangeait en tête-à-tête et Darcy ne sut pas tout de suite quoi dire. Les souvenirs de leur nuit passée ensemble ne l'aidaient pas non plus à se concentrer, à présent qu'il voyait sa femme de nouveau vêtue et en plein jour, et il dut se reprendre à plusieurs fois pour ne pas laisser ses pensées vagabonder. Il finit par lui demander bêtement si elle avait bien dormi et si elle ne manquait de rien.

— Tout est parfait, je vous remercie, répondit-elle.

Elizabeth avait ce ton enjoué qui montrait qu'elle était ouverte à la discussion, mais elle ne semblait pas plus que lui disposée à lancer quelque sujet que ce soit. Par chance, le majordome en profita pour s'enquérir avec déférence de ses goûts en matière de cuisine, ce qui donna lieu à quelques échanges où Darcy n'avait pas besoin de participer. Le sujet dériva ensuite sur les différents accommodements domestiques dont elle allait bénéficier et notamment sur la femme de chambre qu'on lui avait attribuée.

— J'espère que Mrs. Vaughan saura répondre en tous points à vos demandes, madame. Si vous avez la moindre réclamation, n'hésitez pas à lui en faire part directement ou bien à venir me trouver. Je suis à votre disposition.

— C'est très aimable à vous, Mr. Hallcot. Mrs. Vaughan m'a paru très bien, ce matin. Je ne doute pas qu'elle soit une excellente femme de chambre et que je n'aurai à me plaindre de rien, l'assura la jeune femme.

— Nous l'avons fait venir tout exprès de Pemberley, madame, de sorte qu'elle pourra y retourner avec vous quand le temps sera venu.

— Ne le faites-vous pas tous ?

— Oh non, madame. Le personnel, ici, est destiné uniquement à Chalton House. Nous entretenons la maison en votre absence, afin qu'elle soit toujours prête pour vous accueillir. Mrs. Vaughan, tout comme Mr. Grove, le valet de chambre de monsieur, fait partie des domestiques de Pemberley, qui sont, bien entendu, beaucoup plus nombreux qu'ici. Elle est d'ailleurs mariée à l'un des valets de pied, là-bas.

— Je vois. J'ignorais tout cela.

Le majordome trancha pour elle un morceau de jambon et le déposa délicatement dans son assiette. Elle lui adressa un gentil sourire.

— Je vous remercie, Mr. Hallcot. Pour ceci et pour vos explications.

— Je vous en prie, madame, répondit ce dernier en saluant une fois de plus avec beaucoup de cérémonie.

Il fit signe au valet qui l'accompagnait. Tous deux se retirèrent à l'opposé de la pièce et attendirent, debout le long du mur, que leurs maîtres aient à nouveau besoin d'eux.

Darcy, qui avait observé la scène d'un œil incisif en guettant les moindres signes d'approbation d'Elizabeth, se détendit. Ses gens semblaient faire bonne impression à sa femme, c'était tout ce qui lui importait pour le moment.

Ils mangèrent en silence pendant quelques minutes, puis Elizabeth demanda :

— Avez-vous des plans pour cet après-midi, Mr. Darcy ?

— Absolument aucun. Je suis comme Mr. Hallcot : à votre disposition, répondit ce dernier. Il serait essentiel de vous faire d'abord rencontrer les domestiques et visiter la maison, mais ensuite vous êtes libre de votre temps et moi du mien.

— Dans ce cas, me feriez-vous visiter les environs également ? J'avoue n'être jamais restée assez longtemps à Mayfair pour considérer connaître l'endroit.

C'était une façon élégante de présenter les choses, car Darcy devinait qu'en réalité elle n'y avait probablement jamais mis les pieds – en particulier si ses visites à Londres se résumaient à des séjours chez son oncle, Mr. Gardiner, qui était installé dans le quartier des affaires, à l'opposé de la ville.

— Ce sera avec plaisir, lui répondit-il. Nous pourrions aller voir les palais de Saint-James et de Buckingham, qui ne sont pas trop loin d'ici et qui sont bien entendu très beaux. Et – vous qui aimez tant les promenades en forêt – nous sommes également tout à côté de Hyde Park. Je ne vous garantis pas que vous y trouverez la même nature sauvage qu'en Hertfordshire, mais il est très agréable de flâner dans les allées. On y trouve des arbres magnifiques, et il y a bien assez d'espace pour qu'on puisse se croiser les uns les autres sans se sentir obligés de saluer tout le monde.

— Un avantage certain à vos yeux, j'imagine… le titilla sa femme.

— Et un désavantage aux vôtres, vous qui aimez tant observer vos semblables, rétorqua-t-il du tac au tac.

Elizabeth étouffa un petit rire en buvant une gorgée de thé.

— Je constate que vous apprenez à vous défendre joliment contre mes taquineries, mon ami, fit-elle. Je ne peux que vous en féliciter. C'était la première chose sensée à faire pour vous assurer de notre futur bonheur ensemble…

Darcy sourit.

— Qu'adviendrait-il de moi si je devais prendre la mouche chaque fois que vous me choisirez comme sujet de moquerie ? rétorqua-t-il. Car je ne doute pas que c'est un plaisir auquel vous vous adonnerez plus souvent qu'autrement… Mais j'accepte de porter ce fardeau puisqu'il me permettra en retour de jouir aussi de votre affection et de vos attentions. Je sais distinguer la taquinerie affectueuse de la médisance, et je vous sais malicieuse, mais pas malveillante. Mais,

Lizzy, à présent que nous sommes mariés, ne devriez-vous pas cesser de m'appeler « Mr. Darcy » lorsque nous sommes seuls ?

— Et comment voulez-vous que je vous appelle ? « Fitzwilliam » ?

— Mais oui, puisque c'est mon nom. Quoique, « William » est plus court encore et me conviendrait très bien. C'est ainsi que m'ont toujours appelé ma mère et ma sœur.

— Pas votre père ?

— Non, lui n'aimait pas l'idée qu'on dénature ce patronyme. En ce qui me concerne, je ne me soucie pas de déformer quoi que ce soit, l'essentiel est que ce soit assez court et pratique à utiliser au quotidien.

— Très bien, dans ce cas, William, conclut Elizabeth en lui lançant un regard affectueux, avant de mordre à belles dents dans une tartine.

En la voyant faire, Darcy ne put s'empêcher de noter qu'en effet elle aimait la confiture de prunes.

~

Peu après, on introduisit la nouvelle épousée auprès des domestiques, alignés par ordre hiérarchique dans le grand hall. Ils lui furent présentés un à un par le majordome, et chacun la salua profondément en ajoutant un mot de félicitations ou de bienvenue.

Il y avait en permanence à Chalton House, en plus de Hallcot, deux valets de pied, trois femmes de chambre, un cuisinier, une fille de cuisine de quatorze ans, une blanchisseuse et un garçon à tout faire. Pour un si petit comité, on n'avait pas jugé nécessaire d'embaucher en plus une intendante. Le cocher, lui, était, tout comme le valet de Darcy et Mrs. Vaughan, officiellement rattaché à Pemberley. Il ne faisait que suivre son maître selon ses déplacements.

On n'accueillait pas une nouvelle maîtresse tous les jours, c'est pourquoi on permit ce jour-là aux serviteurs de lui parler directement. C'était une exception. Elizabeth allait vite constater qu'au quotidien ils ne lui adresseraient jamais la parole, sauf pour répondre à l'un de ses ordres. Seuls les domestiques d'un rang plus élevé comme le majordome ou encore Mrs. Vaughan, qui allait s'occuper d'elle de façon intime, auraient envers elle des privilèges que leurs confrères n'avaient pas. On était bien loin de Hill et des gens de Longbourn qui, en dépit du respect élémentaire imposé par leur condition, possédaient une certaine aisance de manières envers la famille Bennet qu'Elizabeth n'avait jamais trouvée choquante. Elle allait devoir s'habituer à beaucoup plus de décorum, car elle soupçonnait qu'à Pemberley les choses seraient encore plus protocolaires.

Darcy passa ensuite le reste de la matinée à lui faire visiter la maison, tâchant de trouver pour chaque endroit une information ou un fait amusant qui rendrait la découverte intéressante. Il se donna du mal, mais Elizabeth se montra en retour une visiteuse enthousiaste, qui posait des questions pertinentes. Contrairement à la majorité des invités qu'il avait reçus chez lui, elle se montrait peu intéressée par la valeur, la provenance ou l'ancienneté des objets et des meubles, mais bien plus par les anecdotes familiales qui s'y rapportaient. Ce n'était pas le luxe de la maison qui faisait briller ses yeux, c'était l'histoire de ceux qui y avaient vécu ou y vivaient encore.

En début d'après-midi, alors qu'une bruine désagréable s'était abattue sur la ville, Darcy songea à renoncer au projet de visiter le quartier. Mais la jeune femme insista.

— Voyons, ne me dites pas que ces quelques nuages vous font peur ! Vous n'êtes pas en sucre, que je sache ! Venez, sortons, j'ai trop à voir pour avoir envie de rester à l'intérieur…

Ils s'habillèrent donc chaudement et partirent à pied le long du trottoir, Elizabeth au bras de son mari.

Pendant la première demi-heure, tout en admirant les majestueuses façades des maisons qu'ils longeaient, la jeune femme ne put s'empêcher de dévisager chaque personne de qualité qu'ils croisaient sur leur chemin. On la salua quelques fois, elle rendit le salut. Ces gens-là connaissaient-ils Darcy personnellement ? Savait-on qu'elle était désormais son épouse ? Ne se montraient-ils pas étonnamment curieux ? Elle se sentit rougir un peu une ou deux fois, en ayant la sensation que les regards s'étaient attardés sur elle plus longtemps que nécessaire.

Elle songea à l'anneau que Darcy lui avait glissé au doigt pas plus tard qu'hier matin. Elle avait l'impression que c'était déjà il y a une éternité. Il s'était passé tant de choses, depuis ! Mais cette alliance était cachée par les gants qu'elle avait enfilés en sortant, de façon que personne ne pouvait vérifier si elle était bien l'épouse du beau gentleman à son bras.

— Qu'avez-vous, ma chère ? fit Darcy en sentant Elizabeth tressauter sous l'effet d'un petit rire.

Prise en flagrant délit, cette dernière s'esclaffa pour de bon.

— Pardonnez-moi, Seigneur, car je viens d'avoir une pensée profondément vaniteuse !

— De quoi parlez-vous donc ?

— J'étais en train de me dire que, si j'enlevais mon gant, tous ces gens que nous croisons depuis tout à l'heure pourraient voir que je suis votre femme. Et puis, je me suis rappelé que c'est exactement ce qu'a fait ma pauvre petite Lydia après son mariage et que je l'avais trouvée insupportable. Elle n'en finissait plus de nous faire admirer son anneau et de le montrer dans la rue de manière ostentatoire, comme s'il fallait que tout le monde au courant de la nouvelle !

— Et pour vous, ce serait de la vanité ?

— Ma foi, oui ! Je ne pense pas que le monde entier ait absolument besoin de savoir que nous sommes à présent mariés. Il me semble que chacun a ses propres préoccupations et que vouloir m'exposer à tout prix ne dessert rien d'autre que ma propre frivolité.

— Mais je suis fier, moi, de vous avoir à mon bras !

Elizabeth lança un regard aussi surpris que flatté vers son mari.

— Nous nous sommes mariés hier, Lizzy, ma douce. N'avons-nous pas le droit de nous en réjouir et de souhaiter que le monde entier se réjouisse avec nous ? Il n'y a rien de frivole là-dedans.

Et pour illustrer ses propos, il prit sa main et la porta à ses lèvres.

Ils arrivèrent bientôt devant la façade du palais de Saint-James. Ils se tinrent un moment sur le trottoir opposé, d'où ils avaient une vue globale de l'imposant bâtiment.

— Le roi habite-t-il ici au quotidien ? demanda Elizabeth.

— Je ne crois pas. Je sais qu'il y était resté convalescent pendant assez longtemps, mais il me semble qu'il est à Windsor, désormais.

— Mais alors, le palais est vide ?

— Le prince régent s'y est installé l'été dernier. Tenez, vous voyez cette petite fenêtre ? Celle qui se trouve au dernier étage, juste sous l'horloge ? fit son mari en pointant la façade. C'est son bureau particulier. Il n'y reçoit que ses intimes. J'y suis allé, une fois ..

— Mr. Darcy ! s'écria Elizabeth en lui donnant une tape sur le bras, faussement offusquée. Je vous serais reconnaissante de ne pas me croire plus sotte que je ne le suis. Je ne suis peut-être jamais entrée dans ce palais, comme notre cher Sir William ne cesse, lui, de s'en vanter, mais je suis à peu près certaine que vous n'y avez pas non plus établi vos pénates !

Darcy éclata de rire.

— C'est vrai, je dois vous confesser que je n'y suis allé qu'une seule fois dans toute ma vie, dit-il avant de continuer tout bas, comme pour éviter qu'un passant ne les entende : et je puis vous assurer que les réceptions y sont d'un ennui absolument mortel…

Puis il pointa une autre direction.

— Maintenant que nous avons pris des nouvelles du roi et du prince, voulez-vous aller visiter la reine ? Buckingham est tout près.

~

Darcy avait raison. Dans les immenses allées de Hyde Park, on croisait de nombreux promeneurs, aussi bien à pied qu'à cheval ou en voiture, mais il y avait tellement d'espace que tout ce monde paraissait clairsemé. Il était facile de s'éviter les uns les autres, si l'on ne souhaitait pas se donner la peine de se rencontrer et d'amorcer les courtoisies de rigueur. Il y avait sans doute bien plus de visiteurs par beau temps, mais aujourd'hui Darcy et Elizabeth n'aperçurent que des silhouettes anonymes dispersées de loin en loin.

Bien qu'il fît plutôt froid, il ne pleuvait pas vraiment, et aussi longtemps que le jeune couple continuait de marcher, ils étaient assez réchauffés pour apprécier leur promenade. Elizabeth, en tout cas, avait beaucoup de plaisir, car la brume donnait aux arbres majestueux un air un peu fantomatique qui l'enchantait. C'était le genre de paysage solitaire dans lequel elle imaginait sans peine des lutins se cachant derrière les racines et des farfadets sortant de sous les pierres, et où pouvaient se dérouler les aventures fantastiques qu'elle lisait dans ses romans.

Elle fut comblée lorsqu'ils atteignirent le bord d'un joli lac, dont Darcy lui apprit qu'on l'appelait « la rivière Serpentine » et qui serpentait en effet sur une assez longue distance.

— Comme c'est joli ! On jurerait se trouver en pleine nature, et pourtant vous dites que c'est un lac artificiel, Mr. Darcy ?

— « William », la corrigea-t-il.

— Oui, pardon : William.

— C'était, je crois, une ancienne rivière qui formait plusieurs petites mares, que l'on a réunies. L'été, on peut y canoter.

Ils marchèrent quelques instants, puis la jeune femme oublia un peu la poésie de l'endroit et changea de sujet :

— Dites-moi, n'est-ce pas singulier, au fond, qu'on vous ait donné pour nom de baptême le patronyme de votre mère ? Je ne crois pas avoir jamais vu cela auparavant. N'aurait-on pas dû vous prénommer « George », comme votre père ? Ç'aurait été bien plus attendu, pour un fils aîné, ne trouvez-vous pas ?

— Ce n'est pas une pratique aussi saugrenue que vous le pensez, et si vous aviez connu mon père, vous sauriez que cela, au contraire, lui ressemble tout à fait.

— Vraiment ?

— Vraiment, oui. Je dois vous dire que mon père, en plus de sa bienveillance et de ses nombreuses qualités, était fasciné par les gens titrés. Il s'enorgueillissait beaucoup d'avoir épousé la fille d'un comte. En me nommant ainsi, il se sera assuré que personne ne l'oublie.

Elizabeth s'en amusa.

— Je vois. Deux grandes et nobles lignées conjuguées sous les traits du fantastique héritier, qui pourrait à son tour engendrer une très digne descendance… Tout cela a de quoi faire rêver, en effet ! Vous avez dû, toute votre vie, faire la fierté de vos parents !

— Ce serait à eux d'en juger, je ne me permettrais pas de le faire à leur place, répondit Darcy, toujours sérieux. Mais c'est vrai que, dans tous mes actes, j'ai cherché à leur faire honneur.

— Sauf, peut-être, dans le choix de votre épouse, qu'ils auraient sans doute trouvé regrettable.

Le jeune homme tressaillit en entendant cela, avant de réaliser qu'Elizabeth avait parlé sur le ton de la badinerie et qu'elle n'en prenait pas ombrage. Il se détendit.

— Mon père aurait eu beaucoup d'affection pour vous, Lizzy, car il n'était pas aussi méfiant que moi. Il reconnaissait de la gentillesse chez tous ceux qu'il rencontrait – y compris chez ceux qui en manquent pourtant cruellement – et cela le rendait facile d'approche. Il n'aurait pas manqué d'apprécier votre esprit et votre gaieté, et vous aurait à coup sûr invitée à tous ses dîners.

— La description que vous m'en faites me rappelle ma sœur Jane, qui est compatissante avec tout le monde, sans distinction.

— Leurs tempéraments sont assez semblables, c'est vrai, si l'on excepte le fait que mon père devait composer avec les responsabilités que lui imposait sa situation de maître d'un grand domaine, ce qui donnait lieu à certains soucis. Dans ces moments-là, il pouvait se montrer difficile, mais Dieu merci, cela ne durait pas trop longtemps. C'est une chance pour votre sœur de n'avoir jamais à connaître pareilles préoccupations, ainsi elle restera toujours bonne et bienveillante.

— J'espère que ces tracas, qui sont les vôtres désormais, ne vous mettent pas dans les mêmes états. Mais comme vous êtes irritable et taciturne de nature, vous devez avoir un degré de résistance bien supérieur aux contrariétés...

Darcy se laissa taquiner avec patience.

— Je gère mes affaires d'une façon différente de mon père, répondit-il sans se démonter, et jusqu'à présent je n'ai jamais eu à affronter d'épreuve si terrible qu'elle en vienne à prélever son impôt sur mon humeur, qui est toujours assez égale.

Puis, il se défendit un peu :

— Quant à mon caractère, vous pouvez me dire taciturne tant qu'il vous plaira, mais je ne pense pas être irritable. Au contraire, on m'a souvent reproché mon stoïcisme face à une situation éprouvante. Vous êtes peut-être la seule qui soit parvenue à me faire sortir de mes gonds, et je ne saurais dire encore si c'est une bonne chose ou non.

Elizabeth, qui n'avait pas du tout envie de revenir sur les conflits qu'ils avaient eus par le passé, préféra réorienter la conversation.

— Et votre mère, William ? Parlez-moi d'elle... Quel genre de femme était-elle ? Ressemblait-elle beaucoup à votre tante ?

Le jeune homme eut un sourire en coin. Elizabeth avait une manière détournée d'aborder les choses, mais il la connaissait assez pour savoir qu'elle espérait justement de tout cœur que feu Lady Anne ne ressemble en rien à l'autoritaire Lady Catherine.

— Pas vraiment, la rassura-t-il. De la fratrie Fitzwilliam, mon oncle était l'aîné, puis ma mère et enfin ma tante. Il y avait aussi quatre autres enfants, mais qui sont tous morts jeunes. Contrairement à vous et Jane, ma mère et ma tante étaient d'âge inégal – je crois qu'il y avait bien six ans de différence –, ce qui fait qu'elles n'ont pas été des partenaires de jeu très proches. Ce n'est que plus tard, une fois mariées l'une et l'autre, qu'elles se sont retrouvées et beaucoup fréquentées. Nous vivions la moitié de l'année à Londres en ce temps-là, et le trajet jusqu'à Rosings est très facile. Nous y allions assez souvent, car mon père et Sir Lewis chassaient beaucoup ensemble.

Darcy sembla se plonger dans ses souvenirs.

— Non, ma mère n'avait décidément pas le même caractère que Lady Catherine, insista-t-il. Je me rappelle un épisode, dans le parc de Rosings. Je devais avoir dix ans – Georgiana n'était pas encore née. C'était l'été et la compagnie avait décidé d'organiser un pique-nique au bord de l'étang, pour que nous puissions profiter d'un peu de fraîcheur. Il y avait là mes parents, ma tante et Sir Lewis bien sûr, ainsi que plusieurs de leurs amis et voisins. Il n'y avait pas d'enfants à Rosings – ma pauvre cousine Anne était toujours plus ou moins souffrante et on ne l'autorisait jamais à jouer avec moi – et je m'y ennuyais à mourir, ce qui fait que ce jour-là on avait invité les enfants d'un des couples de voisins.

Elizabeth, qui imaginait déjà la scène, écoutait son mari avec une attention grandissante.

— Nous avions installé des nappes dans l'herbe et nous avions mangé un repas qui m'avait paru le plus délicieux du monde. Pour l'enfant que j'étais, être invité à manger en compagnie des adultes était un privilège rare et, croyez-moi, je ne boudais pas mon plaisir. Je passais une journée fantastique, d'autant que les enfants invités étaient deux garçons de mon âge avec qui je m'entendais comme larrons en foire. Doutez de moi si vous le voulez, mais je n'ai pas toujours eu autant de résistance à me lier d'amitié avec les inconnus que j'en ai aujourd'hui…

La jeune femme se mordit les lèvres pour se forcer à ne pas réagir à cette petite raillerie. Elle ne voulait surtout pas interrompre Darcy sur sa lancée et elle se contenta de serrer son bras pour l'encourager à poursuivre.

— Après le pique-nique, nous sommes allés tous les trois chercher des écrevisses un peu plus loin. Quand je repense à cet endroit, au bord du lac, je me dis que nous avions bien peu de chance d'en trouver, car le rivage est plein de vase et de roseaux, et qu'il convient mieux aux grenouilles… Quoi qu'il en soit, nous cherchions des écrevisses. On nous avait autorisés à remonter nos pantalons pour nous tremper les pieds, et vous imaginez sans doute vers où se dirige mon histoire : ce ne fut pas long avant que je trébuche sur une pierre glissante et que je finisse dans l'eau la tête la première.

Cette fois, Elizabeth se mit à rire. Darcy, digne comme un pape, continua son récit, mais elle sentit qu'il s'attendrissait lui aussi à ce souvenir.

— Je culbutais dans les roseaux et, en me relevant, je déchirais ma manche et me griffais le bras. Aussitôt, mes compagnons me ramenèrent, tout penauds, près de nos parents. J'étais moi-même on ne peut plus honteux et je me souviens encore du visage scandalisé de ma tante, qui fut l'une des premières à m'apercevoir. J'étais convaincu que j'allais recevoir une solide correction. Je me serais caché sous terre si j'avais pu.

— Mais ce n'était pas de votre faute ! s'exclama Elizabeth, interloquée. Vous étiez tombé par accident, pourquoi donc vous aurait-on corrigé ? Parce que vous aviez mouillé vos vêtements et déchiré votre chemise ?

Darcy s'interrompit. Un doux sourire illuminait son visage lorsqu'il se tourna vers sa jeune épouse.

— Vous semblez trouver cela très injuste. On m'a pourtant déjà corrigé pour des aventures plus insignifiantes encore que celle-ci.

— Pauvre de vous ! Si c'est ainsi qu'on vous a appris à redouter le ridicule chez les autres et chez vous-même, j'en suis bien désolée pour vous, continua la jeune femme, avec un air consterné. Il n'y a, selon moi, rien de plus innocent qu'un enfant qui chahute dans l'eau un jour de soleil et de fête.

Le sourire de Darcy s'élargit encore.

— Ma mère devait penser la même chose que vous, car lorsqu'elle me vit, elle éclata de rire. Vous imaginez mon soulagement. Ma tante et une autre dame de leurs amies étaient indignées. Elles réclamèrent qu'on me ramène à Rosings pour me changer et qu'on me laisse dans une chambre afin de méditer le reste de l'après-midi sur ma conduite, jugée assurément impropre à mon rang. Mais ma mère, aimante comme toujours, balaya tout cela d'un geste. Elle m'ordonna de m'approcher pour qu'elle puisse juger de la gravité de mes griffures et, en voyant qu'il n'y avait là rien de bien sérieux, elle me renvoya à mes écrevisses en me disant que, puisque j'étais mouillé, je pouvais aussi bien en profiter pour me baigner un peu, que cela me rafraîchirait.

— Brava ! s'écria Elizabeth en applaudissant. En voilà, une excellente réponse !

— En effet. Ma mère fut pour moi une véritable idole, ce jour-là : je l'admirais plus que jamais. D'autant que, conforté par elle, je m'attirais l'envie de mes petits compagnons, qui n'étaient pas autorisés à se mouiller jusqu'au-dessus du genou, tandis que je pouvais, moi, retourner dans l'eau fraîche et m'y ébattre à loisir. Ce que j'ai d'ailleurs fait jusqu'à la fin du pique-nique, si bien qu'au retour on dut me faire voyager à l'arrière du cabriolet, pour que je ne détrempe pas les fauteuils. Autant vous dire que je fus le héros de mes camarades pour le restant de la journée.

— Pauvres petits ! Leurs parents n'ont donc pas suivi l'exemple de votre mère ?

— Il faut croire que non.

— Mais votre père, que disait-il de tout cela ?

— Il haussait des épaules en opinant de la tête, comme pour tout ce qui concernait ma mère. Je ne l'ai jamais vu la contredire en quoi que ce soit, en tout cas pas publiquement.

— Un sage homme... fit Elizabeth, malicieuse. Votre tante, en revanche, devait être dans tous ses états !

— En effet, oui ! Vous connaissez assez son caractère entier et ses convictions. Cette anecdote est devenue un souvenir familial qui traverse les années. Encore aujourd'hui, lorsqu'elle juge ma conduite litigieuse, elle ne manque pas de me rappeler mon comportement de petit pêcheur d'écrevisses et de me rappeler à quel point les choses auraient été différentes si j'avais été son fils.

— Nous nous réjouissons aujourd'hui que ce ne soit pas le cas ! Je puis tolérer qu'elle soit devenue ma tante, mais j'ai bien assez de ma pauvre mère pour supporter l'idée que Lady Catherine endosse elle aussi ce rôle. En revanche, je regrette de n'avoir pas connu la vôtre, William. C'est une femme que j'aurais aimé rencontrer.

— Je n'ose imaginer la complicité que vous auriez développée... J'en aurais sans doute été la première victime, s'amusa Darcy.

Il était tout étonné d'avoir raconté cette anecdote à Elizabeth. C'était le genre de souvenir qu'il était bien naturel de confier à une épouse, mais comme le jeune homme n'avait, en règle générale, pas l'habitude de le faire avec quiconque, il était surpris de constater que cela ne lui avait causé aucun trouble. Et il était plus rassuré encore de voir avec quelle vigueur la jeune femme avait réagi devant la correction exagérée à laquelle il avait échappé. Cela dénotait chez elle un bon sens et une empathie qui confirmaient ce qu'il connaissait déjà de sa personnalité, et c'est tout ragaillardi qu'il continua sa promenade avec elle.

~

Lorsqu'ils rentrèrent, ils se firent servir du thé dans le petit salon jaune, à la suite de quoi Elizabeth monta dans sa chambre chercher l'écritoire qu'elle avait apportée de Longbourn. Elle se mit en devoir de rédiger une lettre à ses parents, et une autre – beaucoup plus longue – à la nouvelle Mrs. Bingley.

Bien qu'elle n'eût pas encore terminé sa première journée à Chalton House, elle avait déjà tant de choses à raconter à Jane qu'elle noircit sans difficulté plus de trois pages. Elle lui décrivit en détail sa nouvelle demeure, le nombre et la taille des pièces, les domestiques et l'aimable accueil qu'ils lui avaient réservé, ainsi que la promenade dans le quartier et à Hyde Park. Ses mots n'étaient qu'enthousiasme et ravissement. Elle réserva la dernière page pour rendre hommage à son époux, dont elle raconta la conduite exemplaire. Elle passa bien sûr pudiquement sous silence ce qui s'était produit entre eux durant leur nuit de noces, mais elle parvint tout de même à glisser quelques sous-entendus, afin que Jane comprenne que tout s'était bien déroulé et que sa nouvelle vie conjugale démarrait sous les meilleurs auspices.

Tandis qu'elle écrivait, assise à la fenêtre pour bénéficier du peu de lumière qui restait encore avant la tombée de la nuit, Darcy passait le temps avec un livre, dans le sofa, près du foyer que l'on avait déjà allumé. À aucun moment il ne se permit de la déranger, car il la voyait concentrée sur son exercice et perdue dans ses pensées, mais il prit grand plaisir à l'observer.

Il la trouvait décidément très belle. Bien sûr, elle n'avait pas les traits parfaits de sa sœur Jane, qui était l'exemple même du canon de la beauté avec son teint sans défaut et ses grands yeux clairs, mais elle était tout de même une bien jolie fille, et il y avait dans ses gestes une élégance naturelle dont elle ne semblait pas elle-même consciente. On ne pouvait rien trouver à reprocher à sa silhouette plutôt fine, à son cou élancé et à ses très jolies mains ni à sa démarche énergique qui traduisait une force de caractère évidente. La vivacité d'Elizabeth était sans commune mesure avec la langueur affectée – et exaspérante ! – dont faisaient preuve aujourd'hui la plupart des jeunes filles en se pensant séduisantes. Quant à son sourire mutin et surtout ses yeux perçants, brillants d'intelligence, ils avaient captivé le jeune homme depuis longtemps.

La jeune femme ne tarda pas à se salir les doigts d'encre et elle poussa un petit soupir contrarié qui parut à son mari des plus charmants. Il voyait son front se froncer lorsqu'elle réfléchissait, sa bouche faire la moue lorsqu'elle s'appliquait à écrire, et ses yeux rire en silence en songeant à une plaisanterie. Darcy imaginait sans peine avec quel esprit elle devait tourner ses phrases et il souriait, lui aussi, simplement heureux de l'avoir auprès de lui et d'être témoin de tout cela.

Après un moment, la jeune femme reposa sa plume. Elle soupira, s'étira.

— Vous avez terminé ? lui demanda-t-il.

— Oui. Je me suis dépêchée, car je n'y vois plus grand-chose. Regardez : la nuit est presque complètement tombée... Je me relirai demain, avant d'envoyer ma lettre. Je la récrirai probablement, aussi, car j'ai bien peur que tout cela ne ressemble à rien d'autre que des griffonnages illisibles.

— Alors, remettez votre tâche à demain et venez vous reposer près du feu.

Elizabeth obéit. Elle rangea ses plumes et ses papiers, referma son écritoire et se leva de sa chaise. Mais alors que son mari s'attendait à ce qu'elle s'asseye sur l'un des deux fauteuils qui lui faisaient face, elle vint plutôt se lover tout contre lui sur le sofa et posa la tête sur son épaule en remontant ses pieds contre elle.

Pour le jeune homme, ce geste était si inattendu qu'il se figea comme une statue.

Il n'avait pas l'habitude d'un traitement aussi familier. Les cheveux de la jeune femme lui chatouillaient la joue, mais cette soudaine proximité lui était trop incongrue pour qu'il trouve cela agréable. Il espéra qu'elle change de position, ce qu'elle ne fit pas. Au contraire, elle gigota pour glisser son bras sous le sien et se serrer encore un peu plus contre lui.

De plus en plus mal à l'aise, Darcy finit par esquisser un geste un peu brusque, comme pour se dégager. Cette fois, Elizabeth se redressa et s'écarta.

— Pardonnez-moi, je vous dérange pour lire, fit-elle.

— Pas du tout, non.

Elle se cala alors contre le dossier du fauteuil, toujours tournée vers lui, mais sans le toucher cette fois. Ils restèrent ainsi une minute, Darcy faisant semblant de lire à nouveau et elle cherchant visiblement quelle attitude adopter. Mais comme aucune des deux situations ne portait ses fruits, le jeune homme finit par refermer son livre.

— Je ne voulais pas vous repousser, pardonnez-moi, expliqua-t-il. Je crois que vous m'avez pris au dépourvu.

— Parce que je me suis reposée sur votre épaule ?

Il hocha la tête d'un air grave.

— Je n'ai aucune idée de ce que c'est que d'avoir une épouse, et aucune jeune femme n'a jamais eu ce genre de familiarité envers moi – ni moi envers elle, d'ailleurs. C'est… surprenant, voilà tout.

— Pas même Georgiana ?

— Certainement pas Georgiana !

Elizabeth réfléchit un instant.

— Dans ce cas, il me faut vous dire que de mon côté, au contraire, je suis habituée à cajoler mes parents et mes sœurs quand l'envie m'en prend et que c'est réciproque, expliqua-t-elle. Si vous n'aimez pas que je vous touche, y compris lorsque nous sommes seuls comme en ce moment, faites-le-moi savoir.

— J'ai dit que c'était surprenant, pas désagréable.

Cette courte réponse résonna d'une manière bien plus sèche que Darcy ne l'aurait souhaité. Il se rendait bien compte que son attitude à lui était trop rigide, mais il ignorait comment se comporter autrement.

Manger à sa table, lui prendre la main, l'emmener se promener et lui faire la conversation étaient des exercices familiers auxquels il pouvait s'adonner avec aisance, sans perdre la face. Il était même prêt à faire des efforts pour la faire rire. En revanche, se retrouver seul avec elle, sans activité précise pour se donner une contenance, sans même une table ou un fauteuil qui les tienne à une distance respectable, voilà qui était un nouveau défi. Il était parvenu, la veille, à la faveur de la nuit et de leur désir à tous les deux, à instaurer une intimité physique sans trop de difficulté, mais aujourd'hui, en plein jour et au milieu du salon de sa mère, il se sentait à découvert.

Se laisser câliner ? Embrasser et caresser ? Il n'y avait pas songé. Il était habitué à maintenir en tout temps une image respectable, y compris dans l'intimité de son foyer, et on ne lui avait guère appris comment recevoir avec élégance des marques de tendresse.

Il ignorait le niveau d'intimité auquel son épouse s'attendait.

Il ignorait ce qu'il attendait lui-même.

Elizabeth bougea un peu sur le sofa. Elle laissa tomber ses pieds sur le sol, prête à se lever.

— Excusez-moi, Lizzy. Je suis maladroit lorsque je m'exprime, parfois, j'en suis navré, reconnut Darcy d'une voix douce.

La jeune femme s'interrompit. Cette fois, elle se tourna vers lui et l'observa quelques secondes, comme si elle fouillait en lui à la recherche d'on ne sait quoi. Il eut le courage de soutenir son regard.

Enfin, apparemment réconfortée par ce qu'elle y avait trouvé, elle lui sourit, prit son visage dans ses mains et l'embrassa avec une délicatesse exquise.

— N'est-ce pas mieux ainsi, mon époux ? chuchota-t-elle.

Darcy sourit, plus ému qu'il ne voulait l'admettre. Puis, déterminé à effacer le malaise qu'ils venaient de vivre, il l'entoura de ses bras et l'embrassa à son tour, avec bien plus de fougue, ce qui fit rire la jeune femme lorsqu'elle parvint à reprendre son souffle.

— Mr. Dar... William ! Se peut-il que je n'aie qu'un infime signe à vous donner pour déclencher des avalanches de passions ? Vous disiez à l'instant que vous n'aviez pas pour habitude de recevoir ce genre d'affection !

Darcy se détendit.

— J'ai aussi précisé que ce n'était pas désagréable...

Il l'embrassa encore et il eut le plaisir de sentir que la jeune femme se blottissait de nouveau contre lui.

— Vous voyez ? Ce n'était que cela, fit-elle d'un ton radouci. Inutile d'être sur la défensive lorsque je m'approcherai de vous.

— Je ne vous garantis pas que je serai toujours d'un naturel à toute épreuve lorsque vous viendrez me « cajoler », comme vous dites, lui répondit son mari, mais je vous promets de ne pas vous repousser et d'apprendre à apprécier tout cela à sa juste valeur – qui est bien grande, d'ailleurs. Je vous invite en tout cas à ne pas vous restreindre.

Il hésita, puis il avoua à mi-voix :

— Pardonnez mon détachement, ce n'est qu'une apparence. On me l'a inculqué depuis si longtemps que je n'y fais même plus attention.

— Il y a de ces choses que nous devrons apprendre à développer avec le temps, je suppose, répondit Elizabeth avec philosophie. Pas plus que vous je n'ai été mariée, et j'ignore ce qui vous fait plaisir ou non. Mais je veux être une bonne épouse pour vous, William.

— Et je vous en sais gré.

Elle hésita, les yeux brillants.

— Dans ce cas, sachez que ma porte vous sera ouverte, ce soir, ajouta-t-elle en se mordillant les lèvres.

Darcy eut un sourire embarrassé. Ce genre de discours le changeait agréablement de ce qu'il pensait être une soirée passée en compagnie d'une épouse – et qu'il imaginait semblable aux veillées en société, autour des tables de trictrac et des conversations creuses. Elizabeth le déstabilisait, mais il devait bien admettre qu'il appréciait.

— Devrai-je vous attendre ? insista cette dernière, d'une toute petite voix.

Il la regarda. Il y avait dans ses yeux à elle un mélange d'excitation et d'appréhension.

— Bien sûr, répondit-il en l'embrassant à nouveau.

Et ils restèrent ainsi enlacés, observant les flammes en silence, jusqu'à ce qu'il soit l'heure d'aller s'habiller pour le souper.

~

— Fait-il très froid, à Pemberley, l'hiver ? demanda Elizabeth pendant le repas.

— Assez, oui. C'est une grande maison. Mais nous nous en tenons à quelques pièces principales que nous faisons confortablement chauffer, donc vous ne devriez avoir à souffrir de rien. De toute façon, rien ne nous empêchera de revenir à Londres si l'envie nous en prend. Pourquoi cette question ?

— Mrs. Vaughan me disait tout à l'heure qu'il faudrait me faire confectionner des robes plus chaudes.

— C'est juste. Vous n'aurez qu'à lui demander de vous conduire chez une couturière – je suppose que Mrs. Vaughan saura très bien qui vous recommander. Faites-vous faire toutes les robes qu'il vous plaira, ma chère.

Darcy s'interrompit, le temps que le majordome remplisse son verre de vin.

— Nous verrons également à vous fournir de quoi pourvoir à vos dépenses privées, continua-t-il ensuite. J'ignore quelle somme est nécessaire pour l'entretien d'une dame, mais je crois que, là encore, Mrs. Vaughan pourra vous conseiller.

Elizabeth n'avait, elle non plus, aucune idée de ce qu'il serait raisonnable de demander à son mari comme argent de poche.

— Mon père me donnait deux shillings par semaine, répondit-elle avec candeur. Ce n'était, bien sûr, pas grand-chose, mais cela suffisait à m'acheter quelques livres de temps en temps.

Darcy se raidit. Il coula un regard vers les domestiques, au fond de la salle à manger, et Elizabeth se sentit rougir en réalisant qu'elle avait fait un faux pas. On ne parlait pas aussi crûment d'argent à table en présence des serviteurs qui entendaient tout, surtout pour avouer que l'on ne possédait qu'une misère.

Pour se rattraper, la jeune femme s'assura que le volume de sa voix ne trahissait aucune émotion et poursuivit sur un ton très naturel :

— Cela, au moins, a eu le grand avantage de me permettre de développer un certain sens de l'économie.

— Un talent tout à fait désirable chez une épouse et je me réjouis que vous le possédiez, conclut Darcy en lui venant en aide.

Il en profita pour changer de sujet au plus vite.

— Mr. Bennet est un homme très bon, fit-il. J'ai beaucoup apprécié faire plus ample connaissance avec lui, ces dernières semaines. Il est bien plus cultivé qu'il ne le laisse paraître au premier abord.

111

— Oui, je l'aime beaucoup, répondit la jeune femme en s'attendrissant à l'évocation de son père.

— Et lui aussi, de toute évidence. J'avais parfois l'impression qu'il me dévisageait en se demandant ce que j'avais de plus que lui.

Les yeux d'Elizabeth se plissèrent de rire. Elle songea à ce que lui avait dit son père, la veille, juste avant de partir pour Londres.

— Je pense simplement qu'il se demande quel genre d'homme vous êtes, répondit-elle.

— Moi ? Pourquoi cela ?

— Parce que je vous ai choisi.

Darcy prit une bouchée et la fit descendre avec une gorgée de vin. Puis il poursuivit avec un petit sourire :

— Vos goûts en matière d'hommes sont donc si délicats, Lizzy ?

— Hé bien, si mon père devait vous comparer aux autres partis qui auraient pu se présenter pour moi, oui, je suppose que j'ai pu donner cette impression. Pour tout vous dire, j'ai longtemps été convaincue que les hommes sont trop imbus d'eux-mêmes pour mériter mon attention – et, à plus forte raison, mon affection.

— Convaincue ?

— Absolument. Jusqu'à ce que je fasse votre connaissance.

— Vous me surprenez. Je sais à quel point il m'a été difficile de trouver grâce à vos yeux, mais j'ai tout de même du mal à croire que personne d'autre ne s'est jamais attiré votre indulgence auparavant.

Elizabeth ne répliqua pas tout de suite. Elle songea à quelques garçons sans conséquence, puis à Wickham, le premier beau jeune homme qui lui soit réellement tombé dans l'œil. Elle se garda bien de l'évoquer. Darcy se doutait qu'elle avait eu un penchant pour le séduisant lieutenant à une époque, mais le véritable caractère de Wickham avait depuis été démasqué et mieux valait ne pas retourner le couteau dans cette plaie encore vive.

Elle songea ensuite au colonel Fitzwilliam, qu'elle avait trouvé tout à fait aimable lorsqu'elle l'avait rencontré pour la première fois. Son mari était-il en mesure d'accepter cette confidence ?

— Ma foi, il me semble que votre cousin, le colonel, aurait pu être un prospect intéressant, s'essaya-t-elle sur un ton plein de sous-entendus. Il s'est toujours montré si charmant à mon égard…

— Ma chère, je suis désolé de vous apprendre que vous ne parviendrez pas à me tourmenter à ce sujet, se défendit Darcy, l'œil amusé. J'ai assisté à votre rencontre, à Rosings, rappelez-vous, et j'ai bien vu que sa curiosité – toute légitime – envers vous s'est vite transformée en franche amitié. Je ne craindrai jamais de vous laisser seule avec lui.

— Quel dommage ! riposta la jeune femme. Avec qui donc pourrais-je essayer de vous rendre jaloux ? La seule demande que j'aie jamais reçue, en dehors de la vôtre, provient d'un homme que vous ne pourriez jamais envier le moins du monde !

La confidence était sortie toute seule, et Elizabeth passa sa main devant ses lèvres comme pour la rattraper, mais trop tard.

Cette fois, en tout cas, elle avait piqué la curiosité de Darcy, qui haussa un sourcil.

— J'ignorais qu'un autre vous avait déjà demandée en mariage, Lizzy. Vous m'intriguez…

La jeune femme réalisa alors qu'elle avait réussi, sans le vouloir, à l'aiguillonner assez pour pouvoir jouer un peu à ses dépens. Les yeux pétillants, elle passa un moment à rire de son mari en le laissant baigner dans les interrogations et les hypothèses, avant de consentir enfin à s'expliquer :

— Mr. Collins m'a fait une offre, autrefois.

Darcy fit une mine effarée.

— Collins ? Seigneur Dieu tout puissant ! s'exclama-t-il en éclatant de rire. Collins ! J'imaginais bien que tous les hommes qui traversaient le Hertfordshire devaient être attirés par votre ravissante sœur, mais il semble que je doive corriger cette impression : c'est bien vous qui êtes la reine du comté !... Collins ! Je n'y aurais jamais songé !

— Ne donnez pas trop de mérite à mes charmes personnels, car je doute qu'ils aient eu quelque influence que ce soit dans cette affaire. Vous connaissez l'homme, alors vous devinez bien qu'il n'a pensé à rien d'autre qu'à l'approbation de Lady Catherine lorsqu'il a demandé ma main. La seule élégance que je consens à lui accorder, c'est qu'il ait d'abord eu le bon sens de se chercher une épouse parmi ses cousines. Comme il doit hériter de Longbourn à notre place, cela aurait été une façon assez commode de nous permettre de conserver le domaine malgré tout.

— En effet, c'était une proposition honorable de sa part, admit Darcy, encore épaté par la nouvelle. Et malgré cela, vous l'avez repoussé ?

— Bien évidemment ! Que pouvais-je faire d'autre ? Auriez-vous pu imaginer un seul instant que je devienne sa femme ? Quelle triste vie j'aurais eue là !

— C'est pourtant la vie de votre amie Mrs. Collins, à présent, et elle semble tout à fait heureuse.

Elizabeth cessa peu à peu de rire. Elle songea à ce qu'elle connaissait de la vie de Charlotte, ses menus plaisirs domestiques et son inestimable soulagement d'être enfin à l'abri du besoin, mais avec en contrepartie une sècheresse de sentiments à l'égard de son mari qui apparaissait déjà, alors qu'ils n'étaient pas encore mariés depuis un an. L'arrivée prochaine de son enfant serait une de ses rares vraies joies dans la vie qu'elle s'était choisie.

— Bien que Charlotte et moi soyons d'excellentes amies, nous nous ressemblons peu. Elle a toujours été bien plus raisonnable en tout, et les affaires du cœur n'y ont pas fait exception. Vous pourriez dire que je lis trop de romans et qu'ils m'ont tourné la tête, mais je savais depuis toute jeune déjà que je ne me marierais jamais sans être profondément éprise de mon époux. J'aurais préféré terminer ma vie en simple fille plutôt que d'épouser un homme tel que Collins, aussi honorable soit-il.

En parlant, elle avait soudain pris un air très déterminé, presque buté, qui la rendait belle et fière, et Darcy ne la quittait pas des yeux. Les propos de la jeune femme ne le citaient pas directement, mais constituaient un aveu formel de ses sentiments envers lui qu'il trouvait très touchant.

— Je vous reconnais bien là, répondit-il avec beaucoup de tendresse. Fidèle à vous-même, affirmant vos opinions en toutes circonstances…

— Vous êtes un des rares qui apprécie ce trait de caractère, mon ami.

Le jeune homme tendit la main par-dessus la table pour prendre celle de sa femme.

114

— Elizabeth, soyez certaine d'une chose : c'est précisément pour votre caractère, votre liberté d'esprit et votre impertinence que je vous aime. Ne changez jamais cela.

~

À Chalton House, il n'y avait qu'un seul cabinet de toilette, que l'on avait réservé à l'usage exclusif du maître des lieux. Ce cabinet était le royaume de Mr. Grove, le valet de pied de Darcy, et la femme de chambre d'Elizabeth s'en excusa longuement tandis qu'elle aidait cette dernière à se déshabiller.

— Lorsque vous serez à Pemberley, vous aurez votre propre cabinet, madame, l'assura-t-elle. Il est assez grand et bien meublé pour que vous y soyez tout à fait confortable. C'est une chance que vous n'ayez pas apporté toutes vos toilettes, car nous n'aurions sans doute pas eu assez de place dans cette chambre. Mais je demanderai à Mr Hallcot de prendre des dispositions pour que l'on vous aménage un véritable cabinet lors de votre prochain séjour ici. Il n'est pas imaginable qu'une dame dans votre position n'en dispose pas !

Les robes qu'Elizabeth avait apportées dans ses deux malles étaient tout ce qu'elle n'avait jamais possédé, et la seule qui soit vraiment neuve et de bonne qualité était sa robe de mariée. Elle ignorait ce que l'on avait dit aux domestiques à son sujet, mais la femme de chambre, en voyant l'état peu reluisant de son trousseau, n'avait pu ne pas comprendre que la nouvelle Mrs. Darcy était d'une petite extraction. Elle était toutefois assez délicate pour faire comme si de rien n'était, ce qu'Elizabeth apprécia.

Tout comme le matin, puis au départ et au retour de la promenade ainsi que le soir avant le souper, elle s'était laissé dévêtir puis revêtir par les mains expertes de cette dame qu'elle ne connaissait pas encore et qui allait désormais faire partie de son intimité quotidienne. Même si c'était encore très étrange pour elle, la jeune femme allait devoir s'habituer à cette présence discrète qui la verrait nue, l'aiderait à se laver, à se coiffer, à s'habiller, entretiendrait ses robes et veillerait sur ses bijoux. Mrs. Vaughn bouclerait ou couperait ses cheveux selon les besoins, rapiècerait ses sous-vêtements et ses bas, brosserait ses chapeaux et ses souliers, lui frotterait le dos aussi souvent que nécessaire, achèterait son parfum si Elizabeth souhaitait en porter, commanderait des toilettes chez les modistes et les couturières, lui taillerait les ongles et serait probablement la première au courant si sa maîtresse tombait enceinte, puisqu'elle était celle qui recueillerait les linges de ses menstruations.

Elizabeth était aussi bien de se lier d'amitié avec elle, bien qu'elle eût préféré s'occuper de tout cela elle-même.

La femme de chambre en avait presque ri.

— Oh, madame, lorsque vous serez habituée à tenir des dîners ou à sortir en ville, vous aurez bien autre chose en tête que de faire disparaître une tache ou recoudre un jupon ! C'est pour cela que je suis à votre service.

Heureusement, Mrs. Vaughan avait l'âge d'être sa mère, ce qui aida Elizabeth à se sentir en confiance. Mais c'est lorsque Darcy entra dans la chambre un peu plus tôt que prévu qu'elle réalisa qu'on n'avait pas choisi cette femme au hasard.

Elle était assise à sa table de toilette, en chemise de nuit, et la domestique lui brossait les cheveux quand le jeune homme passa la tête par la porte qui communiquait avec sa propre chambre.

— Lizzy ?

— Je suis là, William. Vous pouvez entrer.

Exit la cravate immaculée, le gilet de soie, la redingote parfaitement ajustée et les bottes cirées. Les pieds nus sur le tapis, vêtu seulement de sa chemise et d'une robe de chambre, Darcy avait perdu de sa superbe et, de toute évidence, il en était bien conscient, car il arborait un air quelque peu embarrassé. Elizabeth, elle, le trouva adorable.

— Je vois que je vous dérange. Voulez-vous que je repasse plus tard ?

— J'ai fini dans une seconde, monsieur, s'excusa Mrs. Vaughan.

Le jeune homme hésita, puis se dirigea vers le lit. Il retira sa robe de chambre et se glissa sous les draps aussi vite que possible. Là, au moins, il se sentait un peu moins vulnérable qu'au milieu du tapis.

— Pardonnez-moi, monsieur, je n'ai pas encore bassiné le lit, l'avertit la femme de chambre. Voulez-vous que j'appelle quelqu'un ?

— Ce ne sera pas nécessaire. Maintenant que j'y suis, les draps seront chauds le temps que Mrs. Darcy me rejoigne.

— Comme vous voudrez, monsieur.

Elizabeth observa ce petit échange anodin avec curiosité. Déjà gênée d'avoir à se déshabiller devant cette femme, elle trouvait à présent tout à fait incongru de voir Darcy allongé dans leur lit, attendant que la domestique s'en aille pour qu'enfin ils se retrouvent seuls.

La scène ne dura pas. Mrs. Vaughan achevait sa tâche.

— Voilà, madame. Je vous souhaite une bonne nuit, dit-elle doucement, en reposant sa brosse sur la table.

Puis, avant même qu'Elizabeth se soit levée de son banc, la domestique ramassa le linge de sa maîtresse, jeta un coup d'œil à la ronde pour vérifier que tout était en ordre et quitta la pièce avec la discrétion d'une souris.

— Vous avez l'air songeuse. Vous m'attendiez, je crois, n'est-ce pas ? s'inquiéta son mari.

— Oui, bien sûr ! réagit cette dernière en se levant enfin.

Alors qu'elle s'allongeait près de lui, Elizabeth réalisa qu'une femme ayant l'âge de la materner était aussi une femme bien trop vieille pour représenter un attrait quelconque pour Darcy. Ainsi, on pouvait sans crainte la laisser s'activer dans la chambre du couple, au plus près de leur intimité conjugale.

Décidément, on avait choisi cette Mrs. Vaughn avec beaucoup de précaution.

— Je suis désolé de mon intrusion, je pensais que vous étiez déjà prête, fit le jeune homme. La prochaine fois, nous pourrons peut-être convenir d'une heure plus précise ?

Elizabeth éclata de rire.

— Doux Jésus ! Êtes-vous sérieux ? Devons-nous vraiment nous donner rendez-vous pour dormir ?

Songeant qu'il n'avait rien dit qui mérite d'être moqué, Darcy se renfrogna.

— Et pourquoi pas ? Cela me semble pratique, nous éviterions ainsi les malentendus.

— C'est tout juste ce sur quoi vous devriez gagner en souplesse, mon ami... Votre côté pratique manque cruellement de fantaisie !

— Je ne suis pas reconnu pour être le plus fantasque des hommes, c'est certain, bougonna un peu ce dernier.

— Rassurez-vous, cela ne m'a pas empêchée de tomber follement amoureuse de vous, le réconforta Elizabeth en se tournant vers lui, le rire aux lèvres. Mais je ne crois pas que nous prendrons rendez-vous le soir : c'est déjà bien assez de convenir si l'un ira retrouver l'autre et

117

vice-versa. Pourquoi ne dormirions-nous pas tout simplement dans la même chambre ?

— Quelle drôle d'idée ! Un mari et sa femme doivent avoir leur propre chambre, voyons.

Elizabeth le regarda.

— Dans quel monde vivez-vous, William ? Ne trouvez-vous pas naturel qu'un couple partage le même lit ?

— N'est-ce pas ce que nous faisons à l'instant où nous parlons ? rétorqua-t-il, avec un sourire qu'il voulait enjoué, mais qui était aussi un brin agacé.

Elizabeth sentit qu'il valait mieux ne pas insister et elle sourit pour montrer à son époux qu'elle lui concédait la victoire. Leur conversation de l'après-midi, après le thé, avait déjà été un effort bien grand à faire pour Darcy et elle ne pouvait pas lui en demander trop à la fois. Ils achevaient tout juste leur premier jour de mariage, ils auraient bien le temps, plus tard, de débattre des arrangements quotidiens de ce type.

Pour le moment, elle avait un autre défi à relever : franchir les quelques centimètres qui les séparaient pour retrouver le plaisir de son corps contre le sien. Il avait eu le temps de réchauffer son côté du lit, elle non, et en faufilant discrètement sa main sous les draps – avec l'ambition de le frôler et de faire passer cela pour un hasard –, elle sentit la chaleur de son corps qui émanait à travers les draps froids.

Une coïncidence voulut qu'au même instant la main de Darcy vienne frôler sa jambe. Elle frémit, lui aussi sans doute, mais sa main s'entêta et finit par se poser pour de bon sur son genou.

— Comme vous vous enhardissez, Mr. Darcy, murmura-t-elle, mutine.

Il eut un petit sourire espiègle.

— Est-ce à vous de vous approcher ou bien à moi ? lui demanda-t-il, sur le même ton.

— Je l'ignore. Devons-nous convenir d'un accord pour régler ce genre de détail ?

Et, sans plus de manières, elle se glissa jusqu'à lui et passa son bras à son cou pour l'embrasser.

CHAPITRE 5

À Chalton House, Elizabeth fut traitée en invitée de marque. Les premiers jours, ne sachant trop si elle devait s'imposer en tant que maîtresse des lieux – et encore moins comment ! –, elle attendait que les domestiques viennent la trouver. Or, la maison fonctionnait avec une précision d'horlogerie et personne ne faisait jamais appel à elle. Intimidée, craignant de faire une bévue, la jeune femme se contentait donc d'occuper le salon jaune, où elle passait une partie de son temps à écrire des lettres et le reste à lire les ouvrages qu'elle empruntait dans la bibliothèque de son mari.

Darcy, de son côté, reçut beaucoup d'invitations de la part de ses relations de Londres, qui avaient hâte qu'il leur présente son épouse. Mais pour laisser à cette dernière le temps de s'acclimater à sa nouvelle vie, il les déclina systématiquement. Il répondit en donnant quelques détails sur le déroulement de la cérémonie et en vantant la grâce avec laquelle Elizabeth endossait son nouveau rôle, mais expliqua qu'il fallait leur pardonner : ils étaient tous les deux bien trop occupés pour trouver le temps de recevoir ou de rendre visite.

Il n'y eut à cela que deux exceptions.

La première fut un dîner proposé par Thomas Hawkins, un ami que Darcy s'était fait à l'université et qu'il ne manquait jamais de voir lorsqu'il était en ville. Hawkins était un assez beau jeune homme, pas très grand mais bien fait, qui avait l'œil rieur et la plaisanterie facile, et qui pouvait raconter tellement de choses sur Londres, où il avait toujours vécu, qu'Elizabeth fut vite subjuguée. Il avait épousé une certaine Isabel et, ensemble, ils avaient déjà cinq enfants – le dernier-né n'ayant que quelques mois. Isabel, jeune femme un peu rondelette, fatiguée par les grossesses successives, accueillit Elizabeth avec beaucoup de gentillesse, et tous les quatre passèrent une soirée exquise. La conversation tourna beaucoup autour de la nouvelle Mrs. Darcy, qu'ils étaient curieux de connaître, et comme ils étaient aussi de proches amis de Charles Bingley, il fut également question de Jane. Ayant connu les nombreux flirts que Bingley avait eus ces dernières années, ils ne s'étonnèrent pas qu'il ait trouvé chaussure à son pied si la demoiselle était aussi douce et jolie que ce qu'on leur racontait. En comparaison, Darcy passait pour être difficile et Hawkins, qui l'avait harcelé pendant des années pour qu'il se marie, se déclara soulagé pour son ami. Il ne cessa, d'ailleurs, de lever son verre à la gloire de celle qui avait enfin réussi à l'arracher à son célibat.

La seconde exception fut d'inviter les Gardiner à Chalton House. C'est Darcy qui le proposa, pensant faire plaisir à Elizabeth. Il ne se trompa pas. Ravie de faire découvrir à son oncle et sa tante tous les détails de sa nouvelle vie, la jeune femme, cette après-midi-là, rayonna littéralement. Elle passa un long moment à leur faire visiter les plus belles pièces de la maison et leur raconta avec enthousiasme tout ce qu'elle avait découvert de la ville depuis qu'elle était arrivée. Plus tard, pendant qu'on prenait le thé et le café, elle leur offrit une quantité invraisemblable de gâteaux et de biscuits, tant elle avait hâte de se montrer une hôtesse digne de ce nom. Amusés, les visiteurs la laissèrent faire avec bienveillance et furent, comme toujours, des plus agréables. Sociable et engageant, Mr. Gardiner n'avait décidément rien en commun avec sa sœur, l'incorrigible Mrs. Bennet, au point qu'on pouvait presque se demander s'ils venaient du même lit. Quant à Mrs. Gardiner, elle avait un discours enjoué qui faisait d'elle une compagne des plus plaisantes. Elle parvint même, grâce à quelques bons mots, à faire rire Darcy à deux reprises – un exploit dont elle-même eut l'air surprise.

En dehors de ces deux visites, délestés de toutes autres obligations sociales, les jeunes mariés profitaient l'un de l'autre. Une humidité glaciale s'était abattue sur Londres, mais lorsqu'il ne pleuvait pas, ils en profitaient pour sortir. Ils retournèrent se promener dans Hyde Park, arpentèrent les rues pleines de boutiques et de divertissements, ainsi que les grandes avenues bordées de maisons magnifiques. Ils se firent même conduire en voiture jusqu'à l'Île aux Chiens, pour y admirer deux majestueux navires de guerre en partance pour le Portugal, où la guerre contre les Français se poursuivait.

Une après-midi, Darcy emmena sa femme voir l'exposition de peinture dont il lui avait parlé dans une de ses lettres. Ils y passèrent deux longues heures, déambulant dans les grandes salles, accrochés au bras l'un de l'autre, admirant les toiles et saluant parfois les visiteurs qu'ils croisaient. Mais à la seconde où Elizabeth étouffa un bâillement derrière sa main, son mari accéléra le pas et se mit en devoir de lui trouver un endroit pour se reposer.

Depuis le mariage, ce dernier faisait tout pour se montrer le plus attentionné. Il s'assurait à chaque instant que sa jeune épouse ne manquait de rien. Un livre, un châle, une tasse de thé, un tabouret pour rehausser ses pieds, un peu plus de chaleur dans le feu, un peu plus de vin dans son verre, une halte sur un banc... Elizabeth l'avait déjà taquiné plusieurs fois à ce sujet : elle allait parfaitement bien, elle n'était pas aussi fragile pour mériter tant d'égards, et s'il lui manquait quelque chose, elle n'hésiterait pas à le lui demander. Ce à quoi Darcy bredouillait qu'il n'avait aucune idée de la façon de se montrer un bon mari au quotidien et qu'elle allait devoir faire preuve de patience avec lui, le temps qu'il trouve l'équilibre adéquat.

On y avait installé des tables et des chaises dans le grand hall à l'entrée de l'exposition, afin de servir des boissons chaudes, des sandwiches et des gâteaux. Ils s'y assirent et commandèrent de quoi manger.

— J'écrirai à ma tante ce soir pour lui conseiller de venir voir tout cela à son tour, déclara Elizabeth. Tous ces tableaux ! C'est si beau !

— C'est que vous avez dû en voir bien peu jusqu'ici, répliqua son mari, d'un air blasé.

— Pourquoi dites-vous cela ? N'avez-vous pas aimé votre visite ?

— Il y avait quelques belles œuvres, mais j'ai trouvé l'ensemble un peu décevant. On m'en avait dit tellement de bien que je m'attendais à quelque chose de supérieur.

— Je vous trouve bien difficile...

Darcy sourit et ne répondit pas. Elizabeth allait renchérir, lorsqu'elle vit un couple s'approcher d'eux avec l'intention évidente de les aborder.

— Mon cher Darcy ! s'exclama l'homme. Enfin, vous voilà ! Sachez que tout Londres se demande où vous êtes passé !

Le jeune homme, qui, l'instant d'avant, souriait d'un air détendu, afficha en un éclair l'attitude flegmatique qu'il employait en société. Il se leva pour saluer les deux arrivants.

— Sir Henry, madame... C'est un plaisir de vous voir.

— Et pour nous donc, mon ami ! continua l'homme avec un sourire jovial, tout en coulant un regard plein de curiosité en direction d'Elizabeth. Je comprends, à présent, la raison pour laquelle vous vous cachez. Vous essayez de garder pour vous la compagnie de cette jeune dame...

Il s'inclina devant elle avec beaucoup de distinction. Elizabeth se leva à son tour et lui rendit son salut.

— Mrs. Darcy, déclara alors Darcy, permettez-moi de vous présenter Sir Henry Egerton et son épouse. Sir Egerton était un très bon ami de feu mon père.

— Madame, je suis tout à fait honoré de vous connaître, assura ce dernier en se penchant pour lui baiser la main. Permettez que je vous offre mes plus sincères félicitations.

— Je vous remercie, répondit la jeune femme, un peu intimidée.

— Peut-être voulez-vous vous asseoir avec nous un moment ? proposa Darcy.

— Non, non, c'est très aimable à vous, mais nous ne faisons que passer, répliqua Sir Egerton. Nous allons voir l'exposition.

L'homme, la petite cinquantaine, avait beaucoup de prestance et semblait avoir la parole facile. Quant à sa femme, bien plus jeune que lui, elle était l'exemple typique d'une Londonienne raffinée soucieuse de la mode : vêtue d'une toilette particulièrement élégante, elle avait une façon de réajuster sans arrêt les rubans de son chapeau qui montrait que sa mise avait pour elle une très grande importance.

Auprès d'une si belle dame, Elizabeth, dans sa robe bleue toute simple et son spencer défraîchi, tenait difficilement la comparaison. Le regard que Lady Egerton lui jeta ne fit d'ailleurs que confirmer cette impression. En dépit de son sourire aimable, Elizabeth se sentit toisée des pieds à la tête.

— Mon ami, vous devez absolument venir dîner cette semaine avec votre épouse, reprit Sir Egerton. Nous recevons quelques amis demain soir, joignez-vous donc à nous !

— C'est très aimable, mais je crains que cette journée ne soit déjà occupée.

— Ah, je vous assure qu'il n'est pas question pour vous de refuser ! insista l'autre. Vous êtes marié depuis dix jours et personne n'a encore rencontré votre épouse. Vous ne pouvez la tenir cloîtrée si longtemps, cette pauvre Mrs. Darcy, sans quoi vous la ferez périr d'ennui ! N'ai-je pas raison, madame ?

Elizabeth, circonspecte, n'osa pas refuser directement et essaya de s'en sortir avec délicatesse.

— Soyez sans crainte à mon sujet, fit-elle. Londres est une grande ville et il y a tant à faire et à découvrir que je ne m'ennuie pas une minute !

— Alors, il vous faut en profiter pour rencontrer vos voisins et amis. Demain à huit heures, dans ce cas, n'est-ce pas ? Nous serons huit ou neuf...

Darcy finit par céder et accepta l'invitation.

On s'échangea encore quelques banalités, puis on se salua, et les Egerton finirent par s'éloigner. Mais alors que les jeunes mariés se rasseyaient à leur table, ils peinèrent à reprendre leur conversation là où ils l'avaient laissée. Elizabeth ne pensait plus aux tableaux, mais au dîner du lendemain. Un véritable baptême du feu. Elle allait rencontrer les gens qui composaient le cercle social de son mari et il était évident qu'elle serait passée au crible. Il lui faudrait se montrer irréprochable.

— Je vais demander à Mrs. Vaughan de découdre les manches de ma robe de mariée, déclara-t-elle. Et de me trouver de longs gants blancs pour les remplacer, bien entendu.

— Je vous demande pardon ?

— Vous savez bien : ma robe verte, avec le voile de mousseline. Je vais la porter demain soir, puisque c'est la seule convenable pour une telle occasion, mais j'espère que nous n'aurons pas d'autres invitations de ce genre avant que je ne reçoive les toilettes que j'ai commandées.

Darcy, qui ne comprenait pas pourquoi sa femme se mettait d'un seul coup à lui parler chiffons – un sujet auquel il n'accordait qu'une importance très relative –, ne répondit pas.

— Vous avez l'air perplexe, mon ami, fit-elle en le scrutant du regard. Je vous ennuie, sans doute, avec mes préoccupations vestimentaires ?

— Disons que je ne suis pas habitué à entendre tout cela de votre part, Lizzy. J'avais dans l'idée que vous n'étiez pas aussi préoccupée par les modes et les robes que certaines jeunes femmes de votre âge.

— En effet. Mais vous êtes conscient, tout de même, que je ne peux pas me présenter chez ces personnes, demain soir, vêtue comme je le suis aujourd'hui ?

— Et pourquoi pas ? Votre tenue me paraît tout à fait convenable.

— Pour une sortie comme aujourd'hui, peut-être. Mais n'avez-vous pas remarqué le regard que m'a lancé Lady Egerton tout à l'heure ?

— Je n'ai rien vu, non.

Elizabeth leva les yeux vers le ciel. Darcy ne comprenait pas où elle voulait en venir.

— Mon ami, soupira-t-elle, vous connaissez la résolution qui me tient fermement au corps et qui est de faire bonne impression sur vos amis pour vous rendre fier. Vous m'aviez indiqué que les Hawkins étaient des intimes et que nous pouvions nous rendre chez eux sans qu'il soit nécessaire de « s'habiller comme pour aller au théâtre » – ce sont vos propres mots, souvenez-vous. Quant à mon oncle et ma tante, ils me connaissent bien assez et je savais, là aussi, que ma tenue n'aurait aucune importance à leurs yeux. Mais demain, si j'ai bien compris ce qui s'est dit à l'instant, il s'agira d'un dîner mondain où je ne doute pas que l'on scrutera à la loupe mes manières tout autant que mon apparence. C'est donc demain que je dois faire un effort particulier pour leur plaire et c'est pourquoi je demanderai à Mrs. Vaughan de découdre mes manches. Voilà.

Elle but une gorgée de thé avant de conclure :

— Et je vous saurais gré, dans la mesure du possible, de ne plus accepter d'invitations tant et aussi longtemps que je n'aurai pas reçu mes nouvelles robes.

Bouche bée devant ce discours, Darcy ne put que hocher la tête en signe d'obéissance.

~

En dépit du délai restreint, Mrs. Vaughan fit des merveilles pour qu'Elizabeth paraisse tout à fait à son avantage. Le lendemain soir, non seulement les manches de la robe verte avaient disparu, transformant l'ensemble en toilette d'apparat, mais la femme de chambre réalisa sur sa maîtresse une coiffure compliquée à la dernière mode de Londres et lui proposa des bijoux magnifiques que Darcy – qui avait compris le message – venait de mettre à sa disposition.

Lorsque la jeune femme descendit l'escalier pour rejoindre son mari, le visage de ce dernier s'éclaira.

— Je trouvais déjà que vous étiez la plus belle mariée que j'aie jamais vue, murmura-t-il en lui glissant un baiser dans le cou, mais, ce soir, je ne sais plus que dire.

Elizabeth rougit de cette galanterie, qui soulagea un peu son appréhension.

Elle n'avait d'ordinaire aucun mal à lier connaissance avec des inconnus. Elle se savait un certain talent pour adapter son discours aux personnes qu'elle rencontrait, et les plus revêches ne lui faisaient pas peur. Mais ce soir, l'enjeu était de taille. Plus consciente que jamais de la petitesse de ses origines et du gouffre qui la séparait de toutes ces belles personnes bien nées qui n'allaient pas manquer de la regarder de haut, elle dut faire appel à tout son courage pour se persuader que la soirée se passerait bien. En arrivant devant la maison de leurs hôtes, elle se força à inspirer plusieurs fois pour se calmer et elle serra fort la main de Darcy, jusqu'à ce que la grande porte s'ouvre devant eux et qu'on les invite à entrer.

Sa tenue était irréprochable, ce qui était déjà un excellent point. Ne restait plus qu'à se montrer docile, aimable et souriante avec tous ceux qu'on lui présenterait et espérer qu'elle ne fasse pas d'erreur.

Sir Henry Egerton était un baronnet qui avait fait fortune dans l'importation de sucre en provenance de Jamaïque. Il s'était marié une première fois et avait eu plusieurs enfants, désormais adultes. Devenu veuf, Sir Henry avait laissé son entreprise à son fils aîné. Il s'était installé à Londres, où il avait épousé en secondes noces une héritière de vingt-cinq ans sa cadette qui lui avait donné quatre enfants supplémentaires. Depuis, il ne faisait rien d'autre que profiter de ses rentes.

Ce soir-là, le baronnet recevait un peu plus de convives que ce qu'il avait annoncé. Il y avait, en plus des Darcy, trois couples d'amis, le révérend de la paroisse et sa femme, un jeune clerc que Sir Henry avait pris sous son aile, ainsi qu'une sœur Egerton – une vieille demoiselle jamais mariée, qui vivait chez lui depuis des années.

Tous ces gens se connaissaient déjà depuis longtemps de sorte qu'Elizabeth, l'unique nouvelle venue dans cette petite compagnie, fit sensation dès son arrivée.

— Mrs. Darcy ! l'accueillit-on avec des battements de mains lorsqu'elle parut au salon. Enfin nous mettons un visage sur la charmante personne qui nous a enlevé notre ami !

— Qu'elle est jolie ! N'est-ce pas, mon cher, qu'elle est ravissante ?

— Vraiment, je ne connais rien de plus gai que des jeunes mariés. Regardez Mr. Darcy : on dirait qu'il a de nouveau vingt ans !

— Mon ami, nous devons vous féliciter, votre épouse est tout à fait délicieuse.

— Que Dieu vous bénisse, mes enfants. Que Dieu vous bénisse…

On fit asseoir Elizabeth entre deux dames d'un certain âge, tandis que Lady Egerton lui tendait un verre de porto et des biscuits sablés.

— Tenez, ma chère, lui dit-elle, voilà pour vous en attendant que le dîner soit servi. Et permettez-moi de vous féliciter : votre toilette est tout simplement exquise !

Pendant un bon moment, il y eut autour de la nouvelle venue un brouhaha général, au milieu duquel fusèrent de tous bords des félicitations et des exclamations diverses. Comme les gens en profitaient pour se présenter à elle, Elizabeth essaya de mémoriser à toute vitesse qui était qui.

— D'où venez-vous donc, chère madame ? demanda sa voisine, une Mrs. Redford.

— De Meryton, en Hertfordshire, répondit la jeune femme.

On s'extasia aussitôt sur le Hertfordshire, les uns déclarant – pour y avoir déjà été – que c'était un comté charmant, et les autres – qui n'avaient aucune idée d'où cela se trouvait – que ce devait être le plus bel endroit du pays puisqu'on y voyait fleurir d'aussi jolies dames.

— Qui sont vos parents ?

— Est-ce votre premier séjour à Londres ?

— Avez-vous de la famille ici ? Des connaissances ?

— Comment avez-vous rencontré notre Mr. Darcy ?

— Prévoyez-vous bientôt vous installer dans le Derbyshire ?

— Chez qui avez-vous fait faire votre robe ? Vraiment, il me faut l'adresse de votre couturière !

— Comment trouvez-vous ce porto ? Il est fameux, n'est-ce pas ? On en trouve de plus en plus difficilement, de nos jours...

À chaque réponse que la jeune femme fournissait, ses nouveaux compagnons y allaient de leurs petits commentaires, avant que l'un d'entre eux ne pose une autre question. Darcy dut même intervenir pour tenter de calmer ce flot incessant, mais Elizabeth fit bonne figure et s'en sortit plutôt bien, même si elle éluda volontairement certaines questions plus indiscrètes, en faisant mine de ne les avoir pas entendues.

Enfin, après que les informations essentielles sur la jeune femme eurent été communiquées et répétées à l'envi, l'enthousiasme retomba un peu. Lady Egerton réclama alors l'attention de ses convives, car elle souhaitait leur présenter ses enfants, qui étaient prêts à dire bonsoir aux adultes avant d'aller se coucher.

— Avancez, mes petits. Venez, venez, que l'on vous voie ! fit-elle en direction des bambins qui attendaient avec leur gouvernante et leur nourrice à la porte du salon.

Il y avait là trois fillettes mignonnes comme des poupées et un bébé d'à peine un an, qui semblait sur le point de pleurer devant tous ces visages inconnus et qui se cachait dans le giron de sa nourrice.

— Allons, allons, montrez-nous votre frimousse, petit monsieur, insista Lady Egerton en taquinant l'enfant.

En la voyant faire, Elizabeth remarqua à quel point les petits paraissaient intimidés, non seulement par les invités – ce qui était tout à fait compréhensible – mais aussi par leur propre mère. Le bébé s'accrochait à sa nourrice comme si sa vie en dépendait, et Lady Egerton ne fit pas un geste pour le prendre dans ses bras ni pour le caresser avec douceur. Quant aux fillettes, elles se laissaient cajoler sans rien dire par les dames du salon, mais elles ouvraient des yeux immenses et on sentait qu'elles ne faisaient qu'obéir aux instructions qu'on leur avait données. Elles exécutèrent même des révérences maladroites, aussitôt acclamées par les adultes, à grand renfort de rires et d'applaudissements.

Elizabeth songea à ses petits cousins Gardiner et Phillips, aux jeunes Lucas et à tous les enfants qu'elle connaissait à Meryton, qui se comportaient bien différemment. Face aux Egerton, que l'on exposait dans le salon comme de petites bêtes curieuses, elle eut un pincement au cœur. De toute évidence, ils n'avaient pas noué de liens très affectueux avec leurs parents : ils ne firent pas un geste pour aller vers eux quérir une caresse, et ni Sir Egerton ni sa femme ne les y invitèrent. Lorsque l'aînée de ses filles passa devant lui, le baronnet se contenta de lui rendre sa révérence par un salut formel, tandis que son épouse, à force de petites agaces, acheva d'effrayer leur fils qui se mit à pleurer dans les bras de sa nourrice.

— Voyons, voilà le petit chéri qui pleure ! s'écria-t-elle en riant. Il est fatigué, certainement. Allons, emmenez les enfants, mesdames, nous les avons assez vus ce soir.

Les petits disparurent en un clin d'œil et le majordome de la maison en profita pour annoncer que le dîner était servi. Les invités se levèrent, et tout le monde quitta le salon en bavardant avec animation.

Darcy se glissa jusqu'à Elizabeth pour lui présenter son bras. Il lui demanda à voix basse :

— Comment vous sentez-vous, douce amie ? Je suis navré pour toutes ces questions, tout à l'heure. Ils ont été sans pitié pour vous.

— Oh, c'est bien normal, répondit la jeune femme. J'espère seulement m'en être bien sortie.

— Vous avez été parfaite, chuchota-t-il, avec un sourire encourageant.

Pendant le repas, ils furent de nouveau séparés, Elizabeth étant assise entre Sir Henry et le révérend, et Darcy placé deux chaises plus loin, auprès de Mrs. Redford. Il y eut trois services, chacun composé d'une demi-douzaine de plats différents, parmi lesquels une délicieuse chaudrée de fruits de mer, des pâtés, des volailles, un ragoût de veau, ainsi que d'adorables petites tourtes aux perdrix. Il y en avait une par personne, chose qu'Elizabeth n'avait jamais vue, et elle trouva l'idée aussi originale qu'élégante. Les réceptions dans les grandes maisons de Londres, c'était décidément autre chose que le Hertfordshire.

Pendant tout le repas, ses deux voisins se montrèrent des plus prévenants à son égard. Ils s'assurèrent qu'elle ne manquait pas de vin et bavardèrent avec elle des plaisirs de la table ainsi que de la chasse – une perdrix n'étant jamais si bonne, selon eux, que lorsqu'on l'avait tirée soi-même. Elizabeth, qui avait souvent accompagné son père à la chasse pour profiter de la promenade au grand air, fut en mesure de leur répondre de façon très pertinente, ce qui mit en joie les deux gentlemen.

— Montez-vous à cheval, Mrs. Darcy ? demanda Sir Henry.

— Pas du tout, non. Je n'ai jamais été très inspirée à l'idée de me tenir en équilibre sur de si gros animaux.

— Vous me surprenez. À vous entendre parler ainsi de votre père et des belles forêts de votre comté, j'aurais cru qu'il avait fait de vous une cavalière accomplie.

— Je suis navrée de vous décevoir à ce sujet. Cela dit, si mon époux juge nécessaire de me voir à cheval, j'apprendrai avec plaisir.

— Vous auriez là un très bon professeur, car je sais, pour l'avoir souvent constaté de mes yeux, que Darcy est un excellent cavalier. Son père en était d'ailleurs très fier.

— Connaissez-vous la famille depuis longtemps ?

Sir Henry hocha la tête.

— Miss Georgiana n'était pas encore née. À cette époque, je rentrais tout juste de Jamaïque pour m'établir pour de bon à Londres, expliqua-t-il, et j'avais rencontré mon ami Darcy par l'intermédiaire de relations communes. J'ai d'ailleurs été plusieurs fois invité à séjourner à Pemberley.

— Et vous le serez encore, je n'en doute pas, répondit gentiment Elizabeth.

— Vous êtes bien aimable, madame.

À l'autre bout de la table, Lady Egerton était en grande discussion avec sa voisine à propos de l'exposition de peinture qu'elle avait vue la veille. Le sujet se répandit bientôt parmi les autres invités et c'est ainsi que la maîtresse de maison en vint à expliquer comment son mari et elle avaient rencontré par hasard le couple Darcy, qu'ils avaient ainsi pu inviter à leur table ce soir.

— Comme beaucoup, en ville, nous en étions réduits à imaginer par nous-mêmes de quoi avait l'air la nouvelle épousée, puisque Mr. Darcy avait décliné toutes les invitations que nous lui avions envoyées, raconta-t-elle à l'assemblée.

— Cela n'a rien de surprenant. Nous savons tous, ici, que notre ami est d'une nature très réservée, répliqua Mrs. Redford. Qui donc était au courant de ce que cachaient ses multiples séjours en Hertfordshire ? Quel cachottier ! Imaginez-vous que nous n'avons appris son mariage que deux jours avant l'événement – n'est-ce pas, Mr. Redford ? Ce fut une incroyable surprise !

Et tandis que le mari acquiesçait, la dame continua, en se tournant cette fois vers l'intéressé :

— Je ne m'étonne pas que vous ayez cherché à passer inaperçu, Mr. Darcy, mais comprenez notre curiosité ! Nous vous avons connu si insensible aux demoiselles de votre entourage, et cela pendant si longtemps, que nous brûlions d'impatience de rencontrer celle qui était enfin parvenue à vous plaire !

— Et nous ne pouvions pas être plus surpris par ce choix, rétorqua Lady Egerton. Je vous assure, Mrs. Redford, que lorsque nous l'avons aperçu hier en compagnie d'une dame, il nous a fallu un moment pour réaliser qu'il s'agissait là de son épouse. Vous voyez comme Mrs. Darcy est éblouissante ce soir, mais je vous parie que le reste du temps, elle se fait encore plus discrète que son mari. Hier, si j'avais ignoré que Mr. Darcy s'était marié, je l'aurais sans doute confondue avec une simple gouvernante !

Et elle conclut sa tirade avec un éclat de rire, aussitôt rejointe par quelques personnes autour de la table.

Elizabeth, en entendant cela, baissa les yeux et se sentit changer de couleur. Elle essaya de sourire pour montrer qu'elle prenait la chose comme une plaisanterie, mais sa bouche se tordit en une grimace incontrôlée, et elle se dépêcha de prendre une gorgée de vin pour se donner une contenance.

Darcy, piqué au vif, vint à sa rescousse.

— Vous parlez de discrétion, madame… Hé bien, figurez-vous que c'est précisément pour sa décence et sa sobriété que j'apprécie mon épouse. Ce sont des qualités rares chez les jeunes femmes d'aujourd'hui, rétorqua-t-il d'une voix glaciale.

Le rire de Lady Egerton déclina dans sa gorge, et autour de la table on vit quelques regards décontenancés. Mais avant qu'un véritable malaise s'installe, le baronnet lança un sourire aimable à Elizabeth et enchaîna en levant son verre :

— Mon ami, je ne saurais être plus d'accord avec vous ! Je propose que nous portions un toast à la nouvelle Mrs. Darcy, à sa discrétion, sa décence et sa sobriété !

Ce à quoi tous les invités levèrent à leur tour leur verre. On envoya à l'épousée des sourires et des félicitations, et l'on passa à autre chose.

~

Dans la voiture qui ramenait les Darcy à Chalton House, Elizabeth ne parvint pas tout de suite à se détendre. Encore sous l'effet de cette tension qui l'avait habitée durant la soirée, elle se tenait toute raide sur sa banquette. Elle était fatiguée et ne souriait plus.

— Le dîner s'est plutôt bien passé, qu'en dites-vous ? demanda doucement son mari. J'aurais préféré qu'il y ait moins d'invités, je les ai trouvés bien intrusifs avec toutes leurs questions, mais vous leur avez fait une excellente impression.

— Vous croyez ?

— Bien sûr ! Après le repas, lorsque je suis allé discuter avec ces messieurs, je n'ai entendu que des éloges sur vous. Sir Henry et le révérend m'ont dit que vous aviez été une voisine passionnante, à table. Il semble que vous les ayez fort impressionnés par vos connaissances de la chasse.

Elizabeth resta pensive. Elle finit par retirer son chapeau et se massa un peu la nuque. Après quoi elle se laissa enfin aller contre le dossier de la banquette. Elle soupira, tandis que Darcy posait sa main sur son genou, dans un geste de réconfort.

— Les dames sont plus difficiles que les messieurs lorsqu'il s'agit de juger du caractère d'une personne, et leurs sourires ne sont jamais que des sourires… déclara-t-elle. J'ai l'impression d'avoir dit un certain nombre d'inepties qui sont à présent incrustées dans leurs mémoires et qu'elles ne manqueront pas de se rappeler lorsqu'elles auront envie de s'amuser à mes dépens.

— Je vous assure qu'ils vous ont trouvée tout à fait aimable, Lizzy. Ne soyez pas si dure avec vous-même.

— Ils m'ont trouvée telle que je suis, c'est-à-dire une fille de la campagne qui ne connaît pas grand-chose aux coutumes de la grande ville. La tête que Mrs. Redford a faite lorsque j'ai eu le malheur de saisir moi-même ma tasse sans attendre que Lady Egerton me l'offre ! Et je vous laisse imaginer ma tête à moi lorsque je me suis fait rappeler à l'ordre comme une enfant…

— Ce sont des broutilles, Lizzy chérie. Ils savent que vous venez du Hertfordshire, ils ne peuvent donc pas espérer que vous vous comportiez comme une parfaite citadine. D'ailleurs, je ne pense pas que c'est ce à quoi ils s'attendaient.

— Ah, je ne sais plus ! soupira encore Elizabeth d'un air dépité, en s'enroulant autour du bras de son mari et en posant sa tête sur son épaule.

— Ce que je sais, moi, c'est que vous étiez très belle, ce soir, et que j'étais fier de vous présenter, ajouta Darcy en déposant un baiser dans ses cheveux. Et, si cela peut vous consoler, sachez que la société que vous trouverez dans le Derbyshire ne sera pas aussi… typique. Si vous avez la sensation qu'ici les gens vous prennent un peu de haut, là-bas ils se montreront bien plus affables.

— Vous devez savoir de quoi vous parlez, je suppose. N'était-ce pas vous, fraîchement débarqué à Meryton l'an passé, qui nous regardiez de haut en nous trouvant beaucoup trop rustres à votre goût ?

Darcy sourit. Si sa femme recommençait à plaisanter, c'est qu'il avait réussi à calmer ses inquiétudes.

— J'arrivais de Londres et je trouvais la société du Hertfordshire terriblement campagnarde, c'est vrai. Je le pense encore, d'ailleurs, simplement j'ai appris à apprécier ses charmes…

Aussitôt, Elizabeth lui donna une tape sur le bras pour le punir de se moquer de cette manière, et se mit à rire.

~

— Pardonnez-moi, monsieur… Mrs. Vaughan fait demander si elle doit monter réveiller madame, car il semblerait qu'elle dorme encore.

— Dites-lui de la laisser dormir. Qu'elle attende que Mrs. Darcy la sonne lorsqu'elle aura besoin d'elle.

— Très bien, monsieur.

Hallcot s'inclina et se retira de la pièce pour aller porter le message.

132

Au lendemain du souper chez les Egerton, Darcy déjeuna donc seul. Elizabeth, fatiguée par toutes ces émotions, traînait au lit et il ne voulait pas la déranger.

Comme toujours lorsqu'il mangeait en solitaire, le jeune homme expédia assez rapidement son repas, puis il resta assis en sirotant son thé, tandis que le majordome débarrassait la table. La scène pouvait ressembler à tous les autres déjeuners qu'il avait pris ici des années durant, hormis le fait que la chaise à sa droite – bien que vide à cet instant – avait revêtu une étrange importance.

Ils partaient pour Pemberley dans quelques jours. Là-bas, c'en serait terminé de leurs repas en tête-à-tête. Elizabeth s'assiérait en face, séparée de lui par Georgiana et Mrs. Annesley, et il ne pourrait plus sentir la robe de sa femme lui frôler la jambe sous la table ni lui prendre la main quand bon lui semblerait. Cette proximité de chaises qu'ils avaient instaurée ici pouvait paraître un détail dérisoire, pourtant il faisait partie de ces petites choses qui donnaient tant de saveur à ce séjour à Londres, juste tous les deux. Le jeune homme ne se sentait pas encore tout à fait prêt à partager son épouse avec le reste de la famille.

Il songea à la réception de la veille. À bien y réfléchir, il aurait dû se montrer plus ferme face à Sir Egerton et refuser son invitation. Certes, il s'était senti très fier de présenter à son cercle social celle qui portait désormais son nom : Elizabeth était une jeune femme élégante, intelligente et éduquée, tout à fait à la hauteur de ce qu'il avait espéré pour lui-même et pour l'honneur de sa famille. C'est pourquoi la petite perfidie de Lady Egerton lui restait en travers de la gorge. Quel cran elle avait eu de critiquer ainsi publiquement sa propre invitée – une inconnue de surcroît ! Même en reconnaissant la dame pour ce qu'elle était, à savoir une femme frivole et changeante, Darcy s'était laissé surprendre tout autant qu'Elizabeth par la gratuité de cette attaque.

Il ne comprenait décidément rien à cette façon qu'avaient les femmes de se toiser les unes les autres sitôt qu'elles se trouvaient dans la même pièce. Quelle était donc cette mystérieuse compétition à laquelle elles semblaient toutes se livrer, à coups de remarques mesquines et de bassesses mal déguisées en traits d'esprit ? De son point de vue, il était logique – bien que déplorable – qu'une jeune fille comme Caroline Bingley s'amuse à jouer un tel jeu. Elle était en chasse d'un mari et, par conséquent, elle recherchait la faille chez toutes celles qui étaient susceptibles de lui faire concurrence. Mais

Lady Egerton ? Établie depuis des années, connue et respectée de tous, elle n'avait rien à craindre pour sa position. La fourberie dont elle avait fait preuve était-elle à mettre sur le compte d'un tempérament naturellement jaloux pour les personnes de son sexe ? À moins qu'elle ne cherche à déstabiliser Elizabeth en raison de ses origines. Darcy ne serait pas surpris qu'une personne comme Lady Egerton ait été déjà au courant, car Louisa et Caroline, qui se trouvaient à Londres lorsqu'il avait annoncé ses fiançailles, ne s'étaient pas privées pour médire sur le compte de la demoiselle Bennet. Si certains, comme les Hawkins, avaient haussé les épaules et s'étaient plutôt amusés du fait que Darcy allait enfin échapper à toutes les mères en mal de marier leurs filles, combien d'autres avaient froncé un sourcil désapprobateur en entendant la nouvelle ?

Chez le baronnet, on avait reçu Elizabeth avec beaucoup d'égards. À ces visages et ces sourires polis, à ces yeux curieux qui la dévisageaient, la jeune femme avait répondu avec une patience angélique, toujours aimable, souriante, attentive. Mais tout au long de la soirée, et bien que l'attention générale n'ait pas été constamment portée sur elle, Darcy avait senti que l'on soumettait sa femme à un examen minutieux, et en fin de compte il ne savait trop si elle avait fait une aussi bonne impression qu'il avait bien voulu le lui faire croire pour la rassurer.

Le jeune homme soupira, avalant d'un trait le fond de sa tasse. À l'étage, il entendait que l'on remuait et en déduisit qu'Elizabeth venait de se lever.

C'était pour elle un nouveau jour qui commençait et il fallait oublier les petites vexations de la veille. Seul le temps pourrait dire si elle parviendrait à se faire une place – peut-être même des amis ? – parmi cette société exigeante.

~

On finit par livrer à Chalton House les six nouvelles robes que la jeune Mrs. Darcy attendait avec impatience. Mrs. Vaughan avait eu un goût très sûr en la guidant dans plusieurs boutiques reconnues de Londres et en lui suggérant les tissus et les coupes qui conviendraient le mieux à ses besoins. Elle avait également recommandé la confection de deux manteaux bien chauds, de plusieurs paires de souliers et bottines, et de quelques chapeaux.

— Pemberley en hiver, madame, est un endroit magnifique, mais exigeant. D'autant que votre époux m'a précisé que vous aimeriez sans doute profiter du grand air malgré le froid. Mieux vaut, dans ce cas, que vous soyez convenablement pourvue au moins pour les premières semaines. Nous verrons ensuite sur place ce qu'il sera nécessaire d'ajouter.

Elizabeth, qui avait été habituée à porter les robes de sa sœur aînée qu'on se contentait de réarranger un peu pour elle, n'avait jamais reçu autant de vêtements d'un seul coup, encore moins d'aussi jolis. Elle déballa les boîtes et les papiers de soie avec un ravissement de petite fille, sous le regard bienveillant de Mrs. Vaughan.

Elle eut très vite l'occasion d'étrenner l'une de ses nouvelles toilettes, car Thomas Hawkins se présenta spontanément à Chalton House un matin. Il était bien un des rares amis qui pouvait se permettre de frapper à la porte de Darcy sans s'annoncer au préalable et sans que ce dernier en prenne ombrage.

— Madame, vous me disiez la dernière fois que vous n'aviez pas eu souvent l'occasion de visiter Londres. Comme votre départ pour le Derbyshire approche déjà, je me fais un devoir aujourd'hui de vous faire admirer tout ce que votre quartier possède de plus beau, afin que vous ayez envie d'y revenir le plus vite possible ! Laissez-moi faire de vous une vraie citadine !

Devant un tel enthousiasme, le couple Darcy se laissa bien volontiers entraîner dans les rues par leur ami. L'entreprise était honorable et elle aurait sans doute été charmante si Hawkins n'avait commis l'erreur de résumer le plus gros de cette visite à des boutiques à la mode. Déjà surpris qu'Elizabeth n'ait pas souhaité qu'un valet les accompagne, il le fut encore plus lorsqu'il constata que dans toutes les échoppes où ils entraient elle admirait beaucoup, mais n'achetait rien.

— Voyons, Darcy, que faites-vous pour combler si bien les désirs de votre épouse qu'elle ne succombe même pas à l'envie de se procurer de nouveaux gants ou un joli pendentif ? Si Isabel était avec nous, je puis vous garantir qu'elle ne ressortirait pas d'ici les mains vides !

Ce dernier eut un petit rictus.

— Je crois Elizabeth tout à fait capable de dévaliser mon portefeuille, Hawkins, mais si c'est le but que vous poursuivez aujourd'hui, je vous conseille de l'emmener plutôt dans une librairie. Il ne me semble pas avoir jamais rencontré de jeune femme qui lise autant !

— Si c'est le cas, il faut acclamer le fait que vous avez enfin rencontré votre équivalent, au moins à ce sujet...

Darcy s'apprêtait à répondre une galanterie sur le fait que la jeune femme était pour lui la partenaire idéale, lorsque celle-ci leva vers lui un œil narquois.

— Craignez-vous vraiment que je vous dévalise, mon époux ? fit-elle, pour ajouter à la moquerie.

— Certainement pas, rétorqua-t-il aussitôt, sur un ton tout à fait sérieux. D'ailleurs, n'est-ce pas vous qui me disiez, il n'y a pas si longtemps, que votre père vous avait appris à développer le sens de l'économie ?

Cette remarque confirma à Hawkins que faire plaisir à sa nouvelle amie ne passerait pas par les boutiques. Il changea donc son fusil d'épaule et proposa plutôt une promenade dans les rues calmes, là où l'on pouvait lever le nez pour admirer l'architecture des bâtiments sans risquer à chaque instant de buter contre un passant.

Comme il faisait beau, mais assez froid, les trois jeunes gens finirent par aller se réchauffer dans un café. L'endroit était, extrêmement chic, n'était fréquenté que par des gens visiblement nantis. Pour une fois, Elizabeth n'eut pas à se comparer défavorablement aux quelques dames qui se trouvaient là, car avec sa nouvelle robe, sa nouvelle pelisse doublée d'une belle fourrure lustrée et son nouveau chapeau, elle arborait tous les atours nécessaires. D'ailleurs, personne ne lui porta d'attention particulière : on la salua aimablement, mais sans la dévisager. Quant à ses deux compagnons, ils se comportaient avec tellement d'aisance que bientôt elle fit comme eux et oublia le fait qu'elle n'aurait jamais fréquenté ce genre d'endroit auparavant. Rompus aux codes de l'élégance londonienne, Darcy et Hawkins avaient envers elle toutes les attentions, et si jamais elle doutait de la contenance à adopter en pareille situation, elle n'avait qu'à copier leurs gestes.

Une fois assis autour d'une petite table chargée de sandwiches et de tasses brûlantes et odorantes, Hawkins poursuivit le rôle de guide qu'il s'était donné.

— Vous ignorez peut-être, madame, que le quartier de Mayfair porte ce nom en raison d'une véritable foire de mai qui s'y est tenue pendant des siècles ? expliqua-t-il. On l'a malheureusement interdite il y a cinquante ou soixante ans, faute de quoi je vous y aurais emmenée. On y venait de partout au pays ! Il y avait, dit-on, tout un tas de spectacles, de concours et d'expositions qui vous auraient certainement plu, si je me fie à ce que je crois deviner de votre caractère.

— Et vous devinez bien, Mr. Hawkins. Je suis sans doute plus sociable que mon époux, car contrairement à lui, j'aime les endroits où l'on trouve beaucoup de gens différents. Observer mes semblables est un divertissement dont je ne me lasse pas ! Et puis... je dois avouer que je me sens un peu ignare d'avoir si peu voyagé. Mes parents ont toujours aimé leur vie paisible à la campagne, mais quant à moi, je trouve qu'il y a tant de choses fantastiques et curieuses à voir dans ce monde qu'il est bien dommage de se limiter à son petit chez-soi.

— Ma foi, à présent que vous êtes mariée à notre ami Darcy, vous aurez certainement la possibilité de voyager à votre goût, car lui-même ne tient pas en place ! Ces dernières années, il allait par monts et par vaux, et on le trouvait rarement deux mois de suite au même endroit. C'était un casse-tête pour savoir à quelle adresse lui écrire !

Les deux jeunes gens se mirent à rire, sous le regard mi-figue, mi-raisin de Darcy. Il tolérait qu'on le taquine, mais pour éviter que ces deux-là ne finissent par s'associer définitivement et ne se moquent de lui de concert, il contre-attaqua avec malice :

— J'avoue aimer le changement, et il est vrai que j'ai tendance à voyager souvent. Il est clair, Elizabeth, que vous n'aurez pas avec moi le style de vie que vous auriez eu avec Mr. Collins...

La jeune femme faillit avaler son café de travers et ouvrit des yeux immenses. Elle était stupéfaite que son mari révèle aussi ouvertement un détail qui lui paraissait pourtant très intime. Il ne l'aurait jamais fait en temps normal, et le fait qu'il se le permette devant Hawkins était une preuve montrant à quel point ce dernier était un ami de confiance.

Celui-ci saisit d'ailleurs tout de suite la perche qu'on lui tendait.

— Mr. Collins ? Qui est-ce ? demanda-t-il, d'un air innocent.

— Un cousin de mon épouse, ainsi que l'un de ses prétendants, répondit Darcy le plus calmement du monde.

En entendant cela, Hawkins commença par pouffer de rire puis il essaya de se contenir, ne sachant, devant l'air impénétrable de son ami, si le sujet était sérieux ou non.

Elizabeth, elle, saisit très bien la lueur de raillerie dans le regard que son mari lui lança.

— Mr. Darcy cherche à vous induire en erreur en sous-entendant que j'avais à mes pieds tous les hommes du Hertfordshire. Sachez que tout cela est faux. Il me confond avec ma sœur Jane, voilà tout... expliqua-t-elle à Hawkins.

— Pour que notre ami semble aussi jaloux de ce Mr. Collins, ce devait donc être un parent que vous chérissiez beaucoup et contre lequel il aura fallu lutter longuement pour gagner votre affection, je suppose ? continua alors celui-ci, comprenant que le ton revenait à la plaisanterie.

— Oh, pas du tout ! s'exclama Elizabeth, d'autant plus amusée que Darcy esquissait une grimace en se retenant de ne pas rire. Mr. Collins est plutôt – comment vous dire... C'est un cousin dont je n'ai fait la connaissance qu'il y a un an environ. J'ai découvert en lui quelqu'un de très courtois et... attentif...

Elle s'embrouilla un peu, ne sachant trop comment répondre joliment à Hawkins sans porter préjudice à qui que ce soit. Darcy, moqueur, la regardait s'empêtrer sans ébaucher la moindre tentative pour venir à son aide.

— Il se trouve qu'il s'est finalement tourné vers l'une de mes amies. Ils se sont installés dans le Kent et sont parfaitement heureux désormais, acheva-t-elle un peu piteusement.

Hawkins, voyant le malaise, ne posa pas plus de questions. Avec une formule de circonstance, il conclut le sujet et passa vite à autre chose.

Pendant les minutes qui suivirent, Elizabeth fut toutefois un peu bousculée et ne participa à la conversation que du bout des lèvres.

Darcy pouvait bien la taquiner au sujet de la demande en mariage qu'elle avait reçue de Collins. C'était un sujet facile, car le personnage était grotesque et il y avait de quoi se moquer – et Darcy savait bien, de toute façon, qu'Elizabeth n'avait jamais considéré cette demande sérieusement. Mais discuter de tout cela en présence de Hawkins, gentleman aimable, à la parole facile et au physique attrayant, lui rappelait la verve et la prestance d'un autre jeune homme, qu'elle avait trouvé, au contraire de Collins, tout à fait à son goût.

Elizabeth ne pouvait oublier qu'à une époque elle avait espéré de toutes ses forces une demande en mariage de Wickham. Certes, elle avait vite changé d'avis sur l'individu lorsqu'elle avait découvert son véritable caractère, mais pendant de longues semaines, elle avait été séduite par son allure et ses belles manières. C'était là une confidence qu'elle ne pourrait jamais partager avec Darcy et encore moins dans un contexte de plaisanterie affectueuse comme celui qui venait de se dérouler dans ce café.

Plus jeune, elle s'était persuadée que le jour où elle aurait un époux, elle partagerait avec lui ses pensées les plus intimes et que tout cela serait simple, tendre et merveilleux. Elle se rendait compte aujourd'hui qu'il y avait de ces choses qu'il valait mieux garder pour soi, pour leur bien à tous les deux.

~

Elizabeth devina, à la faible lueur qui se faufilait péniblement à travers les épais rideaux de la chambre, que le jour se levait tout juste. La ville s'éveillait, et le pas des chevaux qui passaient résonna à quelques reprises au-dehors. Dans le calme de Chalton House, la jeune femme perçut les bruits feutrés des domestiques qui descendaient depuis les combles par l'escalier de service.

Même s'il était encore tôt, elle était bien trop excitée pour se rendormir. C'était aujourd'hui le grand départ pour le Derbyshire.

Elle avait des souvenirs assez nets de Pemberley, mais elle y avait songé si souvent, ces dernières semaines, qu'elle se demandait si, à force, elle n'avait pas fini par tout déformer. La visite des lieux en compagnie de son oncle et sa tante avait été une telle succession de couloirs, de salons et de chambres en tous genres, que les images lui revenaient en tête dans une confusion totale d'où n'émergeait que le portrait de Darcy, qu'elle avait tellement admiré dans la galerie de peinture. En revanche, elle se rappelait très bien le salon, vaste pièce respirant le luxe et l'élégance, où elle avait revu Bingley et ses sœurs et passé un peu de temps avec la timide Georgiana. Elle se souvenait aussi du grand parc, majestueux, avec ses arbres centenaires, ses allées bien nettoyées et ses jolis points de vue sur la vallée et la rivière.

Allait-elle être déçue lorsqu'elle reverrait tout cela ? Ou bien les lieux seraient-ils fidèles à la vision idyllique de sa mémoire confuse ?

Elle fixait depuis un bon moment les tentures de brocard au-dessus de son lit, perdue dans ses pensées, lorsqu'elle remarqua que la respiration tranquille et régulière, à ses côtés, changeait. Elle tourna la tête. Darcy, qui jusqu'à présent dormait en lui tournant le dos, était sur le point de s'éveiller. Il remua un peu, puis se retourna et se coucha sur le ventre, le visage enfoui contre son bras. Avec un profond soupir, il s'apaisa de nouveau.

Ils avaient fait l'amour, la veille – comme tous les soirs depuis leur mariage – et, contrairement à elle, le jeune homme n'avait pas remis sa chemise. Elizabeth tira les draps pour lui couvrir les épaules afin qu'il n'ait pas froid, et elle en profita pour lui effleurer la nuque du bout des doigts. Sourire aux lèvres, elle l'observa un moment.

Depuis leur conversation dans le petit salon jaune, Darcy faisait de gros efforts pour se laisser approcher sans se braquer. En public, Elizabeth ne tentait aucun geste ni parole affectueuse pour ne pas risquer de le mettre mal à l'aise, préférant le laisser venir à elle s'il le souhaitait. En privé, la chose était plus délicate, car elle ne le connaissait pas encore assez pour bien discerner son humeur. Il était toujours si indéchiffrable ! Elle avait tout de même remarqué que, si elle annonçait ses intentions à l'avance, il l'enlaçait volontiers en retour, mais qu'il valait mieux éviter de le prendre par surprise, en particulier si des domestiques se trouvaient à proximité.

En revanche, une fois la nuit tombée, lorsqu'ils se retrouvaient seuls dans la chambre d'Elizabeth, tout était plus facile. Le jeune homme abandonnait son masque impassible au profit d'une attitude plus naturelle. S'il était d'humeur joueuse, il savait se faire caressant, tendre, et il n'hésitait pas à poser ses mains sur le corps de sa femme. Elizabeth ne s'en empêchait pas non plus. Elle ne parvenait pas encore à le voir nu – cela l'intimidait horriblement –, mais dès lors qu'ils se trouvaient allongés sous les draps, elle prenait un vrai plaisir à se pelotonner contre lui et à laisser courir ses mains sur son torse ou son dos, ce qu'il avait l'air d'apprécier.

Quant à leurs ébats, la jeune femme n'y trouvait rien à redire. Sans savoir quelles initiatives elle pouvait se permettre de prendre, elle préférait le laisser décider de tout. Elle prenait ce qu'il avait à lui offrir et cela lui suffisait amplement. Elle aimait ses caresses, ses baisers, elle aimait sentir peser sur elle le poids de son corps, elle aimait qu'il la pénètre et elle aimait par-dessus tout le regarder prendre du plaisir. Dans ces moments-là, elle le voyait s'abandonner et cela lui donnait l'impression grisante d'être toute-puissante. Une femme pouvait-elle à ce point faire perdre la tête à un homme ? Il semblerait que oui.

— Bien dormi ? lui demanda Darcy, d'une voix molle.

Il venait d'ouvrir les yeux et lui souriait. Elle opina du menton, un peu honteuse d'être surprise au beau milieu de ces pensées-là.

Il se hissa sur un coude et passa un bras à sa taille pour l'attirer contre lui. Aussitôt, la jeune femme roula sur le côté afin que leurs corps puissent s'emboîter, elle repliée sur le flanc et lui derrière elle. C'était une position qu'elle adorait, car il en profitait généralement pour lui caresser le dos ou l'embrasser dans la nuque, ce qui ne manquait jamais de générer des frissons délicieux.

— Prête pour le grand voyage ? murmura le jeune homme contre son épaule.

— Je suis prête depuis le jour où je vous ai épousé, William, répondit Elizabeth d'un ton paisible, en gigotant un peu pour dégager un pli de sa chemise qui s'était coincé sous elle. Vous ne m'emmenez pas tout à fait en terre inconnue.

— Décidément, je me suis trouvé une fantastique petite femme, prête à partir pour le bout du monde sans jamais avoir peur de rien...

— Vous commencez les taquineries bien vite, mon amour, pour quelqu'un qui dormait encore profondément il n'y a pas une minute ! railla Elizabeth.

Elle s'agita encore et parvint enfin à dégager le pan de chemise qui la gênait.

— Je dormais, c'est vrai. Mais si vous persistez à remuer vos hanches de cette façon, dans la position où nous sommes, je risque de me réveiller tout à fait, et bientôt je ne pourrai plus répondre de rien, chuchota Darcy d'un ton langoureux, en déposant un baiser près de son oreille.

La jeune femme pouffa de rire en constatant que son mouvement pouvait en effet être des plus suggestifs. Et alors que les baisers commençaient à se multiplier le long de son épaule et que la main de son époux glissait vers sa cuisse, elle comprit qu'elle avait, sans le vouloir, mis le feu aux poudres.

— William ! Que faites-vous ? chuchota-t-elle, mi-choquée, mi-émoustillée.

— Il me semble que c'est assez clair, qu'en pensez-vous ? répondit-il, murmurant toujours, le visage enfoui dans ses cheveux.

— Mais c'est le matin !

— Et alors ?

La jeune femme n'avait pas fini de s'amuser de cette situation, car à peine quelques minutes plus tard, alors qu'elle avait basculé sur le dos et se laissait aller sous les caresses, les deux amants entendirent quelqu'un frapper à l'entrée de la chambre.

— Plus tard ! cria Darcy, en direction de la porte.

Elizabeth étouffa un rire gêné. C'était précisément ce qu'elle redoutait, mais son mari, lui, ne sembla pas le moins du monde perturbé.

— Pardonnez-moi, j'avais demandé à Mr. Grove de me réveiller tôt ce matin, expliqua-t-il en reprenant ses baisers.

— Quelle idée, aussi, de vouloir faire la bête à deux dos quand le jour est levé et que les domestiques s'activent !

Cette fois, Darcy s'interrompit. Il se redressa sur un bras pour la regarder.

— Voyons, Lizzy, vous ne pensez tout de même pas que les jeux amoureux ne se font qu'à la faveur de la nuit, j'espère ?

C'était pourtant bien ce que la jeune femme, naïve, avait toujours imaginé. Piquée par le regard goguenard que son mari lui lançait, elle se renfrogna. Et comme, pour une fois, aucune réplique mordante ne lui venait à l'esprit, elle se dégagea de l'étreinte pour se recroqueviller de son côté du lit en enfouissant sa tête dans son oreiller.

Elle détestait se sentir aussi niaise.

— Oh, pardonnez-moi, ma douce, je ne voulais pas vous offenser ! s'exclama Darcy.

Il voyait bien qu'il l'avait vexée, mais il ne parvint pas tout à fait à se retenir de rire. Il lui fallut un instant pour reprendre son sérieux, tandis qu'Elizabeth boudait.

— Je n'aime pas l'idée que des domestiques – ou qui que ce soit – soient au courant de ce qui se passe dans cette chambre, grommela-t-elle. Je suis désolée si je vous donne l'impression d'avoir des idées trop arrêtées.

Pour l'amadouer, Darcy l'enlaça avec douceur et posa son menton sur son épaule.

— Dans ce cas, vous saurez qu'il n'y a en la matière ni obligation ni règle d'aucune sorte, répondit-il en lui caressant le flanc. Et sachez que les domestiques se moquent bien de ce que nous faisons, ils ont d'autres soucis en tête. Vous et moi sommes libres de nous... disons... rencontrer à toute heure du jour ou de la nuit, pour autant que cela se fasse dans la discrétion. Cela peut être plusieurs fois par nuit, par jour, ou pas du tout pendant un moment. Il n'y a pas de règle.

Comme Elizabeth ne réagissait toujours pas, il déposa un baiser près de son oreille et ajouta tout bas :

— En réalité, si, il y a bien une règle et elle est toute simple : c'est que nous en ayons tous les deux envie. Et maintenant, pouvons-nous oublier tout cela et reprendre où nous en étions ?

Finalement amadouée par cette tirade autant que par la subite docilité dont faisait preuve Darcy pour s'attirer ses bonnes grâces, Elizabeth, en guise de réponse, finit par se retourner et enroula ses bras autour du cou de son mari pour l'attirer contre elle.

Quelques minutes plus tard, sa chemise passait par-dessus sa tête.

~

Ils quittèrent Chalton House en milieu de matinée. Elizabeth ignorait quand elle reverrait cette belle maison, mais elle était si excitée à l'idée de retrouver le domaine de Pemberley que son attention se fixa bientôt sur la route et sur le paysage qui défilait lentement.

Il fallait une bonne vingtaine d'heures de voyage pour rallier Pemberley, trajet que l'on accomplissait en un peu moins de trois jours si l'on allait bon train, à condition d'avoir un attelage assez léger et que les routes soient bonnes. Ce fut le cas cette fois-ci – les premiers gels avaient durci les chemins, ce qui limitait les ornières.

Le couple Darcy voyageait dans une berline avec un bagage limité, tandis que Mr. Grove et Mrs. Vaughan suivaient dans une autre voiture. On avait une fois de plus envoyé les lourdes malles avec quelques jours d'avance, afin que les maîtres puissent retrouver leurs affaires une fois à destination.

On fit étape à Northampton pour la nuit, puis à Derby.

Au troisième jour, en début d'après-midi, la petite ville de Lambton apparut enfin à l'horizon.

CHAPITRE 6

L'entrée du domaine se trouvait directement après Lambton, marquée par deux piliers de pierre ornés de bas-reliefs. Une fois qu'on l'avait franchie, il fallait encore rouler pendant plus d'une demi-heure pour atteindre la maison.

Si Elizabeth avait imaginé se retrouver en terrain familier dès le premier jour, elle fut vite désappointée. Elle ne se souvenait pas que le trajet soit si long, et des terres elles-mêmes elle ne reconnaissait rien. La route serpentait à travers des prairies, dépassant un bois, puis un autre, sans qu'aucun élément distinctif dans le paysage l'aide à se situer. À chaque virage, elle retenait son souffle, persuadée qu'on y était, mais chaque fois elle était déçue : encore des arbres, des roches, des buttes, et toujours pas de perspective dégagée qui permettrait de voir un peu plus loin qu'à seulement trente pas en avant des chevaux.

— Mais enfin ! Va-t-on finir par arriver ? s'écria-t-elle, exaspérée, sous le regard amusé de son mari.

Le chemin se poursuivit encore un peu, jusqu'à ce que la voiture atteigne le haut d'une côte.

Là, enfin, la vue s'ouvrit pleinement et Elizabeth poussa un petit cri exalté : cette fois, elle reconnaissait tout.

Sous ses yeux s'étendait une large vallée, prise entre deux rangées de montagnes boisées. Une rivière coulait au fond, avec de chaque côté un terrain vallonné qui formait une multitude de petites collines serrées les unes aux autres, aussi rondes que des dos de moutons. En dépit du temps brumeux, des branches décharnées et des couleurs fanées, Elizabeth trouva le paysage merveilleux. Partout, les bosquets, les prairies, les arbres et les buissons étaient disposés avec une telle harmonie de proportions qu'on aurait dit qu'un peintre avait été engagé pour dessiner à cet endroit la campagne anglaise idéale. Il n'avait oublié ni les brebis, dispersées çà et là, ni la harde de cerfs au loin. Même la rivière, qui avait pris aujourd'hui une teinte gris fer, reflétait assez la lumière du ciel pour donner de l'éclat à la scène.

De l'autre côté de la vallée, sur le flanc du mont le plus haut, apparut l'âme des lieux : l'élégante façade de Pemberley House.

L'attelage s'engagea dans la descente, emprunta le pont qui enjambait le cours d'eau, puis remonta vers la maison, que la route contournait pour arriver par l'arrière jusqu'à l'entrée principale. Le cocher fit ralentir ses bêtes.

On avait dû les voir arriver de loin, car plusieurs domestiques les attendaient déjà sur le perron avec tout le protocole auquel on pouvait s'attendre pour une telle demeure. Elizabeth sentit son ventre se nouer. Aujourd'hui, elle n'arrivait pas à Pemberley en simple visiteuse ni même en amie, mais en maîtresse des lieux, et elle savait qu'à ce titre on allait l'accueillir comme une reine. Elle qui n'avait guère connu que les manières simples de Longbourn, elle était bien plus intimidée qu'elle n'osa se l'avouer.

La voiture s'arrêta enfin devant les marches. L'un des valets ouvrit la portière et déploya le marchepied. Tandis que Darcy descendait puis se tournait vers sa femme pour l'aider, Georgiana et sa dame de compagnie apparurent à la porte.

— Elizabeth ! s'écria la jeune fille en se précipitant vers sa nouvelle belle-sœur pour l'embrasser. Oh, Elizabeth, je suis tellement heureuse de vous revoir ! Soyez la bienvenue à Pemberley !

— Je suis ravie de vous revoir également, Georgiana, lui répondit-elle en lui rendant son salut avec chaleur.

— J'avais tellement hâte que vous arriviez ! D'autant plus que vous êtes là pour rester définitivement, maintenant ! N'est-ce pas merveilleux ?

— En effet, répondit Elizabeth, tout sourire. Mais, dites-moi, ai-je la berlue ? Vous me semblez encore plus jolie que lorsque nous nous sommes vues l'été dernier !

145

L'adolescente, désarçonnée par cette flatterie, rougit de plaisir sans trouver les mots pour répondre. Darcy en profita pour se manifester.

— Et alors, ne me souhaite-t-on pas la bienvenue, à moi aussi ? réclama-t-il.

— Pardon, pardon ! s'excusa sa sœur, en rougissant encore plus et en se tournant vers lui pour l'embrasser à son tour.

Ils grimpèrent ensuite les quelques marches du perron, où Mrs. Annesley, la dame de compagnie de Georgiana, les gratifia d'une révérence et des politesses de circonstance. À quelques pas derrière elle se tenaient l'intendante de la maison et un homme qui, de toute évidence, devait être le majordome.

— Voici Mr. Weston, notre majordome, confirma Darcy en faisant les présentations. Et je crois que vous connaissez déjà Mrs. Reynolds.

Les deux domestiques la saluèrent dans un bel ensemble.

— Mrs. Darcy, c'est une immense joie de vous accueillir chez vous, à Pemberley, commença l'homme. Soyez-y la bienvenue.

— C'est un plaisir de vous revoir, madame, ajouta l'intendante, avec un sourire des plus aimables. J'espère que vous trouverez la maison à votre goût et que vous y serez aussi heureuse qu'il est possible de l'être.

— Je vous remercie infiniment, Mrs. Reynolds, Mr. Weston, répondit Elizabeth. Croyez bien que je suis, moi aussi, très heureuse d'être ici aujourd'hui.

— Et moi donc ! s'exclama Darcy, avec un large sourire.

Puis, s'adressant au majordome :

— Ils sont tous là ?

— Oui, monsieur. Nous pouvons présenter Mrs. Darcy à l'instant, si elle n'est pas trop fatiguée.

— Pas du tout, s'empressa de répondre celle-ci. Je serais enchantée de rencontrer tout le monde, vous n'avez qu'à me guider.

— Ce sera un honneur, madame. Dans ce cas, si vous voulez bien me suivre…

Avec force courbettes, comme pour s'excuser d'avoir à passer devant elle, le majordome se dirigea vers l'intérieur, suivi d'Elizabeth et de tous les autres. On prit quelques minutes pour se débarrasser des manteaux, puis on traversa le vestibule et on entra dans le grand hall principal.

La jeune femme retint son souffle.

Elle avait déjà parcouru ce hall majestueux, avec son sol de marbre, ses consoles dorées, ses bustes et ses peintures, ainsi que ce magistral escalier central qui menait à l'étage, vers les pièces nobles de la maison. Mais lors de sa visite, elle n'était qu'en compagnie de son oncle et de sa tante Gardiner, tous trois guidés par l'intendante, et le hall lui avait alors paru d'autant plus vaste qu'il était vide.

Or, aujourd'hui, c'est une véritable petite armée qui l'y attendait.

On avait aligné, par ordre d'importance, la quarantaine de serviteurs qui composaient le personnel de la maison. Sur la gauche, les hommes, sous la direction de Mr. Weston. Il y avait là pas moins de huit valets de pied, quatre simples valets, deux cochers – le troisième étant celui qui les conduisait depuis Londres –, deux garçons d'écurie et un maître jardinier avec ses trois fils. Sur la droite, le domaine de la gestion ménagère dont s'occupait Mrs. Reynolds. Il se composait d'une femme de chambre en chef, des six bonnes qui travaillaient sous sa direction, de trois blanchisseuses, d'un chef cuisinier avec ses quatre assistantes et de deux jeunes filles de cuisine. Tous se montraient sous leur meilleur jour : les valets étaient en livrée, les femmes de chambre et les cuisinières arboraient des bonnets empesés et des tabliers immaculés, et ceux qui ne portaient pas d'uniformes avaient mis leurs costumes du dimanche.

Weston prit le temps de présenter chaque individu à la nouvelle maîtresse de maison et, comme à Chalton House, il les autorisa à s'adresser à elle pour un mot de bienvenue. Ce ne fut pas long avant qu'Elizabeth perde complètement le fil de tous ces noms, ces postes, ces visages, alors elle se contenta de sourire, de serrer parfois la main qu'on lui tendait et d'avoir pour chacun une attention aimable. Derrière elle, Darcy suivait sans intervenir. Comme ses gens ne l'avaient pas vu depuis de longues semaines, il en profita seulement pour échanger quelques mots avec l'un ou pour s'enquérir de la santé d'un autre.

Une fois passée la dernière fille de cuisine, la cérémonieuse présentation prit fin. Les domestiques disparurent dans une synchronisation parfaite sous les grandes arches du hall qui menaient vers les communs, et Darcy offrit son bras à sa femme pour lui faire monter l'escalier principal.

Enfin, ils étaient chez eux.

~

La famille Darcy, dont l'ancêtre connu le plus lointain remontait au XIe siècle, avait acheté les terres de Pemberley du temps de la Reine Vierge. À l'origine, on avait érigé dans le plus pur style Tudor une confortable résidence qui avait abrité de nombreuses générations, mais le temps passant, cette maison était devenue malcommode et avait commencé à se détériorer, de sorte qu'aujourd'hui il n'en restait plus rien. Un Darcy plus récent – et assurément plus riche, aussi – s'était chargé de la faire abattre pour tout reconstruire à neuf, en beaucoup plus grand. Le chantier, démarré un siècle auparavant, avait duré plus de trente ans.

Pemberley House était composée de quatre ailes, organisées en carré autour d'une cour centrale et s'élevant sur trois niveaux.

L'aile est était le côté adossé à la montagne, par lequel on arrivait en suivant la route depuis Lambton. On franchissait un large vestibule doté d'un vestiaire, puis on entrait dans le majestueux hall, conçu dans le but évident d'impressionner les visiteurs. De là, on accédait à la cour intérieure et aux communs, ou bien on empruntait le grand escalier pour se rendre à l'étage. La première pièce qu'on y rencontrait était une immense galerie de peinture, de dessins, de miniatures et de sculptures : l'endroit, ouvert au public, attestait à la fois de la généalogie de la famille – chaque Darcy y était représenté au moins une fois – et du goût des maîtres pour les arts.

L'aile sud était occupée par les pièces de réception. De la galerie, on passait dans une majestueuse salle à manger capable d'accueillir plusieurs dizaines de couverts, suivie d'un salon d'apparat et d'un autre salon à peine plus petit. Une dernière grande salle, peu meublée et polyvalente, pouvait servir de salle de bal ou de spectacle. Toutes ces pièces étaient desservies par un long corridor, dont les fenêtres donnaient sur la cour intérieure, mais elles communiquaient aussi en enfilade par des doubles portes que l'on ouvrait ou fermait à loisir, selon les besoins. Les soirs de fête, lorsque tout était ouvert et illuminé, l'effet de perspective était des plus spectaculaires.

L'aile ouest bénéficiait, tout comme la précédente, d'un ensoleillement magnifique pendant la plus grande partie de la journée. C'est là qu'on avait aménagé les lieux plus intimes que les propriétaires de la maison utilisaient au quotidien et qui n'étaient pas ouverts à la visite. Une petite salle à manger servait pour les repas en famille, et le salon de dessin ou celui de musique pour les veillées du soir, tandis que le maître disposait d'un cabinet de travail et son épouse d'un boudoir personnel.

Enfin, l'aile nord était surtout réservée aux domestiques. On y trouvait bien une élégante bibliothèque aux rayonnages fournis ainsi qu'un cabinet de curiosités, mais la moitié de l'étage était tronquée par la cuisine, située en dessous, dont les hauts plafonds et les énormes cheminées traversaient le bâtiment jusqu'au toit. L'essentiel de l'activité se déroulait donc au rez-de-chaussée, auquel on accédait de l'extérieur par un chemin privé. On stationnait les charrettes devant l'entrée des fournisseurs, pour débarquer les marchandises en tous genres qui alimentaient la maisonnée, et de là on pouvait s'enfoncer dans les communs, avec leurs multiples salles de travail ou de stockage.

Le rez-de-chaussée et le premier étage étaient complétés par un second étage comprenant seize chambres à coucher de tailles variées, ainsi que des cabinets et des espaces de rangement. Bien entendu, les chambres des maîtres dépassaient de loin toutes les autres, en superficie comme en aménagements luxueux : celle de monsieur donnait côté sud, celle de madame côté ouest, et elles disposaient toutes deux de leur propre cabinet de toilette. Là aussi, un corridor s'étirait tout autour de la cour intérieure pour desservir chaque chambre. Quant aux domestiques, ils logeaient dans les combles. Leurs lucarnes étaient en décroché par rapport aux façades du bâtiment et n'étaient orientées que sur la cour, de sorte que de l'extérieur on ne remarquait même pas leur présence.

Si Pemberley House était le joyau des environs, son parc et le reste de la vallée formaient un écrin tout aussi spectaculaire. On pouvait les admirer à chaque fenêtre, mais aussi depuis le grand jardin d'agrément auquel on accédait soit par le grand salon en empruntant un double escalier de pierre, soit à l'ouest par une vaste terrasse. Au contraire de la bâtisse, qui n'avait pas changé depuis cent ans, les espaces verts évoluaient au fil des saisons et des réaménagements. Ils nécessitaient un entretien constant, mais la main de l'homme travaillait en si bonne entente avec la nature qu'on n'avait jamais l'impression de circuler dans un milieu artificiel : les jardiniers de Pemberley, tout comme leurs maîtres, préféraient la poésie d'un jardin à l'anglaise où les végétaux donnaient l'impression d'avoir poussé là par eux-mêmes, en toute liberté, plutôt que la géométrie disciplinée d'un jardin français.

À l'arrière de la maison, sur le flanc de la montagne, se trouvaient les bâtiments de fonction. Les écuries avaient été construites assez loin pour qu'on ne soit incommodé ni par l'odeur ni par le bruit. C'était un bâtiment avec des arches de pierre aussi hautes que larges, lui aussi organisé autour d'une cour pavée et flanqué de plusieurs prés clôturés. Les Darcy n'utilisaient d'ordinaire qu'une douzaine de bêtes, mais il y avait là assez d'espace pour abriter jusqu'à cinquante chevaux et bon nombre d'attelages, si bien qu'on pouvait accueillir sans problème un nombre considérable d'invités.

Plus loin, après le logis des cochers, un important potager et une basse-cour alimentaient les résidents en produits frais. C'était la famille du jardinier qui vivait là. Tandis que l'homme et ses fils travaillaient un peu partout dans le domaine, l'épouse avait la responsabilité d'entretenir le potager et de nourrir cochons, poules, canards, oies et lapins. La tâche était assez grande pour qu'elle soit aidée au quotidien par plusieurs de ses enfants, et en période de semis ou de récoltes par des valets qu'on lui envoyait en fonction des besoins. Le tout était complété par une jolie serre où poussaient des mandariniers, des citronniers et des verdures fragiles, et par une glacière creusée très profond dans le flanc de la montagne, qui permettait de conserver assez de glace pour confectionner des rafraîchissements pendant les chaleurs de l'été ou les soirs de bals endiablés.

Autour de Pemberley House, les terres du domaine s'étendaient sur près de trente miles à la ronde. Elles comptaient de nombreuses fermes et maisons, mais tout cela se trouvait fort loin, de sorte qu'en guise de voisins immédiats il n'y avait guère que les habitants de Maesbury, un hameau situé sur le chemin vers Lambton, et ceux de Woolbert, un autre hameau à deux miles au nord-ouest de la maison, où vivait Mr. Moore, le régisseur.

Enfin, de l'autre côté de la montagne, sur les hauteurs, on pouvait se recueillir dans une ravissante chapelle. Construite en même temps que la première maison Tudor, elle était le seul vestige de cette période et elle témoignait de la plupart des Darcy qui avaient vécu là. On y avait célébré quelques mariages, plusieurs baptêmes et encore plus d'enterrements, et le petit cimetière allait grandissant à mesure que les générations se succédaient.

C'est justement là que Darcy amena sa compagne, au jour même de leur arrivée.

Après la présentation aux domestiques, ils s'étaient fait servir du thé dans le salon de musique où Georgiana, ravie d'avoir enfin une compagnie autre que l'austère Mrs. Annesley, avait passé un moment à montrer à Elizabeth ses livres de musique et ses instruments – son pianoforte, bien sûr, mais aussi sa harpe et quelques flûtes – en babillant sur les soirées fantastiques qu'elles allaient pouvoir passer à jouer ensemble. Mais bientôt, son frère l'interrompit pour demander à Elizabeth si elle n'était pas trop fatiguée par leur voyage et s'ils pouvaient envisager se rendre jusqu'à la chapelle avant la tombée de la nuit. Comme la jeune femme acquiesçait, il avait fait atteler un cabriolet.

Elizabeth comprit, en arrivant sur le site, que son mari souhaitait – d'une certaine manière – la présenter à ses parents. Avec la lumière qui déclinait, le vent qui s'était levé et le ciel noir qui annonçait de la pluie pour la nuit, les lieux parurent à la jeune femme tout à fait dignes d'un roman gothique.

Darcy commença par pousser la porte de la chapelle pour lui en faire visiter l'intérieur. L'endroit était entretenu. On y sentait encore une vague odeur d'encaustique, et les fleurs sur l'autel, bien que fanées, n'étaient pas encore complètement desséchées.

— Nous assistons au service du dimanche à Lambton, avec le reste de la paroisse, expliqua le jeune homme, mais cette chapelle a toujours été utilisée dans la famille pour les baptêmes et les décès. Et, bien sûr, nous venons de temps en temps pour saluer nos défunts – même si, je dois l'avouer, Georgiana est bien plus assidue que moi à ce sujet.

— Vos parents se sont mariés ici ?

— Non, la cérémonie a eu lieu chez mon grand-père, le précédent Lord Fitzwilliam, répondit-il. Comme vous voyez, mon père, lui aussi, est allé épouser sa fiancée chez elle, ajouta-t-il avec un sourire.

— … avant de la ramener à Pemberley, où elle a dû être très heureuse, compléta Elizabeth en lui renvoyant son sourire.

— Je suppose, oui, mais pour le savoir, vous devrez le lui demander vous-même. Voulez-vous que nous allions les voir ?

Refermant la chapelle, le jeune couple se dirigea vers le cimetière.

La plupart des pierres tombales étaient aux noms des Darcy, quelques-unes aux noms de parents qui avaient fini leurs jours ici. Certaines étaient si vieilles qu'on ne parvenait plus à lire les inscriptions. Entre toutes, les deux plus récentes se démarquaient par le poli de leur surface et la beauté de leurs bas-reliefs : c'étaient celles de George Darcy et de sa femme, Lady Anne.

Debout, face aux tombes, Elizabeth sentit soudain son mari étrangement ému. Sans rien dire, elle lui prit la main et la serra, et ils restèrent ainsi quelques minutes, la mine grave, tous deux recueillis.

Pour la jeune mariée, c'était un sentiment particulier de lire ici les noms de ces gens à qui elle était désormais liée, mais qu'elle ne connaîtrait jamais. Elle repensa à ce que Darcy lui en avait dit : Lady Anne et son rire spontané devant son petit garçon trempé d'être tombé dans le lac, l'ambition de son mari pour l'hypothétique titre qui élèverait sa famille au plus près de la Couronne... Elle songea à Darcy lui-même et à Georgiana, qui avaient perdu leur mère si jeunes et qui, après la mort de leur père, avaient dû apprendre à se suffire à eux-mêmes. En Hertfordshire, Elizabeth avait grandi parmi des familles aux fratries nombreuses, ou bien avec des remariages et des enfants du second lit, mais chez les Darcy, le frère et la sœur étaient seuls pour veiller l'un sur l'autre et sur le domaine. C'était une bien lourde responsabilité pour son mari, et elle comprenait mieux qu'il se montre toujours si sérieux face aux événements. Il n'avait probablement pas souvent connu l'insouciance.

Ce dernier finit par lui faire signe qu'il était temps de repartir. Sur le chemin du retour, tandis que quelques gouttes commençaient à tomber, il ne souffla plus un mot.

~

Au cours de la soirée, Georgiana s'enhardit de plus en plus. En présence d'Elizabeth, qui la mettait en confiance, l'adolescente se mit à raconter tout ce qui lui passait par la tête, un comportement bien loin de sa timidité habituelle et qui étonna beaucoup son frère. Il fut sur le point d'intervenir pour la calmer un peu, mais il se retint en constatant qu'Elizabeth n'avait aucune difficulté à répondre avec bienveillance à ses demandes d'attention répétées. Cette excitation, que le jeune homme jugeait envahissante, devait sans doute paraître bien banale à sa femme, qui avait été élevée avec quatre sœurs – et il savait bien, pour l'avoir lui-même constaté, à quel point Lydia ou Kitty pouvaient se montrer exaspérantes. Georgiana, en comparaison, n'était rien de plus qu'une enfant délicieuse restée un peu trop longtemps coupée du monde.

Ils passèrent la veillée dans le salon de musique. La jeune mariée et sa nouvelle sœur se mirent au piano pour jouer quelques morceaux, tandis que Mrs. Annesley travaillait à sa broderie et que Darcy profitait simplement de la scène. C'était pour lui un premier aperçu de ce que serait sa nouvelle vie de famille, maintenant que son épouse s'était jointe à eux, et il était curieux de voir comment tout cela se déroulerait.

— Hé bien, William, lui lança gaiement Elizabeth, assise au clavier, ne voulez-vous pas chanter avec nous ?

— Je préfère profiter de vos talents, qui sont bien plus grands que les miens.

— Bêtise ! Je suis certaine que vous avez un très joli brin de voix. Il me semble même vous avoir déjà entendu chantonner quelques airs, lorsque vous ne pensiez pas que quelqu'un pouvait vous entendre. Venez donc vous asseoir près de moi !

Darcy se fit encore prier quelque peu, mais à la grande stupéfaction de Georgiana, il finit par obtempérer. Même s'il n'était pas très à l'aise, Elizabeth était d'humeur si joyeuse qu'elle parvint à lui communiquer un peu de son enthousiasme.

— Seigneur ! s'amusa-t-elle en se poussant sur le banc pour lui faire de la place. À en croire l'expression de votre sœur, j'ai l'impression qu'elle va vous entendre pour la première fois de sa vie !

— Ce pourrait bien être le cas, en effet.

— Vous n'êtes pas sérieux ! Vous avez sous votre toit une musicienne hors pair en la personne de Georgiana et vous n'en avez jamais profité pour chanter avec elle ?

— Je ne crois pas, non.

L'adolescente, de son côté, secoua vigoureusement la tête, de plus en plus éberluée par la tournure que prenait la scène. La présence de son frère lui avait fait retrouver toute sa timidité.

— Alors, il nous faut tout de suite pallier ce manque cruel. Que diriez-vous de… Voyons…

Elizabeth feuilleta quelques pages, avant de s'arrêter sur un air italien très populaire.

— Essayons ceci ! Georgiana, si vous tenez à ce que je continue à jouer, je vous implore de chanter avec moi. Quant à vous, mon ami, je veux également entendre le son de votre voix. Vous connaissez ce morceau, n'est-ce pas ?

— Il me semble, oui.

— Alors, suivez mon exemple. Vous êtes prêts ?

Et avant que ses deux partenaires ne puissent changer d'avis, Elizabeth entama le morceau.

Darcy se demandait encore comment il s'était laissé entraîner dans cette situation où il ne se sentait vraiment pas à sa place. Néanmoins, il fit un effort pour faire plaisir à sa femme. Incapable de se laisser aller à chanter véritablement – d'autant qu'il ne connaissait pas assez l'air et que, sur la partition, il était bien incapable de lire autre chose que les paroles inscrites en dessous des portées –, il suivit l'exemple d'Elizabeth et réussit à fredonner un peu les refrains. Il avait une belle voix de baryton qui ressortait nettement en comparaison de ses voisines, et il n'eut pas à avoir trop honte de sa performance, car il chantait tout à fait juste.

Elizabeth, ravie, déposa un baiser sur sa joue pour le remercier de ses efforts. Elle ne parvint pas, en revanche, à le convaincre de récidiver.

— Je ne fais que vous distraire, toutes les deux, s'excusa-t-il. Cela dit, je veux bien rester avec vous et tourner les pages, si vous le souhaitez – et si vous m'indiquez quand je dois le faire.

À son grand soulagement, la jeune femme n'insista pas, déjà satisfaite qu'il reste au moins assis près d'elle. Quant à Georgiana, subjuguée, elle jeta de temps en temps des regards déconcertés vers son frère.

Il avait décidément choisi une épouse singulière. La nouvelle Mrs. Darcy n'était là que depuis quelques heures, mais sa présence avait déjà déstabilisé l'équilibre un peu ennuyeux qu'il y avait d'ordinaire entre lui, la discrète Georgiana et l'invisible Mrs. Annesley. À présent, chacun allait devoir trouver sa nouvelle place.

Les semaines à venir promettaient d'être surprenantes.

~

— Vous n'imaginez pas quel plaisir vous me faites, madame. Tout est toujours si calme, par ici… Il faut dire que nous sommes assez loin de la ville, et ce n'est pas très commode pour nos connaissances de venir nous rendre visite ni pour nous d'aller les voir.

— Voyons, Fanny, il me semble que vous exagérez. N'êtes-vous pas allée à Lambton pas plus tard qu'il y a huit jours ?

— C'est juste, mon ami, mais ne trouvez-vous pas que trois ou quatre sorties par mois sont largement insuffisantes ? D'ailleurs, à ce sujet, permettez-moi de vous rappeler que nos amis Alden attendent toujours que nous leur renvoyions leur invitation de la dernière fois. Vraiment, c'est une chance d'avoir le service du dimanche pour sortir, sans quoi je crois que je ne verrais jamais personne ! Voyez-vous, Mrs. Darcy, mon mari est souvent sur les routes et il ne se rend pas compte que, de mon côté, je suis bien isolée. Heureusement que mes chers enfants sont là pour me tenir occupée !

— Vous oubliez que cette maison est aussi – et de loin – la plus confortable qu'il nous ait été donné d'occuper. C'est une grande chance, Fanny, de vivre à Woolbert, vous le savez fort bien ! Mr. Darcy a toujours été envers nous d'une incroyable générosité. Nous lui sommes à jamais redevables…

Mr. Moore avait pris un air pincé, craignant visiblement que son employeur ne s'offusque qu'on ose critiquer l'habitat qu'il avait mis à disposition de la famille. Et alors que Darcy assura qu'il n'avait fait que le nécessaire, Elizabeth répondit gentiment à son hôtesse :

— Ne vous en faites pas, madame, je viendrai vous rendre visite avec plaisir. J'ai moi aussi grandi dans un petit hameau. Ce n'était pas aussi reculé qu'ici, mais je connais l'importance qu'il y a à entretenir d'agréables relations avec ses voisins.

Satisfaite, la brave dame lui adressa un sourire soulagé et la conversation fut ramenée sur un autre sujet.

La première visite du jeune couple Darcy fut donc pour les Moore. Le régisseur, absent le jour de leur arrivée à Pemberley, les avait invités à la première occasion, dans sa hâte – disait-il – de faire connaissance avec la jeune mariée. Elizabeth s'amusa de constater qu'il avait surtout dû se faire houspiller par sa femme, qui manquait cruellement de distraction.

Woolbert était un joli hameau, accroché à flanc de colline. Il se composait de trois fermes et du cottage des Moore, une bâtisse de bonne taille où le régisseur vivait avec son épouse, leurs sept enfants, une gouvernante et trois domestiques.

En entrant dans la maison de ses hôtes, Elizabeth avait réalisé, non sans une certaine curiosité, que c'était ici qu'avait grandi Wickham, à l'époque où son père était lui aussi régisseur. Cela faisait un drôle d'effet à la jeune femme d'imaginer le petit garçon riant et courant à travers le jardin, ou dégringolant la colline pour aller suivre avec Darcy les leçons de leur tuteur. Qui aurait cru, à l'époque, que cet enfant – qu'Elizabeth imaginait forcément beau comme un ange – que l'on avait promis à un bel avenir, sous la protection d'un parrain influent en la personne du défunt Mr. Darcy, allait devenir cet officier en habit rouge, menteur, séducteur, débauché, amateur de jeux et de jolies filles, et qui lui avait enlevé sa sœur Lydia par simple caprice ? On ne pouvait décidément rien préjuger de personne. Cette leçon était de celles qu'Elizabeth n'oublierait pas.

Edward Moore était un gentleman du comté voisin qui avait eu, comme tant d'autres, la mauvaise fortune de naître second dans sa fratrie. Puisque son aîné avait hérité des terres familiales, l'homme en avait été réduit à faire carrière comme avocat. Installé à Derby, la capitale du comté, il avait rencontré Darcy lors d'un litige financier autour de l'achat d'une ferme et s'était fait assez favorablement remarquer pour que le jeune homme lui propose le poste de régisseur de Pemberley. Depuis, le cottage de Woolbert était à sa disposition, ainsi que deux chevaux et un attelage léger qui lui permettaient de sillonner le domaine afin de prélever les loyers, vérifier les productions et les ventes des marchandises, et résoudre les problèmes qui pouvaient se présenter. Il était en poste depuis près de cinq ans maintenant.

Elizabeth observait le régisseur depuis qu'elle était arrivée. Elle le reconnaissait déjà comme un homme méticuleux, attentif à ses devoirs, mais un peu gauche lorsqu'il s'agissait d'entretenir des invités. Il était familier avec Darcy, qui le traitait en égal. Il se montra toutefois beaucoup plus obséquieux envers la jeune mariée, sans doute parce qu'il cherchait à faire bonne impression. On sentait qu'il voulait bien faire, mais qu'il se trouvait plus à l'aise dans ses livres qu'en société.

Son épouse, au départ assez réservée elle aussi, se mit à l'aise lorsqu'elle constata, au fil de la conversation, qu'Elizabeth était une interlocutrice réceptive. La pauvre femme s'en était plainte à l'instant : isolée dans son petit hameau où elle n'avait aucun voisin – les fermiers n'étant pas une société qu'elle pouvait fréquenter –, sa vie entière tournait autour de ses enfants, dont l'aîné n'avait pas quinze ans. Avec son mari souvent absent, c'était sur ses épaules que reposait la charge du foyer, et sans rien ni personne pour la distraire de ses tâches quotidiennes, elle trouvait le temps long. Retenant cela, Elizabeth se promit de venir la voir et de l'inviter de temps en temps.

— Allez-vous bientôt chez Mrs. Langhold ? demanda le régisseur à Darcy.

— Nous n'avons rien prévu encore, mais je suppose que cela ne tardera pas, confirma ce dernier. Il semble qu'elle attendait notre retour avec impatience, car j'ai trouvé plusieurs lettres de sa part en arrivant.

— Elle n'est pas la seule, renchérit Mrs. Moore. C'est tout Lambton qui est en émoi, depuis que nous avons appris votre mariage !

Elle laissa échapper un petit rire et se pencha vers Elizabeth.

— Ma chère madame, fit-elle en lui tapotant gentiment le genou, attendez-vous à être scrutée des pieds à la tête ! Vous avez enlevé le plus beau parti du pays, et bon nombre de jeunes filles sont à présent désespérées de devoir trouver d'autres aspirants. Tout le monde va se demander ce que vous avez de si particulier pour avoir réussi là où tant d'autres ont toujours échoué !

— Dans ce cas, les gens seront bien déçus, car je ne pense pas posséder quoi que ce soit de si extraordinaire, répondit Elizabeth, avec une modestie qu'elle ne feignait pas.

— Mais si, mais si ! rétorqua Mrs. Moore, d'un air affable. Vous avez déjà le grand avantage de venir d'un comté que la plupart, ici, ne connaissent pas, et cela va vous rendre très mystérieuse…

— À moins qu'on ne me prenne tout simplement pour une étrangère. Ce que je suis, d'ailleurs !

— Plus pour très longtemps, intervint Darcy en souriant. Je connais votre capacité à vous adapter avec aisance à toutes les circonstances et je ne vous donne que quelques semaines avant de vous sentir tout à fait chez vous à Pemberley, comme dans le reste du Derbyshire.

— En tout cas, vous n'êtes déjà plus une étrangère dans ma maison, Mrs. Darcy. J'espère que nous nous reverrons souvent et que nous deviendrons de bonnes amies !

À cet instant, Mrs. Moore fut interrompue par un bruit grandissant qui venait du dehors.

— Que le ciel nous vienne en aide… soupira-t-elle, agacée. Il fallait bien que Stevens choisisse ce moment précis pour rentrer ses bêtes !

— Des moutons ? demanda Elizabeth, en reconnaissant les bêlements.

— Oui. Chacune des fermes, ici, possède son troupeau. Voulez-vous que je vous montre ?

Les deux femmes s'approchèrent de la fenêtre. Au loin, plusieurs têtes apparurent, puis se fut un troupeau entier, bêlant et gigotant, qui s'engagea dans le chemin juste devant le cottage.

— Stevens passe par ici matin et soir pour mener paître ses bêtes. Le Derbyshire produit beaucoup de laine, vous savez, et en vérité vous trouverez des moutons partout où il y a un peu d'herbe à manger, expliqua Mrs. Moore, avant de soupirer encore. Je m'y suis habituée maintenant, mais lorsque mon époux nous a fait emménager ici, je peux vous assurer que cela m'a grandement changé de la vie à Derby ! C'est que je suis une femme de la ville, je ne pensais pas un jour m'installer à la campagne. Ah ! Que ne donnerais-je pas pour revoir Londres un jour !

Elizabeth, qui sentait que son hôtesse cherchait à se montrer plus distinguée qu'elle ne l'était réellement, tenta de la réconforter.

— La vie nous réserve bien des surprises, répondit-elle. Quant à moi, je suis née à la campagne et j'espère bien y passer le plus clair de ma vie. Il y a tant de plaisir à profiter du grand air et des paysages que je n'échangerais pas cela pour toutes les villes du monde !

~

Après la mort de son père, Georgiana avait passé plusieurs années dans un pensionnat pour jeunes filles, à Londres. Elle n'en gardait pas un très bon souvenir. La vie y était stricte, et son tempérament réservé l'avait empêchée de s'y faire beaucoup d'amies. À l'adolescence, ses camarades s'étaient montrées cruelles à son égard, profitant sans vergogne de son incapacité à se défendre, et ces épisodes avaient été assez douloureux pour que Georgiana trouve un jour le courage de demander à son frère qu'il la retire du pensionnat. Darcy l'avait alors installée à Chalton House sous la garde d'une dame de compagnie, puis, l'été venu, l'avait envoyée passer quelques semaines à Ramsgate, convaincu que le bon air de la mer lui mettrait un peu de couleur aux joues et chasserait les mauvais souvenirs de la pension.

Naïve, émerveillée par un monde dont elle ne savait rien et où tout lui semblait fabuleux, l'adolescente ne s'était pas méfiée lorsque

George Wickham – dont elle gardait le souvenir charmant de quelques jeux dans les jardins de Pemberley quand elle était petite – lui avait subitement déclaré son amour. Férue de lectures romanesques, éblouie qu'un si beau jeune homme s'intéresse à elle, Georgiana s'était laissé entraîner sans résister. Il s'en était fallu de peu qu'elle ne s'enfuie avec lui.

À la suite de cette pénible histoire, la jeune fille avait été ramenée séance tenante au domaine familial, flanquée d'une nouvelle matrone, bien moins complaisante que la première. Mrs. Annesley était une femme instruite et qui conversait avec facilité – bien que, consciente de son rang, elle se tienne plutôt en retrait lorsqu'elle était en société –, mais elle était aussi d'une grande intransigeance envers sa pupille. Elle la rappelait sans cesse à l'ordre, corrigeait sa posture et ses manières, l'interrogeait à tout bout de champ pour vérifier ses connaissances générales ou exercer son italien et son français, le tout avec beaucoup de courtoisie, mais bien peu de souplesse.

À dix-sept ans, la jeune Georgiana ne connaissait toujours pas grand-chose du vrai monde et elle se réfugiait dans la musique et les romans pour tromper son ennui. L'arrivée d'Elizabeth fut pour elle une bouffée d'air frais, qui lui donna soudain de multiples idées de sorties en tous genres.

— Voulez-vous aller jusqu'au lac, aujourd'hui, Lizzy ? demanda l'adolescente un matin, pendant le déjeuner. Il y a un pavillon de pêcheurs, là-bas, avec un poêle pour nous réchauffer. Nous pourrions y pique-niquer tous ensemble cette après-midi, qu'en dites-vous ?

Darcy, qui était plongé dans la lecture de son journal, hocha la tête.

— Si Elizabeth est d'accord, je n'y vois pas d'inconvénient. Mais je dois rencontrer Mr. Moore aujourd'hui, alors si cela ne vous ennuie pas, je vous laisserai y aller toutes les deux avec Mrs. Annesley. Vous pourriez prendre un ou deux valets pour vous conduire et allumer le feu.

— Oh oui ! Qu'en dites-vous, Elizabeth ? Dites oui, s'il vous plaît ! ajouta Georgiana, suppliante.

— C'est une excellente idée, répondit cette dernière en adressant un large sourire à sa jeune belle-sœur. J'adorerais voir ce lac.

— Fantastique ! Je vais tout de suite parler à Mrs. Reynolds !

L'adolescente était sur le point de se lever de table lorsqu'elle fut rappelée à l'ordre par un regard de sa dame de compagnie.

— Puis-je sortir de table, mon frère ?

Celui-ci approuva et Georgiana quitta la pièce en virevoltant comme un oiseau, bientôt suivie de Mrs. Annesley. Le calme revint.

Elizabeth aimait déjà ces moments paisibles, où le déjeuner s'éternisait, car ni elle ni son mari n'étaient pressés de quitter les lieux. Tandis qu'elle finissait son thé sans hâte, en perdant son regard à travers l'une des fenêtres, Darcy abandonna son journal et se saisit d'une lettre que Weston venait de lui apporter. Elle n'aurait pas remarqué son trouble si elle n'avait tourné les yeux vers lui au moment précis où il dépliait l'enveloppe. Il avait légèrement blêmi.

— Est-ce que tout va bien ? fit-elle.

Darcy se ressaisit, affichant une contenance qui se voulait engageante.

— Mais oui, tout va bien, répondit-il.

Son léger froncement de sourcil, alors qu'il parcourait le message, semblait pourtant indiquer le contraire. Elizabeth n'insista pas. Elle attendit qu'il termine.

Après une minute, Darcy, voyant que l'air détendu qu'il avait adopté ne faisait pas illusion auprès de son épouse, finit par lâcher :

— C'est Wickham qui m'écrit.

Cette fois, ce fut au tour d'Elizabeth de se troubler. Ni l'un ni l'autre n'avaient reparlé de l'enseigne ou de Lydia depuis leur mariage. La jeune femme, qui croyait le sujet enterré pour un bon moment, ne s'attendait pas à le voir surgir ainsi à sa table.

— Que dit-il ? demanda-t-elle.

— Il nous envoie ses félicitations.

— Oh…

Comme Darcy ne semblait pas disposé à en dire plus, elle ajouta :

— Est-ce tout ?

— Oui, c'est tout. Sa lettre est pour le moins formelle. J'imagine qu'il ne cherche pour le moment qu'à s'assurer que les portes de Pemberley ne lui sont pas complètement fermées, mais je m'attends à recevoir d'autres messages plus pressants lorsqu'il se sentira dans le besoin.

La nouvelle fraternité qui unissait désormais Darcy et Wickham par le biais de leurs épouses respectives offrait à ce dernier des possibilités alléchantes. Le bel officier n'était pas homme à laisser passer une telle occasion de profiter des largesses d'autrui. Puisqu'une première approche en douceur n'avait pas fonctionné – Elizabeth se souvenait de la lettre envoyée par Lydia juste avant le mariage –, il avait maintenant le culot d'écrire directement à Darcy.

— Allez-vous lui répondre ? s'enquit la jeune femme.

— Absolument pas. Votre sœur est la bienvenue ici tant qu'elle y viendra seule, et je consens à avoir l'œil sur elle par affection pour vous, mais en ce qui concerne Wickham, il peut aussi bien aller au diable. Ce qui arrivera peut-être un jour, d'ailleurs...

— Que voulez-vous dire ?

— Qu'avec cet infernal Bonaparte, la guerre n'est pas près de se terminer et que Wickham ne fait plus partie de la milice. À présent qu'il est membre de l'armée régulière, il pourrait fort bien se trouver un jour au cœur d'une bataille, surtout avec un si petit grade. Je ne souhaite pas sa mort – grand Dieu, non ! – mais c'est une possibilité qui n'est pas à écarter.

Puis, comme pour se dédouaner d'avoir proféré de telles paroles, Darcy ajouta aussitôt, avec un rictus plein d'ironie :

— Quoique, connaissant l'homme, je ne serais pas étonné qu'il trouve une fois de plus un moyen de se dérober à ses devoirs... Mais dans un cas comme dans l'autre, je n'aimerais pas être à sa place. Il me fait pitié.

Elizabeth lança à son mari un regard stupéfait.

— Cela vous surprend, visiblement, poursuivit ce dernier, amusé.

— C'est le moins que l'on puisse dire ! J'étais certaine que vous méprisiez cet individu encore plus que moi !

— Oh, soyez sans crainte, c'est le cas ! Sa conduite ignominieuse lui a fermé pour toujours l'accès à cette maison. Mais je n'oublie pas non plus qu'il fut, un temps, un agréable compagnon de jeunesse, même si par la suite nos chemins se sont séparés.

Darcy semblait sur le point de révéler ce qui ressemblait à de précieuses confidences, mais le sujet était délicat. Il se tut brusquement.

Pour Elizabeth, bien que la discrétion lui aurait commandé de ne pas en demander plus, la curiosité fut la plus forte. Après s'être assurée que les domestiques avaient quitté la pièce – et après un silence juste assez long pour montrer qu'elle respectait la gravité de ce que son mari pourrait lui révéler –, elle insista, avec tout le tact dont elle était capable :

— Mr. Wickham m'a raconté autrefois que votre père le préférait à vous, dit-elle doucement, mais j'ai réalisé par la suite qu'il déformait toujours la réalité à son avantage, ce qui fait que j'ignore, au bout du compte, si cela est vrai.

— Ça l'est, en un sens. Wickham a presque le même âge que moi et nous étions à l'époque les deux seuls garçons des environs. Nous passions tout notre temps ensemble. Je l'ai moi-même longtemps considéré comme un frère, je ne m'étonne donc pas que mon père, lui, ait pu le considérer comme un second fils.

— Mais alors, comment en êtes-vous venus à vous détester de cette façon ?

— En grandissant, nous avons commencé à nous battre pour nous accaparer son affection. Des faveurs sont apparues. Mon père lui passait des caprices qu'à moi il refusait inexorablement.

Elizabeth arrondit les lèvres en un « Oh ! » révolté. Mais alors que Darcy, l'instant précédent, avait durci le ton, l'évocation de son père amena sur son visage une tendresse évidente.

— J'imagine que cela se passe ainsi dans toutes les familles, poursuivit-il. Wickham était en quelque sorte le deuxième enfant tandis que j'étais, moi, l'aîné. Mon père était un homme bon, mais puisque j'étais son héritier, il devait s'assurer qu'une fois adulte je sois capable de tenir les rênes du domaine. Je suppose que cela faisait beaucoup de responsabilités à inculquer à un jeune garçon et que pour lui il n'y avait pas de temps à perdre en enfantillages. Tandis que Wickham, qui n'aurait jamais à tenir un tel rôle, était un véritable fils affectif avec qui mon père pouvait se permettre d'être plus tolérant.

— Il n'était pourtant que son filleul. Il n'était même pas de la famille !

— Cela n'a pas d'importance, quand on aime, Lizzy, et Dieu sait que Wickham a le talent de se faire aimer de tous. En parrain et protecteur, mon père lui a donc offert l'éducation d'un gentleman.

Mais plus il donnait et plus Wickham se montrait capricieux, et ce n'est que depuis peu que j'ai commencé à comprendre pourquoi, malgré la bonne étoile qui semblait s'être penchée sur lui, cet homme-là a pu aussi mal tourner. En vérité, c'est en vous observant, vous et vos sœurs, que j'ai réalisé certaines choses.

— Vraiment ?

— Mais oui. Je vous ai vues évoluer toutes les cinq, chacune avec un caractère bien distinct. Malgré le fait que vous soyez toutes très unies, il m'a semblé que chacune cherchait à se distinguer des autres, à se faire apprécier pour elle-même et non en comparaison de ses sœurs – ce qui est tout à fait naturel, quand on y réfléchit un instant. Vous êtes sans conteste, avec la personnalité qui est la vôtre, la première à briller en société, mais nous savons que Lydia n'est pas en reste pour se faire remarquer. Je pense aussi à votre sœur Mary, qui cherche à se faire bien voir grâce à sa culture, ou à la jeune Kitty, qui tempête tant et plus pour attirer l'attention. Jane est peut-être, de vous toutes, celle qui s'efface le plus aisément, et je la soupçonne de le faire moins par modestie que par une sincère abnégation envers vous.

Elizabeth écoutait, abasourdie. C'était la première fois qu'elle entendait son époux donner d'elle et de sa famille une opinion aussi libre.

Le jeune homme continua :

— Si j'applique cela au seul frère que j'aie jamais eu, je me rends compte que nous aussi cherchions à prouver à mon père à quel point nous étions dignes d'affection et que nous voulions chacun être reconnus pour ce que nous étions réellement. Mais le cher homme était plus préoccupé par notre sort futur. Il s'affairait à nous préparer une place dans le monde et se souciait peu de départager nos batailles d'enfants, pourtant si importantes à nos yeux. C'est ainsi, je crois, que le gouffre s'est peu à peu formé entre Wickham et moi.

— Je suis surprise d'entendre un tel discours de votre part, William. Vous oubliez que cet homme-là a également un fort penchant pour le jeu. Qu'avait-il à dilapider les sommes qu'on lui offrait, quand il aurait pu en faire bon usage pour se créer une situation honorable ? C'est une attitude qui ne peut s'expliquer par une quelconque recherche d'approbation paternelle !

— Vous avez raison.

Darcy marqua une pause pour réorganiser ses idées, avant d'aborder ce nouveau sujet.

— Vous mettez là le doigt sur un malaise plus profond, reconnut-il. Si vous voulez mon sentiment, je crois que les faveurs dont Wickham a bénéficié très jeune l'ont gâté bien plus qu'elles ne l'ont avantagé. Nous avons été élevés ensemble, avons partagé les mêmes jeux et la même instruction, et pourtant nous n'appartenons pas au même monde. La fortune à laquelle j'avais droit lui était inaccessible. Il ne parvenait pas à se faire à l'idée qu'il devrait toute sa vie travailler à son propre succès. Et puisque mon père subvenait toujours largement à ses besoins, c'est une discipline qu'il n'a jamais acquise.

— Il devait terriblement vous jalouser…

— Il s'est bien gardé de me le dire en face, mais son comportement l'indiquait, c'est vrai. Je n'étais pas le seul, d'ailleurs. À Cambridge, il enviait quiconque profitait d'une meilleure naissance – autant dire tout le monde. Ses belles manières, sa prestance et son physique agréable lui ouvraient sans difficulté les portes de la meilleure société, mais très vite il dut en éprouver les limites : même si son père était un homme exemplaire, pour autant ce n'était pas un gentleman, ce qui rendait plus difficile pour Wickham de se hisser au même rang que vous et moi. Il y serait certainement parvenu à force d'efforts, mais – comme je vous le disais à l'instant – c'est une discipline qu'il n'a pas intégrée. Il préfère croire à l'argent facile et tenter de faire sa fortune autour des tables de jeu.

— Ou en épousant une héritière.

Elizabeth s'était retenue de citer Georgiana, mais Darcy comprit évidemment à qui elle faisait allusion. Son visage se durcit.

— Je n'ose imaginer ce qui se serait passé si ce projet avait réussi, fit-il, les mâchoires serrées. Mariée à un tel individu, ma pauvre sœur aurait sans doute été malheureuse comme les pierres. Elle a mis des mois à se remettre de sa déception, pauvre enfant, et je suis convaincu qu'elle n'a jamais saisi quel drame avait été évité ni à quel point elle a été manipulée. Elle est toujours persuadée que Wickham l'aimait tendrement, mais qu'il a fini par se laisser tourner la tête par une autre. Je me demande même si elle ne m'en veut pas, à moi, d'avoir empêché leur union.

— Je suis certaine que non. Elle vous aime et vous respecte trop pour cela, rassura Elizabeth.

Son mari lui adressa un faible sourire.

— Je regrette qu'il s'en soit pris ensuite à votre sœur, Lizzy. Je ne me pardonne toujours pas mon silence à son sujet, lorsque je l'ai croisé de nouveau en Hertfordshire.

— Nous avons déjà discuté de tout cela, mon ami, répondit la jeune femme en lui prenant la main en signe de réconfort. Et vous oubliez que, si Wickham s'est rendu coupable d'un terrible caprice, Lydia l'est tout autant pour son inconduite. Elle aussi a été trop gâtée dans sa jeunesse, malheureusement...

La conversation s'arrêta là, et la lettre du jeune enseigne termina sa course dans les flammes du foyer. Mais ils savaient tous deux que le sujet réapparaîtrait tôt ou tard.

~

— Mr. et Mrs. Darcy, annonça le majordome d'une voix grave, lorsque ces derniers parurent au salon.

— Mr. Darcy ! Enfin vous voilà ! Et voici votre charmante épouse !

La dame qui s'était levée pour venir à leur rencontre était la maîtresse des lieux, Mrs. Langhold en personne. Elle pouvait avoir entre quarante et cinquante ans, et elle s'était parée d'une grande quantité de bijoux qui scintillaient sur sa robe de soie grise. Veuve depuis longtemps, elle vivait avec ses deux fils encore célibataires à Langhold Hall – une demeure magnifique qu'Elizabeth compara très vite à Netherfield – et elle mettait un point d'honneur à voir passer la meilleure société des environs dans son salon plusieurs fois par mois.

Ce salon, justement, était richement décoré et éclairé par une profusion de chandelles. Pour souligner les débuts de la jeune Mrs. Darcy parmi eux, la riche veuve y avait réuni ce soir-là le couple Clarkson, Sir Andrew Norton accompagné de sa sœur et de leur jeune cousine, un certain Mr. Blackmore et sa femme, ainsi que le vicomte Hastings et son épouse, deux fiers représentants de la noblesse des environs.

Langhold Hall était située assez loin de Lambton, mais tous avaient bravé la nuit et la distance pour être présents ce soir. Elizabeth ne savait pas si elle devait se flatter de piquer autant leur curiosité ou bien s'il s'agissait seulement de l'influence de leur hôtesse.

Le rituel fut le même qu'à Londres. Pendant de longues minutes, chacun s'extasia sur la nouvelle venue, et l'on s'échangea force courbettes et politesses, après quoi la jeune femme fut invitée à s'asseoir avec les dames tandis que Darcy rejoignait les messieurs. Là encore, Elizabeth s'efforça de mémoriser le plus vite possible les noms, les visages et les relations qui unissaient tous ces gens, afin de pouvoir répondre à leurs questions de la manière la plus courtoise.

— Chère Mrs. Darcy, nous avions tous extrêmement hâte de vous connaître ! commença Mrs. Langhold. Êtes-vous bien installée à Pemberley ?

— Tout à fait, oui, je vous remercie, répondit Elizabeth.

— Vous y étiez déjà venue une fois, je crois, n'est-ce pas ? Racontez-nous !

— C'est exact. J'étais en visite dans le Derbyshire avec mon oncle et ma tante lorsque j'ai croisé le chemin de Mr. Darcy, dont j'avais déjà fait la connaissance auparavant. Il nous avait alors très aimablement invités à nous joindre à lui et d'autres amis, et j'avais eu le plaisir de rencontrer Miss Darcy.

— Ah, cette chère enfant ! Il me tarde que son frère l'autorise à entrer dans le monde, car elle est tout simplement exquise. Quel formidable atout elle ferait pour nos parties de cartes ! Je connais quelques joueurs pour qui elle serait une bien agréable compagnie !

Elizabeth se demanda un instant si Mrs. Langhold n'était pas en train de suggérer que Georgiana pourrait ainsi fréquenter l'un ou l'autre de ses fils, mais comme aucun invité ne relevait l'allusion, elle fit comme si de rien n'était.

Un domestique vint lui servir un vin de Madère, et le reste de la conversation se perdit en galanteries diverses.

— Darcy, lança Sir Norton, je me réjouis que vous ayez enfin rejoint le collectif des hommes mariés ! Dieu sait que ma chère femme m'a suffisamment parlé de votre épouvantable célibat. Nous commencions à désespérer pour vous, mon ami...

— Je suppose que ce célibat aura été plus pénible pour mon entourage que pour moi-même, répondit l'intéressé, puisque j'ignorais jusque-là le bonheur qu'il y a à vivre en compagnie d'un être aimé. Ce n'est que maintenant que je l'ai découvert que je constate à quel point il m'a, effectivement, cruellement manqué pendant tout ce temps.

— Encore pour cela faut-il rencontrer une jeune fille qui sache éveiller en vous de tels sentiments, intervint Clarkson. Le célibat en soi peut être très plaisant. Il ne devient pénible qu'à l'instant où l'on commence à nourrir certains espoirs...

— Ou bien si l'on n'en nourrit plus ! enchaîna Mrs. Langhold, mêlant ainsi les femmes à la conversation des hommes. Depuis la mort de mon époux, la maison ne m'a jamais semblé aussi vide. Je ne sais ce que je serais devenue si mes chers fils n'étaient là pour soulager mon fardeau !

— Vous avez parfaitement raison, reprit Darcy. Le célibat ne peut être plus pesant que lorsque l'on a rencontré et apprécié l'objet de nos désirs et qu'il nous devient soudain inaccessible.

Il lança un coup d'œil à Elizabeth, qui se vit, l'espace d'une seconde, projetée dans cette scène désastreuse qui avait eu lieu à Hunsford, lorsque Darcy l'avait demandée en mariage pour la première fois. Piquée, elle se sentit rougir.

Sa gêne aurait pu passer inaperçue si tant d'yeux n'avaient eu de cesse de l'observer depuis son arrivée.

— Voyons, Mr. Darcy, contenez vos propos ! Vous troublez votre épouse ! fit Lady Hastings, avec un petit rire.

Darcy regarda de nouveau sa femme et lui sourit tendrement. Mrs. Clarkson s'immisça à son tour dans la conversation.

— Rendez-vous compte : ils se connaissaient depuis un an avant de se fiancer ! Comme vous avez dû faire souffrir ce pauvre Mr. Darcy pendant tout ce temps ! s'esclaffa-t-elle.

— N'allez surtout pas croire que je l'ai fait de façon volontaire, se défendit Elizabeth. J'ignorais tout des sentiments de Mr. Darcy à mon égard.

— Il est vrai que notre ami est tellement discret... Que cela vous serve de leçon, Darcy ! On n'obtient rien que l'on ne demande franchement ! renchérit Mrs. Langhold.

— Patience est mère de sûreté, conclut celui-ci. Il m'aura fallu le temps nécessaire, mais comme vous le voyez, j'ai finalement réussi à obtenir ce que je souhaitais...

~

Comme à Londres, Elizabeth fut assaillie de questions pendant une bonne partie du dîner. On voulait tout savoir de sa famille, de sa rencontre avec Darcy, de leur mariage et de son installation à Pemberley. Comptaient-ils y rester tout l'hiver ? Avaient-ils prévu de retourner à Londres, en février, pour la saison ? Que pensait-elle de la charmante Georgiana ? Allait-elle souvent à Lambton ? Avait-elle des parents ou des amis qui lui rendraient bientôt visite ? Ne s'ennuyait-elle pas trop de sa famille, maintenant qu'elle vivait si loin d'eux ?

Elle répondit avec patience et se montra des plus aimables avec tous. Il faut dire qu'elle était beaucoup moins intimidée que chez les Egerton. Non seulement elle commençait à s'habituer à sa nouvelle condition, mais le Derbyshire avait quelque chose de familier qui lui rappelait beaucoup sa région d'origine. On était à la campagne et tous ces gens, bien que très élégants dans leurs habits du soir, n'avaient pas grand-chose en commun avec les fiers Londoniens qui l'avaient regardée de haut. Même Lord et Lady Hastings, pourtant titrés et faisant preuve d'une certaine condescendance à son égard, ne l'impressionnaient pas plus que ça.

La petite société se préoccupait des mêmes sujets ordinaires qu'à Meryton. On parla du temps qu'il faisait, de la rentrée des dernières récoltes, de la chasse et de l'arrivée de l'hiver qui allait confiner tout le monde au coin du feu et limiter les activités à des bals et des parties de cartes. La conversation la plus remarquable fut à propos d'un cousin de Mr. Blackmore, un pasteur qui s'apprêtait à partir aux Indes répandre la bonne parole. Tout le monde était au courant du projet, qui se préparait depuis des mois, et y allait de son petit commentaire quant aux vêtements qu'il fallait emporter, à la meilleure manière de voyager en bateau et à la crainte d'arriver dans un pays aussi barbare. L'homme n'était pas encore parti qu'on priait déjà pour qu'il revienne sain et sauf.

Il faut dire que le Derbyshire était assez reculé. Un simple trajet jusqu'à la capitale était déjà, pour ses habitants, toute une expédition, alors les Indes ! En comparaison, ce ne pouvait être qu'un supplice... En dehors des Darcy, des Langhold et bien sûr des Hastings, qui étaient assez nantis pour se rendre à Londres, à Bath ou dans n'importe quelle destination à la mode dès qu'ils le souhaitaient, les autres convives ne sortaient pas souvent de leur comté. Cela se sentait dans leur conversation, qui tournait assez vite en rond, et Elizabeth s'amusa de constater que, bien qu'elle se fût elle-même toujours considérée comme trop peu cultivée, elle n'avait en aucun cas à craindre de passer pour une inculte auprès d'eux. Au contraire, elle se retint de citer les références littéraires qui lui venaient en tête lorsqu'on parla de voyages, pour ne pas mettre ses voisins devant leurs carences.

Mrs. Langhold, qui avait assis Elizabeth à sa droite pour faire honneur à la nouvelle arrivée, se montra une hôtesse très agréable. Ce n'était pas pour rien qu'elle servait de pivot social pour tous les environs : elle avait un réel talent pour mettre les gens à l'aise. Ses fils, en revanche, étaient beaucoup moins volubiles. L'aîné, James, jeune homme de vingt et quelques années, semblait s'ennuyer à mourir et ne faisait aucun effort pour prendre part à la conversation. Son cadet, Jacob, y aurait volontiers participé, mais il parlait d'une voix si douce qu'on l'entendait mal, et il y avait toujours un voisin pour parler avec plus d'animation et pour lui voler la vedette.

Miss Russel, la jeune cousine des Norton, était de ceux-là. Elizabeth l'observait du coin de l'œil, car comme elles étaient à peu près du même âge, elle se demanda si elle pourrait s'en faire une amie. Elle changea très vite d'avis, car Sophie Russell se révéla particulièrement agaçante. Elle coupait souvent la parole, plaisantait sans retenue à propos de tout et de tout le monde, se montrait impertinente et minaudait beaucoup. Elle était assise non loin de Darcy, qu'elle ne cessait d'apostropher pour un oui ou pour un non, à un point tel qu'Elizabeth haussa plusieurs fois un sourcil interloqué. Darcy, imperturbable, répondit comme toujours par une indifférence polie. Les autres convives semblaient eux aussi habitués à ce tempérament pour le moins envahissant : personne n'y prêtait attention et ni Sir Norton ni sa sœur n'intervinrent pour tempérer les élans de leur cousine.

Elizabeth finit par s'en amuser. Mais elle se promit d'inviter cette Miss Russell le moins souvent possible.

~

Ayant repris place au salon après le dîner, on proposa de jouer aux cartes, mais la plupart des hommes se désistèrent. Ils préférèrent s'isoler dans la bibliothèque, pour un verre de cognac et quelques conversations sérieuses. Jacob Langhold s'assit avec Mr. Blackmore autour d'une partie de trictrac, tandis que les dames, déçues de manquer de joueurs masculins, se résignaient à s'asseoir près du foyer pour bavarder.

Les laissant à leur conversation, Mrs. Langhold s'occupa de sa nouvelle invitée, à qui elle offrit de lui faire visiter les pièces voisines et la galerie. Elizabeth eut ainsi l'occasion d'apprécier certaines toiles d'excellente facture et d'admirables statues de bronze que la famille Langhold collectionnait depuis plusieurs générations et au sujet desquelles elle complimenta très sincèrement son hôtesse.

Alors que les deux femmes se trouvaient toujours dans la galerie, le majordome se présenta. Il s'excusa d'interrompre sa maîtresse, mais il avait à lui parler d'une affaire importante qui ne pouvait attendre. Mrs. Langhold s'excusa à son tour.

— Je suis navrée, madame, je dois m'absenter un moment. Pouvez-vous retourner seule au salon ?

— Bien entendu, je saurai me retrouver.

— Je vous remercie. Je vous y rejoins dès que possible.

Une fois la maîtresse de maison disparue, Elizabeth passa encore un moment à admirer les peintures avant de se décider enfin à retourner au salon. Son pas léger faisant peu de bruit sur les planchers, elle arriva près de la porte sans se faire remarquer et surprit les conversations qui s'y tenaient.

Curieuse, elle tendit l'oreille.

— … et vraiment, disait Lady Hastings, je peine à comprendre comment Mr. Darcy a pu prendre pareille décision. Avec sa fortune, il pouvait pourtant prétendre à de si belles ententes !

— Ce n'est pourtant pas un homme impulsif, ajouta Mrs. Blackmore. Il a toujours été très conscient de sa naissance et, tel que nous le connaissons, il n'aurait jamais épousé une demoiselle sans un sou vaillant.

Elizabeth sentit son cœur s'arrêter. Elle n'était arrivée à Pemberley que depuis peu : comment pouvaient-ils être déjà au courant de ses origines modestes et de la mésalliance que constituait son mariage avec Darcy ? Les domestiques avaient dû parler. Elle ne voyait pas d'autre explication.

— Il paraît que depuis cette affaire, sa tante, Lady de Bourgh, est proprement furieuse après lui ! fit Miss Norton, d'un air affecté.

— Cela se comprend aisément, répondit la vicomtesse. Notre pauvre ami n'ayant plus ses parents pour le conseiller, elle avait pris ce rôle très à cœur et elle espérait pour son neveu une union des plus avantageuses. Quelle déception cela doit être pour elle !

— Et pour nous toutes aussi ! s'écria la jeune Russell. Quel besoin avait-il d'aller chercher une épouse si loin du Derbyshire, alors qu'il aurait tout à fait pu trouver son bonheur ici, parmi des gens de sa condition ? N'étions-nous pas assez bien pour lui ?

Immobile contre le mur, derrière la porte, Elizabeth songea avec une certaine ironie que c'étaient là, presque mot pour mot, les paroles qu'avait eues Caroline Bingley.

Miss Norton tenta d'apaiser sa cousine :

— Il est vrai, ma chérie, que vous aviez vous-même tout pour plaire à un tel gentleman. Dieu sait ce qui lui sera passé par la tête lorsqu'il s'est entiché de cette inconnue.

— Elle n'est même pas si jolie, reprit Sophie, d'un air dédaigneux.

— Il est vrai qu'elle n'a pas votre blondeur ni vos beaux yeux clairs, qui sont si admirés, intervint Mrs. Clarkson, mais je la trouve tout à fait ravissante. Il y a quelque chose de distingué dans ses traits, ne trouvez-vous pas ?

— Absolument pas ! nia Sophie, avec véhémence. Son nez est trop épais et elle est aussi brune qu'une mauresse !

À ces mots, Lady Hastings se décida enfin à intervenir, pour calmer le jeune esprit qui s'échauffait.

— Je vous prierais de veiller à vos paroles, ma chère, déclara-t-elle avec autorité. Vous oubliez où vous vous trouvez.

Suivit un silence malaisé. Derrière la porte, Elizabeth se mordit les lèvres.

— Quoi qu'il en soit, on ne peut nier que Mrs. Darcy a de la conversation, reprit la voix de Mrs. Clarkson. Elle me semble tout à fait instruite et, connaissant notre ami, je ne suis pas surprise qu'il ait pu être séduit par une tête bien faite. Il lui fallait bien une jeune fille de ce genre-là.

— C'est fort possible, mais, tout de même, ses atouts personnels ne sont pas seuls à peser dans la balance, objecta Miss Norton. Mr. Darcy n'est pas sot, pourtant il a pris un grand risque : il doit bien se douter qu'une jeune fille d'un si petit milieu n'est pas préparée à s'occuper d'une maison aussi prestigieuse que Pemberley.

— C'est bien vrai, renchérit Mrs. Blackmore. Il faut d'ailleurs espérer qu'il ne la laissera pas tout gâcher. Après tant de générations à

171

agrandir et faire prospérer le domaine, ce serait une honte pour la famille !

Elizabeth leva les yeux au ciel, exaspérée.

Qu'avaient donc tous ces gens à se préoccuper à ce point de la façon dont elle comptait mener sa maison ? Craignaient-ils vraiment qu'elle dilapide la fortune de son mari et fasse de Pemberley une ruine ? Et quand bien même : en quoi cela les concernait-il tant, puisqu'ils n'étaient même pas de la famille ?

— Je vous trouve bien dures, mesdames. Je pense que nous devrions lui laisser un peu de temps avant de juger si elle s'en tire bien ou mal, tempéra encore une fois Mrs. Clarkson. Il faut toujours du temps à une jeune mariée pour trouver ses repères. Nous sommes, je crois, toutes passées par là.

— En attendant, c'est un des plus beaux partis du pays qui nous a été enlevé par une vulgaire étrangère ! siffla Sophie, qui ne décolérait pas.

Cette fois, Elizabeth décida qu'elle en avait assez entendu et elle s'éloigna discrètement.

Elle s'était préparée à essuyer des critiques, ici comme ailleurs. Elle ne s'étonna pas non plus, après ce qu'elle avait vu à table, que Sophie Russell exprime sans aucune retenue sa déception de n'avoir pas réussi à séduire Darcy. Elle ne serait sans doute pas la dernière à le faire : si les mères du Derbyshire étaient aussi empressées de marier leurs filles que ne l'avait été Mrs. Bennet, et si les demoiselles étaient aussi coquettes que Lydia ou aussi intéressées que Caroline Bingley, Elizabeth comprenait fort bien qu'on puisse lui en vouloir à ce point.

En revanche, elle était surprise que tout cela se passe si vite et avec si peu de discrétion. Ces femmes parlaient tout haut, alors que le sujet de leurs commérages se trouvait dans la maison et pouvait réapparaître à tout moment. N'avaient-elles pas un peu de décence ? Ou bien était-ce la colère de s'être fait enlever « leur » Mr. Darcy par une étrangère qui les rendait si peu prudentes ?

Elizabeth savait qu'elle aurait à faire ses preuves devant tous ses gens. C'était à elle de faire l'effort de s'intégrer parmi eux, de s'adapter à leur style de vie, d'apprendre à les apprécier. Mais elle détestait l'idée qu'on la dénigre déjà sans connaître son véritable caractère.

Entendre ce genre de médisances ne fit que renforcer sa détermination à leur montrer qui elle était et à leur prouver à tous qu'elle avait sa place à Pemberley et parmi eux.

CHAPITRE 7

Elizabeth était trop orgueilleuse pour se l'avouer à elle-même, mais Pemberley l'impressionnait terriblement.

Il faut dire que la maison était aussi vaste qu'élégante. Les pièces, décorées avec goût, étaient plus sobres que les dorures tapageuses de Rosings ou même Langhold Hall, mais partout on reconnaissait les signes d'une grande richesse : meubles en bois précieux, parquets de marqueterie aux motifs compliqués, lustres cristallins, tapis orientaux, soieries, broderies, satins... Sur les murs tendus de papiers peints aux couleurs tendres, on avait suspendu de belles et grandes peintures, toujours en nombre réduit, afin que les œuvres ne soient pas noyées par une surabondance inutile. Et sur chaque table, console ou manteau de cheminée, on trouvait le bronze admirable, le miroir orné, le vase délicat ou encore la petite horloge adorable, qui venait parachever de la plus exquise des façons l'agencement de la pièce. Quel que soit l'endroit où se posaient les yeux, c'était pour y rencontrer une scène harmonieuse.

Cependant, Elizabeth ne se sentait pas à l'aise. Tout cela était fort beau, mais plutôt figé, et elle n'osait pas déranger les objets, de peur qu'on le lui reproche. Déjà, dans sa chambre, à peine avait-elle posé un vêtement ou un livre sur un fauteuil que Mrs. Vaughan passait par là pour les ramasser, au point que parfois la jeune femme ne retrouvait plus ses affaires. Dans les pièces de vie du premier étage, c'était pire : sans jamais les voir, elle sentait partout la présence des domestiques, et elle avait la fâcheuse impression d'être une intruse

173

sur leur territoire. Ils avaient reçu comme consigne de ne pas la déranger avec les soucis du quotidien le temps qu'elle trouve ses marques dans son nouveau foyer, alors, comme à Chalton House, ils la traitaient avec la distance réservée à une invitée. Le majordome Weston, par exemple, ne lui parlait que lorsqu'il n'avait d'autre choix – le reste du temps, il s'adressait en priorité à Darcy, ce qui donnait à Elizabeth la désagréable sensation d'être transparente. Quant à Mrs. Reynolds, avec son air affable et ses mains croisées sur son tablier, elle baissait les yeux devant sa maîtresse, et cette dernière ne parvenait pas encore à déterminer si c'était par défiance ou en raison d'une trop grande subordination.

Pour ne rien arranger, les repas quotidiens, bien que pris en petit comité, étaient aussi protocolaires que des dîners mondains. Si l'étiquette était indispensable en société, Elizabeth avait espéré un peu plus de désinvolture une fois dans l'intimité de sa famille. Mais la désinvolture était justement ce qui faisait cruellement défaut à Pemberley, et la présence à table de l'austère Mrs. Annesley, toujours prompte à corriger les manières de sa pupille et à observer sans rien dire celles d'Elizabeth, ne facilitait rien.

Dans cette maison trop calme où il n'y avait pas d'enfants, pas d'oiseaux en cage pour gazouiller ni de chiens pour japper et trotter gaiement dans les couloirs, Georgiana était la seule à mettre un peu de vie grâce à sa musique. Dieu merci, elle n'en était pas avare, sans quoi Elizabeth aurait péri d'ennui.

Pour se soustraire à cette ambiance trop rigide à son goût, la jeune femme avait investi avec soulagement le boudoir du premier étage, autrefois réservé à l'usage exclusif de Lady Anne. Personne n'y entrait jamais sans y avoir été invité – même son mari frappait systématiquement à la porte. Elle y faisait brûler un feu toute la journée et, comme les domestiques n'entraient qu'à la nuit tombée pour vider les cendres et nettoyer la pièce, elle pouvait sans complexe laisser traîner ses objets personnels ou s'étendre dans les sofas pour lire à son aise. Elle n'avait pas, comme Darcy, l'habitude de se tenir droite comme un *i* en toutes circonstances, et elle goûtait ces moments de détente avec un plaisir presque coupable. Ici, au moins, personne ne pouvait l'observer ni la juger sur sa conduite.

L'endroit n'avait pas changé depuis l'époque de Lady Anne et, au début, Elizabeth n'avait rien touché. Puis, constatant qu'elle était libre d'en modifier l'agencement à sa guise, elle avait rapproché un sofa du foyer, empilé à côté tous les livres qu'elle se promettait de lire bientôt, tiré une table à la fenêtre pour y installer son écritoire et décroché les tableaux qui ne lui plaisaient pas. Perplexe face au magnifique secrétaire en acajou fermé à double tour qui était l'un des points forts de la pièce, elle en avait demandé la clé à Mrs. Reynolds. Cette dernière avait promis de la chercher.

— Lizzy ? appela Darcy en frappant doucement à la porte du boudoir.

Elizabeth s'y était retirée, cette après-midi-là, après avoir fait une assez longue sortie qui l'avait menée loin dans la vallée, le long de la rivière. Il avait plu les jours précédents et elle avait profité d'une accalmie pour prendre l'air, mais les sentiers boueux lui avaient glacé les pieds. Elle était lovée dans son sofa, sous une couverture, les jambes étendues vers la cheminée où brûlait un feu vif, lorsque son mari vint la rejoindre.

— Comment était votre promenade, tout à l'heure ? lui demanda-t-il en s'asseyant près d'elle. Pauvre de vous, vous avez l'air frigorifiée !

— La vue était magnifique et valait bien ce petit sacrifice, lui répondit-elle, avec un sourire qui en disait long sur le plaisir que son escapade lui avait procuré. Je ne suis pas à plaindre, regardez-moi : un toit sur ma tête, du feu à mes pieds, des couvertures, et maintenant un gentil mari venu me réconforter !

Darcy se mit à rire et l'embrassa.

— Je suis tout à fait prêt à vous réconforter, mais à l'origine, je venais vous porter ceci, fit-il en sortant de la poche de son gilet une petite clé dorée. Je crois que vous l'aviez demandée à Mrs. Reynolds.

— Oh ! C'est la clé du secrétaire ?

— Oui. C'est moi qui l'avais. Mais puisque vous êtes la nouvelle maîtresse de Pemberley, tout cela vous revient, désormais. Je crois que vous y trouverez de nombreux papiers et lettres ayant appartenu à ma mère, car ce meuble n'a pas été touché depuis sa mort – en tout cas, pas par moi. Je vous laisse la discrétion de brûler ce qui doit l'être.

— Bien entendu, répondit Elizabeth en scrutant la petite clé avec intérêt. Voulez-vous que nous fassions cela ensemble ?

Darcy se renfrogna. L'idée de mettre le nez dans les affaires de sa mère le rebutait.

— Non, je vous fais confiance. Elle aurait certainement approuvé que je vous remette cette clé. Et puis je suppose que de vieux livres de comptes doivent encore s'y trouver, cela pourrait peut-être vous être utile.

Après quoi il l'embrassa de nouveau et se leva.

— Voulez-vous que je vous fasse porter du thé ?

— Avec grand plaisir. Voulez-vous venir le prendre ici, avec Georgiana ?

— Pourquoi pas !

Et avec un sourire, Darcy quitta la pièce, laissant sa femme seule, sa petite clé dans les mains.

~

Malgré que sa curiosité fût piquée, Elizabeth dut attendre le lendemain matin avant de pouvoir enfin ouvrir le secrétaire. C'était un meuble imposant, aussi haut qu'une armoire et divisé en trois parties. En bas, de grands tiroirs, tous fermés. Au milieu, un abattant qui se dépliait pour servir de table à écrire, également verrouillé. La petite clé que Darcy avait apportée à sa femme ouvrait les deux portes d'en haut.

Elizabeth, en s'exécutant, écarquilla les yeux.

Alors que l'extérieur du meuble était d'un bel acajou profond, l'intérieur était plaqué d'un revêtement de châtaignier clair qui lui conférait une luminosité surprenante, presque dorée. Au centre, un petit battant recouvert d'un miroir s'ouvrait sur un caisson de rangement, tandis qu'au-dessus s'alignaient des compartiments ouverts remplis de rouleaux de papier et de menus objets. Sur les côtés, des rayonnages pour des livres et des cahiers et, en dessous, huit minuscules tiroirs. La jeune femme trouva rapidement un trousseau de clés diverses qui lui permit d'ouvrir l'abattant. Recouvert d'un beau cuir rouge, il offrait un très confortable espace de travail, agrémenté là aussi de rangements de diverses tailles qui permettaient d'entreposer tout ce qu'on voulait.

La jeune femme tira une chaise pour s'asseoir devant cette petite merveille. Elle n'en revenait pas. Partout, de minuscules poignées ou serrures permettaient d'actionner des tiroirs et des panneaux, et elle ne doutait pas qu'avec une telle finesse d'exécution le meuble renferme également quelques compartiments secrets, qu'elle se promit bien de découvrir un jour.

Darcy avait dit vrai : il y avait là un tas de livres, de courriers et d'objets ayant appartenu à sa mère. Elizabeth eut la sensation très nette – et plutôt déplaisante – de rentrer comme une indiscrète dans sa vie privée.

Une bague, que Lady Anne avait oubliée là. Ses plumes et son encre, dont les coulures avaient séché sur le bord du flacon. Des lettres enrubannées ou ficelées par paquets, des mines de plomb brisées, un sceau et sa cire. Un gant taché d'encre qu'elle avait oublié de donner aux domestiques pour le nettoyer. Une boîte de sable dont une partie s'était renversée dans le compartiment. Une miniature peinte de Darcy lorsqu'il avait une dizaine d'années. Des chandelles, un bouquet de fleurs séchées, deux vieux éventails et un petit canif à manche d'ivoire. Un médaillon renfermant ce qui ressemblait à une boucle de Georgiana quand elle était bébé. Une plume de paon abîmée. Une vinaigrette en argent d'où émanaient encore quelques relents de parfum. Une géode d'améthyste…

Elizabeth s'arrêta, submergée par tous ces détails de la vie courante qui rendaient soudain la présence de Lady Anne presque palpable. Pour que la nouvelle Mrs. Darcy puisse utiliser ce meuble afin d'accomplir ses devoirs de maîtresse, elle n'avait d'autre choix que de passer à travers les possessions de celle qui l'avait précédée à ce titre, mais l'émotion qui se dégageait de tout cela était trop forte.

La jeune femme se leva et s'éloigna vers la fenêtre, le temps de reprendre ses esprits.

Elle avait gardé dans sa main la clé dorée du secrétaire et elle se mit à la caresser machinalement. L'objet, si anodin en apparence, venait de lui ouvrir la porte du monde dans lequel Lady Anne avait vécu et qu'Elizabeth, désormais, ne pourrait plus jamais ignorer.

Elle visualisa sans peine le visage de la belle Anne, qu'elle avait si souvent admiré dans la galerie de portraits. Elle songea aussi à son nom, écrit sur la tombe de pierre polie près de la petite chapelle. Auparavant, lorsque la jeune femme avait tenté d'imaginer à quoi pouvait bien ressembler sa belle-mère, tant physiquement qu'au point de vue du caractère, elle s'était imaginée une seconde Lady Catherine, impérieuse et autoritaire. Mais le personnage qui se dessinait à présent était tout autre. Pouvait-on être une femme si vénérable et pourtant tacher ses gants comme une demoiselle maladroite ? Renverser du sable dans le casier où il était rangé plutôt que sur la lettre fraîchement encrée à laquelle il était destiné ? Égarer sa boîte de parfum sous une pile de papiers ? Ou collectionner les jolis cristaux et les fleurs séchées ?

Elizabeth restait à la fenêtre, perdue dans ses pensées. Elle comprenait, à présent, que son mari n'ait pas souhaité participer à tout cela. Qu'aurait-il dit en voyant son portrait miniature ? Ou la mèche de cheveux de Georgiana ? Contrairement à sa sœur, il avait, lui, passé de nombreuses années auprès de leur mère, et il n'aurait sans doute pas été insensible à tous ces souvenirs, aussi tendres que douloureux.

La jeune femme finit par se raisonner.

— Lady Anne, fit-elle à mi-voix, en s'adressant au ciel au-dessus de la vallée, je vais devoir trier et ranger vos affaires, mais je vous assure que je ferai tout cela avec le plus grand respect. Je vous assure aussi que si tout cela disparaît, vous, en revanche, ne disparaîtrez jamais de la mémoire de ceux qui vous ont connue et aimée. Et je regrette, moi, de ne pas avoir eu cette chance.

Rassérénée par cette petite prière, elle revint vers le secrétaire et se rassit sur sa chaise en songeant à la manière dont elle allait s'y prendre pour démêler tout cela.

Il lui fallut la journée entière. Pendant des heures, seule dans le boudoir après avoir refusé l'aide que Mrs. Reynolds lui proposa, Elizabeth vida chaque compartiment, tiroir ou casier. Elle mit de côté les livres, les cahiers, ainsi que tout ce qui pouvait être réutilisé ou placé ailleurs. Elle conserva la géode d'améthyste, qu'elle posa sur le manteau de la cheminée, brûla les paquets de lettres sans défaire les rubans, brûla également le gant taché, les plumes, le vieux papier inutilisé et tout ce qui n'avait plus de valeur. Puis elle se fit apporter des chiffons et de l'encaustique et nettoya de fond en comble chaque petit casier. Quant à la miniature et à la mèche de cheveux, elle les glissa dans sa poche pour les rendre plus tard à ceux à qui elles appartenaient.

À l'heure de monter se changer pour le dîner, le secrétaire était totalement vide.

~

La serre était une petite structure de verre et de métal blanc, posée sur un muret de pierre qui pouvait faire trois pieds de haut. Il régnait au-dedans une tiédeur humide qui contrastait agréablement avec le froid de l'extérieur. Cela sentait l'humus et les agrumes.

Georgiana, enchantée de jouer les guides pour sa belle-sœur, bavardait gentiment. Elle lui montra les citronniers et les mandariniers, mais aussi les quelques salades que l'on réussissait encore à faire pousser en cette saison avancée, et tout le matériel du jardinier auquel il ne fallait surtout pas toucher.

— Une serre repose sur un équilibre très subtil, vous savez, Lizzy. Il ne faudrait qu'un petit écart de température ou un changement d'humidité pour que tout cela soit perdu, expliqua l'adolescente d'un air affecté, comme si elle récitait sa leçon.

Elizabeth la laissait aller avec indulgence, amusée de voir l'entrain avec lequel Georgiana lui faisait part de ce qu'elle connaissait.

Et elle ne connaissait pas grand-chose, en vérité, la pauvre enfant. Bien qu'elle fût installée à Pemberley depuis maintenant deux ans, elle y vivait en recluse, et lorsqu'Elizabeth lui avait demandé de lui faire visiter les parties les moins utilisées de la maison, elle s'était rendu compte que la jeune fille n'avait jamais mis les pieds dans certaines chambres. Sa vie se résumait aux salons de l'aile ouest, à sa propre chambre à coucher et à quelques endroits comme la bibliothèque ou la serre, où elle avait l'audace – selon ses dires – de s'aventurer seule.

— Pourtant, vous êtes chez vous, ma chérie. N'avez-vous jamais eu la curiosité d'inspecter tous ces recoins mystérieux ? s'était étonnée Elizabeth, qui imaginait sans peine qu'elle-même aurait passé son temps à se faufiler partout avec curiosité.

Mais non, l'adolescente n'était pas faite de ce bois-là. Sa vie paisible dans l'ombre de Mrs. Annesley lui suffisait et, en l'écoutant, Elizabeth se dit que, décidément, il fallait que quelqu'un s'occupe de stimuler cette jeune fille trop sage.

Dans la serre, les deux sœurs terminaient leur tour.

— Je me souviendrai toute ma vie de la première fois que je suis venue dans cet endroit, raconta Georgiana en s'arrêtant près d'un mandarinier. Il y avait deux orangers, ici, à l'époque, et George m'avait amenée ici pour me faire sentir le parfum des fleurs. Il s'occupait beaucoup de moi, quand j'étais plus jeune... Il était tellement gentil !

Il fallut une seconde à Elizabeth pour réaliser que l'adolescente parlait de Wickham.

— Je vous crois sur parole, répondit-elle. C'est en effet un jeune homme charmant.

— L'avez-vous bien connu ?

— Pas autant que vous, mais je l'ai rencontré plusieurs fois, à Meryton.

— Alors vous devez être bien heureuse de l'avoir comme frère, désormais !

Elizabeth, décontenancée, chercha la réponse la plus adéquate.

— J'aime encore plus vous avoir, vous, comme sœur, assura-t-elle avec un sourire affectueux.

Georgiana n'avait jamais été mise au courant du scandale qui avait entouré le mariage de Lydia et Wickham. Elle était bien trop innocente, et cela aurait été cruel de lui exposer une vérité qu'elle n'était pas prête à entendre. Elizabeth passa donc tout cela sous silence, mais comme l'adolescente avait abordé le sujet avec l'envie évidente de faire quelques confidences, elle l'encouragea en douceur.

— William m'a dit que vous aviez vous-même beaucoup apprécié Mr. Wickham, à une époque. Vous devez beaucoup lui en vouloir d'avoir finalement épousé ma Lydia…

Georgiana rougit.

— Je suppose que votre sœur doit être une demoiselle extraordinaire, bredouilla-t-elle.

— Je n'en dirais que du bien, puisqu'elle est ma sœur, répondit Elizabeth avec tact, mais je comprendrais tout à fait si vous ressentiez ne serait-ce qu'un peu de dédain envers un homme qui vous a délaissée pour une autre – ce serait bien naturel. J'espère que vous ne me tiendrez pas rigueur d'être désormais liée à lui.

— Pas du tout, rassurez-vous !

Mais un silence un peu pesant s'installa entre les deux jeunes femmes. Pour faire diversion, Elizabeth reprit d'un ton joyeux :

— Savez-vous quoi, Georgiana ? J'ai hâte que vous entriez dans le monde. Vous vous rendrez compte que ce pays est plein de beaux jeunes gens tout à fait aimables. Et puis, les fêtes et les sorties, cela occupe tellement l'esprit qu'il n'y a plus de place pour les regrets. On ne peut décemment pas vous garder ici toute votre vie : vous devez faire votre entrée bientôt !

— Mon frère dit que je suis encore trop jeune.

— Et je dis, moi, qu'il ne cherche qu'à vous protéger, mais que vous me semblez tout à fait prête à franchir ce cap. Je lui en toucherai un mot.

— Vraiment ?

— Mais oui ! Et pourquoi pas ? Je ne pourrai pas toujours aller souper ou danser chez des amis en sachant que vous restez seule dans votre chambre. Je suis certaine que, d'ici quelques mois, nous pourrons faire quelque chose pour y remédier !

L'adolescente sembla oublier un peu son amourette déçue, et ses yeux se mirent à briller. Il faut dire que la perspective d'entrer dans le monde ne manquait pas de charme.

Elizabeth, de son côté, se félicita mentalement d'avoir réussi à la remotiver et, afin d'effacer pour de bon toute trace de Wickham dans cette conversation, elle la prit par le bras et la mena au-dehors en réclamant de visiter le potager.

~

— ... mais, dans ce cas, je ne comprends pas d'où viennent toutes ces volailles, qui semblent pourtant bien jeunes.

— Mrs. Reynolds les fait acheter en ville, madame. Le marché de Lambton est excellent et c'est plus pratique que de les faire venir depuis les fermes du domaine, qui sont trop loin.

— Mais si vous gardiez quelques œufs pour les faire éclore, cela ne résoudrait-il pas le problème ?

— Oui, certainement, madame.

— Alors, pourquoi ne le faites-vous pas ?

— Il faudrait demander à Mr. Hewitt. C'est lui qui prend tous les œufs.

— Tous les œufs ?

— Je suppose qu'il en a l'usage, en cuisine.

Elizabeth, au cours de sa visite, avait pu constater que le cottage du jardinier était bien tenu et que son épouse, Mrs. Cox, s'occupait également fort bien du potager et de la basse-cour. C'était une femme accueillante, qui faisait de son mieux pour répondre à la curiosité de sa nouvelle maîtresse, mais elle commençait à se sentir un peu mal à l'aise et Elizabeth s'en rendit compte. Elle lui adressa un sourire rassurant.

— Pardonnez-moi, je vous ennuie avec toutes mes questions.

— Du tout, madame.

— C'est que je cherche à comprendre les habitudes de la maison. Tout est si nouveau, pour moi, ici !

— Bien sûr, madame.

Les deux femmes se tenaient à la barrière qui fermait la basse-cour. Georgiana, vite dépassée par des considérations logistiques auxquelles elle ne comprenait rien, s'était attardée près des clapiers pour caresser les lapins, deux gamins de cinq ou six ans pendus à ses jupes. Voyant que la visite se terminait, elle revint vers Elizabeth. Mrs. Cox rappela aussitôt ses enfants à l'ordre.

— Cessez d'importuner Miss Darcy ! les sermonna-t-elle, avant de les renvoyer dans la maison.

— Oh, ne les disputez pas, je vous en prie ! Ils ont été adorables avec moi, les excusa cette dernière.

— Je l'espère, mademoiselle, mais je m'en voudrais s'ils avaient sali votre belle robe…

On se souhaita bonne journée, puis Elizabeth et sa belle-sœur prirent le chemin du retour vers la maison. Georgiana était d'aussi bonne humeur que si elles revenaient d'une grande fête.

— Quelle jolie visite, n'est-ce pas ? s'exclama-t-elle.

— Oui. Et très intéressante également.

— C'est vrai, j'ai vu que vous preniez un intérêt considérable aux affaires de la cuisine, s'amusa l'adolescente en lançant un coup d'œil moqueur à sa compagne. Pour un peu, vous me feriez penser à ma tante, Lady Catherine, qui est toujours pleine de conseils sur tous les sujets. Je parie que, si elle avait été là, elle aurait trouvé quelque chose à améliorer dans la basse-cour !

— Et elle n'aurait pas eu tort, en ce sens qu'il y a toujours place à l'amélioration. Quant à moi, je suis bien plus en position de recevoir des conseils que d'en prodiguer. Mais c'est curieux... Pourquoi se donner la peine d'acheter des volailles quand on en manque, alors qu'on peut si facilement les produire soi-même ?

— Je suppose que l'essentiel est d'en disposer lorsqu'on en a besoin. Le moyen n'a pas d'importance.

Elizabeth se tourna vers Georgiana, perplexe.

— Il en a, si ce moyen coûte de l'argent, ma chère. Pourquoi débourser inutilement quand il existe des solutions de rechange ? Vous devez savoir, j'imagine, que ce n'est pas en dépensant à tort et à travers que votre famille a pu autant agrandir le domaine.

Mais Georgiana haussa les épaules, plus intéressée par le bouquet de petites fleurs des champs que lui avait cueilli un des enfants Cox que par des sujets aussi vulgaires que l'argent ou la volaille.

Elizabeth changea de sujet.

— Vous parliez de votre tante, à l'instant. Lui écrivez-vous beaucoup ?

— Pas tant, non. Mon frère la connaît plus que moi, en réalité, car il séjourne souvent à Rosings.

— Peut-être serait-ce une bonne idée d'inviter votre tante ici, dans ce cas. Ce serait l'occasion pour vous de la revoir. Ou peut-être auriez-vous envie d'aller séjourner à Rosings quelques semaines, vous aussi ?

Inconsciente de la manœuvre que sa belle-sœur était en train de tenter, Georgiana répondit d'un air piteux :

— J'aimerais beaucoup, mais William dit qu'ils sont un peu en froid, ces temps-ci. Il n'a pas précisé pourquoi.

— Il vous annonce qu'une mésentente a lieu dans la famille, mais ne prend pas la peine de vous expliquer pourquoi ?

— Il fait cela pour me protéger des contrariétés. Il l'a toujours fait.

Elizabeth leva les yeux au ciel. Malgré tout l'amour qu'elle avait pour son mari, elle trouvait ridicule cette façon de cacher les difficultés. Comment pouvait-il laisser une jeune fille aussi naïve que Georgiana à l'écart de ce qui se passait dans la famille ? Pensait-il vraiment qu'elle allait sagement laisser le sujet de côté et ne plus y songer ?

Une querelle entre Rosings et Pemberley, ce n'était pas rien, et l'adolescente, avec son esprit nourri de romans et de drames, devait s'imaginer les pires raisons qui soient.

Elizabeth fit un effort pour contenir son agacement et reprit avec douceur :

— Je ne doute pas que William soit pour vous le meilleur des frères, tout comme il est pour moi le meilleur des époux, mais il n'empêche qu'il a tort de vous laisser ainsi dans l'obscurité. Il faut que vous sachiez que si votre tante et lui sont en désaccord aujourd'hui, c'est à cause de moi.

— Vous ? Pourquoi cela ?

— Parce que je n'étais pas pour William l'excellent parti que votre tante aurait souhaité. Dans ce mariage, je n'ai pu apporter ni dot ni relations mondaines.

— Mais il vous aime ! s'exclama Georgiana, ingénue. N'est-ce pas l'essentiel ?

— C'est vrai, il m'aime, et je l'aime en retour du plus profond de mon cœur. Malheureusement, c'est un argument qui importe peu aux yeux de votre tante. Ce n'est pas votre frère qu'elle cherche à éviter, c'est plutôt moi et la mauvaise influence qu'elle me prête. Pardon de vous dire tout cela de façon si directe, Georgiana, mais vous n'êtes plus une enfant et il me semble que vous devriez être au courant de ces choses-là.

La façade de la maison se dessinait derrière les arbres. Les promeneuses n'étaient plus très loin.

— Voulez-vous parler à William, si vous le pouvez ? insista Elizabeth. J'ai essayé quelques fois de le convaincre de s'excuser, mais il est tenace – et je crains que votre tante ne le soit plus encore. J'ai semé la discorde bien malgré moi, et je souhaiterais que les familles Darcy et de Bourgh soient aussi unies qu'auparavant.

L'adolescente, embarrassée, essaya d'éluder la question en ne répondant pas. Mais comme sa belle-sœur ne la quittait pas des yeux, elle finit par balbutier :

— J'essaierai...

~

Le lendemain, Elizabeth lisait en paix dans son boudoir quand l'intendante demanda à lui parler.

— J'ai appris que vous étiez montée jusqu'au cottage des Cox, madame. Je voulais vérifier si tout était à votre convenance.

— Tout à fait. Miss Georgiana me faisait visiter la serre, alors j'en ai profité pour faire le tour des environs. J'ai trouvé Mrs. Cox très aimable. C'est une lourde tâche que la sienne, mais elle fait un travail remarquable : j'ai rarement vu de basse-cour aussi propre !

— Oui, nous sommes très contents d'elle. Ses enfants l'aident beaucoup et nous lui fournissons des bras supplémentaires dès que le besoin se fait sentir.

Elizabeth se doutait que ce n'était pas pour louanger la femme du jardinier que Mrs. Reynolds avait pris l'étrange initiative de venir lui parler, aussi préféra-t-elle amorcer le sujet au plus vite.

— J'ai tout de même trouvé curieux qu'avec le nombre de volatiles que nous possédons il n'y ait pas assez d'œufs pour élever quelques couvées. Mrs. Cox me disait que vous achetiez les oiseaux au marché de Lambton ?

— En effet, madame, répondit l'intendante en baissant les yeux, comme sous l'effet d'un reproche. Nous procédons ainsi depuis toujours.

— Vraiment ?

— Tout à fait. Cela fait vingt-cinq ans que je suis en poste à Pemberley House et cela fait bien longtemps que nous n'élevons plus nos propres poules sur le domaine. Lorsque c'est possible, ce sont les fermiers de monsieur qui nous les fournissent, mais le domaine est grand et il n'est pas toujours facile de circuler. Le marché de Lambton est bien plus proche. Je vous garantis, madame, que nous y trouvons des produits d'excellente qualité !

— Je n'en doute pas. Je ne remets pas en cause votre organisation. Mrs. Reynolds, je m'étonnais simplement, car chez mes parents, j'étais habituée à une autre façon de faire, voilà tout.

— Je comprends, madame. Dans ce cas, laissez-moi vous rassurer : tout est parfaitement sous contrôle et vous n'avez aucune raison de vous inquiéter de ces petits détails.

La conversation semblait terminée, mais l'intendante, qui avait salué d'une révérence, restait debout au milieu du tapis comme si elle attendait quelque chose. Elizabeth réalisa que c'était à elle de la congédier. Elle lui fit un petit signe de la main et Mrs. Reynolds disparut.

De nouveau seule, elle abandonna son livre. Elle se mit à caresser machinalement la petite clé dorée du secrétaire de Lady Anne, désormais attachée par un cordon à sa ceinture.

Cette histoire d'œufs et de volailles semblait des plus anodines, et elle n'y aurait peut-être plus pensé si l'attitude de l'intendante ne l'avait intriguée. Mrs. Reynolds était une femme honnête et compétente, mais il était clair qu'elle redoutait qu'on vienne chambouler les habitudes de la maison. Or, c'était précisément ce qu'Elizabeth serait amenée à faire si elle le jugeait nécessaire. Elle était désormais, avec son mari, à la tête de la fortune des Darcy, et il était de sa responsabilité de s'assurer que l'argent n'était pas dépensé en vain, en particulier si l'on avait la possibilité de produire un certain nombre de choses directement sur le domaine. Imposer d'élever des couvées pour augmenter le nombre de volailles disponibles dans la basse-cour au lieu de les payer au plein tarif sur le marché, voilà un projet simple qu'Elizabeth se sentait tout à fait capable de prendre en main. À la fin d'une année entière, et au regard de la consommation quotidienne que l'on faisait à Pemberley pour nourrir maîtres et domestiques, ce serait une économie importante.

Pour le reste, en revanche…

La jeune femme n'avait aucune idée de comment s'y prendre. Darcy lui avait dit que dans le secrétaire elle tomberait sans doute sur d'anciens livres de comptes de sa mère, mais elle n'avait rien trouvé de ce genre. Par contre, elle se souvint avoir vu un manuel destiné aux nouvelles épouses pour leur apprendre à bien gérer leur foyer. Cet ouvrage lui parut soudain du plus grand intérêt.

Abandonnant le roman qu'elle avait sur les genoux, elle alla chercher le manuel en question et l'ouvrit. Dans les marges, Lady Anne avait annoté un peu partout ses commentaires personnels.

Elizabeth se blottit sur son sofa et se plongea dans sa nouvelle lecture.

~

— Pardonnez-moi, Miss Darcy ? *Non ho sentito quello che ha detto*, demanda Mrs. Annesley.

— *Dichevo che Elizabeth ballare, oltre che canta*, répondit Georgiana.

Dans le petit salon, Elizabeth et Georgiana s'entraînaient ensemble à danser un cotillon compliqué. Elles riaient beaucoup, car elles devaient imaginer autour d'elles les autres couples de danseurs et cela leur compliquait la tâche autant que ça les amusait. Mrs. Annesley les accompagnait au piano. Darcy, lui, sirotait son thé en commentant leurs pas.

— Je lui ai dit que vous dansez aussi bien que vous chantez, traduisit l'adolescente à sa partenaire, sans cesser de tournoyer.

— Comment, vous ne parlez pas italien, Mrs. Darcy ? s'étonna la dame de compagnie.

— Pas un mot, non.

— Vous me surprenez. Vous le chantez si bien que j'étais convaincue que vous le parliez couramment !

— C'est parce qu'elle est aussi douée en chant que Georgiana l'est au piano, répondit Darcy. Quand on a une telle oreille musicale, il n'est pas nécessaire de comprendre une langue étrangère pour la chanter en lui donnant les bonnes inflexions.

— Et vous, William, parlez-vous italien ? le défia sa femme, en lui lançant un clin d'œil.

— J'ai quelques notions. Je suis surtout aidé par le fait d'avoir étudié le latin à l'université, répondit-il avec le plus grand sérieux. Mais Georgiana nous dépasse tous largement, c'est une évidence.

— À quoi bon ? soupira cette dernière. Lorsque Mrs. Annesley ne sera plus là, je n'aurai plus personne avec qui le parler et je l'oublierai sans doute très vite.

— Rien n'est plus faux, la corrigea Elizabeth tandis qu'elle la faisait virevolter autour d'elle. On n'oublie jamais tout à fait quelque chose que l'on a mis si longtemps à acquérir – n'est-ce pas pour cela que nous nous donnons tant de mal avec ce cotillon ? Et, Georgiana, le jour où vous rencontrerez quelque jeune et beau ministre italien de passage à Londres, vous serez sans doute très heureuse de pouvoir vous adresser à lui dans sa langue...

L'adolescente se mit à pouffer de rire sous le regard sévère de Mrs. Annesley, qui n'osa rien dire et continua son piano. Darcy, lui non plus, ne sembla pas goûter beaucoup la plaisanterie.

— Voyons, William, ne faites pas cette tête ! se moqua Elizabeth. Vous savez bien qu'un jour votre sœur vous échappera pour tracer seule son chemin !

— Dans ce cas, je souhaite que ce soit le plus tard possible. Et surtout pas seule.

— Oh, pauvre chéri, continua sa femme en riant de plus belle, dansant toujours, mais s'emmêlant de plus en plus dans ses pas. Vous voyez comme votre frère tient à vous, Georgiana... Dans ces conditions, comment allons-nous le convaincre de vous laisser faire votre entrée dans le monde ?

Alors que l'adolescente ouvrait de grands yeux mi-choqués, mi-amusés, Darcy se raidit sur son sofa.

— Que voulez-vous dire, Lizzy ?

— Que Georgiana aura bientôt dix-huit ans et qu'il faudrait y songer. Jusqu'à quand pensiez-vous la tenir enfermée dans cette maison ?

— Je l'ignore, je n'ai pas réfléchi à cela jusqu'à présent. Et je vous trouve dure : Pemberley n'est pas une prison.

Son visage s'était fermé. Sa femme comprit qu'elle le poussait un peu trop loin. Lâchant le bras de Georgiana, elle alla déposer un tendre baiser sur la joue de son mari pour demander grâce.

— Je vous demande pardon, mon ami, vous avez raison. Mes mots commencent à dépasser ma pensée, ce doit être la danse qui me fait pérorer sans réfléchir. N'en parlons plus !

Le regard radouci qu'il lui lança lui assura qu'elle était pardonnée.

Mais alors que les deux jeunes femmes reprenaient leur cotillon, Darcy les interrompit à nouveau.

— Puisque nous parlons du monde, ma chère, ne trouvez-vous pas qu'il serait temps de retourner à Mrs. Langhold son invitation ? Que diriez-vous d'organiser ici votre premier dîner ?

— Déjà ? Mais je ne suis arrivée que depuis une quinzaine !

— Et nos amis ont été assez aimables pour ne pas vous solliciter à tort et à travers, afin que vous puissiez vous acclimater à votre nouvelle demeure. Il me semble que c'est à nous – ou plutôt à vous, en l'occurrence – de faire le premier pas.

Cette fois, Elizabeth cessa de rire autant que de danser. Organiser sa première réception était une étape importante dans la vie de toute jeune mariée et, dans une maison aussi prestigieuse, cela s'annonçait tout un défi. Darcy avait-il été inspiré par le fait qu'elle avait réclamé la clé du secrétaire de sa mère ? La pensait-il déjà prête à assumer pleinement tous les aspects de son rôle d'épouse ?

— De combien d'invités parlons-nous ? demanda-t-elle.

— Ma foi, essentiellement ceux que vous avez déjà rencontrés. Mrs. Langhold et ses fils, Lord et Lady Hastings, les Clarkson, les Blackmore, les Norton et Miss Russell – ainsi que les Moore, bien sûr. Le révérend Smith, aussi, serait ravi d'être de la partie. Et puis vous pourriez inviter cette amie de votre tante, à qui vous avez rendu visite hier, j'aurais ainsi le plaisir de faire sa connaissance. Avec son époux, cela va sans dire. Rappelez-moi son nom ?

— Mrs. Munroe.

Elizabeth compta mentalement.

— Dix-sept couverts, plus vous et moi. Cela fait beaucoup de personnes à nourrir et à distraire !

— Cela vous paraît trop ?

— Cela me paraît tout à fait conforme à ce que les gens attendraient d'une invitation à Pemberley.

— Alors, c'est entendu. Vous n'aurez qu'à décider de la date à votre convenance.

Et comme il voyait que sa femme restait songeuse, il essaya de la rassurer :

— Vous demanderez l'aide de Mrs. Reynolds, Lizzy. Elle a l'habitude de ce genre de réception.

~

Dans les jours qui suivirent, bon gré, mal gré, Elizabeth se mit à la tâche.

Avant toute chose, elle commença à remplir le secrétaire de tout le matériel qui allait, à l'avenir, lui servir à diriger sa maison. Dans le casier central de la partie haute, derrière la petite porte-miroir, elle enferma ce qu'elle avait de plus précieux : son acte de naissance et son acte de mariage, ainsi qu'une broche ancienne que sa mère lui avait offerte le jour de ses vingt et un ans – le seul bien d'un peu de valeur qui lui vienne de Longbourn. Elle rangea ensuite sur les rayons le manuel de gestion annoté par Lady Anne, ainsi que quelques ouvrages dénichés dans la bibliothèque qui traitaient du même sujet. Elle garda sa vieille écritoire près de la fenêtre, qu'elle continuerait à utiliser pour son courrier personnel, et se fit apporter d'autres papiers, plumes et encres qu'elle mit dans la partie centrale du secrétaire. Et comme le meuble commençait à retrouver une utilité, elle prit l'habitude de le verrouiller systématiquement grâce au trousseau qu'elle laissait à l'intérieur, en ne gardant sur elle que la petite clé dorée.

À présent, elle se sentait un peu plus équipée pour faire face à ses devoirs.

Son premier souci fut d'équilibrer sa tablée. Comme il manquait une personne pour avoir un compte juste en hommes et en femmes, Darcy lui suggéra d'inviter Mrs. Keen, veuve truculente et très pieuse, qui était respectée dans la paroisse aussi bien pour son franc-parler que pour son implication dans les bonnes œuvres. Elle connaissait bien la famille pour avoir été l'une des professeurs de Darcy dans sa jeunesse. Elizabeth se chargea donc d'écrire en personne à tous les invités et, un par un, chacun confirma sa présence. Le plus facile était fait.

Il fallut ensuite décider du menu. Là, les choses se compliquèrent. Avant tout, Elizabeth, qui avait demandé à descendre dans les communs pour s'adresser directement à Hewitt, le cuisinier, se fit regarder avec des yeux pleins d'effroi par Mrs. Reynolds, qui ne concevait pas que sa maîtresse puisse poser ne serait-ce qu'un pied sur le terrain des domestiques. Il fut donc convenu que Mr. Hewitt monterait plutôt la rejoindre, sur rendez-vous, dans son boudoir.

C'était la première fois qu'Elizabeth revoyait le cuisinier depuis qu'elle l'avait croisé le jour de son arrivée à Pemberley. L'homme, rougeaud et jovial d'apparence, se montra déterminé : il avait une longue expérience, travaillait là depuis des années, et avait des idées bien arrêtées sur ce qu'il convenait de faire. Alors qu'Elizabeth le faisait asseoir à une table, en compagnie de Mrs. Reynolds, et qu'elle s'apprêtait à leur exposer ses idées, ce dernier lui déballa presque d'une traite tout le menu qu'il avait en tête depuis qu'il avait appris qu'on allait recevoir : trois services, des poissons et des écrevisses en gelée, une dinde pochée à l'orange, des bouchées à la reine, une fricassée de lapin et du pâté de canard en croûte, des fromages et au moins cinq desserts. S'ensuivit une liste de petites douceurs à servir avant et après le dîner, ainsi que des viandes, des pains et d'autres fromages pour le souper de onze heures.

Décontenancée, Elizabeth attendit la fin de ce déluge d'informations pour intervenir.

— Je suis navrée, mais je n'ai pas du tout envie d'une fricassée de lapin, commença-t-elle.

— Un ragoût de veau, alors ? suggéra aussitôt le cuisiner.

— Non plus. Je ne…

— Ou peut-être du gibier ? En cette saison, nous pouvons faire abattre un cerf sans difficulté.

— Un instant, Mr. Hewitt, vous ne me laissez pas parler, rétorqua-t-elle, légèrement agacée.

Le cuisinier ne se troubla pas le moins du monde devant le reproche de sa maîtresse, mais il se tut.

— Je ne veux pas de plats en sauce qui ont mijoté toute la journée, expliqua alors cette dernière. Comprenez-moi bien : les vôtres sont délicieux, mais un ragoût ressemble toujours à une soupe trop grasse et ce n'est pas très élégant. Pour mon dîner, je veux que les mets soient aussi agréables à regarder que goûteux, c'est important. Je vous demanderai donc de soigner particulièrement la présentation.

Hewitt hocha la tête, avec l'air de dire que c'était une évidence. Elle poursuivit :

— Je souhaite faire servir un rôti d'agneau, que vous ferez à la broche. Mrs. Reynolds, vous direz à Mr. Weston de réaliser la découpe à la demande. Je ne veux pas que mes invités s'ennuient à trancher eux-mêmes une si grosse pièce de viande et il faut que chacun puisse choisir exactement le morceau qu'il désire. Ah ! Et prévoyez aussi un rôti de veau, au cas où certains n'aimeraient pas le goût de l'agneau.

Mrs. Reynolds tira un petit carnet de sa poche pour prendre des notes.

— Je vous ai déjà tout écrit ici, Mrs. Reynolds, ajouta Elizabeth en pointant la feuille qu'elle avait posée devant elle. Pour le premier service, vos poissons et écrevisses en gelée me conviennent très bien, Mr. Hewitt, ainsi que le pâté de canard – j'y avais songé moi aussi. Vous rajouterez, s'il vous plaît, des potages. En second, la dinde pochée sera parfaite, avec peut-être des salades et, bien sûr, quelques sucreries. Pour le troisième service, en plus des rôtis et des compléments que je vous laisse le soin de déterminer, je vous propose de remplacer vos bouchées à la reine par quelque chose d'un peu plus audacieux, que j'ai vu lors d'un dîner à Londres : il s'agit d'une tourte de perdrix, avec une pâte décorée comme on le fait toujours, mais en portions individuelles.

— Individuelles, madame ? s'étonna le cuisinier.

— Oui. Je veux une petite tourte par personne. Je suppose qu'une demi-perdrix chacun fera largement l'affaire.

L'intendante et son cuisinier se lancèrent un regard circonspect. Visiblement, leur nouvelle maîtresse leur demandait quelque chose qui sortait de l'ordinaire.

— Je n'ai jamais fait cela avant, madame. Dois-je utiliser des moules pour mettre la pâte ?

— Je l'ignore, Mr. Hewitt. C'est votre domaine, non le mien. Mais je prévois le dîner pour la semaine prochaine, cela vous laisse quelques jours pour faire des essais. D'ailleurs, j'aimerais beaucoup que vous me fassiez goûter ce mets avant.

— Euh… Entendu, madame.

La discussion se prolongea encore un moment, afin de s'entendre sur le reste des victuailles qui allaient accompagner toutes ces viandes et sur les heures auxquelles on servirait le dîner, puis le souper. Et lorsque les deux domestiques quittèrent enfin le boudoir, Elizabeth alla s'effondrer sur son sofa, à la fois excitée et épuisée.

Elle s'était maîtrisée pendant tout l'entretien, mais cela lui avait pris une énergie folle. Elle avait choisi ses mots avec soin, avait dit « je veux » au lieu de « j'aimerais », tenté des compliments pour ne pas heurter l'orgueil de son cuisinier, et surveillé le ton de sa voix et le mouvement de ses mains – qui, sous l'effet de l'appréhension, avaient la fâcheuse tendance de s'agiter dans tous les sens. Elle avait été déstabilisée au début par l'attitude pleine de suffisance de Hewitt, mais elle avait l'impression d'avoir réussi à reprendre le dessus et, au final, elle se félicita de sa performance.

Une fois la cuisine en marche, elle s'attaqua à la vaisselle. Accompagnée du majordome, elle passa en revue le cristal, l'argenterie et la porcelaine – où elle dut choisir un service parmi les sept disponibles.

— Vous embaucherez du monde supplémentaire, Mr. Weston. Je ne voudrais pas manquer de valets de pied.

— Ce sera fait, madame. Et concernant les vins ?

— Je dois vous avouer que je n'y connais absolument rien, mais je vous fais confiance pour servir ce qui sera le plus adéquat. Je demanderai ce soir à Mr. Darcy s'il a des préférences ou s'il sait si nos invités en ont eux-mêmes. Et pendant que nous serons à table, vous fermerez les portes pour réarranger le grand salon, car je veux qu'on installe les tables de cartes et de loto.

— Devrons-nous ouvrir aussi le petit salon ?

— Non, laissez les portes fermées. Par contre, allumez le foyer et mettez des lumières, et assurez-vous que tout soit impeccable, car ces messieurs voudront sans doute s'y isoler un moment. Pendant la soirée, prévoyez aussi deux ou trois valets à disposition pour servir les alcools. Un peu avant onze heures, vous viendrez me parler : je jugerai alors, en fonction de ce que feront les invités à ce moment-là, si nous servons le souper ou si nous patientons.

Elizabeth ressortit de ce nouvel entretien un peu plus réconfortée. À l'inverse du cuisinier, le majordome s'était contenté d'approuver docilement tout ce que sa maîtresse lui avait dit et elle avait l'heureuse impression de n'avoir rien oublié.

Ce soir-là, pendant le repas, Darcy fut pour le moins surpris d'entendre ce que sa femme lui raconta de ses préparatifs.

— Ma parole, Lizzy ! Je pensais que vous alliez laisser Mrs. Reynolds se charger de tout, mais je vois que vous avez pris les choses en main avec beaucoup d'assurance ! Je ne peux que vous en féliciter, ma chère.

Il leva son verre de vin dans sa direction, en signe d'admiration. Elizabeth en fut flattée. Elle déployait beaucoup d'énergie pour que cette réception soit parfaite et elle apprécia que ses efforts soient reconnus à leur juste valeur.

— Je connais une personne qui sera bien aise d'apprendre que ma femme est aussi compétente dans son rôle d'hôtesse, poursuivit son mari.

— Qui donc ?

— Mon oncle, Lord Fitzwilliam. Il m'a écrit pour m'annoncer qu'il viendrait nous visiter avec son épouse, un peu avant Noël. Ils seront

193

en route pour passer les fêtes dans le nord et ils profiteront du voyage pour faire un détour jusqu'ici. Ils prévoient rester entre huit et dix jours.

— Seigneur, William ! Ce souper est déjà une grande gageure dans ma vie à Pemberley, aurai-je droit à un peu de répit avant d'être livrée sans merci au jugement de votre oncle ?

Elizabeth riait, mais au fond d'elle-même, c'était comme si des dizaines de cloches s'étaient mises à sonner le tocsin à toute volée. Non seulement elle allait accueillir ses premiers invités sous son toit – encore un nouveau défi pour elle –, mais en plus il s'agissait du comte, qu'elle imaginait tout aussi terrible que sa sœur Lady Catherine. L'homme venait probablement vérifier en personne si la petite parvenue du Hertfordshire ne mettait pas trop à mal la grandeur des Darcy.

Son mari, conscient que la nouvelle l'avait ébranlée, précisa aussitôt :

— Sachez que le colonel sera avec eux. Vous ne serez donc pas totalement entourée d'inconnus.

— Oh, quelle joie ! s'exclama Georgiana. J'aime tellement le colonel, il est si gentil !

— Dans ce cas, j'ai une autre joie pour vous, Georgiana, car nous aurons d'autres visiteurs une fois que le comte nous aura quittés.

Elizabeth lança un regard affolé à son mari, mais celui-ci lui sourit tendrement.

— Je vous avais promis que nous inviterions les Gardiner pour Noël, douce amie : c'est chose faite. Mais comme je trouvais que ce n'était pas assez pour vous faire sentir vraiment en famille dans le Derbyshire, j'ai également invité Bingley et votre sœur. Ils seront tous ici, et je crois bien qu'ils amèneront Kitty avec eux.

Georgiana se mit à battre des mains comme une enfant, ravie d'avoir bientôt autant de monde autour d'elle pour la distraire.

Quant à Elizabeth, d'abord subjuguée, elle finit par fondre en larmes.

Elle ne savait trop si c'était l'appréhension de la réception à venir ou bien la rencontre prochaine avec le terrifiant Lord Fitzwilliam, ou encore le bonheur de pouvoir bientôt serrer Jane dans ses bras, mais il fallut bien l'intervention tout à la fois de son mari et de sa jeune belle-sœur pour sécher ses pleurs.

~

Le soir du dîner arriva très vite, tant pour Elizabeth, qui redoutait que cela se passe mal et qu'elle se ridiculise devant la société de Lambton. que pour les domestiques, qui avaient dû redoubler d'efforts. Mrs Reynolds avait passé ces derniers jours à rassembler les victuailles. Hewitt, lui, était parvenu, après quelques essais, à réaliser une petite tourte aux perdrix à la fois ravissante, avec ses motifs découpés dans la pâte dorée au four, et succulente avec des arômes de cognac, de noisettes, de champignons et de courges. Elizabeth avait goûté le plat et était ravie du résultat : elle était tout excitée de voir l'effet que cela produirait sur ses invités. Weston, quant à lui, avait dirigé de main de maître ses valets, qui avaient longuement astiqué l'argenterie, empesé les nappes et les serviettes, et passé une après-midi entière à dresser dans la grande salle à manger une table magnifique.

Mrs. Langhold et ses fils arrivèrent les premiers. Comme la veuve se montrait toujours très agréable, Elizabeth n'eut aucune difficulté à l'entretenir aimablement en attendant les autres invités. Suivirent Lord et Lady Hastings, qui ne tarirent pas d'éloges sur la maison – en regrettant que Darcy n'y reçoive pas assez souvent et en espérant que la présence d'Elizabeth change enfin cela –, puis le régisseur et sa femme. Mrs. Moore était si heureuse d'avoir enfin droit à un dîner mondain qu'elle ne cessait de sourire d'un air béat.

Plus impressionnés encore furent Mrs. Munroe et son époux. Elizabeth les connaissait assez mal. Elle les avait rencontrés brièvement l'été précédent et, depuis son arrivée à Pemberley, elle n'avait visité Mrs. Munroe qu'une seule fois. Néanmoins, elle les accueillit avec la plus grande convivialité. Même si ce n'était pas grand-chose, elle était toute fière de pouvoir présenter des gens respectables qui appartenaient à son cercle social à elle, et non pas à celui de son mari, et cela lui donnait un avant-goût du jour – pas si lointain – où elle pourrait faire de même avec Jane, Kitty et les Gardiner. De son côté, Darcy, d'ordinaire assez distant envers les inconnus, fit ce soir-là un effort dont Elizabeth lui fut reconnaissante en se montrant un hôte très prévenant envers le couple Munroe et en s'assurant qu'ils s'intègrent bien au reste de la compagnie.

Les Clarkson se présentèrent ensuite, bientôt suivis du frère et de la sœur Norton et de leur cousine. Dieu merci, la jeune Sophie Russell se tint à carreau ce soir-là. Elle n'aurait pas osé mal se comporter dans cette demeure prestigieuse où elle était invitée pour la première fois et, à défaut d'être sincère, elle fit preuve envers Elizabeth d'une irréprochable courtoisie.

Enfin, les Blackmore arrivèrent en compagnie du révérend Smith et de Mrs. Keen, avec qui ils avaient partagé leur voiture. La fameuse veuve Keen, dont Elizabeth avait entendu parler de la bouche de Darcy, de Georgiana et même de Mrs. Reynolds, était une dame assez âgée qui donnait l'impression d'avoir suffisamment vécu pour ne plus s'embarrasser des petits détails ennuyeux. Elle fit tout de suite à Elizabeth une excellente impression, en dépit de son discours un peu bigot qui revenait invariablement à ses bonnes œuvres.

Darcy envoya chercher Georgiana pour qu'elle puisse saluer les invités. Accompagnée de Mrs. Annesley, elle ne resta avec qu'eux qu'une petite demi-heure, juste le temps d'échanger quelques mots avec les gens qu'elle connaissait et de recevoir beaucoup de compliments sur son teint, sa taille bien faite ou ses jolies boucles. Mais dès l'instant où le majordome annonça que le dîner était servi en ouvrant grand les doubles portes, et alors qu'Elizabeth prenait le bras de Lord Hastings pour montrer le chemin, la jeune fille et sa dame de compagnie se retirèrent – non sans que Georgiana glisse un regard plein d'envie vers la majestueuse salle à manger tout illuminée, où elle n'était pas encore autorisée à prendre place.

~

Pendant le repas, Elizabeth se trouva au centre de tous les regards. Assise à une extrémité de la table, à l'opposé de Darcy qu'elle ne voyait même pas, car il était caché par une longue rangée de candélabres, elle trônait comme une reine, vêtue de la robe verte de son mariage dans laquelle elle se sentait si bien. Toutefois, la jeune femme ne profita pas vraiment de la compagnie de ses invités. Habituée à donner le change, elle souriait et bavardait d'une façon charmante, mais elle était si angoissée à l'idée que quelque chose ne se passe pas comme prévu qu'elle lançait sans arrêt des coups d'œil vers Weston pour vérifier que tout allait bien.

Devant l'éventail de mets raffinés que les valets apportèrent, on la félicita abondamment pour son excellent goût. On apprécia tout particulièrement la table de découpe où Weston tranchait les rôtis à la demande, ainsi que le pâté de canard et la dinde pochée, qui remportèrent tous les suffrages. Mais au troisième service, alors qu'Elizabeth attendait avec impatience que l'on serve les petites tourtes de perdrix – qui, cela ne faisait aucun doute, allaient être le clou du repas par leur originalité et leur délicatesse d'exécution –, elle vit arriver, avec la plus grande consternation, de simples bouchées à la reine.

Elle n'en croyait pas ses yeux. Un instant elle resta figée, déconfite, puis elle sentit ses yeux brûler et son menton trembler de façon incontrôlable, au point qu'elle attrapa sa serviette et fit mine de s'essuyer la bouche pour le cacher. Se reprenant, elle s'excusa auprès de ses invités et quitta la table.

Dans le couloir, les domestiques qui allaient et venaient ne lui laissaient aucun endroit où elle aurait pu être tranquille. Elle fila se réfugier dans la galerie, plongée dans le noir. Tremblante, elle s'assit sur un banc, au pied d'une statue de marbre, et se força à respirer pour calmer les palpitations qui lui agitaient la poitrine.

Elle ne voulait surtout pas pleurer, car on n'aurait pas manqué de remarquer ses yeux rougis. Mais elle était à la fois décontenancée et furieuse. Non seulement Hewitt s'était moqué d'elle en ignorant ses ordres et en imposant son choix initial à lui, mais elle avait perdu l'occasion d'impressionner ses invités pour son premier dîner mondain. Accablée par cet échec – qui, à cet instant, lui apparaissait comme la plus épouvantable des catastrophes –, elle resta prostrée sur son banc pendant de longues minutes.

C'est un grand éclat de rire, au loin, qui finit par la tirer de sa stupeur. Dans la salle à manger, les convives continuaient à parler avec animation, et l'ambiance était excellente.

Reprenant peu à peu ses esprits, Elizabeth se raisonna. Il n'y avait pas mort d'homme. Ce qui était pour elle une déception terrible allait passer totalement inaperçu aux yeux de ses invités, et il serait toujours temps, demain, de convoquer ses domestiques pour une explication. Pour le moment, elle se devait de retourner dans la salle à manger et d'assumer son rôle d'hôtesse.

C'est ce qu'elle fit. Pendant tout le reste du repas, elle continua à sourire, boire et bavarder avec ses voisins.

En revanche, elle ne toucha pas une miette de sa bouchée à la reine.

~

Il était très tard lorsque la soirée s'acheva enfin. En bas du perron, à la lueur des lanternes, on assista à un défilé d'attelages qui embarquaient leurs passagers au compte-goutte, avant de s'éloigner dans la nuit. Dans le vestibule, les valets s'affairaient à distribuer manteaux et chapeaux. Quant aux maîtres des lieux, ils se tenaient dans le grand hall, où ils saluaient une dernière fois leurs visiteurs.

De tous bords, on remercia, on félicita, on loua cette superbe soirée passée en si agréable compagnie. Elizabeth était vannée, mais jusqu'au bout elle fit bonne figure. Darcy, toujours irréprochable, tant dans son maintien que dans son discours, dut sentir sa fatigue, car il lui offrit discrètement son bras pour qu'elle s'y appuie. Ils ne s'étaient pas beaucoup parlé, ce soir, occupés qu'ils étaient à divertir leurs convives et, pour Elizabeth, le fait de sentir un peu de la chaleur de son mari contre elle eut un effet des plus apaisants.

Enfin, l'épreuve se terminait, et en dehors de ces sacrées bouchées à la reine et de quelques sottises bien innocentes qu'elle avait pu dire à l'occasion, elle n'avait à déplorer aucune faute majeure.

— Je tiens à vous féliciter pour cette fantastique réception, madame, déclara Mrs. Keen, qui attendait son tour entre le révérend et les Norton pour passer dans le vestibule. Comme je vous le disais tout à l'heure, pour avoir bien connu Lady Anne, je puis vous assurer qu'elle aurait été très fière qu'une telle réception se tienne dans sa maison.

La vieille dame lui serra gentiment la main avant de se tourner vers Darcy, pour le congratuler d'avoir choisi une épouse si jolie, mais surtout si instruite et pragmatique. Elizabeth, qui avait pu constater tout au long de la soirée que la réputation de franchise de la veuve n'était pas volée, fut d'autant plus rassurée que cette dernière la considère d'un bon œil.

— Je suis le premier épaté devant les talents de ma femme, répondit Darcy. Croyez-moi, madame, si je vous dis qu'elle me surprend tous les jours !

Mrs. Keen eut un petit gloussement amusé.

— Ah, le temps de la jeunesse et des amours... Profitez-en, mes enfants ! Quant à vous, Mrs. Darcy, ne pensez pas que je vous oublie. Je vous ai parlé de mes œuvres, mais vous ai-je dit que Lady Anne y avait toujours participé activement ? Si vous pouvez organiser des dîners élégants comme celui-ci, peut-être pourrons-nous parler un jour de fêtes caritatives pour amasser des fonds ? Il y aura toujours des pauvres, voyez-vous, et que deviendraient-ils s'il n'y avait des personnes comme vous et moi pour prendre soin d'eux ?

Mais avant qu'Elizabeth ait pu répondre, Miss Norton s'interposa.

— Oh, Mrs. Keen ! Les grandes charités de Lady Anne, c'était autre chose qu'un simple dîner ! s'exclama-t-elle, en prenant un air un peu théâtral. Vous ne devriez pas réclamer trop vite ce genre d'implication de la part de notre nouvelle amie. Mrs. Darcy est encore un peu verte, il faudra bien lui laisser quelques années avant de voir si elle est capable d'organiser des fêtes aussi magistrales que celles de Lady Anne !

La veuve Keen jeta à la vieille fille un regard perçant, mais ne répondit pas. Elle se contenta de saluer de nouveau le couple Darcy puis alla prendre son tour dans le vestibule, où le révérend et les Blackmore l'attendaient. Quant à Miss Norton, pas le moins du monde gênée d'avoir lancé une telle critique, elle était sur le point de développer son argument, mais son frère lui fit signe d'un coup de coude qu'il valait mieux se taire. Elizabeth, elle, continua à sourire.

~

C'est avec le plus grand soulagement que les jeunes mariés montèrent enfin l'escalier qui menait au deuxième étage. Elizabeth était plus que jamais soutenue par le bras de son mari.

— Lizzy, je suis fier de vous. Vous avez été une hôtesse exemplaire du début à la fin, lui dit ce dernier, avec douceur. Le service a été parfait, le repas succulent, et nos invités ont eu l'air d'avoir beaucoup de plaisir.

Le petit « humpf ! » contrarié de sa femme ne lui échappa pas.

— Qu'y a-t-il ? demanda-t-il.

— Les bouchées à la reine…

— Hé bien ? Elles étaient délicieuses.

— Ce devaient être de petites tourtes de perdrix. Rappelez-vous : je l'avais demandé à Hewitt, j'avais même exigé qu'il me fasse goûter chacun de ses essais. Je voulais reproduire la même chose qu'à la table de Sir Egerton, à Londres.

— Et Hewitt vous a désobéi ?

— Il semblerait. Je ne sais pas ce qui s'est passé, puisque je n'ai pas eu l'occasion d'en parler à Weston ni à Mrs. Reynolds. Mais vous pouvez compter sur moi pour avoir un entretien avec eux dès demain !

— Voulez-vous que je sois présent ?

Elizabeth hésita. Puis elle secoua la tête.

— Non, je dois apprendre à régler seule ce genre de chose.

Ils arrivaient à la porte de la chambre d'Elizabeth, devant laquelle Mrs. Vaughan avait laissé une chandelle allumée.

Darcy serra soudain sa femme contre lui.

— Je suis fier de vous, Lizzy. Vraiment. Je suis conscient que ce n'est pas simple pour vous d'arriver dans cette maison et d'y faire votre place, mais sachez que vous pouvez compter sur moi si vous avez besoin de quoi que ce soit.

Réconfortée, Elizabeth posa sa joue contre son épaule et poussa un profond soupir. Ils restèrent enlacés ainsi quelques instants, dans la lueur vacillante de la bougie. Puis, Darcy prit le visage de sa femme dans ses mains et l'embrassa.

— Vous vous êtes beaucoup donnée et je vous vois épuisée. Voulez-vous que je vous laisse dormir en paix ce soir ? murmura-t-il.

— Oui, mais dormez avec moi. Ne me laissez pas seule.

— Entendu. Je vous retrouve tout à l'heure.

Il lui sourit, l'embrassa encore et la laissa rejoindre Mrs. Vaughan, qui l'attendait pour la déshabiller.

~

À Longbourn, les domestiques n'avaient jamais été très disciplinés. Les Bennet avaient été plutôt laxistes à ce sujet – comme tant d'autres. Mr. Bennet refusait de se mêler d'autorité, et sa femme, lorsqu'elle voulait se faire obéir, avait tendance à crier et à s'énerver, de sorte qu'assez rapidement on ne l'écoutait plus. Ne parvenant pas à s'imposer tout à fait, l'un et l'autre avaient préféré baisser leur niveau d'exigence : tant que les tâches étaient globalement effectuées et que la maison fonctionnait, ils ne se mêlaient pas trop de savoir si les Hill prélevaient dans la bière un peu plus que leur pinte quotidienne ou si Betty avait deux jours de retard dans le lavage du linge.

Une fois, pourtant, Elizabeth avait vu son père entrer dans une colère noire parce qu'une des familles de fermiers avait tenté de tricher sur les récoltes. Mr. Bennet avait convoqué une à une les cinq personnes incriminées, et la jeune femme n'avait jamais oublié leurs mines contrites, assises sur un banc devant la porte de la bibliothèque, attendant leur tour de se faire réprimander.

Le lendemain du dîner, elle tourna en rond toute la matinée dans son boudoir en préparant ses phrases. Puis, lorsqu'elle se sentit prête, elle convoqua séance tenante Hewitt, Weston et Mrs. Reynolds. À leur grande surprise, elle employa la même méthode que son père en les laissant attendre à la porte, leur interdisant de retourner à leurs occupations tant qu'elle ne leur aurait pas parlé.

Elle fit d'abord entrer le chef cuisinier. C'était pour elle le cas le plus difficile à gérer, car non seulement il était le premier responsable du plat gâché, mais elle n'avait pas non plus apprécié son attitude générale envers elle. Hewitt devait s'en douter, car lorsqu'il entra dans la pièce, il avait un peu perdu de sa superbe.

Elizabeth s'était assise à sa table, près de la fenêtre. Elle le laissa debout au milieu du tapis et lui rappela d'entrée de jeu de bien vouloir se découvrir en sa présence. L'homme, décontenancé, s'exécuta aussitôt.

— J'attends vos explications, Mr. Hewitt, commença-t-elle d'une voix calme, mais froide. Je vous avais demandé des tourtes de perdrix et j'avais approuvé celle que vous m'aviez fait goûter. Pourquoi donc n'est-ce pas cela que l'on a servi à table hier soir ?

Au début, le cuisinier, mal à l'aise, buta sur ses mots. Puis il parvint à reprendre ses esprits et expliqua qu'il y avait eu un problème en cuisine et qu'il avait manqué de temps, ce qui l'avait obligé à se tourner vers les bouchées à la reine – une recette qu'il maîtrisait à la perfection et qui, en fin de compte, ressemblait assez aux tourtes demandées. D'ailleurs, ses bouchées contenaient bien de la perdrix, ce qui revenait au même.

— Je vous dirais tout d'abord que non, ce n'était pas la même chose, rétorqua Elizabeth. J'avais une idée très précise de ce que je voulais présenter à mes invités. Je vous rappelle que je souhaitais une table aussi jolie à regarder qu'à déguster et, même si vos bouchées étaient très bonnes, elles étaient loin de ressembler aux ravissantes petites tourtes que vous aviez pourtant fort bien réussies il y a deux jours. Ensuite, s'il y avait un empêchement en cuisine, ce n'était pas à vous de décider des modifications à apporter, mais à moi. Vous auriez dû dire à Mrs. Reynolds de venir me trouver, au lieu de prendre l'initiative de faire ces bouchées. Cela m'aurait évité la très désagréable surprise que j'ai eue hier soir, devant mes amis.

Et comme Hewitt baissait piteusement la tête, la jeune femme laissa planer quelques secondes de silence. Puis elle ajouta :

— Je comprends que vous soyez perturbés par mon arrivée, en bas. Comme il n'y avait plus de maîtresse depuis longtemps, la maison s'est organisée différemment et je ne doute pas que vous ayez fourni du très bon travail pendant toutes ces années. Mais à présent que je suis là, c'est à moi, désormais, que vous devrez rendre des comptes. Il faudra vous y habituer, Mr. Hewitt, car si je ne suis pas satisfaite de votre travail, tout talentueux que vous êtes, vous pourrez vous poser des questions sur la pérennité de votre place à Pemberley. Je souhaite donc que ce genre de situation ne se reproduise plus à l'avenir. Maintenant, avez-vous d'autres choses dont vous aimeriez me faire part ?

Comme le cuisinier secouait la tête, Elizabeth le remercia. Elle se donna ensuite quelques minutes pour respirer profondément et s'assurer d'être bien calme avant de faire entrer Mrs. Reynolds.

Avec celle-ci, le discours fut un peu différent. Lorsqu'Elizabeth lui demanda pour quelle raison mystérieuse on avait jugé nécessaire de remplacer les tourtes par les bouchées, l'intendante se justifia.

— Il n'y avait plus assez de perdrix, madame.

— Comment cela ? Vous en aviez pourtant bien commandé dix, afin d'en avoir une demi par invité ?

— Tout à fait, madame, et elles étaient parfaites et bien fraîches quand on nous les a livrées. Mais hier matin, il en manquait trois.

— Je vous demande pardon ?

Penaude, Mrs. Reynolds ne répondit pas.

— Je suppose que vous mettez la viande sous clé, en bas ? poursuivit Elizabeth.

— Bien sûr, madame.

— Qui possède cette clé ?

— Moi-même, ainsi que Mr. Hewitt.

L'intendante jugea bon de préciser :

— Les domestiques ne sont pas voleurs, ici, madame. Les perdrix ont sans doute été rangées ailleurs et nous ne les avons pas trouvées lorsqu'il a été temps de les préparer.

— Ou bien, tout simplement, dans tout le remue-ménage de la préparation du dîner, vous ou Mr. Hewitt avez oublié que vous aviez utilisé quelques oiseaux pour faire des essais. Car ce que Mr. Hewitt m'a fait goûter il y a deux jours contenait bien de la perdrix, que je sache !

Elizabeth vit, à son expression, que la domestique venait de comprendre. La pauvre femme avait sans doute passé la nuit à se retourner dans son lit en se demandant où étaient passés ces fichus volatiles et voilà que sa maîtresse, sans même avoir mis un pied en cuisine, avait trouvé l'explication.

— Bien, fit cette dernière en se radoucissant, cet épisode confirme un point : le suivi des provisions n'est pas suffisamment serré. Pour éviter que cette situation ne se reproduise à l'avenir, je vais devoir prendre tout cela en main, Mrs. Reynolds. Je vous prierais donc de m'apporter dès demain les livres de comptes des trois derniers mois. Nous prévoirons aussi que je visite les communs : je veux voir exactement comment vous êtes installés et comment vous travaillez. Faites-vous un inventaire régulier ?

— Oui. Enfin, non... Ce n'est pas toujours régulier.

— Nous allons corriger cela. Je veux que vous et moi agissions en bonne entente, pour que plus rien ne nous échappe et que chacun puisse travailler dans de bonnes conditions. Sommes-nous d'accord sur ce point ?

L'intendante acquiesça et Elizabeth la congédia à son tour.

Weston fut le dernier à passer. Au majordome, la jeune femme expliqua qu'elle s'apprêtait à faire un grand inventaire des cuisines et de toutes les provisions, afin d'avoir l'heure juste sur ce que la maisonnée consommait au quotidien et d'en faire un suivi précis. Elle lui annonça également qu'un peu plus tard elle ferait faire mettre à jour de la même façon l'inventaire de tous les objets qui composaient la maison – mobilier, linge, vaisselle, argenterie, œuvre d'art, et jusqu'au matériel utilisé au quotidien par les domestiques. Enfin, elle réclama de voir ses comptes à lui et exigea que plus aucune facture de fournisseurs ne soit jamais payée sans qu'elle l'ait vue et approuvée.

Après ces entretiens, épuisée autant par l'effort nerveux qu'elle venait de fournir que par l'ampleur de la tâche qui l'attendait, Elizabeth se blottit sur son sofa et fit une sieste de deux heures.

CHAPITRE 8

Tel qu'elle l'avait exigé, la nouvelle Mrs. Darcy visita les communs. Elle y découvrit un monde dont elle ne soupçonnait pas l'ampleur.

Mrs. Reynolds, qui menait la visite, commença par l'entrée des fournisseurs, une large pièce où l'on empilait contre les murs les marchandises débarquées des charrettes en attendant de les envoyer vers leur destination finale. D'un côté, on accédait à plusieurs locaux où était stocké le bois destiné aux cheminées de la maison et, de l'autre, à un petit hall qui desservait la cuisine et le reste des communs.

La cuisine, justement, était impressionnante. Haute de deux étages, son plafond était incurvé pour permettre aux fumées de s'échapper par la partie supérieure des immenses fenêtres. On y trouvait trois énormes cheminées, en dessous desquelles s'alignaient des fourneaux de différentes tailles. Au centre, de grandes tables de travail et, sur les murs, des étagères chargées de casseroles et de marmites. Elizabeth visita les lieux en début d'après-midi, alors que tout était calme, mais elle n'eut aucune peine à imaginer qu'en pleine préparation d'un repas de fête, entre les poêles brûlants et les domestiques qui s'activaient dans tous les sens, il devait régner ici une chaleur étouffante.

À côté de la cuisine se trouvaient deux grands garde-manger remplis d'armoires, de caisses et de paniers chargés de victuailles, ainsi qu'une pièce fermée à clé pour le lard et les viandes, et une arrière-cuisine où on nettoyait les chaudrons. Au bout du corridor, passé l'accès menant au grand hall, était la cave à vin, domaine exclusif de Weston. Juste après, un escalier de service grimpait jusqu'au premier étage, aboutissant dans un office attenant à la salle à manger d'où démarrait la farandole de laquais assurant le service lorsqu'on avait des invités de marque. Cet escalier avait d'ailleurs été construit très large, afin que ceux qui descendent ne gênent pas ceux qui montent, en particulier lorsqu'on avait les bras chargés de plateaux.

Les bureaux privés du majordome et de l'intendante étaient situés sous l'aile sud, mais Elizabeth déclina lorsque Mrs. Reynolds lui offrit d'y entrer. Il s'agissait là de l'espace réservé à ses deux plus éminents serviteurs, et la nouvelle maîtresse de maison n'avait pas envie de s'imposer comme une intruse dans leur intimité. L'intendante eut d'ailleurs l'air d'apprécier cette petite délicatesse.

À côté du bureau de Weston se tenait la réserve où l'on entreposait l'argenterie. Comme pour la cave à vin, le majordome était seul à en posséder les clés et il en dressait un inventaire régulier pour éviter les petits chapardages. S'ensuivaient diverses salles de travail ou de nettoyage et, enfin, la salle à manger des domestiques.

À l'angle sud-ouest de la maison apparaissait une pièce vaste, lumineuse, avec une cheminée à chaque extrémité et plusieurs tables mises bout à bout et flanquées de chaises de paille. Comme les gens étaient nombreux et ne pouvaient pas tous manger ensemble, on servait les repas en deux vagues successives : la première bien avant le repas des maîtres et l'autre, après. Le reste du temps, chacun vaquait à ses occupations, mais on avait placé près des foyers quelques fauteuils rembourrés, de sorte qu'un serviteur pouvait s'y détendre lorsqu'il avait un moment de libre ou un jour de congé. Mrs. Reynolds crut toutefois bon de préciser qu'on n'ouvrait jamais les fenêtres pendant la journée, pour que les conversations des domestiques ne dérangent pas les éventuels promeneurs qui pourraient se trouver à proximité dans le jardin.

— Les hommes ont droit à une pinte de bière par jour et les femmes à une demie, expliqua-t-elle également. Nous avons plusieurs fois essayé de la fabriquer nous-mêmes, mais le résultat n'était jamais concluant, c'est pourquoi nous faisons plutôt venir de la bonne bière blonde depuis Lambton.

— Les gens en sont-ils satisfaits ?

— Tout à fait, madame. C'est Mr. Weston qui distribue les pintes, le soir, avant le dîner. Comme ça, nous sommes certains qu'il n'y a pas d'abus, et puis cela motive tout le monde à arriver à l'heure à table.

Tout à côté de la salle des domestiques, un autre escalier menait à l'étage pour desservir, dans l'aile ouest, les pièces privées que la famille utilisait au quotidien. Les communs s'achevaient ensuite par une grande buanderie équipée d'énormes cuves et d'une salle de repassage. Entre le linge des maîtres, celui des domestiques et toutes les nappes et les draps – le tout à laver séparément, bien sûr –, il y avait assez d'ouvrage quotidien pour trois blanchisseuses qui se chargeaient, en plus, de réaliser de menus travaux de couture. Elles utilisaient, pour faire sécher ces multiples lessives, une grande pièce sous les combles qui était bien ventilée et qu'on pouvait chauffer facilement. Les jours de grand soleil, elles allaient les étendre près du potager.

À la suite de cette visite, Elizabeth se mit à réfléchir.

Dans son boudoir, sur la table sous la fenêtre, elle étala les factures et les livres de comptes qu'elle avait réclamés. Le majordome et l'intendante n'avaient fait aucune difficulté pour lui fournir ces documents, néanmoins la jeune femme sentait qu'ils la regardaient d'un air circonspect. Il était facile de comprendre qu'ils la trouvaient trop inexpérimentée pour se mêler à ce point de l'organisation de la maison, et craignaient qu'elle n'introduise le chaos dans un système qu'ils maîtrisaient à la perfection.

Elizabeth n'avait pourtant aucune envie de les défaire de leurs habitudes – il serait contre-productif pour elle de transformer toute la maisonnée, en particulier à la veille de l'arrivée de Lord Fitzwilliam –, mais elle voulait comprendre où se trouvaient les irrégularités afin d'y apporter des solutions. Son objectif à elle était d'imposer son autorité : puisque Pemberley House était sous sa responsabilité, il fallait qu'elle soit au courant de ce qui s'y passait.

Au début, le défi lui avait fait plutôt peur. Mais elle avait dévoré le manuel de gestion et les notes de Lady Anne, et elle avait plutôt bien géré l'affaire des tourtes aux perdrix, ce qui lui avait donné confiance en elle. Mrs. Reynolds était d'ailleurs venue lui annoncer, de la part de Hewitt, que ce dernier offrait désormais de soumettre à sa maîtresse les menus qu'il prévoyait réaliser chaque semaine, afin qu'elle les approuve. Elizabeth avait eu toutes les peines du monde à garder un air impassible devant son intendante, car, intérieurement, elle jubilait. Elle avait réussi – pour le moment, du moins – à faire rentrer dans le rang son cuisinier capricieux.

Pendant près de trois jours, elle éplucha par le menu les différentes factures pour les comparer avec les comptes. L'exercice n'était pas simple. Weston avait une écriture difficile, et les factures étaient empilées par ordre chronologique plutôt que par types de denrées. Même chose dans l'inventaire obsolète qu'on lui avait fourni sur les communs : non seulement le cahier datait de l'année avant la mort de George Darcy – il n'avait donc pas été mis à jour depuis plus de six ans –, mais les informations y étaient organisées en dépit du bon sens.

Elizabeth nota assez vite quelques oublis : sur certaines factures, on avait omis d'écrire si elles avaient été payées ni quand. À la quatrième erreur, elle quitta son boudoir et se dirigea d'un pas vif vers le cabinet de travail de son mari.

Assis dans un fauteuil, près du feu, Darcy lisait. Il fut pour le moins surpris de voir son épouse entrer en coup de vent sans même frapper.

— Savez-vous si nous avons encore des comptes en souffrance ? demanda-t-elle tout de go.

Le jeune homme faillit éclater de rire devant l'incongruité de la question.

— De quoi parlez-vous, ma douce ?

Elizabeth secoua les feuillets qu'elle tenait à la main.

— J'ai ici quatre factures qui ont été mal archivées – et il y en aura peut-être d'autres encore, je n'ai pas terminé de toutes les réviser. Habituellement, Mr. Weston écrit sur chacune d'elles si elle a été payée et la date à laquelle cela a été fait. Mais sur celles-ci, rien. Alors, je vous le demande : savez-vous si nous avons encore des comptes en souffrance ? Devons-nous nous attendre à recevoir des relances de la part de certains de nos fournisseurs ?

Amusé par le ton ferme, teinté de remontrance, que son épouse avait adopté, Darcy eut la prudence de n'en rien laisser paraître. Il abandonna sa lecture et se leva.

— Montrez-moi cela, lui dit-il en se dirigeant vers son bureau.

Elizabeth y étala une à une les différentes factures, qui dataient toutes du mois précédent. Son mari les étudia avec soin, avant de déclarer :

— J'ignore si tout cela a été payé ou non, puisque j'étais avec vous en Hertfordshire au moment où elles ont été émises. C'est Mr. Moore qui se charge de payer les comptes de la maison lorsque je suis absent. Lui et Weston s'arrangent entre eux.

— Donc, vous ne savez pas ?

— Non, je l'avoue. Mais je peux vous rassurer en vous disant qu'ici les comptes sont toujours payés rubis sur l'ongle. Je n'ai pas pour habitude de laisser des dettes. Vérifiez donc avec Weston, je suis certain qu'il vous répondra que tout est en ordre.

— Si c'est le cas, il faudra qu'il fasse preuve de plus de rigueur.

— Il a peut-être été dépassé par d'autres préoccupations. Cela peut arriver.

— Humpf…

Une fois de plus, Darcy se retint de sourire devant l'air contrarié de la jeune femme. Des détails qui, selon lui, étaient anodins semblaient la préoccuper au plus haut point.

— Savez-vous qu'on ne pèse jamais les provisions qui nous sont livrées ? ajouta-t-elle soudain.

— Que voulez-vous dire ?

— J'ai appris cela de Mrs. Reynolds, ce matin. Je lui faisais remarquer que je n'avais pas vu de balance, dans le vestibule où on réceptionne les marchandises.

Le jeune homme n'avait aucune idée de là où son épouse voulait en venir.

— Et alors ?

— Et alors ? répéta Elizabeth, qui poursuivait le fil de sa réflexion. Vous ne voyez donc pas que c'est un manque évident ? Je ne dis pas que les commerçants de Lambton sont mal intentionnés, mais, enfin, si on vous facture trente livres de bœuf, ne voudriez-vous pas vous assurer que ce sont bien trente livres qu'on vous a remises, et non pas vingt-neuf, par exemple ?

— Euh… Sans doute.

— C'est pourquoi il faut installer une balance dans ce vestibule et peser systématiquement les provisions que nous payons au poids. Je dirai à Mr. Weston de s'assurer qu'un valet soit présent à chaque livraison, pour se charger du recomptage et du pesage. Il n'est plus question de payer tout rond ce qu'on nous apporte sans vérifier d'abord que le compte y est.

— Cela me semble plein de bon sens, en effet.

— Ah, et il faudra que je m'occupe des poulets, aussi... poursuivit Elizabeth en ramassant les factures étalées sur le bureau, toujours perdue dans ses idées. Vous étiez au courant, William, que la plupart des volailles que nous mangeons ici nous viennent du marché de Lambton ? Nous avons pourtant une basse-cour tout à fait fournie, mais figurez-vous qu'on n'utilise les poules que pour leurs œufs et qu'on ne les laisse pas faire de couvées. Pouvez-vous le croire ? Ce n'est pas logique ! Quand je pense que vos amis me prenaient presque pour une fille de ferme, à Londres... Hé bien, je peux vous assurer qu'ici la fille de ferme va apporter un peu de sa jugeote !

Après quoi, transportée par son projet, elle déposa un baiser sur la joue de son mari et disparut du cabinet, à la recherche de Mrs. Reynolds.

Darcy, médusé, la regarda aller en se demandant quelle mouche l'avait piquée.

~

C'est une des bonnes, occupée au ménage d'une des chambres, qui aperçut la première les deux voitures qui amorçaient leur descente vers le fond de la vallée. Le mot circula aussitôt. À peine les véhicules franchissaient-ils le petit pont au-dessus de la rivière que Darcy passait la tête par la porte du salon de musique où se trouvaient sa femme et sa sœur.

— Ils arrivent !

Aussitôt, ces dernières abandonnèrent livre et broderie et se précipitèrent avec lui dans le hall, où Weston avait déjà rassemblé une demi-douzaine de laquais. Mrs. Reynolds accourut au même moment depuis les communs, suivie de la femme de chambre en chef et de cinq autres soubrettes.

— Tout ce monde, vraiment ? chuchota Elizabeth à son mari. Dans quel but ?

— Pour impressionner, lui répondit celui-ci, avec un demi-sourire.

— C'est réussi. Je crois bien que je suis la plus impressionnée de tous !

Darcy lui prit la main et la serra. Puis il se pencha vers elle et déposa un baiser furtif près de son oreille.

— Tout ira bien, Lizzy. Je suis là.

Et alors qu'on entendait le pas des chevaux qui approchaient, le jeune couple sortit sur le perron.

~

Les Fitzwilliam n'étaient pas une lignée aussi ancienne que ce que Lady Catherine aimait à le laisser croire.

Tout commença un peu plus d'un siècle auparavant avec un certain Joseph Fitzwilliam, fils de pasteur. Après des études brillantes, il fit une carrière remarquable en politique, qui le mena au plus près du pouvoir et lui permit de se faire anoblir. Il devint baron. Mais alors que ce titre était transmis à son fils aîné, puis aux aînés de celui-ci, c'est par la lignée de son quatrième fils que vint le véritable prestige. L'un des descendants, devenu lieutenant-colonel, combattit aux côtés du roi durant la bataille de Dettingen. On ignore précisément quels furent ses exploits, mais il se fit assez remarquer pour s'attirer la faveur royale : l'homme revint au pays avec tout à la fois une jambe abîmée qui le handicaperait le restant de sa vie et un titre de comte dont sa famille n'avait pas fini de s'enorgueillir.

Il s'agissait là du premier comte, chez les Fitzwilliam. L'oncle de Darcy, qui arrivait aujourd'hui à Pemberley, n'était que le troisième à porter ce titre.

Assis dans le petit salon, les arrivants se reposaient en buvant du thé et du café, et racontaient leur voyage. L'état des routes était passable, mais comme ils avaient brisé une roue sur le chemin, ils avaient dû se résoudre à embarquer dans une diligence qui passait par là, afin de faire étape dans une ville voisine.

— Il y avait tellement de monde, dans cette pauvre voiture ! raconta Lady Fitzwilliam. J'ai bien cru que nous n'arriverions pas à y monter. Heureusement, deux messieurs se sont proposé de grimper sur le banc du cocher pour nous laisser leurs places. Ah, je vous assure qu'il faut être motivé pour voyager si loin, de ce temps-ci de l'année !

— Je suis certaine que vous serez récompensée de votre effort lorsque vous retrouverez vos petits-enfants, répondit Elizabeth, avec gentillesse.

La remarque fit mouche : l'expression offusquée sur le visage de Lady Fitzwilliam laissa place à un sourire attendri.

— Vous avez bien raison, chère madame. Ces bambins sont une bénédiction…

Son mari, assez peu intéressé par cette conversation, changea de sujet.

— Je vois que la maison n'a pas beaucoup changé depuis la dernière fois que nous nous sommes vus, mon neveu. Quand était-ce, rappelez-moi ?

— L'an passé, à la fin de l'été, répondit Darcy.

— Ah, c'est vrai, c'est vrai… Peu de temps avant que vous n'alliez vous encanailler avec votre ami Bingley, je crois. Si on m'avait dit, alors, que vous ramèneriez de votre périple la petite épouse que voici…

« … je vous aurais dissuadé de partir », compléta Elizabeth dans sa tête, avec ironie.

Lord Fitzwilliam, la cinquantaine fringante, était plutôt grand et très mince. Il avait un front dégarni et une couronne de cheveux grisonnants coupés courts et brossés vers l'avant, avec de longs favoris bien nets. Il avait dû être séduisant dans sa jeunesse, mais aujourd'hui, entre son regard flottant qui ne vous regardait pas vraiment et son air affecté, il ressemblait à n'importe lequel de ces gentilshommes ennuyeux, trop remplis de leur propre importance.

Son épouse était une femme replète, à la mine enjouée, qui s'enveloppait de beaucoup de dentelles et agitait les mains dès qu'elle ouvrait la bouche, comme pour s'assurer de bien capter l'attention de son auditoire. Malheureusement, elle manquait assez vite de conversation et avait tendance à se répéter. Elle avait l'air plus âgée que son mari, bien qu'elle fût en réalité quelques années plus jeune, et elle posait souvent une main sur son ventre, un vieux réflexe de femme qui avait passé le plus clair de sa vie enceinte. Elle avait en effet donné à son mari pas moins de onze enfants, dont seuls trois étaient morts en bas âge. Ils étaient tous mariés à présent, à l'exception de la dernière de leurs filles et, bien sûr, du colonel.

Elizabeth fut soulagée que ce dernier ait accompagné ses parents. Le regard scrutateur du comte la mettait mal à l'aise, et l'idée de pouvoir au moins compter sur l'amitié de son fils pendant la durée de leur séjour la rassurait.

211

— On m'a dit que l'une de vos sœurs avait épousé ce Mr. Wickham, que nous connaissons bien, ici, poursuivit le comte en se tournant vers elle. Quel dommage, tout de même, que vous soyez désormais liée à ce triste sire !

Darcy se crispa, tandis que Georgiana rougissait de confusion, comme chaque fois qu'elle entendait parler de son ancien soupirant.

Lord Fitzwilliam n'était pas arrivé depuis une heure que déjà il critiquait de façon détournée le mariage qu'avait fait son neveu. Et il avait touché juste, car Wickham – dont la seule évocation sous le toit de Pemberley résonnait comme un blasphème – était effectivement la pire relation que la nouvelle Mrs. Darcy puisse avoir. Le comte ne pouvait pas être au courant des événements de Ramsgate, mais il connaissait le personnage, et Lady Catherine n'avait certainement pas manqué de lui raconter dans quelles conditions honteuses l'union de Wickham et Lydia avait eu lieu.

Elizabeth se maîtrisa. Sans montrer le moindre trouble, elle répondit avec toute l'amabilité dont elle était capable :

— Lorsque Mr. Wickham s'est fait connaître en Hertfordshire, il nous est apparu à tous comme un jeune homme fort agréable et très convenable. Mon père n'a vu aucune objection à son mariage avec ma sœur, et tout porte à croire qu'ils sont très heureux, à présent.

— Dieu sait pourtant qu'il n'est pas le plus recommandable gendre qu'on puisse souhaiter, insista le comte, d'un air sévère. Votre sœur aurait dû se montrer plus prudente au sujet de ce monsieur, car il me semble qu'il ait la fâcheuse habitude de laisser des dettes partout où il passe !

— C'est ce que j'ai entendu dire il y a peu, Votre Grâce, quoique je ne puisse témoigner de rien. Si tout cela est vrai, alors j'en suis tout aussi navrée que vous. Mais nous pouvons espérer, à présent qu'il possède une situation dans l'armée, qu'il finisse par s'établir de façon honorable.

Lord Fitzwilliam laissa échapper un grommellement qui montrait qu'il n'en croyait pas un mot.

— Dans ce cas, il se sera trompé d'uniforme. C'est dans la marine qu'il aurait dû s'engager pour avoir un jour l'espoir de faire fortune, et non dans l'armée, fit-il, d'un air méprisant.

Il ne sembla pas se formaliser du fait que son propre fils portait justement l'uniforme de l'armée et pourrait se vexer face à de tels propos. Même si son grade, acheté à grands frais, était peu susceptible de le mener un jour sous les balles de l'ennemi, le colonel n'en était pas moins très fier de le porter.

Néanmoins, celui-ci semblait habitué aux commentaires incisifs de son père, car il n'eut pas l'air de s'en offusquer. Au contraire, il en profita pour faire dévier la conversation en se tournant vers Elizabeth.

— Puisque nous parlons de votre famille, madame, Darcy me dit que vous recevrez les Bingley pour les fêtes ? lui demanda-t-il, sur un ton des plus courtois. Vous devez être très heureuse de revoir bientôt votre sœur Jane. Vous n'aurez pas été séparées trop longtemps, en fin de compte.

S'ensuivit un échange au sujet des Bingley, puis du superbe double mariage qui avait eu lieu à Netherfield, dont le colonel se chargea de raconter – à sa mère, surtout – les moments marquants. Cette distraction fut assez efficace pour que Lord Fitzwilliam, ce soir-là, ne trouve plus rien d'autre à dire que des banalités, au grand soulagement de tous.

~

Les premiers jours se déroulèrent sans accroc.

Elizabeth passa le plus clair de son temps au salon avec les dames, afin de se montrer aussi agréable que possible envers Lady Fitzwilliam. Cela donna à son invitée l'occasion de faire un certain nombre de commentaires étonnés sur le fait qu'elle ne s'intéressait ni au dessin ni à la broderie, mais elle compensa en accompagnant souvent Georgiana dans sa musique afin de prouver qu'elle n'était pas tout à fait dénuée de talents.

Exceptionnellement, la jeune femme autorisa Mrs. Reynolds à venir la déranger aussi souvent que nécessaire. Elle s'occupait alors de régler à mi-voix de menues questions domestiques, tandis que Lady Fitzwilliam, curieuse, écoutait d'une oreille peu discrète. Gérer une grande famille et une maison de prestige, voilà bien deux sujets que la comtesse maîtrisait à la perfection, et elle ne tarda pas à glisser à sa nouvelle nièce plusieurs recommandations.

— Vous devriez dire à votre intendante d'envoyer une fille de cuisine vider les cendres à l'étage plutôt qu'une femme de chambre, conseilla-t-elle par exemple. Ces gamines sont bonnes à tout, et comme elles sont souvent désœuvrées en dehors de la préparation des repas, il vaut mieux les tenir occupées – faute de quoi, en moins de deux, elles se mettent à tourner autour des valets et l'on se retrouve avec des problèmes sur les bras !

Chaque fois, Elizabeth opinait et remerciait chaleureusement sa tante pour les précieuses informations qu'elle lui livrait. Elle n'avait pas la moindre intention d'en tenir compte, mais au moins, elle atteignait son but : prouver à Lady Fitzwilliam qu'elle savait tenir sa maison. Elle lui avait d'ailleurs partagé les quelques ajustements qu'elle s'apprêtait à mettre en place et avait reçu les plus vifs encouragements.

— On n'est jamais trop prudents avec les commerçants, avait déclaré la comtesse au sujet de la balance fraîchement installée dans le vestibule. La plupart sont des voleurs, quant à moi. Dès qu'ils détectent en vous la plus petite inattention, ils en profitent pour vous faire payer plus que leur dû. Je suis convaincue que j'aurais pu acheter un joli cottage à ma dernière fille avec tout l'argent qu'on nous a soutiré ici et là depuis trente ans ! Quant aux domestiques... C'est si difficile, de nos jours, de se faire servir correctement ! Je n'arrive même plus à mémoriser les noms de mes valets de pied, car ils changent sans arrêt. Dès qu'ils sont le moins du monde mécontents de leurs conditions, ils vous quittent sans prévenir pour chercher ailleurs de meilleurs gages. Et que dire des bonnes ! C'est un problème insoluble. Impossible d'employer des femmes mariées, puisqu'elles ont leur famille et ne sont plus assez disponibles, et pourtant les célibataires ne sont jamais capables de se tenir tranquilles très longtemps. Savez-vous que, juste l'année dernière, j'ai dû faire renvoyer deux des miennes, qui s'étaient trouvées grosses ? Ces gens sont des animaux, c'est une vraie honte...

En dehors de ces entretiens sur la gestion du foyer, le reste n'était que babillages ennuyeux autour d'un ouvrage de couture, d'une aquarelle ou des accomplissements de Georgiana. Cela n'arrangeait pas du tout l'adolescente, qui, depuis l'arrivée des visiteurs, se cachait de nouveau derrière sa timidité naturelle. Chaque fois que sa tante lui adressait la parole, elle commençait par lancer un regard paniqué à Elizabeth avant de balbutier une réponse. Quant à Mrs. Annesley, elle tenait son rang, autrement dit elle restait en retrait. Alors pour s'éviter d'avoir à faire la conversation toute la journée à sa tante, Elizabeth eut l'idée d'inviter Mrs. Moore à se joindre à leur petit groupe. L'épouse du régisseur était ravie d'avoir une sortie et, comme elle connaissait déjà Lady Fitzwilliam, les deux femmes se distrayaient mutuellement de la plus agréable des façons.

Les hommes, eux, passaient leur temps à l'extérieur. Darcy et son cousin se rendaient souvent aux écuries, soit pour voir les chiens, contrôler les bêtes et les attelages, soit pour faire préparer leurs montures et galoper longuement sur les hauteurs en bravant le froid. Le comte, de son côté, profitait de sa présence en Derbyshire pour visiter Lord Hastings et d'autres messieurs de sa connaissance. Il s'absentait alors toute la journée.

C'est à l'heure du dîner que la compagnie se retrouvait au complet. On servait le repas dans la grande salle à manger. Elizabeth avait donné des instructions pour qu'on utilise la plus belle vaisselle, qu'il y ait six valets de pied au lieu des deux habituels, et qu'on bourre les chauffe-plats de braises afin de ne jamais manger tiède, sans compter que le majordome avait toute liberté pour choisir dans la cave les meilleurs vins qu'il y trouverait. Elizabeth faisait les choses en grand, avec l'approbation totale de Darcy, et ni Lord Fitzwilliam ni son épouse ne trouvèrent à redire quant à la manière avec laquelle ils étaient reçus.

À table, la comtesse se chargeait de rapporter à son mari ce qu'elle avait découvert de leur nouvelle nièce pendant la journée.

— Figurez-vous que notre Mrs. Darcy se débrouille fort bien pour ce qui est de tenir ses gens, déclara-t-elle un soir. Je l'ai encore vue aujourd'hui se montrer très claire et très ferme avec son intendante, comme si elle avait fait cela toute sa vie. Rappelez-moi, chère madame, ne disiez-vous pas que vous aviez consulté un manuel d'instructions ?

— C'est exact, Votre Grâce, confirma la jeune femme. Je suppose que Lady Anne l'avait reçu lors de ses noces, puisque j'y ai trouvé plusieurs annotations de sa main.

— Je me souviens qu'on m'ait offert ce genre de lecture, à moi aussi, il y a bien longtemps. C'est tout à fait nécessaire, car lorsqu'on est une jeune fille, on ne se doute pas à quel point l'organisation du foyer peut être complexe ni quels sont les écueils qui nous attendent. Il faut faire preuve de fermeté dès le début, sinon les domestiques le sentent très vite et ne se privent pas pour abuser de nous.

— Ma foi, il me semble que gérer convenablement ses gens est bien le minimum que l'on puisse attendre d'une épouse, fit le comte, avec indifférence.

— À ceci près que Pemberley est une grande demeure et que la tâche n'est pas à la portée de tous, objecta Darcy, d'autant que, je dois bien l'admettre, depuis la disparition de ma chère mère, la maison a été quelque peu livrée à elle-même – ni mon père ni moi-même n'étions très présents. Mais Mrs. Darcy fait preuve de beaucoup d'application et d'intelligence en la matière. Nous ne sommes ici que depuis un mois et je constate déjà un peu partout sa bénéfique influence.

Puis, prenant sa sœur à témoin :

— Georgiana, ne trouvez-vous pas, vous aussi, que l'humeur générale de cette maison a agréablement changé depuis son arrivée ?

Mais alors que l'adolescente ouvrait la bouche, Lord Fitzwilliam la coupa :

— Il est vrai qu'une jeune mariée apporte toujours une certaine fraîcheur là où elle va, et je reconnais que Mrs. Darcy a un bon caractère et suffisamment de beauté, mon neveu. Il ne reste qu'à attendre le jour où elle vous donnera des fils.

Le léger sourire de Darcy se figea.

— Ma sœur, Lady Catherine, m'avait parlé de vous en des termes peu obligeants, madame, poursuivit le comte en s'adressant à Elizabeth, mais je ne partage pas son opinion. En réalité, je me flatte même d'être plus pragmatique qu'elle, et vos origines ne me semblent pas si importantes à partir du moment où je constate que vous êtes une jeune dame en pleine santé, à même de donner à la famille les héritiers nécessaires.

Puis, se tournant vers son neveu :

— Quand je pense que ma sœur souhaitait vous voir épouser cette pauvre petite Anne. Qu'auriez-vous fait d'une épouse constamment souffrante, je vous le demande ? En cela, je reconnais que vous avez choisi une bien meilleure pouliche, qui vous fera de beaux enfants, forts et sains.

En entendant ces mots, qui relevaient tout à la fois du compliment et de l'injure, Elizabeth sentit son cœur manquer un battement.

Darcy avait pâli. Il y eut un silence embarrassé, durant lequel seul le comte continua de manger, puis le jeune homme prit une gorgée de vin pour se donner une contenance, avant de répliquer d'une voix glaciale :

— Je n'ai, en effet, pas à regretter mon choix, car Mrs. Darcy me comble en tous points. Cela dit, je vous saurais gré de ne pas la comparer à une pouliche, aussi vigoureuse soit-elle. Il me semble qu'une épouse apporte bien d'autres bonheurs que la seule production d'héritiers.

— Oh, cela va de soi ! Pardonnez-moi, madame, si j'ai pu vous offenser, s'excusa machinalement le comte, sans pour autant avoir l'air peiné.

Et alors que le malaise semblait sur le point de se poursuivre, Weston, qui avait assisté à toute la scène depuis le fond de la salle, eut le bon sens de faire diversion en proposant du vin.

~

Le plus affligé par les propos de Lord Fitzwilliam fut sans conteste son fils, le colonel. Alors qu'on s'installait pour la veillée dans le salon de musique, il trouva un moment pour parler en privé à Elizabeth.

— Ma chère cousine, je voudrais m'excuser pour le discours qu'a tenu mon père, tout à l'heure, lui dit-il, la mine contrite. Je suis certain qu'il ne pensait pas à mal, mais il ne réalise pas qu'il dépasse parfois grossièrement les bornes. Je suis navré que vous ayez été la cible d'une remarque aussi déplacée.

La jeune femme, reconnaissante, essaya de tempérer les choses pour le mettre à l'aise.

— Au moins, l'opinion que votre père a de moi est tout à fait claire, fit-elle, avec un sourire espiègle. De mon côté, je ne le connais pas assez pour me forger un avis et, de toute façon, l'important pour moi est de maintenir des relations harmonieuses entre mon époux et le reste de sa famille. Dans ce contexte, aussi longtemps que le comte ne nous tourne pas le dos, je suis satisfaite.

— Vous êtes bien vertueuse. Mon père ne vous mérite pas comme nièce.

— Bien sûr que si, puisque cela me permet à présent d'être votre cousine.

Le colonel sourit et s'inclina devant le tact de son interlocutrice.

— Puisque nous parlons de la famille, ajouta la jeune femme, avez-vous des nouvelles de Lady Catherine ?

— Non, pas depuis que je suis allé à Rosings il y a deux mois. Mais avec le temps des fêtes qui arrive, ce sera l'occasion d'échanger des vœux.

217

— Voulez-vous lui transmettre les miens ? J'essaye désespérément de convaincre Mr. Darcy de lui écrire, mais il refuse toujours – et vous savez à quel point il peut être obstiné !

— Aimeriez-vous que je lui parle ?

— S'il vous plaît, oui. De mon côté, je n'ose plus aborder le sujet, car je vois que ça le met en colère. Je suppose que je suis la moins bien placée pour le conseiller.

— Pardonnez mon impertinence, mais si ma tante ne souhaite plus vous voir, ne devriez-vous pas plutôt vous réjouir que votre époux vous en préserve ?

— Il n'y a rien de réjouissant dans une famille pleine de conflits, colonel. Il est certain que Lady Catherine ne me porte pas dans son cœur, mais elle n'en est pas moins notre tante et, à ce titre, elle mérite notre respect. Et puis, j'ai la faiblesse de croire qu'avec le temps elle et moi pourrions finir par nous accommoder.

Le colonel s'inclina encore.

— Votre attitude vous honore et vous avez tout mon respect, chère Elizabeth. J'essayerai de parler à Darcy.

— Je vous en remercie infiniment. Tenez, regardez-le : il nous surveille, s'amusa la jeune femme en réalisant que son mari les observait depuis l'autre côté du salon. Voulez-vous parier qu'il a déjà compris de quoi nous sommes en train de parler ? Mettez-vous à rire très fort, comme si j'avais dit une bonne plaisanterie. Cela devrait l'embrouiller un peu…

D'abord interloqué, le colonel se montra bon joueur.

— Cousine, vous êtes terrible ! Je ne voudrais pas être la cible de vos farces ! chuchota-t-il.

Et, sur ces mots, il partit d'un grand éclat de rire, aussitôt rejoint par Elizabeth.

Darcy, au loin, fronça les sourcils d'un air perplexe.

~

La présence du comte et de la comtesse à Pemberley ne manqua pas de faire son petit effet dans la société du Derbyshire. On ne voyait pas souvent passer d'aussi illustres visiteurs, aussi les invitations ne furent pas longues à fuser de part et d'autre.

Comme ils n'étaient là que pour une dizaine de jours, on n'eut le temps de les convier qu'à deux dîners officiels – l'un chez les Hastings, l'autre chez Mrs. Langhold – mais, très vite, Mrs. Moore ne fut plus la seule à venir tenir compagnie à Lady Fitzwilliam durant l'après-midi : les Blackmore et les Norton se firent un plaisir de prendre le relais en se présentant à la porte, alors qu'Elizabeth ne les attendait pas.

La jeune femme savait bien que c'était sa tante que l'on venait voir, pas elle, et elle en prenait son parti. Mais au dîner chez les Hastings, elle apprit une nouvelle qui rajouta beaucoup à son amertume : des visites entre dames se déroulaient régulièrement dans les environs sans qu'elle soit au courant. On ne l'y avait tout simplement jamais conviée. Pis encore, elle apprit la chose de manière indirecte, car ce n'est pas à elle que l'on s'adressait, mais à sa tante. Personne, autour de la table ce soir-là, ne songea que la jeune femme pourrait se sentir mise à l'écart, et personne n'eut la présence d'esprit de s'excuser auprès d'elle.

Les seules dames qu'elle fréquentait régulièrement étaient Mrs. Moore et Mrs. Munroe, qui l'accueillaient toujours avec beaucoup de plaisir. Pour ce qui était des autres, il lui faudrait patienter.

Il n'était pas encore venu le jour où on l'inviterait pour elle-même, et non par association avec son mari ou – en l'occurrence – avec ses prestigieux oncle et tante.

~

Ce jour-là, alors que les hommes étaient partis ensemble à Lambton, la comtesse fut prise d'un mal de tête et garda la chambre. Elizabeth vint s'assurer que son invitée ne manquait de rien, mais lorsqu'elle comprit que ce soudain malaise ne cachait rien d'autre qu'une envie de faire la sieste en toute tranquillité, elle redescendit l'escalier en sautillant de joie. Elle allait enfin pouvoir profiter d'un peu de temps juste pour elle.

— Appelez Mrs. Vaughan, dit-elle à un valet croisé dans le couloir. Je sors.

Elle alla prévenir Georgiana, qui s'étonna :

— Dehors ? Mais il fait bien trop froid !

— Alors restez au chaud, ma chérie. Je serai de retour dans l'après-midi.

Peu après, emmitouflée dans une longue pelisse et chaussée de ses bottines de marche, elle s'élança hors de la maison. Avec toute la vigilance dont elle faisait preuve du matin au soir pour se comporter de façon irréprochable envers ses augustes visiteurs, elle avait grand besoin d'air et de solitude. Le froid humide la surprit un peu, mais elle se réchauffa vite en marchant d'un bon pas.

Elle prit le chemin qui montait vers Woolbert avec dans l'idée de bifurquer juste avant, en direction du sommet de la montagne, par un sentier qu'elle avait aperçu lors d'une visite précédente. Sur le trajet, elle croisa Mr. Cox et l'un de ses fils, occupés à débiter un arbre qu'ils avaient abattu. Elle s'arrêta une minute pour les saluer. Cox lui expliqua que le jardin était prêt pour l'hiver, que toutes les plantes fragiles avaient été protégées comme il convenait de le faire, et qu'à présent il s'occupait d'éliminer les arbres malades ou morts afin de fournir du bois pour la saison. Une tâche qui les occuperait, lui et ses fils, tout l'hiver.

— Vous direz à votre femme que j'irai lui parler bientôt. Je vais m'arranger pour qu'au printemps prochain nous puissions élever nos propres couvées, ce qui risque d'alourdir sa charge de travail, annonça Elizabeth avant de s'éloigner. Mais qu'elle ne s'inquiète de rien : nous verrons comment remédier à cela.

En arrivant sur Woolbert, elle aperçut le petit chemin et accéléra le pas pour s'y engager le plus vite possible. Elle n'avait pas envie que quelqu'un l'aperçoive par les fenêtres du cottage des Moore, car on l'aurait invitée à entrer un moment et elle n'aurait pu refuser. Par chance, personne ne l'interpella et, une fois à l'abri dans le sentier, elle se détendit. La montée était rude, mais le bruit des feuilles craquant sous ses pas lui était si agréable qu'elle se sentit ragaillardie. Ses efforts furent d'ailleurs récompensés plus d'une fois par des espaces dégagés qui offraient une vue imprenable sur la vallée, avec les toits de l'écurie bien visibles et Pemberley House qu'on devinait quelque part plus bas, engloutie sous les arbres.

Il lui fallut presque une heure pour parvenir tout en haut de la montagne, et encore un moment pour s'extirper de la forêt, sur l'autre versant. Là, juchée sur un petit promontoire, elle put admirer les plaines où s'étendait, au loin, le lac. Elle distinguait même, en tout petit, le pavillon de pêcheurs où elle s'était rendue avec Georgiana. Elle songea à son oncle, Edward Gardiner, qui avait profité avec le plus grand plaisir de la rivière poissonneuse, l'été passé, et qui adorerait certainement pêcher dans un lac aussi vaste. Elle ignorait s'il aimait pêcher en hiver, mais elle ne manquerait pas de le lui proposer, car elle savait à présent comme il était facile de tendre des lignes le long du ponton et de retourner ensuite s'installer au chaud dans le pavillon, en attendant que les habitants des lieux se manifestent.

Le froid, justement, la rappela à l'ordre en la faisant frissonner. Elle se préparait à redescendre lorsqu'elle se souvint qu'elle n'était pas si loin de la petite chapelle.

Tant qu'à se trouver dans les parages, c'était l'occasion d'aller présenter ses respects à George et Anne Darcy.

Elle bifurqua.

~

— Lizzy n'est pas avec vous ? demanda Darcy, lorsque Georgiana rejoignit le reste de la compagnie dans le salon de dessin où l'on avait servi du thé et des gâteaux.

— Non, elle est partie se promener, répondit la jeune fille. Je suppose qu'elle ne devrait pas tarder, car elle m'a dit qu'elle serait de retour dans l'après-midi.

Le colonel, qui se tenait près d'une des fenêtres, remarqua :

— Elle n'est pas dans les jardins, en tout cas. Je n'y vois personne.

— Elizabeth n'est pas femme à se contenter d'un jardin, fit remarquer Darcy, avec un sourire. Elle aime les grands espaces et les promenades en forêt.

— Votre épouse est de celles qui ne tiennent pas en place, ajouta Lord Fitzwilliam, flegmatique.

Son neveu préféra ignorer ce commentaire et plongea les lèvres dans sa tasse. Le colonel vint les rejoindre.

— Dans ce cas, je lui souhaite de rentrer bientôt, déclara-t-il, car le ciel s'est couvert et il ne devrait pas tarder à pleuvoir.

~

— Quel gilet préférez-vous, monsieur ? Je vous ai sorti le gris perle ou alors le bleu rayé que vous aimez bien.

— Le bleu, Grove, merci.

Dans son cabinet de toilette, Darcy se préparait pour le dîner. Il était soucieux.

Son regard accrocha la petite horloge qui reposait sur un guéridon, ce qui lui fit encore plus froncer les sourcils. Échappant aux mains de son valet, il s'approcha de la fenêtre voilée et tira le rideau. Dehors, la nuit était tombée. Pis encore : la pluie s'était intensifiée.

— Monsieur ? appela Grove.

Son maître ne l'écouta pas. Poussant cette fois un soupir exaspéré, il planta là le valet et s'élança dans le couloir.

Il dégringolait l'escalier quand il aperçut le majordome en contrebas.

— Weston ! Mrs. Darcy est-elle rentrée ? appela-t-il par-dessus la rambarde.

— Toujours pas, monsieur. Mrs. Reynolds a l'œil sur les jardins et la vallée et nous préviendra si elle aperçoit madame. De mon côté, j'ai demandé à Aston et Oliver de prendre des lanternes et de se rendre jusqu'aux écuries et par le chemin qui monte vers les bois. C'est qu'on n'y voit presque plus, monsieur.

— Vous avez bien fait. Envoyez donc deux ou trois hommes supplémentaires...

Pendant une seconde, Darcy resta comme suspendu. Puis il fit demi-tour et remonta l'escalier en courant.

— ... et faites seller mon cheval et celui du colonel, Weston : je pars la chercher ! ordonna-t-il encore. Grove ? Grove ! Mon manteau ! Fitzwilliam, un mot, s'il vous plaît !

Lord Fitzwilliam passa la tête par la porte de sa chambre, mais avant qu'il n'ait pu prononcer un mot, son neveu lui jeta, sans même s'arrêter :

— Ne vous inquiétez pas, mon oncle, Elizabeth n'est pas loin. Je vais seulement lui épargner un retour pénible sous la pluie. Fitzwilliam ! appela-t-il encore.

Son cousin sortit dans le couloir avec une tunique à demi boutonnée.

— Elle n'est toujours pas revenue ? demanda-t-il, inquiet.

— Non, malheureusement. Je pars à cheval la chercher, voulez-vous venir avec moi ?

— Bien sûr ! Mais savez-vous au moins où elle est allée ?

— Je n'en ai pas la moindre idée, c'est bien tout le problème, grinça Darcy, avant de foncer retrouver son valet pour se vêtir chaudement.

Le temps que les deux jeunes gens arrivent aux écuries, leurs chevaux étaient prêts. Comme il y avait peu de chances qu'Elizabeth soit descendue dans la vallée – on l'aurait aperçue –, le colonel prit la direction de Woolbert, par la gauche, et Darcy celle de la montagne, par la droite.

Il se lança au galop. Il fut pourtant vite obligé de réduire l'allure. On ne voyait pas grand-chose sur le chemin et le jeune homme ne pouvait risquer que son cheval fasse une mauvaise chute. Devant lui, personne. À chaque virage, il espérait apercevoir une silhouette, mais rien. Et lorsqu'il appelait sa femme, seul le bruit diffus de la pluie lui répondait.

Il se rendit assez loin sur le chemin, s'aventurant sur de petits sentiers alternatifs et traversant des clairières et des futaies. Après un moment, il jugea que la distance parcourue était trop grande et qu'Elizabeth n'aurait jamais pu se perdre aussi loin. Il la connaissait : elle savait s'orienter, et aussi longtemps qu'elle apercevait la vallée, elle ne pouvait pas se tromper sur la direction à prendre pour revenir vers la maison, car il ne s'agissait que de longer le flanc de la montagne. La mort dans l'âme, il se résolut à faire demi-tour.

Darcy connaissait par cœur le réseau de chemins qui s'étendait dans les bois. Dans sa tête, les hypothèses se succédaient. Il y avait peu de chances qu'elle ait été attaquée par un animal – les forêts du domaine n'étaient peuplées que de cerfs, il n'y avait plus de sangliers dans la région depuis une éternité. Par contre, elle avait pu se tordre une cheville ou tout simplement chercher quelque part un abri en attendant la fin de la pluie. L'angoisse du jeune homme grandit. Il détestait l'idée d'avoir à organiser une battue en pleine nuit pour la retrouver.

Il finit par emprunter une autre voie qui le ramena plus haut sur la montagne, en direction de Woolbert. C'est là qu'il aperçut enfin, droit devant lui, non pas une mais deux silhouettes, accompagnées d'un chien.

— Elizabeth !

Sautant à bas de son cheval, le jeune homme se précipita pour la serrer dans ses bras.

— Dieu du ciel, Lizzy ! Où étiez-vous passée ? Tout le monde vous cherche !

— Pardonnez-moi… Je me suis perdue en redescendant. C'est Mr. Stevens qui m'a retrouvée. Il allait me ramener.

L'homme était un des fermiers de Woolbert. À force d'y mener paître ses moutons, il connaissait comme sa poche les bois et les plaines environnantes.

— Stevens… fit Darcy en lui serrant vigoureusement la main. Vous n'imaginez pas quel réconfort c'est pour moi que vous ayez pu venir en aide à mon épouse. Je vous suis à jamais redevable.

— C'est bien normal, monsieur, répondit le berger. J'étais assez surpris de la trouver là, faut dire. La dame était bien loin de sa maison, surtout par un temps pareil.

— Je ne vous le fais pas dire. Mais je suis convaincu que c'est quelque chose qui ne se reproduira plus. Voulez-vous m'aider à la mettre à cheval ?

Pendant que Darcy se remettait en selle, le fermier tendit ses mains à Elizabeth pour lui faire un marchepied et l'aider à monter en croupe. Après quoi, on se salua une dernière fois. Le berger siffla son chien et reprit sa route vers Woolbert, tandis que le jeune couple descendait vers la maison.

~

Weston accourut au-dehors quand il entendit le cheval de son maître.

— Madame ! s'exclama-t-il. Quel soulagement de vous voir !

— Faites porter du thé bien chaud dans sa chambre, Weston, commanda Darcy, et prévenez Mrs. Vaughan. Mrs. Darcy est trempée, elle doit se changer tout de suite. Le colonel est-il rentré ?

— Pas encore, monsieur, mais il est repassé près des écuries tout à l'heure.

— Dans ce cas, envoyez quelqu'un. Qu'on le prévienne que nous sommes de retour.

— Bien, monsieur. Et pour le dîner ? Quand dois-je faire servir ?

— Dans une heure. Faites patienter mon oncle et ma tante avec un verre de vin.

— À vos ordres, monsieur.

Deux valets tendirent les bras à Elizabeth pour la faire descendre de cheval, tandis qu'un autre filait à l'étage avertir la femme de chambre. Empoignant la main de son épouse, Darcy l'entraîna à son tour.

Il ne lui avait pas décroché un mot ni un regard depuis qu'il l'avait retrouvée dans la forêt. L'inquiétude ayant fait place à la colère, il était glacial.

Elizabeth, de son côté, ne faisait pas la fière.

~

Il avait commencé à pleuvoir alors qu'elle atteignait la chapelle. Pensant qu'il s'agissait d'une simple averse, la jeune femme ne s'était pas méfiée.

Elle s'était recueillie un long moment sur la tombe de Lady Anne. Cela lui avait fait du bien. Depuis qu'elle avait découvert les effets personnels de la mère de Darcy et qu'elle utilisait ses notes et son secrétaire, c'était comme si elle apprenait à marcher dans ses pas. Même si elle ne l'avait jamais connue, elle se forgeait de Lady Anne une image bienveillante et elle aimait à croire que cette dernière approuvait les petits changements qui commençaient à s'opérer à Pemberley.

Comme la pluie s'intensifiait, Elizabeth avait fini par se réfugier dans la chapelle en espérant une accalmie. C'est là qu'elle avait réalisé que personne, chez elle, ne savait où elle était partie. Elle ne pouvait donc pas compter sur une initiative de Weston de lui envoyer une voiture et, dans cet endroit isolé, elle n'avait aucune chance de tomber sur une carriole de passage. Mouillée par la transpiration de sa marche et par la pluie qui lui était tombée sur les épaules et avait fini par transpercer sa pelisse, elle avait de plus en plus froid. Elle ne pouvait pas s'attarder.

Elle s'était donc résolue à redescendre vers la maison en repassant par les bois – la route, sinueuse, lui aurait fait faire un long détour par Woolbert, tandis qu'elle pouvait espérer couper plus vite à travers la forêt, surtout en descente. Elle savait où elle était, il s'agissait seulement de se dépêcher.

Mais elle avait quelque peu surestimé sa connaissance du terrain. Après avoir de nouveau franchi la crête de la montagne et s'être enfoncée sous les arbres, elle y avait trouvé une multitude de petits sentiers qui se croisaient et se recroisaient. Elle savait, en gros, qu'elle devait descendre et se diriger vers la droite, mais la théorie était plus simple que la pratique.

Elle s'était inquiétée pour de bon quand la nuit avait commencé à tomber.

C'est le chien de Stevens qui l'avait trouvée. Émergeant comme un diable des broussailles, l'animal lui avait fait la fête avant de filer ventre à terre dans une autre direction, rappelé par des sifflements. Elle l'avait suivi en lançant quelques appels jusqu'à ce que le berger lui réponde, tout surpris de trouver une inconnue, seule au milieu des bois et par un temps aussi infect. Il avait été encore plus étonné d'apprendre qu'elle était la nouvelle Mrs. Darcy.

Il fallut encore marcher – et Elizabeth en avait plus que son compte, ses pieds lui faisaient mal, et elle était morte de soif. Au moins, elle n'était plus perdue. Mais lorsqu'elle avait entendu le galop du cheval et reconnu son cavalier, elle avait poussé un énorme soupir de soulagement.

~

Arrivés dans la chambre, Darcy poussa son épouse devant la cheminée où l'on venait d'allumer le feu et jeta son manteau en travers du lit.

— Laissez, Mrs. Vaughan, je m'en occupe, fit-il en renvoyant sèchement la domestique qui s'était approchée pour aider sa maîtresse.

Celle-ci battit en retraite.

— Je vais faire monter de l'eau chaude pour que madame puisse se nettoyer, dit-elle avant de s'éclipser.

— Et du thé ! Apportez du thé, bon sang ! Vous voyez bien comme elle grelotte !

Darcy ajouta deux bûches dans les flammes en grondant qu'on n'ait pas pensé à allumer plus tôt, puis il se tourna vers sa femme et lui enleva d'autorité son chapeau et sa pelisse détrempée. Il dénoua ensuite sa robe, puis ses bottines boueuses. Elizabeth, pétrifiée, se laissa faire.

— Il faut vous changer, ou vous allez attraper la mort. Regardez-moi dans quel état vous vous êtes mise !

Les bas furent abandonnés sur une chaise, suivis de la robe et du jupon qui, en dépit du manteau, avaient tellement absorbé d'eau qu'ils étaient mouillés jusqu'à mi-cuisse. C'est à ce moment que Darcy remarqua que la jeune femme claquait des dents.

— Lizzy… Folle que vous êtes de sortir par un temps pareil !

— Il ne pleuvait pas quand je suis partie, bredouilla-t-elle piteusement.

Il lui jeta un regard noir. Puis il attrapa les serviettes que Mrs. Vaughan avait apportées et se mit à lui frotter le dos et les bras.

— Dois-je vraiment vous dire que ce que vous avez fait était une aberration ? fit-il. Que diable êtes-vous allée faire si loin en forêt ?

— J'ai voulu grimper en haut du mont pour voir le paysage. Je suis allée presque jusqu'au lac et ensuite j'ai eu l'idée d'aller rendre hommage à vos parents.

— Je vous demande pardon ?

Darcy était abasourdi.

— Vous êtes allée jusqu'à la chapelle ? À pied ? Mais êtes-vous devenue complètement folle ? Il fallait faire atteler !

— Je ne pensais pas partir si loin, au début. C'est en chemin que j'ai changé d'avis, et puis…

Elle dut se reprendre, car elle fut prise d'un tremblement incontrôlable.

— … et puis j'ai été surprise par la pluie. Je suis désolée, je ne voulais pas vous causer tous ces ennuis.

— Vous êtes glacée, maugréa-t-il en guise de réponse. Regardez-vous : votre brassière et votre chemise sont trempées, elles aussi. Et Dieu seul sait depuis combien de temps vous êtes dans cet état… Tournez-vous.

Elizabeth obéit avec docilité, et ses derniers vêtements passèrent par-dessus sa tête. Nue devant les flammes, elle se laissa de nouveau frictionner. Elle avait l'impression qu'il la bouchonnait comme un cheval, mais cela s'avéra très efficace pour ramener enfin un peu de chaleur dans ses membres.

Mrs. Vaughan revint les bras chargés d'un plateau de thé, mais devant la scène, elle jugea préférable de déposer le plateau et de s'en aller. Son maître ne semblait pas d'humeur à ce qu'on le dérange.

Après quelques minutes, Darcy, satisfait de voir qu'Elizabeth ne claquait plus des dents, l'aida à enfiler une chemise propre. Il la fit s'asseoir sur une chaise, lui mit une tasse de thé dans les mains et, pendant qu'elle buvait, il s'agenouilla pour lui frictionner les pieds et les jambes.

— Vous êtes consciente, j'espère, que votre attitude aujourd'hui n'était pas digne de vous, grogna-t-il.

La jeune femme se pinça les lèvres. Son mari continua :

— Que vont penser mon oncle et ma tante de tout cela ? C'est le genre d'incident qui peut réduire à néant tous les efforts que vous faites pour leur plaire. Et que vont dire les autres ? Les domestiques ? Les gens de Woolbert ? Vous pouvez être certaine qu'au prochain marché tout Lambton sera au courant de votre aventure !

Il frotta encore.

— Il n'est pas concevable de trouver Mrs. Darcy seule dans les bois, à une heure aussi indue, couverte de boue et en compagnie d'un fermier, acheva-t-il. Suis-je assez clair ?

Elizabeth hocha la tête. Elle tenta de maîtriser les larmes qui lui montaient aux yeux.

— J'ai l'impression d'être votre petite pêcheuse d'écrevisses, aujourd'hui, murmura-t-elle.

Son mari soupira. Ses gestes ralentirent à mesure qu'il se radoucissait.

— Avec le tempérament qui est le vôtre, je m'attendais tôt ou tard à ce genre de faute. J'aurais simplement préféré que vous ne la commettiez pas en présence du comte, et surtout j'aurais aimé éviter la frayeur que vous m'avez faite ! J'étais sur le point d'ameuter tous les hommes des environs pour partir à votre recherche !

— Je vous demande pardon, William…

Ce dernier reposa le pied qu'il frictionnait et se releva. Il était un peu calmé.

— Je suppose que nous devons nous féliciter que rien de fâcheux ne soit arrivé en fin de compte. Mais vous me ferez le plaisir de ne jamais recommencer ce genre d'escapade. Je vous laisse avec Mrs.

Vaughan. Je vais rassurer nos hôtes et vérifier que le colonel est rentré.

Avant de sortir, il se retourna une dernière fois.

— Voulez-vous que je vous fasse porter votre repas ici ?

— Non, je vais descendre dans un moment. J'aime autant affronter la désapprobation générale dès ce soir.

Darcy lui lança un regard lourd de sens. Puis il quitta la pièce.

~

Le lendemain, après le petit-déjeuner, Elizabeth fit atteler le cabriolet. Accompagnée de Georgiana et de Lady Fitzwilliam, elle se rendit jusqu'à la ferme des Stevens pour apporter au berger un panier de pâtisseries en témoignage de sa reconnaissance.

L'homme n'était pas là : c'est son épouse qui les accueillit, aussi surprise qu'intimidée de recevoir une telle visite. Elle s'empressa de les faire entrer, leur proposa du thé, renvoya ses enfants pour qu'ils ne gênent pas ces dames et s'excusa plusieurs fois du désordre qui régnait chez elle. À la vue des douceurs qu'on lui apportait, elle se confondit en remerciements.

— C'est le moins que je puisse faire, déclara Elizabeth, avec un sourire affable. Votre époux a été très obligeant, hier soir. Croyez-moi, j'étais bien aise de trouver quelqu'un pour me remettre sur ma route !

Elle en profita pour s'enquérir de la santé de la famille, du bon train de la ferme, et assura que, si les Stevens avaient besoin de quoi que ce soit, ils ne devaient pas hésiter à faire appel à elle. Elle promit également de repasser les voir aux environs de Noël, car les enfants qu'elle avait aperçus un peu plus tôt ne diraient sans doute pas non à d'autres friandises. Lorsqu'Elizabeth quitta la ferme, peu après, toujours suivie de Georgiana et de la comtesse, Mrs. Stevens n'avait que des éloges à la bouche pour sa nouvelle maîtresse.

Les dames s'arrêtèrent ensuite chez les Moore. À Woolbert, tout le monde était déjà au courant de la mésaventure de Mrs. Darcy, et le régisseur fut rassuré de constater en personne que cette dernière se portait bien. Quant à sa femme, on ne savait trop si c'était le soulagement de voir sa voisine tirée d'affaire ou bien le plaisir d'avoir de la compagnie, mais elle était d'une humeur fantastique et elle parvint à les garder bien plus longtemps qu'il n'était attendu pour une simple visite de courtoisie.

Lady Fitzwilliam assista à tout cela en opinant du chef. Le regard réprobateur et la bouche pincée qu'elle avait arborés au dîner, la veille au soir, avaient disparu. Il faut dire qu'Elizabeth avait déployé ses talents de conteuse pour relater sa sortie de façon à en souligner les anecdotes amusantes, tout en limitant ses aspects fâcheux, et cela avait porté ses fruits : sa tante avait fini par lui pardonner cet écart de conduite, en particulier après avoir appris que l'égarement de la jeune femme était dû au fait qu'elle avait voulu se recueillir sur la tombe de Lady Anne. On ne pouvait blâmer un tel respect pour les ancêtres.

Elizabeth fit beaucoup d'efforts pour s'attirer les bonnes grâces de la comtesse, car elle comptait plus que jamais sur son influence, ainsi que sur celle du colonel, pour amadouer le comte. Car, comme il fallait s'y attendre, Lord Fitzwilliam, lui non plus, n'avait pas apprécié le côté « intrépide » de sa jeune nièce et il n'avait pas manqué de le faire savoir au moyen de quelques remarques désagréables.

— Et si votre oncle et Lady Catherine se décidaient à me haïr de concert et se liguaient contre moi ? avait chuchoté Elizabeth à son mari. Qu'arriverait-il, alors ?

— Rien du tout, lui avait-il répondu, le visage impénétrable.

Par chance, le séjour des visiteurs touchait à sa fin. Elizabeth en manqua même les derniers moments, car son escapade dans le froid et la pluie la clouèrent au lit dès la nuit suivante. Les énergiques frictions de son mari avaient sans doute évité le pire, mais elles ne la mirent pas à l'abri d'une fièvre grimpante qui la rendit misérable. Georgiana vint plusieurs fois lui tenir compagnie, et la comtesse lui fit porter des bouillons assaisonnés d'un mélange d'épices qu'elle avait toujours utilisées pour soigner ses enfants et qui, disait-elle, « faisaient des merveilles sur les rhumes, les refroidissements et toutes ces choses pénibles qui vous gâchent une saison ».

Darcy retourna dans sa propre chambre pour un temps. Sa femme était trop fiévreuse pour supporter sa présence et elle avait un sommeil agité qui l'aurait empêché de dormir lui aussi. On fit venir une fois le médecin de Lambton, mais celui-ci ne recommanda pas grand-chose mis à part de tenir la malade au chaud, de changer ses draps aussi souvent que nécessaire et de lui faire boire beaucoup de bouillon et de thé. Sa visite eut au moins le mérite de confirmer qu'Elizabeth ne craignait rien, car elle était d'une solide constitution, ce à quoi Lord Fitzwilliam, pour une fois, se retint de rappeler qu'il l'avait bien dit.

Le jour de leur départ, alors qu'Elizabeth était toujours alitée, ses visiteurs vinrent la saluer. Ils la remercièrent de son accueil et lui souhaitèrent bien sûr un rétablissement des plus rapides.

C'était également ce que la jeune femme souhaitait avec ardeur, car les Bingley seraient là dans moins d'une semaine et il n'était pas question pour elle de manquer ces retrouvailles.

CHAPITRE 9

Le jour de l'arrivée tant attendue, Elizabeth avait tourné comme un lion en cage devant les fenêtres qui donnaient sur la vallée afin d'être la première à apercevoir les voitures. Lorsqu'elle les vit enfin, son cœur fit un bon dans sa poitrine. Elle s'élança dans le corridor pour ameuter la maisonnée.

— William ! Georgiana ! Les voilà !

Sur le perron, Weston, toujours précautionneux, avait prévu des domestiques en nombre. On accueillait aujourd'hui pas moins de huit adultes et quatre enfants, et il voulait éviter la cohue.

— Mrs. Reynolds ? Mrs. Reynolds ! appela Elizabeth en arrivant dans le vestibule, tout excitée. Faites préparer le thé tout de suite, je vous prie. Il fait froid dehors, et je ne crois pas que nous allons nous éterniser sur le perron. J'aimerais que nos invités puissent vite se réchauffer.

— Bien, madame.

— Avez-vous fait allumer les chambres ?

— Je viens tout juste d'en donner l'ordre.

— Et vous avez bien fait remplir la provision de bois, n'est-ce pas ?

— Tout à fait, madame. Les chambres sont aussi prêtes qu'elles peuvent l'être.

Darcy apparut aux côtés de sa femme. Il plaisanta :

— Voyons, Lizzy, quel empressement ! Vous n'étiez pas si agitée, la dernière fois, lorsque mon oncle et ma tante sont arrivés.

— Je l'avoue, je veux que tout soit parfait, rétorqua-t-elle, avec le plus grand sérieux. Non pas pour les impressionner, mais parce qu'ils sont ma famille et que je veux le meilleur pour eux. Et Georgiana ? Où est Georgiana ? Il faut qu'elle soit là !

— Calmez-vous, ma douce. Elle arrive dans une minute.

Contrairement à ce qu'elle disait, Elizabeth avait tout de même très envie d'épater ses visiteurs. La première impression que Jane et Kitty auraient de Pemberley devait être la bonne.

— Weston ? Est-ce qu'ils arrivent ? Vous les voyez ? Oliver, mon manteau, s'il vous plaît. Je veux les attendre dehors.

La jeune femme s'emmitoufla avec soin. Elle était encore enrhumée, mais hormis une voix un peu rauque et un usage abondant de mouchoirs, elle se sentait tout à fait remise de ses récentes journées de fièvre. Elle s'en serait voulu que sa mésaventure dans les bois lui gâche le temps qu'elle allait pouvoir passer avec ses sœurs.

Les minutes parurent interminables, jusqu'à ce qu'une première voiture tourne enfin le coin de la maison et s'avance dans l'allée. C'était celle du couple Bingley.

— Jane ! Kitty ! Enfin, vous voilà !

Les trois sœurs échangèrent une longue étreinte entrecoupée de rires et de baisers. Peu après, une deuxième voiture s'arrêta à son tour, d'où descendirent le couple Gardiner et leurs enfants. Les petits étaient un peu intimidés, mais en reconnaissant leur cousine, ils se précipitèrent dans ses bras.

Au grand dam de Weston, il y eut alors un joyeux chaos sur le perron et dans le vestibule, où les laquais se dépêchaient pour prendre les manteaux. Les visiteurs étaient fatigués par le voyage, mais les Gardiner s'empressèrent de remercier chaleureusement leur hôte : Darcy avait en effet envoyé une voiture depuis Pemberley jusqu'à Londres pour aller chercher toute la famille, ce qui leur avait évité un voyage bien plus éprouvant en diligence – en particulier pour les enfants, qui n'étaient âgés que de quatre à neuf ans. Quant à Jane et Kitty, la fatigue ne les empêcha pas d'avoir les yeux brillants d'excitation à l'idée de découvrir leur sœur dans son nouvel environnement. Déjà éblouies par l'élégance des façades, elles furent estomaquées lorsqu'elles entrèrent dans le grand hall.

— Mon Dieu, Lizzy, que c'est beau !

— Suivez-moi, je vais vous montrer le reste... Je suis tellement contente de vous revoir tous, si vous saviez !

Mais alors qu'elle entraînait ses sœurs et ses petits-cousins dans l'escalier, elle se fit rappeler à l'ordre par Darcy. La voiture des Hurst approchait à son tour, et la dame de Pemberley se devait d'être présente pour les accueillir dignement eux aussi.

Une fois au complet, la compagnie se regroupa dans le petit salon, où l'on servit des boissons et des sandwiches. Il y avait tant de nouvelles à se donner de part et d'autre que, pendant un bon moment, ce fut un brouhaha général ponctué d'exclamations réjouies. Georgiana se fit happer par les Hurst et par Caroline Bingley, qui ne l'avaient pas vue depuis des mois et qui la couvrirent de louanges, Darcy et Bingley se mirent à bavarder avec les Gardiner, les enfants profitèrent de l'inattention de leur mère pour chaparder beaucoup plus de sandwiches qu'ils n'auraient dû, et Kitty, intimidée par le faste de la maison, observait autour d'elle avec des yeux ébahis et ne disait plus un mot.

Assise auprès d'Elizabeth, la belle Jane ne lui avait pas lâché la main, trop heureuse de retrouver enfin sa complice de toujours.

— Alors, ma chérie, comment te portes-tu ? Tu as une voix bizarre : ne serais-tu pas un peu malade ? Comment était Londres ? Et ton installation ici ? La maison est vraiment magnifique... Elle a l'air tellement plus grande que Netherfield ! As-tu des nouvelles de Charlotte ? D'ailleurs, as-tu reçu ma dernière lettre ? Ah, il faut que tu me racontes tout ! Sais-tu que papa s'est pris d'une nouvelle lubie ? Il se passionne pour les médailles anciennes, désormais...

Cela ne faisait guère qu'un mois et demi depuis que les deux sœurs s'étaient quittées, mais elles avaient vécu tant de choses palpitantes que le temps paraissait avoir allongé : elles avaient l'impression de ne s'être pas vues depuis des années et d'avoir des milliers de choses à se raconter.

Jane donna des nouvelles du Hertfordshire. Cela fit un drôle d'effet à Elizabeth d'entendre de vive voix ce que devenaient ses parents, son oncle et sa tante Philips, les Lucas, les gens de Meryton... Elle avait écrit et reçu plusieurs lettres depuis son mariage, mais elles ne racontaient jamais les détails ordinaires : le souci que l'on avait avec le pied boiteux d'un cheval, l'ouverture d'une boutique de café et de cacao à la place de l'ancienne mercerie, le départ d'un voisin pour la ville, la mauvaise chute de Betty dans les escaliers, l'achèvement d'une broderie compliquée commencée au début de l'été, les leçons de musique qu'on avait offertes à Mary, et tous ces menus détails qui faisaient la vie quotidienne de Longbourn et ses environs.

— Quant à Netherfield... Nous y sommes tellement bien, avec Charles, que nous songeons à nous y installer pour de bon, si le propriétaire acceptait de la vendre. Charles parle de lui faire une offre, au moins pour savoir ce qu'il en pense.

— Ne soyez pas si pressés, vous avez bien le temps de vous établir pour de bon. Cela dit, je suppose que maman serait ravie de ce choix ! Est-elle tous les jours chez vous, comme je te le prédisais ? s'amusa Elizabeth.

— Tous les jours, non. Mais il est vrai qu'elle s'attend à dîner avec nous au moins une fois par semaine. À ce sujet, tu seras peut-être surprise d'apprendre que nos parents sont invités bien plus souvent qu'auparavant ! Après le mariage, ils n'en finissaient plus de se rendre à des réceptions ici et là. Je crois qu'ils ont fait le tour de tout notre cercle de connaissances en moins de deux semaines. Papa n'en pouvait plus !

— Je n'en doute pas ! Pauvre papa... Et toi ? Et Charles ? Sortez-vous souvent ?

— Quelques fois, oui. Je t'ai écrit, je crois, que nous sommes allés danser au bal public de Meryton, mais je n'ai pas eu le temps de te dire que nous avons aussi passé quelques jours à Londres, chez Louisa et Edmund.

Les deux jeunes femmes furent interrompues par Kitty, qui en avait assez que personne ne s'occupe d'elle.

— Tu devais être terriblement intimidée quand tu es arrivée ici, Lizzy, fit-elle. Cette maison a l'air immense ! Je crois que je pourrais m'y perdre !

— Et encore, tu n'as rien vu, lui répondit Elizabeth, avec un clin d'œil. Aimerais-tu que je te fasse visiter, tout à l'heure, quand vous vous serez tous changés ? À moins que tu ne préfères demain ?

— Oh non ! Ce soir ! Maintenant, même !

Elizabeth sourit devant l'enthousiasme toujours débordant de sa cadette.

— À ce sujet... Mr. Darcy ? appela-t-elle.

— Oui, très chère ?

— Si vous voyez Mr. Weston passer dans le corridor, pouvez-vous me l'envoyer ?

Le jeune homme s'inclina et se rendit jusqu'à la porte du salon. Un instant plus tard, le majordome se penchait respectueusement sur l'épaule de sa maîtresse.

— Voulez-vous faire porter de l'eau chaude dans les chambres ? lui demanda cette dernière. Je crois que nos invités ne tarderont pas à monter se changer.

— Bien sûr, madame. Nous servons toujours le dîner à six heures ?

— Mais oui, comme d'habitude. Le repas des enfants est déjà prêt, je suppose ?

— Tout à fait, il sera servi dans leur chambre. Mrs. Reynolds a prévu deux bonnes pour s'occuper d'eux si madame votre tante le souhaite.

— Je vais lui demander. Merci, Weston.

Le majordome salua avec tout le décorum dont il était capable avant de se retirer.

Cette petite démonstration d'autorité domestique eut deux effets : celui de faire pouffer de rire la jeune Kitty, qui trouvait sa sœur bien pompeuse avec ses airs de grande dame, et d'attirer l'attention de Louisa et Caroline.

— Vous semblez avoir pris vos aises dans cette maison, Mrs. Darcy, commença Caroline, aussi mielleuse qu'à son habitude.

— Et c'est heureux, puisque j'y vis depuis déjà un moment.

— N'êtes-vous pas trop débordée ? Je vous avais prévenue que c'était un défi considérable, n'est-ce pas ? Il faut penser à tant de choses...

— J'ai la grande chance d'être parrainée par la personne la mieux placée qui soit pour me conseiller, répondit paisiblement Elizabeth.

— Vraiment ? Qui donc ? Pas votre mari, j'espère ! Les hommes ne connaissent rien à tout cela.

Darcy et Bingley, en entendant le mot « mari », interrompirent leur conversation et tendirent l'oreille.

— Non. Je faisais allusion à ma belle-mère, Lady Anne.

— Que voulez-vous dire ? fit Louisa, d'un air niais.

— Que je bénéficie de ses notes et de certains de ses effets personnels, et que cela m'est très utile pour bien gérer ma maisonnée.

Caroline haussa les épaules.

— Vous avez surtout la possibilité de n'en faire qu'à votre tête, sans que personne vous dise quoi faire ou critique vos décisions. Quel avantage de ne plus avoir vos beaux-parents dans les jambes, en vérité ! ricana-t-elle. Vous et votre époux êtes libres d'agir à votre guise, c'est un confort que tout le monde n'a pas, surtout à un si jeune âge !

— Perdre ses parents n'est certainement pas un confort, Miss Bingley, déclara Darcy, d'une voix coupante. Vous êtes bien placée pour le savoir.

La jeune fille rougit.

— Pardonnez-moi, Mr. Darcy, ce n'est bien sûr pas ce que je voulais dire…

— Nous souhaiterions tous que feu Mr. Darcy et Lady Anne soient encore de ce monde. Ce sont bien là deux personnes que j'aurais voulu rencontrer pour avoir la chance de les apprécier, tempéra Elizabeth. À ce propos, voulez-vous monter vous changer maintenant ? ajouta-t-elle, en se tournant vers ses sœurs. Je pourrais ensuite vous montrer leurs portraits, puis vous faire voir le reste de la maison en attendant le dîner. Qu'en dites-vous ?

Et alors que le groupe se levait, Elizabeth remarqua que Darcy lançait toujours un regard perçant en direction de Caroline. Elle lui frôla doucement le bras.

— Laissez, William… chuchota-t-elle.

~

La maîtresse des lieux se fit un plaisir de faire découvrir à ses sœurs tout le premier étage, en commençant par la galerie de peinture et les grandes pièces de réception et en terminant par les petits salons privés, le cabinet de curiosité et la bibliothèque. Elle connaissait désormais assez bien la maison pour en être une bonne guide : elle arrivait à nommer sans se tromper la plupart des portraits d'ancêtres, et elle répéta avec son éloquence habituelle les anecdotes familiales que Darcy lui avait contées.

Au fil de la visite, la jeune femme réalisa avec une certaine satisfaction qu'elle commençait à se sentir chez elle, dans cette imposante demeure. Elle était toute surprise de voir ce qu'un mois passé dans le Derbyshire avait produit comme effet : face à ses sœurs, avec qui elle avait pourtant tout en commun, elle avait l'étrange sensation d'appartenir un peu moins au monde de Meryton et un peu plus à celui de Pemberley.

La grande salle à manger impressionna beaucoup Jane. Ce fut l'occasion de raconter le premier dîner qui s'y était tenu.

— Vingt personnes à table, dis-tu ? Et des gens que tu connaissais à peine, en plus ? Quel supplice cela a dû être pour toi ! compatit Jane.

— As-tu aussi donné ton premier dîner à Netherfield ?

— Oui, mais il ne s'agissait que de papa, maman, Mary, Kitty, les Lucas et les Philips. Autant dire que si je faisais un petit écart, ce n'était pas bien grave. Alors qu'ici... Ce ne doit pas être facile d'apprendre à connaître tous ces gens ! La société de Lambton ressemble-t-elle à Meryton ?

— Plus ou moins. Nous avons un vicomte, un baronnet, une veuve très riche et d'autres familles. Mais je ne connais pas encore tout le monde, bien sûr.

— Vas-tu souvent à Lambton ? demanda Kitty. Nous n'avons fait qu'y passer, mais cela semblait une jolie ville. Est-ce qu'il y a beaucoup de distractions ?

— Figure-toi que je n'en sais rien du tout, Kitty. Je n'y suis allée que quelques fois pour faire des achats avec William ou Mrs. Vaughan.

— Qui est-ce, cette Mrs. Vaughan ?

— Ma femme de chambre. Elle avait besoin de faire prendre mes mesures par un tailleur pour qu'il me fasse un costume de chasse. Il paraît que cela manque à ma garde-robe...

Elle avait parlé avec une dérision évidente, mais cela ne diminua pas le moins du monde l'éblouissement qu'elle avait provoqué chez sa cadette. Il faut dire qu'à Longbourn on avait déjà du mal à se procurer une nouvelle robe de bal, alors un costume de chasse !

— Alors, tu vas aller chasser ? À cheval, je veux dire ? continua l'adolescente.

— Je n'en sais rien. J'y serai peut-être forcée un jour et, dans ce cas, je devrais demander à William de m'apprendre à monter convenablement. Mais, tu sais, si j'avais le choix, je préfèrerais battre les fourrés en restant bien d'aplomb sur mes deux jambes !

Bien qu'à Londres elle eût beaucoup admiré les belles amazones qui chevauchaient dans Hyde Park, Elizabeth ne se sentait pas très à l'aise à l'idée de monter seule à cheval. Aucune des sœurs Bennet n'avait jamais appris l'équitation. Les deux chevaux que Mr. Bennet possédait étaient essentiellement employés à la ferme ou pour tirer la berline, et une bête supplémentaire aurait coûté bien trop cher à entretenir, surtout pour un simple loisir. Pour ses filles, un cheval restait donc une grosse bête puissante, imprévisible et difficile à maîtriser, et il valait mieux laisser le soin aux hommes de s'en occuper.

— Pour en revenir à Lambton, poursuivit-elle, maintenant que vous êtes là, nous y descendrons à la première occasion, car nous allons avoir besoin de matériel pour fabriquer les décorations de Noël. Notre tante pourra nous guider, elle connaît la ville mieux que nous toutes !

~

Cette visite fut organisée le surlendemain, jour de marché. Margaret Gardiner envoya un mot pour prévenir son amie Mrs. Munroe que l'on passerait la saluer une fois les achats terminés. Comme les messieurs n'avaient pas souhaité participer, pas plus que Louisa ni Caroline, qui ne voyaient pas l'intérêt de sortir par ce froid, Elizabeth se fit accompagner d'un valet pour porter les paquets et entraîna à sa suite les autres dames de la maison.

À l'approche des fêtes, le marché grouillait d'activité. La jeune Mrs. Darcy fut souvent reconnue et toujours saluée avec beaucoup de respect. Elle s'arrêta pour bavarder un instant avec Stevens, venu vendre ses agneaux, ainsi qu'avec deux autres fermiers de Maesbury qu'elle connaissait un peu. Derrière elle, ses sœurs découvraient le marché avec curiosité, y trouvant des produits qu'elles ne connaissaient pas en Hertfordshire et ne se faisant pas prier lorsqu'on leur offrait de déguster un morceau de fromage ou une bouchée d'un gâteau. Les volailles cancanaient si fort qu'on devait élever la voix pour se faire entendre et on se faisait parfois bousculer par un passant trop affairé, mais la bonne humeur générale était telle qu'on pardonnait sans peine ces petits désagréments.

Après le marché, Mrs. Gardiner guida ses nièces vers des boutiques dont elle avait le souvenir. Les jeunes femmes y firent provision de rubans, de ficelles, de papiers dorés et colorés ainsi que de moules pour y couler de petites figurines de cire. Kitty, qui voulait tout acheter, entraîna Georgiana à sa suite, et Elizabeth, pour leur faire plaisir, résolut de ne pas les brimer. Les deux adolescentes ressortirent de là avec mains pleines, les yeux brillants et le rire aux lèvres.

On s'arrêta dans une auberge pour le lunch, ce qui permit à chacune de se réchauffer et de se reposer un peu. Mais alors que le petit groupe repartait en direction d'une dernière boutique afin d'y acheter des bâtons de cannelle et d'autres épices qui devaient servir aux décorations, Elizabeth reconnut une silhouette devant elle.

— Mrs. Keen ?

La vieille dame se retourna, et un large sourire illumina son visage lorsqu'elle reconnut son interlocutrice.

— Mrs. Darcy ! Quel plaisir de vous voir !

Elizabeth s'empressa de présenter ses sœurs et sa tante.

— Ma foi, vous voilà bien entourée ! s'exclama la veuve.

— Et encore, nous ne sommes pas tous là. Nous avons d'autres amis qui sont restés au chaud aujourd'hui, et les Moore et les Munroe seront avec nous le jour de Noël.

— C'est Lady Anne qui serait ravie d'entendre tout cela. Il me semble qu'il n'y a pas eu beaucoup de fêtes en famille à Pemberley House depuis qu'elle nous a quittés, cette chère dame. N'est-ce pas, Miss Darcy ?

Georgiana confirma en hochant timidement la tête.

— Et vous-même, Mrs. Keen ? Passerez-vous Noël avec vos proches ?

— Si seulement ! C'est que je n'ai plus beaucoup de famille, voyez-vous, chère madame. J'aurais bien passé le réveillon au presbytère, comme d'habitude, mais cette année le révérend Smith est invité chez l'un de ses frères. Alors, non, je resterai simplement chez moi et je visiterai mes pauvres.

— Dans ce cas, voulez-vous vous joindre à nous ? proposa Elizabeth. Je suis certaine que mon époux serait enchanté de vous avoir.

La vieille dame commença par refuser, prétextant qu'elle ne voulait pas déranger, mais elle se laissa vite convaincre.

— C'est très aimable à vous, Mrs. Darcy. Tenez, puisque vous êtes là, puis-je aussi me permettre de vous recommander quelques personnes qui auraient bien besoin qu'une âme bienveillante se penche sur eux, en ce temps des fêtes ? Je suppose que vous avez déjà prévu rendre visite à vos gens, mais si je pouvais vous convaincre de vous déplacer encore un peu, il y a trois ou quatre familles bien indigentes, dans les environs de Lambton…

— Vous pouvez compter sur moi, madame : je me ferais un plaisir d'aller les visiter, répondit gentiment Elizabeth. Voulez-vous que nous nous parlions de tout cela ce dimanche, après le service ?

Mrs. Keen approuva et l'on se sépara en se souhaitant bonne journée.

~

Le soir, au dîner, les conversations allèrent bon train. Il flottait dans l'air une certaine fébrilité qui montrait quelle joie les invités ressentaient d'être tous réunis et avec quelle impatience ils attendaient les festivités des prochains jours.

Bingley proposa une sortie pour aller couper les verdures qui serviraient à décorer la maison. Il offrit même de grimper en personne dans les arbres pour décrocher tout le gui que ces dames désireraient.

— Grimper dans les arbres ? Charles, voyons ! s'offusqua Louisa.

Mais le jeune homme partit d'un grand rire et confirma qu'il se soumettrait à tous les caprices, même aux plus fous. Il essaya bien d'entraîner Darcy avec lui, mais ce dernier, imperturbable, répondit qu'on demanderait plutôt aux fils Cox, plus appropriés pour cette tâche.

Elizabeth déclara qu'on allait réquisitionner le salon de dessin et le transformer, le temps d'une journée, en atelier pour fabriquer les décorations. Jane ajouta qu'on pourrait faire participer les enfants, qui seraient certainement ravis d'aider – ce que Mrs. Gardiner confirma.

— Je sens que nous allons passer un Noël fantastique ! s'exclama Georgiana, transportée par tous ces projets qui lui semblaient plus excitants les uns que les autres. Quelle différence avec l'an dernier !

— Vous étiez à Londres, l'an dernier, chère enfant, rappela Caroline. Que peut-on souhaiter de mieux pour le temps des fêtes que de profiter des divertissements de la ville ? Avez-vous déjà oublié toutes les belles boutiques que nous avons visitées ?

— Et le charmant spectacle de pantomime de Drury Lane ! renchérit Louisa, de l'autre côté de la table.

— Je préfère pourtant cent fois être ici, riposta l'adolescente sans se démonter, car je pense qu'il n'y a rien de plus heureux, à Noël, qu'une maison remplie de parenté et de petits enfants !

Caroline ne répondit pas. Elle affichait un air interloqué, mais il était difficile de dire si elle était déconcertée par les propos mêmes de l'adolescente ou bien par le fait que, pour une fois, cette dernière avait répliqué avec aplomb.

Darcy, de son côté, sourit. L'attitude inhabituelle de sa sœur ne lui avait pas échappé.

— Je suis tout à fait d'accord avec vous, Georgiana, et je vous promets que, désormais, nous nous assurerons chaque année d'être toujours bien entourés, lui dit-il.

~

La cueillette de verdures se fit en piétinant un joli manteau de neige, tombé pendant la nuit. On descendit à pied jusqu'aux environs de Maesbury, guidés par deux des fils Cox conduisant une petite charrette. Les garçons connaissaient le domaine par cœur et dirigèrent sans mal la compagnie vers les endroits les plus fournis.

Charles Bingley s'entêta dans son projet, au grand dam de ses sœurs. Il parvint à escalader les arbres avec une aisance assez remarquable et y décrocha plusieurs bouquets de gui. Il en redescendait chaque fois plus échevelé, sale et couvert de neige, mais il riait de bon cœur et sa belle humeur était contagieuse. Pendant ce temps-là, comme on était tout près de la rivière, Elizabeth entraîna son oncle pour aller chercher des joncs à tresser et ils revinrent eux aussi relativement crottés d'avoir marché sur les berges spongieuses.

En les voyant, Darcy leva les yeux au ciel.

— Voulez-vous bien garder vos pieds au sec, Lizzy ? s'exclama-t-il. N'avez-vous pas appris votre leçon, la dernière fois ?

— Mais regardez tout ce que nous ramenons !

La jeune femme, les yeux brillants et les joues rougies par le froid, souriait de toutes ses dents en pointant le gros fagot que son oncle rapportait sur son épaule, comme si c'était la plus belle prise de l'année. Darcy n'arriva pas à lui en vouloir : il la trouvait bien trop belle.

Georgiana et Kitty, de leur côté, se lancèrent dans une bataille avec les petits Gardiner, et très vite tout ce petit monde fit concurrence à Bingley pour ce qui est de la quantité de neige sur leurs manteaux. Seules Jane et Mrs. Gardiner parvenaient à conserver toute leur dignité et leur élégance. Quant à Caroline et aux Hurst, assis dans la charrette, ils ne risquaient pas non plus de se salir, mais, transis de froid, ils avaient l'air de plus en plus misérables.

Une fois qu'on eut chargé le véhicule de grandes brassées de lierre, de gui et de houx, on poussa l'expédition un peu plus loin dans les bois, à la recherche de la meilleure bûche de Noël que l'on puisse trouver. Les enfants furent mis à contribution.

— Dispersez-vous et cherchez le tronc d'arbre mort le plus gros que vous pourrez trouver ! La bûche doit brûler longtemps !

— Ne pouvez-vous pas demander à vos gens de s'occuper de tout cela, Mr. Darcy ? demanda Louisa, en retirant ses gants pour souffler sur ses doigts. Quel intérêt d'aller marcher si loin ?

— Tout le plaisir est dans la chasse, madame, répondit poliment le jeune homme. Regardez les enfants, comme ils se sentent importants maintenant qu'on leur a confié une tâche. Attendez de voir leur fierté, lorsqu'ils auront trouvé, et vous comprendrez.

— Pauvre de vous, vous paraissez frigorifiée, remarqua Elizabeth. Il faut bouger pour vous tenir réchauffée, ma chère ! Mais vous préférez peut-être rentrer à la maison ? Je peux demander à l'un des Cox de vous raccompagner. Ou bien, vous pourriez vous rendre jusqu'à Maesbury. Je suis certaine qu'un de nos fermiers serait assez obligeant pour vous accueillir au chaud un moment.

— Certainement pas ! répliqua cette dernière, avec un petit air dédaigneux. Nous attendrons que la « chasse » – comme vous dites, Mr. Darcy – soit terminée.

Ce furent Jane et le petit dernier des Gardiner qui trouvèrent finalement l'objet de toutes les convoitises : un arbre tombé, dont l'une des branches maîtresses avait un diamètre que l'on jugea idéal. Le bambin de quatre ans n'avait pas très bien compris l'exploit dont on lui donnait le crédit, mais en voyant sa mère si fière de lui, il se mit bientôt à parader comme un petit coq en criant à tout le monde : « C'est moi ! J'ai trouvé la bûche ! C'est moi qui l'ai trouvée ! »

Les frères Cox apportèrent une scie, et ce furent Darcy et Bingley, en se relayant, qui vinrent à bout de ce travail. Après quoi, on chargea la bûche sur la charrette, on y fit monter les enfants, qui étaient fatigués, et on prit le chemin du retour.

~

Avec tous ces invités, les petits Gardiner qui galopaient dans les corridors et les préparatifs qui allaient bon train, Elizabeth n'avait plus une minute à elle. C'est tout juste si, le matin, elle trouvait une demi-heure pour se promener dans les jardins en attendant le déjeuner.

En cette période de Noël, elle ne devait pas seulement se préoccuper du bien-être de ses hôtes : il lui fallait également songer aux domestiques et aux fermiers, qui attendaient tous un geste de sa part, ainsi qu'aux nécessiteux, qui comptaient à présent sur elle pour alléger un peu leur misère.

La petite clé dorée sortait souvent de sa poche. La jeune femme consultait à toute heure du jour les listes de ceux à qui elle se devait d'offrir quelque chose, et elle fut bien heureuse de pouvoir compter sur l'aide de Jane et de sa tante pour trier le linge destiné aux indigents. La veuve Keen avait eu la main lourde quant au nombre de familles dans le besoin qu'elle lui avait soumis, et ce fut pour Elizabeth un savant exercice de se procurer à temps assez de châles, de bonnets, de couvertures, de layettes ou de jupons de flanelle – sans compter les malades qui, eux, avaient d'autres besoins. Elle s'entendit avec Mr. Grove pour qu'il fasse un tri dans la garde-robe de Darcy et lui apporte les manteaux et même les bottes que ce dernier ne portait plus. Elle fit de même avec les anciens vêtements de feu Mr. Darcy et de Lady Anne, qu'on avait conservés dans un grenier. Des tissus d'aussi bonne qualité seraient un matériau précieux pour que les plus pauvres s'y recoupent de solides habits.

Au sujet des domestiques, elle avait convoqué dans son boudoir Mrs. Reynolds pour que celle-ci la conseille. Elizabeth ne connaissait pas encore assez ses gens pour décider par elle-même de cadeaux personnalisés, or la boîte que chacun d'eux recevait au lendemain de Noël était un moment important qu'il ne fallait pas gâcher si elle voulait se faire apprécier. Par chance, l'intendante savait très bien quoi faire et elle se chargea même d'envoyer des paquets à Chalton House, pour Hallcot et son équipe.

Une fois que la verdure rapportée des bois eut suffisamment séché dans l'un des locaux du rez-de-chaussée, on installa de grandes tables dans le salon de dessin, et les dames et les enfants se mirent à la confection délicate – mais ô combien agréable – des décorations. Caroline et Louisa participèrent un peu au début, pour faire bonne figure, mais bien vite elles laissèrent les autres continuer et se contentèrent de commenter les réalisations qui prenaient forme.

En milieu d'après-midi, de retour des écuries où ils avaient passé un moment, Bingley, Darcy et Mr. Gardiner entrèrent à leur tour pour voir l'avancement du projet.

— Mr. Bingley, Mr. Darcy, plutôt que de nous tourner autour sans rien faire, ne voulez-vous pas nous aider ? demanda Elizabeth. Nous avons des masses de papiers à découper pour terminer nos guirlandes. Mon oncle, vous aussi, je vous prie ! Nous avons besoin de toutes les bonnes volontés !

Sous le regard éberlué de ses amis, Darcy s'assit à la place qu'on lui indiqua et commença de bonne grâce à découper des bandelettes de papiers roses et verts. La fille aînée des Gardiner, une gamine de neuf ans qui était occupée à la même tâche, le corrigea très vite, et avec autorité :

— Mais non ! Pas comme ça ! Il faut couper ici et ici, regardez ! Il faut faire exactement comme moi.

Et tandis que son ami s'exécutait sans broncher, Bingley éclata de rire devant la scène.

— Hé bien, Darcy ! Vous voilà mis au pas par votre femme et réprimandé par une petite fille ! Je ne le croirais pas si je ne le voyais actuellement de mes yeux. Quel diable de changement s'est donc opéré en vous ?

— Moquez-vous, Bingley, mais il y a une place libre en face de moi et quelque chose me dit que vous n'allez pas tarder à vous asseoir, vous aussi, rétorqua ce dernier avec un sourire en coin. D'ailleurs, n'était-ce pas vous qui faisiez le singe dans les arbres, pas plus tard qu'hier, pour les doux yeux de votre belle ?

— C'est vrai ! enchaîna Jane, amusée. D'ailleurs, le gui que vous avez coupé est juste ici, mon tendre ami. Voulez-vous m'aider à en faire des bouquets ?

Et comme le jeune homme, pris à son propre jeu, cherchait un moyen de se défiler, Darcy insista en prenant un air affecté :

— Allons, Bingley, puisque votre épouse vous le demande... Soyez galant !

Ce dernier fut bien forcé d'obtempérer et c'est sous l'hilarité générale qu'il s'assit finalement, moitié penaud, moitié rieur.

— Messieurs, vous apprenez là la réalité du mariage, déclara alors Mr. Gardiner. Partez à la chasse, chevauchez, explorez, soyez aventuriers tant que vous le voudrez, mais préparez-vous aussi à découper des petits papiers roses lorsque votre dame l'exigera !

— C'est une leçon que vous avez apprise il y a longtemps, n'est-ce pas, cher Edward ? rétorqua sa femme, en lui lançant un regard affectueux. Et encore ! Soyez heureux, messieurs, qu'on ne vous demande pas de changer les langes des bébés !

Et alors que tout le monde s'esclaffait de nouveau, Mr. Gardiner s'installa avec ses deux garçons pour participer, lui aussi, aux petits bricolages.

Le reste de l'après-midi fut joyeusement occupé. Entre les tasses de thé et de cacao qu'Elizabeth fit servir, on confectionna une jolie collection de guirlandes et de fleurs en papier, des couronnes de joncs tressés et des bouquets enrubannées de gui et de houx. On fit apporter les candélabres et les corbeilles d'argent destinées au festin de Noël afin de les recouvrir de verdures, de petites étoiles en papier brillant et de décorations en fil de métal ou en paille tressée. Mrs. Gardiner avait pris en main l'atelier cire : elle montrait à l'une de ses filles comment couler des angelots ravissants qu'elle fixait ensuite sur les chandelles. Georgiana et Kitty, elles, s'occupaient de découper des formes dans des pains d'épices et d'agrémenter les bouquets et les couronnes de rondelles de citron et de mandarine séchée, de bâtons de cannelle ou d'anis étoilé. L'arrivée des fleurs en sucre, que Mrs. Reynolds apporta de la cuisine sur un grand plateau, ravit tout le monde.

— Georgiana, ne voulez-vous pas nous jouer un peu de musique ? Ce serait tellement agréable ! demanda Jane. Je suis certaine que Caroline peut vous remplacer.

L'adolescente s'exécuta avec plaisir. Elle ouvrit les portes du salon de musique, juste à côté, et s'installa à son pianoforte. Pendant ce temps Caroline se remit à table et sourit beaucoup pour cacher sa mauvaise volonté. Edmund Hurst, définitivement hors de cause, fut oublié dans un coin, tandis que son épouse Louisa – sans doute par solidarité avec sa sœur – finit par revenir rôder elle aussi autour de la table, en s'intéressant plus ou moins à ce qui s'y déroulait.

Darcy, toujours assis à côté de la petite Gardiner dont il suivait humblement les directives, échangeait de temps à autre de longs regards avec Elizabeth. Il n'avait pas l'habitude d'être traité de façon aussi familière, mais il y avait dans la pièce une convivialité si agréable que cela valait bien qu'il mette un peu sa fierté de côté.

Passant près de lui après être allée déposer une couronne tressée sur la console où l'on alignait les décorations terminées, Elizabeth se pencha et enroula ses bras autour du cou de son mari.

— Alors, mon époux, que dites-vous de tout cela ? lui chuchota-t-elle à l'oreille. N'avez-vous pas beaucoup de plaisir à découper ces guirlandes ?

Il sourit et inclina la tête. C'était le plus proche qu'Elizabeth pouvait espérer d'un aveu. Avec un petit rire, elle l'embrassa sur la joue. Puis elle lui pointa du menton le reste de la tablée, où adultes et enfants s'affairaient ensemble dans la bonne humeur.

— Vous souvenez-vous des petits Egerton, à Londres ? chuchota-t-elle encore. Ces pauvres enfants qu'on exposait aux visiteurs comme des animaux de foire et à qui même leurs parents faisaient peur ? Hé bien, quand je songe à la famille que nous aurons un jour, vous et moi, j'espère bien qu'elle ressemblera plutôt à ceci...

Puis, sans attendre de réponse, elle se releva et s'en alla prêter main-forte à son oncle, empêtré dans des rubans qui s'étaient emmêlés.

~

Le vingt-cinq décembre fut une journée mémorable, de celles qu'on n'avait pas vues à Pemberley depuis bien longtemps.

Il avait de nouveau neigé, ce qui rendit le trajet jusqu'à l'église plus compliqué que d'ordinaire. Sur place, comme le banc des Darcy n'était pas assez grand pour accueillir tous leurs invités, la famille d'Elizabeth eut tout naturellement la priorité, et les Hurst et Caroline Bingley furent forcés d'aller s'asseoir avec les paroissiens ordinaires – le genre de frustration propre à mettre aux lèvres de cette dernière un petit rictus dédaigneux.

Après le service, il fallut encore s'attarder pour saluer les connaissances, les commerçants et les fermiers. Nombreux furent ceux qui profitèrent de l'occasion pour se faire présenter à Elizabeth, qui était loin de connaître tous les habitants mais qui, en revanche, était bien connue d'eux. Puis on s'en alla quérir Mrs. Keen, et tout le monde remonta en voiture pour rentrer se mettre au chaud.

Les festivités pouvaient commencer. Elles devaient durer douze jours.

~

On passa un Noël des plus décontractés. Les domestiques avaient reçu leur congé pour la journée, de sorte qu'il ne restait plus dans les murs que Weston, Mrs. Reynolds, ainsi que deux bonnes et un valet dont les familles habitaient trop loin pour qu'ils puissent se permettre un quelconque voyage. Les repas et les boissons avaient été préparés à l'avance, et les réserves de bois débordaient littéralement dans chaque pièce afin que la famille ne manque de rien jusqu'au lendemain.

Pour agrandir encore leur cercle, Darcy et Elizabeth avaient invité les familles Moore et Munroe au grand complet, qui arrivèrent vers onze heures. Cela fit beaucoup de nouveaux enfants d'un seul coup : seize en tout, en comptant les petits Gardiner. Weston grimaça devant cette armada de chenapans potentiels susceptibles d'abîmer quelque chose dans la maison, mais finalement les plus grands surveillèrent les plus jeunes, ce qui permit au majordome autant qu'aux parents de profiter de leur journée aussi sereinement que possible. Jane était aux anges devant tant de jolies frimousses à gâter – elle avait pour cela une bonne quantité de friandises à disposition – et Georgiana suivit son exemple en se mettant à câliner les tout-petits.

On avait accroché les décorations dans la salle à manger et le grand salon, et ouvert les portes pour profiter toute la journée d'un vaste espace. Le petit salon, à côté, fut réservé aux jeux des enfants. La bûche, garnie de rubans et d'ornements en paille tressée, était exposée à la place d'honneur en attendant de passer au feu. Le long des murs, sur des consoles, se trouvaient des confiseries, des sandwiches et tout le nécessaire pour préparer soi-même du thé, du café ou du cacao amer. Mais très vite, ce sont les bouteilles de vin de Bordeaux que l'on ouvrit, suivies par le madère, le marsala et le sherry. Il y avait amplement de toasts à porter, que ce soit à la santé des hôtes – et à celle d'Elizabeth en particulier, à qui l'on souhaita d'avoir bientôt une famille nombreuse –, au petit Enfant Jésus et au temps des fêtes qui commençait et qui promettait d'être des plus gais. On parla d'ailleurs assez vite du bal que Lord et Lady Hastings donnaient pour la nouvelle année, où une partie du plaisir consistait à parier sur ceux qui seraient présents ou non.

Georgiana se mit au pianoforte, et Elizabeth profita de n'être pas encore étourdie par le vin pour chanter joliment plusieurs airs. Kitty récita un poème – que ses sœurs reconnurent d'ailleurs comme étant l'un des favoris de Mary –, ce qui inspira quelques enfants : l'ayant écoutée, ils s'éclipsèrent pour préparer des récitations et une pièce de théâtre de leur cru. Mais comme l'après-midi ne faisait que commencer et qu'il y avait encore plusieurs heures à attendre avant le dîner, Elizabeth appela Weston :

— Le lunch est prêt, en bas, je suppose ?

— Bien sûr, madame. Mr. Hewitt a tout étalé sur les tables de la cuisine, il n'y a qu'à se servir. Je ferai le service avec Aston.

— Oh, ne vous embarrassez pas de tout cela ! Profitez donc de votre journée pour vous reposer un peu. Nous nous servirons nous-mêmes.

— Dans ce cas, je vais appeler les autres pour commencer à monter les assiettes.

— N'en faites rien, j'ai une meilleure idée !

Se glissant dans le petit salon, Elizabeth rameuta les enfants autour d'elle.

— Nous allons descendre tous ensemble dans la cuisine et rapporter les plats au salon, expliqua-t-elle. Suivez-moi !

La ribambelle de gamins de tous âges qui sortit dans le corridor dans un ordre des plus chaotiques ne passa pas inaperçue. Jane les rejoignit.

— Que faites-vous ?

— Nous descendons chercher de quoi manger. J'appelle cela « l'Expédition des Ventres Affamés » ! lui répondit sa sœur, d'un air enjoué.

— Attends, je vais t'aider !

En bas, sous les yeux d'abord horrifiés du majordome et de l'intendante, les enfants envahirent littéralement toute la cuisine. Les plus petits tentèrent de chaparder dans les assiettes, mais ils furent vite réprimandés par leurs aînés, pendant qu'Elizabeth et Jane se frayaient tant bien que mal un chemin jusqu'aux tables. Au milieu de toute cette pagaille, elles se mirent à distribuer à chacun un plat ou une coupe.

— Allez vous placer dans l'escalier et attendez le signal avant d'entrer au salon, d'accord ?

— Et faites attention de ne rien renverser !

Telle était la consigne, qui n'évita pourtant pas que le contenu de deux assiettes s'étale dans l'escalier de l'office. Difficile, à cinq ou six ans, de rester concentré à la fois sur son précieux chargement et sur les marches qu'il fallait monter.

— Laissez, laissez, nous allons nous occuper de nettoyer tout cela, rassura Mrs. Reynolds, en réconfortant les enfants penauds, tout attendrie par cette procession de petits anges plus mignons les uns que les autres dans leurs beaux habits du dimanche.

Dans l'office, Weston se prit au jeu. Comme les enfants avaient les mains pleines, il s'occupa de jucher sur le bras de l'un quelques serviettes et dans la poche de l'autre une poignée de cuillères à thé, de sorte que les enfants, chargés comme de petits baudets, firent sensation auprès des adultes lorsqu'ils entrèrent enfin dans le grand salon.

— Mon Dieu, que c'est adorable !

— Ils sont charmants !

— Oh, regardez-le, ce mignon ! Attention à ton assiette, mon enfant, ou il n'y aura bientôt plus rien dedans !

— Des biscuits ! Vous permettez que je vous en vole un, jolie dame ?

— Voyez, celui-ci a des cuillères et des fourchettes jusque dans son gilet ! Ne sont-ils pas délicieux, tous !

— Mais combien sont-ils ? Ça n'en finit plus !

Darcy, d'abord aussi surpris que les autres par ce défilé inattendu, eut la présence d'esprit de prendre le relais d'Elizabeth et Jane, encore occupées en bas. Il guida les enfants pour qu'ils déposent leurs chargements aux endroits opportuns, après quoi les plus jeunes se précipitèrent dans le giron de leurs parents, tout fiers, pour recevoir des caresses et des félicitations. Les invités étaient enchantés. Mrs. Keen distribua des baisers aux petits qui passaient à sa portée, et même Louisa et Hurst s'émurent à ce spectacle.

Lorsqu'Elizabeth, dernière à arriver, entra dans la pièce, son mari l'attrapa par la taille. Il lui glissa un baiser dans le cou.

— C'est une idée exquise que vous avez eue là, ma douce, je vous félicite… lui murmura-t-il amoureusement.

— Mon Dieu, William, quelle folie de me témoigner tant d'affection devant nos amis. Auriez-vous bu ? chuchota-t-elle en retour, avant de lui rendre discrètement son baiser puis d'éclater de rire, toute contente de l'effet qu'elle avait produit.

Les assiettes se vidèrent à mesure que les ventres se remplissaient. Comme c'était Noël, on laissa les enfants manger assis sur le tapis ou bien sur les genoux de leurs parents. Il y eut bien quelques accidents sur les vêtements, mais Mrs. Reynolds, prévoyante, tenait à disposition de ces messieurs-dames de quoi nettoyer les dégâts. De toute façon, les adultes avaient commencé à boire bien avant de manger : l'alcool faisant son effet, on prêta de moins en moins attention à ce genre de détail. Mr. Moore lui-même, d'habitude si distingué, se fit remarquer en renversant une partie de son verre de vin sur ses genoux, mais il était déjà un peu saoul et ne fit qu'en rire.

Après le lunch, abrutis par la chaleur des cheminées qui ronflaient à qui mieux mieux, les invités auraient bien fait la sieste. Mais c'était sans compter sur Bingley, toujours plus enjoué que les autres, qui réussit à entraîner tout le monde dans des jeux qui durèrent la plus grande partie de l'après-midi. Le jeune homme ne manqua pas d'idées pour faire jouer ensemble petits et grands. Il y eut des parties de cartes, bien sûr – Hurst, pour une fois qu'il était dans son élément, se fit un devoir de présider à la table de jeu –, mais aussi des parties de colin-maillard et des poursuites en tous genres. On poussa même les meubles du petit salon pour organiser une chasse à la pantoufle.

— Je m'étonne que vous aimiez ce genre de jeu, Mr. Darcy, lança Louisa alors que ce dernier passait près d'elle pour se joindre aux autres.

Le jeune homme fit mine de n'avoir pas entendu. Il s'était laissé convaincre par Georgiana, juste avant qu'elle ne file dans sa chambre chercher un petit soulier pour jouer, et il était bien décidé à lui faire plaisir.

Ce fut une bonne quinzaine de joueurs qui s'assirent en cercle par terre, sur le tapis du salon, sous les yeux amusés des autres convives venus observer le jeu. Le plaisir venait du fait que les adultes se mélangeaient aux enfants et que chacun se prêtait à une part de ridicule. Il y avait là les trois sœurs Bennet, Mrs. Gardiner et son mari, Mrs. Moore, Mr. Munroe et plusieurs enfants de tous âges. Bingley resta debout, car il se proposait d'être le premier chasseur.

— Voilà ! J'arrive ! Attendez-moi ! cria Georgiana en accourant dans le couloir, un soulier à la main.

— Nous vous attendons forcément, ma chérie, puisque nous ne pouvons pas jouer sans la pantoufle ! lui rétorqua Elizabeth.

L'adolescente se laissa tomber par terre, aussi essoufflée qu'excitée, entre son frère et une des filles Moore. Voyant que Bingley fonçait déjà vers elle en ricanant, elle eut le réflexe de lancer le soulier à Kitty, assise un peu plus loin.

— Mais voyons ! protesta-t-elle, avec un effroi teinté de rire. Nous n'avons pas encore dit que la partie commençait !

— Hé bien, je décrète qu'elle est commencée ! annonça Bingley en tournant autour du cercle avec un air féroce qui fit glousser les enfants. Gare à vous si je vous attrape !

— Si vous êtes aussi agile au sol que dans les arbres, mon ami, nous sommes faits ! répliqua Mrs. Gardiner.

Ceux qui avaient participé à la cueillette du gui se mirent à rire.

— Et alors ? Nous commençons ? réclama Kitty, qui avait caché le soulier sous sa jupe.

Bingley se précipita vers elle et lui toucha l'épaule.

— Vous parlez trop, Kitty ! Je vous ai eue, déjà, et c'était bien trop facile ! Allons, debout ! À votre tour de chasser !

Mais la jeune fille secoua la tête et montra ses deux mains vides.

— De quoi parlez-vous, Charles ? Ce n'est pas moi qui ai la pantoufle, protesta-t-elle d'un air faussement angélique.

— Quoi ? Mais où... grommela Bingley, surpris que sa belle-sœur soit parvenue à se moquer de lui.

Kitty s'esclaffa, ravie de son petit effet. Passant de joueur en joueur, qui la faisait glisser sous leurs genoux, la pantoufle se trouvait déjà de l'autre côté du cercle, entre les mains de Mrs. Moore.

Le chasseur se remit à courir pour l'attraper et la partie commença.

~

À la nuit tombée, Darcy et Bingley placèrent la grosse bûche de Noël dans le feu, sous les applaudissements des convives. Elle paraissait énorme, maintenant qu'elle remplissait toute la cheminée, et elle promettait de brûler jusqu'au petit matin.

Un groupe d'enfants profita de ce qu'on leur laissait encore un peu de liberté avant le coucher pour présenter aux adultes la petite pièce de théâtre qu'ils avaient répétée pendant l'après-midi et qu'ils jouèrent en utilisant comme cadre de scène les doubles portes qui séparaient le grand salon du petit. Après quoi, comme il était prévu que les invités dorment sur place pour ne pas risquer de rentrer en pleine nuit et dans la neige, il fallut s'organiser pour coucher tout ce petit monde. Les deux bonnes qui restaient furent désignées pour surveiller les chambres transformées en dortoirs d'une nuit.

S'il y eut du tapage à l'étage – et il y en eut certainement, car les enfants étaient tous surexcités –, les adultes n'en surent rien. Pour eux, l'heure était au festin.

Pendant la pièce de théâtre, Weston et Mrs. Reynolds avaient discrètement refermé les portes de la grande salle à manger et avaient monté tous les plats, de manière que lorsque les invités entrèrent dans la pièce, ce fut pour y découvrir une table illuminée et copieusement chargée.

Hewitt avait passé des journées entières aux fourneaux avec ses cuisinières pour préparer des plats froids ou faciles à réchauffer dignes d'un grand festin. En pièces de résistance, il avait dressé une belle oie rôtie, deux canards et un cuissot de cerf piqué au romarin, accompagnés d'une fromentée aux amandes et aux raisins de Corinthe. Il avait ajouté du pouding de Noël, une grosse soupière pleine de blanc-manger, du porridge au bœuf et aux fruits secs additionné de porto en quantités déraisonnables, des pains et des fromages, ainsi qu'une terrine de tête de cochon. Elizabeth, qui n'aimait pas que les repas soient seulement constitués de viande, avait demandé une soupe aux asperges et une autre au chou, ce à quoi Hewitt avait ajouté des carottes glacées au miel et des courges. Mais surtout, il y avait au milieu de la table, empilées selon un équilibre savant, des dizaines de tartelettes à la viande de mouton et aux fruits, où le cuisinier avait varié les associations de sorte qu'on ne devine ce qu'elles contenaient qu'après avoir mordu dedans. Les tartelettes pouvaient être aux pommes, aux pruneaux, aux raisins ou aux abricots secs, parfumées au citron ou à l'orange et épicées aux clous de girofle, au gingembre, à la muscade ou au safran. Seul point commun : elles étaient toutes copieusement arrosées de brandy.

Les invités avaient déjà bien mangé dans l'après-midi, et certains ne s'étaient pas privés de se resservir parmi les en-cas mis à leur disposition sur les consoles, mais cela ne les empêcha pas de faire de nouveau bombance. Chacun s'installa sur la première chaise qui lui venait et on se passa les plats tout en riant de plus en plus fort à mesure que le vin coulait. Avec l'alcool et la bûche fantastique qui fournissait une chaleur impossible, les dames sortirent très vite leurs éventails et les hommes abandonnèrent leurs redingotes pour se retrouver en bras de chemise. Bingley poussa même l'audace jusqu'à se débarrasser de sa cravate, bientôt imité par Darcy, mais cela ne fut toujours pas suffisant : on dut entrouvrir plusieurs fenêtres pour avoir un peu d'air frais.

Georgiana était méconnaissable. Elle avait fait de la musique une partie de l'après-midi avec Kitty et Mrs. Annesley, elle avait beaucoup mangé et bu et participé à presque tous les jeux de Bingley. Puis elle s'était reposée un moment en bavardant avec les dames, un bambin sur les genoux, avant de se laisser entraîner par Kitty dans un ultime jeu d'attrape stupide qui l'avait fait rire plus fort qu'elle ne s'en serait crue capable. Au dîner, elle répétait à qui voulait l'entendre qu'elle n'avait jamais passé de si joyeux Noël, et elle avait les joues tellement rouges que Darcy avait fini par lui retirer son verre de vin – ce à quoi elle avait protesté avec vigueur en disant qu'elle n'était plus une enfant, mais en vain, car son frère lui avait intimé froidement de ne plus rien boire d'autre que du thé. Mrs. Annesley tentait sans succès de ramener sa pupille à plus de retenue et de manières. Elle était si mortifiée que Darcy finit par aller la trouver pour lui assurer qu'elle pouvait relâcher sa vigilance ce soir, il ne lui en tiendrait pas rigueur.

Cette vigilance, c'est lui qui l'endossa. Après le gargantuesque dîner, comme si toute son excitation était retombée d'un seul coup, Georgiana s'effondra dans un fauteuil, épuisée, n'écoutant que d'un air absent ce que lui racontait Kitty. Voyant cela, son frère se pencha vers Elizabeth :

— Regardez-la : elle a beaucoup trop bu et elle tombe de sommeil. Ne devrions-nous pas l'emmener dans sa chambre ?

— Surtout pas ! protesta sa femme. Elle vous en voudrait de la priver encore des plaisirs de la compagnie. Laissez-lui un peu la bride sur le cou, William, qu'elle termine cette soirée comme nous tous. Après tout, ce n'est pas Noël tous les jours... Au fait, puisque les enfants sont couchés, Charles propose d'investir le petit salon pour danser un peu. Voulez-vous venir avec nous ? Mrs. Munroe nous fera de la musique.

Sur le moment, Darcy déclina, mais lorsqu'un peu plus tard il entendit le joyeux brouhaha et les rires de Jane, Bingley, Elizabeth et Mr. Munroe lancés dans un quadrille endiablé, il ne résista pas à l'envie d'aller les observer.

— Ma foi, Mr. Darcy, quelle fête surprenante ! fit la voix de Caroline derrière son épaule. Dire que nous n'en sommes qu'au premier jour

— C'est ce que bon nombre de mes invités m'ont dit ce soir, répondit ce dernier avec son flegme habituel.

— Tout de même, je ne reconnais pas Pemberley, aujourd'hui, insista la jeune fille. Je me doutais bien qu'en l'absence des domestiques les choses seraient plus chaotiques, mais à ce point ! Je suis surprise que vous n'y ayez pas déjà mis bon ordre, connaissant votre goût pour le calme et la décence.

— J'ignore ce que vous connaissez précisément de mes goûts, Caroline, mais sachez qu'à l'instar de Georgiana, cette journée de Noël est la plus joyeuse qu'il m'ait été donné de vivre depuis des années.

— Justement, puisque vous parlez de votre sœur, je dois vous avouer que je m'inquiète un peu pour elle...

— Vraiment ?

— Ne trouvez-vous pas qu'elle a changé de tempérament ? Je lui trouve la langue bien pendue, ces jours-ci, ce n'est pas à cela qu'elle nous a habitués.

— J'en conviens. Georgiana a toujours été très réservée. Mais je me réjouis qu'elle s'enhardisse un peu, cela ne peut lui faire que du bien.

— Vous pensez ? Je parlais avec Mrs. Annesley, tout à l'heure, et je crois qu'elle s'inquiète beaucoup pour sa petite protégée.

— Si Mrs. Annesley a quoi que ce soit à dire, elle sait qu'elle peut venir me trouver à tout moment.

— Il m'a semblé qu'elle redoutait une certaine influence sur Georgiana...

Darcy se retint de pousser un soupir d'exaspération.

— Que voulez-vous dire, Caroline ? fit-il d'un ton sec. Parlez en votre nom propre, je vous en prie, il n'est pas nécessaire de faire intervenir Mrs. Annesley dans tout ceci.

La jeune fille se troubla. Elle ne s'attendait pas à être ainsi confrontée. Malgré tout, elle s'entêta à aller jusqu'au bout de son idée.

— Disons que depuis que nous sommes arrivés, Mr. Hurst, Mrs. Hurst et moi-même avons trouvé beaucoup de changement dans le train de vie de la maison. Pemberley était bien plus paisible, l'été dernier, tout y était très convenable.

— Mais encore ?

— Hé bien, nous avons, entre autres, constaté que Georgiana avait tendance à devenir – oserais-je vous le dire ? – plus impertinente. Vous savez comme on est naïf et influençable, à cet âge, et il me paraît de mon devoir de vous prévenir afin que vous puissiez rectifier la situation au besoin.

Darcy ne broncha pas. Avec son expression la plus impénétrable, il s'inclina devant son interlocutrice.

— C'est très aimable à vous de vous préoccuper ainsi du bien-être de ma sœur, Caroline, mais je vous assure que vous n'avez aucun souci à vous faire à ce sujet. Je suis, moi, la meilleure personne pour assurer ce rôle.

— Mais ne trouvez-vous pas que...

— Pardonnez-moi, la coupa-t-il. Ce que vous appelez de l'impertinence chez Georgiana n'est rien d'autre qu'une spontanéité charmante dont elle n'a jamais fait preuve auparavant et que j'approuve de tout mon cœur. Ma sœur est plus heureuse ainsi qu'elle ne l'a jamais été. Je vous serais donc tout à fait reconnaissant de ne plus vous préoccuper de la manière dont je mène ma maison.

— Mais, je...

— Je crois avoir été clair, Miss Bingley.

256

Cette fois, il lui jeta un regard glacial. La jeune fille rougit jusqu'aux oreilles et se tut enfin. Comme il ne la lâchait pas du regard, elle finit par lui adresser une courte révérence, fit demi-tour et s'en alla s'asseoir auprès de sa sœur en essayant de paraître très à son aise.

Darcy, lui, poussa un profond soupir et retourna son attention vers les danseurs, qui s'amusaient toujours. Elizabeth dansait avec Mr. Munroe. Elle était, comme toujours, rieuse et pétillante, même si l'alcool rendait ses pas un peu plus gauches que d'ordinaire.

Le jeune homme accrocha Mr. Gardiner, qui observait lui aussi la scène en battant la cadence du bout du pied.

— Je crois que nous avons deux jeunes filles un peu endormies qu'il faudrait ranimer, mon ami, fit-il en désignant Kitty et Georgiana, avachies sur un sofa. Voulez-vous que nous allions les chercher pour nous joindre à ce joyeux quatuor ?

Et comme Mr. Gardiner acceptait avec enthousiasme, le groupe de danseurs doubla bientôt et la fête continua.

~

Il était très tard lorsque les derniers invités montèrent se coucher. Elizabeth avait depuis longtemps congédié Weston et Mrs. Reynolds, qui avaient veillé une partie de la soirée au cas où leurs maîtres auraient besoin d'eux.

Mrs. Keen avait été la première à déclarer forfait, prétextant son grand âge. Elle avait été assez vite suivie par les Moore, puis les Hurst et Caroline. Les danseurs, fatigués, s'étaient alors réunis dans le grand salon, autour du foyer où la bûche n'était plus qu'un amas de grosses braises. Ils avaient chanté des chants de Noël et s'étaient raconté des histoires en buvant du thé bien chaud. Lorsque Georgiana s'était endormie sur l'épaule d'Elizabeth, elle-même accotée contre son époux, cela avait été le signal qu'il était temps de clore la soirée pour de bon. Il était plus de trois heures du matin.

Le couple Darcy, après avoir souhaité une bonne nuit à tout le monde, s'attarda un petit moment. Autour d'eux, une belle pagaille témoignait de la fête : des verres, des tasses et des assiettes qui traînaient partout, des châles oubliés, des coussins enfoncés, des feuilles de musique abandonnées, une chaise renversée, des guirlandes déchirées, des foulards et des accessoires qui avaient servi pour les jeux...

— J'ai passé un Noël formidable, chuchota Elizabeth en enlaçant son mari, debout devant le foyer, soupirant d'aise.

— Moi aussi, répondit ce dernier. J'étais un peu récalcitrant à l'idée d'avoir autant d'enfants dans la maison, mais je reconnais que sans eux cette journée n'aurait pas eu le même sens.

— Et Mrs. Keen ! Quel plaisir c'était de l'avoir avec nous ! Je la savais pleine d'humour et de répartie, mais ce soir elle était hilarante. Elle a réussi à faire rire Mr. Hurst plus d'une fois, c'est vous dire !

Avec un sourire, Darcy resserra son étreinte et déposa un baiser dans ses cheveux.

— Avez-vous eu votre compte de danses, très chère Lizzy ? demanda-t-il.

— Je crois qu'il m'en a manqué une ou deux pour être tout à fait comblée, mais je n'osais pas abuser de votre bonne volonté...

— Vous auriez dû demander à Bingley. Je ne sais pas ce qu'il y avait dans son assiette, mais il était inépuisable, ce soir. Je crois que c'était lui le plus déçu quand nous avons cessé de danser.

Elizabeth gloussa. La nourriture, le vin, la convivialité et la chaleur du foyer... Ils avaient eu tout cela en abondance depuis le matin et elle se sentait repue. Elle se serra un peu plus contre Darcy.

— Puisque nous parlons de cela, sachez que je vous ai trouvé particulièrement séduisant, ce soir, tandis que vous dansiez avec moi. Vous n'imaginez pas le pouvoir d'attraction qu'une chemise à peine ouverte peut avoir sur une épouse, chuchota-t-elle en glissant ses doigts par l'entrebâillement de son col.

— Vraiment ? répondit celui-ci, tandis que ses mains se faisaient plus caressantes le long du dos de la jeune femme. Avez-vous encore un peu d'énergie, ce soir, ma douce ?

De toute évidence, elle en avait.

Pour le jeune couple, il fut l'heure de se coucher, mais pas encore celle de dormir.

CHAPITRE 10

Il ne saurait y avoir de dignité à Pemberley si l'on n'y respectait pas les traditions en y mettant les formes. C'est pourquoi la remise des boîtes destinées aux domestiques, au lendemain de Noël, s'effectua avec le plus grand protocole.

Le processus était simple, mais solennel. Tous les serviteurs furent alignés dans le grand hall par ordre hiérarchique. Face à eux, debout près d'une table chargée de boîtes en carton toutes identiques, le couple Darcy appelait chacun par son nom et lui remettait son présent en mains propres, accompagné de remerciements pour les services rendus et de quelques vœux pour l'année à venir. Le serviteur saluait alors gravement et retournait ensuite à sa place, en attendant la fin de l'exercice pour filer dans les communs déballer sa boîte. En fonction de son grade ou de son ancienneté dans la maison, il pouvait s'agir d'une casquette neuve, de gants de cuir, d'une étole, d'un petit nécessaire de couture ou encore d'un joli fichu de dentelle, le tout agrémenté d'une somme d'argent plus ou moins importante.

Weston et Mrs. Reynolds ne furent pas inclus dans cette cérémonie, car les jeunes maîtres préférèrent les recevoir en privé. Ils furent donc convoqués dans le cabinet de travail, où ils furent eux aussi félicités pour leur loyauté et leur excellent travail. Le majordome reçut une belle chaîne pour sa montre à gousset, sa consœur un service à thé en porcelaine fine pour remplacer celui, bien ordinaire, qu'elle utilisait dans son bureau personnel.

— Je vous suis très reconnaissante, Mr. Weston, Mrs. Reynolds, pour votre patience depuis que je suis arrivée, ajouta Elizabeth en leur serrant la main. Je suis consciente que ce n'est pas évident pour vous de devoir vous adapter à une nouvelle maîtresse. Je vous ai sans doute un peu bousculés dans vos habitudes – et ce n'est pas fini, je crois –, mais sachez que je suis très satisfaite de vous.

Bien entendu, les deux domestiques démentirent avec véhémence, se confondant en remerciements et en louanges. Mais la jeune femme ne fut pas dupe : s'ils étaient très attachés à Darcy, envers qui ils faisaient preuve d'une admiration évidente et d'un dévouement total, c'était encore loin d'être le cas pour elle. Certes, ils la servaient d'une façon irréprochable, mais ils conservaient une distance à son égard qu'elle espérait bien voir disparaître avec le temps. Contrairement à Lady Fitzwilliam, qui traitait ses gens avec un certain mépris, Elizabeth tenait à s'en faire à la fois aimer et respecter.

Elle eut toutefois droit à un compliment plus sincère lorsque vint le moment pour les deux serviteurs de quitter le cabinet. Avec une certaine timidité, Mrs. Reynolds se permit une révérence devant sa maîtresse.

— Si je peux me permettre, madame, déclara-t-elle, votre présence à Pemberley insuffle une gaieté particulière qui est un vrai plaisir. La journée d'hier l'a prouvé : c'était si joyeux d'avoir tous ces gens et ces enfants dans les salons ! Nous n'avions pas vu cela depuis longtemps !

Puis, sans rien ajouter de plus et sans attendre de réponse, l'intendante salua encore et disparut.

~

Les jours suivants furent consacrés à visiter les paysans de Maesbury et de Woolbert, ainsi que les pauvres de Lambton que la veuve Keen avait recommandés.

Chaque fois, ce fut toute une expédition. Elizabeth se fit accompagner tantôt de sa sœur, de sa tante, ou bien de Georgiana et Kitty – elle préférait ne pas emmener toutes les dames en même temps pour ne pas intimider inutilement les gens visités. Elle prenait un cocher pour la voiture, deux valets pour transporter les paniers remplis de vêtements chauds et de gourmandises qu'elle distribuait avec largesse, et elle demanda même quelques fois le concours de Mr. Moore pour la présenter auprès des fermiers qu'elle ne connaissait pas. Cette petite tournée fut pour elle assez éprouvante, mais ce fut l'occasion de mettre des visages sur ces noms dont Darcy lui parlait à l'occasion et de voir par elle-même comment ils vivaient.

En comparaison de ce que la jeune femme avait connu en Hertfordshire, les fermiers de son mari étaient, de toute évidence, nettement privilégiés. Les intérieurs étaient confortables, les enfants nourris et vêtus convenablement. Moore expliqua que Darcy fournissait ce qu'il fallait pour que ses gens travaillent dans de bonnes conditions. Il savait se montrer généreux quand il le fallait, tolérait une baisse de production en cas de maladie, payait les frais du médecin et une éducation de base pour les petits garçons. Il absorbait aussi les pertes lorsque des têtes de bétail mouraient d'une infection ou s'égaraient dans les montagnes, sans en tenir rigueur aux bergers qui, après tout, n'étaient pas omnipotents. Lorsqu'un problème se présentait, il cherchait d'abord à coopérer pour le résoudre plutôt que de rendre le locataire responsable et le laisser se débrouiller.

En échange, il exigeait de bons résultats sur les moissons et les élevages, et ne tolérait aucune excuse qui ne soit justifiée ni – surtout – aucune fourberie. Il s'était par exemple séparé sans hésitation d'une famille de fermiers après que celle-ci eut fait croire à une récolte moins abondante afin de revendre une partie de sa production en dehors du domaine. Quant à ceux qui payaient des loyers pour ses cottages et ses maisons, ils avaient l'assurance que les lieux seraient entretenus, mais en contrepartie le jeune homme n'avait qu'une patience limitée envers les retards de paiement. Darcy était un maître compréhensif à condition qu'on ne cherche pas à abuser de ses largesses. Ce subtil équilibre de la carotte et du bâton faisait de lui un homme respecté.

— Votre époux est plus ferme avec ses gens que ne l'était son défunt père, raconta Mr. Moore. Pour tout vous dire, madame, je suis convaincu qu'il a la bonne attitude, même si je sais qu'il a parfois des scrupules. Lorsqu'on est à la tête d'une propriété aussi vaste que Pemberley, on ne peut pas se permettre d'être laxiste...

Ces conversations avec le régisseur apprirent à Elizabeth un certain nombre de choses sur le fonctionnement du domaine, ce qui lui permit de s'en faire une image mentale plus précise. Elle ne visita que les paysans les plus proches, bien sûr, car il n'était pas pensable qu'elle se rende trop loin dans les terres, mais elle put constater que Charlotte, lorsqu'elle lui avait présenté Darcy au bal de Meryton, n'avait pas menti : le domaine de Pemberley couvrait réellement près de la moitié du Derbyshire. Il avait en outre l'immense avantage

261

d'être très peu morcelé. Depuis deux siècles, les Darcy s'acharnaient à racheter des terres mitoyennes aux leurs, de sorte qu'aujourd'hui on pouvait faire circuler de grandes quantités de marchandises sans jamais quitter le domaine familial – autrement dit : on était beaucoup moins exposés aux taxes et aux péages.

À Lambton, dans les familles pauvres auxquelles Mrs. Keen faisait des charités, l'ambiance était tout autre. Depuis les vieillards grabataires jusqu'aux petits enfants chétifs, en passant par les mères fatiguées et les hommes usés par le labeur ou l'alcool, il y avait en effet beaucoup à faire pour adoucir le quotidien. Elizabeth fut d'ailleurs reçue comme la Vierge Marie, à la fois reine et sauveuse, et les cadeaux qu'elle apporta furent très appréciés, en particulier les vêtements. Elle regretta même de n'avoir apporté comme nourriture que des sucreries, car les enfants avaient davantage besoin d'un solide morceau de pain doublé d'une grosse tranche de jambon, mais elle promit à tous qu'elle leur ferait porter d'autres paniers.

Ce ne fut pas une promesse en l'air. De retour à Pemberley, elle convoqua Mrs. Reynolds pour convenir d'une nouvelle habitude : fournir une fois par mois des produits alimentaires de base à ceux qui en avaient le plus besoin.

L'intendante ne fut pas surprise par cette demande.

— C'est aussi ce que faisait Lady Anne à son époque, expliqua-t-elle, mais je dois avouer que cette charité s'est un peu perdue avec le temps. Monsieur a toujours fait de généreux dons aux bonnes œuvres de la paroisse, mais il va sans dire que rien ne vaut la visite personnelle de la dame du domaine pour soulager les miséreux.

~

Parmi toutes les réceptions qui faisaient du temps des fêtes une réjouissance quotidienne, le grand bal du Nouvel An donné par Lord et Lady Hastings était un événement incontournable. Certes, le vicomte n'était pas aussi riche pour pouvaient l'être Darcy ou Mrs. Langhold, mais son titre lui conférait le plus grand respect, sans parler d'un éventail de relations intéressantes. On était toujours certain de rencontrer chez lui quelque parti prometteur, et comme rien ne valait l'attrait de la nouveauté pour inspirer les inclinations, le bal du Nouvel An était souvent l'occasion pour les demoiselles de la région de faire leur entrée dans le monde.

Malheureusement pour Georgiana, son frère s'entêta à lui refuser ce plaisir. Toujours échaudé par la triste mésaventure de Ramsgate, il refusait de la mettre en contact avec de jeunes hommes étrangers à la famille, et les tentatives d'Elizabeth pour le convaincre – rejointe à un moment par Jane et Bingley – furent sans effet.

— Puisque nous serons présents, vous et moi, pour veiller sur elle pendant les danses ! Laissez-la donc sortir, je la chaperonnerai avec plaisir !

Mais Darcy resta inflexible et c'est avec de grosses larmes dans les yeux que, ce soir-là, Georgiana regarda la petite compagnie partir pour le bal. Même Kitty se sentit coupable. Elle jura ses grands dieux qu'elle ne parviendrait jamais à s'amuser chez les Hastings puisque sa camarade ne serait pas auprès d'elle.

Bien entendu, une fois sur place, cette conviction ne fit pas long feu : la jeune Bennet s'amusa follement, tout autant que ses sœurs, d'ailleurs. La soirée comptait pas loin de cent cinquante personnes, un exploit qui nécessitait de réaménager toutes les pièces du rez-de-chaussée afin de pouvoir à la fois danser et servir à dîner.

On retrouva les Moore et les Munroe, et Margaret Gardiner passa presque toute la soirée en compagnie de son amie à se remémorer les autres bals de Lambton auxquels elles avaient assisté ensemble, à une époque où elles n'étaient pas tellement plus vieilles que Kitty. La veuve Langhold et ses fils étaient aussi de la partie, ainsi que Sir Norton – sans sa sœur, restée auprès des enfants, mais avec la jeune Sophie Russell. À tous ces gens, Elizabeth fut ravie de présenter Jane, qui fit aussitôt l'unanimité : on la qualifia de très belle, de tout à fait aimable et distinguée, et l'on se délecta que le Hertfordshire puisse produire d'aussi ravissantes personnes. Pour la nouvelle Mrs. Darcy, soucieuse de se montrer sous son meilleur jour auprès de la société du Derbyshire, Jane était un atout qu'elle était très fière d'exhiber.

— Votre sœur est tout à fait délicieuse, entendit-elle plusieurs fois.

— Quelle élégance ! Quelle grâce ! Regardez comme elle danse joliment !

— Elle a une modestie toute naturelle dans ses gestes, ne trouvez-vous pas ?

— C'est une beauté, pour sûr. Mr. Bingley doit être bien heureux d'avoir une telle épouse.

— Ce monsieur n'est pas non plus vilain de sa personne : imaginez donc les enfants qu'ils vont avoir ! De petits anges, assurément !

Darcy dansa en début de soirée, plusieurs fois avec Elizabeth, puis une fois avec Jane, une autre avec Kitty et une dernière avec Caroline. Après quoi, se considérant soulagé de son devoir, il s'éclipsa dans une autre salle pour bavarder avec des voisins. Elizabeth fut alors invitée par Lord Hastings en personne, puis par le révérend Smith et quelques messieurs très dignes, qu'elle présenta à son tour à Jane et aux sœurs de Bingley. En peu de temps, on avait fait connaissance de cinq ou six nouvelles familles des environs et de quelques galants venus tout droit de Londres.

C'est sans doute ce qui fit que Caroline et Louisa se montrèrent ce soir-là des plus agréables. Parmi ces gens riches ou titrés – parfois les deux – dont la plupart vivaient en ville et ne se trouvaient ce soir chez les Hastings qu'en raison de visites familiales, elles se sentaient parfaitement à leur aise. Caroline, d'une humeur fantastique, fut charmante envers Elizabeth qui lui servit d'intermédiaire pour entrer en contact avec quelques jeunes hommes plutôt bien de leur personne. Un changement que même Jane remarqua.

— Caroline est si plaisante avec toi ! glissa-t-elle à sa sœur alors qu'elles se rafraîchissaient entre deux contredanses en sirotant un verre de ponch à la romaine bien frais. Pour un peu, je croirais que ce pourrait être le début d'une grande amitié entre vous !

— Serais-tu jalouse, Jane chérie ? la taquina Elizabeth.

— Du tout ! Mais ne trouves-tu pas qu'elle a changé d'attitude, ce soir ?

— Figure-toi que je n'ai jamais douté que Caroline pouvait se montrer des plus aimables lorsqu'elle le voulait. Je suppose que la présence de plusieurs baronnets, du cousin d'un duc ou des jeunes fils d'une veuve très riche doit la mettre en joie – sans compter ce beau capitaine de la marine dont on dit qu'il a pris deux navires français et accumulé une récompense d'un peu plus de trente mille livres. Grand bien lui fasse ! Au moins, elle n'est pas occupée à médire de moi auprès de mes nouveaux voisins…

— Que voudrais-tu qu'elle dise sur toi ? Elle n'oserait jamais raconter que tu lui as pris un homme qu'elle convoitait, elle aurait l'air bien trop ridicule !

Elizabeth coula vers sa compagne un regard magnanime. La belle Mrs. Bingley n'avait décidément rien perdu de sa candeur. Protégée par le cocon enveloppant du Hertfordshire où elle avait passé toute sa vie, elle n'avait pas encore pris assez de recul pour juger avec acuité de la façon dégradante dont les filles Bennet pouvaient être perçues par certaines personnes mieux nées.

— Craindrais-tu qu'elle n'ébruite la discorde que ton union avec Mr. Darcy a créée entre lui et sa tante ? poursuivit Jane.

— Bah ! Pour cela, le mal est déjà fait, rétorqua sa sœur en haussant les épaules. Je n'étais pas arrivée depuis deux semaines que tout le monde savait déjà que je n'avais aucune dot et que Lady Catherine s'était opposée de toutes ses forces à notre mariage.

— Mais comment les gens l'ont-ils su ?

— Je n'en ai pas la moindre idée ! Les domestiques, sans doute... Tu sais bien que c'est le genre d'information que l'on peut difficilement garder pour soi.

Jane avait sur le visage un air horrifié qui fit rire sa sœur.

— Voyons, ne fais pas cette tête-là !

— Tout de même... Depuis que je suis arrivée, je ne vois autour de toi que des salutations charmantes et beaucoup d'affection.

— De l'affection ? Ma chère Jane, tu es bien trop bonne. Je suis peut-être la maîtresse de Pemberley, mais je suis encore une étrangère à leurs yeux.

Elle songea aux après-midis entre dames auxquels elle n'était toujours pas conviée. Aux visites de Mrs. Blackmore et Miss Norton venues saluer Lady Fitzwilliam lors de son séjour et qui ne s'étaient pas reproduites depuis. Même Judith Clarkson, qui avait pourtant tout l'air de trouver Elizabeth fort sympathique, ne s'était jamais déplacée jusqu'à Pemberley pour la voir. Certes, le temps des fêtes faisait qu'on passait beaucoup de temps en famille, et la présence des Bingley et des Gardiner était peut-être intimidante pour d'éventuels visiteurs craignant de déranger, mais Elizabeth sentait bien qu'elle ne faisait pas encore partie du cercle social de Lambton. En tout cas, pas sans son époux.

— Je suppose qu'il faudra du temps avant qu'ils ne m'acceptent pour de bon parmi eux, mais je ne baisserai pas les bras avant d'y être parvenue ! conclut-elle, avec un large sourire. Et tu sais comme je peux être entêtée parfois !

— Dans ce cas, il faudrait commencer par apaiser la relation entre ton mari et sa tante. Si Lady Catherine finit par te donner sa bénédiction, plus personne n'y trouvera rien à redire.

265

Et alors que Jane grattait le fond de son verre avec sa cuillère pour y recueillir un reste de meringue et de granité à moitié fondu, Elizabeth resta interloquée.

Sa sœur venait d'avoir une de ces étincelles de clairvoyance qui la frappaient parfois, tout innocente qu'elle était. Elle avait raison. Si la nouvelle Mrs. Darcy voulait faire un peu oublier l'écart de naissance qui existait entre elle et son époux, elle ne pourrait pas compter sur une meilleure alliée que Lady Catherine en personne.

~

Les Hastings avaient mis à disposition de leurs invités quatre cavaliers munis de flambeaux pour ouvrir la route jusqu'à Lambton. Les voitures, après avoir chargé leurs occupants les uns après les autres dans un ordre parfait, s'étiraient à présent en un long convoi, éclairées par leurs lanternes qui les faisaient ressembler à des lucioles perdues dans la nuit noire.

Emmitouflé dans son manteau, les genoux recouverts d'une épaisse couverture et les pieds posés sur des briques chaudes, Darcy soupira d'aise. Après le brouhaha étourdissant de la soirée, il profitait d'un moment de paix, comme il n'y en avait pas beaucoup ces jours-ci.

Elizabeth était blottie contre lui. Ils roulaient en silence depuis un moment et il la croyait assoupie. Quelle ne fut pas sa surprise lorsqu'il sentit sa main se glisser sur la sienne et sa voix déclarer doucement, comme sortie de nulle part :

— Mon amour, vous devriez écrire à votre tante pour lui souhaiter vos bons vœux.

Le jeune homme se rembrunit. L'évocation de Lady Catherine avait brisé en un clin d'œil le charme de l'instant.

— Ah non, pas encore ! fit-il, agacé.

— C'est une bonne occasion de reprendre contact, ne trouvez-vous pas ?

— Sans doute, si cela avait été dans mes intentions, mais vous savez que ce n'est pas le cas.

— En effet. Toutefois, je crois qu'à trop vous fréquenter, je suis devenue aussi obstinée que vous-même.

Elle avait tenté une plaisanterie, mais Darcy n'avait pas le cœur à rire et ne répondit pas. Elle insista :

— Avec les hôtes que nous avons en ce moment, ne voyez-vous pas, comme moi, le plaisir qu'il y a à profiter d'une belle grande famille, unie et aimante ?

— Que d'adjectifs pour une seule famille… rétorqua son mari, un brin acerbe. Enfin, Lizzy, vous savez bien que je ne fais que vous protéger des critiques de ma tante. Pourquoi insistez-vous tant pour que je lui écrive ? Ne me dites pas que vous rêvez de la compter à son tour parmi les invités de Pemberley !

— À vrai dire, c'est exactement ce que j'espère.

— Vous n'êtes pas sérieuse ! fit-il en haussant les épaules.

Elizabeth avait le don de le surprendre par ses répliques et, dans un autre contexte, il en aurait peut-être ri. Ce soir, en revanche, il aurait préféré qu'elle ne lui rabâche pas une fois de plus cette discorde, à propos de laquelle il était déterminé à ne pas céder. Le colonel Fitzwilliam avait déjà essayé de le faire changer d'avis, sans parler du comte. Même Georgiana lui en avait timidement glissé deux mots. Finirait-on par le laisser tranquille à ce sujet ?

Au-dehors, on entendit des interjections. On arrivait à l'entrée de Lambton et les éclaireurs s'étaient arrêtés, saluant les attelages qui se séparaient à présent pour prendre chacun la direction de son domicile.

Elizabeth en profita pour se redresser sous la couverture qui les protégeait tous les deux. C'était le signe qu'elle cessait les tendresses pour se concentrer sur une discussion sérieuse. Darcy ravala un soupir agacé.

— Je sais que vous n'aimez pas ce sujet, mon ami, et vous me voyez désolée d'insister à ce point. Je ne le ferais pas si ce n'était important.

Dans la pénombre, il la vit se mordiller les lèvres tandis qu'elle cherchait ses mots.

— Je comprends que vous essayez de me protéger de votre tante, expliqua-t-elle, mais ce faisant, vous me causez plus de tort que vous ne le pensez. Je ne sais si vous en êtes conscient, mais nos voisins et amis savent fort bien que Lady Catherine s'est opposée à notre mariage. Et pour quelles raisons. On sait également que cette mésentente perdure entre vous, et on considère que j'en suis la principale responsable.

— Sottise ! Je mets au défi qui que ce soit de vous faire le moindre reproche ! Je m'en expliquerai volontiers s'il le faut, fit Darcy d'un air buté.

— Ce que personne ne vous demandera jamais de faire, vous le savez aussi bien que moi. En attendant, il vous faut choisir entre deux objectifs : flatter votre orgueil en tenant tête à votre tante, ou bien œuvrer à mon acceptation par les gens du Derbyshire. Car vous ne parviendrez pas à les atteindre tous à la fois.

— Que voulez-vous dire ? Qui ne vous accepte pas, ici ? N'êtes-vous pas saluée et invitée partout avec le respect qui convient à votre position ?

Elizabeth prit encore une seconde pour rassembler ses pensées. Devant ce silence, Darcy sentit la colère qui montait en lui se transformer en un désagréable sentiment d'appréhension.

— Dois-je m'inquiéter, Lizzy ? demanda-t-il, cette fois avec plus de douceur.

— Absolument pas. C'est à moi de faire mes preuves pour gagner l'estime de nos voisins, et le temps m'y aidera. Cela dit, je vous assure que vous me retireriez une épine du pied en reprenant contact avec votre tante. Je sais combien vous lui en voulez, et je vous aime et vous admire de lui tenir ainsi tête en ma faveur, mais au regard des échos que j'ai pu entendre ici et là, cette dispute ne fait que me porter préjudice. Ça ne peut pas continuer ainsi. Et comme vous la connaissez encore mieux que moi, vous savez que ce n'est pas de la part de votre tante que nous devons espérer une main tendue. Alors, je vous en prie, mettez de côté votre fierté et votre colère, et écrivez-lui. Faites cela pour moi.

Cette fois, ce fut au tour de Darcy de garder le silence.

Il n'était pas facile pour lui de comprendre ce que vivait son épouse, subitement plongée dans un environnement qui lui était étranger. Le jeune homme était lui aussi convaincu qu'il ne s'agissait que de temps pour qu'Elizabeth trouve sa place à Pemberley et dans la région, mais il devait reconnaître que pour le moment sa situation n'était pas des plus confortables. Elle devait se démener sur tous les fronts pour montrer de quoi elle était capable, et c'était beaucoup en demander pour une si jeune femme, fût-elle dotée d'un caractère aussi bien trempé que le sien.

— Dois-je vraiment l'inviter à séjourner chez nous ? reprit-il enfin.

— Cela me ferait le plus grand plaisir... roucoula Elizabeth en se pelotonnant contre lui.

— Mmm... J'y réfléchirai.

~

Après douze jours de visites, de réceptions, de bals et de festivités en tous genres, le temps des fêtes s'acheva avec la nuit des Rois.

Il fallut agrandir la table de la salle à manger de Pemberley, car ce soir-là, on se prépara à recevoir pour dîner pas loin de cinquante personnes. Elizabeth était épuisée. Elle avait déjà bien assez des Bingley et des Gardiner sous son toit, sans parler de ses multiples visites de courtoisie ou de charité, et elle se serait volontiers passée d'avoir à organiser une telle réception, mais c'était une idée de son mari. Darcy, qui avait toujours limité les mondanités en ne recevant que de petits comités d'amis intimes, semblait prendre goût au fait de présider à de grandes tablées. C'était comme si, à présent qu'il y avait dans les lieux une nouvelle dame, la maison pouvait rouvrir toutes grandes ses portes à la société du Derbyshire.

La charge était lourde pour les frêles épaules d'Elizabeth. Par chance, elle apprenait vite et elle avait pris de l'assurance. Elle connaissait mieux la maison, se sentait plus à l'aise avec les domestiques et leur routine quotidienne. Elle n'hésitait plus à descendre dans les communs lorsqu'elle en avait besoin, même si Weston et Mrs. Reynolds continuaient de grimacer en la voyant faire. C'est Hewitt qui, le premier, avait compris qu'il y avait tout intérêt à laisser la jeune maîtresse se mêler de leur travail, car elle était toute prête à chercher avec eux des solutions pour leur faciliter la vie. Mise au courant de la charge de travail monstrueuse qui attendait les domestiques avec autant d'invités, Elizabeth ne fit aucune difficulté pour ordonner qu'on embauche des aides supplémentaires en cuisine ainsi qu'une douzaine de valets de plus pour le service. La jeune femme était peut-être prête à rogner sur les petites dépenses ordinaires qu'elle jugeait inutiles, mais elle ne faisait aucune économie lorsqu'il s'agissait de la réputation de sa maison : Pemberley devait briller aux yeux des convives.

La réception des Darcy devint, après le bal du Nouvel An, l'événement dont on parla le plus dans la région. On n'avait pas vu tant d'invités à la fois depuis l'époque de Lady Anne. Ceux qui étaient invités se rengorgeaient comme des pigeons pendant la parade, et ceux qui ne l'étaient pas cachaient leur déception derrière des sourires pincés. Les Bingley, Hurst et Gardiner furent bien sûr aux premières loges, rejoints par les Hastings, Langhold, Clarkson, Munroe, Blackmore, Norton, le révérend et son éternelle comparse, Mrs. Keen. À cette troupe d'habitués s'ajoutèrent quatre autres familles, ainsi que les parents en visite chez les uns et les autres : des cousins des Blackmore et des Langhold, une belle-sœur de Mrs. Moore devenue sans famille, un des frères de Clarkson accompagné de son épouse et – pour le plus grand bonheur de Caroline Bingley – le riche et fringant capitaine rencontré au bal.

Bien que ce fût un dîner mondain où les enfants n'avaient pas leur place, Georgiana fut invitée à participer. Son frère n'eut pas le cœur de lui refuser ce plaisir, mais il lui fit comprendre qu'il s'agissait d'une exception et qu'elle ne devait pas pour autant se considérer dans le monde. Docile, la jeune fille acquiesça sans faire d'histoires, trop heureuse de pouvoir profiter d'une nouvelle soirée festive en compagnie de Kitty, même si cela devait se faire sous la surveillance étroite de Mrs. Annesley.

— Vous serez bien avisée de vous rappeler votre éducation, Miss Darcy, avait prévenu la dame d'un air sévère, car il ne sera pas question, ce soir, de rire trop fort ou de boire plus que de raison. Vous êtes la demoiselle de la maison et, en tant que telle, vous vous devez d'avoir un comportement exemplaire.

En réalité, Mrs. Annesley se préoccupa surtout de surveiller Kitty, car c'était le tempérament emporté de la petite Bennet qui était le plus souvent à l'origine des écarts de conduite de Georgiana.

Pourtant, Darcy approuvait pleinement cette amitié naissante. Il n'avait pas oublié ce que sa sœur lui avait raconté au sujet de ses odieuses camarades du pensionnat et il se félicitait de la voir apprécier enfin la compagnie d'une jeune fille de son âge. Kitty avait beau manquer cruellement de bonnes manières, elle n'était pas encore gâchée par une trop grande préoccupation du rang ou de la fortune : sans préjugés à l'égard de Georgiana, elle se comportait envers elle d'une façon sincère et décomplexée qui avait très vite mis la jeune fille à l'aise. Désormais inséparables, les deux adolescentes s'amusaient follement et Darcy observait tout cela d'un œil bienveillant, réconforté de voir sa sœur sortir enfin de sa coquille.

~

Au grand soulagement d'Elizabeth, la soirée fut une parfaite réussite.

Dans la salle à manger, les guirlandes de verdure de Noël avaient un peu séché, mais les toilettes chatoyantes et les bijoux qui étincelaient sous une quantité insolente de chandelles redonnèrent sans mal un air de fête à la pièce. Face à tant d'invités, ce fut tout un exercice pour la jeune maîtresse de maison de trouver un moment pour échanger quelques amabilités avec chacun d'entre eux, mais elle s'y appliqua du mieux qu'elle put, et comme la plupart de ces gens se connaissaient déjà, l'ambiance fut des plus conviviales. Le repas – quatre services tous plus gargantuesques les uns que les autres – ravit tout le monde. Une fois de plus, on la félicita pour les délices de sa table.

— Mrs. Darcy, déclara Lord Hastings, assis à sa droite, je dois vous avouer que nous n'avions pas vu tant de magnificence à Pemberley depuis l'époque de notre regrettée Lady Anne. Il est évident que tout cela, c'est à vous que nous le devons. Votre époux doit être bien heureux de vous avoir, et nous sommes, nous, honorés de compter parmi vos invités.

— Sa seigneurie a raison, ajouta Mrs. Langhold, juste en face. Je suis impressionnée, madame, que vos talents d'hôtesse vous viennent si naturellement. On dirait que vous avez reçu toute votre vie et pourtant je suis bien placée pour connaître le tracas qu'il y a pour une dame à organiser de telles réceptions... Lady Anne n'aurait sans doute pas fait mieux que vous, ce soir !

Elizabeth se troubla. Non seulement l'éloge était de taille – une comparaison si flatteuse avec la mère de Darcy ne pouvait que la ravir –, mais il lui venait de deux des personnes les plus influentes des environs. Si eux commençaient enfin à reconnaître sa légitimité en tant que maîtresse de Pemberley, le reste de la société finirait bien par suivre.

— C'est que vous ignorez que notre chère Mrs. Darcy adore se donner du tracas inutilement ! ajouta Louisa, qui avait suivi la conversation et tenait à y mettre son grain de sel. Imaginez-vous qu'elle se soucie tellement de ses domestiques qu'elle leur a fait servir un grand repas de fête, à eux aussi ! Comme s'il n'y avait pas assez de travail comme cela !

Et elle ponctua son commentaire d'un petit rire qu'elle avait voulu piquant, mais qu'elle interrompit très vite sous le regard patient de Mrs. Langhold.

— Si c'est vrai, alors c'est une délicatesse supplémentaire que nous pourrons porter au crédit de Mrs. Darcy, répondit la veuve. J'ignore si vous avez vous-même une grande domesticité à gérer, Mrs. Hurst, mais il me semble qu'on n'est jamais mieux servi que par des gens satisfaits et dévoués, et pour cela il faut bien leur accorder quelques privilèges. Cette initiative était excellente.

Louisa, qui avait senti qu'on la remettait à sa place, ravala son air poseur. Avec un petit rire gêné et un haussement d'épaules, elle balbutia que le discours de la veuve était plein de sagesse et elle se dépêcha d'engager la conversation avec son voisin pour se dissocier de celle-ci.

Elle avait dit vrai. Puisqu'on fêtait ce soir le dernier jour du temps des fêtes, Elizabeth avait voulu marquer le coup en offrant à ses serviteurs un repas plus élégant que d'ordinaire. Cela avait demandé une logistique plus complexe, mais elle était parvenue à échanger quelques mots avec Weston juste avant de passer à table et elle savait que son geste avait été apprécié.

— Comment était le repas, en bas ? Les gens étaient-ils contents ?

— Tout à fait, madame, les cochons de lait ont été une franche réussite et chacun a eu sa double ration de bière. Ils vous remercient tous.

— Avez-vous fait servir le ponch ?

— Oui, madame, excepté pour les valets. Ils auront leur part après le repas des invités.

— Très bien. Je tâcherai de les renvoyer dès que possible. Il faut bien qu'ils puissent fêter, eux aussi !

Malgré ces bonnes intentions, les laquais qui servaient les cinquante convives restèrent en poste bien plus longtemps que prévu, car le repas s'éternisa. Entre les bouteilles de vin qui n'en finissaient plus, la quantité incroyable de plats à chaque service, les conversations et les rires, on était si bien à table que personne n'était pressé d'en sortir.

Enfin, alors que les convives se laissaient de plus en plus aller contre le dossier de leur chaise pour faire un peu de place aux estomacs remplis, on apporta le plat que tout le monde attendait : le triomphal gâteau des Rois. Il devait bien faire deux pieds de diamètre, six pouces de haut, et il était couvert d'un glaçage de sucre blanc joliment émaillé de feuilles de houx, de rondelles d'orange confite et de petites figures en pâte de sucre colorées. À l'intérieur, un mélange de raisins, de fruits confits et d'amandes, parfumé comme toujours avec beaucoup d'alcool.

Darcy se leva pour réclamer l'attention de ses invités qui, malgré leur estomac trop rempli, arrivaient encore à se pâmer devant le dessert.

— Permettez que nous fassions les choses dans le plus grand respect des conventions. J'aimerais inviter à cette table quelques représentants de notre maisonnée afin qu'ils partagent ce gâteau avec nous.

Entrèrent alors dans la pièce Weston, Mrs. Reynolds, Grove et Mrs. Vaughan, un peu raides dans leurs beaux habits, intimidés d'être ainsi présentés à la compagnie.

Darcy, en chef de famille, distribua les parts. Les quatre domestiques mangèrent debout dans un coin de la salle, tandis que les convives dépouillaient en douceur leur portion – car il s'agissait de ne pas avaler par erreur l'objet de toutes les convoitises.

— Ah ! Je crois que Mr. Moore tient quelque chose ! s'exclama Mrs. Blackmore, en pointant dans l'assiette de son voisin ce qui ressemblait fort à un haricot sec. Voyons, mon ami, alliez-vous vous déclarer ou bien avez-vous pensé que vous pourriez passer inaperçu ? Vous n'y échapperez pas : vous voilà roi !

Presque au même moment, tandis qu'on félicitait Mr. Moore, devenu souverain d'un soir, le valet de chambre de Darcy se pencha vers son maître pour lui murmurer quelque chose à l'oreille.

— Et nous avons un petit pois ! s'exclama ce dernier en direction de l'assemblée. Mr. Moore, saluez votre reine : Mr. Grove !

Tout le monde s'esclaffa. Kitty fit un peu la grimace de n'avoir pas obtenu elle-même la fève ni le pois, mais rapidement elle se contint et reprit sa bonne humeur. Bingley, lui, se précipita au salon pour en tirer deux larges fauteuils dans lesquels il fit asseoir le roi et la reine, sous les applaudissements. Ni Moore ni Grove ne semblaient très à l'aise d'être ainsi exposés aux regards, ce qui amusa beaucoup les invités et donna l'occasion de porter de nouveaux toasts.

Cette diversion donna le signal : pendant que les uns finissaient leurs parts, les autres se dirigèrent vers les salons pour se caler dans les sofas avec des soupirs de satisfaction. Elizabeth avait engagé des musiciens. Il était trop tôt pour danser, mais en attendant, elle les fit installer dans l'un des salons pour divertir les invités tandis qu'ils digéraient.

On n'aurait rien entendu de ce qui se passait au-dehors si Weston, en plein milieu de la soirée, n'était venu prévenir son maître. La musique s'interrompit.

— Mes amis, déclara Darcy d'une voix forte pour attirer l'attention de tout le monde, il semble que nous ayons des visiteurs à la porte... Si mon épouse veut bien me rejoindre, je vous invite tous à nous suivre : nous allons les accueillir comme il se doit.

Jane, qui bavardait avec sa sœur à cet instant, lui jeta un coup d'œil surpris.

— Que se passe-t-il ? demanda-t-elle, un peu inquiète. Qui peut-il y avoir, à cette heure ?

— Je n'en ai aucune idée, figure-toi, lui répondit Elizabeth.

Elle se hâta de retrouver son mari et s'accrocha à son bras. Il se forma alors un long cortège qui s'avança lentement dans le couloir, avant de descendre le grand escalier qui menait dans le hall.

On y avait dressé de grandes tables chargées de victuailles. La jeune femme fronça les sourcils, de plus en plus perplexe.

— De quoi s'agit-il, William ? souffla-t-elle.

— C'est une surprise que je vous ai réservée, une tradition dont j'ai appris que nous fêtions ici différemment que les habitants du Hertfordshire. J'avais demandé à Mrs. Reynolds de ne surtout rien vous dire à ce sujet... Ne devinez-vous pas ?

Il se retourna, cherchant des yeux Jane et Kitty, et il leur fit signe de le rejoindre afin d'être elles aussi aux premières loges pour assister à la scène qui les attendait.

Dehors, l'ambiance avait quelque chose de magique.

Une petite foule de gens se tenait au pied du perron, portant des flambeaux qui illuminaient la nuit noire d'une lueur féérique, toute piquetée des flocons de neige moutonneux qui tombaient mollement. Tous les fermiers de Woolbert et de Maesbury étaient là, avec femmes et enfants, chaudement vêtus et armés de pipeaux, de tambourins et même d'un violon. Ils n'avaient pas attendu que le couple Darcy sorte pour entonner des chants, mais lorsqu'ils aperçurent leurs maîtres, ils redoublèrent d'efforts.

— Oh ! C'est le wassail ! s'exclama Jane, juste derrière l'épaule de sa sœur, en battant des mains.

Dans cette masse de silhouettes sombres, collées les unes aux autres et saupoudrées de neige, les visages réjouis chantaient avec entrain dans la lumière dorée et vacillante des flambeaux. On les voyait se balancer d'un pied sur l'autre au rythme de la musique, sans même s'en rendre compte, pris comme ils étaient par l'enthousiasme contagieux de la musique. Au premier rang, où se trouvaient les plus jeunes, avec leurs bonnets enfoncés jusqu'aux yeux et leurs manteaux relevés jusqu'au nez, il y en eut même quelques-uns pour esquisser des pas de danse.

Elizabeth trouva la ritournelle si charmante et la scène si poétique qu'elle se sentit émue. Elle serra plus fort le bras de son mari.

En Hertfordshire, les paysans célébraient le wassail dans les vergers, en lançant du cidre et en offrant de la nourriture aux pommiers, pour se garantir une bonne récolte dans l'année. Chez les gentlemen, où il n'était pas question de quelque chose d'aussi païen, on se contentait plutôt de boire une bolée de cidre chaud aux épices en échangeant des vœux de bonheur et de prospérité. Mais à Pemberley, comme Darcy l'avait dit, les choses étaient différentes : les fermiers ne s'adressaient pas aux arbres pour obtenir de l'abondance pour l'année à venir, mais au maître du domaine. Venus chanter à sa porte, ils lui promettaient bénédictions et bonne volonté au travail, à condition que ce dernier accepte de partager avec eux une part de son festin.

Les fermiers entonnèrent trois chansons différentes et, chaque fois, ils furent chaudement applaudis par les invités. Mais ces derniers n'étaient pas vêtus pour rester dehors longtemps, ce qui amena Darcy à lever la main pour réclamer le silence.

— Je vous remercie du fond du cœur, et à mon tour je vous souhaite une année faste, pleine d'abondance et de prospérité. Que Dieu vous bénisse ! J'en profite pour vous dire à quel point je suis heureux de fêter cette nuit des Rois avec vous, mais aussi – tout particulièrement cette année – en compagnie de ma très chère épouse, Elizabeth. C'est une joie de l'avoir avec nous désormais et je souhaite qu'elle assiste à l'avenir à de nombreux autres wassails. Et, maintenant, entrez profiter de la fête ! Nous avons des gâteaux et du ponch pour tout le monde !

Sous les applaudissements, le jeune homme fit signe à l'assemblée de rentrer.

Dans le hall, Weston, Mrs. Reynolds et bon nombre de valets attendaient près des tables. Aux fermiers qui approchaient en

275

secouant la neige de leurs épaules, ils distribuèrent des poudings aux figues, des brioches et des gâteaux, et ouvrirent de grandes soupières où fumait un ponch bien chaud. Les invités ne furent pas en reste et, quoique la plupart soient encore trop repus, bientôt tout le monde eut dans les mains un verre fumant. Elizabeth et ses sœurs, encore étonnées de ce wassail qui ne ressemblait en rien à ce qu'elles avaient toujours connu, eurent la surprise de constater qu'ici le ponch n'était pas du cidre, mais de la bière chaude à laquelle on avait ajouté de la purée de pommes cuites et des épices.

Mais avant que la jeune Mrs. Darcy ait pu se faire servir un verre, son mari la saisit par la taille et l'amena près d'un groupe d'hommes.

— Lizzy, la tradition veut que maîtres et gens boivent le lambswool ensemble, dans le même bol, expliqua-t-il.

Et alors que le bol, sorte de coupe en bois apportée par l'un des fermiers, circulait de mains en mains, ce fut l'occasion pour s'échanger, de part et d'autre, de nouveaux vœux de bonheur pour l'année nouvelle.

— Ça faisait quelques années qu'on souhaitait à monsieur de se trouver une petite épouse, raconta l'un des fermiers avec l'œil rieur d'un homme qui a déjà un peu bu. On va pouvoir changer de discours, maintenant !

— Oui, ajouta un autre, on va plutôt vous souhaiter d'avoir bientôt un petit à vous, madame ! lança un des fermiers. Me semble que c'est juste ça qu'il vous manque, à présent !

— Et pas juste un ! Enfin, disons un pour commencer, mais après...

Elizabeth, un peu gênée, remercia en balbutiant avant de plonger les lèvres dans le bol, sous le regard affectueux de Darcy.

~

Au petit-déjeuner, le lendemain, les mines étaient un peu chiffonnées. On avait beaucoup bu, beaucoup dansé et les invités étaient partis très tard. Jane dut monter à deux reprises pour parvenir à tirer Kitty de son lit, tandis que Hurst se présenta avec un visage rouge et bouffi qui indiquait qu'il ne s'était pas encore remis de la bombance qu'il avait faite. Bingley lui-même, d'ordinaire si plein de bonne humeur, se montra anormalement calme et avala coup sur coup plusieurs tasses de café.

C'est Margaret Gardiner qui s'était levée la première. Non pas qu'elle ait eu moins mal à la tête que les autres, mais elle avait courageusement répondu à son devoir de mère. Les petits chahutaient dans les couloirs depuis l'aube en attendant que les adultes s'éveillent, et ils faisaient un tel vacarme que la pauvre femme s'était dépêchée de les faire descendre afin qu'ils n'ennuient pas les dormeurs. Il faut dire que les enfants avaient de quoi être excités : la nuit des Rois étant logiquement suivie du jour des Rois, la distribution de cadeaux s'annonçait imminente.

Dans la grande salle à manger, où toute trace de la fête avait déjà disparu, Darcy donna le signal de l'échange des paquets. Pendant un moment, il y eut autour de la table un joyeux brouhaha, plein d'exclamations joyeuses et d'embrassades. Puis, alors que les enfants – qui avaient mangé depuis longtemps – s'installaient au salon pour s'amuser avec leurs nouveaux jouets, les adultes passèrent à table. Ils étaient bien peu à avoir assez faim pour entamer le jambon ou les œufs, mais le parfum des brioches fraîchement sorties du four parvint tout de même à les séduire. Et tandis que le café et le thé coulaient dans les tasses, on se remémora les souvenirs de la veille et du festival qui s'achevait.

— Ce pauvre Mr. Moore était vraiment comique, hier, quoique ce soit bien involontaire... raconta Elizabeth. Il semblerait que le fait d'être élu roi lui ait posé un terrible cas de conscience. Avez-vous vu comme il était mal à l'aise devant William ? Il ne savait plus comment se comporter !

— Et c'est bien dommage, car j'aurais adoré voir Darcy se plier aux caprices du roi de la fête, taquina Bingley en envoyant un clin d'œil à son ami.

— Je l'aurais fait bien volontiers, répondit ce dernier sans se troubler. Je sais me montrer plus joueur que vous ne semblez le penser.

— En attendant, quel dommage que notre ami n'ait pas osé profiter de ses privilèges. Si j'avais été roi moi-même, je vous assure que j'aurais eu les demandes les plus extravagantes !

— Personne n'en doute, mon cher, fit Darcy, amusé.

— Et je remercie le ciel que ça ne soit pas arrivé, ajouta Elizabeth en riant, car Dieu sait dans quel état j'aurais retrouvé ma maison ou mes invités !

On se moqua alors gentiment de Grove, le valet de pied, qui s'était vu changé pour un soir en reine et qui, tout comme Moore, s'était trouvé assez mal à l'aise avec la situation. Il avait profité du wassail pour disparaître.

— Quelle élégante attention que d'inviter vos domestiques à partager le gâteau des Rois avec nous, Mr. Darcy, souligna Mr. Gardiner. Je connais bien du monde qui ne se donne pas ce mal.

— C'est que nous avons souvent passé le temps des fêtes à Londres, Georgiana et moi, répondit le jeune homme, alors pour une fois que nous recevions à Pemberley, je pouvais bien faire l'effort de respecter les traditions.

— Nous recommencerons l'an prochain, n'est-ce pas, William ? s'exclama sa sœur. Je ne pensais pas que Pemberley pouvait être si gaie pendant le temps de fêtes. Je voudrais y être chaque année, désormais !

— Si cela vous fait si plaisir, nous serons certainement ici l'an prochain, répondit Darcy avec bienveillance.

Elizabeth, qui était assise juste à côté de Georgiana, se pencha vers elle et lui glissa :

— Et d'ici là, je suis sûre que vous aurez enfin fait votre entrée dans le monde et que votre frère vous autorisera à participer à toutes les réjouissances, sans exception…

Ces paroles n'échappèrent pas à Kitty. N'ayant pas encore acquis la discrétion de son aînée, l'adolescente se mit à glousser.

— Entrer dans le monde, seulement ? s'exclama-t-elle. Mais voyons, Lizzy ! Ne sais-tu pas qu'au prochain Noël, Georgiana sera sans doute déjà mariée ? Je suis certaine que Jacob n'y verrait pas d'inconvénient, en tout cas !

— Kitty ! s'écrièrent à la fois Jane et Elizabeth, en foudroyant leur cadette du regard.

— Que dites-vous là, mademoiselle ! Miss Darcy s'est fort bien tenue pendant toute la soirée, je puis en témoigner ! protesta aussitôt Mrs. Annesley, outragée.

Mais le mal était fait. La pauvre Georgiana n'attendit pas le regard suspicieux que son frère lui lança : elle vira au rouge pivoine. Darcy se tourna alors vers la petite Bennet.

— Mr. Jacob Langhold est une personne tout à fait agréable, cela va sans dire, mais vous devriez comprendre, Kitty, qu'une demoiselle, même une fois dans le monde, a bien d'autres choses à faire que de songer toute la journée aux jeunes hommes, articula-t-il d'une voix sévère.

Elizabeth, embarrassée par la familiarité déplacée de sa sœur – autant vis-à-vis de Georgiana que du jeune homme en question, qu'elle avait d'ailleurs vulgairement appelé « Jacob » comme s'ils étaient des intimes –, tenta d'apaiser la situation.

— William a raison, lui dit-elle. Georgiana aura beaucoup de choses à découvrir avant de songer seulement au mariage, qui est bien le genre d'affaire où il faut éviter la précipitation. Se jeter à la tête du premier venu n'apporte rien de bon, tu peux me croire…

En dehors de la jeune Darcy et de sa dame de compagnie, tout le monde autour de la table connaissait de près l'affaire de Lydia et tous saisirent parfaitement que c'était à elle qu'Elizabeth faisait allusion. Caroline, d'ailleurs, ne put s'empêcher d'esquisser un sourire narquois, mais un coup d'œil appuyé de son frère le lui fit ravaler.

— En attendant, poursuivit Elizabeth sur un ton plus léger, je trouve que notre Georgiana s'est fort bien comportée toute la soirée, n'êtes-vous pas tous d'accord avec moi ?

— Mais oui, je n'ai entendu que des compliments à son sujet, enchaîna Mrs. Gardiner. Et nous avons eu beaucoup de plaisir à jouer ensemble au crib, n'est-ce pas, chère enfant ?

L'adolescente, toujours rouge de honte, hocha la tête sans mot dire. Jane enchaîna pour faire diversion, aidée de Mr. Gardiner qui finit par réorienter adroitement la conversation sur un autre sujet. Darcy absorba la bouffée de colère qui était montée en lui en terminant son café d'une traite, puis il se leva de table et commença à décrocher les décorations pour les passer au feu, aidé de Bingley.

— Quel dommage de brûler ces couronnes et ces guirlandes que nous avons eu tant de mal à fabriquer ! soupira Louisa.

Par politesse, on s'abstint de faire remarquer que Louisa était bien une des seules à ne pas pouvoir prétendre qu'elle s'était donné du mal, puisqu'elle n'avait presque pas participé à leur confection. Au lieu de cela, Darcy lui rétorqua d'un ton acerbe :

— Les décorations doivent être accrochées au jour de Noël et décrochées au jour des Rois, comme il se doit. Vous ne voudriez pas attirer la malchance sur cette maison en les gardant plus longtemps.

Elizabeth n'osa pas lever les yeux vers lui et resta concentrée sur la brioche beurrée qu'elle tartinait de confiture à l'intention de Georgiana pour la consoler.

On parlait à l'instant de mauvais mariage – celui de Lydia et Wickham, en l'occurrence – et maintenant de la malchance qui pourrait frapper Pemberley. Fallait-il y voir quelque chose de prémonitoire ? Elle préféra se dire que non.

~

Il régnait un silence paisible dans le boudoir. Elizabeth écrivait une lettre, assise à son secrétaire, tandis que Jane, près du feu, cousait. Plus loin dans la maison, on entendait la conversation indistincte des Hurst et de Caroline, et les domestiques qui passaient dans le corridor à pas feutrés. Darcy et Bingley étaient partis jusqu'aux écuries en compagnie de Mr. Gardiner, pour voir une jument qui avait pouliné dans la nuit.

Le temps des fêtes était enfin terminé et cela se ressentait partout dans la maison. Délivrés de leurs diverses obligations sociales, les invités passaient du temps dans leur chambre ou bien se regroupaient selon les affinités. Chaque jour, on emmenait les petits Gardiner chahuter dans la neige. C'était pour eux une joie sans fin : ils revenaient avec le rouge aux joues, la goutte au nez et les yeux brillants de plaisir, se réchauffaient un moment autour d'un bol de lait chaud, puis s'en allaient jouer dans le salon de dessin qu'on leur avait réservé tout exprès.

Kitty et Georgiana s'étaient un peu fâchées à la suite de la révélation maladroite de Kitty au sujet du fils Langhold, mais leur amitié s'était ressoudée lorsqu'elles s'étaient découvert une passion commune pour le théâtre. Elles passaient désormais leurs après-midis à éplucher les pièces qu'elles trouvaient dans la bibliothèque et à répéter des scènes qu'elles jouaient le soir devant la compagnie, pendant la veillée. C'était une occupation charmante que Darcy approuvait autant qu'Elizabeth, car elle permettait à Georgiana de s'exprimer encore plus et à Kitty de mieux canaliser son énergie. Les deux adolescentes faisaient même preuve d'une créativité surprenante pour présenter leurs extraits avec relativement peu de moyens – l'entrée de Kitty portant sur sa tête une soupière en guise de heaume, par exemple, avait fait hurler de rire leur public.

Quant aux aînées des Bennet, elles multipliaient les occasions de passer du temps ensemble, au calme. Le boudoir d'Elizabeth était devenu le lieu privilégié de leurs échanges.

Jane abandonna un instant sa couture et observa sa sœur, concentrée sur son travail.

— N'est-ce pas trop difficile de diriger une si grande maison, Lizzy ?

Cette dernière eut un sourire malicieux.

— C'est ce que tout le monde ne cesse de me dire, fit-elle.

— Avoue qu'il y a de quoi être intriguée. J'étais éberluée, le lendemain de Noël, quand j'ai vu tous tes domestiques en même temps, alignés comme des petits soldats. Vous en avez tellement ! Et puis je te vois passer tout ce temps à ton secrétaire, ou bien à recevoir Mr. Weston ou Mrs. Reynolds, à donner des instructions...

— Ne fais-tu pas la même chose, à Netherfield ? Toi aussi tu as du personnel à diriger, il me semble.

— Bien sûr ! Mais je me repose beaucoup sur mon intendante, c'est elle qui s'occupe de tous ces détails.

— Ces « détails » ?

— Oui, tu sais bien : vérifier qu'il y a du bois dans les réserves, que les garde-manger sont garnis, qu'on servira les bons vins au dîner... Ce genre de choses. C'est elle qui gère tout cela et elle le fait très bien, car je n'entends jamais personne se plaindre.

— Es-tu en train de me dire que tu n'as jamais ouvert les livres de comptes ?

La jeune Mrs. Bingley eut un regard coupable.

— Voyons, Jane, il va bien falloir que tu le fasses, c'est ta responsabilité ! s'exclama sa sœur. Charles est riche, c'est certain, mais que diras-tu si, un jour, cette fortune s'étiole parce que tu n'auras pas su contrôler où passait l'argent du ménage ?

— Je le sais bien, mais tout cela me paraît si compliqué... Je t'ai dit que Charles songe à racheter Netherfield – nous nous y plaisons vraiment. Si jamais cela arrive, il faudra définitivement que je m'y mette.

— C'est évident. Et si tu veux mon avis, tu ne devrais pas attendre que vous deveniez propriétaires.

Jane acquiesça d'un signe de tête. Elle se remit à son ouvrage.

— Tu sais, reprit Elizabeth en terminant sa lettre, si j'étais à votre place, je ne tarderais pas à acheter un domaine. C'est toujours le meilleur investissement que vous puissiez faire. Mais je te conseillerais d'acheter autre chose que Netherfield.

— Pourquoi ? C'est une si jolie maison !

— C'est vrai, mais le pays est grand et il existe bien d'autres belles demeures en Angleterre qui vous conviendraient tout à fait. Veux-tu vraiment passer ta vie entière à recevoir maman chaque semaine ? Attends que vous ayez des enfants, toi et Bingley, et elle ne voudra plus te laisser tranquille ! Tu devrais avoir plus d'ambition, ma chérie...

— Pour ça, tu en as toujours eu beaucoup plus que moi, constata Jane.

Elizabeth haussa les épaules. Elle se leva, rangea ses papiers, puis verrouilla son secrétaire. Elle glissa la petite clé dorée dans sa poche.

— Qu'es-tu en train de faire, dis-moi ? Une chemise ? fit-elle en venant s'asseoir près de sa sœur.

— Oui, pour Charles. Il abîme régulièrement les siennes, son valet passe son temps à les repriser. Alors je prends les devants et je lui en confectionne une nouvelle.

— Ton mari est un homme actif et plein d'énergie, c'est le moins que l'on puisse dire, fit Elizabeth, avec un sourire moqueur.

— C'est vrai ! Mais ça ne me dérange pas. J'aime m'occuper de lui de cette façon. Et toi ? Vas-tu aussi faire des chemises pour ton mari ?

Elizabeth éclata de rire.

— Certainement pas ! Je n'ai jamais été une couturière aussi talentueuse que toi et ça ne risque pas de changer de sitôt, car je n'ai pas touché une aiguille depuis notre mariage. Mon pauvre William aurait des loques sur le dos si c'était moi qui devais m'en charger. Non, non, Dieu merci, il a déjà tout ce qu'il lui faut : un excellent tailleur à Londres pour ses costumes, et une couturière à Lambton pour son petit linge.

La jeune femme se laissa aller contre le dossier du sofa et soupira d'aise. Ces moments seule avec sa sœur avaient quelque chose d'infiniment familier et de réconfortant, même si leurs sujets de discussion n'avaient plus rien à voir avec ce qu'elles vivaient auparavant, à Longbourn.

— Est-ce que je pourrai t'emprunter ton écritoire, tout à l'heure, Lizzy ?

— Bien sûr ! Prends tout ce que tu voudras.

— Je voudrais écrire aux sœurs de Charles. Si je ne le fais pas, il ne le fera pas lui-même.

— Tu parles des petites qui sont encore au pensionnat ?

— Oui. Les pauvres y passent leur vie entière... Rends-toi compte : pour leur congé du temps des fêtes, elles ne sont même pas venues avec nous ! Charles les a envoyées passer Noël chez une vieille cousine, à Kensington. Cela fait deux mois que je suis mariée et je ne les connais toujours pas !

— Tu n'as qu'à demander à ton mari. Vous pourriez aller passer quelques jours en ville et en profiter pour leur rendre visite.

— C'est l'une des premières choses que je lui ai demandées, tu penses ! Il m'a répondu que ce n'était pas nécessaire, car il les ferait venir à Netherfield l'été prochain. Mais l'été prochain, c'est dans une éternité ! Les pauvres enfants doivent s'ennuyer terriblement si elles ne voient jamais leur famille !

— J'avoue que le temps doit leur paraître bien long... Qu'en disent Louisa et Caroline ?

— Elles s'en moquent éperdument. Tu sais comment elles sont.

Jane faisait cette moue qu'elle avait toujours quand elle réprouvait quelque chose et qui était le signe de reproche le plus flagrant dont elle était capable. Elle redoubla de concentration sur sa couture.

— J'aime Charles de tout mon cœur, vois-tu, mais je le trouve bien distant avec ces jeunes filles, qui sont pourtant ses sœurs. Je souhaiterais que la famille soit plus unie.

— Alors, dis-toi que tu es là pour l'encourager dans cette direction, la consola Elizabeth. Puisque ni lui ni Louisa ou Caroline ne sont très portés sur l'affection familiale, c'est à toi de combler ce manque.

— Tu crois ?

— Mais oui, bien entendu ! Les caractères d'un mari et de sa femme ne sont-ils pas faits pour se compléter, afin que chacun s'améliore au contact de l'autre ?

Jane sourit. L'expression de son visage s'adoucit.

— Tu as sans doute raison, admit-elle.

— C'est quelque chose que j'ai remarqué aussi chez les Darcy, continua sa sœur. William ne se comporte pas vraiment comme un frère envers Georgiana. Il est très attentif à ses besoins, c'est certain, mais en définitive, il passe assez peu de temps en sa compagnie. Avant mon arrivée, la pauvre n'avait comme seule interlocutrice que Mrs. Annesley et elle ne sortait presque jamais de Pemberley. Et tu as vu que William refuse toujours de l'introduire dans le monde.

— Il y a entre eux une grande différence d'âge, Lizzy, cela explique qu'ils ne soient pas plus proches. Et puis Georgiana est encore jeune, je comprends que ton mari préfère la garder à la maison.

— Mais elle a dix-sept ans ! L'âge de Kitty ! Ne vois-tu pas une différence incroyable entre ces deux-là ?

— C'est vrai, mais Kitty n'est pas toujours un exemple à suivre, tu sais bien, tempéra Jane.

Elizabeth pouffa de rire.

— Oh, cette pauvre chérie… Toujours la première à essayer de se faire remarquer. Cela dit, sans Lydia pour la pousser sans cesse, je la trouve plus calme, à présent.

— C'est vrai. Elle ne sait pas toujours tenir sa langue au moment opportun, mais en dehors de ça, je crois bien que je ne l'ai pas vue faire un seul caprice depuis que nous sommes ici !

— Un événement à marquer d'une pierre blanche…

Les deux sœurs ironisèrent encore un moment en se rappelant certaines des colères les plus mémorables de leur cadette.

— Tu parlais de Lydia, à l'instant, reprit Jane. As-tu reçu de ses nouvelles ?

— Non. Je lui ai écrit quand j'étais à Londres, et deux fois depuis mon arrivée à Pemberley, mais je n'ai pas eu de réponse.

— Moi non plus. Elle écrit à maman, tout de même.

— Et que dit-elle ?

— Qu'elle s'amuse terriblement, mais qu'elle aimerait revenir à Longbourn plus souvent. Pauvre Lydia... Je vais demander à Charles de l'inviter à Netherfield, dès que Wickham pourra obtenir une permission.

Elizabeth ne répondit pas. Cela n'échappa pas à Jane, qui leva les yeux de son travail.

— Il n'est pas le bienvenu ici, je crois, n'est-ce pas ? demanda-t-elle, avec candeur.

— Il ne le sera jamais. C'est même un sujet que je te conseille de ne pas aborder avec William.

— C'est à ce point-là ? Mais alors... cela signifie que tu ne reverras plus Lydia ! s'inquiéta Jane.

Sa sœur la rassura tout de suite.

— Non, non, William est en conflit avec Wickham, mais Lydia n'est pas concernée, je t'assure. Il est tout à fait d'accord pour que je l'invite ici, à condition qu'elle vienne seule, voilà tout.

Apaisée, Jane reprit sa couture.

— Ne veux-tu pas essayer de le faire changer d'avis ? demanda-t-elle encore.

Il y eut un nouveau silence. Elizabeth se mordit les lèvres.

— Je ne suis pas certaine d'avoir envie de faire cet effort, déclara-t-elle enfin avec franchise. Wickham nous a tous déçus – et moi tout particulièrement, comme tu le sais. De toute façon, même si je le voulais, il n'y aurait rien à y faire : sur ce sujet, comme sur bien d'autres, mon mari est un obstiné.

— En cela, vous vous êtes plutôt bien trouvés, il me semble... lança Jane, avec un coup d'œil oblique.

Les deux sœurs se mirent à rire.

CHAPITRE 11

Les Gardiner rentrèrent à Londres vers la fin du mois de janvier.

Sans les enfants pour s'agiter du matin au soir, la maison parut soudain terriblement vide. Seuls les Hurst et Caroline semblèrent s'en réjouir. Ils en profitèrent pour reprendre leurs marques dans une Pemberley plus calme, plus conforme à ce qu'ils avaient toujours connu.

La jeune Mrs. Darcy fit l'effort de rester plusieurs après-midis en compagnie des invités qui lui restaient et qui, par ces grands froids, se terraient au coin du feu. On passait le temps comme on pouvait, le plus souvent en se perdant dans des discussions répétitives, les mains prises par une occupation quelconque. Louisa avait un certain talent pour la broderie, lorsqu'elle voulait bien arrêter de bavarder pour ne rien dire, mais Elizabeth put constater – non sans ironie – que Caroline présentait beaucoup moins d'accomplissements que ce qu'elle avait bien voulu faire croire à une époque. Quelle que soit l'activité qu'elle choisissait, elle manquait de patience. Elle s'énervait dès qu'elle ne parvenait pas à réaliser l'effet souhaité et abandonnait son travail en boudant au lieu de persévérer pour s'améliorer. Elizabeth, qui n'avait elle-même jamais prétendu posséder de talents artistiques notables, fut tentée plusieurs fois de la taquiner à ce sujet, mais elle se retint. Elle était à présent la dame de Pemberley, c'était une vengeance bien suffisante.

Au moins, Caroline avait cessé ses petites perfidies. Puisque la maîtresse des lieux s'attirait a priori les bonnes grâces de tous et qu'il n'était pas possible de la critiquer ouvertement, la jeune Bingley rabattait ses efforts sur Georgiana, qu'elle couvrait d'attentions affectueuses. Elle faisait de même avec Darcy, d'ailleurs. Depuis la soirée de Noël, où il l'avait sèchement remise à sa place, elle se comportait envers lui d'une façon on ne peut plus mielleuse. Une attitude à laquelle Darcy répondait comme toujours par une indifférence polie.

Les longues après-midis en pareille compagnie auraient été pour Elizabeth une corvée comparable au séjour de Lady Fitzwilliam, n'eût été la présence de sa sœur. La douce Jane, que tout le monde aimait, servait sans s'en rendre compte d'ambassadrice auprès des uns et des autres. Pour Elizabeth, elle était toujours une Bennet, mais pour les Hurst et Caroline, elle était devenue une Bingley et ils l'avaient adoptée dans leurs rangs.

— Quelle tristesse de ne plus entendre les enfants jouer près de nous ! soupira Jane, une après-midi, alors que l'ambiance au salon était un peu morne. Ils me manquent déjà !

— Vous êtes bien patiente, ma chère, comme toujours, répliqua Louisa. Je trouve, au contraire, que votre oncle et votre tante devraient engager une gouvernante afin de n'avoir pas constamment leurs enfants dans les jambes. Le jour où nous aurons des enfants, Mr. Hurst et moi-même, je puis vous assurer que nous prendrons la meilleure des gouvernantes !

Caroline intervint.

— Les Françaises sont excellentes, dit-on. N'est-ce pas ton amie Mrs. Varnham qui vante sans cesse les mérites de la sienne, Louisa ?

Puis elle poursuivit avec un petit rictus :

— C'est tout à fait indispensable, selon moi, pour éviter un chaos perpétuel. Rappelez-vous Noël... Je ne comprends pas que Mr. Darcy ait pu autoriser tant d'enfants à se joindre à nous. J'ai bien essayé de les compter, mais j'en étais incapable ! Il y en avait plus d'une douzaine ! Et quel vacarme ! Quelle agitation !

— Mais quel plaisir, aussi ! objecta Jane. Je puis concevoir que des enfants qui vous sont inconnus vous laissent de marbre, Caroline, mais ne vous avancez pas trop dans vos propos, car vous changerez certainement d'avis quand vous aurez dans les bras vos propres petits neveux ou nièces. Leur « agitation », comme vous dites, vous semblera alors des plus charmantes.

La jeune Bingley haussa les épaules. Elle préféra changer de sujet en se tournant vers son beau-frère.

— Edmund ! Ne voulez-vous pas commencer une partie de piquet avec moi ?

Et comme les deux s'éloignaient à l'autre bout de la pièce pour s'asseoir à une table de jeu, Louisa abandonna aussitôt sa couture et se joignit à eux pour observer leur partie.

— Tu parles avec tant d'assurance, ma chère Jane… Aurais-tu hâte d'avoir des enfants à toi ? reprit Elizabeth un peu plus bas, en glissant un regard espiègle vers sa sœur.

— Mais oui, et je n'ai pas honte de l'affirmer. N'est-ce pas ce que l'on peut souhaiter de plus doux à de jeunes mariés ? Ne me dis pas que tu n'y penses pas déjà, toi aussi !

À vrai dire, Elizabeth n'y pensait pas vraiment. Elle savait bien qu'elle tomberait enceinte un jour ou l'autre, c'était dans l'ordre des choses, mais elle ignorait quand et elle n'était pas pressée. Elle aimait l'idée d'avoir son mari pour elle seule.

— Cela viendra avec le temps, je suppose, répondit-elle sobrement.

Puis, ses yeux se plissèrent de rire.

— Mais cela ne viendra jamais assez vite pour satisfaire Lord Fitzwilliam. T'ai-je raconté qu'il me considérait comme une poulinière, tout juste bonne à enfanter ?

— Oh, ne sois pas grossière, Lizzy…

— Je ne le suis pas ! Je ne fais que rapporter ses propos. Je crois que ses mots exacts étaient « une pouliche en pleine santé ». Et il a dit cela devant le reste de la famille. Tu imagines bien que William était vert de rage !

Elle se mit à rire et raconta la scène en détail. À mesure qu'elle parlait, Jane arrondissait la bouche en un « Oh ! » scandalisé.

— Lord Fitzwilliam a eu onze enfants et c'est un sujet à propos duquel je suis persuadée qu'il dédaigne ses sœurs. Lady Anne n'en a eu que deux, et Lady Catherine un seul – une fille, en plus. Il ne sera donc satisfait de moi que lorsque j'aurai donné moi aussi une douzaine d'enfants à mon mari, pour assurer la longévité du nom des Darcy... conclut-elle, non sans sarcasme.

— Et pourquoi pas ? Ta maison est bien assez grande pour en accueillir autant, répondit Jane.

Elizabeth ouvrit des yeux horrifiés.

— Est-ce vraiment l'avenir que tu me souhaites ?

— C'est celui que je souhaiterais pour moi-même, en tout cas, répondit Jane, placide. Je crois que je ne me lasserai jamais d'avoir des petits autour de moi.

— Dans ce cas, nous n'avons pas la même opinion sur la question. Des enfants, oui, sans aucun doute, mais une douzaine ? Jamais de la vie !

— Si c'est ce que le ciel et la nature décident, que pourras-tu y faire ?

— Oh, Jane, ne dis pas ça ! N'aurais-tu pas envie, plutôt, de limiter le nombre de naissances afin de prendre le temps de désirer et d'aimer profondément chacun de tes enfants ? Une femme ne devrait-elle pas pouvoir décider de ce genre de chose ? Quand je vois ces dames si fatiguées d'avoir eu à supporter trop de grossesses et qui ne savent plus parler de rien d'autre que de leurs rejetons... Non, pardonne-moi, mais je n'aimerais pas devenir comme elles.

— Nous n'en sommes pas encore rendues là, ni toi ni moi. Commençons donc par un premier bébé, et ensuite nous aviserons.

~

Comme chaque soir, la veillée eut lieu dans le grand salon. On se prépara une fois de plus à assister aux extraits de pièce de théâtre que Kitty et Georgiana répétaient chaque jour avec tellement de plaisir. Inspirées par la représentation que les enfants avaient jouée le soir de Noël, elles avaient repris à leur compte l'idée d'utiliser la double porte menant au petit salon comme cadre de scène. Cela permettait aux deux filles de ménager des effets de surprise à leurs spectateurs, en se cachant jusqu'au dernier moment derrière les portes closes.

Les scènes qu'elles choisissaient étaient toujours épouvantables. Drame du héros arraché à sa patrie par sens du devoir, vengeance des dieux, humiliation de l'amant rejeté, folie et mort qui rôdent, et beaucoup d'amours contrariées... Comme toutes les adolescentes de leur âge, Georgiana et Kitty étaient fascinées par le sombre et le tragique, et si Elizabeth s'en amusait, Darcy, lui, haussa plus d'une fois un sourcil dubitatif. Il ne prononça jamais une critique, mais il jugeait visiblement que d'innocentes demoiselles feraient mieux de traiter des sujets plus tendres. Par chance, les scènes étaient raccourcies, parfois même récrites, et ne duraient jamais plus que quelques minutes, sans quoi il aurait peut-être fini par y poser son veto.

Depuis quelques jours, les deux filles revisitaient Shakespeare. On avait eu droit à des tirades d'*Othello*, de *Roméo et Juliette*, de *Titus Andronicus* et de *Macbeth* – toutes de terribles tragédies. Ce soir, elles avaient annoncé *Hamlet*, ce qui ne promettait pas non plus de grandes réjouissances.

— Silence ! Silence, s'il vous plaît ! réclama Kitty en passant la tête par la double porte. Est-ce que tout le monde est prêt ?

Elizabeth, qui achevait de servir le thé à ses convives, se dépêcha d'aller s'asseoir. Le silence se fit et on entendit dans la pièce voisine les trois coups rituels. Puis, la double porte s'ouvrit en grand.

Les adolescentes avaient toujours soigné leurs mises en scène, faisant preuve de beaucoup d'imagination. Mais ce soir, cela dépassa de loin tout ce qu'elles avaient pu oser.

Drapée dans un grand linge, une couronne de papier posée sur la tête, Kitty apparut d'un pas lent et grave. Pointant un doigt solennel en direction d'un personnage imaginaire, elle commença sa tirade.

— « Un malheur marche sur les talons d'un autre, tant ils se suivent de près : votre sœur est noyée, Laerte », déclama-t-elle, sur un ton dramatique. « Il y a, en travers d'un ruisseau, un saule qui mire ses feuilles grises dans la glace du courant. C'est là qu'elle est venue, portant de fantasques guirlandes de renoncules, d'orties, de marguerites et de ces longues fleurs pourpres que nos prudes vierges appellent doigts d'hommes morts. Là, tandis qu'elle grimpait pour suspendre sa sauvage couronne aux rameaux inclinés, une branche envieuse s'est cassée, et elle est tombée dans le ruisseau en pleurs. Ses vêtements se sont étalés et »…

Concentrée sur son rôle, Kitty s'était avancée, dévoilant une longue table derrière elle. Elle fut bientôt interrompue par le rire de Bingley. Près de lui, Elizabeth et Jane se mirent à pouffer, elles aussi, ne sachant trop si elles devaient s'amuser ou s'offusquer.

Les autres firent preuve de beaucoup moins d'humour.

— Mais elle est trempée ! commença Louisa.

Chapitre 1

— Oh ! Miss Darcy ! s'écria Mrs. Annesley, d'un ton tout à fait indigné.

Agacée d'être dérangée, Kitty s'apprêtait à reprendre sa réplique, lorsque Darcy se précipita.

— Je suis désolé. Il n'y aura pas de théâtre ce soir. Georgiana, je vous somme de remonter tout de suite dans votre chambre et de vous changer ! siffla-t-il.

En effet, derrière la jeune Bennet, allongée de tout son long sur une table, les mains croisées sur son ventre et les yeux fermés, Georgiana incarnait une Ophélia noyée plus vraie que nature.

On aurait dit qu'elle s'était mise tout habillée dans une bassine et qu'on lui avait versé sur la tête plusieurs brocs d'eau. Sa robe blanche, grossièrement essorée, dégoulinait à petites gouttes sur la table et le tapis. Ses cheveux, trempés eux aussi, étaient dénoués. Ils reposaient sur ses épaules en longues vagues emmêlées, piquées ici et là de brindilles et de fleurs séchées que les deux filles avaient probablement récupérées en décapitant un des vases de la maison. Elle ne portait pas de souliers, seulement ses bas, mouillés comme le reste, et serrait entre ses doigts un long chapelet d'ivoire à gros grains.

Les invités eurent tout juste le temps d'apercevoir Georgiana qui se redressait sur la table, avant que les portes ne se ferment sous l'impulsion de Darcy. Il se contenait, mais tout le monde devina qu'il était furieux.

— Pardonnez-moi, je crois que ces jeunes dames ont pris un peu trop de libertés, ce soir, s'excusa-t-il. Mrs. Hurst, ne voudriez-vous pas nous jouer un peu de musique, plutôt ? Il me semble que nous ne vous avons pas entendue depuis assez longtemps...

Mrs. Annesley avait bondi sur ses pieds. Prenant à peine le temps de saluer, elle quitta le salon en trombe. On l'entendit réprimander sa pupille avec force, trop choquée pour contrôler le volume de sa voix.

— Voyons, mademoiselle ! À quoi avez-vous donc pensé ? Vous allez monter tout de suite avec moi ! Il est impensable que vous ayez osé vous présenter à nous dans une telle tenue ! Ce n'est pas ainsi que je vous connais, Miss Darcy ! Croyez bien que je suis très, très déçue de vous, ce soir !

Le reste se perdit dans le corridor. Devant le malaise qui flottait dans l'air, Bingley essaya de tempérer les choses.

— Ma foi, je trouve que nos jeunes amies ont eu beaucoup d'idées. Depuis qu'elles nous jouent leurs petites pièces, elles sont toujours parvenues à me surprendre et à m'amuser – et ce soir plus que jamais ! Mais il faudra que quelqu'un me raconte ce qui se passe dans *Hamlet*, car je dois avouer n'avoir pas tout compris ! fit-il en ponctuant le tout d'un grand rire.

— Oh, Charles, vous ne voyez jamais le mal nulle part... lui rétorqua sèchement Caroline. Je l'avais bien dit, qu'il ne sortirait rien de bon de ces scènes – ne l'ai-je pas toujours dit, Louisa ? Il faut que cette dame Annesley reprenne son ascendant sur Georgiana afin que de tels épisodes ne se reproduisent pas. Cette jeune fille a besoin d'un cadre ferme, que sa camarade ne lui fournit pas, de toute évidence. Vous imaginez, Mr. Darcy, si d'autres que nous avaient été présents ce soir ? Quel scandale !

— Mais oui ! Quel scandale ! répéta Louisa.

Elizabeth, un instant pétrifiée par la réaction de son mari, reprit ses esprits.

— Excusez-moi, mesdames, messieurs, je vais aller m'assurer que nos demoiselles ne sont pas trop bouleversées. Je suis convaincue qu'elles ne pensaient pas à mal et elles ne doivent pas comprendre pourquoi elles ont été interrompues avec tant de... précipitation.

— Je viens avec toi, fit Jane en se dressant à son tour.

— Dites-leur bien que nous ne voudrons les revoir qu'à condition qu'elles soient présentables, Lizzy, ajouta Darcy d'un ton sec.

La jeune femme hocha la tête, s'inclina devant ses invités puis quitta la pièce, Jane sur ses talons.

~

En fin de compte, ni Kitty ni Georgiana ne réapparurent au salon ce soir-là. La première parce qu'elle était horriblement vexée que le fruit de ses efforts ait été suspendu d'une façon si arbitraire, et la seconde parce qu'elle était morte de honte et ne supportait pas l'idée même de devoir un jour reparler à son frère. En larmes, elle voulait mourir, se cacher au fond de son lit ou disparaître de la face du monde – au choix. Elizabeth eut toutes les peines du monde à la consoler, et elle dut s'y prendre à plusieurs reprises pour renvoyer Mrs. Annesley qui ne faisait qu'aggraver les choses par ses remontrances.

Une fois les filles calmées, leurs aînées redescendirent. Dans l'escalier, Jane confia :

— Tout de même, je trouve ton mari un peu raide, ce soir. Je suis d'accord que Kitty et Georgiana ont eu une idée plutôt osée, mais enfin : nous sommes en famille, pas devant la cour d'Angleterre ! Si elles ne peuvent s'amuser à des jeux innocents au sein même de leur foyer sans se faire rabrouer, où pourront-elles le faire ?

— Elles ne le pourront pas, c'est bien là que le bât blesse. William a tendance à confondre l'excellente éducation que toute jeune fille doit montrer en société avec la spontanéité qui lui serait permise dans l'intimité de son foyer. S'il n'en tenait qu'à lui, Georgiana passerait l'éternité à ne rien faire d'autre que de la musique et des sourires. Il n'arrive pas à imaginer qu'elle puisse avoir envie d'autre chose.

— Je me demande ce qu'il penserait s'il apprenait que c'est Georgiana qui a proposé à Kitty de se mouiller des pieds à la tête pour faire une Ophélia plus dramatique, et non pas l'inverse…

— Je me le demande aussi, mais je ne suis pas sûre de vouloir être la personne qui le lui apprendra. Il sera scandalisé, c'est certain.

— Alors je le lui dirai, moi ! Je sais bien que notre Kitty ne se tient pas toujours comme il le faudrait, mais c'est une bonne fille. Je ne voudrais pas qu'on fasse d'elle l'unique responsable de ce qui est arrivé !

Elizabeth lança à sa sœur un coup d'œil attendri. Il était rare de voir Jane s'emporter, mais ce soir son sens de la famille avait été mis à mal, son sens de la justice également, et elle parlait avec la vigueur de quelqu'un qui s'apprête à monter aux barricades.

Pourtant, c'est Elizabeth seule qui fit face à la désapprobation de Darcy ce soir-là, une fois la maisonnée couchée. Il vint la rejoindre dans sa chambre beaucoup plus tard que d'habitude, comme s'il rechignait à la discussion que tous deux n'allaient pas manquer d'avoir.

— Vous ne dormez pas ? remarqua-t-il en apercevant sa femme assise dans le lit.

— Je vous attendais.

— C'est ce que je vois.

Il se glissa sous les couvertures et fit mine de vouloir dormir. Elizabeth laissa passer une minute, mais voyant qu'il ne ferait aucun effort pour aborder le sujet sur lequel ils n'allaient pas manquer d'être en désaccord, elle commença :

— Je regrette ce qui s'est passé ce soir, William. Les filles étaient consternées d'avoir provoqué une telle réaction. Ce n'était pas voulu.

— Je sais. Vous l'avez dit au salon, tout à l'heure.

— Tout de même, je ne peux m'empêcher de penser que notre réaction à tous était quelque peu disproportionnée face à l'offense. Georgiana interprétait un personnage de théâtre, il était normal qu'elle cherche à le rendre de la façon la plus juste.

— Le choix d'interpréter une adolescente folle et suicidaire est déjà, en soi, tout à fait discutable, quand bien même il s'agirait de l'Ophélia de Shakespeare. Mais se présenter comme elle l'a fait devant nos invités, trempée des pieds à la tête, voilà une excentricité que je n'accepterai pas venant de ma sœur.

Il avait parlé d'une voix si catégorique qu'Elizabeth hésita sur la meilleure manière de poursuivre la conversation pour éviter de le braquer.

— La pièce ne dit pas si Ophélia s'est tuée ou s'il s'agit d'un accident... objecta-t-elle.

Son argument était si malhabile qu'elle le regretta aussitôt prononcé. Darcy poussa – avec raison – un soupir exaspéré.

— Voulez-vous vraiment débattre de ce genre de chose avec moi ? grinça-t-il.

— Non... Pardon, c'était ridicule. J'essaye simplement de comprendre pourquoi vous l'avez punie de la sorte.

— Parce que vous cautionnez ce qu'elle a fait, sans doute ? À moins que vous ne cherchiez à protéger Kitty – ce qu'à la rigueur je pourrais comprendre. Mais si vous approuvez le comportement de Georgiana ce soir, alors nous ne manquerons pas d'avoir d'autres solides conversations sur la meilleure attitude à avoir envers les jeunes personnes qui seront un jour sous notre responsabilité. Quelle sorte d'éducation donnerez-vous à nos enfants, Lizzy, je me le demande !

Sur ce, il lui tourna le dos, mettant fin à la conversation. Elizabeth, consternée, finit par s'allonger sous les draps, mais elle mit une éternité à s'endormir.

Elle avait voulu lui dire de se rappeler le petit pêcheur d'écrevisses et le sourire affectueux de Lady Anne qui dédramatisait ses bêtises d'enfant. Elle avait échoué.

~

Après cet épisode, il ne fut bien entendu plus question de théâtre pendant les veillées.

Mortifiée par ce qu'elle considérait désormais comme une « audace incroyablement déplacée », Georgiana fit profil bas. Mrs. Annesley en profita pour reprendre son rôle avec fermeté, ne lâchant plus sa protégée d'une semelle, ce qui eut pour effet de ramener la jeune fille à la timide créature qu'elle était auparavant. N'osant plus participer aux conversations lorsque son frère était présent, elle n'était que l'ombre d'elle-même. Jane et Elizabeth eurent beau se montrer aussi affectueuses que possible à son égard pour la mettre à l'aise, elle se renferma complètement.

Kitty avait perdu son amie. Elle chercha pendant un temps à reprendre avec la jeune Darcy le fil de leurs conversations, mais Georgiana mettait tant d'hésitation à lui répondre, se référant constamment à Mrs. Annesley comme pour confirmer ce qu'elle pouvait dire ou non, que Kitty, blessée, finit par s'éloigner. Comme elle n'avait jamais su s'occuper seule et qu'elle finit très vite par s'ennuyer, elle rechercha bientôt la compagnie de ses sœurs aînées.

L'incident avait divisé les opinions – pour les uns il s'agissait d'un jeu bien innocent, pour les autres d'un affreux écart de conduite – ce qui fait qu'on évita à tout prix d'en reparler. Quelques jours passèrent et Elizabeth, bien que navrée de voir Georgiana se replier de la sorte, finit par se persuader que tout redeviendrait normal avec le temps. Jusqu'à ce matin où, autour de la table du déjeuner, on parla du petit cirque ambulant qui arrivait bientôt à Lambton.

— Quelle drôle d'idée de se déplacer en plein hiver ! remarqua Caroline. Ces gens doivent se donner bien du mal… Et pour une ville aussi petite que Lambton, encore ! Ils ne doivent y gagner qu'une misère.

— Je suis bien d'accord, chère sœur, renchérit Louisa. Vivre sur les routes toute l'année, été comme hiver… Ces saltimbanques ont bien du courage, ma foi !

— Ou de la folie ! fit sa cadette, avec un petit rire.

— À moins qu'ils n'y soient tout simplement forcés pour gagner leur pain, rappela Elizabeth. Quant à moi, je ne suis jamais allée au cirque et je serai bien heureuse de les encourager d'une petite pièce.

— Mrs. Darcy, vous serez sans doute épatée par ce que vous verrez, intervint Hurst. Nous sommes allés quelques fois chez Astley et chez Hughes, à Londres – ce sont les meilleurs théâtres pour ce genre de spectacle. Les acrobaties à cheval sont assez impressionnantes ! Bien sûr, un simple cirque ambulant n'atteindra pas la même qualité, mais si vous n'avez jamais rien vu de semblable, vous y trouverez certainement votre compte. Quant à moi, j'irais bien volontiers voir de quoi sont capables ces saltimbanques. Il faut dire qu'on s'ennuie, à la fin, à ne pas pouvoir sortir de toute la journée.

C'était la plus longue tirade qu'Edmund Hurst ait jamais prononcée devant Elizabeth et celle-ci en resta un instant ébahie.

— Alors nous irons tous ensemble, dans ce cas, conclut-elle en lui adressant un large sourire.

— Est-ce qu'il y aura des animaux savants ? demanda Kitty, que la perspective d'une visite au cirque réjouissait.

— Je crois bien, répondit Darcy. Ainsi que des clowns et des gymnastes. Ils se tiendront à l'intérieur de la salle publique, tandis que les acrobaties à cheval se feront sur la place devant. Quelque chose me dit que vous ferez partie des courageux qui voudront braver le froid pour les voir…

Kitty grimaça de plaisir. Elle n'était pas du genre à se laisser intimider par qui que ce soit – elle avait été à bonne école auprès de Lydia pour cela – et bien que Darcy ait été très en colère contre elle le soir du *Hamlet* raté, il n'avait pas fallu longtemps pour qu'une politesse élémentaire se rétablisse entre eux.

— Tu entends ça, Georgiana ! fit-elle en se tournant vers son amie. Des clowns et des acrobates ! Je sens que ça va être fantastique !

— Malheureusement, je ne crois pas que Miss Darcy sera des vôtres, mademoiselle, intervint aussitôt Mrs. Annesley. Elle ne se sent pas très bien, ces jours-ci, et il serait fort imprudent pour elle de rester dehors.

La grimace de Kitty se mua en désappointement.

— Mais elle n'a pas du tout l'air malade ! N'est-ce pas que tu n'es pas malade ?

Georgiana baissa la tête sans rien dire. À cet instant, elle ressemblait curieusement à Anne de Bourgh, pauvre silhouette effacée, écrasée par sa dame de compagnie. Elizabeth, pour éviter le conflit qu'elle sentait poindre, tempéra :

— Nous pourrons peut-être aviser de tout cela dans quelques jours, lorsque le cirque sera arrivé ? proposa-t-elle. Georgiana sera peut-être remise, d'ici là.

— Cela ne me semble pas une bonne idée d'emmener Miss Darcy voir ce genre de spectacle, madame, insista Mrs. Annesley. C'est très vulgaire.

— Vulgaire ? Vous trouvez ?

— Mais oui. Ces spectacles sont faits pour choquer, exciter les foules en attisant les sens les plus vils de l'être humain. Sans compter tout le bruit, les regards, les bousculades... Ce sera plein de flâneurs qui ne feront pas grand cas d'une demoiselle de qualité. Je ne ferais pas bien mon travail si je consentais à ce que Miss Darcy soit témoin de tout cela. Il me semble qu'elle est déjà bien assez confrontée à de mauvais exemples !

Elizabeth en resta bouche bée.

Autour de la table, un ange passa.

Réalisant la portée de ce qu'elle venait de dire, la dame de compagnie changea soudain de couleur et se mit à bafouiller une excuse. Elle répéta qu'elle se préoccupait au plus haut point du bien-être de sa pupille, à laquelle elle était très attachée, et que c'était la raison pour laquelle il pouvait lui arriver de s'emporter. Elle revint ensuite sur les cirques et les théâtres ambulants qu'elle avait vus quelques fois, prenant à témoin ses voisins pour confirmer que ce genre d'événement menait parfois à des débordements peu enviables.

Mais lorsqu'elle se tut enfin, le malaise autour de la table n'avait pas disparu. Darcy ne bronchait pas. Jane et Bingley lançaient à Elizabeth des regards consternés. Quant à elle, elle fit mine d'ignorer la critique et trempa les lèvres dans son thé avec la plus grande sérénité.

En apparence, du moins.

~

297

La jeune femme bouillonnait lorsqu'elle entra dans le cabinet de travail à la suite de son mari. Elle referma d'ailleurs la porte avec beaucoup plus d'ardeur que nécessaire.

— Voulez-vous bien me dire ce qui s'est passé tout à l'heure, à table ? explosa-t-elle.

— Vous devriez baisser le ton, ma chérie, on va vous entendre, répondit Darcy, impassible.

— William ! Vous avez entendu Mrs. Annesley aussi bien que moi ! Comment s'est-elle permis une telle remarque ? Georgiana, confrontée à de mauvais exemples ? Le mien, j'imagine ? Et celui de ma sœur ?

— Ce n'est pas ce qu'elle a dit.

— C'est pourtant ce que tout le monde a entendu ! Comment avez-vous pu ne pas réagir ?

Le jeune homme, la mine sombre, se mordillait les lèvres – chose qu'il ne faisait jamais. Il finit par s'asseoir derrière son bureau.

— Mrs. Annesley est venue me trouver, ce matin, expliqua-t-il. Elle s'inquiétait du fait que Georgiana a beaucoup changé de comportement ces dernières semaines. Elle n'est d'ailleurs pas la première qui m'ait tenu ce discours. Bien sûr, il y a eu le temps des fêtes, où il était assez normal que nous permettions à Georgiana plus de libertés que d'ordinaire, mais Mrs. Annesley dit avoir de moins en moins d'autorité sur elle. Elle ne sait plus comment faire pour la garder sous contrôle.

— « La garder sous contrôle » ? Entendez-vous ce que vous dites, William ? s'exclama Elizabeth, indignée. Nous ne parlons pas d'un chiot qu'il faut dresser ou de la subite prolifération d'une herbe envahissante : nous parlons de votre sœur ! Il ne s'agit pas de la « contrôler », voyons !

— Vous ne pouvez pas nier qu'elle a beaucoup changé.

— Je ne le nie pas, mais si vous voulez mon avis, je trouve justement que c'est un changement qui lui fait le plus grand bien ! Georgiana est plus vive et dégourdie qu'elle ne l'a jamais été !

— Je vous le concède, je l'ai remarqué aussi. Pour autant, ma sœur ne doit pas oublier sa position. Elle est née Darcy et il est de son devoir de faire honneur à sa famille. Son attitude en public se doit d'être irréprochable, ce qui n'a pas toujours été le cas ces derniers temps.

— C'est là où votre vision et la mienne divergent : nous n'étions pas en public, nous étions en famille, à Pemberley. Vous, moi, les Bingley, Kitty. Nous sommes sa famille. Croyez-vous que Bingley ou Jane auraient quoi que ce soit à reprocher à Georgiana ? Ils ne voient en elle qu'une adorable jeune fille de dix-sept ans qui s'amuse enfin un peu. Mais peut-être doutez-vous de leur bon jugement ? Peut-être préférez-vous écouter les récriminations de Caroline et Louisa ? Je me souviens pourtant d'une époque pas si lointaine où vous ne les portiez pas en si haute estime !

— Lizzy, ne commencez pas…

— Vous avez raison, laissons les Hurst et Caroline de côté. Ils ne sont guère que les parents de notre ami Bingley et ne valent pas l'impôt qu'ils prélèvent quotidiennement sur ma patience, rétorqua sa femme, d'un ton acide. Revenons à Georgiana et à sa conduite. Vous, William, qui êtes son frère et la connaissez mieux que quiconque, en dehors de toutes ces préoccupations dont les autres vous font part, quel est votre sentiment à son sujet ?

Enfoncé dans son fauteuil, acculé par une Elizabeth furibonde qui ne semblait pas décidée à lâcher un pouce de terrain, Darcy soupira.

— Je reconnais, c'est vrai, qu'elle est plus vive, joyeuse, enthousiaste que d'ordinaire…

— Ah ! Nous y voilà !

— … mais elle a aussi tendance à frôler les limites de l'acceptable, acheva le jeune homme. Elle n'a peut-être rien fait pour le moment qui soit préjudiciable à sa réputation – quoique j'aurais préféré qu'elle ne boive pas tant le soir de Noël – mais si je la laisse faire sans rien dire, un jour ou l'autre, il arrivera un incident plus grave et il sera trop tard, alors, pour se lamenter.

Elizabeth réfléchit une seconde. Un peu calmée, elle baissa enfin le ton.

— Peut-être parce qu'elle s'en approche pour la première fois…

— De quoi parlez-vous ?

— Je dis qu'avec la vie qu'elle a menée jusqu'ici, cette pauvre enfant n'a jamais eu beaucoup d'occasions de les mettre à l'épreuve, ces limites ! Je suis convaincue qu'elle ne se rend pas encore bien compte de ce qu'elle peut ou non se permettre pour conserver la dignité et le rang qui sont les siens. Elle n'a jamais été en contact avec le vrai monde, sauf peut-être depuis que je suis arrivée et que je la pousse – contrairement à vous – à se mêler aux gens. Il est tout à fait normal qu'elle les teste un peu, ces limites, ne pensez-vous pas ? C'est à nous, ensuite, vous et moi, de la recadrer, de lui apprendre les manières…

— Il me semble que Mrs. Annesley est là expressément pour cette raison, grinça Darcy, contrarié de se faire dire qu'il avait peut-être manqué à ses devoirs.

— Oh, je vous en prie ! L'éducation de Georgiana ne doit-elle passer que par des leçons d'italien ou de harpe et par des conseils sur comment baisser les yeux avec grâce pour éviter qu'on vous adresse la parole en société ? Lorsque je suis arrivée à Pemberley, elle ne pouvait dire un mot ni faire un geste sans que Mrs. Annesley fasse un commentaire – quand il ne s'agissait pas d'une réprimande ! Ce n'est pas en la laissant enfermée dans une grande maison, étouffée sous des protocoles et des consignes à n'en plus finir, qu'elle s'épanouira !

— Si je comprends bien, vous me reprochez d'être trop strict ? Georgiana ne s'est pourtant jamais plainte auprès de moi !

— Rien d'étonnant à cela, puisqu'elle a peur de vous !

Devant l'expression stupéfaite de Darcy, Elizabeth comprit qu'elle allait un peu loin. Cette discussion était bien la preuve que son mari et elle avaient le même tempérament borné, car ils se confrontaient depuis tout à l'heure sans qu'aucun des deux accepte de plier, ce qui ne faisait qu'empirer les choses.

Elle poussa un profond soupir pour reprendre son calme.

— Pardonnez-moi, William, mes mots dépassent ma pensée. Je devrais plutôt dire que vous l'intimidez. Vous êtes le premier à reconnaître qu'elle est trop timide, qu'elle gagnerait à s'ouvrir un peu plus aux autres, mais pour autant vous ne lui laissez pas la possibilité de se montrer familière envers vous. Elle vous voit comme un père bien plus que comme un frère, vous le savez, et lorsque vous êtes dans les parages, elle ne cherche qu'à vous faire plaisir, qu'à se faire apprécier de vous. Vous lui feriez un bien immense si vous lui montriez un peu plus d'affection.

Comme le jeune homme gardait le silence, Elizabeth continua, avec toute la douceur dont elle était capable après cet échange agité :

— Ne lui refusez pas cette visite au cirque avec nous, je vous en supplie. Ne l'enfermez pas de nouveau dans l'ombre de Mrs. Annesley. Georgiana est une jeune fille fantastique, aimante et intelligente, mais vous devriez cesser de la considérer comme une enfant et lui laisser plus d'espace. Elle a besoin de fréquenter des demoiselles de son âge, de sortir pour connaître le monde, d'aiguiser son esprit critique pour déduire par elle-même la conduite qu'elle doit tenir en fonction des circonstances. Je sais que vous ne cherchez qu'à la protéger, que vous redoutez plus que tout qu'un incident comme celui de Ramsgate se répète, mais, croyez-moi, c'est justement parce qu'elle était trop protégée, trop isolée du monde, qu'elle s'est trouvée si facile à manipuler. Le beau parleur que nous connaissons n'a pas beaucoup de mérite : elle était une proie facile.

Elizabeth savait qu'elle touchait là un point très sensible. Elle ne fut pas surprise lorsque Darcy leva la main pour l'interrompre.

— Je vous arrête là, Lizzy. Nous nous sommes dit beaucoup de choses et je vois où vous voulez en venir, mais laissez-moi, à présent. S'il vous plaît. J'ai besoin de réfléchir à tout cela au calme.

La jeune femme lui lança un long regard. Puis elle le salua d'un geste de la tête et quitta la pièce, cette fois en refermant très doucement la porte derrière elle.

Elle se doutait qu'elle ne verrait pas beaucoup son mari aujourd'hui. Il ne dormirait peut-être pas non plus avec elle ce soir. Mais alors qu'elle s'éloignait dans le corridor, elle se sentit légère.

Cette fois, elle avait réussi à dire ce qu'elle avait sur le cœur. C'était le plus important.

~

Il y avait eu une nouvelle bordée de neige, la nuit précédente, et les chemins avaient disparu sous un manteau immaculé. Aucune trace de passage humain. Même Stevens, pourtant connu pour arpenter les bois sans craindre le mauvais temps, était resté chez lui.

Darcy faisait avancer sa bête au pas, sur la petite route qui menait vers les hauteurs. Il avait dépassé Woolbert depuis un moment déjà et prenait la direction de la chapelle. Il était seul. Bingley, toujours partant pour une sortie au grand air, s'était proposé pour l'accompagner, mais le jeune homme avait refusé. Il avait besoin de solitude pour faire le point sur la froide conversation qu'il avait eue avec Mrs. Annesley le matin même et sur celle, beaucoup plus mouvementée, avec Elizabeth.

Il faisait face à un dilemme.

Il se rappelait la toute première visite à Pemberley de la jeune demoiselle Bennet, à une époque pas si lointaine où elle n'était pas encore sa femme et où rien n'indiquait qu'elle le deviendrait un jour. Vite remis de sa surprise de la trouver là, en visiteuse inopinée, son premier réflexe avait été de lui présenter Georgiana. Ses sentiments étaient confus. Même si Elizabeth l'avait repoussé et qu'il ne pensait pas pouvoir espérer qu'elle change d'avis, il avait absolument voulu lui faire rencontrer sa sœur, sa seule famille directe, comme une vague tentative de renforcer leurs liens. Et l'inévitable s'était produit : en la voyant évoluer au milieu du salon et s'occuper si gentiment de la timide Georgiana, il s'était repris à rêver qu'un jour elle vienne vivre à Pemberley pour de bon.

Cela dit, il n'avait pas imaginé qu'elle bouleverserait de la sorte l'équilibre familial. Affectueuse, sans façons, Elizabeth avait très vite pris sa jeune belle-sœur sous son aile et avait inversé la tendance. L'adolescente délicate qui n'osait ouvrir les lèvres que pour approuver ce qu'on lui disait et qui rougissait dès qu'on lui posait une question inattendue s'était métamorphosée.

Darcy était un peu honteux de s'avouer qu'en réalité il découvrait lui-même le caractère de sa cadette. N'ayant jamais beaucoup vécu ensemble, le frère et la sœur se côtoyaient sans se connaître vraiment. Il la savait excellente musicienne, bien sûr, et douée en dessin, mais il l'avait toujours crue moins cultivée qu'elle ne l'était réellement et il avait plus d'une fois été étonné de constater que, lorsqu'elle surmontait sa timidité naturelle, elle révélait un esprit plus vif qu'il ne l'aurait pensé.

Tout cela s'était amplifié avec l'arrivée des visiteurs du temps des fêtes. La famille d'Elizabeth était à son image : aimable, sagace, bienveillante. Darcy avait vite remarqué que Georgiana, bien qu'elle fût plus familière des Hurst et de Caroline Bingley qu'elle connaissait depuis des années, avait passé le plus clair de son temps en compagnie des Gardiner et de la douce Jane. Quant à Kitty... Il fallait bien admettre que cela lui était bénéfique d'avoir enfin une véritable amie. Kitty manquait, certes, cruellement de manières, mais elle était aussi gentille, loyale et franche. Une amitié qui profitait d'ailleurs aux deux parties, puisque si la jeune Darcy était encouragée à faire preuve de plus de spontanéité, la petite Bennet apprenait au contraire à mieux se contrôler.

Darcy s'extirpa de ses pensées en réalisant que le bruit du pas de son cheval avait changé. Ils étaient arrivés sur les hauteurs, où le vent qui balayait la route laissait paraître les pierres gelées. Maintenant que sa monture ne s'enfonçait plus dans la neige, le jeune homme l'éperonna pour lui faire prendre un peu d'exercice.

Bientôt, ils arrivèrent à la petite chapelle. Attachant l'animal à un arbre non loin du porche, Darcy se dirigea d'abord vers le cimetière pour se recueillir un moment. Mais il faisait trop froid pour qu'il s'attarde. S'assurant que sa bête, réchauffée par l'exercice et à l'abri du vent, pouvait attendre dehors, il entra dans la chapelle.

Il remarqua aussitôt deux jolis cierges, posés au centre du petit autel. Il les reconnut sans mal : ornés de petits angelots et de rubans, ils faisaient partie des décorations qu'on avait fabriquées pour Noël. Elizabeth – car ce ne pouvait être qu'elle – avait eu la délicate attention de venir en déposer ici, à la mémoire des parents de Darcy.

Le jeune homme sourit, attendri. Il ne résista pas à l'envie de les allumer, observa leur petite flamme un instant, puis il secoua la tête d'un air incrédule et sourit encore. Il finit par s'asseoir sur un banc.

D'ordinaire, il ne se souciait pas de rendre ce genre d'hommage aux défunts. Il n'aimait pas les cimetières. Mais s'il avait fait une exception aujourd'hui, cela n'avait rien d'un hasard : sur les hauteurs, loin des invités qui occupaient ses salons, c'était comme s'il avait pris physiquement du recul pour pouvoir mieux évaluer ce qui se passait chez lui. Près de la sépulture de ses parents, il lui semblait soudain plus facile de comparer ce qui avait été leur époque avec celle que lui vivait à présent.

Contrairement à sa sœur, Darcy se souvenait très bien de la vie à Pemberley du vivant de leur mère. Jusqu'à ses treize ans, il avait arpenté les bois et les collines environnants, appris l'équitation, joué et étudié aux côtés de Wickham, accompagné son père à la chasse et sa mère dans ses promenades le long de la rivière. Enfant unique et choyé, il avait reçu l'éducation rigide nécessaire à son rang, mais que la tendresse de sa mère adoucissait.

Si, à Londres, c'était son mari qui prenait les devants et passait pour être le maître, chacun savait qu'à Pemberley c'était madame qui dirigeait. Belle, élégante, Lady Anne avait toujours un mot aimable à la bouche pour chacun, quel que soit son rang, mais aucun domestique ne voulait jamais être convoqué dans son boudoir pour un tête-à-tête. En châtelaine accomplie, elle dirigeait sa maisonnée avec le sourire, mais non sans fermeté. C'était elle qui orchestrait la valse des visites et des grands dîners, et il y avait toujours du monde dans les salons. Des parents, des amis, un évêque ou un lord de passage... En ce temps-là, les Hastings ne vivaient pas encore dans la région : c'étaient les Darcy qui disposaient du plus haut rang, et l'on considérait Lady Anne comme la reine du comté. On se pressait autour d'elle. Darcy se souvenait des veillées où on lui demandait de venir saluer les gens avant de monter se coucher, de la musique, des rires et du brouhaha des danseurs. Combien de fois avait-il échappé à la surveillance de sa gouvernante pour se faufiler dans l'escalier et grappiller, à travers les portes entrouvertes, un peu de la lumière de la fête ! Ce qu'il préférait, c'étaient les feux d'artifice qu'on tirait parfois dans la vallée, près du pont. Ces soirs-là, il avait exceptionnellement le droit de se coucher plus tard afin d'assister au spectacle depuis la fenêtre de sa chambre.

Puis, Georgiana était née. Lady Anne avait supporté avec philosophie une grossesse difficile, transportée par la joie d'avoir enfin un nouvel enfant – une grâce qu'elle n'attendait plus, un véritable miracle après tant d'années. Mais pour Darcy, la période dorée était terminée. La petite Georgiana n'avait pas un an lorsque lui avait atteint l'âge d'entrer au collège d'Eton, où il allait rester pensionnaire pendant de longues années. Pemberley, pour lui, ne se résumerait plus qu'à quelques semaines l'été, au cours desquelles il retrouvait son camarade Wickham et observait d'un œil circonspect cette petite sœur un peu godiche qui lui avait ravi toute l'attention de ses parents.

Il avait dix-sept ans et partageait toujours un dortoir à Eton lorsqu'il avait appris, par une lettre de son père, que sa mère était morte. Le monde s'était écroulé. Personne ne l'avait prévenu qu'elle était tombée malade quelques mois auparavant et le jeune homme avait vécu ce silence comme une terrible trahison. Son père eut beau lui expliquer, plus tard, qu'il n'avait cherché qu'à le protéger, Darcy en avait conçu une rancune tenace. On l'avait tenu à l'écart, traité comme un enfant inapte à prendre part aux drames familiaux, chose qu'aujourd'hui encore il ne parvenait pas à pardonner.

Il avait fait un aller-retour juste à temps pour mettre Lady Anne en terre, ici même, avant de rentrer en ville terminer son année de collège. Après quoi les choses avaient suivi leur cours : d'abord l'université – où Wickham l'avait rejoint, mais où leur relation s'était vite dégradée –, puis les amis, la vie à Londres… Désormais habitué à demeurer loin des siens, il ne revenait dans le Derbyshire que quelques mois par an, le plus souvent pour les semis du printemps ou les récoltes de l'automne, car son père continuait de le former au rôle qui serait le sien plus tard. Quant à Georgiana, elle n'était qu'une enfant. Leurs rapports restaient donc limités et leur complicité inexistante.

Sans Lady Anne, fini les visites, les réceptions, les fêtes et les danses dans la grande demeure familiale. Même après sa période de deuil, George Darcy avait cessé de recevoir à dîner toute la société des environs. Il faut dire qu'il n'avait ni l'envie ni le talent de son épouse pour fédérer les gens autour de lui. Les grandes tablées de cinquante personnes s'étaient donc réduites à quelques amis proches, et son fils, enfin adulte et invité à s'asseoir avec les autres, en avait gardé la désagréable impression d'avoir manqué la belle époque de Pemberley.

Laissé à lui-même, le maître s'était fait de plus en plus capricieux : il avait exigé qu'on ne déplace plus les objets dans les pièces afin de ne rien changer aux agencements décoratifs voulus par sa défunte épouse, avait renvoyé les chiens aux écuries en prétextant que leurs jappements le fatiguaient et interdit à sa fille d'étudier sa musique lorsqu'il se trouvait dans la maison. Peu à peu, Pemberley s'était enfermée dans une routine d'horloge, illustrée par le ballet des serviteurs qui palliaient l'absence de la châtelaine en répétant inlassablement ce qu'ils maîtrisaient le mieux. Bien entendu, on affichait toujours autant de faste et d'élégance, la cuisine était exquise et les domestiques nombreux, mais, privée d'une vraie vie de famille, la grande demeure s'était faite plus silencieuse, plus froide. Une raison de plus qui expliquait que Darcy préfère passer son temps en ville ou chez des amis, là où il y avait plus d'animation.

Paradoxalement, le jeune homme s'était habitué à cet état de fait et lorsqu'il hérita du domaine, quelques années plus tard, il n'y changea rien. Au contraire : maintenir les habitudes fut pour lui une façon de se sécuriser, de se réconforter devant toutes les responsabilités qui lui incombaient désormais. Il avait donc placé sa sœur au pensionnat dès qu'elle en avait atteint l'âge, tandis que lui continuait sa vie en ville. Pemberley était devenue une magnifique coquille vide, occupée uniquement l'été, quand Darcy se décidait à y séjourner avec quelques amis.

Aujourd'hui, pourtant, la présence d'Elizabeth changeait tout. Comme au temps de Lady Anne, il y avait des gens pour bavarder dans les salons, rire et fêter, des enfants pour se chamailler et jouer sur les tapis, de la musique qu'on entendait jusque dans le grand hall, et Georgiana pour vous regarder avec des yeux pétillants de joie. Ce temps des fêtes avait été – de loin ! – le plus chargé en émotions que Darcy avait vécu depuis longtemps, et alors qu'il avait envisagé de retourner bientôt en ville pour y profiter de la saison, il réalisait avec stupeur qu'il n'avait plus la moindre envie de partir. Il se sentait bien, à Pemberley. Il s'y sentait de nouveau chez lui, comme lorsqu'il était enfant.

Le dilemme lui revint en mémoire.

Alors il se leva, souffla sur les cierges et sortit de la chapelle sans un regard en arrière.

~

— S'il vous plaît, Oliver, seriez-vous assez aimable pour m'apporter le pâté ? murmura Elizabeth au valet penché sur son épaule.

Ce dernier hocha la tête et se déplaça sans bruit jusqu'à l'autre bout de la table pour chercher l'assiette convoitée.

— Mrs. Annesley n'est toujours pas descendue ? remarqua Louisa. Elle n'est pourtant jamais en retard, d'ordinaire. J'espère qu'elle n'est pas souffrante !

— Si elle l'est, ce ne doit pas être grand-chose, car elle était en pleine forme hier. Nous enverrons quelqu'un, tout à l'heure, vérifier si nous pouvons lui être d'une aide quelconque... répondit Caroline avec indifférence.

Il fallut bien les sœurs de Bingley pour pointer de façon aussi ostentatoire l'absence que tout le monde avait remarquée, mais dont personne, par délicatesse, n'osait parler. Des regards coulèrent vers Elizabeth et, comme elle faisait mine de ne pas savoir plus que les autres ce qui se passait, on se tourna vers Darcy.

Celui-ci, impassible, prit le temps de finir sa gorgée de café avant d'expliquer :

— Mrs. Annesley ne sera plus avec nous, désormais. Je lui ai donné son congé.

Georgiana laissa échapper une petite exclamation. Elizabeth, comme les autres, ouvrit des yeux ronds.

— Mais pourquoi ? s'exclama Bingley naïvement. Cette dame était très bien !

— En effet, elle s'est fort bien occupée de Georgiana tout le temps où elle a veillé sur elle. Néanmoins, je n'apprécie guère que l'on remette en question la façon dont mon épouse s'occupe de cette maison et, par extension, de cette famille. L'attitude de Mrs. Annesley hier matin était tout à fait déplacée, il est donc normal qu'elle en subisse les conséquences.

Un silence suivit ces paroles. Darcy lança un coup d'œil à Elizabeth, assise à l'autre bout de la table, puis lui adressa un petit signe de tête, avant de reprendre son café comme si de rien n'était.

La jeune femme était stupéfaite. La veille, elle n'avait pas eu l'occasion de reparler en privé à son mari qui, comme elle s'y attendait, avait préféré dormir dans sa propre chambre. Elle savait qu'il avait beaucoup de choses à ruminer – elle n'avait pas été tendre dans ses propos –, mais elle n'aurait jamais pensé qu'il passerait à l'action de la sorte. Elle était à la fois flattée qu'il la soutienne, heureuse pour sa jeune belle-sœur qui allait pouvoir prendre un peu d'indépendance et, en même temps, elle était affolée d'être responsable d'un licenciement.

Georgiana s'inquiéta elle aussi.

— Que va-t-elle devenir ? demanda-t-elle timidement.

— Tout ira bien pour elle, rassurez-vous, répondit son frère, impassible. Mrs. Annesley n'est pas chassée : elle partira dans quelques jours, lorsqu'elle se sera organisée pour trouver un autre lieu où rester. Elle m'a dit qu'elle allait écrire à une cousine qui pourrait sans doute l'accueillir. Quant à moi, je lui écrirai volontiers une lettre de recommandation des plus flatteuses afin qu'elle retrouve sans difficulté un autre poste.

— Est-ce que cela signifie que Georgiana viendra avec nous au cirque ? demanda Kitty, les yeux brillants.

— Naturellement.

Les deux filles s'échangèrent un regard. On aurait dit que la jeune Darcy ne croyait pas encore à sa chance et craignait de se réjouir. Après tout, n'était-elle pas censée regretter amèrement le départ de sa fidèle dame de compagnie ?

— Vous paraissez bien certain de votre décision, Mr. Darcy, avança Caroline, la bouche pincée. Je vous souhaite de n'avoir pas à le regretter.

— Et pourquoi aurait-il à le regretter ? s'agaça son frère. Darcy fait bien ce qu'il veut dans sa maison, il me semble. Qui sommes-nous pour porter quelque jugement que ce soit sur ses décisions ? Son attitude est tout à son honneur : elle montre son affection pour son épouse autant que pour sa sœur. Si j'avais un verre de vin à la place de cette tasse de thé, je le lèverais pour porter un toast !

Caroline, prise au dépourvu par cette tirade, ne répondit pas.

C'était bien la première fois que le patient Bingley parvenait à la faire taire.

~

Elizabeth et Jane se tenaient dans le boudoir lorsque Darcy s'y présenta.

— Je viens de recevoir une lettre de votre cousin, Mr. Collins, expliqua-t-il. Il nous annonce la naissance de son petit garçon.

Les deux jeunes femmes se précipitèrent sur la missive qu'il leur tendait.

William Collins y racontait en effet l'arrivée de son fils, prénommé comme lui et baptisé par ses soins. Sa lettre était aussi longue que pompeuse, toute pleine de ces formules ampoulées dont il avait le secret, mais on y lisait une exaltation des plus sincères. Tout à sa joie, il se perdait en d'interminables métaphores pour exprimer ses louanges, mais par certaines tournures de phrases plutôt curieuses, on devinait également un certain désarroi. Elizabeth imaginait sans peine le pauvre Collins désemparé face aux pleurs qui devaient à présent résonner entre les murs du presbytère, et sa hâte à voir ce nourrisson grandir au plus vite pour devenir un petit être raisonnable.

Le jeune homme appelait toutes les bénédictions du ciel sur Charlotte, à propos de laquelle il ne tarissait pas non plus d'éloges. Il raconta que la pauvre avait eu un accouchement difficile dont elle avait encore du mal à se remettre, ce qui les avait contraints à faire venir une nourrice pour s'occuper du bébé. Pour le moment, ladite nourrice vivait avec eux, mais il était question qu'elle retourne bientôt dans la ferme voisine dont elle était issue, en emportant le petit avec elle jusqu'à ce qu'il soit sevré. Un projet auquel Charlotte –

sans surprise – s'opposait fermement, raison pour laquelle Collins n'avait pas encore pris de décision.

— Voyons, mais à quoi pense-t-il ? s'offusqua Jane en lisant ces lignes. Charlotte vient tout juste d'avoir son premier enfant et il songe déjà à le lui retirer pour le placer en nourrice ? La pauvre chérie ! Je n'imagine pas un instant comment je me sentirais si j'étais à sa place !

Elizabeth abondait dans le même sens, mais elle ne s'inquiéta pas trop à ce sujet. Collins était d'un tempérament malléable, sensible à la flatterie autant qu'aux « on-dit », et Charlotte avait le tour pour lui faire faire ce qu'elle estimait le mieux.

La roue tournait. Le temps où les demoiselles de Longbourn visitaient celles de Lucas Lodge pour se partager les ragots du voisinage était révolu. À présent, elles n'étaient plus des jeunes filles : leurs conversations se porteraient autour de leurs maris, de leurs foyers, de leurs enfants.

Pour Elizabeth, c'était une étrange sensation.

~

Les routes étaient encore très enneigées lorsque les Bingley et les Hurts se résolurent à quitter Pemberley. Le voyage promettait d'être pénible, mais ils refusèrent de s'imposer plus longtemps à leurs hôtes, d'autant qu'à Londres la saison allait commencer. Louisa s'en léchait les babines par avance.

— Tous ces dîners, ces spectacles, ces bals… Vraiment, vous ne voulez pas descendre en ville avec nous, Mrs. Darcy ? Tout le monde y sera, pourtant !

— Louisa n'a pas tort, admit Jane. Ce serait l'occasion pour ton époux de te présenter à tous ceux que tu ne connais pas encore.

Mais Elizabeth déclina l'offre sans regret. Elle n'était pas, comme les sœurs de Bingley, une citadine accomplie : la campagne du Derbyshire lui paraissait infiniment plus attrayante que le brouhaha constant des réceptions – surtout après le marathon qu'avait représenté pour elle la période de Noël. Elle n'aspirait qu'à se trouver au calme, à s'occuper de sa maison – pour laquelle elle avait beaucoup de projets –, à entretenir ses relations dans la société de Lambton et à entourer d'affection la pauvre Georgiana, un peu perturbée par le départ de Mrs. Annesley.

Pour autant, la séparation d'avec ses sœurs fut difficile. Il y eut beaucoup de larmes et encore plus de promesses de se revoir au plus vite. Charles et Jane prévoyaient rentrer à Netherfield au début de l'été, il était inconcevable que les Darcy ne viennent pas les y rejoindre, d'autant qu'Elizabeth pourrait en profiter pour visiter ses parents.

On ne se quitta qu'une fois que chacun fut rassuré sur le jour hypothétique où l'on se reverrait, en se promettant de s'écrire beaucoup d'ici là.

CHAPITRE 12

Dans le courant du mois de mars, la neige ayant fini par fondre, elle fut remplacée par une pluie maussade. En dépit du gel qui frappait encore certaines nuits, Cox et ses fils préparaient déjà le parc pour la belle saison qui n'allait pas tarder.

Darcy, désœuvré, errait toute la journée entre la bibliothèque et son cabinet de travail. C'était la première fois qu'il passait un hiver entier dans le Derbyshire et, loin des divertissements de la ville, il s'ennuyait. Le temps ne permettait pas encore de profiter du grand air, on n'avait reçu aucun visiteur depuis des semaines, et les invitations que s'échangeaient régulièrement les gens de Lambton avaient un air de déjà-vu. Pemberley révélait plus que jamais son statut de résidence de campagne : on y vivait certes en famille, mais aussi un peu isolés du monde.

Le jeune homme avait proposé plusieurs fois qu'on se rende à Londres, mais Elizabeth avait trop à faire. Contrairement à son mari, qui passait ses journées au coin du feu en tuant le temps avec des livres, la nouvelle maîtresse de Pemberley, elle, avait de l'ouvrage par-dessus la tête.

Pour Darcy, c'était un spectacle charmant. Il la regardait aller avec une grande curiosité doublée d'une certaine admiration.

Les trois premiers mois de leur mariage lui avaient appris que son épouse avait besoin de sortir au grand air au moins une fois par jour. Les trois mois suivants qu'il lui fallait également des moments en solitaire, sans que ni lui ni Georgiana ne soient dans ses jupes pour la déranger. Darcy avait d'ailleurs expliqué plusieurs fois à sa sœur – qui, depuis le départ de Mrs. Annesley, réclamait beaucoup d'attention – qu'il fallait laisser à Elizabeth l'espace dont elle avait besoin pour se sentir bien auprès d'eux.

Cela dit, il n'y avait pas grande inquiétude à avoir de ce côté-là, car depuis le temps des fêtes, la jeune femme s'était bel et bien approprié son nouvel environnement. Après l'inventaire des cuisines, elle avait fait exécuter comme prévu celui de toutes les possessions de la maison – une tâche énorme qui avait mobilisé les serviteurs pendant plus de deux semaines – et elle en avait suivi l'évolution de si près qu'à présent aucune pièce, aucun objet, aucune information ne lui était plus étrangère. Elle connaissait les noms de tous ses domestiques, avait mémorisé leurs rôles et leur ancienneté au service de la famille, savait qui était en congé ou malade et, loin de se contenter de donner des ordres à Mrs. Reynolds, elle lui précisait aussi souvent de confier à tel ou tel serviteur l'exécution d'une tâche en particulier.

Une implication dont Darcy ne cessait de s'étonner. Il voulait bien faire à sa belle-mère l'honneur de croire qu'elle avait convenablement préparé ses filles à la gestion quotidienne d'un ménage, il n'empêche que les connaissances de Mrs. Bennet se limitaient à Longbourn, sa maison de six chambres seulement et ses quelques serviteurs – autant dire que tout cela était sans commune mesure avec la demeure ancestrale des Darcy. Le jeune homme avait donc cru qu'Elizabeth, manquant d'expérience, se reposerait beaucoup plus sur Weston et Mrs. Reynolds. Après tout, ces derniers dirigeaient la maison seuls depuis presque quinze ans, puisqu'après la mort de Lady Anne, ni son défunt père ni lui-même ne s'étaient jamais mêlés des affaires domestiques. N'ayant pas à se plaindre du travail de ses gens, Darcy n'aurait vu aucun inconvénient à maintenir le statu quo.

Mais c'était sans compter sur la personnalité d'Elizabeth. Débarquée à Pemberley en étrangère, elle s'était trouvée un peu déstabilisée au début, mais elle s'était vite reprise. Visiblement consciente d'avoir épousé, en plus de Darcy lui-même, tout l'héritage familial dont il était porteur, elle s'était relevé les manches et, grâce à une tête bien faite et de la volonté à revendre, elle s'en sortait fort bien. Le jeune homme la découvrait plus vive encore qu'il ne l'avait imaginé. Elle posait des questions pertinentes, gardait à l'esprit la globalité des choses sans se perdre dans d'infinis détails, faisait sans difficulté la synthèse d'un grand nombre d'informations, pour n'en retenir que le plus important et prendre ensuite des décisions en conséquence.

Elle disposait aussi d'une inestimable qualité : le tact. Patiente, respectueuse même des plus humbles serviteurs, elle faisait attention à sa façon de leur communiquer des ordres, afin de leur montrer qu'elle ne les méprisait pas. Au contraire, elle valorisait leur expérience et leurs avis personnels, dont elle tenait souvent compte. Weston, après l'avoir vue évoluer quelque temps parmi eux, n'avait désormais, pour parler de sa maîtresse, que des mots élogieux à la bouche. Mrs. Reynolds, de son côté, avait eu plus de difficulté à voir Elizabeth s'immiscer autant dans ce qui relevait de ses fonctions à elle, mais à force de travailler ensemble, les deux femmes avaient fini par trouver un équilibre qui leur convenait.

Il faut dire aussi que le licenciement de Mrs. Annesley avait quelque peu fouetté les domestiques. Même si l'ancienne dame de compagnie n'était pas, à proprement parler, l'une des leurs, ils avaient bien compris que ce renvoi avait été la conséquence directe d'un désaccord avec la nouvelle Mrs. Darcy. Le mot était passé : la jeune maîtresse pouvait bien se montrer un peu plus exigeante que ne l'avait été son époux jusqu'à présent, mieux valait lui obéir sans faire de vagues.

Mais la curiosité d'Elizabeth envers les intérêts de Pemberley s'étendit bientôt au-delà des murs de la grande maison.

— Quand partez-vous pour votre tournée trimestrielle ? demanda-t-elle un soir à Mr. Moore, invité à rester dîner après une journée entière passée à travailler avec Darcy.

— Dans une semaine, madame. Je crois bien que cette tournée sera un peu plus longue que d'ordinaire, car votre époux m'a donné des instructions qui bouleversent quelque peu la préparation des semis.

— Vraiment ? De quelle façon ?

— Les recettes des récoltes de l'an passé n'étaient pas aussi satisfaisantes que nous l'avions espéré, expliqua Darcy, c'est pourquoi j'ai demandé à Mr. Moore de modifier le ratio de nos cultures. Les troupeaux ne sont pas concernés – les prix de la laine, de la viande ou du lait ne se sont jamais aussi bien portés – mais pour ce qui est des céréales, nous devons nous adapter au marché. Si les villes réclament aujourd'hui plus de blé que d'orge ou d'avoine, alors nous devons leur fournir plus de blé.

— Nous avons donc des champs de blé ? s'étonna Georgiana. Je croyais que le reste du domaine n'était fait que de collines et de troupeaux, comme ici, dans la vallée.

Mr. Moore eut un sourire paternel en se tournant vers la jeune fille.

— Si seulement vous pouviez vous imaginer, mademoiselle… Pemberley est vaste, et couvre des territoires très variés. On y trouve, c'est vrai, une majorité de troupeaux bovins et ovins, mais croyez-moi : les terres de votre famille permettent de produire un grand nombre de marchandises différentes. C'est l'un des secrets du succès, d'ailleurs.

Elizabeth haussa un sourcil. Elle fut sur le point de s'étonner tout haut que Georgiana n'en sache pas plus que ça sur l'étendue et la nature du domaine qui faisait la fortune des Darcy, mais elle se rappela que, puisque l'adolescente ne connaissait même pas les recoins de sa propre maison, il y avait assez peu de chances qu'on lui ait montré le reste du domaine.

— Ne voudriez-vous pas voir tout cela de vos yeux, un jour, Georgiana ? proposa-t-elle. Car, en ce qui me concerne, je serais très désireuse de visiter le domaine dans son entièreté. Cela me permettrait de comprendre un peu mieux les affaires que vous traitez avec mon époux, Mr. Moore. Peut-être pourrais-je un jour vous accompagner dans l'une de vos tournées ? Et faire ainsi la connaissance de nos fermiers et de nos locataires, au-delà des environs immédiats de Lambton ?

Le brave régisseur ne parvint pas à retenir l'expression de stupeur qui se peignit sur son visage.

— Vous, madame ? En tournée dans le domaine ?

— Mais oui, pour visiter les fermes, les troupeaux, ou ces champs de blé dont nous parlions à l'instant… Pour mettre des images et des visages sur tous ces noms de lieux dont Mr. Darcy me parle parfois et que, jusqu'à présent, je n'ai pu voir que sur une carte. Et puis cela me permettrait de mieux saisir comment vous gérez les productions, et peut-être même de pouvoir parler au nom de mon époux les jours où il ne sera pas disponible.

Mr. Moore était perturbé. Au lieu de couper proprement un morceau de son feuilleté au fromage, il le réduisit en miettes.

— Pardonnez-moi, Mrs. Darcy, mais vous devez savoir qu'une tournée trimestrielle, c'est une affaire de chiffres, de projections annuelles, de loyers, de taxes, de négociations, et le plus souvent de fermiers qui ne sont pas tous très bien éduqués. Tout cela serait d'un ennui terrible pour une dame de votre qualité ! Sans compter qu'il s'agit d'une expédition d'une bonne douzaine de jours en moyenne.

— Dans ce cas, je prendrais cela comme un voyage éducatif ! J'ai de toute façon besoin d'être plus instruite en ce qui concerne les affaires du domaine, car je n'y connais absolument rien. Imaginez-vous que j'ai éclaté de rire lorsque j'ai demandé à Mr. Darcy, un jour, par simple curiosité, de m'expliquer comment fonctionnaient les taxes annuelles que nous avons à reverser à notre bon roi. Hé bien, saviez-vous, Georgiana, que nous payons une taxe en fonction du nombre de fenêtres que compte la maison ? N'est-ce pas une façon plutôt amusante de compter ? Pour un peu, j'en rirais de nouveau ! Et encore, je ne vous parle pas des taxes sur chacun de nos domestiques, de nos attelages et même de nos chiens de chasse... J'en ai appris beaucoup, ce jour-là, mais j'aimerais ne plus jamais me sentir aussi ignare. Alors, cette tournée, n'est-ce pas une excellente idée ? Qu'en dites-vous, Mr. Darcy ?

Ce dernier avait esquissé un sourire en coin en se remémorant la scène, où il avait en effet expliqué à une Elizabeth médusée la quantité invraisemblable d'impôts en tous genres qu'il payait chaque année pour Pemberley et Chalton House.

— Cela me semble une bonne idée, reconnut-il. Après tout, j'accompagnais moi aussi mon père et feu Mr. Wickham lorsque j'étais plus jeune, pour apprendre à administrer nos affaires.

— C'est bien naturel, puisque le domaine vous appartient, rétorqua Moore. Cela dit, il ne me semble pas nécessaire que votre épouse ou votre sœur se soucie de ce genre de choses. Ce ne sont pas des sujets pour les dames.

— Pourtant, Mrs. Darcy n'a pas tort : qu'arriverait-il si, un jour, je n'étais pas disponible pour répondre à une urgence ? Je me sentirais rassuré de savoir qu'elle pourrait intervenir à ma place. Croyez-moi, cher ami, mon épouse a le même souci que moi d'agir pour le bien de la famille : elle le prouve tous les jours depuis qu'elle est arrivée ici.

Elizabeth envoya un sourire à son mari par-dessus la table, puis ajouta :

— Permettez-moi d'insister aussi sur le fait qu'il serait bénéfique pour Georgiana de nous accompagner.

— Vous croyez ? demanda l'adolescente, d'un air assez peu convaincu.

— Bien sûr ! Vous êtes une descendante directe de la famille : il me semble que vous devriez savoir exactement ce que cela représente, afin de connaître votre place dans le monde.

L'allusion d'Elizabeth était subtile, mais d'après le regard que Darcy lui lança, il avait compris.

En dépit des progrès qu'elle avait faits ces derniers mois, Georgiana était toujours aussi ignorante de sa propre situation. N'ayant vécu que dans un univers clos, sans véritable idée de l'ampleur de la fortune familiale et sans moyen de se comparer à d'autres, elle avait du mal à se considérer comme une héritière. Si, au moins, elle parvenait à visualiser la grandeur du domaine de Pemberley, elle pourrait enfin comprendre qu'elle allait devenir une proie potentielle pour les chasseurs de fortune dès l'instant où elle ferait son entrée en société, et on pouvait espérer que cela l'incite à rester prudente.

L'adolescente garda le silence, mais son expression en disait long sur le peu de motivation qu'elle ressentait à l'idée de passer plusieurs jours à arpenter des champs et des fermes. Voyant cela, Darcy précisa :

— Saviez-vous que notre mère, elle aussi, connaissait tout du domaine ? Elle approuverait certainement que vous suiviez son exemple. Vous êtes encore jeune, c'est certain, mais comprendre comment diriger une telle propriété est quelque chose de primordial qui vous servira toute votre vie.

Ce fut un argument auquel Georgiana, tout autant que Moore, fut bien forcée de se soumettre. Le régisseur ne put que se défendre faiblement :

— Dans ce cas, mesdames, il est peut-être un peu présomptueux d'organiser un tel voyage avec seulement quelques jours de préavis. Mais sans doute pourrez-vous participer à la prochaine tournée, à la fin de l'été ?

Elizabeth approuva et se confondit en excuses pour le trouble qu'elle allait causer, en expliquant qu'il n'y avait aucune urgence et qu'ils pourraient en reparler plus tard. Georgiana hocha la tête par automatisme, ne sachant trop quoi penser de tout cela.

Quant à Darcy, il observa sa femme d'un air satisfait.

~

Mrs. Vaughan s'était retirée. Elizabeth, allongée dans son lit, attendait, les yeux rivés au plafond.

Après ce qui lui sembla une éternité, elle entendit enfin des pas dans le couloir, le bruit familier de la porte du cabinet de toilette qui s'ouvre et se referme, puis les quelques mots indistincts échangés avec Mr. Grove.

Le cabinet se trouvait de l'autre côté de la chambre de son mari, mais les portes qui reliaient leurs deux chambres par-delà le petit boudoir étaient restées grandes ouvertes, de sorte que les sons lui parvenaient tout de même assez bien. Dans le calme de la maison, elle repéra sans mal le bruit sourd des bottes tombant sur le tapis, reconnut à son grincement distinctif laquelle des deux armoires que Mr. Grove ouvrait, et réussit même à saisir le bruit de la brosse à habits qu'il utilisait pour défroisser les vêtements de son maître avant de les ranger proprement.

Soudain, Elizabeth se leva de son lit.

~

Darcy, torse nu, penché sur sa table de toilette, se rinçait à l'eau du broc lorsque la porte qui menait à sa chambre s'ouvrit. Sa femme passa la tête.

— Vous pouvez nous laisser, Mr. Grove, merci, fit-elle.

Le valet, interloqué de voir la jeune châtelaine entrer dans un lieu où elle n'avait rien à faire, lança un regard circonspect à son maître. Mais comme celui-ci lui faisait signe d'obtempérer, Grove salua gravement et disparut sans un mot.

— Je crois que vous lui avez fait peur, s'amusa Darcy.

— C'est que j'étais fatiguée de vous attendre…

Avec un sourire mutin, elle saisit une serviette et s'approcha pour l'aider à se sécher. Darcy haussa un sourcil amusé, déjà émoustillé à l'idée de ce qui allait suivre.

Il ne pouvait que se féliciter que leur vie conjugale ait aussi bien évolué. Au tout début de leur mariage, à Londres, le jeune homme n'avait pas su réfréner ses ardeurs : en dépit de sa noble résolution de ne pas trop bousculer la mariée, il n'avait pas résisté à l'envie de s'inviter auprès d'elle chaque nuit. Mais quelque temps plus tard, à

Pemberley, les choses avaient changé lorsqu'Elizabeth avait osé le repousser. Sur le coup, Darcy en avait été si désarçonné qu'il avait failli quitter le lit pour retourner dans sa chambre, et il avait fallu de la part de la jeune femme beaucoup de patience pour lui faire comprendre qu'elle ne le chassait pas, mais que néanmoins elle n'était pas d'humeur à faire l'amour toutes les nuits que Dieu fait et qu'elle trouvait autant de plaisir à simplement s'endormir contre lui. Darcy s'était vexé, bien sûr, et il y avait eu d'autres moments embarrassés de ce genre, mais à la longue il avait appris à faire preuve de plus de retenue et Elizabeth en avait eu l'air satisfaite.

À présent, la jeune femme s'enhardissait. Elle avait compris qu'elle pouvait, elle aussi, réclamer de l'attention si l'envie lui prenait, et cela n'était pas pour déplaire à son mari. Il l'avait souhaitée joueuse, il la découvrait de plus en plus dégourdie.

La serviette n'était en effet qu'une excuse. Bientôt, les doigts caressants d'Elizabeth glissèrent sur le ventre de son mari sans la moindre équivoque.

— Lizzy ! À quoi pensez-vous ? s'exclama ce dernier, sur un ton faussement scandalisé.

— À la même chose que vous, sans doute, répondit-elle en lui lançant un regard en coin qui le fit fondre.

D'un geste, il la prit dans ses bras et l'embrassa fougueusement. Mais alors qu'ils reprenaient leur souffle, enlacés et nichés dans le cou l'un de l'autre, une pensée un peu saugrenue lui traversa l'esprit.

— Savez-vous que Lady Catherine m'a enfin répondu ? chuchota-t-il.

— Oh, William !

Elle se dégagea un peu de leur étreinte et partit d'un grand éclat de rire.

— Vous êtes impossible ! Quelle idée de venir me parler de votre tante dans un moment pareil !

— Pardonnez-moi, je pensais vous faire plaisir… ironisa-t-il.

Riant toujours, elle lança sur un fauteuil la serviette qu'elle avait encore à la main, puis elle enserra ses bras autour de la taille de Darcy en essayant de reprendre son sérieux.

— Pourquoi ne m'avez-vous pas dit cela au dîner, tout à l'heure ? demanda-t-elle.

— Parce que je ne voulais pas avoir à expliquer quoi que ce soit en présence de Mr. Moore.

— Et que disait-elle donc, votre tante ? Excuse-t-elle enfin votre intolérable silence à son égard ?

— Pardon, mais je lui ai écrit deux fois depuis le début de l'année et c'est elle qui avait choisi de ne pas y donner suite. Il me semble que je n'ai rien à me reprocher sur ce plan-là, se défendit aussitôt Darcy.

— Je le sais bien, mon amour. Réjouissons-nous seulement que, grâce à vous, le contact soit rétabli entre Pemberley et Rosings...

Elizabeth se montrait complaisante, mais son mari savait bien que si, comme elle le disait, le contact était rétabli, c'était plutôt grâce à ses efforts à elle.

— Elle se propose de venir nous rendre visite fin mai, pour un mois, expliqua-t-il.

— Voilà une excellente nouvelle !

— Ne vous réjouissez pas trop vite. Vous la connaissez : il est probable qu'elle continue à vous dénigrer.

— C'est vrai, mais j'aurai au moins l'occasion de lui montrer que Pemberley n'a rien perdu de sa grandeur depuis que j'en ai fait mon foyer.

Elizabeth se lova de nouveau contre lui.

— Je suppose qu'elle viendra avec votre cousine et Mrs. Jenkinson ?

— C'est exact.

— Que de femmes à notre table ! Vous risquez de vous sentir bien seul, mon pauvre ami ! Ne voulez-vous pas inviter le colonel ? Il serait un bon intermédiaire. Il a un don tout particulier pour détourner avec élégance les dames indélicates...

— Je me doutais que vous suggèreriez quelque chose de ce genre. Je lui écrirai demain.

— Dans ce cas, pouvons-nous considérer que ce sujet est clos, au moins pour ce soir ?

Avec un sourire moqueur, Darcy raffermit sa prise autour d'elle.

— Pardonnez-moi, ma chère, je manque à tous mes devoirs. Avec toutes ces digressions, j'en ai oublié de vous demander pourquoi vous êtes venue me trouver jusque dans mon cabinet. Avez-vous besoin que je vienne réchauffer votre lit pour vous ?

~

Pendant les préparatifs qui précédèrent l'arrivée de Lady Catherine, Elizabeth donna le change. Elle montra qu'elle prenait la chose avec bonne humeur, mais en réalité, elle voyait approcher l'échéance avec une anxiété grandissante.

Elle n'avait pas oublié que leur dernière entrevue, l'automne précédent, avait été désastreuse. Trop habituée à ce qu'on lui obéisse sans discuter, la maîtresse de Rosings n'avait pas supporté que la petite Bennet lui tienne tête et elle avait quitté Longbourn dans un état de profonde fureur. Mais Elizabeth s'inquiétait bien moins des remarques cinglantes de Lady Catherine à son égard que des mots malheureux qui pourraient être échangés entre cette dernière et Darcy. Ils étaient aussi rancuniers l'un que l'autre, et la jeune femme savait que son mari n'avait toujours pas pardonné les propos injurieux que Lady Catherine avait tenu lorsqu'elle avait désapprouvé leur mariage. Il ne serait pas facile, dans ce contexte, de reprendre des relations courtoises.

Les prochaines semaines promettaient d'être tendues. Mais quelles que soient les appréhensions de part et d'autre, il était trop tard pour se raviser, car la visiteuse se présenta bel et bien à la fin du mois de mai.

Lorsque Weston vint annoncer que les voitures des visiteurs étaient en vue de l'autre côté de la vallée, Darcy jeta un long regard à sa femme.

— Nous y voilà… soupira-t-il, comme s'il endossait subitement tout le poids du monde.

Dehors, il faisait un temps radieux. Un chaud soleil illuminait les façades, les jardins étaient en fleur, les nouveaux assemblages de verdures que Cox et ses fils avaient aménagés autour de l'entrée de la maison étaient du plus bel effet, et le majordome, comme à son habitude, avait fait aligner sur le perron une douzaine de domestiques en tenues d'apparat. Elizabeth avait de quoi être fière : le domaine se montrait sous son meilleur jour.

Lorsque le premier attelage s'arrêta devant les marches, Darcy descendit ouvrir la portière en personne. Son sourire était un peu crispé, mais le ton de sa voix était maîtrisé.

— Ma chère tante, je suis très heureux de vous revoir. Soyez la bienvenue à Pemberley.

Lady Catherine descendit de l'attelage avec une lenteur exaspérante. Loin de faire autant d'efforts que son neveu, elle arborait un air dédaigneux qui montrait bien son état d'esprit à cet instant.

Elizabeth avait tergiversé des jours durant sur la meilleure manière d'accueillir sa nouvelle tante, et elle en avait conclu que trop de familiarité risquait de la braquer encore plus. La jeune femme se retint donc d'aller à sa rencontre et resta aux côtés de Georgiana, souriante et affable, attendant que Lady Catherine s'approche d'elle-même. Alors, seulement, elle s'inclina bien bas.

Par chance, la voyageuse n'était pas seule, ce qui fit diversion. À sa suite venaient Anne, puis Mrs. Jenkinson et enfin le charmant colonel Fitzwilliam, ravi de se retrouver de nouveau à Pemberley. On se salua de part et d'autre en y mettant toutes les formes nécessaires.

— Voyons, où est donc Mrs. Annesley ? s'exclama Lady Catherine. Ne l'a-t-on pas appelée ?

— Mrs. Annesley n'est plus avec nous, lui répondit son neveu.

— Comment ! Plus avec vous ? Mais qui donc s'occupe de Georgiana, à présent ?

— Moi-même et Elizabeth, bien sûr.

— Par ma foi ! Je n'ai pas encore mis un pied dans la maison que je constate déjà des changements !

— Votre Grâce en constatera beaucoup moins à l'intérieur, je vous assure, enchaîna Elizabeth avec un sourire très doux. Voulez-vous passer au salon ? Nous avons préparé des rafraîchissements. Vous devez être bien fatiguée après un tel voyage.

— Je préfèrerais changer de vêtements d'abord, répliqua Lady Catherine, d'un ton sec.

— Bien entendu. Vos chambres sont prêtes. Mrs. Reynolds ? Pouvez-vous faire accompagner ces dames ?

Les invitées furent alors prises en charge par les domestiques et disparurent dans les escaliers.

— Hé bien, mon amour, détendez-vous ! Le plus dur est fait... chuchota Elizabeth, avec un petit sourire en prenant son mari par le bras.

Mais intérieurement, elle poussa un profond soupir pour tenter de calmer son agitation.

~

Pemberley, jadis si austère, immuable, engoncée dans ses rituels solennels qui n'avaient pas changé depuis la mort de Lady Anne, connaissait désormais une vie plus remuante. Certes, on annonçait encore le dîner à la même heure, et il fallait toujours autant de bonnes pour nettoyer les chambres et de valets pour servir à table, mais les modifications apportées par la nouvelle maîtresse et la succession d'invités qui avaient séjourné là depuis son arrivée avaient bouleversé un tantinet la vie quotidienne de la maison.

Cela n'échappa pas à Lady Catherine. Évoluant tout à son aise dans les pièces comme si elle était chez elle, elle posait un œil aiguisé sur toute chose, pinçait les lèvres, puis donnait son avis – le plus souvent critique. Les premiers jours, elle fit preuve d'une suspicion quasi permanente à l'égard d'Elizabeth, ce qui rendit l'ambiance aux heures des repas aussi tendue que cette dernière l'avait redouté. Darcy s'empressa de faire tampon pour détourner l'attention de sa tante dès qu'il sentait qu'elle allait formuler un reproche, aidé en cela par son cousin le colonel, qui ne se départait jamais de son sourire affable.

Elizabeth accepta sans broncher ces remontrances à peine voilées. Elle fut d'une patience d'ange, toléra qu'on lui rappelle sans cesse son inexpérience de jeune mariée, se justifia parfois en expliquant qu'elle palliait tout cela par son bon sens et son pragmatisme, et qu'elle s'en sortait toujours mieux à mesure que le temps passait. Mais Lady Catherine ne semblait pas très sensible à ces arguments et poussa l'audace jusqu'à interroger Mrs. Reynolds au sujet de sa maîtresse. Elle fut toutefois déçue de ne pas trouver là de terreau fertile pour ses critiques : l'intendante, en effet, n'avait que des éloges pour Elizabeth et exprima à quel point elle se réjouissait de savoir une jeune femme aussi intelligente aux commandes de la maison.

Pour faire plaisir à leur auguste – mais difficile – invitée, les Darcy reçurent plusieurs fois à dîner. Nombreux étaient ceux, parmi la société de Lambton, qui connaissaient Lady Catherine et qui furent flattés d'être invités à la même table qu'elle. La dame de Rosings reçut ainsi les hommages du vicomte Hastings, de la veuve Langhold, des Norton, de Mrs. Keen et d'autres personnes fort respectables, ce qui apaisa pour un temps sa langue acérée. Pour Elizabeth, ce fut un premier pas dans la bonne direction.

Mais tandis que sa mère, qui appréciait visiblement qu'on la mette au centre de toutes les attentions, finissait par se montrer moins revêche à mesure que les jours passaient, Anne de Bourgh, en revanche, resta hermétique à toutes les tentatives de ses cousines pour sympathiser avec elle. La jeune fille était encore pire que ne l'avait été la timide Georgiana : elle ne quittait pas Mrs. Jenkinson même pour un instant, ne s'entretenait à demi-mot qu'avec cette dernière, et lorsqu'elle répondait enfin à une question qu'on lui posait directement, c'était toujours d'une voix un peu plaintive qui agaçait Elizabeth. Cette dernière hésitait entre prendre la pauvre Anne en pitié, ou bien la secouer par les épaules pour tenter de provoquer chez elle une quelconque réaction.

— Mais enfin, votre cousine n'est pas destinée au couvent, que je sache ! s'écria-t-elle un soir à Darcy. Elle est dans le monde depuis des années, elle devrait donc avoir appris les règles de courtoisie élémentaires et acquis assez de conversation pour faire au moins illusion dans les salons !

Le jeune homme avait ri en haussant les épaules.

— Anne n'est jamais sortie de l'ombre de ma tante. Si vous m'avez accusé un jour de trop protéger ma sœur, vous voyez à présent que je ne suis certainement pas le pire en ce domaine. Il ne vous reste qu'à faire comme moi : ignorez-la. Laissez au colonel le soin de lui être agréable de temps en temps. J'ai le regret de vous dire qu'il sait y faire mieux que vous…

Darcy n'avait pas tort : son cousin était bien le seul qui parvienne à mettre quelques fois un sourire sur le visage de la jeune de Bourgh. Contrariée d'échouer à cet exercice alors qu'elle se savait un talent certain pour établir d'aimables relations avec n'importe qui, Elizabeth bouda un peu.

— Rien d'étonnant à ce qu'elle n'ait toujours pas trouvé à se marier, malgré sa fortune. Je plains le pauvre homme qui se laisserait convaincre… Mais je la plains, elle, plus encore ! Quelle triste vie, mon Dieu ! Quelle triste vie !

~

Les jours se transformèrent bientôt en semaines. Dépitée de ne pas trouver à la nouvelle Mrs. Darcy d'épouvantable défaut – à part, peut-être, celui de parler avec un peu trop de franchise –, la terrible tante se laissa lentement amadouer.

323

Elizabeth la sentit s'adoucir le jour où elle invita les dames à prendre le thé pour la première fois dans son boudoir, au lieu de l'habituel salon de dessin. Lady Catherine nota aussitôt la présence du portrait de sa sœur aînée, qui trônait en face du beau secrétaire d'acajou. Dans cet endroit intime et, pour elle, chargé de souvenirs, elle se laissa aller aux confidences.

Catherine de Bourgh avait une forte propension à la nostalgie : rien ne lui faisait plus plaisir que de se faire poser des questions au sujet de sa jeunesse, qu'elle ne se remémorait pas sans une certaine émotion. C'est ainsi qu'elle raconta ses chamailleries d'enfants avec son frère, Lord Fitzwilliam, son mariage avec Sir Lewis à tout juste dix-huit ans, et son grand malheur d'avoir perdu pas moins de quatre enfants à la naissance ou en très bas âge – sans compter le souci constant qu'elle avait avec la santé de sa dernière fille, Anne, la seule à avoir survécu à cette période terrible qu'était la petite enfance.

C'était bien la première fois que cette femme affichait une véritable sensibilité, dont la plus grande preuve était sa dévotion infinie envers Lady Anne, plus grande encore que les éloges qu'elle pouvait faire au sujet de son défunt Sir Lewis. C'est donc avec force qu'elle approuva le fait que sa nièce prenne la précédente Mrs. Darcy comme exemple afin de devenir une digne maîtresse pour Pemberley.

— Vous ne sauriez avoir de meilleur modèle, madame, fit-elle à Elizabeth. Ce portrait ne devrait d'ailleurs jamais quitter cet endroit, afin de toujours vous rappeler à qui vous devez d'avoir trouvé cette maison si prospère.

— Je saurai m'en souvenir, Votre Grâce, répondit la jeune femme, qui sentait qu'elle tenait là un bon moyen d'apaiser leur relation. À ce sujet, voudriez-vous m'accompagner, demain, jusqu'à la chapelle ? Comme je le disais à Georgiana il y a peu, avec la quantité d'eau que nous avons reçue au printemps, les herbes et les plantes sont devenues une vraie jungle et il est plus que temps d'entretenir un peu nos tombes, sans quoi nous ne les verrons bientôt plus !

L'expédition, qui fut organisée le lendemain, porta ses fruits bien au-delà des espérances d'Elizabeth.

Darcy et son cousin s'étaient dérobés, laissant les femmes se rendre seules jusqu'à la chapelle, uniquement accompagnées d'un cocher et d'un valet. Elizabeth avait fait préparer quelques outils de jardinage et, alors que ses visiteuses, perplexes, ne savaient trop quelle attitude adopter, elle entraîna Georgiana à sa suite pour débarrasser les tombes de la verdure qui les avait envahies.

— Avez-vous vraiment l'intention de faire tout cela vous-même ? s'étonna Mrs. Jenkinson. Ne pourriez-vous pas demander à votre valet de s'en occuper ? Vous allez vous salir !

— Ma foi, c'est fort probable, répondit Elizabeth sans se démonter, mais un peu de terre sur les mains n'a jamais tué personne. N'est-ce pas à nous de prendre soin de nos chers disparus ? Je ne confierai jamais une telle tâche à un inconnu ou un serviteur. Ils ne feraient pas preuve du même respect.

La dame de compagnie se tut. Quant à Lady Catherine, elle ne releva pas non plus.

Elizabeth s'attaqua en premier à la tombe de George Darcy, arrachant les mauvaises herbes à mains nues et s'aidant d'une serpette lorsque les tiges étaient trop dures, tout en donnant des instructions à Georgiana qui la secondait. En peu de temps, la pierre fut assez dégagée pour que l'adolescente, armée d'une brosse, puisse commencer à nettoyer la mousse qui s'accumulait à certains endroits, tandis qu'Elizabeth passait à la tombe de l'ancienne Mrs. Darcy.

— Aimeriez-vous nous aider, Miss de Bourgh ? osa-t-elle demander.

La pauvre Anne se troubla. Il s'agissait là de la sépulture de sa marraine, mais le commentaire de Mrs. Jenkinson un peu plus tôt l'avait mise mal à l'aise. Sentant son hésitation, Elizabeth changea de tactique.

— J'ai une meilleure idée ! Vous pourriez peut-être cueillir quelques beaux bouquets pour orner les tombes et l'autel, qu'en pensez-vous ? Il y a de très jolies fleurs sauvages, le long de la route.

— Avec plaisir, répondit cette fois la jeune fille, soulagée de pouvoir s'adonner à une activité plus en adéquation avec la conduite attendue par sa mère et sa dame de compagnie.

— Je vous accompagne, fit aussitôt Mrs. Jenkinson.

— Vous ferez bien attention de ne pas cueillir de fleurs jaunes ! renchérit Lady Catherine. Ma sœur détestait le jaune !

Elizabeth songea au joli salon doré de Chalton House, dont Darcy lui avait dit qu'il était la pièce préférée de sa mère. Lady Anne, détester le jaune ? Allons donc ! Mais la jeune femme ne releva pas. Sa tante ne faisait que se laisser aller à son habituelle autorité, exprimant son opinion même si cela ne reposait sur rien de tangible, et mieux valait la laisser faire. Lady Catherine passa d'ailleurs le reste de l'expédition à alterner entre les deux travailleuses occupées sur les tombes et les cueilleuses de fleurs, dispensant comme à son habitude conseils et critiques.

Finalement, un peu en sueur d'avoir bien travaillé, Elizabeth et Georgiana allèrent se nettoyer le visage et les mains à l'eau d'un broc que le valet était allé puiser dans un ruisseau un peu plus loin, avant de rejoindre les autres dames. De leur côté, celles-ci avaient réalisé trois belles gerbes de fleurs et de graminées, nouées par des rubans. On en plaça une à l'intérieur de la chapelle, pour remplacer les cierges de Noël, puis on déposa les deux autres sur les tombes du couple Darcy, avant de se recueillir un petit moment.

Dans la voiture, pendant le chemin du retour, Georgiana ne put s'empêcher de triturer ses doigts, dont les ongles étaient toujours noirs de terre. Sentant sur elle le regard impérieux de sa tante, elle cacha ses mains sous un pli de sa robe.

— Pardonnez-moi… fit-elle en rougissant. Je crois que j'aurais dû mettre des gants.

— Ne vous justifiez pas, mon enfant, répondit Lady Catherine. Ce que vous et Mrs. Darcy avez fait aujourd'hui est tout à votre honneur, car il n'y a pas de travail plus noble que celui de prendre soin de ses défunts.

Elizabeth sourit.

Elle était sur la bonne voie.

~

L'ambiance était paisible dans le salon de dessin. On y avait servi un lunch composé de sandwiches, de viandes froides, de fromages et de fruits, pour se requinquer après la longue promenade que la compagnie avait faite dans le parc. Georgiana, qui avait emporté une assiette dans la pièce d'à côté, faisait de la musique entre deux bouchées, pendant que Darcy et le colonel Fitzwilliam tenaient compagnie au reste des dames. Elizabeth s'était éclipsée pour lire une lettre qui était arrivée pendant la promenade.

— Allons, Darcy, que fait votre épouse ? finit par s'impatienter Lady Catherine. Elle devrait nous avoir rejoints depuis longtemps ! Qu'est-ce donc que cette lettre qui la retient autant ?

— Je suis certain qu'elle sera avec nous d'un instant à l'autre, ma tante, répondit-il, avec son flegme habituel. Voulez-vous que je vous réserve du thé ?

Et justement, une minute plus tard, on entendit les pas de la jeune femme résonner dans le couloir. Lorsqu'elle entra au salon, son visage était rayonnant.

— Jane est enceinte ! s'écria-t-elle.

Devant une telle nouvelle, Darcy et son cousin s'exclamèrent à leur tour, suivis de Georgiana qui s'était précipitée.

— Elle m'écrit de Londres, poursuivit Elizabeth. Elle me dit qu'elle s'en doutait depuis plusieurs semaines déjà, mais qu'elle a préféré être absolument certaine avant de l'annoncer à la famille. L'enfant est attendu pour novembre et il semblerait que cela commence déjà à se voir.

— Ce sera tout juste un an après le mariage ! remarqua le colonel. Quelle joie ce doit-être pour votre sœur !

— J'écrirai à Bingley pour le féliciter. Tel que je le connais, il ne doit plus savoir comment contenir son excitation… taquina Darcy. Sont-ils toujours à Londres ?

— Non, Jane m'a écrit à la veille de leur retour à Netherfield. Ils prévoient y rester jusqu'à la naissance, et sans doute au-delà.

— Dans ce cas, ce sera une occasion pour nous d'aller leur rendre visite cet été. Mais si vous voulez bien m'excuser un instant, je vais demander à Weston de faire servir du madère. Nous avons un toast à porter, je crois !

Bien que Lady Catherine n'ait jamais rencontré Jane, elle ne supporta pas longtemps d'être tenue en dehors de la conversation et profita de cette interruption pour s'y immiscer.

— N'oubliez pas de féliciter votre sœur de ma part, madame, lorsque vous lui répondrez. Et permettez-moi de vous dire que je vous souhaite de suivre rapidement son exemple. On ne saurait commencer trop tôt à peupler cette maison d'enfants.

Elizabeth, qui se réjouissait de la nouvelle sans même songer à sa propre situation, sentit aussitôt s'abattre sur ses épaules le poids de la responsabilité qu'elle avait endossée en épousant Darcy et que Lord Fitzwilliam lui avait déjà rappelé avec si peu de distinction : elle se devait de fournir à son mari des héritiers. Le colonel dut penser à la même chose qu'elle, car il lui lança un regard un peu malaisé.

La jeune femme savait qu'elle n'était pas encore enceinte. Les mois passaient sans qu'elle s'en préoccupe outre mesure, d'ailleurs, convaincue que les choses se feraient en leur temps. Mais elle se rendit compte à cet instant que la grossesse de Jane la mettait en situation de porte-à-faux : puisque les deux sœurs s'étaient mariées le même jour, on n'allait pas manquer de les comparer, c'est-à-dire de se réjouir que l'une donne bientôt naissance, tout en déplorant que la seconde ne soit pas encore rendue là. À partir d'aujourd'hui, plus le temps passerait sans qu'Elizabeth annonce une grossesse et plus on se demanderait, avec une indiscrétion croissante, si elle et Darcy avaient des problèmes à concevoir.

À peine la jeune femme réalisait-elle cela que Lady Catherine lui en donna un parfait exemple.

— Vous ne devriez pas vous inquiéter si cela prend un peu de temps, poursuivit-elle, d'un air complaisant. Je me souviens avoir dû patienter plus d'un an, moi aussi, avant de me trouver enceinte de mon premier enfant, déclara-t-elle. Tout le monde vous le dira : il faut laisser faire la nature. Vous avez bien le temps avant de commencer à en prendre souci. Mais tout de même, si jamais cela devait tarder plus que de raison, n'hésitez pas à faire appel à moi. On vous donnera sans doute mille conseils inutiles, mais croyez-en mon expérience : le mieux est d'aller prendre les eaux. Bath est très bien, pour cela, quoique j'aie une préférence pour Tunbridge Wells. D'ailleurs…

Par chance, le retour de Darcy interrompit sa tante, sans quoi elle se serait lancée dans l'énumération des mille conseils inutiles qu'elle venait tout juste de dénigrer.

~

Il faisait si beau, ce jour-là, qu'Elizabeth avait fait installer dans les jardins, à l'ombre d'un large sycomore, une table et des fauteuils pour que les dames puissent profiter de la douceur de l'air. Anne et Mrs. Jenkinson s'y étaient assises pour travailler à leur broderie, tandis qu'Elizabeth lisait. Georgiana s'était installée plus loin, sur une couverture étendue dans l'herbe, avec une boîte d'aquarelles et la ferme intention de peindre un des petits bassins plantés d'herbes aquatiques et de fleurs. Après sa sieste, Lady Catherine était venue les rejoindre. Assise dans son fauteuil, sans rien pour lui occuper les mains, elle faisait la conversation pour tout le monde et se levait de temps à autre pour aller contrôler si l'œuvre de Georgiana évoluait favorablement.

— Ces messieurs vont regretter de s'être absentés par une si belle journée. Nous leur dirons, au dîner, ce qu'ils ont manqué. N'ai-je pas toujours dit que la plus agréable période pour se trouver à Pemberley était celle-ci ? Bien sûr, c'est à Rosings qu'il faut être à la fin de l'été, quand les roses sont au plus fort de leur floraison. Vous viendrez, Mrs. Darcy, bien sûr. Il vous faut voir cela, avec Georgiana. Et je suppose que Mrs. Collins sera ravie de vous faire rencontrer son petit garçon. Ce n'était qu'un nourrisson tout ce qu'il y a de plus ordinaire quand je l'ai vu moi-même, mais je suis persuadée qu'il deviendra vite un enfant agréable. Il me semble que naître dans une honnête famille de pasteurs est toujours le gage d'une bonne éducation...

Lady Catherine était peut-être une femme au fort caractère, mais elle n'avait rien de subtil. Le contenu de sa conversation était un baromètre auquel on pouvait se fier sans crainte pour connaître son humeur. Lorsqu'elle se mettait à vanter les avantages de son domaine ou à parler d'héritiers – deux sujets qu'elle valorisait particulièrement –, c'est qu'elle était d'une humeur splendide. Et Elizabeth n'avait pas manqué de noter le plus important : sa tante, au milieu de son bavardage, venait de lui glisser une invitation à se rendre à Rosings. La jeune femme se retint d'esquisser un sourire de triomphe.

En milieu d'après-midi, Elizabeth demanda à Mrs. Reynolds de faire servir des biscuits et de la limonade. Mais lorsqu'elle vit le valet sortir de la maison, les bras chargés d'un plateau bien garni, elle ne put s'empêcher de lui trouver un air inhabituellement empressé.

— Madame, lui glissa le domestique en déposant sa charge sur la table, il y a des invités à la porte.

— De la visite ? Qui donc ?

— Qu'importe, voyons ! Amenez-les-nous ! Le jardin est vaste, nous avons amplement de place pour les recevoir, ajouta Lady Catherine de son habituel ton autoritaire.

Le valet se troubla.

— Mr. Weston vous fait dire que l'on vous attend sur le perron madame, bredouilla-t-il en s'inclinant devant sa maîtresse.

Elizabeth fronça les sourcils. Le majordome savait bien qu'à cette heure-ci on recevait. Il aurait dû logiquement amener lui-même les visiteurs au jardin. Pourquoi faire tant de mystère ?

— Pardonnez-moi, mesdames, fit-elle avec un sourire, je dois vous laisser un moment. Ne m'attendez pas pour goûter cette limonade : je sais à quel point elle est délicieuse.

Après quoi elle suivit le domestique. Elle lui posa bien quelques questions sur l'identité des visiteurs, mais l'homme refusa de lui répondre, se contentant de répéter qu'il ne faisait que transmettre l'information venant de Weston. Accélérant le pas, ils passèrent par la terrasse ouest, traversèrent la cour intérieure et aboutirent dans le grand hall, où le valet s'éclipsa.

Elizabeth venait tout juste de s'engager dans le vestibule lorsqu'elle reconnut des éclats de voix. Elle comprit aussitôt.

— Lydia ! Mr. Wickham ! Quelle surprise ! fit-elle en débouchant sur le perron.

Devant elle, Weston, Mrs. Reynolds et trois valets se tenaient en demi-cercle autour du jeune couple, dont la voiture attendait dans l'allée. En un clin d'œil, Elizabeth constata que l'attelage était chargé de coffres de voyage. Il était clair que ces visiteurs-là ne venaient pas seulement partager des rafraîchissements.

— Lizzy ! Enfin, te voilà ! s'écria Lydia en lui sautant au cou pour l'embrasser. C'est une bonne surprise, n'est-ce pas ? Vous voyez, Georges, comme nous avons eu raison de venir sans rien dire à personne ! Je crois qu'il n'y a rien de plus gai que de préparer des surprises ! Regardez la tête qu'elle fait !

— Mrs. Darcy, salua l'enseigne en s'inclinant avec un grand respect. C'est un bonheur de vous revoir et je suis ravi de vous trouver en si grande forme. J'espère que vous vous plaisez, à Pemberley ! Vous devez y être bien installée, désormais.

— En effet, je vous remercie... Mais... Pardonnez-moi : que me vaut le plaisir de votre visite ?

— Comme je l'expliquais à l'instant à Mrs. Reynolds, je suis en permission pour quelques semaines. Mrs. Wickham et moi-même arrivons directement de Newcastle.

— Et ce fut un voyage horrible ! Imagine-toi, Lizzy : trois longues journées en diligence, avec tous ces gens que nous ne connaissions pas... Et, par-dessus le marché, nous avons eu deux fois un cheval qui est mort sur le chemin ! Ce n'est qu'à Lambton que nous avons loué cette chaise de poste et, ma foi, je crois que plus jamais de ma vie je ne voudrais voyager dans une voiture publique !

Un sourire figé sur le visage, Elizabeth faisait un effort surhumain pour ne rien laisser paraître de sa consternation. À quoi avaient-ils donc pensé, tous les deux ? Croyaient-ils vraiment qu'on allait les accueillir à bras ouverts ? Était-ce l'insouciance de Lydia qui les avait menés là, ou bien Wickham essayait-il de forcer la porte en utilisant sa jeune épouse comme bélier ?

À ses côtés, Weston se tenait raide comme la justice, le visage impénétrable. Elizabeth remarqua que, derrière lui, les valets barraient ostensiblement l'accès au vestibule. C'est l'intendante qui semblait la plus à son aise, souriant avec affection à tout ce que disait Wickham. De toute évidence, le charme du jeune homme agissait encore sur elle, en dépit de ce que la brave femme connaissait sur son compte.

— Mais maintenant que nous sommes arrivés, tout cela est oublié, et passer ces quelques semaines à Pemberley nous fera le plus grand bien, c'est certain, poursuivit Lydia, toujours aussi enthousiaste. Car figure-toi, Lizzy, que j'ai une autre surprise pour toi. Regarde !

Et tout en minaudant, la jeune fille tourna sur elle-même pour faire admirer un ventre bien bombé.

Cette fois, Elizabeth oublia ses efforts pour paraître en pleine possession de ses moyens.

— Tu es enceinte ? souffla-t-elle, d'une voix blanche.

— Mais oui ! N'est-ce pas fantastique ? Voyons, félicite-moi, Lizzy : je serai maman avant toi, et même avant Jane ! Cet enfant doit arriver en septembre. Heureusement que ce n'est pas pour tout de suite, d'ailleurs, car je ne me suis pas encore tout à fait faite à l'idée de devoir m'en occuper ! Ah, ce que c'est que d'avoir un premier enfant !

Et elle éclata de rire.

— Mais, ne pourrions-nous pas parler de tout cela à l'intérieur ? C'est que, dans ma condition, je dois me reposer souvent, tu sais...

Mrs. Reynolds s'apprêtait à intervenir lorsque Weston l'arrêta d'un geste. Il jeta à sa maîtresse un regard perplexe.

— Je… bredouilla Elizabeth.

Elle blêmit en réalisant qu'elle était seule pour gérer la situation. En l'absence de Darcy, que devait-elle faire ? Il n'était pas question que Wickham soit reçu à Pemberley, mais refuser cela à Lydia ? Enceinte ? Elle se mit à paniquer. Elle n'arrivait plus à penser.

Il y eut un silence interminable. Tout le monde attendait ses directives.

Face à elle, le jeune enseigne la regardait avec un sourire aimable. Elizabeth aurait presque préféré qu'il la nargue franchement, mais non : il arborait l'air le plus innocent qui soit.

— Hé bien, Lizzy ? Tu ne nous fais pas entrer ? insista Lydia, alors que le silence se prolongeait.

— Allons, allons, que voilà du monde ! s'exclama une voix.

Cette fois, le sourire de l'enseigne s'effaça. Derrière lui, dans l'allée de sable, arrivait Lady Catherine. Animée par son insatiable curiosité, celle-ci avait contourné la maison et était venue voir par elle-même qui était les visiteurs. Et à en croire son expression, elle n'était pas déçue de son initiative.

— Mr. Wickham, je ne pensais pas vous revoir un jour ici, déclara-t-elle. J'ai failli ne pas vous reconnaître dans cet uniforme.

Le jeune homme salua.

— Votre Grâce, si l'on m'avait dit que j'aurais l'honneur de vous retrouver à Pemberley...

— Et voilà sans doute votre sœur, Mrs. Darcy ? Présentez-moi.

Elizabeth, qui ne savait plus où donner de la tête dans cette situation surréaliste, réagit par automatisme.

— Lydia, voici Lady Catherine de Bourgh, la tante de Mr. Darcy.

— Votre Grâce, salua Lydia à son tour. Je suis honorée de vous connaître enfin, j'ai beaucoup entendu parler de vous. Je suis vraim…

— J'ai entendu parler de vous également, jeune fille, coupa Lady Catherine, et je constate qu'on m'a bien décrit votre caractère puisque vous avez jugé bon de vous présenter sans prévenir de votre arrivée.

— C'était une surprise… bredouilla Lydia en rougissant jusqu'aux cheveux, vexée d'avoir été appelée « jeune fille ».

— C'est une surprise, en effet, et je m'étonne que votre époux n'ait pas tenté de vous en dissuader, continua l'autre, toujours glaciale. N'avez-vous pas quelque querelle avec mon neveu, Mr. Wickham ?

Un tel franc-parler fit sur la petite assemblée l'effet d'une gifle.

Attaqué de front par une femme dont il connaissait toute la prestance, Wickham commença à se décomposer. Il fit un effort pour se reprendre, avant de répondre :

— Je ne pense pas que l'on puisse nommer « querelle » ce différend qui existe, c'est vrai, mais qui disparaîtra bientôt. Darcy et moi sommes depuis l'enfance comme des frères et, comme des frères, nous avons eu autant de batailles que de réconciliations. J'arrive la main tendue : je ne doute pas un instant qu'il ne l'accepte.

— Votre démarche est louable, monsieur, malheureusement mon neveu est absent pour la journée et ni son épouse ni moi-même ne saurions décider en son nom, rétorqua Lady Catherine sans se démonter le moins du monde. Ne serait-il pas mieux de patienter jusqu'à son retour ?

— Bien entendu. Mrs. Wickham disait justement qu'elle…

— Dans ce cas, que diriez-vous d'aller présenter vos respects à Mrs. Keen ? Figurez-vous que nous parlions de vous, elle et moi, il y a peu. Elle me rappelait les charmants souvenirs de l'époque où vous étiez, vous et mon neveu, ses pupilles. Elle n'a rien oublié des coups pendables que vous lui faisiez et de votre difficulté à vous concentrer sur vos leçons, mais elle en parlait avec tant d'émotions qu'on reconnaissait sans mal l'affection qu'elle vous porte encore. Votre départ de la région l'a beaucoup peinée, me disait-elle, c'est pourquoi je suis convaincue qu'elle vous accueillerait avec une joie immense. En voilà encore une pour qui la surprise serait totale !

Wickham aurait bien voulu répondre, mais devant le regard implacable que la tante de Darcy lui jeta, il manqua d'arguments. Lydia, qui ne comprenait pas ce qui se passait, suivait la discussion d'un air bête. Quant à Elizabeth, elle était muette, médusée de voir avec quelle aisance Lady Catherine avait pris le contrôle de la situation et vers quel dénouement elle la dirigeait.

— Alors, c'est entendu, poursuivit cette dernière en voyant que personne ne réagissait. Nous ferons part de votre visite à Mr. Darcy dès qu'il rentrera et nous lui dirons d'aller vous trouver directement chez Mrs. Keen.

Puis, sans attendre de réponse, Lady Catherine tendit sa main à Wickham pour lui signifier que l'entretien était terminé. Le jeune homme, par automatisme, la prit et s'inclina, puis il saisit Lydia par le bras et l'entraîna vers la voiture.

— Mais… Nous ne rentrons pas ? Que se passe-t-il ? bredouilla l'adolescente en comprenant enfin qu'on les renvoyait. Lizzy ?... Lizzy ?

Sous l'impulsion de son mari, elle monta dans le véhicule, les yeux agrandis par la stupéfaction, sans répondre aux sourires et aux saluts affectueux que lui envoya sa sœur pour faire illusion.

~

De retour au jardin, Lady Catherine reprit son bavardage avec un flegme remarquable, comme si rien ne s'était passé, en commentant l'acidité de la limonade, le chant des oiseaux et la tiédeur bienfaisante de la brise qui s'était levée. Anne et sa dame de compagnie apprirent l'identité des visiteurs dans la plus complète indifférence – si jamais elles s'étonnèrent qu'Elizabeth n'ait pas reçu sa sœur, elles n'en montrèrent rien. Pour Georgiana, l'exercice fut plus difficile. Elle se maîtrisa et ne posa aucune question, en revanche elle lança des regards angoissés à sa belle-sœur. « Wickham était là ? » semblait-elle demander. « Va-t-il revenir ? Pourrai-je le voir ? Pourquoi ne m'a-t-on pas appelée pour que je puisse le saluer ? »

Elizabeth, de son côté, poursuivit ses efforts pour ne rien montrer du tumulte intérieur qui l'agitait. En digne hôtesse, elle remplissait les verres et les assiettes en souriant, mais c'était pour elle un vrai supplice, car elle ne pouvait penser à rien d'autre qu'à la scène qui venait de se dérouler sur son perron.

Elle ne tint pas une heure. Lorsque le valet revint pour enlever le plateau de limonade, elle en profita pour se retirer.

— Je vous demande de m'excuser, mesdames, j'ai des lettres à écrire. Si vous voulez profiter du jardin le plus longtemps possible, nous nous reverrons au dîner, tout à l'heure.

Elle s'était alors réfugiée dans son boudoir. Là, au moins, elle n'avait plus à maintenir les apparences et pouvait se laisser aller à son désarroi.

C'était la première fois qu'elle revoyait le couple Wickham depuis les quelques jours qu'ils avaient passés à Longbourn, après leur mariage. Lydia n'écrivant qu'à leur mère, c'était par les lettres de Mrs. Bennet qu'Elizabeth se tenait au courant des péripéties de sa benjamine. La trouver aujourd'hui sur le pas de sa porte avait été un choc, que la nouvelle de sa grossesse avait empiré.

Quel extraordinaire culot avait Wickham d'oser se montrer ici ! Que cherchait-il ? De l'argent, sans doute, puisque c'était la seule chose qui l'avait jamais inspiré. N'était-il toujours pas capable de vivre convenablement, maintenant qu'il avait une situation et quelques revenus résultant de son mariage avec Lydia ? Il savait que Pemberley lui était fermée et pourtant il tentait encore de forcer la porte, sans craindre le moins du monde de mettre Elizabeth dans une position délicate.

Et Darcy qui n'était pas là ! N'était-ce qu'un hasard, ou bien Wickham l'avait-il fait exprès ? Avait-il compté sur la faiblesse d'Elizabeth et sur la filiation entre les deux sœurs pour s'imposer ? C'était probable. Et le pire, c'est que cette stratégie avait bien failli fonctionner. Car comment Elizabeth pouvait-elle ne pas accueillir sa sœur chez elle ? Sans l'intervention de Lady Catherine, Darcy aurait sans doute trouvé son adversaire assis dans son salon à son retour, et Elizabeth n'osait imaginer dans quel état cela l'aurait mis et combien il lui en aurait voulu, à elle.

Avant toute chose, il fallait protéger Georgiana. Bien qu'il se soit écoulé deux ans depuis qu'elle s'était laissée séduire par les douces paroles du beau Wickham, l'adolescente songeait toujours à lui, et de la plus tendre des façons. Elle savait bien que la fugue qu'ils avaient projetée ensemble était répréhensible, et elle avait accepté que son frère y mette un terme, mais elle était toujours convaincue que Wickham l'avait sincèrement aimée. Le revoir, si brutalement, et de surcroît en compagnie d'une épouse enceinte, ne pouvait que raviver des souvenirs douloureux.

Il fallait aussi songer à la naïve Lydia, toujours aussi inconsciente de sa propre situation. Dix mois de mariage ne semblaient pas l'avoir beaucoup changée : elle babillait avec la même insouciance, incapable de se tenir, jouant à la grande dame et se mettant à l'aise partout. Une attitude dont Elizabeth n'était pas fière. Alors même qu'elle se félicitait d'avoir réussi à amadouer sa terrible tante, l'arrivée de sa benjamine confirmait l'image désastreuse que Lady Catherine s'était faite des Bennet.

Et pourtant, c'était bel et bien cette dernière qui, en un clin d'œil, avait jaugé la situation et trouvé le compromis idéal. Elizabeth ne pouvait lui en être plus reconnaissante. Il était peu probable que Lady

Catherine soit au courant de la mésaventure de Georgiana à Ramsgate – Darcy était trop prudent pour avoir pris le risque d'ébruiter cette affaire, en particulier auprès de sa tante –, mais par chance, le seul fait d'être joueur et endetté était aux yeux de la dame de Rosings un déshonneur assez grave pour justifier un renvoi. Et Wickham, qui n'était pas de taille à lutter contre elle, s'était soumis, penaud. Elizabeth aurait pu en rire, si elle n'avait pas été aussi angoissée.

On avait trouvé un compromis, donc. Pour autant, la situation n'était pas résolue. Que dirait-on lorsqu'on apprendrait que la maîtresse de Pemberley avait dû se rendre chez Mrs. Keen pour y retrouver sa sœur, alors que cette dernière s'était présentée à sa porte ? Elizabeth pouvait compter sur la discrétion de Weston et Mrs. Reynolds, mais les valets qui avaient assisté à la scène ? Sans compter Lydia elle-même, qui ne se priverait sans doute pas pour se faire passer pour une Vierge Marie martyre en pérorant dans le voisinage que sa sœur lui avait refusé l'hospitalité alors qu'elle était enceinte.

Ce qui ramena les pensées d'Elizabeth à l'annonce de cette grossesse.

Qu'une grossesse se déclare chez une jeune mariée n'avait, bien sûr, rien d'extraordinaire en soi. Elizabeth était bien placée pour savoir que c'était l'inverse qui faisait froncer les sourcils. Mais elle n'arrivait pas à imaginer sa petite sœur dans cet état. Lydia n'était encore qu'une enfant – elle était plus jeune que Georgiana ! Elle était frivole, négligente, capricieuse, dissipée… Comment pourrait-elle devenir mère et s'occuper convenablement de son petit ? Mrs. Bennet, qui s'était tant réjouie d'avoir réussi à marier une de ses filles si jeune, n'avait jamais soulevé ce sujet. Sans doute supposait-elle que la vie maritale suivrait naturellement son cours. Elizabeth, en revanche, voyait venir les problèmes.

Elle tournait comme un lion en cage dans son boudoir lorsqu'enfin elle entendit résonner dans le couloir le bruit des bottes de son mari. À en croire leur cadence, Darcy était déjà au courant de ce qui s'était passé.

Il entra en trombe, sans frapper.

— Lizzy ! Qu'est-ce que j'apprends ? Wickham était ici ?

Cette dernière hocha piteusement la tête.

— Il est arrivé il y a deux heures.

— Cette crapule... grinça Darcy entre ses dents. Je m'attendais à ce qu'il nous contacte à nouveau un jour ou l'autre, mais comment a-t-il osé se montrer ici après la promesse qu'il m'a faite ? Est-ce que Georgiana l'a vu ?

— Non, mais elle est au courant de sa venue.

— Et qu'a-t-elle dit ?

— Rien. Que voulez-vous qu'elle dise ?

Le jeune homme parut soulagé. Il se détendit un peu.

— Weston me dit qu'il est venu avec Lydia ? Et qu'ils sont repartis aussitôt ? Où sont-ils, à présent ?

— Chez Mrs. Keen.

— Mrs. Keen ! Je n'y comprends rien. Vous ne les avez donc pas reçus ?

Elizabeth le fit asseoir et lui raconta brièvement l'entretien qui s'était déroulé sur le perron ainsi que l'intervention de Lady Catherine. Puis elle se tut pour le laisser absorber la nouvelle.

Très vite, le jeune homme se releva. Il se mit à faire les cent pas dans le boudoir, songeur.

— Il faut reconnaître que ce satané Wickham sait comment jouer ses cartes, grommela-t-il. Je ne m'attendais certainement pas à ce qu'il avance la grossesse de sa femme pour se faire inviter ici... Et pour plusieurs semaines, encore ! Il ne manque pas d'ambition !

— Voulez-vous dire que nous allons les recevoir ? William, si nous faisons cela, Wickham se considèrera tout permis !

— Vous avez tout à fait raison et c'est pourquoi je resterai ferme sur ma position : votre sœur est la bienvenue ici, mais sans son époux. Je ne me laisserai pas mener par le bout du nez par une telle canaille.

— Croyez-vous qu'il acceptera ? Que se passera-t-il s'il refuse ?

— Il repartira avec sa femme où bon lui semblera.

Elizabeth resta sans voix.

— Rassurez-vous, Lizzy, nous trouverons bien une excuse. Je ne laisserai personne dire que vous avez renvoyé votre sœur. Maintenant, dites-moi : où sont les dames ? Montées s'habiller, je suppose ?

— Oui…

— Dans ce cas, je vais dire au colonel de s'occuper d'elles. Ils dîneront sans nous. Allez vous préparer, nous partons chez Mrs. Keen.

~

La veuve habitait une jolie petite maison en plein cœur de Lambton. Elle s'apprêtait à passer à table en compagnie de Wickham et Lydia lorsque sa domestique introduisit les deux nouveaux venus au salon.

— Mr. Darcy ! Mrs. Darcy ! Décidément, quel honneur de recevoir tant de visite ! Vous dînerez avec nous, bien sûr ?

Incapables de refuser sans se montrer discourtois, le jeune couple accepta.

— Si j'avais su que j'aurais tout ce monde à ma table, ce soir, j'aurais fait préparer du gibier ou bien des tartes. J'espère que vous ne m'en voudrez pas si nous mangeons un peu plus frugal qu'à Pemberley !

— C'est à nous, plutôt, de nous excuser pour tout ce tracas, madame, la rassura Elizabeth. Vous êtes bien aimable de nous recevoir

— Du tout, du tout ! C'est une joie d'avoir autant de compagnie, car cela ne m'arrive pas si souvent ! Et mon petit Wickham, que je n'avais pas vu depuis son départ pour la milice… Il ne pouvait me faire une plus grande joie qu'en frappant à ma porte, tout à l'heure !

— Je ne pouvais passer par Lambton sans venir vous saluer, chère madame, répondit ce dernier, avec un sourire adorable.

Mrs. Keen en gloussa de plaisir, puis elle s'excusa, car elle avait des ordres à donner en cuisine. Ses invités restèrent seuls.

— Ainsi, vous voilà de retour dans la région, monsieur, commença froidement Darcy en se tournant vers son ancien camarade.

— C'est exact. On vous a peut-être déjà dit que j'étais en permission pour quelques semaines ? Mrs. Wickham me réclamait depuis si longtemps de voir les lieux de ma jeunesse que je n'ai pu faire autrement que de me soumettre à ses désirs, en particulier dans son état…

— Pardonnez-moi, chère madame, je n'ai pas encore eu le temps de vous féliciter, ajouta Darcy en s'inclinant cette fois devant Lydia. Tout comme Elizabeth, je me réjouis pour vous.

L'adolescente fut flattée.

— Je suppose que ce sera bientôt votre tour, répondit-elle. N'est-ce pas, Lizzy ?

— « Tout vient à point à qui sait attendre », répondit cette dernière. Ce qui est vrai dans le mariage l'est tout autant dans la maternité.

Darcy et Wickham lui jetèrent un regard perçant. Lydia, la seule à ne rien saisir de cette petite critique qui la visait directement, se contenta de hausser les épaules et de se moquer d'Elizabeth pour s'être montrée aussi moralisatrice avec cette citation que l'était d'ordinaire Mary.

~

Le repas se déroula de la manière la plus agréable possible, compte tenu des circonstances.

Lady Catherine avait visé juste : Mrs. Keen était enchantée de revoir celui qu'elle avait si bien connu petit garçon. Le charme de Wickham continuait d'opérer et c'était exaspérant pour Elizabeth de le voir faire tant de manières auprès de son ancienne préceptrice. Il avait l'art de placer de bons mots, de la faire rire, de lui rappeler de tendres souvenirs ou de s'enquérir de ses œuvres de charité avec un intérêt si bien feint que la brave femme passait une soirée fantastique. Elle l'avait même fait asseoir à sa droite – une place d'honneur qui aurait pourtant dû revenir à Darcy, vu son rang supérieur –, ce qui montrait bien en quelle haute estime elle tenait le jeune enseigne. De toute évidence, les nouvelles des agissements coupables de Wickham ne s'étaient jamais rendues jusqu'à elle.

Darcy observait lui aussi ce petit manège et lança parfois à Elizabeth des regards entendus. Mais il se garda bien de faire la moindre remarque.

C'était la première fois que la jeune femme voyait les deux hommes dans la même pièce, assis à la même table et participant à la même conversation, et elle put constater de ses propres yeux que son mari n'avait décidément rien de l'aisance naturelle de son compagnon de jeunesse. Là où Wickham faisait preuve d'un humour et d'une spontanéité tout à fait délicieux, en plus d'afficher un sourire ravageur, Darcy se tenait droit, raide, ne parlait qu'avec des mots choisis avec soin, et affichait un inébranlable sang-froid. La jeune femme devait bien reconnaître que, sur ce plan-là, son mari soutenait mal la comparaison.

Comme Mrs. Keen posait beaucoup de questions, le jeune enseigne raconta volontiers sa vie à Newcastle. Il parla de Fenham, où il était en poste, mais où, par chance, il ne résidait pas.

— Ce ne sont que des alignements de baraques à soldats, avec un confort plus que rudimentaire, précisa Lydia. Dieu merci, les officiers ne vivent pas là ! Nous disposons d'un petit appartement en ville. Cela dit, j'attends tout de même avec impatience le jour où Mr. Wickham sera lieutenant, puis capitaine ou major, afin que nous puissions vivre plus largement.

— Dans ce cas, il vous faudra être bien patiente, ma jeune dame, car ces choses-là prennent du temps, souligna Mrs. Keen, avec indulgence.

— Oh, mais le mari d'une de mes amies est devenu lieutenant-colonel pas plus tard qu'il y a un mois, et il n'est pas tellement plus âgé que mon époux !

Lydia ne semblait pas vouloir comprendre que les grades, dans l'armée, s'achetaient au prix fort.

— Il est vrai qu'une affectation de simple enseigne offre bien peu d'avantages. J'avoue que j'aimerais assez être lieutenant, pour commencer, enchaîna Wickham. Le reste suivra, comme vous le dites, madame, avec le temps...

S'il y avait là le moindre sous-entendu envers Darcy afin qu'il envisage de payer à l'enseigne un grade plus élevé, celui fit semblant de n'avoir rien entendu.

~

Après le dîner, alors que Mrs. Keen demandait à sa domestique qu'on serve le café dans le salon, Darcy suggéra plutôt le jardin.

— Il fait encore très doux et le soleil est tout juste en train de se coucher. Ne serait-ce pas plus agréable pour nos voyageurs qui sont restés enfermés si longtemps dans leur voiture ?

L'argument étant bien amené, on se dirigea donc vers le jardin, un joli terrain tout en longueur, délimité par de grandes clôtures. Des parterres de fleurs entretenus et quelques arbres fruitiers en faisaient un endroit effectivement très agréable.

On servit le café, et la conversation se poursuivit un moment. Puis, Darcy se tourna vers Wickham.

— Ferez-vous quelques pas avec moi ? Il me semble que nous avons nombre de choses à discuter, depuis le temps que nous ne nous sommes vus.

L'enseigne n'eut d'autre choix que d'acquiescer et les deux hommes s'éloignèrent, laissant les dames assises autour de la table. Mais Darcy n'avait fait que quelques pas lorsqu'il se retourna :

— Voulez-vous vous joindre à nous, Mrs. Darcy ?

Cette dernière se leva et, avant que sa sœur n'ouvre la bouche pour réclamer de suivre elle aussi le petit groupe, elle déclara :

— Reste donc pour tenir compagnie à Mrs. Keen, Lydia. Je ne serai pas longue.

Puis elle rejoignit les deux hommes.

Le jardin était, Dieu merci, suffisamment profond. Dès qu'ils furent assez éloignés pour que Mrs. Keen et Lydia ne puissent plus les entendre, Darcy, qui ruminait depuis le début de la soirée, attaqua d'emblée les hostilités.

— Wickham, le moment me semble opportun pour abattre enfin votre jeu. Quel est donc ce besoin impérieux qui vous a poussé jusqu'à Pemberley, où vous saviez que vous n'étiez pas le bienvenu ? De nouveaux problèmes de liquidités, sans doute ?

Le jeune enseigne lança un regard effaré en direction d'Elizabeth.

— Ne craignez pas de parler franchement devant ma femme, ajouta Darcy, elle est au courant de tout.

— Je suis en permission, comme je vous l'ai dit, répéta alors Wickham. Étant donné l'état de Lydia, nous avons pensé qu'il serait profitable pour elle de respirer un autre air que celui des fumées de Newcastle. J'ignorais que notre présence poserait tant de problèmes.

— Ne vous moquez pas de moi, monsieur. Je ne voudrais pas avoir à vous rappeler le contenu de notre dernière conversation qui était, je crois, à seulement quelques minutes de votre entrée à l'église. Nous avions un accord, ce jour-là.

— Je ne le nie pas. Cela dit, la grossesse de Lydia change beaucoup de choses…

— Parce qu'en l'épousant, jamais vous n'aviez imaginé qu'une grossesse se produirait ? Elle est votre femme et votre responsabilité, à présent !

Voyant que Darcy commençait à s'énerver, Elizabeth tenta de calmer les choses.

— Quand devez-vous rentrer à Newcastle ? demanda-t-elle.

— Mi-juillet, ce qui nous laisse amplement de temps pour visiter le pays. Si mon épouse n'est pas la bienvenue en Derbyshire, je suppose qu'il ne nous reste plus qu'à descendre en Hertfordshire. Sa famille lui manque beaucoup.

Elizabeth haussa un sourcil sceptique, mais ne fit aucun commentaire.

— Lydia peut très bien passer ces semaines à Pemberley, je l'accueillerai avec plaisir, fit-elle.

Mais alors que Wickham esquissait un sourire, Darcy l'interrompit.

— Lydia seulement. Je vous ai affirmé que vous ne mettriez plus jamais un pied à Pemberley et je tiendrai parole, déclara-t-il d'un ton ferme. Je ne doute pas que nombre de vos amis seront ravis de vous accueillir pendant votre permission... ajouta-t-il ensuite, sarcastique.

— Mais...

— Être devenu mon frère par le mariage ne vous donne pas tous les droits, Mr. Wickham, renchérit Elizabeth. Il vous faudra bien respecter la volonté de mon époux. Maintenant, messieurs, si vous me le permettez, je vais aller annoncer à Lydia qu'elle rentrera avec nous tout à l'heure.

— Et où dormirai-je ce soir ? Je ne peux décemment pas m'imposer à Mrs. Keen, surtout si je suis seul. Elle ne manquerait pas de se demander ce qui se passe.

Darcy jeta à l'enseigne un regard noir. Puis, avec un soupir, et en prenant bien garde de tourner le dos à la maison pour que personne ne le voie faire, il tira de sa redingote un billet de banque de cinq livres.

Il ne dit pas un mot. Wickham empocha l'argent sans répondre non plus. Elizabeth en profita pour s'éloigner.

Elle s'était déjà rassise auprès de sa sœur et de Mrs. Keen lorsque les deux jeunes gens les rejoignirent enfin, Wickham commentant aimablement les beautés du jardin.

~

Dans la rue, lorsqu'elle comprit enfin que les Darcy la ramenaient à Pemberley sans son mari, Lydia commença par faire une crise. Ce n'était pas ce qu'on lui avait promis ! Elizabeth eut toutes les peines du monde à lui faire entendre raison. Ce n'est qu'en lui promettant beaucoup de sorties et de rencontres nouvelles – qui lui feraient passer le temps sans qu'elle s'en rende compte – qu'elle parvint à la faire monter dans le cabriolet pendant que Darcy chargeait sa malle.

Wickham se montra, contre toute attente, très persuasif pour que son épouse reste à Pemberley. Lydia étant Lydia, il ne faisait guère dans la subtilité, usant tantôt d'autorité, tantôt de mots tendres pour la convaincre que cette solution était dans leur intérêt à tous les deux. Darcy et Elizabeth se regardèrent, circonspects devant ce changement d'attitude. Après s'être offusqué de se voir refuser l'accès à Pemberley, le jeune enseigne ne cachait plus sa hâte de se débarrasser de Lydia. Cela n'avait, en soi, rien d'étonnant. Il se réjouissait probablement à l'idée de recouvrer enfin sa liberté, au moins pour quelques semaines, sans avoir à traîner après lui une adolescente capricieuse.

Malgré tout, Lydia s'accrocha à lui jusqu'à la dernière minute, se livrant à de longues effusions sentimentales qui finirent par exaspérer tout le monde. Darcy se chargea d'arrêter un coche dans la rue afin de charger les bagages de Wickham et de l'envoyer en direction de la première auberge venue – ou au diable, pour autant qu'il s'en soucie. La scène, plus ridicule que déchirante, se termina par les larmes de Lydia qui, lorsque le cabriolet des Darcy s'élança enfin, tomba dans un mutisme complet ponctué de petits sanglots.

Elizabeth, bien que dépitée par l'attitude de sa benjamine, était soulagée. La situation s'était réglée de la meilleure façon qui soit.

Pour le moment, du moins.

CHAPITRE 13

— Chère Georgiana, seriez-vous assez aimable pour aller me chercher mon châle ? Je crois que je l'ai oublié dans le salon de dessin.

— Oh, Georgiana, j'aimerais tellement vous entendre jouer encore cet air italien que vous avez si bien exécuté hier soir ! Jouez-le pour moi, je vous en prie !

— Mon amie, lorsque vous serez mariée et enceinte, comme moi, je vous souhaite de ne jamais souffrir autant ! Je me sens si lourde que bientôt mes pieds ne me porteront plus ! C'est une plaie d'avoir à endurer un tel état pour le simple plaisir d'avoir un enfant à cajoler !

— Vraiment, vous n'utilisez jamais de poudre de riz ? Ni de carmin ? Mais comment comptez-vous séduire un mari si vous n'aidez pas un peu la nature ? Bien sûr, il faut être délicate pour ne pas ressembler à ces femmes toutes plâtrées – ce serait très inconvenant. Mais je crois que vous gagneriez à vous embellir un peu…

— Quelle tristesse que votre frère vous ai empêchée d'assister à ce dîner, chez les Blackmore. Nous avons passé une soirée fantastique ! Nous avons joué au loto et au commerce, et j'ai gagné trois livres contre Sir Norton ! Je crois qu'il ne s'attendait pas à me trouver aussi douée pour les cartes… C'est bien fait pour lui ! Cet argent tombe d'ailleurs bien à propos, car j'ai cassé mon éventail la semaine dernière. Viendrez-vous avec moi pour en acheter un autre, à Lambton ?

— Ah, cette visite chez Mrs. Moore : quel ennui ! N'êtes-vous pas d'accord avec moi, Georgiana ? Quel dommage que ma sœur ne soit pas entourée de gens plus jeunes. Il n'y a que de vieilles personnes, par ici ! Cela me ferait presque regretter Newcastle : je vous garantis que, là-bas, on ne s'ennuie pas ! Voyez-vous, la plupart des amis de mon cher Wickham n'ont pas encore vingt-cinq ans. Avec eux, on s'amuse, pour sûr ! Il y en a toujours un pour proposer de danser, de jouer et de fêter ! C'est autre chose que ces visites pompeuses où l'on doit se tenir droite, boire du thé et parler de choses assommantes...

Il n'avait guère fallu que quelques jours à Lydia pour prendre ses aises à Pemberley. Elle réclamait l'attention de tous en prétextant sa grossesse pour bénéficier d'un traitement de faveur et Georgiana, qui était à peine plus âgée qu'elle et qui n'avait pas assez de tempérament pour lui résister, devint sa cible favorite. Inondée de demandes farfelues, de caprices, de critiques et de commentaires, la pauvre ne savait plus que penser. Elle n'aurait pas demandé mieux que d'entretenir avec la nouvelle venue des rapports courtois, peut-être même une certaine amitié, mais cette bonne volonté avait fondu comme neige au soleil : devant une personnalité aussi envahissante, Georgiana se sentait de nouveau comme à l'époque du pensionnat, où ses compagnes abusaient sans complexe de sa candeur, et elle se repliait derrière un silence qui faisait de la peine à voir. Si la fréquentation de Kitty avait eu sur elle une influence bénéfique, avec Lydia c'était tout l'inverse.

La petite Mrs. Wickham avait, Dieu merci, assez de jugeote pour faire attention à ses manières lorsque Lady Catherine était dans les parages. Plus méprisante que jamais envers cette jeune personne qu'elle considérait comme une relation épouvantable, cette dernière lui lançait de ces regards implacables qui vous faisaient vouloir rentrer sous terre, et elle avait ordonné à sa fille de lui parler aussi peu que possible.

Quant à George Wickham, la dame de Rosings ne se priva pas pour donner son sentiment.

— Ce garçon ne m'a jamais inspiré confiance. Tout petit, déjà, je ne voyais en lui rien d'autre que de la mauvaise graine toute prête à éclore, et je me suis toujours étonnée que ma sœur et son époux le prennent à ce point en affection. Alors quand j'ai appris que ce monsieur avait la fâcheuse habitude de jouer et de laisser des dettes partout où il passait, j'ai dit à mon neveu qu'il était hors de question de poursuivre quelque relation que ce soit avec lui. Dieu merci, il m'a entendue !

Lady Catherine, sous l'effet de la plus élémentaire des politesses, évitait de tenir ce genre de discours en présence de Lydia. Mais l'une se méfiant de l'autre comme de la peste – et inversement –, elles s'arrangeaient pour ne pas se trouver dans la même pièce et, lorsqu'elles y étaient forcées, elles prenaient soin de ne jamais s'adresser la parole directement.

De son côté, bien consciente des dégâts que sa benjamine pouvait causer, Elizabeth la surveillait du mieux qu'elle pouvait. Aussitôt qu'elle avait appris qu'on avait joué pour de l'argent à l'une des tables chez les Blackmore, elle était allée trouver Sir Norton pour lui demander de ne pas recommencer, même pour de petites sommes, afin de ne pas encourager un vilain penchant. Elle prit aussi l'habitude de s'asseoir systématiquement aux côtés de l'adolescente lorsqu'elles se tenaient en société, dans l'espoir de mieux maîtriser les bêtises que celle-ci pouvait sortir. Il lui arriva quelques fois de lui couper la parole ou de lui glisser un coup de coude pour la rappeler à l'ordre, ce à quoi Lydia, une fois qu'elles étaient seules, ne manquait pas de protester.

— Cesse donc de me traiter comme une enfant, Lizzy !

— Je ne te traite pas comme une enfant, mais tu oublies que tu n'es pas chez toi, ici. Le Derbyshire n'est pas Longbourn, et je te prierai de ne pas me faire honte devant mes amis.

— Oh, que tu es barbante avec tes airs de grande dame ! Crois-tu qu'ils se soucient à ce point de ce que je dis ? Je ne fais qu'exprimer ce que je pense au moment où je le pense, cela ne porte pas à conséquence, voyons !

Elizabeth se retint de lui envoyer une gifle. Sa sœur ne se rendait pas compte de la méchanceté de certaines de ses paroles. Elle n'était pas, au fond, mauvaise fille, mais elle abusait tellement de la patience de son entourage qu'il était plus facile de baisser les bras que d'essayer de lui faire entendre raison, ce qui ne faisait qu'encourager son insolence.

Pourtant, Elizabeth se rendit bientôt compte que quelque chose, dans leur relation, était en train de changer.

À Longbourn, n'ayant presque aucun voisin en dehors des Lucas, les filles Bennet avaient toujours vécu soudées les unes aux autres. Il en avait résulté une tendre affection mais aussi, comme Darcy l'avait souligné un jour, une certaine compétition, chacune cherchant à se démarquer des autres. Si Elizabeth avait développé un esprit acéré et une répartie qui la faisait apprécier dans les conversations mondaines, dans le cas de Lydia, dernière de la fratrie étouffée par l'amour envahissant de leur mère, cela s'était traduit par une volonté de paraître plus âgée pour faire de l'ombre à ses aînées. Rien ne la mettait plus en joie que de montrer sa supériorité, de prouver qu'elle avait vu et vécu plus de choses, et se marier avant Jane et Elizabeth – même si cela n'avait été que de deux mois – avait été pour elle une grande victoire.

Aussi longtemps qu'elle était restée à Newcastle, Lydia avait vécu dans l'illusion qu'elle avait toujours une longueur d'avance. À Pemberley, en revanche, elle fut bien forcée de se comparer de nouveau avec Elizabeth et la réalité la rattrapa.

— Mais qu'ont-ils tous, à la fin, à te saluer aussi bas ? C'est ridicule ! On dirait qu'ils te prennent pour la reine Charlotte !

— Je ne sais pas comment tu t'y retrouves, avec tous ces domestiques... Chaque fois qu'on fait trois pas, on manque de buter sur un valet ou une bonne. Ils sont partout ! N'as-tu pas l'impression qu'ils nous observent en permanence ? À ta place, j'en renverrais la moitié, histoire d'avoir un peu la paix !

— C'est une belle demeure, je le reconnais, mais c'est beaucoup trop grand. Je n'arriverais pas à me sentir chez moi dans une telle maison, c'est certain !

— À ce que je vois, ton mari ne manque pas d'argent. Je ne comprends pas pourquoi tu n'en profites pas pour te faire faire plus de toilettes. Si j'étais toi, j'aurais au moins dix robes de bal différentes, chacune avec des souliers assortis, et je commanderais une nouvelle robe de mousseline chaque semaine !

Ces commentaires plus acides les uns que les autres trahissaient la jalousie évidente avec laquelle Lydia observait la nouvelle vie que menait sa sœur. Certes, elle se félicitait de n'avoir pas à gérer la logistique compliquée d'une grande maison ni à se prêter au jeu des civilités auprès de gens qui l'indifféraient. Elle préférait aussi – et de loin ! – son propre époux à Darcy, qu'elle trouvait assez bel homme, mais beaucoup trop ennuyeux à son goût. En revanche, elle ne pouvait qu'envier la position sociale d'Elizabeth, sans commune mesure avec la sienne, et tous les avantages matériels qui en découlaient.

Dépassée dans cette course à l'importance à laquelle elle se prêtait, Lydia, frustrée, se vengeait en se pavanant devant Georgiana, la seule jeune fille de son âge qui soit encore considérée comme une enfant, et en avançant face à son aînée le seul argument qui les différenciait encore : sa grossesse.

— Tout de même, c'est étrange que tu ne sois pas encore grosse, Lizzy. Es-tu certaine que tu ne l'es pas ? Non, non, ce que je dis est stupide : si tu l'étais, tu le saurais. On sent ces choses-là au-dedans de soi, tu peux me croire... Ton mari n'est pas trop déçu ? En tout cas, mon George adoré, lui, est comblé ! C'est qu'il n'a ni sœur ni frère, tu comprends, alors c'est sur ses seules épaules que repose la responsabilité de transmettre le nom des Wickham.

Mais Elizabeth, d'abord blessée par ces commentaires cruels, eut bientôt un autre sujet de préoccupation qui fit passer le comportement de Lydia au second plan.

Lorsqu'on avait raconté aux invités que Wickham était en permission pour environ un mois, le colonel Fitzwilliam avait froncé les sourcils.

— Une permission d'un mois ? Voilà qui est curieux...

— Pourquoi cela ? avait demandé Darcy.

— Ma foi, je n'ai jamais entendu parler d'un soldat qui s'absenterait si longtemps de son poste, en particulier un officier aussi peu gradé que notre Mr. Wickham, qui ne risque donc pas de bénéficier de quelconques privilèges. Sans compter que nous sommes en guerre. Cela arrangerait bien les affaires de Bonaparte si nous permettions à nos vaillants combattants de s'absenter un ou deux mois dans l'année, ne pensez-vous pas ?

— Êtes-vous en train de me dire que nous devrions douter de sa parole ?

— Je ne sais pas, mon cousin, je ne sais pas... En vérité, je m'en voudrais de générer des soupçons injustifiés, uniquement en raison du passé que ce monsieur a avec la famille. Mais si vous me le permettez, je vais écrire à quelques amis et me renseigner, car tout cela me semble très étrange.

Dix jours plus tard, les Darcy étaient renseignés, et la nouvelle ne fut pas pour les rassurer.

George Wickham avait bel et bien menti : sa soi-disant permission cachait en réalité un renvoi temporaire de l'armée, sans solde, pour désobéissance. D'après les informations que le colonel Fitzwilliam avait pu recueillir, ce n'était d'ailleurs pas la première fois que le jeune enseigne s'attirait les foudres de ses supérieurs. Il était connu pour son manque de discipline et son peu d'intérêt pour le devoir patriotique.

— Renvoyé ! s'était affolée Elizabeth. Mais que va-t-il devenir ? Et que deviendra Lydia ?

— Ne craignez rien, ce n'est que temporaire, l'avait rassurée le colonel. Wickham reprendra son poste comme prévu en juillet. Cet épisode n'est bien sûr pas du meilleur effet pour sa réputation au sein de sa garnison, mais s'il fait amende honorable et exécute à l'avenir ce qu'on attend de lui, tout cela sera vite oublié.

— En attendant, cela ne fait pas un an qu'il a obtenu cette situation et il s'attire déjà des ennuis, grommela Darcy. Ce diable d'homme ne se tiendra donc jamais tranquille !

À ces mots, Elizabeth se mordit les lèvres. Le colonel s'en rendit compte et lança un regard à son cousin pour lui intimer de faire attention à ce qu'il disait en présence de son épouse.

Les scrupules que la jeune femme avait ressentis avant son mariage – et qui avaient disparu depuis – refaisaient surface.

Décuplés.

Elle voyait bien, à présent, le trouble que représentaient Wickham et Lydia pour son époux. Le premier, toujours aussi menteur et dépourvu d'amour-propre, continuait de prétendre à des avantages non mérités avec un aplomb à faire rougir de honte. Il était clair que, puisqu'on avait suspendu sa solde, l'enseigne ne tarderait pas à réclamer de l'argent. Le fait que Lydia soit enceinte était une gêne, car il aurait bientôt à entretenir un enfant en plus de sa femme, mais c'était aussi le meilleur argument dont il disposait pour faire pression sur Darcy.

Quant à Lydia… Son comportement à Pemberley était en tous points fidèle à l'adolescente écervelée qu'elle était devenue ces dernières années. Enfant, elle n'avait pourtant pas été dépourvue de qualités : affectueuse, espiègle et toujours prête à rire, elle avait toujours su comment égayer gentiment les mornes veillées. Elizabeth se souvenait avec tendresse de leur jeunesse à Longbourn. Mais depuis qu'elle était entrée dans le monde avec l'envie de tourner autour des garçons et de se marier avant ses sœurs pour pouvoir mieux les narguer, Lydia était devenue une vraie peste et elle ne montrait aucune intention de s'assagir.

Sous quelle influence vivait-elle, à présent, à Newcastle ? Elizabeth l'ignorait, mais ce ne devait pas être fameux. En tout cas, celle de Wickham se faisait sentir. Lydia avait toujours aimé jouer en société, mais désormais, elle montrait un intérêt grandissant pour les jeux d'argent. Elle se plaignait de ne pas avoir toutes les robes, les rubans, les peignes ou les colifichets qu'elle aurait souhaités, et répétait à qui voulait l'entendre que tout cela changerait le jour où elle ferait fortune en une nuit.

Plus grave encore : à table, elle buvait plus qu'il ne serait souhaitable pour une jeune femme bien éduquée.

— Quel intérêt de boire si ce n'est pour s'enivrer au moins un peu ? Quelle rabat-joie tu fais, Lizzy ! Tu deviens aussi ennuyeuse que ton mari !

Ainsi, Lydia ne buvait plus par élégance, mais bien pour s'enivrer. Et ce n'était certainement pas chez les Bennet qu'elle avait appris cela.

La jeune fille devait passer trois semaines à Pemberley. Elizabeth réalisa que ce séjour-là allait lui demander bien plus de patience qu'elle ne l'avait imaginé.

~

Darcy raccompagnait son régisseur à la porte, après avoir passé avec lui deux bonnes heures, enfermés dans son cabinet de travail. Ensemble, ils avaient fait le point sur les productions en cours un peu partout dans le domaine avant le départ de Mr. Moore, pour effectuer des contrôles dans la partie nord du domaine.

— ... et dans ce cas, il ne me reste qu'à vous remercier et vous souhaiter un bon voyage. Je dirai à mon épouse d'aller visiter Mrs. Moore en votre absence.

— Cela lui fera certainement très plaisir.

— Voulez-vous que je fasse atteler pour vous ramener à Woolbert ?

— Ne vous donnez pas ce mal. Avec un soleil pareil, il serait dommage de se priver d'une petite promenade... Je vous souhaite une bonne journée, monsieur.

— À vous également.

Tandis que le régisseur s'éloignait dans l'allée de sable, ses livres de comptes sous le bras, Darcy se tourna vers son majordome.

— Dites-moi, Weston, sauriez-vous par hasard où se trouve Mrs. Darcy ? J'ai vu qu'elle n'était pas dans son boudoir.

— En effet, monsieur. Madame est allée tout à l'heure s'installer au bord de la rivière, sous les saules.

— Et les dames ?

— Sa Grâce se repose dans sa chambre, et Miss Georgiana et Miss Anne sont au jardin avec le colonel. Pour Mrs. Wickham, je ne sais pas, monsieur.

Comme Darcy restait pensif un instant, le majordome ajouta :

— Nous nous apprêtons à faire servir des rafraîchissements au jardin. Voulez-vous les rejoindre ?

— Non, je pars retrouver mon épouse. Mais ces rafraîchissements sont une excellente idée : voulez-vous demander à Mrs. Reynolds de m'en préparer une bouteille, que je l'emporte avec moi ?

— Entendu, monsieur.

Darcy grimpa se changer. Lorsqu'il redescendit peu après, Weston l'attendait au bas de l'escalier avec un petit panier contenant une carafe, deux verres et quelques gâteaux, le tout proprement enveloppé dans des linges.

— Du sirop d'orgeat et de l'eau pétillante, monsieur, expliqua-t-il. Mrs. Reynolds a fait mettre beaucoup de glace, pour que cela reste bien frais le temps que vous rejoigniez Madame.

Le bouquet de saules pleureurs auquel le majordome avait fait allusion se trouvait assez loin de la maison. On l'apercevait depuis le premier étage, mais il fallait une marche d'une bonne dizaine de minutes dans la plaine en plein soleil avant de rejoindre enfin l'ombre bienfaisante des arbres – qui parut à Darcy d'autant plus exquise que la journée était chaude.

Le jeune homme finit par apercevoir Elizabeth. Elle était juchée sur une grosse pierre plate, un livre sur les genoux, sa jupe retroussée et ses jambes trempant dans l'eau. Absorbée par sa lecture, elle ne l'entendit approcher qu'au dernier moment. Elle sursauta.

— William ! Seigneur ! Vous m'avez fait peur !

— Pardonnez-moi, très chère. Vous étiez si jolie à voir que je ne voulais pas vous troubler…

Elle rit en haussant les épaules.

— Mais que faites-vous donc par ici, dites-moi ? N'étiez-vous pas en grande conférence avec Mr. Moore, cette après-midi ?

— Tout juste, mais la conférence est terminée et Mr. Moore est rentré chez lui. Vous permettez que je me joigne à vous ? J'ai apporté des offrandes.

— Oh, quelle idée fantastique !

Il déposa le panier près d'Elizabeth qui se mit à fouiller dedans, pendant que son mari retirait avec bonheur son chapeau, sa redingote de lin et son veston. La marche sous le soleil lui avait donné chaud au point qu'il trempa son mouchoir dans l'eau pour se le passer sur le visage.

— Installez-vous, mon amour, et venez vous baigner les pieds : c'est un vrai régal ! fit sa jeune épouse en lui faisant de la place sur la pierre.

— Je n'en doute pas une seconde.

Darcy laissa échapper une exclamation ravie lorsque, assis auprès d'Elizabeth, il plongea à son tour ses pieds nus dans l'eau. Comme la pierre était assez large, il s'allongea sur le dos et poussa un soupir d'aise.

— Quel bonheur ! Je comprends que vous ayez bravé le soleil pour vous réfugier ici, Lizzy. C'est si paisible…

Il y avait une lumière très douce sous les saules, faite à la fois des rayons de soleil qui parvenaient à pénétrer les guirlandes de feuilles tombantes, et des reflets brillants qui rebondissaient à la surface de la rivière. On entendait les oiseaux, le clapotement de l'eau et le bruissement des arbres qu'une très légère brise agitait de temps en temps.

— Vous avez découvert ma retraite secrète, chuchota Elizabeth, mutine, avant d'abandonner son livre et de s'allonger elle aussi. Surtout, ne le dites à personne !

Épaule contre épaule, les jambes au frais dans la rivière, le jeune couple passa un moment à observer le feuillage au-dessus d'eux.

— Nous devrions venir plus souvent, juste vous et moi, reprit doucement Darcy.

— Je ne demande pas mieux. Mais pour cela, il faudrait que vous soyez moins souvent parti caracoler avec votre cousin et que je sois moins souvent retenue par les dames.

— Encore un peu de courage, ma douce, le séjour de ma tante achève bientôt.

— Et ce sera avec plaisir ! Comprenez-moi bien : je suis ravie qu'elle soit venue, et j'ose croire qu'elle m'aime un peu mieux aujourd'hui qu'auparavant, mais j'avoue que je commence à trouver le temps long. Nous retrouver un peu seuls nous fera du bien, vous ne croyez pas ?

— J'en suis convaincu. Et vous avez le droit d'être fatiguée, Lizzy. Vous vous êtes donné beaucoup de mal pour que ma tante se sente bien accueillie ici, et je dois dire que vous avez fait des merveilles. Je ne m'attendais pas à ce qu'elle vous apprécie autant.

— Allons, ne soyez pas si complaisant... fit Elizabeth, avec un petit rire qui montrait qu'elle n'en croyait rien. Elle m'aime un peu mieux, mais je ne suis pas encore sa nièce favorite !

— Pourtant, quand je l'entends parler de l'automne prochain, où elle nous veut absolument à Rosings, vous et moi, je suis surpris du chemin parcouru ! insista Darcy.

— Peut-être. Malheureusement, l'arrivée de Lydia n'a pas joué en ma faveur. Il faut voir les regards noirs que votre tante lui lance, à table !

Darcy, en tâtonnant, prit la main d'Elizabeth et la ramena sur sa poitrine pour la caresser.

— Vous savez que je vous ai épousée en dépit de votre famille, Lizzy, et je ne souhaite dire du mal ni de votre sœur ni de qui que ce soit d'autre parmi vos relations. Ceci étant, j'espère vous rassurer en vous disant que ma tante n'est pas sotte : elle sait fort bien, à présent, distinguer vos qualités personnelles, et elle ne pourra plus jamais vous confondre avec l'environnement dont vous êtes issue.

C'était, dans la bouche de Darcy, un bel hommage, et Elizabeth le prit comme tel.

— Essayez-vous de me dire que vous ne regrettez pas d'avoir repris contact avec elle ? fit-elle, flattée mais moqueuse.

Le jeune homme sourit à son tour.

— Vous ressemblez à une dame qui attend qu'on lui dise « Je le reconnais, c'est vous qui aviez raison ».

— Dans ce cas, me direz-vous que j'avais raison ?

— N'en demandez pas trop, tout de même, ma chérie… chuchota-t-il, narquois.

Puis il se haussa sur un coude pour lui prendre un baiser, avant de se redresser pour de bon.

— Et alors, ce sirop d'orgeat ? Le goûtons-nous ? proposa-t-il, pour changer de sujet.

Elizabeth se rassit à son tour et sortit les victuailles du panier. Mais tandis qu'ils mordaient à belles dents dans les gâteaux fondants qu'Hewitt avait préparés, Darcy reprit son sérieux.

— Lizzy, je songe à ma rencontre avec Moore, tout à l'heure. Nous avons reparlé des terres de Leah's Pass.

— Il y a du nouveau ?

— Oui, les choses semblent se débloquer. D'après Moore, il semblerait que les frères Bromley se disent enfin prêts à vendre. Mais ils ne négocieront pas par lettres interposées, ce qui fait que je dois les rencontrer en personne. À Londres.

Elizabeth se tut. Elle attendait la suite.

— Comme ma tante s'apprête à rentrer à Rosings, je me suis dit que le plus simple serait de me joindre à elle pour le voyage. Je ne sais pas exactement combien de temps sera nécessaire pour conclure cette affaire – vu la façon dont les Bromley se comportent depuis le début, il semblerait qu'ils aiment se faire un peu tirer par la manche –, mais je suppose qu'en dix ou quinze jours tout pourrait être réglé.

— C'est une bonne idée. Lady Catherine sera sûrement enchantée d'être escortée par ses deux neveux.

— Il y a autre chose… Je pense emmener Georgiana avec moi.

— Vraiment ?

La jeune femme avala une gorgée de sirop pour faire descendre sa bouchée de gâteau.

— Cela signifie que vous me laissez seule ici avec Lydia ?

— Nous n'avons pas tellement le choix, puisque la soi-disant permission de Wickham achève et qu'il doit bientôt revenir la chercher. Vous serez donc seule pour le revoir et lui ramener sa femme, et je dois vous avouer que cela ne me rassure guère...

— Que voulez-vous qu'il fasse !

— Je ne sais pas, mais avec un tel bougre, je m'attends à tout. C'est d'ailleurs pour cela que je préfère emmener Georgiana. J'aime autant qu'elle évite de le croiser.

— Sans compter le fait que Lydia est pour elle un exemple déplorable.

Darcy lui lança un coup d'œil, mais ne dit rien.

— Hé bien ! Deux semaines sans vous ! Seule à la tête de Pemberley ! reprit son épouse avec entrain. Vous placez en moi une confiance qui m'honore, mon cher ami !

— Je vous fais une confiance absolue. Je regrette juste de vous laisser face à un fauteur de troubles. Voulez-vous que je demande au colonel de rester encore quelques jours ?

— Oh, ce pauvre colonel, dont tout le monde dispose sans se soucier de ce qu'il pense... Non, non, laissez-le repartir avec les autres, comme prévu. Mr. Wickham ne me fait pas peur.

Et avec un large sourire, elle déposa un baiser sur la joue de son mari avant de mordre de nouveau dans son gâteau.

~

Pendant toute la durée de son séjour, Lydia ne reçut pas la moindre nouvelle de son mari. Wickham avait une fois de plus fait des promesses qu'il ne tenait pas, et personne ne savait où il se trouvait ni ce qu'il faisait. Avait-il trouvé refuge chez des amis ? Était-il à Bath, comme le pensait sa femme ? Participait-il à beaucoup de bals et de dîners ? Sans son épouse pour l'encombrer, il était libre comme l'air : Dieu sait où son goût de l'aventure l'avait poussé.

Lydia se défendait devant tout le monde en prétextant qu'écrire était un exercice fastidieux qui prenait trop de temps et que Wickham pourrait très bien lui raconter en personne ce qu'il avait fait de sa permission lorsqu'ils se reverraient. Mais Elizabeth voyait bien que cette absence pesait de plus en plus lourd sur le moral de sa sœur. Déjà capricieuse, l'adolescente devint plus irritable, et il sembla à son aînée l'entendre pleurer dans sa chambre à quelques reprises.

Les préparatifs du départ arrivèrent à point pour faire diversion. Lady Catherine se remit à parler abondamment de son cher Rosings qui lui manquait tant. Pas un jour ne passa sans qu'elle consigne dans une lettre les interminables instructions qu'il lui fallait à tout prix transmettre à ses serviteurs en vue de son retour. Anne elle-même osa dire sa hâte de rentrer retrouver Sirrah et Altaïr, ses poneys adorés. Quant à Georgiana, elle se réjouissait de revoir Londres. Sa seule déception fut qu'Elizabeth ne les accompagne pas.

— Vous allez certainement beaucoup vous ennuyer en notre absence, Lizzy ! fit-elle à sa belle-sœur.

— Et pourquoi cela, puisque Lydia restera avec moi pour encore une semaine au moins ?

— Mais vous ne serez que toutes les deux !

— N'est-ce pas ainsi que vous-même avez vécu pendant longtemps, seule à Pemberley avec Mrs. Annesley, pendant que William était en visite ailleurs ? Allons, ne vous en faites pas pour moi : Mrs. Reynolds et les domestiques vont se charger de me tenir occupée...

Si Elizabeth plaisantait, c'était pour mieux cacher qu'elle appréhendait un peu ce voyage. Bien sûr, Moore n'était pas loin, elle pourrait se tourner vers lui en cas de besoin, mais elle serait bel et bien seule dans cette grande demeure, sans la présence rassurante de Darcy à ses côtés. Ils allaient être séparés pour la première fois depuis leur mariage et cette idée ne la remplissait pas de joie.

— Tout ira bien, ma douce, lui murmura son mari à l'oreille, tandis qu'on se disait au revoir sur le perron. Je vous écrirai dès que nous serons en ville.

Profitant d'un instant où l'attention des visiteurs était ailleurs, il se permit de lui déposer discrètement un dernier baiser sur les lèvres avant de grimper dans la voiture.

Les attelages s'ébranlèrent. Et alors qu'Elizabeth envoyait un dernier au revoir en agitant le bras avec frénésie pour dissiper la bouffée d'émotion qui lui serrait la gorge, Weston s'avança.

— Madame aimerait peut-être du thé ? proposa-t-il, avec beaucoup de douceur.

— C'est une bonne idée. Merci, Weston...

~

L'absence du maître de la maison eut un effet des plus inattendus : comme on supposait qu'Elizabeth devait s'ennuyer sans son mari, les dames du voisinage furent nombreuses à venir la visiter.

Mrs. Moore, Mrs. Munroe et Mrs. Keen furent les plus assidues. Elles se présentaient en matinée, seules ou ensemble. Mrs. Langhold, qui vivait un peu trop loin, ne se déplaça qu'une fois, en revanche elle écrivit à plusieurs reprises de gentils petits mots et fit parvenir à sa « jeune amie de Pemberley » plusieurs livres pour la distraire. Judith Clarkson, elle, invita Elizabeth et sa sœur pour le thé ou le lunch en compagnie d'autres voisines, afin de passer le temps en bavardant par-dessus un travail de couture ou d'artisanat quelconque.

Enfin, on accordait à la jeune femme la place qui lui revenait au sein des dames de Lambton. Il faut dire que la présence de Lydia aidait beaucoup, car c'était elle, à présent, que l'on traitait avec la politesse due à une étrangère de passage, tandis qu'à Elizabeth on s'adressait comme à une familière qui aurait toujours vécu dans les environs. La jeune femme se laissa surprendre plus d'une fois par cette soudaine camaraderie, après avoir si longtemps bataillé pour leur prouver à toutes qu'elle avait sa place dans leur petit groupe.

Afin de concrétiser ce nouvel état de fait, elle donna un nouveau grand dîner où elle convia les Clarkson, les Munroe, la veuve Keen ainsi que Mrs. Langhold et ses fils. Dans une ambiance bon enfant, on joua au crib, puis au piquet, on fit de la musique, et Mrs. Munroe offrit une fois de plus d'accompagner les jeunes gens au pianoforte pour quelques danses. Une soirée des plus agréables, qui confirma – si besoin était ! – qu'Elizabeth était tout à fait capable de tenir salon sans son époux et que, si l'on voulait participer à de si élégantes réceptions, mieux valait bien s'entendre avec elle. Miss Norton comprit parfaitement le message : ni elle ni son frère et encore moins leur cousine Sophie n'avaient été invités, et pourtant les deux femmes se présentèrent à Pemberley à peine quelques jours plus tard pour présenter leurs respects à la maîtresse de maison et s'enquérir de son bien-être. Elizabeth eut bien un sourire en coin en voyant les ronds de jambe que Miss Norton déployait – elle qui avait pourtant eu la critique facile à son endroit –, mais elle se comporta en parfaite hôtesse et elles passèrent finalement un assez agréable moment. La jeune femme ne voulait que se réjouir d'avoir enfin réussi à se faire accepter de son nouveau pays, il serait bien temps, plus tard, de garder une certaine distance à l'égard de ceux avec qui elle ne s'entendrait pas. Qu'on la considère enfin comme partie prenante de la société du Derbyshire ne l'obligeait pas à apprécier forcément tous ceux qui la composaient.

Une ombre demeurait toutefois au tableau : juillet arrivait à grands pas et Wickham n'avait toujours pas donné signe de vie. Il n'avait écrit ni à Lydia, ni à Darcy, ni à elle-même, et elle redoutait de le trouver une fois de plus à sa porte au moment le moins opportun.

La jeune femme avait plusieurs fois indiqué à Lydia qu'il fallait songer à préparer ses malles puisqu'elle rentrerait à Newcastle sous peu, mais l'adolescente avait haussé les épaules.

— Qu'est-ce que tu m'embêtes avec tout ça ! J'aurai toujours bien le temps de m'en occuper !

Depuis le départ du reste de la famille, l'adolescente se sentait tout à fait chez elle à Pemberley. Sans Lady Catherine ni Darcy pour lui lancer des regards désapprobateurs, elle ne craignait plus de laisser traîner ses affaires dans toutes les pièces de la maison et accrochait régulièrement les domestiques pour se faire apporter le châle ou les bracelets qu'elle avait oubliés ici ou là et dont elle avait toujours un besoin urgent. Son ventre n'était pas assez imposant pour la gêner dans ses mouvements, mais elle s'en servait tout de même comme excuse pour justifier sa paresse – à moins que ce ne soit plutôt le plaisir de donner des ordres et de se faire obéir.

À présent que la vénérable dame de Rosings était partie et qu'il n'était plus nécessaire de faire preuve de magnificence, les deux sœurs prirent leurs repas dans la petite salle à manger que les Darcy utilisaient au quotidien. Lydia avait bien sûr protesté.

— Tu as une salle à manger magnifique et tu ne veux plus l'utiliser ? Vraiment, ma chérie, tu ne sais pas profiter de tes avantages !

— Je ne vois pas l'intérêt de manger à deux dans une pièce de réception faite pour quarante personnes. La salle à manger ordinaire convient très bien.

— Mais elle est minuscule !

— Minuscule ? Voyons, Lydia : elle est deux fois plus grande que celle de Longbourn !

Les relations entre les deux sœurs, déjà délicates, ne s'arrangèrent pas maintenant qu'elles étaient seules l'une avec l'autre. Bien qu'Elizabeth fît preuve d'une patience infinie, ce n'était jamais suffisant : Lydia avait perdu sa gaieté naturelle et passait son temps à se plaindre, au point que son aînée finissait par espérer de la voir rentrer chez elle au plus vite.

~

Enfin, Wickham se manifesta. Un début d'après-midi, alors qu'Elizabeth s'était isolée dans son boudoir, Weston vint lui porter une lettre.

Ma très chère sœur,

Vous serez heureuse d'apprendre que je suis de retour à Lambton. Cette excellente Mrs. Keen a la grande bonté de m'héberger depuis hier au soir, sans s'étonner le moins du monde que je ne sois venu plutôt me présenter à Pemberley. Je lui ai dit que j'avais des amis à voir en ville, ce qui est, par ailleurs, tout à fait exact.

Comme vous le savez, ma permission se termine et je dois être en poste à Newcastle dans quatre jours, ce qui me laisse tout juste le temps de faire le voyage si je pars demain à l'aube. Toutefois, avant de songer à ma tendre Mrs. Wickham, j'aimerais vous parler de vive voix, en privé. Seriez-vous assez aimable pour vous présenter chez Mrs. Keen aussitôt que vous aurez ce message ? Je l'ai prévenue de votre arrivée.

Sincèrement vôtre,

George Wickham.

En lisant ces mots, la jeune femme fut d'abord décontenancée. Mais très vite, elle se rappela à quel personnage elle avait affaire et elle reprit ses esprits.

Si l'enseigne était à Lambton depuis la veille, Mrs. Keen n'avait pas manqué de lui apprendre que Darcy était parti pour Londres. Il était donc assez naturel que Wickham s'adresse directement à Elizabeth. Mais pourquoi n'avait-il pas plutôt écrit à Lydia pour la prévenir de son retour ? Et qu'avait-il à annoncer de si important qu'il souhaite le faire en l'absence de sa femme ?

Elizabeth fit les cent pas dans son boudoir pendant un bon moment. Elle réfléchissait. Plusieurs fois, elle se tourna vers le portrait de Lady Anne, comme pour y puiser un peu d'inspiration. Qu'aurait fait l'ancienne maîtresse de Pemberley en pareille circonstance ?

Finalement, la jeune femme sortit dans le couloir et appela un valet qui passait par là.

— Faites atteler le cabriolet, je pars pour Lambton, ordonna-t-elle. Vous ferez savoir à Mrs. Wickham que je me suis absentée, mais que je ne serai pas longue.

Après quoi, elle grimpa à l'étage à la recherche de sa femme de chambre.

~

— Ah ! Mrs. Darcy, nous vous attendions... Et je vois que vous nous avez amené de la visite !

Jouant de prudence, Elizabeth s'était arrangée pour ne surtout pas rencontrer Wickham en tête-à-tête. La seule présence du jeune homme chez Mrs. Keen avait déjà de quoi alimenter les ragots. On savait que la veuve lui était très attachée, mais que faisait-il chez elle alors que son épouse se trouvait à Pemberley et que c'est là qu'il aurait dû se précipiter dès le premier jour ? Comme les gens ne manqueraient pas de trouver cette situation pour le moins étonnante et d'y chercher les explications les plus sulfureuses, Elizabeth avait voulu éviter de soulever encore d'autres questions en venant rencontrer son beau-frère en l'absence de Lydia. L'épisode de la maîtresse de Pemberley égarée dans les bois, la nuit, et retrouvée *in extremis* par un berger, avait bien assez étonné les habitants de la région : il n'était pas question qu'on la surprenne à nouveau dans une situation douteuse, en particulier avec un beau jeune homme en uniforme, accessoirement époux de sa sœur.

Pour déguiser ce face-à-face en une très innocente visite de courtoisie, Elizabeth avait donc fait un détour par Woolbert, où elle avait proposé à Mrs. Moore de se joindre à elle. L'épouse du régisseur, très flattée que sa digne voisine ait pensé à elle, fut ravie au plus haut point de pouvoir profiter d'une agréable sortie. Elle ne se douta pas un instant qu'elle servait en réalité de chaperon.

Lorsqu'il vit qu'Elizabeth était accompagnée, Wickham fronça les sourcils, mais ne dit rien. Il salua Mrs. Moore avec beaucoup d'élégance et prit un moment pour s'enquérir de Woolbert et du cottage où il avait passé son enfance.

— C'est donc vous, le jeune Mr. Wickham dont j'ai si souvent entendu parler ! s'exclama la brave femme. Quel plaisir de vous connaître ! Mon époux regrettera de n'avoir pas été présent aujourd'hui, car je suis certaine qu'il aurait beaucoup aimé faire votre connaissance également.

Chapitre 15

La veuve Keen invita tout le monde à s'installer dans les fauteuils en rotin placés à l'ombre des arbres et fit servir du thé et du café. La conversation fut des plus distinguées. On s'enquit du séjour de Darcy à Londres, de la santé de Lydia, des différents voyages que Wickham avait faits ces dernières semaines – et il s'exprima si bien qu'Elizabeth n'aurait su dire s'il mentait ou disait la vérité –, ainsi que de ses projets à venir. Il fut question du retour à la garnison de Newcastle, de la naissance prochaine, des probabilités que ce soit un fils, mais aussi de la difficulté de circuler sur les routes et de la nécessité malheureuse que certains époux avaient de s'absenter parfois de leurs foyers, où ils étaient pourtant si indispensables.

À ce moment de la conversation, Mrs. Keen et Mrs. Moore se lancèrent dans une longue complainte de leurs vies d'épouses assignées à résidence – la veuve ayant été mariée des années à un commerçant en voyage, et la femme du régisseur étant souvent seule du fait des tournées répétées de son mari à travers le domaine de Pemberley. Elles étaient si emportées par leur discours qu'elles remarquèrent à peine lorsque Wickham se leva et proposa à Elizabeth de faire quelques pas dans le jardin pour admirer les fleurs.

Cette dernière, retranchée derrière un sourire de façade, acquiesça. Son sourire disparut sitôt qu'ils se furent éloignés.

— Vous disiez dans votre message vouloir me parler de quelque chose en privé, monsieur ? attaqua-t-elle sans plus de manières. Pardonnez ma surprise, mais je m'attendais plutôt à ce que vous contactiez votre épouse afin d'organiser ensemble votre retour à Newcastle.

— Vous connaissez notre petite Lydia... Elle est si jeune et insouciante – c'est d'ailleurs là tout son charme – que parfois elle oublie tout simplement les choses importantes. C'est pourquoi j'ai préféré m'adresser à vous, qui êtes une personne de raison, afin de déterminer ce qui sera le mieux pour son avenir et celui de l'enfant.

— Déterminer son avenir ? Que voulez-vous dire ?

— Me permettez-vous, chère sœur, de vous parler avec la plus grande franchise ? C'est que, voyez-vous, je m'inquiète beaucoup pour elle et pour sa santé.

Wickham prit soudain un air préoccupé.

— Vous ne connaissez pas, comme moi, la ville de Newcastle, continua-t-il. L'air empeste, et le logement que nous habitons, Lydia et moi, n'est pas du tout approprié à sa condition. Sans compter qu'elle se trouve bien loin de sa famille. Certes, nous avons des relations, là-bas, nous fréquentons beaucoup le cercle d'officiers de Fenham, mais je crains qu'elle ne se sente bien isolée en cette période où elle a, plus qu'à toute autre période de sa vie, besoin d'être entourée et veillée. Je m'en voudrais s'il lui arrivait quoi que ce soit à un moment où, pris comme je le suis par mes engagements militaires, je ne serais pas disponible moi-même pour lui apporter les soins nécessaires. Pour tout vous dire, je serais bien plus rassuré de la savoir ici, à Pemberley, ou bien auprès de vos parents...

— Je n'aurais pas cru entendre un jour un tel discours de votre part, monsieur, répondit Elizabeth, d'une voix dure.

— C'est que la survenue d'une grossesse change beaucoup de choses dans la vie d'un homme, croyez-moi. Je dois à présent me préoccuper non pas de mon seul sort, mais de celui de mon épouse et de mon enfant à venir. C'est le cœur bien lourd que j'envisage cette solution, mais elle me semble néanmoins la meilleure pour tout le monde.

Voilà. L'enseigne avait abattu son jeu.

Elizabeth se sentit rougir de colère.

Pour s'en être doutée, elle n'en était pas moins révoltée. Wickham n'était pas revenu à Lambton pour récupérer sa femme : au contraire, il cherchait à s'en débarrasser. Et à présent qu'il avait terminé d'exposer ses arguments, il attendait, la mine juste assez contrite, comme pour achever de convaincre Elizabeth des scrupules qu'il avait à envoyer Lydia vivre loin de lui.

La jeune femme garda le silence. Elle cherchait à rassembler ses pensées.

— Je vous choque, peut-être, par ma demande ? insista Wickham. Mais, peut-être, si vous écriviez à vos parents, ceux-ci comprendraient mieux le souci que j'ai de mettre Lydia à l'abri ?

— Je vois surtout que vous me laissez, à moi, le soin de m'occuper de l'avenir de Lydia, tandis que vous rentrerez à Newcastle en n'ayant à vous soucier que de votre propre personne, répondit-elle lorsqu'elle fut assez maîtresse d'elle-même pour que sa voix ne tremble pas. Car vous partez toujours demain matin, je suppose ?

L'enseigne se troubla un peu sous le reproche, mais il essaya de se rattraper avec un sourire d'excuse.

— C'est exact, et j'en suis bien navré, mais je ne puis me mettre en retard. Mes supérieurs m'en voudraient.

— Comme je vous comprends. Il semble qu'ils vous en veulent assez déjà, n'est-ce pas ? Il est inutile d'en rajouter.

Interloqué, Wickham lança un long regard à sa belle-sœur. « Se peut-il qu'elle soit au courant ? Et, si oui, comment l'a-t-elle su ? » semblait-il se demander. Mais la jeune femme ne fit aucun effort pour s'expliquer.

Ils continuèrent de déambuler côte à côte, en silence. Comme le jardin n'était pas grand, ils tournaient en boucle et cela faisait déjà trois fois qu'ils repassaient au même endroit. Elizabeth, autant énervée par la tournure des événements que par l'hypocrisie du jeune enseigne, avait accéléré le pas sans s'en rendre compte.

— Je suis navré que tant de responsabilités vous incombent, chère madame, reprit Wickham, d'un ton doucereux. Je vois bien que cela vous contrarie et j'en suis désolé. Si Darcy n'avait pas été absent, c'est avec lui que j'aurais traité de ce genre de chose.

— Je suis aussi capable que mon époux de gérer cette situation, rétorqua sèchement la jeune femme, d'autant plus que c'est de ma sœur qu'il s'agit, non de la sienne.

— Et Lydia ne pourrait être plus reconnaissante d'avoir une aînée telle que vous pour s'occuper d'elle. Mais puisque nous parlons de Darcy, savez-vous s'il rentre bientôt ?

— En quoi cela vous concerne-t-il ?

— C'est que j'aurais aimé lui demander… Pardonnez-moi, je ne voudrais pas vous ennuyer avec de vulgaires détails logistiques. Je ferais mieux de lui écrire pour voir directement avec lui.

Une fois de plus, Elizabeth se sentit bouillir à l'intérieur. Cette façon condescendante qu'avait Wickham de s'adresser à elle la faisait d'autant plus enrager qu'elle était incapable de dire si cela relevait de la manipulation ou bien s'il la pensait réellement trop soumise à Darcy pour prendre des décisions sans lui.

Bien qu'elle eût la pénible sensation de rentrer dans son jeu, elle ne put s'empêcher de protester :

— Expliquez-vous, monsieur. Comme je vous le disais à l'instant, je suis aussi apte que Mr. Darcy à gérer toute situation qui nous concerne, lui ou moi.

L'enseigne hésita une seconde. Puis, tout en s'absorbant, l'air de rien, dans la contemplation d'une branche de laurier aux fleurs délicates, il déclara :

— J'avoue ne pas être très à l'aise de parler de ces choses-là avec une dame, mais puisque vous insistez... Il se trouve que mon voyage, ces dernières semaines, m'a laissé quelque peu dans la gêne. J'ai eu à faire face à des frais imprévus pour lesquels ma maigre solde n'a pas suffi.

— Ce qui n'a rien d'étonnant puisque l'on vous en a privé, répliqua Elizabeth, avec un petit rire plein de sarcasme.

Cette fois, Wickham lui lança un regard effaré. La jeune femme eut la satisfaction de voir qu'elle avait réussi à le déstabiliser.

— Vous... Vous savez donc ? murmura-t-il.

— Que vous n'étiez pas réellement en permission ? Oui, je suis au courant.

— Ah...

Elizabeth jubilait intérieurement. Enfin, elle était parvenue à mettre le jeune homme dans l'embarras. Elle se sentit reprendre un peu le contrôle sur la conversation.

— J'ignore ce que l'on vous a appris ni comment vous l'avez appris, mais on a sûrement omis de vous dire que j'ai vécu un terrible cas de conscience, tenta-t-il de se justifier.

— Je ne souhaite pas savoir ce qui s'est passé, monsieur. Cela ne regarde que vous.

— J'étais face à un dilemme, un véritable conflit intérieur, insista-t-il. Je ne puis vous en donner les détails sans trahir le secret militaire, mais je vous prie de me croire : si je me suis vu dans l'obligation de désobéir à l'ordre d'un de mes supérieurs, c'est que cet ordre allait à l'encontre de ma morale personnelle.

— Votre morale personnelle ?

La jeune femme faillit éclater de rire. Elle se retint, mais l'air stupéfait avec lequel Wickham la regarda montra que cela ne lui avait pas échappé.

— Vous ne me croyez pas... avança-t-il.

— Je suis surprise, voilà tout. C'est que je ne vous savais pas doté d'une quelconque morale.

À sa mine, il était évident qu'il ne s'attendait pas à ce qu'elle l'attaque de cette manière. Et avant qu'il ne reprenne la parole, elle profita de son avantage :

— J'ai appris à vous connaître, monsieur, déclara-t-elle, et je suis navrée de vous avoir découvert bien différent de ce que je m'étais imaginé à une époque et de ce que j'aurais souhaité pour ma petite Lydia. Vos actes et vos paroles sont tristement cohérents avec la réputation que vous vous êtes faite à Pemberley il y a un moment déjà. Puisqu'en dépit des scrupules que vous avez exprimés ma pauvre sœur semble n'être que de peu d'importance à vos yeux, vous serez rassuré d'apprendre que sa famille prendra le relais pour lui prodiguer sécurité et bien-être. Mais vous saurez aussi que ce n'est pas en vous adressant à moi en l'absence de Mr. Darcy que vous obtiendrez de ma main les bénéfices qu'il vous refuse. Si votre solde ne suffit pas à vos dépenses, non plus que la dot apportée par Lydia dans cet infortuné mariage – et dont je me demande bien ce que vous avez fait, d'ailleurs ! –, n'allez pas croire que vous pouvez vous tourner vers nous chaque fois que vous vous sentirez dans le besoin. La maison de Pemberley vous est fermée, ses ressources le sont également. Osez, ne serait-ce qu'une seule fois encore, exercer ce type de pression en mettant en avant votre mariage avec ma sœur et je me ferai un plaisir de détruire votre réputation dans tous les milieux que nous avons pu fréquenter ensemble. On saura que vous avez abandonné votre épouse et, croyez-moi, ce n'est pas elle que l'on tiendra pour responsable. Sur ce, je vous souhaite un bon retour à Newcastle, monsieur. Je dirai à Lydia que vous lui envoyez vos meilleurs sentiments.

À la suite de quoi Elizabeth salua et tourna les talons sans attendre de réponse.

Elle tremblait tellement de rage que lorsqu'elle regagna les fauteuils, où Mrs. Keen et Mrs. Moore bavardaient toujours, elle refusa de reprendre du café, de peur de faire tomber sa tasse. Elle s'occupa les mains en saisissant un éventail, respira plusieurs fois très profondément, sourit beaucoup et réussit à prendre congé assez vite en prétextant que la chaleur l'incommodait.

Wickham, qui avait rejoint les dames peu après Elizabeth, ne laissa rien paraître non plus de ce qu'ils s'étaient dit, mais il se montra anormalement silencieux. La jeune femme refusa de le regarder dans les yeux et c'est avec une froideur extrême qu'elle le salua une dernière fois avant de s'en aller, suivie d'une Mrs. Moore un peu déçue d'être interrompue trop tôt dans ce qu'elle considérait comme une charmante visite.

~

L'enseigne quitta Lambton le lendemain matin, tel qu'il l'avait annoncé, sans reparaître à Pemberley. Pour ne pas risquer de voir son épouse surgir chez Mrs. Keen et lui faire une scène, il attendit le moment exact de son départ pour lui faire porter une lettre. Il y expliquait – d'une façon pour le moins succincte, et sans faire aucune mention de son court séjour à Lambton – qu'il rentrait à Newcastle seul, car il préférait la savoir dans sa famille pour passer la fin de sa grossesse, et il jurait qu'il lui écrirait bientôt afin de prendre de ses nouvelles.

— Lizzy ? Je ne comprends pas... George me dit qu'il rentre sans moi. Comment est-ce possible ?

Naïve, l'adolescente ne comprit pas tout de suite que son mari l'abandonnait. Mais lorsqu'elle se tourna vers sa sœur pour chercher des éclaircissements, ses yeux s'ouvrirent soudain sous l'effet de la révélation. Elizabeth n'eut que le temps de se précipiter vers elle pour la prendre dans ses bras. Lydia s'effondra sur un sofa, le souffle coupé. Choquée, stupéfaite, elle n'entendit rien de ce que son aînée essaya de lui dire pour la rassurer.

Puis, ce fut une terrible crise de larmes.

Elizabeth fut touchée par la détresse de sa petite sœur. Comment aurait-elle pu ne pas l'être ? Lydia pouvait bien être cette insupportable gamine qui, par son inconséquence, amenait le trouble autour d'elle, elle n'en était pas moins, à cet instant, une enfant en panique.

— Comme ose-t-il ? Comment ose-t-il ! Je suis sa femme ! Je suis enceinte de son enfant ! Et il ne veut plus de moi ? Il ne veut plus de moi, Lizzy ! Oh, mon George chéri... Comment peut-il me faire ça... George... George !

Entre deux sanglots, la réalité de sa situation lui sauta aux yeux.

— Mais alors... Qui va s'occuper de moi, à présent ? Où vais-je vivre ? Avec quoi vais-je vivre ? Et que diront les gens, mon Dieu ! Que diront les gens ?

Ces émotions n'étaient pas feintes. Elizabeth, qui avait pourtant souvent souhaité que sa sœur tire des conclusions de ses expériences et apprenne à se comporter de façon plus appropriée, trouva que la leçon, aujourd'hui, était bien cruelle.

Elle fit de son mieux pour la rassurer.

— Ne t'en fais pas, ma chérie, tu n'es pas seule puisque je suis là, moi. Je vais écrire à nos parents, je suis certaine qu'ils se feront une joie de te revoir bientôt à Longbourn. Ne trouves-tu pas fantastique de pouvoir avoir ton enfant là-bas ? Auprès de maman, Jane, Mary, Kitty et tous nos amis ?

— Mais George devait venir me chercher ! Pourquoi n'est-il pas venu ? Est-ce à cause de cet enfant qu'il ne veut plus de moi ? Il n'en peut plus de me voir grosse, c'est certain !

Lydia n'avait ni la maturité ni le recul nécessaire pour réaliser qu'en se jetant au cou du premier beau garçon venu elle avait fait un choix désastreux, autant pour sa famille que pour elle-même. Mais elle avait besoin de se raccrocher à quelque chose. Si elle ne remettait pas en cause le tempérament menteur de son mari – dont elle ne connaissait pas toute l'étendue –, en revanche elle concevait très bien que Wickham puisse la trouver moins attirante avec son ventre gonflé et qu'il se détourne d'elle. Dans sa tête d'enfant, cette explication donnait un peu de sens à ce qu'elle vivait.

Cela porta aussi un sérieux coup aux sentiments qu'elle lui vouait.

— Faut-il vraiment que je reste pour toujours jeune, jolie et svelte pour que mon George m'aime ? Quelle bassesse de me mettre ainsi de côté simplement parce que mon corps a changé ! N'est-ce pas de sa faute si je suis grosse, après tout ?

Les jours qui suivirent furent pour l'adolescente comme des montagnes russes. À la panique succédèrent les affres de l'abandon, puis la colère – la rage même ! –, le ressentiment, parfois la résignation, avant de revenir à la panique, à la tristesse, à l'angoisse de l'avenir... Lydia pleurait des heures dans sa chambre, claquait les portes, répondait avec violence à la moindre frustration, criait plus qu'elle ne parlait, ou bien, à l'inverse, elle restait prostrée dans son lit. Elle en voulait à son bébé, qu'elle rendait responsable du départ de Wickham, et jurait que les choses changeraient sitôt qu'elle en serait délivrée : à nouveau mince et belle, elle n'aurait aucun mal à séduire de nouveau son mari, et elle se promettait alors de le faire souffrir autant qu'il la faisait souffrir aujourd'hui.

Elizabeth répondit à ces scènes avec toute la compassion dont elle se sentit capable. En parallèle, elle écrivit à son père pour lui expliquer les faits. Il fallait décider de ce qu'on ferait de Lydia et le plus évident était de la renvoyer à Longbourn : là, au moins, l'adolescente retrouverait une vie stable pour la poursuite de sa grossesse, et l'on verrait avec le temps si Wickham se manifesterait de nouveau. Dans la foulée, Elizabeth envoya une seconde lettre à Chalton House, puis une troisième à Netherfield.

Darcy fut le plus prompt à réagir. Il répondit qu'il était consterné par ce triste revirement de situation, qu'il souhaitait le plus grand courage à Lydia dans cette épreuve, et qu'il allait se rendre à Longbourn au plus vite pour proposer son aide à Mr. Bennet et aviser avec lui de la meilleure conduite à tenir. Il pensait également que le mieux était de ramener l'adolescente chez ses parents, bien qu'elle fût la bienvenue à Pemberley aussi longtemps que nécessaire.

Jane écrivit le jour suivant, affolée. Elle décrivit sa stupeur devant de telles nouvelles et fit une fois de plus preuve d'une grande naïveté. Refusant de croire que Wickham se désintéresse déjà de son épouse, alors qu'ils n'étaient mariés que depuis un an, elle préféra lui laisser le bénéfice du doute : pour elle, le jeune homme ne pouvait pas avoir agi autrement que sous le coup d'un impératif plus grand que sa propre volonté, et elle était persuadée qu'il reviendrait auprès de Lydia au plus vite. Dans l'intervalle, elle ouvrait tout grands les bras à sa petite sœur pour l'accueillir à Netherfield. Elles pourraient ainsi mener leurs grossesses côte à côte, une expérience qui ne manquerait pas de renforcer entre elles les liens les plus affectueux qui soient.

Mr. Bennet, enfin, envoya une longue lettre qui exprimait à la fois sa contrariété et sa pénible résignation. Trop confiant, il avait voulu croire au fait que Lydia, bien que mal mariée, serait à l'avenir sous la responsabilité de son mari, et il ne cachait pas son amertume à l'idée de la voir revenir sous son toit – toujours mariée, certes, mais seule, et avec en prime un enfant à venir. À aucun moment il ne parla d'argent, pourtant cette préoccupation se sentait derrière chacune de ses phrases. Mr. Bennet avait été moqué depuis le début. D'abord par sa benjamine, qui s'était comportée de façon scandaleuse en s'enfuyant avec un homme, puis par l'homme en question, qui avait soutiré sans vergogne tout l'argent qu'il avait pu en échange du mariage qui rachèterait la réputation de la fugueuse. Et voilà qu'aujourd'hui, on lui retournait cette dernière sur les bras, sans que son mari se soucie de subvenir à ses besoins, gardant la dot et tout le reste pour lui-même, et laissant sa famille assurer les tracas et l'entretien de Lydia.

La pilule était amère. Mr. Bennet, qui aimait tant rire des déconvenues de ses semblables et qui s'était beaucoup gaussé du charmant mari que sa fille s'était dégoté, ne riait plus.

~

Lydia pénétra sans y être invitée dans le boudoir où se tenait son aînée. Cette dernière ne protesta pas. Au contraire, elle lui proposa gentiment de s'asseoir pendant qu'elle leur commandait du thé.

— Ça ne te dérange pas d'avoir cette femme qui t'observe toute la journée ? fit remarquer Lydia après un moment, en pointant le portrait de la mère de Darcy.

— Cela me dérange d'autant moins que c'est moi qui ai fait suspendre ce tableau ici, expliqua Elizabeth.

— Tu manquais de compagnie ? ricana sa sœur.

— Lady Anne est un modèle pour moi. J'avais tellement de choses à apprendre, quand je suis arrivée, que j'étais bien heureuse d'avoir un exemple auquel me référer.

— Mais elle est morte depuis longtemps !

— C'est vrai, mais ses affaires, ses objets personnels, ses notes, tout était resté intouché. Et puis, beaucoup de gens l'ont connue et peuvent me parler d'elle, à commencer par William. Il y a aussi les domestiques, Mrs. Langhold, Mrs. Keen... et, bien sûr, Lady Catherine. Et tout ce que ces gens m'ont dit, c'est que Lady Anne était une femme bonne, raffinée et très aimée.

Lydia observa le portrait d'un œil dubitatif.

— On dit toujours du bien des morts et jamais du mal des vivants. On devrait, peut-être...

On sentait dans ces paroles tout le ressentiment de Lydia à l'égard de son mari. Elizabeth coula vers elle un regard compatissant.

— Tu ne m'as jamais beaucoup raconté ta vie à Newcastle, demanda-t-elle. Wickham te traitait bien, au moins ?

L'adolescente haussa les épaules. Les seules fois où elle avait parlé de Newcastle, c'était pour en vanter les fêtes, les rencontres, les sorties, brossant un tableau idyllique de sa vie de jeune mariée et de la façon élégante dont on la traitait en société. Elle n'avait, en revanche, pas dit grand-chose sur sa vie quotidienne.

— Il n'était pas souvent là. Et quand il l'était... il ne l'était pas toujours.

— Que veux-tu dire ?

— George s'enfermait dans son petit bureau, où je n'avais pas le droit d'aller. Il disait qu'il avait beaucoup de responsabilités et qu'il était fatigué.

— Et que faisait-il, dans son bureau ?

— Il fumait. Il buvait. Parfois il ramenait un ami ou deux et ils jouaient aux cartes.

— Est-ce que... vous vous disputiez, tous les deux ?

Lydia haussa encore les épaules, l'air désenchantée.

— Il paraît que tous les couples se disputent à un moment ou un autre.

Elle se montrait plutôt avare de mots, mais, sentant que cela pourrait lui faire du bien, Elizabeth la poussa doucement à se confier. Et le moins que l'on puisse dire, c'est que l'adolescente n'avait pas le cuir aussi épais qu'elle voulait bien le faire croire.

Sa fuite avec Wickham avait été pour elle l'aventure la plus excitante qu'elle ait jamais vécue – même si, croyant se rendre en Écosse pour faire un mariage romantique, elle s'était finalement retrouvée à Londres sans projets particuliers. Elle en avait voulu à Darcy de les avoir retrouvés et d'avoir accéléré les arrangements pour le mariage, car, ensuite, tout s'était bousculé.

Son mariage avait pourtant bien commencé. La visite à Longbourn avait été des plus plaisantes ainsi que les débuts de la vie à Newcastle, où elle et son mari s'étaient installés dans une confortable auberge. Ils y louaient une vaste chambre munie d'un salon attenant pour recevoir, et ils prenaient tous leurs repas dans la salle du bas. Wickham n'avait pas été long à se lier avec d'autres officiers de son régiment, de sorte que Lydia avait vite eu de multiples occasions de sortir. Elle s'était fait des amies, la plupart de jeunes mariées comme elle, et avait profité aussi souvent que possible des menus plaisirs offerts par la ville. Certes, ce n'était pas Londres, mais c'était tout de même bien plus exotique que Meryton.

Mais après seulement quelques mois, Wickham avait déclaré qu'ils devaient quitter l'auberge, qui leur coûtait trop cher. Ils s'étaient installés quelque temps chez une veuve qui louait des chambres, mais ils avaient fini par s'en faire chasser, la dame en question appréciant peu les nombreuses allées et venues des amis dans le couloir, et les rires et la musique tard le soir. Finalement, ils avaient trouvé un petit logement à louer, où ils étaient enfin maîtres chez eux. Mais si Lydia avait rêvé d'une jolie maisonnette de ville, elle avait vite déchanté : le jeune couple s'était installé dans un troisième étage de seulement quatre pièces, où la cuisine était si petite qu'on ne pouvait même pas y loger une soubrette. Wickham, de toute façon, ne voyait pas l'intérêt que l'on prenne une domestique, malgré les réclamations incessantes de sa femme.

Elizabeth n'imaginait que trop bien la désillusion de sa benjamine. Lydia lui faisait pitié. Elle vivait là la première crise de son mariage bancal et il ne faisait pas de doute que d'autres suivraient à l'avenir. L'adolescente écervelée qu'elle était serait bien forcée de se raisonner un jour ou l'autre, et cela ne se ferait pas dans la sérénité.

Pour l'heure, au moins, elle était à l'abri. Soustraite à l'influence pernicieuse de son mari, on pouvait peut-être même espérer qu'elle s'améliore un peu.

— Je veux rentrer à Longbourn, soupira Lydia. Je veux revoir maman, et Kitty...

Sa sœur s'apprêtait à répondre qu'elle attendait d'un jour à l'autre une lettre de Darcy ou de leur père annonçant la suite des choses, mais elle s'interrompit. Elle jeta un regard à Lady Anne, dans son cadre doré.

— Nous pourrions partir dès demain, proposa-t-elle. Après tout, nul besoin d'attendre que papa vienne te chercher : je peux très bien te ramener moi-même. Qu'en dis-tu ?

CHAPITRE 14

La chaleur du jour s'évaporait. Le soleil n'était pas encore près de se coucher, pourtant on sentait déjà dans l'air une certaine fraîcheur qui revigorait le chant des oiseaux. C'était l'heure des merles, des tourterelles, des rouges-gorges et des étourneaux.

À Meryton, la journée de marché était terminée. Les paysans et les petits vendeurs de breloques rentraient chez eux par les chemins, rapportant dans des charrettes ou sur le dos d'un âne leurs marchandises invendues. Ils allaient lentement, le dos courbé et le pied traînant, songeant au moment où ils pourraient s'attabler au coin du feu devant une soupe et une grosse tranche de pain et reposer enfin leurs corps fatigués. La voiture des Darcy dépassait les marcheurs sans trop se presser elle-même. Cela faisait trois jours que l'on avait quitté Pemberley : les chevaux étaient fourbus et le cocher ne les poussait pas trop vite. Il n'y avait aucune urgence, de toute façon.

À la fenêtre de la portière, Lydia envoyait des signes de la main aux paysans, tout heureuse de se retrouver en pays familier.

— Oh, regarde, Lizzy, c'est Maria !... Maria ! Maria ! Nous sommes de retour ! Tu viendras nous voir dès demain, n'est-ce pas ? Salue tes parents pour nous !

La petite Lucas se tenait sur le bord de la route, surveillant ses frères qui jouaient dans les fourrés. Mais la voiture ne s'arrêta pas et la réponse de la jeune fille se perdit dans le bruit des sabots.

Elizabeth, elle, observait tout cela en silence, un sourire ému aux lèvres.

Elle était de retour sur sa terre natale.

Lorsqu'elle avait fait part à Weston de son projet de se rendre en Hertfordshire, ce dernier, toujours soucieux de l'apparat de ses maîtres, lui avait suggéré de voyager avec deux voitures et d'emmener non pas un, mais trois valets, en plus de Mrs. Vaughan, du cocher et de son garçon d'écurie.

— On ne sait jamais, madame. Si une roue se brise dans une ornière, vous serez bien heureuse d'avoir plus d'épaules pour pousser. Sans compter qu'ils veilleront également à ce que personne ne vous ennuie sur la route ou dans les auberges.

C'est donc un bel équipage qui débarqua à Longbourn un peu avant le dîner, effrayant les poules et faisant écarquiller les yeux des fils Bragg qui traînaient dans la cour. À l'intérieur, on entendit un remue-ménage d'où finit par jaillir Mrs. Bennet, les bras tendus, les joues rouges et la lèvre tremblante.

— Mes chéries ! Mes enfants ! Vous voilà ! Ah, quelle joie vous me faites !

Tandis que les Hill passaient une tête curieuse par la fenêtre de la cuisine, Mary rejoignit sa mère sur le pas de la porte et tout le monde s'embrassa joyeusement. C'est alors que Mr. Bennet, extirpé de sa bibliothèque par les cris de joie qui fusaient de toutes parts, apparut à son tour, l'air un peu ébahi de recevoir une telle visite.

— Ma petite Lizzy…

Le brave homme avait les yeux brillants de larmes lorsqu'il serra Elizabeth dans ses bras. C'était la première fois que le père et la fille se revoyaient depuis le double mariage de Netherfield et l'émotion était forte.

— Avez-vous reçu ma lettre, papa ?

— Ce midi, tout juste. Mais je ne m'attendais pas à vous voir ici avant demain ou après-demain au moins. Quel voyage vous avez fait ! Vous devez être épuisée !

— J'ai pensé qu'il valait mieux que je ramène Lydia moi-même, précisément pour vous éviter ce périple.

— Vous avez bien fait, ma fille, vous avez bien fait… Mon Dieu,

Lizzy, comme vous avez changé ! Regardez-vous ! Quelle belle dame vous êtes, à présent !

La jeune femme rougit un peu. Elle aussi ne pouvait manquer de remarquer à quel point l'élégance de sa toilette, l'entretien impeccable des deux voitures et les divers domestiques qui l'accompagnaient détonnaient en comparaison de la modeste façade de la maison de son enfance.

Ses gens, justement, se tenaient en retrait, attendant la fin des effusions familiales pour recevoir leurs instructions. Elle indiqua au cocher et à son apprenti où ils pouvaient faire reposer les bêtes, et envoya Mrs. Vaughan et les valets à la cuisine pour se restaurer après qu'ils eurent monté la malle de Lydia dans sa chambre.

— Mr. Darcy est-il à Netherfield ? demanda-t-elle.

— Depuis une semaine environ, répondit son père. Il est venu nous visiter plusieurs fois – et pas plus tard qu'hier soir encore.

— Tant mieux. Je lui ai écrit pour annoncer que nous arrivions, mais je n'ai pas attendu sa réponse et je craignais que, dans l'intervalle, il n'ait pris la route pour rentrer à Pemberley. Dans ce cas, puis-je lui faire porter un mot pour lui annoncer notre présence ?

— Mais vous restez dîner avec nous, tout de même ?

— Bien entendu ! Rassurez-vous, mon cher papa, je ne suis pas prête de vous laisser à nouveau !

~

Cela faisait longtemps que les Bennet n'avaient pas eu trois de leurs filles en même temps à leur table, et la conversation fut des plus gaies. Mrs. Bennet voulait tout savoir de la grossesse de Lydia, de la vie d'Elizabeth et de leur séjour ensemble à Pemberley, et elle caquetait plus que jamais pour délivrer les nouvelles du voisinage. Lydia, toute revigorée, semblait avoir oublié son angoisse. Elle raconta les semaines vécues depuis son départ de Newcastle, comme si cela avait été la plus fameuse des excursions, et parla de Wickham en des termes délicieux.

Au milieu de ce déluge de paroles, Mr. Bennet se montra d'une patience infinie. Touché malgré lui par la situation de sa benjamine, dont le ventre rond la forçait maintenant à s'asseoir plus loin de la table que d'ordinaire, il garda pour lui les répliques acides qui lui venaient lorsqu'il entendait parler de son gendre avec tant d'éloges. Il se contenta d'échanger avec Elizabeth quelques coups d'œil entendus et de hausser les épaules. Lydia lui était revenue, il n'y avait plus qu'à s'en accommoder.

De son côté, Elizabeth parla peu, préférant contempler la scène plutôt que d'y participer. Elle écoutait sa mère et sa sœur babiller avec leur entrain habituel, observait la toujours discrète Mary, lançait des sourires à son père, et se gorgeait de toutes ces odeurs et de tous ces bruits familiers dont elle constatait à quel point ils lui avaient manqué depuis son départ. Elle eut d'abord la sensation réconfortante que rien n'avait changé à Longbourn. Chaque objet, chaque meuble était à sa place, et les fleurs dans les vases étaient semblables à celles qu'on allait toujours cueillir au jardin ou sur le bord du chemin. Elle finit toutefois par remarquer plusieurs détails : la robe de sa mère était neuve, Mary avait changé sa façon d'attacher ses cheveux et perdu son expression un peu morne au profit d'un regard plus doux, le vieux chien de son père avait disparu − elle se rappela une lettre disant qu'il était mort l'hiver passé − et, par la fenêtre, un bosquet d'arbres maigrelets, qu'Elizabeth avait toujours connus là, avait été abattu.

Le temps avait passé, ici comme ailleurs.

Plus que tout, elle nota que le comportement de Hill, qui faisait le service comme à son habitude, s'était transformé. Pendant tout le repas, ce dernier fut à son égard d'une extrême déférence, lui donnant du « madame » par-ci, « madame » par-là, et cela parut à la jeune femme si incongru qu'elle fut plusieurs fois sur le point de le taquiner. Elle s'était habituée à être traitée avec beaucoup d'égards par ses gens de Pemberley ou de Chalton House, mais Hill, tout de même, c'était autre chose ! Elle avait connu cet homme toute sa vie, sauté sur ses genoux lorsqu'elle était petite, marché à ses côtés lorsqu'elle suivait son père à la chasse et essuyé moult fois ses reproches lorsqu'il la trouvait en train de farfouiller là où elle n'avait rien à faire. Le voir, ce soir, baisser humblement les yeux chaque fois qu'elle s'adressait à lui était la preuve qu'une distance nouvelle s'était imposée. Elle n'aurait plus jamais avec les domestiques de ses parents la liberté de manières qu'on lui avait permise jusque-là.

~

On prit le thé dans le salon de dessin, que le soleil couchant inondait d'une lueur chaude. Puis Elizabeth demanda qu'on prépare la voiture.

— Revenez nous voir dès demain, ma chérie, recommanda sa mère. Vous n'avez certes pas fini de nous dire les nouvelles du Derbyshire ! J'irai raconter tout cela à Lady Lucas : elle va être effarée d'apprendre que vous êtes enfin de retour parmi nous !

Tandis que les bêtes chevauchaient vers Netherfield, Elizabeth, le visage à la portière, regarda défiler le paysage rendu presque noir par la nuit, qu'elle devinait plus qu'elle ne le voyait réellement. Elle dut plusieurs fois indiquer la route au cocher, qui ne connaissait pas la région.

En apercevant au loin les toits de Meryton, elle eut comme en écho le souvenir de la dernière fois où elle avait emprunté ce trajet, lors de son départ pour Londres. Elle se rappela ses larmes et son désarroi d'alors, sa joie à l'idée d'être mariée mêlée à l'appréhension et au déchirement d'avoir à quitter sa région. Neuf mois plus tard, elle était de retour, et le désarroi s'était transformé en une infinie gratitude envers le destin.

Elle se sentait bien. Elle avait simplement hâte d'arriver.

~

Le premier réflexe de Darcy, en lisant le billet qu'on lui avait apporté de Longbourn, avait été de sauter à cheval et de s'y précipiter ventre à terre. Puis il se ravisa. Son épouse n'était plus une enfant, elle n'avait pas besoin de lui et elle viendrait le rejoindre en temps voulu, lorsqu'elle aurait terminé son dîner en famille. Ce n'était l'affaire que de deux ou trois heures.

Des heures pendant lesquelles le jeune homme trépigna d'impatience.

Il n'avait pas vu Elizabeth depuis près de trois semaines, un laps de temps qui lui avait paru plus long encore lorsqu'il avait appris la débandade de Wickham. Sur le coup, Darcy avait enragé de ne pouvoir se transporter instantanément à Pemberley et serrer son épouse dans ses bras, pour la rassurer.

Il avait pourtant vite réalisé que cette dernière s'en sortait fort bien sans lui. Il ignorait quels mots exacts elle avait échangés avec l'enseigne – elle n'avait pas pu tout raconter dans ses lettres –, mais de toute évidence, elle était parvenue à repousser ses incessantes quémanderies. Darcy avait fini par comprendre qu'il n'avait à s'inquiéter de rien : Elizabeth gérait la situation. D'ailleurs, à peine quelques jours plus tard, elle avait écrit de nouveau, affirmant qu'il était inutile que lui ou Mr. Bennet se donnent la peine de faire un aller-retour jusqu'en Derbyshire, puisqu'elle allait ramener sa sœur elle-même. Et sans attendre que son mari ou son père approuve ce projet, elle avait pris la route.

Le jeune homme se rappela, non sans amusement, la conversation avec Moore, où ce dernier avait failli avaler de travers lorsque la jeune femme avait réclamé de prendre part aux affaires financières du domaine. Depuis son arrivée, Elizabeth avait été sur tous les fronts pour prendre en main sa nouvelle vie et les responsabilités qui en découlaient. Il y avait bien eu des hésitations, au début, mais peu à peu elle avait pris confiance en elle, et loin de se contenter d'être une maîtresse de maison organisée et pleine de jugeote, elle avait vite montré son ambition : partager à parts égales les préoccupations qui étaient d'ordinaire le lot de son époux. Elle était aussi soucieuse que lui de gérer convenablement la famille, la maison et le domaine, et elle entendait bien pouvoir prendre ses propres initiatives sans devoir en référer constamment à lui. La petite Bennet devenue Darcy commençait à comprendre toute la liberté d'action que son statut de femme mariée – et privilégiée – lui conférait.

De ces élans d'autonomie, Darcy aurait pu prendre ombrage. D'autres que lui l'auraient fait. Habitué à être le seul maître, et par conséquent le seul preneur de décisions, il aurait pu se vexer de ce que son épouse vienne le concurrencer sur son propre terrain. Après tout, n'avait-on pas l'habitude de dire que les femmes ne maîtrisaient pas leurs nerfs et qu'il valait mieux éviter de les laisser décider des choses importantes ?

Mais étonnamment, c'est l'inverse qui s'était produit. Darcy ne voyait aucun inconvénient à laisser Elizabeth agir à sa guise. Non seulement le jeune homme s'enorgueillissait d'avoir épousé une femme sensée, mais il ressentait même un soulagement inattendu : enfin, il n'était plus seul, il pouvait délester sur les épaules de sa compagne une partie de ses tracas. Il n'aurait pas fait cela avec n'importe qui, bien sûr, mais la jeune femme avait une tête bien faite, et même s'ils n'étaient pas toujours d'accord sur tout, il savait qu'elle ne causerait jamais de tort au nom qu'il lui avait donné. Elle avait toute sa confiance.

Dieu, comme il avait hâte de la retrouver...

Après le repas, impatient, il prit son thé debout près des fenêtres afin de guetter l'arrivée de la voiture, ce qui lui attira très vite les taquineries de Bingley :

377

— Votre épouse a prévenu qu'elle ne serait pas là avant la nuit, mon cher, et rôder près des fenêtres comme vous le faites ne la fera pas arriver plus vite. Venez donc nous rejoindre !

Mais Darcy poursuivit sa vigie silencieuse, incapable de quitter du regard la grande allée de sable qui s'étendait aux pieds de la maison, sauf pour surveiller l'heure qui s'égrenait à l'une des petites pendules non loin de là.

Sa patience finit par payer, car il fut le premier, avant même les serviteurs, à apercevoir les chevaux qui tournaient enfin le coin de l'allée.

— La voici ! s'écria-t-il spontanément.

Et, oubliant de saluer, il se précipita au-dehors.

~

Ils se retrouvèrent en bas de l'escalier, alors qu'Elizabeth s'extirpait tout juste de la voiture, sans attendre que le cocher lui ait déplié le marchepied, et que Darcy dévalait les marches après avoir bousculé les domestiques.

— Lizzy ! s'écria-t-il.

Surprise par l'empressement inhabituel dont son mari faisait preuve, celle-ci éclata de rire et lui ouvrit les bras.

Darcy ne l'avait jamais serrée aussi fort.

Aussitôt, il enfouit son nez dans la tiédeur de son cou pour la respirer. Elle sentait encore ce doux parfum de fleur d'oranger qu'elle avait pris l'habitude de porter depuis que Mrs. Vaughan s'occupait de sa toilette, et qui se mélangeait à l'odeur de ses vêtements, de ses cheveux, de sa peau. Il la trouvait toute tendre, presque moelleuse, entre ses bras. Mais dans l'équilibre précaire où ils se trouvaient sur les marches, il la sentit perdre l'équilibre et dut la rattraper par la taille. Forcés de se défaire de leur étreinte, leurs mains se trouvèrent aussitôt pour s'enlacer à leur tour.

— Quel accueil, mon chéri ! lui souffla Elizabeth, les yeux pétillants. Vous ai-je tant manqué ?

— Vous n'avez pas idée à quel point… chuchota-t-il en retour.

Il n'avait pas eu son compte. Alors, en dépit des deux valets qui descendaient l'escalier avec des lanternes, et de Bingley, Jane et les autres qui se pressaient en haut sur le perron, Darcy prit le visage de sa femme entre ses mains et l'embrassa passionnément.

Il rougit un peu, quand il la relâcha de nouveau, gêné d'avoir tant d'yeux pour assister à ce baiser, mais il masqua son trouble derrière un large sourire et se hâta de lui offrir son bras pour l'aider à grimper les marches.

Les cris de joie qui accueillirent ensuite la jeune femme achevèrent de faire diversion.

~

Une fois Elizabeth débarrassée de son manteau, de son chapeau et de ses gants, on la pressa de s'installer au salon où l'attendait, si elle en avait envie, une nouvelle tasse de thé. Cette dernière se sentit aussitôt comme chez elle. Puisque Caroline Bingley et les Hurst étaient absents – ils séjournaient à Bath, chez des cousins –, elle se trouvait en la seule compagnie de gens qu'elle aimait et qu'elle n'avait pas vus depuis bien trop longtemps.

— Je ne te demanderai pas comment vont papa et maman, puisque nous les avons visités pas plus tard qu'hier, déclara Jane. Mais toi, chère sœur ? Comment vas-tu ? Et comment va cette pauvre Lydia ?

Elizabeth raconta rapidement son voyage et fit un récit assez bref de sa discussion avec Wickham, où elle tenta, en présence de Georgiana, de ne pas le faire passer pour le vaurien qu'il était pourtant.

— Lydia a trouvé un époux aussi fantaisiste qu'elle-même, conclut-elle avec un sourire qui se voulait bienveillant, aussi pouvons-nous être certains qu'ils n'ont pas fini de nous surprendre, l'un comme l'autre ! Ils auront sans doute une vie pleine de rebondissements, mais je suis persuadée qu'ils trouveront leur bonheur, d'une façon ou d'une autre.

Seules Kitty et Georgiana parurent croire à ces bonnes paroles. Les autres se contentèrent d'incliner la tête sans rien dire.

— Puisque nous parlons de mariage et de rebondissements, ajouta Kitty, dont le visage s'éclaira soudain, il faut t'attendre à être grondée, vilaine Lizzy ! C'est que nous avons appris une nouvelle, il y a quelques jours, qui nous a laissés pantois, et maman t'en veut terriblement de n'avoir jamais rien dit !

— Moi, grondée ? Mais je viens seulement d'arriver ! Qu'ai-je donc bien pu faire pour mériter des reproches ? s'amusa sa sœur.

Kitty, qui avait parlé de façon impulsive, se mit à balbutier en réalisant que ce qu'elle s'apprêtait à dire relevait plus de confidences intimes que d'une discussion de salon en présence des autres. Elle se troubla encore plus devant le regard intrigué de Darcy, mais finit tout de même par s'expliquer :

— Hé bien, il semblerait que tout le monde, à Meryton, sait depuis longtemps que tu as refusé une certaine demande en mariage, l'an passé. Maman aurait certainement apprécié être au courant, cela lui aurait évité de se trouver si bête quand notre tante Phillips s'en est vantée devant ses voisines !

— Ce pauvre Mr. Collins ? Mais tu étais là, Kitty ! La seule surprise, ici, est le fait que notre tante soit au courant – quoique je n'aie aucun doute sur la personne qui lui aura conté cette histoire…

Les yeux de Bingley, assis près de sa femme, se plissèrent de rire.

— Ce dont Kitty vous parle ici, c'est de la première demande que vous a faite notre ami Darcy et que vous lui avez refusée, précisa-t-il.

Les lèvres d'Elizabeth s'arrondirent en un large « Oh ! » muet. Puis elle glissa un regard vers son mari, constata qu'il s'était subitement réfugié derrière son air le plus impénétrable, et elle s'esclaffa.

Elle venait de comprendre. La scène pour le moins piquante qui avait eu lieu le jour de leur mariage devant Caroline et Louisa avait porté ses fruits : la nouvelle que la modeste Elizabeth Bennet s'était permis de refuser une offre généreuse, provenant d'un gentleman très au-dessus de sa condition, s'était bel et bien répandue dans le voisinage.

— Doux Jésus ! Que va-t-il advenir de moi, à présent ! On doit penser que je suis une personne tout à fait méprisante… soupira-t-elle, l'air faussement navrée.

— Je ne crois pas, non ! poursuivit Bingley, l'œil toujours rieur. Comme Jane, je n'entends ici, à votre sujet, que les plus beaux éloges. Imaginez donc : une demoiselle refusant un beau mariage au prétexte que ses sentiments n'étaient pas assez forts… Quelle héroïne ! Vous êtes devenue la coqueluche de la région !

— C'est vrai ! renchérit Jane. Si tu savais comme maman et notre tante parlent de toi, désormais ! Et Lady Lucas ! On te cite tout le temps, comme si tu étais le meilleur exemple à suivre !

Les yeux d'Elizabeth s'agrandirent encore et, cette fois, sa surprise n'était pas feinte.

Elle n'avait jamais été une jeune fille d'une très grande importance, à Meryton, où bon nombre de demoiselles étaient mieux nées, plus nanties ou beaucoup plus jolies qu'elle. En comparaison, Elizabeth ne valait pas grand-chose sur l'échiquier matrimonial. Mais en dépit de son humble position, elle avait dépassé de loin les meilleures prétendantes au mariage, et pour cela, elle ne doutait pas que les matrones devaient louer l'ingéniosité dont elle avait fait preuve pour parvenir à se faire épouser d'un si beau parti – car si Elizabeth n'avait ni naissance, ni fortune, ni beauté, c'est bien qu'elle devait avoir de l'astuce, n'est-ce pas ?

À présent, les choses allaient plus loin. Voilà qu'on considérait désormais la jeune femme comme un parangon de vertu, l'exemple de l'élégance et de la noblesse d'âme. Se marier ? Soit. Mais pas à n'importe quelle condition, quand bien même le prétendant serait extrêmement fortuné. Car, qu'est-ce que la fortune seule, sans amour ?

En son for intérieur, la jeune femme ricana. On ne la porterait sans doute pas en si haute estime si on avait assisté à la pathétique demande en mariage qui avait eu lieu entre les murs de Hunsford. Entre la morgue de Darcy et les paroles assassines d'Elizabeth, il y avait eu là bien peu d'élégance. Si les gens savaient tout cela... Et puis elle n'était pas dupe. On ne l'admirait aujourd'hui que parce que le mariage avait finalement eu lieu. Si elle était restée demoiselle, on l'aurait plutôt huée d'avoir été aussi dédaigneuse : Elizabeth-la-vertueuse aurait passé pour folle.

— Me voilà définitivement une femme respectable ! reprit-elle un peu plus tard, alors que la soirée s'achevait et qu'elle se dirigeait vers sa chambre au bras de son mari. Mon pauvre ami... N'êtes-vous pas trop gêné que tout cela se sache dans le voisinage ?

— Pas le moins du monde puisque j'en suis le premier responsable, répondit Darcy. Rappelez-vous que j'ai donné ma bénédiction à Caroline et Louisa pour répandre cette rumeur. Je ne cherchais qu'à faire taire les langues trop bien pendues.

— Vous avez bel et bien fait taire celles de Caroline et Louisa, mais, ce faisant, vous avez réveillé toutes les autres...

— Pour votre plus grande gloire, ma douce. C'est vous que l'on porte aux nues, désormais !

Il y avait dans la voix de Darcy une dérision qui fit rire sa femme.

~

Mrs. Vaughan était prévoyante. Elle avait fait porter dans le petit cabinet de toilette attenant à la chambre de Darcy un baquet et des brocs d'eau chaude pour laver sa maîtresse afin de la débarrasser des fatigues du voyage. Ne voyant aucun inconvénient à laisser aux deux femmes le plein usage du cabinet, Darcy alla se déshabiller dans la chambre, aidé de son valet. Il fut le premier à se mettre au lit.

Au milieu des draps, les yeux mi-clos, il tendit l'oreille. Il écoutait Elizabeth bavarder à mi-voix avec sa femme de chambre, devinant aux multiples bruits qui lui parvenaient où elle en était de sa toilette. Des éclaboussures d'eau, puis le séchage, les cheveux que l'on dénoue et que l'on brosse longuement, les bruissements des linges et des vêtements... Tous ces bruits familiers qu'il n'avait pas entendus depuis plusieurs semaines sonnaient à ses oreilles comme quelque chose de réconfortant. C'était la preuve qu'Elizabeth était de nouveau auprès de lui.

Un délicat parfum flotta bientôt jusqu'à ses narines. Il sourit. Lorsque la jeune femme en venait à appliquer sa lotion, c'est que sa toilette achevait. Le paisible bavardage entre elle et sa domestique se poursuivait.

— Il n'y en a plus beaucoup, Mrs. Vaughan. Il faudra en refaire.

— Oui, madame.

— Avons-nous encore assez de fleurs séchées pour cela ? Quel dommage : si j'y avais pensé plus tôt, j'aurais pu demander à Mr. Darcy de m'en rapporter de Londres...

— Je vérifierai quand nous rentrerons à Pemberley, madame.

— Oh, ce ne sera pas de sitôt ! Nous venons seulement d'arriver ! Mais si nous venons à en manquer, nous nous arrangerons autrement... Ma mère a une excellente recette de lotion, vous savez, qu'elle fabrique avec les fleurs du jardin. Je la lui demanderai.

Peu après, Darcy entendit la porte menant du cabinet à la chambre s'ouvrir et se refermer, et les pas feutrés d'Elizabeth qui s'approchait. Elle avait sa chandelle à la main, ses cheveux rassemblés en une large tresse sur son épaule.

— Qu'est-ce que c'est que ce regard que vous me lancez là, mon chéri ? le taquina-t-elle. Quelques semaines d'absence et on dirait que vous n'avez déjà plus l'habitude de me trouver dans votre chambre !

— C'est pourtant une habitude fermement acquise et que je souhaite ne jamais perdre, rétorqua-t-il. Je me demandais plutôt comment s'était passé votre séjour seule à Pemberley. Comment avez-vous réussi à dormir sans moi pendant toutes ces nuits ? N'aviez-vous pas peur ?

La jeune femme haussa un sourcil narquois, pour indiquer qu'elle ne se laissait pas atteindre par la plaisanterie.

— Je m'en suis fort bien tirée. Le lit était un peu plus long à réchauffer, voilà tout…

Darcy sourit.

— Dans ce cas, vous n'aurez pas besoin de moi ce soir, soupira-t-il. J'ai demandé à Grove d'entrouvrir les fenêtres, car il fait de plus en plus chaud.

— C'est vrai. Je suis d'ailleurs surprise que vous ayez gardé votre chemise. Vous permettez que je retire la mienne ?

Le sourire du jeune homme s'élargit encore.

Elizabeth avait décidément pris beaucoup d'assurance. Consciente de l'effet qu'elle produisait sur son mari, elle n'hésitait plus à en jouer. Ce soir, en particulier, avec la hâte qu'ils avaient tous les deux de se retrouver enfin, le jeu était facile.

Assise sur le lit, baignée dans la lueur de la chandelle posée sur la table de chevet, la jeune femme fit passer sa chemise par-dessus sa tête avec une lenteur délibérée, se massant un peu la nuque au passage, avant de se tourner par-dessus son épaule pour lancer à Darcy un regard aguicheur. Incapable de résister, celui-ci tendit son bras pour lui caresser le dos, la taille, les fesses. Elle était magnifique et, visiblement, elle aimait sentir le contact de sa main sur elle.

— Allongez-vous, Lizzy, murmura-t-il.

Toujours mutine, Elizabeth se glissa sur le ventre en repoussant les draps pour que son mari puisse continuer ses caresses en toute liberté. Elle ferma les yeux et poussa un profond soupir.

Darcy continua de faire glisser sa main sur elle pendant un moment, depuis la nuque jusqu'en bas des reins. Elle se cambrait un peu, parfois s'agitait lorsqu'il passait sur les flancs – il la savait chatouilleuse à cet endroit –, mais elle se laissait faire avec un plaisir évident.

— Si j'avais su, quand je dormais dans cette chambre l'an dernier, qu'un jour vous y dormiriez avec moi... fit-il.

— Qui vous parle de dormir ? sussurra-t-elle. Embrassez-moi, plutôt...

Une requête à laquelle le jeune homme, mis en appétit, n'eut aucun mal à se plier.

~

À l'origine, Darcy n'avait prévu faire qu'un aller-retour d'une quinzaine de jours à Londres – le temps de boucler l'achat de la terre des frères Bromley. La suite des événements avait quelque peu bouleversé ce projet, mais à présent que le problème de Lydia était réglé, que Georgiana s'amusait follement avec son amie Kitty et qu'Elizabeth venait de les rejoindre, il n'y avait plus aucune presse pour rentrer chez soi. Les Bingley ne voulaient d'ailleurs pas en entendre parler. Trop heureux de cette visite, ils insistèrent pour garder les Darcy auprès d'eux jusqu'à la fin de l'été. On écrivit donc à Mrs. Reynolds pour faire venir d'autres malles et on s'installa pour ce qui promettait d'être un séjour des plus joyeux.

Entre Netherfield et Longbourn, on se rendait visite au moins un jour sur deux.

Mr. Bennet était enchanté d'avoir autour de lui ses cinq enfants réunies. Bien qu'il fût en général assez peu porté sur les mondanités, il se montra assez motivé pour déclarer la tenue chez lui d'un grand dîner où il convia, en plus de ses filles et de ses gendres, les Lucas, les Phillips, le révérend de Meryton et d'autres voisins. Il ne regarda pas à la dépense et, pour l'occasion, fit même embaucher des domestiques supplémentaires.

— Il est de ces frais que je puis me permettre, à présent que mes filles n'ont plus besoin de moi, glissa-t-il à Elizabeth. Quoique, avec le retour de Lydia, je devrai de nouveau surveiller ma bourse, sans quoi ma femme et ma plus jeune se feront un plaisir de tout dépenser !

Ce dîner sonna comme un coup d'envoi, car à partir de ce jour, Elizabeth et Darcy reçurent un nombre impressionnant d'invitations chez les familles des environs – dîners formels, mais aussi sorties, thés, parties de chasse et autres distractions.

— Vraiment, j'ignorais avoir tant d'amis ! ironisa la jeune femme plusieurs fois.

Ses parents, eux, n'en finissaient pas de s'enorgueillir d'avoir une progéniture aussi bien considérée. Mrs. Bennet, en particulier, avait le menton haut et la salutation facile lorsqu'elle circulait dans les rues de Meryton, claironnant à qui voulait l'entendre que sa fille et son gendre s'étaient rendus à telle réception ou qu'ils seraient bientôt à telle autre, et fournissant avec une mémoire prodigieuse une quantité de détails plus insignifiants les uns que les autres. Les activités sociales des Darcy constituaient pour elle une source intarissable de nouvelles à colporter, et elle se faisait un devoir de faire connaître à tous le contenu précis de leur emploi du temps.

Elizabeth, d'abord déstabilisée de se découvrir subitement si estimée de tous, se prêta de bonne grâce à toutes ces invitations. Après tout, elle comprenait très bien que son nouveau statut puisse attiser la curiosité des gens : partie vivre en Derbyshire – contrée lointaine s'il en est –, dans une famille et une maison prestigieuses, elle ne pouvait qu'avoir des tas de choses fascinantes à raconter de sa nouvelle vie.

La jeune femme ne se fit d'ailleurs pas prier. Devant ses parents, son oncle et sa tante Phillips, les voisins qu'elle connaissait bien et ceux qu'elle connaissait moins, elle racontait Pemberley avec le talent et l'humour qui la caractérisaient. Ses interlocuteurs purent ainsi constater que devenir la maîtresse d'un grand domaine ne l'avait pas rendue arrogante pour autant. Avec la même gentillesse, le même souci de se rendre agréable, elle divertissait l'assemblée en racontant des anecdotes banales de sa vie courante – ses difficultés au début avec les domestiques, ses menus impairs face à la belle société de Londres, son égarement dans les bois, les superbes réceptions du temps des fêtes, la terrible tante de Bourgh qu'elle avait eu tant de mal à amadouer, sa chère petite Georgiana qu'elle aimait tellement et pour qui elle n'était pas certaine d'être toujours un bon exemple à suivre… Et de temps en temps, au milieu des rires qu'elle déclenchait autour d'elle, Elizabeth croisait le regard de Darcy.

Amusé. Bienveillant. Amoureux.

À Longbourn, il ne restait plus rien du temps où résonnaient les talons, les rires et les chamailleries des cinq filles Bennet. Seule Mary vivait encore auprès de leurs parents, dans le calme et la solitude qui lui convenaient le mieux. Elle avait vu d'un œil contrarié le retour de Lydia et de son tempérament agité, mais cette situation ne dura pas. Lydia, en effet, réalisa très vite que les distractions les plus agréables se déroulaient loin d'elle, si bien qu'après seulement une semaine, elle réclama d'aller vivre à Netherfield avec les autres – ce que les

Bingley, avec leur bonté habituelle, lui accordèrent sans difficulté.

On vit alors la jeune Mrs. Wickham hésiter à reprendre sa vie d'adolescente insouciante aux côtés de sa compagne de toujours, Kitty. Deux obstacles l'en empêchèrent : son ventre de plus en plus imposant d'une part et, d'autre part, le fait que Kitty s'était trouvé une nouvelle amie en la personne de Georgiana. Comme Lydia ne parlait plus que de son mari et de son enfant à venir, la relation entre les deux sœurs autrefois inséparables ne parvint pas à se renouer. Trop de choses les séparaient désormais. Il y eut bien quelques jalousies dont la pauvre Georgiana fit les frais, mais finalement la future jeune mère préféra se rapprocher de ses deux aînées, qui avaient à son égard plus de patience.

À présent que la petite compagnie était au complet, les semaines se déroulèrent dans la bonne humeur. Ce qui avait été autrefois un quatuor de jeunes fiancés cherchant à s'isoler pour se conter fleurette était devenu un solide groupe d'amis qui organisaient leur temps autour d'activités communes. On retourna souvent se promener par les chemins des environs, à pied ou en cabriolet, et comme les journées de plus en plus chaudes s'y prêtaient bien, on organisa aussi des pique-niques au bord d'un ruisseau qui coulait au fond du parc de Netherfield. Kitty et Georgiana, pieds nus dans l'eau, prenaient un plaisir fou à y construire des barrages éphémères en déplaçant les pierres.

Le soir, si l'on n'était pas parti dîner chez des connaissances, on profitait du jardin. On faisait servir le repas sur la terrasse et on s'attardait le plus tard possible, quitte à se couvrir de châles ou de couvertures quand l'air fraîchissait. Bingley et Elizabeth s'entendaient comme larrons en foire. Pour eux, les douces soirées d'été en plein air n'étaient pas faites pour jouer aux cartes, lire ou broder, et il s'en trouvait toujours un des deux pour suggérer un jeu de volant, leur activité favorite du moment. Jane s'asseyait alors au plus près de la partie pour encourager les joueurs, le plus souvent en compagnie de Darcy qui, lui, refusait catégoriquement de toucher une raquette. Il ne voyait pas l'intérêt de s'essouffler à courir après un stupide volant qui déviait de sa trajectoire à la moindre brise, et préférait de loin faire un peu de conversation à sa belle-sœur. Lydia non plus ne se joignait pas aux joueurs, mais ce n'était pas par faute de motivation : frustrée que son état ne lui permette pas de participer, elle finissait généralement par bouder. Quant à Kitty et Georgiana, aucune n'était plus adroite que l'autre et elles se lassaient vite de perdre, ce qui fait que Bingley invita à plusieurs reprises Maria Lucas et l'aîné de ses frères, afin de disposer d'assez de joueurs.

On ne parlait jamais de Wickham. Ou plutôt, seule Lydia en parlait. L'adolescente répétait à l'envi que son mari était un vaillant soldat déchiré entre son devoir militaire et son amour pour elle – aussi dramatique cela soit-il, en temps de guerre la patrie devait passer avant la famille. C'était pour elle une façon de se consoler en se plaçant dans le rôle d'une héroïne romanesque, sorte de Pénélope attendant avec patience et vertu le retour de son époux. Mais c'était aussi, et surtout, le moyen qu'elle avait trouvé de protéger sa réputation à Meryton, en apportant une explication au fait que moins d'un an après son mariage elle était revenue vivre chez ses parents. Qu'il soit convaincu ou non par ce discours, le voisinage s'en accommoda. On se contenta de dispenser à la jeune épouse esseulée beaucoup d'encouragements et de vœux pour la suite de sa grossesse.

Pour ceux qui connaissaient la vraie nature de la relation entre les époux Wickham et l'abandon que Lydia avait vécu, la solution la plus sage était de hocher la tête avec bienveillance et de la laisser dire. La jeune fille ne pensait pas elle-même le moindre mot de ce qu'elle racontait, mais elle faisait tant d'efforts pour maintenir les apparences qu'il aurait été cruel de lui rappeler sans cesse la réalité des faits. Aussi, lorsqu'on vint livrer à Longbourn une grosse malle en provenance de Newcastle et qui contenait toutes ses affaires, la jeune fille se cacha à l'étage pour pleurer à grosses larmes en hurlant qu'elle n'ouvrirait la porte à personne et, lorsqu'elle redescendit, même Mrs. Bennet fit comme si de rien n'était. Jane passa un bras consolateur autour des épaules de sa benjamine et l'on parla d'autre chose.

Wickham n'avait même pas pris la peine de joindre une lettre. Pour autant que l'on sache, ce dernier se lavait les mains de ce qu'il pouvait bien advenir de sa femme, et rien n'indiquait qu'il serait un jour disposé à la reprendre auprès de lui.

Il ne restait plus qu'à espérer que la naissance de leur enfant change la donne.

~

Lady Catherine, par l'intermédiaire de Charlotte Collins, eut vent de la présence des Darcy en Hertfordshire. Aussitôt, elle écrivit à son neveu qu'elle les voulait tous chez elle, à Rosings, pour le début du mois de septembre, car elle avait d'autres invités à qui elle souhaitait les présenter. Elle assura que, tandis que les dames profiteraient du parc et de sa somptueuse roseraie, Darcy, lui, constituerait un atout non négligeable pour le petit groupe de messieurs et leurs parties de chasse.

— Qu'en dites-vous, Lizzy ? Préférez-vous vous rendre à Rosings ou plutôt rentrer à Pemberley ?

— Puisque votre tante nous invite avec tant d'empressement, ce serait bien inconvenant de refuser. Allons donc à Rosings en septembre ! Et, d'ailleurs, peut-être pourrons-nous faire un arrêt à Londres, puisque ce sera sur le chemin ? Charles nous parlait d'une visite qu'il a faite à la ménagerie royale, il y a quelques années, et Georgiana s'est trouvée tout excitée à l'idée de pouvoir observer tous ces animaux étranges. Nous pourrions l'y emmener, qu'en dites-vous ? Ce serait une grande première pour elle !

— Et pour vous aussi, je suppose...

Le coup d'œil que Darcy lui lança fit s'esclaffer Elizabeth, qui continua sur le même ton :

— Ma foi, voyez comme mon esprit pratique nous sauve de l'énergie ! Ainsi nous n'aurons besoin que d'une seule visite pour faire d'une pierre deux coups ! Il paraît même qu'on peut y voir un ours grizzly... Ne seriez-vous pas curieux, vous aussi, de voir une telle bête ?

Darcy avait haussé les épaules d'un air moqueur. Il n'avait pas besoin qu'Elizabeth déroule autant d'arguments pour se laisser convaincre.

Il fut donc convenu que l'on se rendrait en septembre chez Lady Catherine, puis que l'on passerait quelques semaines à Londres avant de rentrer à Pemberley pour les fêtes de fin d'année. Et pour ne pas séparer Georgiana de son amie, on emmènerait Kitty.

Mais avant cela, vers le milieu du mois d'août, un autre événement occupa tous les esprits : à Meryton s'organisait un nouveau bal public.

— Ne tardez pas à acheter vos billets, mes enfants, sans quoi il n'y en aura plus ! Vous savez bien que les bals de l'été sont toujours très courus, surtout avec tous ces saisonniers qui circulent dans le pays, avait prévenu Mrs. Bennet.

Bingley s'était donc hâté de se procurer des billets pour tout le monde, ce qui avait déclenché un nouveau débat autour de la table du déjeuner.

— Comment, Darcy, vous hésitez encore à permettre à votre sœur de se joindre à nous ? Il me semble que nous avions cette même discussion lorsque nous étions à Pemberley, l'hiver dernier !

Pour une fois, le mari de Jane avait l'air contrarié. En homme avenant habitué à générer autour de lui une ambiance de fête et de plaisirs, il détestait l'idée de devoir laisser un membre du groupe à l'écart.

— Georgiana devrait avoir, tout autant que nous, le droit de s'amuser à un bal ! déclara-t-il tout de go.

C'était toutefois le plus loin que Bingley était capable de se rendre dans une confrontation directe avec Darcy. Le reste, c'est Elizabeth qui s'en chargea.

Voyant que le visage de son mari se fermait sous l'effet du reproche de son ami, elle détourna au plus vite la conversation. L'expérience lui avait appris que Darcy n'aimait pas voir son autorité remise en question devant le reste de la famille, et qu'il valait mieux attendre de lui parler en privé pour débattre de ce sujet sensible.

Cette fois, la discussion qu'ils eurent tous les deux fut nettement moins houleuse que lors de l'anicroche déclenchée au lendemain des fêtes par Mrs. Annesley. Darcy avait eu le temps de se faire à l'idée que, tôt ou tard, Georgiana ferait son entrée dans le monde, et que repousser sans arrêt l'échéance ne servait à rien.

— Le bal de Meryton me semble une occasion parfaite, argumenta Elizabeth. Vous êtes le premier à admettre que la société du Hertfordshire est un peu rustre – non, n'essayez pas de me contredire, nous savons très bien, vous et moi, ce que vous en pensez ! Pour une fois, voyez cela comme un avantage : si Georgiana fait ses premiers pas ici, parmi des gens plus simples, elle ne risque rien d'autre que de s'amuser follement. Le monde aura bien d'autres choses à faire que d'épier ses faits et gestes pour s'assurer que sa conduite est conforme à son rang... Ce sera le cas, bien entendu, mais vous connaissez la réserve de Georgiana, et son envie de bien faire qui la paralyse. À Meryton, elle sera en compagnie de Kitty, entourée de gens dont l'avis lui importe peu, et elle n'aura pas besoin de s'angoisser pour savoir ce qu'elle peut dire ou faire. Et je vous assure que Jane se joindra à moi pour surveiller que tout se passe bien ! Ne trouvez-vous pas que ce serait une fantastique opportunité ?

Darcy resta dubitatif.

Il avait rêvé pour sa sœur d'une entrée plus retentissante. Lorsque

Mrs. Keen avait parlé des grandioses fêtes que Pemberley avait connues par le passé, il s'était pris à imaginer que l'une d'elles pourrait devenir cet événement prestigieux, inoubliable, où Georgiana serait présentée en grandes pompes au reste de la société, pour la plus grande fierté de la famille. Après tout, elle descendait d'une lignée de comtes : au même âge, sa mère, Lady Anne, avait paru à la cour et salué le Roi en personne !

Mais c'était beaucoup demander à Elizabeth – qui n'était pas à Pemberley depuis un an – que d'organiser déjà des événements d'une telle ampleur juste pour mettre en lumière sa petite belle-sœur. Et de toute façon, il fallait bien reconnaître que la timidité de Georgiana ne lui rendait pas service. Si, en famille, la jeune fille apprenait à s'affirmer de plus en plus, il était évident que la mettre sur le devant de la scène de cette façon, soumise aux regards de tous, serait pour elle une source d'angoisse épouvantable. En comparaison, un bal public, joyeux et convivial, dans une petite ville de campagne, semblait plus à sa portée.

Le jeune homme finit par se laisser convaincre.

Pendant tout ce temps, l'intéressée avait attendu le verdict de son frère avec une certaine appréhension, mais bien décidée à se soumettre passivement à sa décision, quelle qu'elle soit. Alors, quand Darcy lui annonça qu'elle pouvait les accompagner au bal, et que dorénavant il veillerait à ce qu'elle participe également aux autres réceptions auxquelles on pourrait les inviter, elle laissa éclater sa joie.

— Oh, mon frère ! Je suis tellement contente ! Je ne saurai jamais comment vous remercier ! s'écria-t-elle en se jetant à son cou pour l'embrasser.

Le reste de la famille approuva pleinement cette décision, et Bingley se déclara satisfait de voir que l'entêtement de son ami avait enfin pris fin.

Quant à Darcy, il se sentit soulagé. Certes, il allait désormais être obligé de surveiller les jeunes gens qui ne manqueraient pas de tourner autour de Georgiana. Mais à cet instant précis, le regard brillant d'excitation de cette dernière valait tout l'or du monde.

~

Lorsqu'elle avait découvert Longbourn, Mrs. Vaughan n'avait pas fait le moindre commentaire. Ni bouche pincée, ni sourcil froncé, ni coup d'œil entendu. Tenant impeccablement sa place, elle avait constaté, sans la moindre émotion apparente, ce dont elle se doutait depuis le début : sa maîtresse était d'une origine tout à fait modeste, bien éloignée des fastes de Pemberley.

La femme de chambre s'adapta. Sans même qu'on lui en donne la moindre instruction, elle laissa les bijoux les plus ostentatoires dans leurs écrins, et proposa à Elizabeth des toilettes très élégantes, mais sobres, afin que cette dernière ne dénote pas trop parmi ses voisines. Contrairement à Louisa et Caroline qui avaient, en leur temps, tout fait pour se distinguer de la population locale, qu'elles méprisaient. Elizabeth était ici chez elle, et il était de bon goût qu'elle ne fasse pas étalage de ses richesses nouvellement acquises. Au soir du bal de Meryton, avec sa coiffure soignée, et sa toilette immaculée et bien coupée, mais sans exubérance, l'ancienne petite Bennet était tout à fait à son aise pour danser toute la nuit, aussi bien avec les gentlemen qu'avec les petits commerçants, ou même les travailleurs assez fortunés pour se payer un billet. La seule grande différence avec le dernier bal auquel elle avait assisté ici, était qu'elle se trouvait cette fois au bras de son époux.

Elizabeth le connaissait. Elle savait que Darcy lui accorderait quelques danses en début de soirée, mais qu'ensuite il s'arrangerait pour passer le temps en compagnie de Mr. Bennet ou de Sir William Lucas. Il avait un don pour se faufiler en arrière des foules et faire semblant d'être trop pris par une conversation pour remarquer qu'on allait commencer un nouveau quadrille. Et comme, en plus, il pouvait compter sur Bingley, danseur motivé et infatigable, il n'avait aucun scrupule à laisser à ce dernier la charge de mener les dames sur la piste.

Mais tandis que la petite compagnie de Netherfield faisait son entrée dans la salle et que l'on s'organisait pour former les couples, Elizabeth se hissa sur la pointe des pieds et lui glissa à l'oreille :

— Offrez donc la première danse à Georgiana. Elle en serait ravie !

— Vous croyez ?

— Évidemment ! C'est son premier bal ! Avec qui pensez-vous qu'elle aurait envie de danser en dehors de son frère, à qui elle doit l'honneur d'être enfin dans le monde ?

— Mais dans ce cas, qui s'occupera de vous ?

— Bah ! Ne vous inquiétez pas pour moi, je suis sûre que mon cher papa me fera ce plaisir...

Darcy s'exécuta. Elle le vit s'approcher de Georgiana pour l'inviter avec beaucoup de cérémonie, ce à quoi l'adolescente répondit en levant vers lui un visage rayonnant de plaisir.

Elizabeth poussa un soupir satisfait. Puis elle se tourna vers son père en minaudant :

— Mon cher papa, voyez comme mon mari me délaisse : le bal n'a pas encore commencé que je suis déjà sans cavalier !

— Ma pauvre enfant ! répondit Mr. Bennet, sur le même ton. Est-ce à dire que vous vous tournez, vous aussi, vers votre vieux père, dès lors que vous vous trouvez dans l'embarras ?

— C'est que vous êtes mon refuge, papa, vous le savez bien…

— Ma foi, il semblerait que ce soit le lot des parents de prendre soin de leurs enfants jusqu'à la fin de leurs jours… Alors, prenez mon bras, ma fille, et allons voir si je suis encore capable de sautiller comme la jeunesse !

Georgiana, dont on voyait sur son visage confus qu'elle ne savait plus si elle se sentait intimidée ou excitée, effectua la première danse avec son frère, la suivante avec Bingley puis Mr. Bennet et, enfin, avec Sir William. Après quoi, elle ne quitta plus son petit groupe d'amis, à savoir Kitty, Maria, l'aîné de ses frères et deux autres jeunes voisins, qui se chargèrent de la faire rire et virevolter jusqu'à épuisement.

De son côté, Elizabeth récupéra son mari pour la deuxième danse, se laissa ensuite entraîner par Bingley, puis une nouvelle fois par Mr. Bennet. Après quoi, elle passa un long moment, assise à une table, à bavarder auprès de Jane, bientôt rejointes par Lady Lucas et leurs oncle et tante Phillips. Ces derniers s'étonnèrent que Jane ait déjà dansé trois fois.

— Ne vous agitez pas tant, ma jeune dame, conseilla Lady Lucas, d'un ton maternel. Dans votre état, mieux vaut vous ménager.

— Rassurez-vous, je me porte comme un charme ! rétorqua Jane. Je ne suis pas encore assez grosse pour être limitée dans mes mouvements, et mon mari est la personne la plus douce qui soit pour me faire danser sans me fatiguer…

— Attendez donc que les musiciens aient assez bu et que le tempo s'accélère ! avisa Mrs. Phillips. Vous savez comment cela se passe toujours : pour le moment, nos danseurs ont encore belle figure, mais d'ici peu, ils reviendront en sueur, avec les joues rouges et le souffle aussi court que s'ils avaient couru trois miles !

Mais Jane protesta que sa grossesse – encore assez précoce – n'était pas une raison suffisante pour l'empêcher de s'amuser à un bal. Et comme pour confirmer ses dires, Bingley, qui n'avait pas quitté la piste depuis le début de la soirée, revint bientôt la chercher pour lui proposer de danser à nouveau.

— Darcy est dans l'autre pièce, Elizabeth, déclara-t-il au passage à cette dernière. Voulez-vous que j'aille le chercher pour vous ? Ou bien, attendez-moi une danse encore, et je me ferai un plaisir de vous servir à nouveau de cavalier.

— Non, non, je vous en prie, profitez donc de votre partenaire. J'irai chercher le mien moi-même, dussé-je le ramener de force en le tirant par son gilet !

Bingley éclata de rire et disparut vers la piste avec Jane. Elizabeth suivit ses conseils. Elle se faufila parmi la foule jusqu'à la pièce voisine, où l'on servait les rafraîchissements et où les gens se pressaient lorsqu'ils voulaient bavarder loin du tintamarre des musiciens. Darcy était là, lancé dans un grand débat en compagnie de Sir William et d'autres messieurs.

— Me feriez-vous le plaisir de m'emmener danser, mon époux ? roucoula la jeune femme en se glissant à son bras. Il me semble que cela fait bien trop longtemps que je suis assise.

— Où est Bingley ?

— Il est occupé à faire tournoyer sa femme, comme tout bon mari devrait savoir le faire…

Devant cette remontrance déguisée, Darcy eut un petit rictus.

— Comment, Lizzy, êtes-vous en train de me dire que je vous néglige ? lui chuchota-t-il.

— Terriblement ! Vite ! Faites-moi danser avant que je ne dépérisse pour de bon !

En riant, le jeune homme s'excusa alors auprès de ses interlocuteurs, prétextant son devoir d'époux pour quitter la conversation. Puis il emmena Elizabeth.

La prédiction de Mrs. Phillips s'était avérée juste : le rythme des musiciens s'était considérablement accéléré, pour le plus grand plaisir des danseurs. Les yeux étincelaient, on riait beaucoup, les femmes s'éventaient le cou de la main, et les hommes sortaient leurs mouchoirs pour éponger avec autant d'élégance que possible les gouttes qui leur perlaient au front. Les joues étaient rouges, en effet, et l'on respirait fort.

On était parvenu à composer seize couples, et le quadrille commença. Darcy se montra beau joueur. Il avait beau rechigner à danser toute la soirée comme le faisait Bingley, il n'empêche qu'une fois sur la piste – et en compagnie de la bonne partenaire –, il savait en profiter. Surveiller du coin de l'œil Georgiana, qui dansait un peu plus loin avec le fils Lucas, ne l'empêchait pas de rester concentré sur ses pas, et il lâchait de temps en temps un rire ou un clin d'œil qui faisait qu'Elizabeth, avec un tel cavalier, s'amusait terriblement.

Mais après seulement quelques minutes, et alors que Darcy la faisait tournoyer sur elle-même, la jeune femme fut prise d'un violent vertige. En un instant, le monde autour d'elle se mit à basculer et elle fut sur le point de perdre l'équilibre.

Darcy, qui avait senti que quelque chose n'allait pas, posa une main à sa taille pour la soutenir.

— Lizzy ? Est-ce que tout va bien ?

Elle voulut dire quelque chose, mais une soudaine montée de salive l'en empêcha. Elle se contenta de hocher la tête.

Elle termina tant bien que mal son mouvement, et reprit sa place dans la ligne des danseuses qui faisaient face aux danseurs. Mais alors que la musique se poursuivait et que ses compagnes se lançaient dans un nouveau tourbillon, elle resta immobile, confuse, cherchant seulement à conserver son équilibre. Elle se sentit changer de couleur.

Voyant cela, Darcy bondit vers sa femme et passa un bras autour d'elle pour l'empêcher de tomber. Il jeta un mot d'excuse aux Bingley, qui dansaient près d'eux, avant de l'entraîner hors de la piste.

— Quel dommage… Comment vont-ils poursuivre le quadrille, s'il manque un couple ? bredouilla la jeune femme.

— Lizzy, voyons : qu'importe la danse ! Vous êtes toute blanche !

Il guida Elizabeth jusqu'au fond de la salle, où il l'installa sur une chaise. Une fois assise, le vertige commença à se calmer.

— Comment vous sentez-vous, ma chérie ? demanda Darcy, accroupi devant elle. Voulez-vous un rafraîchissement ? Du thé ?

L'idée d'avaler quelque chose de sucré donna à Elizabeth un haut-le-cœur. Elle secoua vigoureusement la tête, chose qu'elle regretta aussitôt, car cela fit revenir le vertige.

— Que puis-je faire pour vous aider ? demanda-t-il encore.

— Rien, je vous assure… Attendons ensemble une petite minute, cela va passer. Ce n'est pas grand-chose.

En effet, une fois au calme, avec la présence rassurante de Darcy et la stabilité de la chaise sur laquelle elle se tenait, l'étourdissement s'estompa.

— Vous voyez ! Ce n'était rien. La chaleur, sûrement. Ou alors la danse allait trop vite. Donnez-moi encore un instant et nous pourrons y retourner…

Il n'en fut pas question, bien sûr. Attrapant un valet qui passait à proximité, Darcy se fit apporter une tasse de thé et finit par s'asseoir aux côtés de sa femme pour la faire boire.

À son grand soulagement, après avoir bu quelques gorgées et déplié son éventail, Elizabeth se sentit mieux. Elle reprit ses esprits, ainsi que des couleurs. Et alors qu'elle jetait un coup d'œil autour d'elle, elle eut un petit rire.

— Que de chemin parcouru ! s'exclama-t-elle.

— Que voulez-vous dire ? demanda Darcy.

— Figurez-vous que je reconnais très bien cet endroit : j'étais assise exactement à cette place lorsque vous avez eu cette phrase malheureuse qui a compromis pendant longtemps notre relation.

Elizabeth lança un coup d'œil mutin à son mari, avant de poursuivre :

— Vous rappelez-vous cet autre bal, ici même, où nous avons fait connaissance pour la première fois ? Je vous avais trouvé, ma foi, très à mon goût et j'aurais volontiers cherché à vous connaître un peu mieux. Mais alors que Bingley vous suggérait de m'inviter à danser, vous lui avez répondu que vous ne me trouviez décidément pas assez jolie pour vous tenter de quelque façon que ce soit.

Darcy se rembrunit.

— Nous ne devrions pas revenir sans cesse sur le passé. En particulier lorsqu'il n'y a aucune fierté à en tirer, grommela-t-il.

Mais Elizabeth lui caressa la main avec affection.

— Rassurez-vous, mon amour, je ne cherche pas à raviver de mauvais souvenirs ni à me glorifier d'avoir vaincu vos réticences premières. Je suis simplement surprise de constater comme nous avons progressé, vous et moi, depuis cette anicroche. Vous m'aviez vexée, je vous en ai voulu longtemps, et pourtant me voici aujourd'hui : je suis votre femme et je vous aime.

Elle avait appuyé sa tête sur son épaule et parvint, en se haussant un peu, à déposer un baiser au coin de ses lèvres. Le jeune homme sourit et lui rendit discrètement son baiser.

— Je me souviens très bien de ce que j'ai dit ce soir-là, mais je ne suis pas très fier de mon attitude, admit-il tout bas.

— D'autant que vous saviez parfaitement que je vous avais entendu.

— C'est vrai, j'étais impardonnable. Ce n'est pas ainsi que l'on m'a éduqué. Simplement...

Il s'arrêta.

— Simplement... ? insista Elizabeth, rendue curieuse.

Darcy eut une grimace gênée.

— M'en voudriez-vous beaucoup si je vous expliquais qu'il y avait une raison derrière tout cela ? Croyez bien que je ne cherche pas à me dédouaner.

— Expliquez-vous donc, mon chéri, je vous en prie ! Je n'attends que cela ! le taquina encore Elizabeth.

Mais, comme souvent, lorsqu'elle essayait de faire de l'humour pour dédramatiser une situation, son mari, lui, répondit avec le plus grand sérieux.

— Alors apprenez qu'à cette époque, tout le monde autour de moi me pressait de me marier, expliqua-t-il. À dire vrai, dès la mort de mon père, on n'a eu de cesse de me présenter des demoiselles et de me reprocher de ne pas parvenir à arrêter mon choix. J'étais – disait-on – trop difficile. On me faisait comprendre à demi-mot que j'étais égoïste, qu'il me fallait nécessairement une épouse et des enfants, et que si ce n'était pas pour travailler à mon propre bonheur, c'était au moins pour faire honneur à ma famille. Comme si, sans mon père pour me conseiller et me guider dans mes choix de vie, chacun se sentait obligé de pallier ce manque.

Il s'arrêta un instant, pensif, puis il poursuivit :

— À Pemberley, Londres, Rosings, Bath, et tous ces endroits où je séjournais, j'entendais sans arrêt la même injonction. Parmi mes amis, Bingley était bien le seul qui me fichait la paix à ce sujet. Occupé comme il était à admirer les demoiselles qui passaient dans son entourage, il ne s'était jamais tracassé de ma situation. Jusqu'à ce fameux soir, ici même. Je suppose que le fait de rencontrer votre sœur l'avait transporté dans un état de félicité tel qu'il souhaitait me voir connaître la même joie. Mais, de mon côté, j'étais si agacé de constater que lui aussi commençait à me rabâcher un discours trop souvent entendu, que je l'ai vertement renvoyé.

— Vous voulez dire que votre commentaire s'adressait à Bingley plutôt qu'à moi ?

— Bien entendu. Et si j'avais été mieux éduqué, j'aurais fait en sorte que vous ne l'entendiez pas.

Il eut un sourire un peu malaisé, avant d'ajouter :

— Pour être tout à fait honnête, il est vrai que je ne vous ai pas admirée spontanément dès le premier soir. Vous n'étiez – selon mon goût, du moins – ni plus ni moins jolie que tant d'autres jeunes filles qu'on m'avait déjà présentées. Ce n'est qu'après vous avoir entendue parler, après avoir constaté de quelle intelligence et de quelle délicatesse vous étiez capable, que je me suis laissé séduire. Et aujourd'hui, je n'envisage pas la vie sans votre rire ou vos beaux yeux auprès de moi...

Elizabeth, conquise, l'avait écouté sans rien dire. Elle souriait béatement. Darcy ne se confiait pas facilement, mais lorsqu'il le faisait, c'était avec une sincérité qui la surprenait toujours.

Ce petit moment d'intimité fut interrompu par Jane et Bingley qui arrivaient vers eux. La danse étant terminée, ils venaient s'assurer qu'Elizabeth se sentait mieux.

— Que s'est-il passé, ma chérie ? s'inquiéta sa sœur.

— Absolument rien, comme tu vois ! Il faut croire que la danse était un peu trop vigoureuse pour moi. À moins que ce ne soit mon joli mari qui m'ait fait tourner la tête ?... Mais comme tu vois, je vais très bien à présent, et je suis bien décidée à retourner sur la piste à la première occasion !

Elle n'y retourna pourtant pas. Elle en fut empêchée dans un premier temps par Darcy, qui préférait la voir se reposer et se restaurer un peu, et dans un second temps par Georgiana, venue chercher du réconfort auprès de sa famille. L'adolescente avait totalement perdu ses moyens lorsqu'un jeune homme téméraire – et surtout inconnu ! – avait insisté pour danser avec elle. Prise au dépourvu, n'ayant pas été présentée au préalable à ce garçon et ne sachant quelle attitude adopter à son égard, elle avait rougi jusqu'aux oreilles, bredouillé une phrase incompréhensible, et s'était précipitée vers Elizabeth et Darcy.

La pauvre enfant était dans tous ses états.

— Qui est-il donc, ce jeune homme ? lui demanda Elizabeth, après s'être fait raconter l'histoire.

— Je ne sais pas ! Je ne suis même pas certaine que Kitty ou Maria le connaissent... Quel toupet il a eu, tout de même, de venir me parler comme ça ! J'ai bien fait de ne pas accepter, n'est-ce pas ?

— En effet, oui... Mais, dans ce cas, voulez-vous que je me renseigne ? Je suis certaine que nous trouverons comment faire les présentations, après quoi vous pourrez retourner danser.

Georgiana s'affola encore plus.

— Oh non, Lizzy, je vous en prie ! Vraiment, j'aurais trop peur de le revoir après m'être rendue aussi niaise ! Non, non, je préfère rester avec vous un moment. J'ai bien assez dansé pour ce soir...

Comprenant que la timidité de Georgiana refaisait surface, Elizabeth n'insista pas. Elle lui prit la main et l'emmena chercher un verre de ponch, avant de rejoindre ses parents, Jane et Sir William.

Mr. Bennet était occupé à critiquer sans complexe le déroulement de la soirée et le niveau d'alcoolisation de ses voisins.

— Voyez celui-ci... Oui, oui : celui-ci, qui vient de passer devant nous... Ne voyez-vous pas comme il titube ? Je ne lui donne pas une demi-heure avant de s'effondrer quelque part, d'autant qu'il semble déterminé à vider encore un autre verre. Que quelqu'un lui dise de ne pas souffler lui-même sur sa bougie lorsqu'il ira se coucher, sans quoi il nous mettra le feu à la maison !

En entendant cela, Georgiana pouffa d'un rire nerveux et se détendit un peu. Mais jusqu'à la fin de la soirée, elle ne quitta plus ceux qu'elle connaissait.

~

Il était tard, le lendemain matin, quand Elizabeth ouvrit un œil. C'est la voix de Lydia résonnant dans le couloir qui la réveilla.

Darcy était déjà levé, aussi la jeune femme put-elle profiter de tout l'espace disponible dans leur lit. Elle se rendormit à demi, puis se réveilla à nouveau lorsqu'elle entendit Mrs. Vaughan s'affairer discrètement dans le cabinet de toilette voisin.

Elizabeth fit exprès de tousser et de remuer un peu, pour faire comprendre qu'elle était réveillée. De fait, sa femme de chambre entra dans la pièce quelques minutes plus tard, avec un plateau chargé de thé et de quelques biscuits.

— Madame a bien dormi ?

— À merveille… Quelle heure est-il ? Où est monsieur ?

— Il est un peu plus de neuf heures trente. Monsieur est levé depuis plus d'une heure. Je crois que lui et Mr. Bingley sont sortis pour une promenade à cheval.

— Déjà ! Mon Dieu, il faut que je me lève, si je veux être à table pour le déjeuner !

Joignant le geste à la parole, Elizabeth ouvrit les draps et se dressa sur ses pieds. Mais elle retomba presque aussitôt sur le matelas. La tête lui avait tourné à un point tel qu'elle en avait perdu l'équilibre.

— Madame ? Est-ce que tout va bien ?

— Oui, oui, juste un étourdissement. Je me suis levée trop vite.

La femme de chambre, qui était occupée à tirer les rideaux et à ouvrir les fenêtres pour aérer la pièce, lança à sa maîtresse un long regard.

— En êtes-vous bien certaine ? s'enquit-elle, avec délicatesse.

Elizabeth, qui attendait que son vertige se dissipe, se pencha vers sa tasse de thé et en avala une gorgée sans répondre. Elle s'apprêtait à se lever une seconde fois lorsqu'elle croisa le regard de Mrs. Vaughan, qui la scrutait toujours.

— Voyons, qu'y a-t-il ? fit la jeune femme.

— Votre époux m'a raconté tout à l'heure que vous aviez eu un vertige pareil à celui-ci, hier soir. Et il me semble que ce n'est pas la première fois que cela vous arrive, ces derniers temps…

— Il faisait chaud et j'ai tournoyé trop vite, voilà tout. Quel mystère y a-t-il à cela ? D'ailleurs, j'allais de nouveau très bien juste après.

Mais Mrs. Vaughan avait un petit sourire sur les lèvres. Elle poursuivit :

— Je vous demande pardon d'insister, madame, mais je voudrais vous rappeler que vous n'avez pas saigné depuis quelque temps, déjà. Ces vertiges sont peut-être un indice supplémentaire annonçant une bonne nouvelle, ne pensez-vous pas ?

Perplexe, Elizabeth se demanda un instant à quoi la femme de chambre pouvait bien faire allusion.

Puis, ses lèvres s'arrondirent et ses yeux s'ouvrirent tout grand.

— Oh… Vous croyez ? laissa-t-elle échapper.

Le sourire de Mrs. Vaughan s'élargit encore.

~

Elizabeth descendit le grand escalier de Netherfield avec une lenteur inhabituelle, comme une automate. Elle compta machinalement les marches, écoutant sous chaque pas le son mat du marbre. Sous ses doigts, elle sentit glisser le lustre de la rampe en bois verni, depuis le haut jusqu'à la spirale finale en bas des marches. À droite, le couloir, puis, deuxième porte à gauche, la salle à manger.

Parvenue à l'entrée de la pièce, elle se figea, comme intimidée.

À quelques mètres de là, la scène qui l'attendait ne révélait rien de plus que la vie quotidienne. On s'apprêtait à prendre le déjeuner en famille, avant de profiter d'une autre belle journée d'été.

— Bonjour, Lizzy ! lui lança joyeusement Jane, qui arrivait elle aussi par le couloir et qui lui caressa gentiment le bras en passant près d'elle.

Sans s'arrêter, la jeune Mrs. Bingley se dirigea jusqu'à sa place, en bout de table. Elle laissa échapper un soupir d'aise en s'asseyant, et se massa le ventre, avant de tendre le bras vers la grosse théière.

À l'autre extrémité, par-delà le jambon bien entamé, les corbeilles de pains et de fruits, les fromages, les œufs brouillés, les muffins et un reste de gâteau aux fruits confits, se trouvait Bingley. En bon chef de famille, il était occupé à couper des tranches dans une grosse miche de pain, et il accueillit l'arrivée de sa femme avec une plaisanterie affectueuse sur son air fatigué. Lydia était en retard, mais Georgiana et Kitty étaient là, assises côte à côte. Elles semblaient avoir passé, la veille, une soirée pleine de rebondissements, car elles se partageaient des confidences à voix basse et pouffaient de rire.

Darcy était là, lui aussi, assis de l'autre côté de la table, dos aux grandes fenêtres par lesquelles la lumière inondait la salle. Il s'était levé pour saluer l'entrée de Jane et s'apprêtait à se rasseoir lorsqu'il aperçut Elizabeth, debout dans le cadre de la porte. Il lui sourit, puis haussa un sourcil, un peu étonné de la trouver là, immobile.

En croisant son regard, Elizabeth sentit soudain son cœur s'affoler.

Elle se demanda comment elle allait s'y prendre pour lui annoncer la nouvelle.

TABLE DES MATIÈRES

DU MÊME AUTEUR

UNE PETITE SERVANTE SAVANTE
(autoédition, 2022)

LES FILLES DE JOIE
1. Le Magnolia
2. L'heure bleue
3. La grimace du tigre

(Les Éditeurs Réunis, 2013-2014)

LA CANTATRICE
1. La jeunesse d'Emma Albani
2. Le triomphe d'Emma Albani

(Les Éditeurs Réunis, 2011-2012)

---

www.liseantunessimoes.com